HEYNE BÜCHER

Fantasy

Herausgegeben von Friedel Wahren

Von **MATTHEW WOODRING STOVER** erschienen in der Reihe HEYNE SCIENCE FICTION & FANTASY:

DER SCHICKSAL-ZYKLUS:

Eiserne Dämmerung · 06/9167
Mond über Jericho · 06/9168

MATTHEW WOODRING STOVER

EISERNE DÄMMERUNG

Erster Roman des Schicksal-Zyklus

Deutsche Erstausgabe

WILHELM HEYNE VERLAG
MÜNCHEN

HEYNE SCIENCE FICTION & FANTASY
Band 06/9167

Titel der Originalausgabe
IRON DAWN
Übersetzung aus dem amerikanischen Englisch
von Alfons Winkelmann
Das Umschlagbild malte Donato Giancola

Umwelthinweis:
Dieses Buch wurde auf chlor- und
säurefreiem Papier gedruckt.

Deutsche Erstausgabe 12/2001
Redaktion: Angela Kuepper

Originalausgabe bei ROC/Penguin Group,
Penguin Putnam Inc., New York
Dieses Werk wurde vermittelt durch die literarische Agentur
Thomas Schlück GmbH, Garbsen

http://www.heyne.de
Printed in Germany 2001
Umschlaggestaltung: Atelier Ingrid Schütz, München
Technische Betreuung: M. Spinola
Satz: Schaber Satz- und Datentechnik, Wels
Druck und Bindung: Ebner Ulm

ISBN 3-453-19628-7

Für Robyn,
dass sie mir Barra geschenkt hat

Der Autor möchte sich bei Robyn Fielder, Paul Kroll, H. Gene McFadden und Charles L. Wright für die vielen Stunden des Lesens, für die Ratschläge und Rollenspiele erkenntlich zeigen. Vielen Dank, Leute! Ohne euch hätte ich es nicht geschafft.

Inhalt

Prolog

Lieber Chryl, lieber Antiphos,

dies wird wahrscheinlich der letzte Brief in diesem Paket werden; wenn wir Tyros noch erreichen, ehe der Winter dem Handel ein Ende setzt, solltet ihr diese Zeilen vor der Sonnwende lesen.

Wie ihr euch vielleicht zusammenreimen könnt, waren die vergangenen drei Monate ein wenig bescheiden. Mir ist es gelungen, mehr oder weniger ständig als Marinesoldat Beschäftigung zu finden, insbesondere, seit ich mich mit Leucas, diesem Athener, zusammengetan habe. Doch nachdem die Piraterie so eskaliert ist und den Handel – vor allem hier im Osten – fast zum Erliegen gebracht hat, haben wir uns nur so gerade eben über Wasser halten können; der harte Konkurrenzkampf mit den achaiischen Veteranen, die den Sold nach unten drücken, hat da sein Übriges getan. Also, diese Achaier – die Hälfte von denen hat anscheinend ihr Gehirn zusammen mit den Leichen der meisten ihrer Freunde vor den Mauern Trojas zurückgelassen; offenbar macht es ihnen kaum etwas aus, ob sie ihren Sold erhalten oder nicht. Wenn die Geschäfte nicht besser werden, muss ich im kommenden Jahr vielleicht wieder Kontrakte in Knossos schreiben, statt mich um mich selbst zu kümmern.

Macht euch dennoch keine Sorgen; Gerüchte schwirren umher, dass es in Tyros Probleme gibt, und ich bin mir gewiss, dort einen lukrativen Auftrag zu erhalten.

Leucas' Oberschenkel verheilt gut; die Infektion ist zurückgegangen. Aus den Geschehnissen auf Kypros könnt ihr etwas für euch lernen: Wenn ihr einen Keiler jagt, insbesondere einen Menschentöter, der bereits zuvor gejagt worden ist, haltet euren Speer fest und versucht niemals, seinem Ansturm auszuweichen. Seht ihr, es war im Grunde Leucas' eigene Stärke, die ihn fast umgebracht hätte. Er versuchte, das Tier zum tödlichen Streich zu mir hinüberzulenken, da brach der Speerschaft. Wenn es Kheperu – meinem neuesten Partner, er ist Ägypter, und ihr wisst ja, wie die so sind – nicht gelungen wäre, den Keiler durch eines seiner Pulver zu blenden, hätte er Leucas gewiss schwer verwundet, vielleicht sogar getötet, ehe ich ihn erreicht und ihm das Rückgrat gespalten hätte. Noch eine Lektion: Wenn ihr einem Keiler mit der Axt entgegentretet, kommt von der Seite und schlagt ihm in den Nacken. Es ist nahezu unmöglich, den Schädel eines Keilers zu spalten – der Knochen dort ist hart wie ein Panzer –, und wenn ihr weiter unten am Rücken auf das Rückgrat einschlagt, kann er sich immer noch umwenden und euch mit den Vorderhufen in Stücke reißen.

Übrigens werde ich vielleicht eine Weile lang mit diesen beiden Männern unterwegs sein. Obgleich Leucas und ich erst ein paar Monate zusammen sind, bilden wir offenbar eine gute Mannschaft, und das umso mehr, da wir jetzt Kheperu bei uns haben. Ich vertraue ihm noch immer nicht sonderlich – er ist viel zu schlau, als dass es gut für ihn wäre –, aber Leucas steht da wie ein Fels (er ist wirklich nicht helle genug für Hintergedanken) und hilft mir dabei, Kheperu in Schach zu halten.

König Demetor hat sich als sehr dankbar für unsere Hilfe erwiesen. Er hat uns einige schöne Geschenke überreicht – ich schicke das Bronzeschwert für Antiphos mit und der Silberbecher ist für Chryl. Er hat uns auch in attischer Münze bezahlt, sechzig große Talente für jeden. Das sollte ausreichen, davon mehrere Wochen in Tyros zu leben, dort ein hübsches Geschenk für euren Onkel Peliarchus zu kaufen und davon sogar einiges noch zur Bank in Knossos zu bringen.

Ich werde wohl im nächsten Sommer zur Insel der Mächtigen zurückkehren können, rechtzeitig zum Mittsommerfest. In der Zwischenzeit lernt fleißig – Abdi ist ein guter und teurer Lehrer: Wenn das Phönizisch dieses Briefs für euch zu schwer ist, wird er ihn euch ganz bestimmt vorlesen. Und gehorcht Coll – ich habe ihr als Kleinkind genügend Probleme bereitet; das müssen ihre Enkel nicht unbedingt nachmachen. Wenn ihr Coll zu viel Schwierigkeiten bereitet, wird eure Urgroßmutter Maeve euch beide in Ziegen verwandeln. Richtet Llem meine Ehrerbietung aus und sagt ihm, der Zinnhandel wird im kommenden Jahr sehr florieren, und ich hoffe, dass ihm seine Unterkönige keine weiteren Schwierigkeiten bereiten. Und falls euer Großvater Quendail zu Besuch herüberkommen sollte, sagt ihm, er solle seinen dreckigen Arsch von meiner Mutter fern halten.

Ich habe euch beide sehr, sehr lieb, und mit der Gunst der Götter werde ich im Sommer bei euch sein.

Passt auf euch auf!
Mutter

Barra beschnitt das feuchte Ende ihres Riedpinsels und steckte ihn in ihren Griffelkasten zurück, der aus dem Oberschenkelknochen eines Bullen gefertigt war. Die pfeifenden, qualvollen Schreie eines der verwundeten Seemänner waren schwächer geworden und schließlich verstummt, und sie sollte nun wirklich aufstehen und dabei helfen, sein Grab auszuheben. Der andere verwundete Seemann keuchte nur, setzte sich hin und wieder auf und bat um Wasser. Er hatte sich knapp unterhalb des Nabels einen Piratenpfeil eingefangen, und Barra war der Ansicht, dass sie jetzt ebenso gut beide Grabstätten ausheben könnten. Der zweite Seemann würde bald genug eine davon füllen.

Das Lagerfeuer warf einen orangefarbenen Schein auf ihr Gesicht und das ihrer Partner, die in der Nähe dösten. Ihr Lager war dicht von hohen Bäumen umstanden, eben jene Zedern, deren Zweige im Lagerfeuer krachten und zischten. Barra roch das Meer durch den bitteren Geruch der brennenden Zedern hindurch und vernahm in dieser windstillen Nacht sogar das leise Geplätscher von Wellen, die sie jedoch nicht sah; die Tage, da sie das nächtliche Lager an einem Strand hätten aufschlagen können, waren längst vorüber. Sie vermisste es, wirklich, sie vermisste es, im Sand zu sitzen und zuzusehen, wie der Mond die kleinen Wellen silbern anmalte, doch dieser Tage diente ein Lagerfeuer am Strand allenfalls als Signal für Piraten.

Und wenigstens eine Piratenbande gab es, vielleicht sogar dort draußen in der Dunkelheit dieser Nacht, die Ausschau nach ihnen hielt.

Sie waren von Osten gekommen. Zwei lange, tief liegende Schiffe, die dicht um eine bewaldete Landspitze herum gerudert waren. Ihr und ihren Partnern, die ihr Können als Gegenleistung für eine Passage auf diesem Schiff zur Verfügung gestellt hatten, war kaum genügend Zeit geblieben, nach den Waffen zu greifen, ehe der Kampf begann. Ihr Kapitän hatte zu fliehen versucht, aber ihr Schiff war ein hochseetauglicher Schoner mit dicken Deckbalken, breit und stämmig, sodass es die Passage von Thrazien nach Kypros an der phönizischen Küste bewältigen konnte, und obgleich jedes Besatzungsmitglied sich an den Riemen mächtig ins Zeug legte, hatte es keine Chance, den schlanken Piratenschiffen zu entrinnen. Kheperus Feuertöpfe hatten eines der Piratenlangschiffe brennend zum Grund des Meeres geschickt, aber zu dieser Zeit ging der Kampf bereits Mann gegen Mann. Piraten des untergegangenen Schiffs schwammen zu dem Handelsschoner und kletterten an Bord, schlossen sich den heulenden Piraten des anderen Schiffs an, die bereits zwischen den Ruderbänken ausschwärmten und Seemänner mit kurzen Bronzeschwertern erschlugen. Diese Piraten waren achaiische Abtrünnige, vielleicht selbst Veteranen aus dem Trojanischen Krieg – geschickte Streiter, die erschöpfte Seemänner mit Leichtigkeit überwanden. Lediglich ein Gegenangriff unter der Leitung von Barra, Leucas und Kheperu hatte die Mannschaft zu retten vermocht; sie hatten, die Seemänner hinter sich, ihren schaukelnden Handelsschoner im Stich gelassen, in schwerem Kampf das Langschiff der Piraten gekapert, waren davongerudert und hatten den Schoner den Piraten überlassen. Sie waren mit wenig mehr als ihrem Leben und den Kleidern am Leib entkommen.

Kopfschüttelnd rollte Barra den Papyrus zusammen und steckte ihn in seinen Behälter aus Knochen. In ihren Briefen nach Hause schrieb sie niemals, wie schlimm die Dinge hier um das Mittelmeer wirklich standen. Selten erwähnte sie die Piraten und dass während der vergangenen fünf Jahre sich nahezu jeder, der dreißig Freunde und ein Schiff hatte, der Piraterie verschrieben hatte – und wer keine Schiffe hatte, wurde Räuber und plünderte Städte im Landesinnern. Die einzigen wirklich noch sicheren Orte außerhalb der ägyptischen Vasallenstaaten waren Knossos, Argos und Mykene; selbst das Reich der Hethiter brachte nicht mehr die Kraft auf, die phrygischen Stämme niederzukämpfen, die seine östlichen und nördlichen Grenzen bedrängten. Ganz gewiss würde Barra ihren jungen, heldenverehrenden Söhnen nicht erzählen, dass sie völlig abgebrannt war – all ihr Silber, alle Geschenke von Demetor, alles Geld, das sie seit ihrer letzten Fahrt nach Kreta erspart hatte, war auf dem Schoner zurückgeblieben; den Becher und das Schwert, von denen sie geschrieben hatte, hatte sie unter einer Bank des Langschiffs wiedergefunden. Nur knapp war es ihr gelungen, das Bündel Briefe und den Griffelkasten zu retten, der jetzt einen schimmernden

Kratzer zeigte, da sie mit ihm den Schwerthieb eines Piraten abgeblockt hatte, ehe sie ihm mit ihrer Axt den Schädel hatte spalten können.

Sie bündelte die Papyrusbehälter, verknotete sie mit einem Lederband und steckte sie in die Tasche, die mit einer Schnur zusammengezogen werden konnte und den Becher und das Kurzschwert barg. Fünfzehn Jahre hielt sie sich jetzt am Mittelmeer auf, mehr als zehn Jahre davon hatte sie gegen Bezahlung Blut vergossen, und jetzt war sie hier, begrub Seemänner in einem behelfsmäßigen Lager an der hethitischen Küste und besaß wenig mehr als die Äxte, die schwer an ihrem Gürtel hingen. Kopfschüttelnd erhob sie sich; sie trug die Tasche zum schlafenden Leucas hinüber und legte sie dicht neben ihm nieder – keiner der Seemänner würde das Wagnis eingehen, den riesenhaften Athener zu stören. Wenn irgendjemand Barra auf die Ironie dessen aufmerksam gemacht hätte, dass sie ihre wenigen Habseligkeiten vor Männern schützen musste, für deren Verteidigung sie nur wenige Stunden zuvor das Leben hingegeben hätte, so hätte sie lediglich die Schultern gezuckt. Seemänner waren halt Diebe und damit basta!

Nun, sie würde mit dieser Bande nur noch ein oder zwei weitere Tage zurande kommen müssen; Kheperu hatte eine Prophezeiung ausgesprochen, ehe er sich für die Nacht zurückgezogen hatte, und er hatte für die nächsten drei Tage klares und heißes Wetter vorausgesagt – ausreichend Zeit, bis Tyros zu gelangen.

Leise ging sie zum Kapitän, der auf einem Fels saß und zweien seiner Männer dabei zusah, wie sie ein Grab in den steinigen Boden kratzten. Er nahm ihr Kommen mit einem bloßen Nicken zur Kenntnis und sie hockte sich neben ihn.

»Ich hätte ihm den Scheiterhaufen des Helden gegönnt, wenn wir den hellen Schein hätten in Kauf nehmen können«, murmelte der Kapitän. »Stattdessen müssen wir ihn wie einen Bauern im Boden vergraben.«

Barra fragte: »Warum gräbst du nur ein Grab?«

Der Kapitän sah sie mit harten, blutunterlaufenen Augen an. »Paxo wird am Leben bleiben, deswegen.«

»Nein, wird er nicht. Vielleicht atmet er bis zum Morgen – vielleicht –, aber einen weiteren Anbruch der Nacht wird er nicht mehr zu sehen bekommen. Ich rieche die Galle aus der Wunde.« Barras Nase war so empfindlich wie die Nase eines Wolfs. Unmöglich konnte sie sich irren.

Wie aufs Stichwort stöhnte der verwundete Seemann abgerissen hinter den Bäumen. Der Kapitän wandte sich von Barras festem Blick ab.

»Er wird leben«, murmelte er.

»Wenn Wünsche Wirklichkeit werden, so wird er leben«, sagte sie. »Aber wenn Wünsche Wirklichkeit würden… nun ja, dann wäre vieles anders.«

Schweigend saßen sie eine Zeit lang beisammen und beobachteten die Seemänner, wie sie mit Werkzeugen, die zum Schiffsbau gedacht waren, die Erde aufkratzten.

Schließlich fragte Barra: »Was wirst du jetzt tun?«

Der Kapitän zuckte die Schultern und stieß einen langen Seufzer aus. »Die meisten der Jungs haben nur bis Tyros angeheuert. Ich würde sie gern auszahlen und mir eine neue Mannschaft zusammensuchen…«

Und Piraterie betreiben, beendete Barra den Satz schweigend für ihn. Was blieb ihm sonst zu tun übrig? Falls er nicht genügend Reichtümer angehäuft hatte, um ein neues Schiff zu bauen, es zu bemannen, Vorräte einzulagern und eine Ladung Handelsgüter zu erwerben, war sein einziges Gut dieses lange, niedrige, schlanke Piratenschiff, das draußen auf offener See nutzlos wäre. Es hatte keinen Raum für Fracht, kaum Platz für Vorräte. Dieser Mann würde niemals mehr

Kapitän eines Handelsschiffs werden, es sei denn, er nähme es gewaltsam.

Barras Ziehvater war ein tyrischer Schiffseigner; ihre beiden Ziehbrüder waren Handelskapitäne auf Schiffen, an denen sie selbst einen kleinen Anteil besaß – eine Investition, die sie nach einem besonders fetten Jahr getätigt hatte. Piraten hasste sie mehr als alles andere an Land oder auf See. In Tyros sollte Geld auf sie warten, ein Ertrag aus dieser Investition – es sei denn, Piraten hätten ihre Schiffe überfallen und ihre Brüder getötet.

Und dennoch brachte sie es nicht über sich, diesem Mann etwas zu erwidern, der in den kommenden Monaten Pirat sein würde, diesem Mann, der dicke Tränen wegblinzelte, während er zweien seiner Männer dabei zusah, wie sie das Grab für einen dritten Mann gruben. Er hatte selbst Söhne.

In Gedanken sah sie blitzartig sich selbst als aufblühende Vierzehnjährige, die am hoch geschwungenen Bug eines phönizischen Handelsschiffs stand und die grünen Küsten der Insel der Mächtigen in den Nebeln verschwinden sah. Sie hatte ihre Pflicht gegenüber ihrem Bruder und ihren Göttern erfüllt; sie hatte einen Sohn geboren, einen plärrenden, rotgesichtigen Knaben, gezeugt von einem durchreisenden Prinzen, der Geschmack an Mädchen an der Schwelle zum Frausein gefunden hatte. Chryl hatte sie ihn genannt, Goldhaar, nach der Haarfarbe seines Vaters; ein weiterer Erbe des Throns ihres Bruders in Groß Langdale. Nach der Geburt war ihr das Kind verabscheuenswürdig erschienen – wie ihr Leben, ihre Familie und sogar die Luft, die den Geruch nach den Eichen auf dieser Insel mit sich trug. Sie hatte ihren Sohn der Obhut ihrer Mutter unterstellt und dieses Schiff nach Tyros bestiegen, und sie hatte am Bug gestanden und zugesehen, wie die Küsten ihrer Heimat zu einem feuchten

Grau verblasst waren, und sie hatte davon geträumt, eines Tages mit einer Flotte heimzukehren, darauf die märchenhaften Reichtümer des Ostens, und von den Heldentaten zu erzählen, mit denen sie jedes einzelne Stück errungen hatte. Sie hatte sich geschworen, wohlhabender heimzukehren, als ihr Bruder jemals sein würde; sie hatte als eine echte Prinzessin des Ostens heimkehren wollen, mit Dienern und exotischen Haustieren – anders als ihre Schwestern, die lediglich Schäferinnen und Zuchtstuten mit rauen Wangen waren.

Jetzt, fünfzehn Jahre später, saß sie hier an der hethitischen Küste ohne einen Schekel in ihrer Börse, und ihre eigenen Wangen schuppten sich, sie waren fast ebenso rau wie ihre schwieligen Handflächen. Sie rieb die Hände aneinander, blickte auf die harten Muskeln ihrer Oberschenkel hinab und dachte: *Nun ja, wenigstens habe ich noch meine Figur.*

Und ungeachtet des schmerzerfüllten, ungläubigen Blicks des trauernden Kapitäns neben sich lachte sie laut auf.

TEIL EINS

Der Auftrag

1. KAPITEL

Der Bär

Die Sonne ist der Hammer, dachte Barra, als sie sich vom hoch gewölbten Bug des gekaperten Langschiffs auf den Strand hinabschwang, *und ich bin der verdammte Amboss. Kheperus Wettervorhersage hätte sich nicht als richtiger erweisen können.* Sie wischte sich mit beiden Händen den Schweiß aus dem Gesicht in das fest zusammengebundene Haar. *Obgleich es bei Einbruch der Nacht kalt wird.* »Leucas! Kheperu! Kommt schon, verdammt!«

Ein seltener Südwind hatte die Düfte von Tyros zum letzten Nachtlager getragen: Zimt und Pfeffer im Rauch brennender Zeder, scharfer junger Wein und eng zusammengedrängte, schwitzende Menschen, glimmender Hanf und Pferdepisse. Über ein Jahr lang hatte sie nicht mehr in Tyros gewohnt, abgesehen von einem einzigen, eine Nacht währenden Aufenthalt vor sechs Monaten auf ihrem Weg von Thrazien nach Pharos, und bei diesen Düften wallte ihr Blut auf wie bei einem ermüdeten Pferd, das seine Koppel erblickte. Jetzt war sie zu Hause, oder zumindest annähernd so zu Hause, wie sie es in dem verdammten, glühend heißen Süden nur sein konnte. Was zählte da, dass ihre Börse so flach war wie die Brust eines kleinen Mädchens? Ihr Ziehvater Peliarchus hatte ihren Anteil am Gewinn der beiden Schiffe aufbewahrt, die sie gemeinsam mit ihm und ihren Ziehbrüdern besaß. Es wäre kein auch nur annähernder Ausgleich für das, was sie an die Piraten verloren hatte, aber es wäre besser als eine Taube auf dem Dach.

Am Morgen würde sie auf dem Markt umherschlendern, Leute treffen, den Pulsschlag der Stadt in sich aufnehmen – sich ins Gedächtnis zurückrufen, wie sehr sie diesen Ort liebte. Auch vielleicht am Nachmittag. Sowohl Leucas als auch Kheperu hatten noch ein paar Münzen übrig; ihre Partner könnten ihr gewiss eine oder zwei Mahlzeiten hier spendieren. Schließlich würde sie die beiden heute Abend bei ihrem Ziehvater unterbringen.

Heute Abend wäre sie zu Hause und würde essen, was Tayniz zubereitet hatte – wahrscheinlich gebratene Ente in Korinthensoße und in Butter geschmorte Pilze, dazu frisch gebackenes Gerstenbrot. Anschließend ginge sie in ihr eigenes Bett in dem Zimmer, das jetzt seit fünfzehn Jahren ihr gehörte. Dort gab es eine richtige Federmatratze, keinen dieser verdammten Haufen aus Lumpen und Schaffellen, auf denen sich die Achaier angeblich so wohl fühlten. Beim Gedanken an so viel Schwelgerei und Vergnügen nur für sie allein brannten ihr die Augen. Zwischenzeitlich konnte sie viel Wirbel um Graegduz veranstalten, den jungen grauen Wolf, der ihr einziger Freund aus der Heimat war. Sie konnte sich bei ihm dafür entschuldigen, dass sie ihn so lange hier in Tyros allein gelassen hatte; und sie hatte eine ganze Wagenladung an Geschichten, die sie Peliarchus erzählen konnte, während sie im Innenhof unter den tyrischen Sternen um das Feuer herum saßen…

Etwa die Hälfte der überlebenden Seemänner war von Bord gegangen. Sie besprachen sich brummelnd und warfen den Müßiggängern am Strand, die zum Langschiff heranströmten, finstere Blicke zu. Die *Pelikan* – der Kapitän hatte sie so getauft, weil das Schiff sie alle aus dem Meer geschöpft hatte – war das erste Schiff an diesem Morgen, und die Müßiggänger drängten neugierig heran, um einen ersten Blick auf die Fracht zu erhaschen, die sie tragen mochte, und vielleicht ein oder zwei Stücke mitgehen zu lassen, wenn kein Bewaffneter hinsah. Sie wirkten eher neugierig denn enttäuscht, als sie herausfanden, dass es überhaupt keine Fracht gab. Der Kapitän stand mittschiffs und blickte über die Menge hinweg, und Barra las ihm die Entschlossenheit vom Gesicht ab – so deutlich, als ob die Worte dort eingebrannt wären –, dass die nächste Fracht der *Pelikan* eine andere wäre. Er begegnete ihrem Blick und sah rasch beiseite.

Reglos, mit verschränkten Armen, wartete sie im Sonnenschein auf ihre Partner; Geduld lag nicht in ihrer Natur, aber sie konnte sie vortäuschen. Die Müßiggänger betrachteten sie: sonnenverbranntes Gesicht und lebhaft rotes Haar, dann die harten Muskeln von Schultern und Armen, welche die Ledertunika unbedeckt ließ, und schließlich die bösen, scharfen Kanten der drei Steinäxte, die sie bei sich trug. Zwei kleine Äxte steckten im breiten Gürtel aus Wildschweinhaut, und die große Basaltaxt, die aussah, als ob sie in ein Schlachthaus gehörte, war an ihrem rechten Oberschenkel festgebunden; der Stiel steckte in der Scheide eines Kurzschwerts. Wohlweislich schlugen die Müßiggänger einen großen Bogen um sie und brummelten dabei etwas von den ›verdammten, verrückten ausländischen Frauen‹.

Ihre Bedecktheit verschaffte Barra keine Befriedigung; im Gegenteil, sie erregte ihn ihr den mächtigen Wunsch, einen oder zwei Schädel mit ein paar Beulen zu verzieren – insbesondere den des großen Burschen mit dem strohblonden Haar und dem bösartigen, höhnischen Grinsen auf dem dummen Gesicht. Einen kurzen Augenblick lang lächelte Barra halb bei der Überlegung, welchen Profit sie daraus ziehen konnte, ihm das höhnische Grinsen mit der flachen Seite ihrer Axt aus dem Gesicht zu wischen, und wägte dies gegen einen möglichen Verlust ab, den sie erleiden würde, wenn sie eines der Patrizierhäuser beleidigte. Dieser Bursche war so groß, dass er durchaus dem Adel entstammen konnte, sein Haar war zu sauber und seine Kleidung, obgleich alt und irgendwie schäbig, passte ihm zu gut – er mochte sehr wohl ein mursuwallitischer Einkäufer sein, der sich auf seiner Schnäppchenjagd nicht gerade in Schale geworfen hatte.

Andererseits sah er mehr wie ein Achaier als ein Hethiter aus, und sie könnte durchaus auf Unwissenheit plädieren… Je länger sie darüber nachdachte, desto breiter wurde sein höhnisches Grinsen, und die Art, wie er sie anstarrte, wurde immer beleidigender. Das gab den Ausschlag. Unter den Pikten von Groß Langdale galt ein solches Anstarren als Einladung zum Blutvergießen.

»Ich verstehe ja, weswegen du beim Lächeln die Lippen zusammenkneifst«, sagte Barra im Konversationston auf Phönizisch. »Scheiße fressen – da verrotten die Zähne.«

Sein Grinsen wurde noch breiter; seine Zähne waren makellos. Dann also kein Müßiggänger. »Sei nicht so feindselig«, meinte er leichthin. Sein Phönizisch war schnarrend, guttural, wie es vielleicht auf der achaischen Halbinsel gesprochen wurde. »Du verdienst dir deinen Lebensunterhalt mit diesen harten Dingern da?«

Barra wechselte zu attischem Griechisch. »Heutzutage muss ein Mädchen wenigstens *etwas* Hartes bei sich haben. Immer wieder laufen mir Männer wie du über den Weg, denen die Bedeutung dieses Wortes völlig schleierhaft ist.«

Er schüttelte den Kopf und erwiderte kichernd: »Wo hast du denn diese Sprache gelernt? Du siehst aus wie eine Barbarin – und zivilisierte Frauen tragen keine Waffen, kleines Mädchen.«

Obgleich aus einer Familie stammend, die für ihre

Größe und Kraft bekannt war – ihr Bruder Llem konnte gleichzeitig in jeder Hand einen erwachsenen Mann hochheben –, hatte Barra während ihrer Kindheit und Jugend ständig unter dem Gespött über ihre Größe gelitten: sie war eine volle Hand kleiner als jede andere Frau in ihrer Familie und sogar einen oder zwei Finger kleiner als die durchschnittliche Frau der hiesigen mediterranen Rassen. Es war noch immer ein heikles Thema – eines unter vielen, wie sogar Barra zugegeben hätte –, diese beleidigende Neigung der Leute hier eingeschlossen, andere Menschen als ›Wilde‹ zu bezeichnen.

Barra bleckte die Zähne; sie bemühte sich, diese Reaktion wie ein Lächeln wirken zu lassen. »Du würdest eine zivilisierte Frau möglicherweise nicht mal dann erkennen, wenn sie dir einen Schlag auf den Kopf versetzte. Was hältst du davon, wenn wir's ausprobieren?«

Sein Grinsen erstarb allmählich. »Ein Mann könnte dein großes Maul wirklich ermüdend finden.«

»Meinst du? Warum suchst du nicht einen und fragst ihn?«

»Du kleine Hure«, erwiderte er errötend. »Ich sollte dir sämtliche Knochen brechen.«

Barra vollführte eine lange geübte Bewegung mit der rechten Hand; ehe der Mann auch nur blinzeln konnte, war die Breitaxt heraus und ragte ihr über die Schulter. »Versuch's doch! Bin gespannt, wie es dir gefällt, durch die Stirn zu atmen!«

Ein hoch aufragender Schatten trat links hinter ihr zwischen sie und die Sonne. »Barra«, polterte Leucas leise, »warum willst du diesen Mann umbringen?«

Barra hielt ein Auge auf den Korinther gerichtet; dieser sah sprachlos zu Leucas auf, einem neunzehneinhalb Hände großen, achtzehn Stein schweren, narbenübersäten Veteranen, der im kretischen Stil gekleidet war: nackte Brust, dazu lediglich Chiton und Sandalen. Barra erwiderte: »Mir missfällt, wie er mich anstarrt.«

»Mmm-hm.«

Der Korinther gewann die Fassung wieder und richtete sich auf. »Gut, dass du endlich gekommen bist. Deine Frau muss man an der Leine führen. Du solltest ihr wie einer Hündin den Maulkorb umlegen.«

Langsam ließ Leucas das riesige Bündel mit der Rüstung und den Waffen von der Schulter auf den Sand gleiten. Als er sich wieder aufrichtete, erreichte Barras Scheitel gerade die Warzen auf dem hageren, zernarbten Brustkasten, der von Muskeln bedeckt war, die so hart aussahen wie eine bronzene Brustplatte. In seiner Jugend hatte Leucas sich aus seinem Elternhaus in Athen davongestohlen, um vor Troja einen Wagen zu lenken. Wie so viele Männer, welche die zehn endlosen Jahre des Kriegs überlebt hatten, hatte er nach seiner Rückkehr sein Zuhause derart verändert vorgefunden, dass er es nicht wiedererkannt hatte; für ihn war Athen jetzt einfach eine weitere große Stadt, wo er einmal für eine Weile gelebt hatte. Barra war ihm erst vor zwei Monaten begegnet, als sie beide als Marinesoldaten an Bord von Handelsschiffen gedient hatten, welche die Küste Siziliens entlangfuhren, und sie verließ sich bereits mehr auf ihn, als ihr lieb war.

Leucas mangelte es an dem böswilligen Temperament, das nötig gewesen wäre, sich als Bandit oder Pirat durchzuschlagen, wie es so viele seiner ehemaligen Kameraden taten; welchen Beruf er ausübte, wenn er keine Arbeit als Söldner fand, stand ihm offen im zerschlagenen Gesicht geschrieben: ein Gesicht, worin jeder Knochen einmal oder mehrmals in Faustkämpferkreisen jedes griechischsprachigen Landes gebrochen worden war. Gebrochen von Fäusten, die in Leder gehüllt und zuweilen mit Bronze beschwert waren. Ein Teil der Zerstörung wurde von einem kurz gestutzten schwarzen Bart überdeckt, der von weißen Strähnen durchzogen war, aber nichts vermochte das Narbengewebe zu verbergen, aus denen seine scharf gebogene Nase und die flach geschlagenen Ohren bestanden. Allein seine Augen hatten keine Verletzung davongetragen; Augen, die so wirkten, als ob sie in tiefer Heiterkeit sprühen konnten, jetzt aber mit einem Ausdruck auf den Korinther gerichtet waren, der so kalt war wie graues Wintereis.

»Barra ist nicht meine Frau«, sagte er bedächtig, »und ich glaube kaum, dass ich mit dir gesprochen habe, Herr.«

Der Korinther schluckte. »Ich wollte lediglich einen Vorschlag für ein Geschäft unterbreiten, nichts weiter.«

»Er hat mich eine Hure genannt«, sagte Barra mit einer Stimme, die so hart und flach war wie die Schneide ihrer Axt.

Leucas zuckte zusammen und seufzte. »Nun«, meinte er, »du hast ihn doch gewiss mit einer noch schlimmeren Bezeichnung bedacht, oder?«

Barra senkte die Axt. »Möglich.«

»Na ja, möchtest du hören, was er vorzuschlagen hat, oder willst du ihn umbringen?«

»Du fragst die Frau?«, wollte der Korinther ungläubig wissen. »Was bist du denn für ein Mann?«

Leucas bedachte ihn mit einem weiteren langen, nachdenklichen Blick. Unwillkürlich trat der Korinther einen Schritt zurück. Leucas sah wieder Barra an und wartete.

Barra zuckte die Schultern; bei der Erinnerung an ihre gegenwärtige Mittellosigkeit zerstob ihre Wut wie Rauch vor dem Wind. Sie ließ den Schaft der Axt wieder in die Hülle gleiten. »Warum nicht? Dafür sind wir hier.«

Der Korinther hustete, räusperte sich und beklopfte

seinen Mantel. Unbewusst gingen seine Hände zu den Schultern und griffen dort nach etwas, das nicht vorhanden war. *Das ist nicht seine übliche Kleidung*, dachte Barra. Wonach griff er? Riemen, die eine Brustplatte festhielten? Schulterstücke eines Harnischs?

»Wie groß ist eure Gesellschaft?«

Barra schüttelte den Kopf. »Am besten fängst du erst mal damit an, wie du heißt und wie viel du zahlst.«

»Ich bin Chrysios«, erwiderte der Korinther. »Ich benötige etwa fünf Männer, die auf sich selbst gestellt handeln können und sich nichts aus ein bisschen roter Farbe bei der Arbeit machen.«

»Männer?«, fragte Barra milde. »Zähle ich da mit?«

Chrysios zuckte die Schultern. »Das war ein hübscher Zug mit der Axt, kleine Dame. Einfach nur so tun als ob... oder kannst du sie auch schwingen?«

Sie wollte es ihm zeigen, aber Leucas legte ihr seine schwere Hand sanft auf die Schulter. »Warte, Barra, er hat noch nicht gesagt, wie viel er zahlt.«

»Ist nicht genug«, knurrte Barra und schüttelte sich gereizt. »Ein Königreich im Delta würde nicht ausreichen.«

»Fünfzehn Silberschekel«, sagte Chrysios. »Für eine Nacht...« Seine Augen wurden glasig, er wandte den Kopf ab und hustete heftig. Kheperu näherte sich mit dem Wind.

Selbst im Spätherbst in Tyros, wenn frisches Wasser rar war – der nächst gelegene, das ganze Jahr über Wasser führende Fluss, der Litani, mündete mehr als eine Stunde Ritt nördlich der Stadt ins Meer –, und selbst in Anbetracht der Tatsache, dass Baden als Luxus für diejenigen erachtet wurde, die nichts Besseres mit ihrer Zeit anzufangen wussten, konnte der Gestank, der von Kheperu ausging, einen Unvorbereiteten völlig umhauen. Es war mehr als der Ziegengestank alten

Schweißes, der seine Kleidung zusammenbuk; die Chemikalien und aromatischen Kräuter, die der untersetzte Ägypter am Körper trug, fügten einen schneidenden Oberton hinzu. Barra warf ihm über die Schulter hinweg einen Blick zu und wechselte zur Seite – einige Atemzüge lang mit dem Wind vor Kheperu zu stehen konnte ihre Nase für Stunden betäuben.

Sie lächelte in sich hinein, als er herantrat; Kheperu spielte seine Rolle als fetter alter Mann, der sich schwer auf seinen kräftigen Eichenstab stützte und die Waffe dadurch als Wanderstab tarnte. In der gleichen Rolle hatte er sich an jenem Tag am Strand von Paphos auf Kypros vorgestellt. Er war herangetreten und hatte um ihre Hilfe bei dem Schwindel gebeten, der sich später zur kyprischen Eberjagd entwickelt hatte; der Schwindel und die Jagd waren äußerst erfolgreich gewesen – einfach nur das Unglück hatte sie mit den Piraten zusammentreffen lassen, ehe sie mit ihrem Geld hatten davonkommen können. Während der kurzen Zeit ihres Bündnisses hatte Barra gelernt, dass Kheperu habgierig und verräterisch war, ein Jammerlappen sowie ein Ausübender einer verwirrenden Vielzahl von Perversionen; er war gleichfalls ein ehemaliger Seshperank, ein Schreiber im Haus des Lebens, der aufgrund eines unbenannten Verbrechens aus der Priesterschaft verstoßen und aus Ägypten verbannt worden war. Er behauptete, das gesamte *Buch der Geheimnisse des Laboratoriums* im Gedächtnis zu haben. Das war ziemlich sicher eine Lüge, so wie das meiste, was seinem Mund entwich, aber er verstand tatsächlich recht viel von Alchemie sowie ein wenig von Magie und war gelegentlich zu Taten von erstaunlicher Tapferkeit imstande.

Laut schnaufend stapfte er mühsam über den Sand und murmelte mit klagendem Unterton etwas über die Hitze. Er war nur etwa eine Hand größer als Barra, jedoch um fast vier Steingewichte schwerer, und sein rundlicher Körper war in eine steife Lederrüstung gehüllt, die er stets unter seinem schmutzigen, ausgefransten Gewand trug. Die Stoppeln um seinen Haarknoten waren grau gesprenkelt, und nur das eichhörnchenhafte Glitzern in seinen Augen strafte den Gesamteindruck von beginnender Senilität Lügen.

»Beim Großen Verschlinger«, sagte Chrysios würgend. »Wäscht sich dieser Mann eigentlich nie?«

»Hoffentlich nicht«, murmelte Leucas. »Es ist schlimmer, wenn er nass ist.«

»Du kennst ihn?«

Barra meinte: »Er ist unser dritter Partner.«

»Ekelhaft.«

»Sag's ihm doch«, bot Barra an. »Er mag Komplimente von hübschen Griechenknaben.«

Chrysios blickte finster drein. »Wie viele noch?«

»Das sind alle.«

Ungläubig blickte er auf Leucas, dann auf Kheperu. Zu Barra meinte er: »Sag mir nicht, dass du *seine* Frau bist! Wie hältst du den Gestank aus?«

Barra seufzte. Endlos war sie, diese automatische Annahme, sie gehöre einem Mann. In Langdale waren die einzigen Menschen, die einem anderen Menschen gehörten, die Schuldsklaven, und das auch nur so lange, bis ihre Schuld bezahlt war. Sie versuchte, den barbarischen Bräuchen des Ostens gegenüber tolerant zu sein, aber die meisten davon gingen ihr auf die Nerven und kein Brauch mehr als dieser. »Ich habe die Nase voll von dir, Chrysios. Mach dich davon!«

Der Korinther blinzelte. »Mein Angebot steht noch immer...«

»Sie hat gesagt«, polterte Leucas, »du sollst dich davonmachen!«

Der Korinther blickte in Leucas' kalte graue Augen und kam zu dem Entschluss, dass er einen wertvollen Ratschlag erhalten hatte. Er wandte sich mit erzwungener Würde um und stolzierte über den Strand davon.

Kheperu war schließlich herangetrudelt. »Wer war das?«, fragte er in schlechtem Griechisch.

»Ein Auftrag«, erwiderte Leucas, der beobachtete, wie der Mann davonging. »Barra hat ihn nicht gemocht.«

»Schade. Er war hübsch.«

»Ja, allerdings«, meinte Barra traurig. »Warum sind die Hübschen immerzu solche Saftärsche?«

»Dein Fehler«, sagte Kheperu im Tonfall wehmütiger Weisheit, »bestand darin, mit ihm gesprochen zu haben. Griechische Männer sind stets attraktiver, wenn sie den Mund geschlossen halten.«

Leucas schwang sein Bündel über die Schulter. »Pass auf, dass ich dir nichts antue!«

»Aufpassen? Ich?« Kheperu grinste höhnisch. »Ich würde dich *bezahlen.* Wo wir gerade davon sprechen, da betreibt ein alter Freund von mir – Lidios heißt er – im Griechenviertel eine Kneipe und er hat die außergewöhnlichsten Huren…«

»Wir sind pleite«, meinte Leucas und blickte ihn stirnrunzelnd an. »Er lässt dich auf Kredit bumsen?«

»Nun, weißt du«, Kheperu klopfte sich in der Nähe des Herzens auf sein Gewand und ein gedämpftes Klingeln von Silber ließ sich vernehmen. »In Ägypten gibt es ein Sprichwort, von wegen alles auf eine Karte setzen…«

»Später«, unterbrach Barra. »Wir gehen zum Markt. Wir müssen richtige Arbeit auftreiben.«

Der Markt von Tyros ist das Herz der Stadt, ein gepflasterter Platz von gewaltigen Ausmaßen. Von hier aus breitet sich Tyros wie ein Rosettenbogen aus. Nach Westen, zum Meer hin, liegt er offen da, und die andere Seite des Bogens ist begrenzt von den goldenen Al-Tobe-Fassaden der ältesten Gebäude von Tyros, durchbrochen lediglich von den Mündungen belebter Straßen, die aus fest gebackener Erde bestehen. Er ist vor über hundert Jahren von den Hethitern gepflastert worden, in den Tagen, da der hethitische Großkönig Suppiluliumas mit Asshur-Ballit von Assyrien um die Herrschaft über die phönizische Küste stritt. Die Tage der hethitischen Herrschaft waren längst vorüber; Tyros war zur ägyptischen Provinz geworden, Teil des Distrikts Kanaan, und zwar nicht lange, nachdem Ramses der Große Muwatallis' Reiterscharen in der Schlacht von Qadesh fast fünfzig Jahre zuvor vernichtend geschlagen hatte. Über dieses Jahrhundert und noch länger hinweg hatten die Räder der Karren und Streitwagen, die Füße sonnenverbrannter Kuschiten und bleicher Pikten, die Stiefel iberischer Abfüller, die Sandalen der Inder aus dem Fernen Osten, die Pfoten der Hunde und Hauskatzen sowie der gelegentlichen gefangenen Löwen und die Hufe feinknochiger arabischer Pferde, Esel und Maultiere mit ihren starken Muskeln den Pflastersteinen ihre Spuren aufgeprägt.

Von den Inseln aus Stein, um die sich diese Wege winden, erheben sich dicht an dicht Marktstände, angefangen von einfachen, an Stangen und Stricken befestigten Zelten bis hin zu halbfesten Rahmen aus harter nordischer Zeder mit richtigen Türen und Fenstern, die mit durchscheinender Seide behängt sind. Die Plätze dieser Marktstände, noch häufiger sogar die Stände selbst, sind oftmals seit Generationen in der Hand ein und derselben Familie, vom Vater an den Sohn weitergegeben als das kostbarste Geburtsrecht der Sippe. Sie werden ebenso eifersüchtig gehütet wie ein Geizhals über sein Gold wacht. Der Erfolg eines Markthändlers lässt sich an der Zahl und Ausstattung seiner Wächter ermessen. Selbst ein vergleichsweise neu Hinzugekommener beschäftigt oftmals mehrere junge Männer, gewöhnlich seine Söhne, die mit knorrigen Stöcken in Händen bereit stehen, schreiend und um sich schlagend, um jeden der allgegenwärtigen ›Bettroller‹ – wie die wandernden, meist armen Händler genannt werden, die ihre Waren gebündelt in Decken bei sich führen – zu vertreiben, der kühn genug ist, seine Habe in allzu großer Nähe auszubreiten.

Für Barra war der Markt das Herz und die Seele von Tyros. Tyros war zweifelsohne die kosmopolitischste Stadt ihres Zeitalters; auf jeden Ureinwohner dieses Küstenstrichs, die kleinen, olivhäutigen Kena'ani, kamen vielleicht vier oder fünf Abkömmlinge der ägyptischen Eroberer und der von diesen unterworfenen Hethiter, weiterhin übrig gebliebene Nachkommen der früheren assyrischen Besatzer, dazu wohlhabende Flüchtlinge aus Kreta, die nach der Einnahme von Knossos durch Theseus von dort geflohen waren. Zudem gab es den stetigen Strom einwandernder Glücksucher aus der ganzen bekannten Welt, denn es war kein Geheimnis, dass ein Mann hier, im Dreh- und Angelpunkt der Welt, etwas aus sich machen konnte, dass Gewitztheit und Mut an diesem Ort mehr zählten als eine hohe Geburt. Von den fünf Patrizierhäusern, die den größten Teil des Handels kontrollierten, hatte vor einhundert Jahren noch keines bestanden.

Und so kamen die Einwanderer herein, mit dem Schiff oder einer Wüstenkarawane, auf dem Rücken eines Pferds oder zu Fuß entlang der Küstenstraße, und sie scharten sich in ihren eigenen Stadtvierteln zusammen, deren Grenzen fließend waren – nur natürlich, dass man am liebsten mit denjenigen zusammenwohnte, die die eigene Sprache sprachen, die sich daran erinnerten, wie die Luft zu Hause roch und wie die Sonnenuntergänge in der Heimat waren. Aber der Markt war der Gleichmacher, der Schmelztiegel, die zum Willkommen geöffneten Arme, die sie alle, alle vereinnahmten. Auf dem Markt traf man zusammen.

In den ersten Jahren ihres freiwilligen Exils vom Land ihres Bruders hatte Barra auf die Tage hin gelebt, da sie dem Haus ihrer Zieheltern entfliehen und sich in der lärmenden, hin und her wogenden Menge vergraben konnte. Hier hatte sie den Wert des Geldes schätzen gelernt und die Kunst des Feilschens erlernt, hier hatte sie ihr Phönizisch und Griechisch vervollkommnet, hatte fließend Ägyptisch und auch Kanaanäisch gelernt, die Sprache der amoritischen Prinzen von Kena'an. Hier hatte sie die achaiische Keilschrift studiert, ihre oberflächlichen Kenntnisse des Hethitischen, Minoischen erworben und das Iberisch der Flaschenabfüller flüssig zu sprechen gelernt. Hier hatte sie die Erfahrung gemacht, einen Mann nach seinen Taten zu beurteilen, da Worte gewöhnlich lügen; hier hatte sie begriffen, dass ein rascher Seitenhieb mehr einbringt als ein leises Wort. Und hier, in einer zwielichtigen Seitengasse in der Nähe, hatte sie zum erstenmal um ihr Leben gekämpft.

Mehr als das Haus des Peliarchus, mehr sogar als die riesige Halle ihres Bruders in Langdale oder die prächtige Festung ihres Vaters in Tara war dies ihr Zuhause.

Die Energie des Markts war ansteckend; nach nur wenigen Minuten feilschte sogar der immerzu schweigsame Leucas lebhaft mit einem Händler um einen Sägezahnspeer mit kunstvoll geschnitztem Schaft, obgleich er kein Geld zum Erwerb des Speers bei sich trug. Kheperu war bereits tief in seinen dritten stimmlichen Wettstreit verstrickt, und seine dunklen Augen glänzten, als ob er seine eigenen Drogen kosten würde. Er kreischte Beleidigungen und Verwünschungen, während er um ein Pfund Zimtborke feilschte, die er gar nicht haben wollte.

Barra schritt schweigend durch die Menge, wobei sie ihre Gefährten im Blick behielt – eine leichte Aufgabe: Leucas überragte mit Kopf und Schultern alle übrigen Männer auf dem Markt – und gelegentlich Grüße mit einem Händler austauschte, der sich ihrer erinnerte. Sie beglückwünschte diesen oder jenen zu seinen Waren oder zu den Anbauten an seinem Stand und wich der Schar der ägyptischen Garnisonstruppe aus. Aber während sie das warme, wehmütige Gefühl der Erinnerung genoss, einen Ort zu überblicken, wo sie ihre Jugend verbracht hatte, war sie sich der auf dem Markt herrschenden Stimmung gewahr: Sie sah, wie ein schwitzender Händler beiseite schaute, oder hörte Gespräche mit drängenden Untertönen. Als sie den westlichen Rand des Markts erreicht hatten, hatte sie ihre Gefährten angewiesen: »Nun, wir lassen einander da drinnen besser nicht aus den Augen. Vorerst möchte ich nur bummeln, aber haltet die Augen offen! Sprecht mit den Leuten! Selbst du, Leucas; viele Leute hier sprechen Griechisch. Ich habe Gerüchte vernommen, dass sich ein Handelskrieg zusammenbraut, was bedeutet, dass die Leute zumindest nach Wächtern Ausschau halten. Um richtig Geld zu verdienen, müssen wir uns an ein Patrizierhaus heranmachen und vielleicht ein bisschen schmutzige Arbeit erledigen. Und deswegen müssen wir ihre Aufmerksamkeit erregen – man geht einfach nicht bloß zum Tor eines Patrizierhauses und fragt nach Arbeit. Vielleicht können wir als Wächter anfangen und uns hinaufarbeiten, wenn die Leute herausfinden, dass wir nichts dagegen haben, uns die Hände blutig zu machen.«

Kheperu fragte: »Aber was war denn mit dem Burschen am Strand?«

»Er wollte rote Arbeit – wir sollten jemanden umbringen.«

»Also?«

»Also hat er bloß fünfzehn Schekel bezahlen wollen. Fünf pro Mann. Ich lasse mir die Nase nicht für fünf Schekel einschlagen. Kommt schon, setzen wir uns in Bewegung! Tyros ist ein teures Pflaster, und ich möchte mit mehr Geld weggehen, als ich hereingebracht habe.«

»Dir geht's immer ums Geld«, hatte sich Kheperu scheinbar verzweifelt beklagt. »Was ist mit gutem Essen und anständigem süßem Wein? Was ist mit Gesellschaft? Was ist mit *Sex?*«

»In Tyros musst du für all das bezahlen. Kommt schon!«

Jetzt war sie sich gewiss, dass die Gerüchte, die sie in Kypros gehört hatte, zutrafen: In Tyros braute sich etwas zusammen. Dieser Korinther am Strand hatte angedeutet, dass er Söldner anheuern wollte; das war ein gutes Zeichen gewesen, obgleich er ein derartiges Arschloch gewesen war. Ihr fiel eine ungewöhnliche Anzahl Bettler auf, die um Almosen flehten, und viele davon waren darin so schlecht, dass es vermutlich keine berufsmäßigen Bettler waren – und das war ein weiteres gutes Zeichen, ein Zeichen, dass die Geschäfte in der ganzen Stadt schlecht liefen; die Patrizierhäuser verspürten deswegen vielleicht ein leises Kneifen und wurden kribbelig. Die ägyptischen Soldaten, an denen sie hier und da vorüberkam, trugen, was untypisch war, in der Hitze des Tags ihre gefütterte Rüstung, und sie klebten in Gruppen von vier oder fünf eng beieinander: Dies war ein besseres Zeichen. Wenn sie und ihre Freunde die Augen offen hielten, könnten sie womöglich einen ernsthaften Gewinn ausmachen.

Sie verspürte eine Bewegung in der Menge. Die

Menschen schoben sich allmählich Richtung Nordwesten auf den zentralen Platz nahe der Brunnen zu. Jede Störung auf dem Markt veranlasste die Menge dazu, wie Sand zu fließen, der jäh in ein Loch rutschte; wenn den Leuten auffiel, dass diejenigen, die näher an dem Unruheherd standen, sich darauf zu bewegten, folgten sie natürlich – sogar unbewusst.

Barra ließ sich mit ihnen treiben. Eine simple Schlussfolgerung: Eine Störung deutete auf eine ungewöhnliche Begebenheit hin; Barra und ihre Partner lebten von ungewöhnlichen Begebenheiten – also geschah vielleicht etwas, woraus sie einen Gewinn ziehen mochten. Sie fing Leucas' Blick auf und nickte in die Richtung, wohin die Menge trieb. Er nickte seinerseits, schulterte sein Bündel und machte sich auf. Unterwegs blieb sie stehen und sammelte Kheperu ein – sie konnte seine Aufmerksamkeit nicht auf sich lenken, also baute sie sich hinter ihm auf und zog ihn an seinem Haarknoten mit sich, wobei sie sein Protestgekreisch überhörte. Als sie ihn schließlich losließ, wischte sie den Schmier in ihrer Hand an der Hose ab.

»Vielen Dank«, meinte Kheperu, die Ernsthaftigkeit in Person. »Dieser Hurensohn hätte mir alles abgeluchst, was ich besitze, meinen erstgeborenen Sohn eingeschlossen. Darüber hinaus hätte er mir noch einen einjährigen Dienstvertrag aufgebrummt.«

Kichernd schüttelte sie den Kopf. »Habe ich dich nicht immer vor den tyrischen Händlern gewarnt?«

»Ich war der Ansicht«, erwiderte er und zeigte seine volle ägyptische Würde, »dass du dich mal wieder in deiner üblichen Übertreibung ergehst.«

»Ich übertreibe niemals.«

Die zusammenströmende Menge wurde immer lärmender und rückte gleichzeitig immer langsamer vor; sobald die Gefährten den zentralen Platz erreicht hatten, versperrte ihnen eine solide Mauer aus menschlichen Rücken den Weg. Über alle Köpfe hinweg blickte Leucas zur Mitte.

»Es ist ein Bär. Ein großer Bär.«

»Ein Bär?« Barra runzelte die Stirn. »Weshalb das Getue um einen Bären? Jäger bringen die ganze Zeit über Bären hier durch. Lass mich sehen!«

Leucas half ihr auf seinen Rücken hinauf. Sie stützte die Ellbogen auf seine harten Schultern.

Fünf Männer in Rüstung hielten schwere Taue in Händen, die an einem eigens angefertigten Kragen um den dicken Hals des Bären befestigt waren. Das riesige braune Tier brummte gedämpft durch seinen aus Leder und Bronze bestehenden Maulkorb, während die Männer es weiterzogen. Es wirkte schläfrig und gefügig und folgte ihnen ziemlich willig über den Platz. In Barras Augen war seine Haut ein wenig zu fest gespannt – einen Bären fügsam zu bekommen erreichte man am besten dadurch, dass man ihn so lange hungern ließ, bis er sich unterwarf, und ihr wollte es so vorkommen, dass dieser eine Spur zu gut genährt war.

Mit zusammengekniffenen Augen blickte Barra zu den Insignien auf der Rüstung der Bärenführer hinüber. »Das ist die Uniform der Meneides«, überlegte sie. »Was will Idonosteus wohl mit einem Bären?«

»Wird ihn wahrscheinlich verkaufen wollen«, meinte Kheperu. Er hatte Leucas eine Hand auf den Arm gelegt, um sich abzustützen, während er auf den Zehenspitzen balancierte. »Das ist das verdammt noch mal größte Vieh, was mir je zu Gesicht gekommen ist.«

»O bitte«, spottete Barra. »Das ist bloß ein Bärchen! Wo ich herkomme…«

»Ich weiß«, unterbrach Kheperu müde. »Auf der Insel der Mächtigen grasen Bären die Spitzen von Eichen ab, stimmt's?«

Leucas kicherte. Barra antwortete ganz unschuldig:

»Die Spitze ist der zarteste Teil, weißt du. Einmal, da war ich noch ein kleines Mädchen...«

»Du willst mir doch nicht etwa sagen – dass du einen großen braunen Berg bestiegen hast, und als du den Gipfel erreicht hast, da hat der sich als der Bauch eines schlafenden Braunbären herausgestellt?«

»Nun... nein, eigentlich bin ich nicht ganz so weit gekommen – ich habe nämlich Höhenangst.« Sie grinste über sein leises Stöhnen der Kapitulation. »Obgleich das ein Bär aus dem Norden ist, vielleicht vom Kontinent nordöstlich der Inseln. Das heißt etwa zwei Monate an Bord eines Schiffs. Er kann diesen Bären keinesfalls weiterverkaufen und auch nur die Kosten für das *Futter* des verdammten Viehs wieder hereinbekommen.«

»Ramses, der Lebende Horus, unterhält eine Menagerie«, warf Kheperu ein. »Vielleicht dieser Meneidesknabe auch.«

Barra schüttelte den Kopf. »Idonosteus mag sich damit brüsten, ein kleiner Pharao zu sein, aber er kann Tiere nicht leiden – natürlich könnte er inzwischen gestorben sein, so jung war er nicht mehr... Ich weiß nicht, wer sein möglicher Nachfolger ist, ich erinnere mich nicht daran, ob er irgendwelche Söhne hatte...«

»Bärenhatz.«

Barra spürte Leucas' Poltern bis in die eigene Brust, und sie verrenkte den Hals, um einen Blick auf sein Gesicht zu erhaschen; der Ausdruck des riesigen Atheners war ebenso grimmig wie sein Tonfall. Ein Übelkeit erregender Klumpen bildete sich in ihrer Magengrube und sie nickte angewidert. »Du hast vielleicht Recht.« Sie spie auf die Pflastersteine, wobei sie Kheperu knapp verfehlte. »Kranker Hurensohn!«

»Was ist eine Bärenhatz?«, fragte Kheperu.

»Ein Spiel«, sagte Barra zu ihm. »Ein schändliches Spiel. Man kettet den Bären an einen Pfahl, üblicherweise am Grund einer Grube, dann lässt man Hunde auf ihn los und wettet darauf, wie viele Hunde der Bär töten wird, ehe er in Stücke zerrissen ist.«

Kheperu starrte sie an, die Augen vor Entsetzen weit aufgerissen. »Das ist ja widerlich! In meinem ganzen Leben habe ich noch nie so etwas Grässliches gehört.«

»Das kommt gleich neben Mord.«

»Mord, von wegen! Es sind bloß Tiere! Man lässt dieses Vieh *Hunde* töten?« Wie so viele andere Ägypter würde Kheperu fröhlich einem Mann die Eingeweide herausreißen, weil dieser einen Hund geschlagen hatte. »Weiß der Gouverneur davon?«

Barra zuckte die Schultern. »Ist doch wurscht, selbst wenn er's wüsste. Die Patrizierhäuser schenken deinem Gouverneur der Provinz Kanaan etwa so viel Beachtung wie ihrem eigenen sabbernden alten König in Byblos.«

»Jemand sollte etwas unternehmen.« Kheperus Entrüstung schwand ebenso rasch, wie sie gekommen war, und verlor sich in einem trägen Brummeln.

»Es geht uns nichts an, was das Haus Meneides unternimmt, um Spaß zu haben«, meinte Barra.

»Ulkig, dass er nicht in einem Käfig ist«, meinte Leucas nachdenklich. »Wäre sicherer.«

»In einem Käfig«, sagte Kheperu, »muss man das gesamte Gewicht des Tiers mit ziehen. Auf diese Weise trägt sich das Tier selbst.«

»Mm«, machte Barra. Sie nickte nachdenklich, allerdings nicht, weil sie mit ihm einer Meinung war. »Und ein Bär in einem Käfig würde nicht eine so große Menge Schaulustiger auf sich ziehen. Ich frage mich, worauf der alte Idonosteus wirklich hinauswill?«

In einem distanzierten, überlegenden Tonfall meinte Leucas: »Ich habe sagen hören, dass Theseus einmal einen Bären getötet hat, unbewaffnet – er hat ihn erwürgt, heißt es in der Geschichte.«

Kheperu schnaubte. »Ihr Griechen und eure Geschichten – wo hast du denn die schon wieder gehört?«

Leucas wandte nicht einmal den Blick ab. »Von Prinz Demophoon – das heißt, seinem jüngsten Sohn. Theseus, musst du wissen, war nicht viel größer als ich…«

»Komm nicht auf dumme Gedanken!«, sagte Barra fest und schlug ihm leicht auf den Kopf, und Leucas hob seufzend die Schultern, ungeachtet ihres Gewichts auf seinem Rücken.

»Hast du genug gesehen, Barra?«

Sie blickte mit zusammengekniffenen Augen auf den Bären, der jetzt wegen des Lärms und der Gerüche der Menge widerspenstig wurde, den Kopf in die Höhe warf und brummte. »Noch nicht. Ich habe den Eindruck, diese Jungs da wissen gar nicht, was sie an der Leine haben. Wenn dieser Bär sich losreißen will, werden ihn die fünf kaum daran hindern können.«

»Mm, Barra?«, fragte Kheperu zweifelnd. »Wenn dieser Bär woandershin will und diese Männer ihn nicht daran hindern können, wäre es dann nicht eine gute Idee, *irgendwo* anders zu sein?«

Barra grinste zu ihm hinab. »Was, du hast Angst vor einem kleinen Bärenjungen?«

»Bärenjunge oder nicht, dieses Untier ist alles andere als klein…«

Jemand warf einen Stein.

Er kam aus den Tiefen der Menge herübergesegelt und traf den Bären mit einem dumpfen *Plopp* am Schultergelenk. Der Bär richtete sich auf, wodurch er Meneides' Bärenführer aus dem Gleichgewicht brachte. Barra sah deutlich die jähe Panik auf ihren Gesichtern, als sie sich bemühten, das Tier wieder unter Kontrolle zu bekommen; sie riefen etwas, das in dem wogenden Gelächter der Menge unterging. Womöglich ermutigt von der Reaktion, schleuderte der Werfer einen weiteren Stein, der ebenfalls traf, diesmal den

Oberschenkel des Bären, woraufhin sich dieser mit einem dumpfen Gebrüll herumwarf und dabei die Führer fast in Reichweite seiner Klauen heranholte. *Irgendein Idiot mischt sich da voller Absicht ein,* dachte Barra. Von ihrem erhöhten Aussichtspunkt aus suchte sie nach dem Idioten, konnte ihn jedoch nicht finden. Jetzt beteiligten sich andere aus der Menge an dem Spiel und bewarfen den Bären und seine verzweifelten Führer mit allem, was zur Hand war: von Steinen über Äpfel bis hin zu Hammelkeulen. Der Bär heulte, wand und drehte sich, die Männer klammerten sich an die Taue, und dann stürzte einer von ihnen, und einem weiteren rutschte das Seil aus der Hand und der Bär griff mit entsetzlicher Geschwindigkeit einen dritten an und warf ihn zu Boden. Ein Streich mit den Klauen riss ihm das Gesicht herunter, spritzendes Blut färbte dem Bären den Maulkorb scharlachrot. Er hielt sein Opfer mit einer massigen Klaue fest und blickte brummend die anderen Führer an. Niemanden überraschte es, dass sie die Nerven verloren.

Sie ließen sämtliche Seile fallen und nahmen Reißaus.

Die Menge wogte zurück, weg von dem Platz. Leute kreischten. Der Bär senkte den Kopf, beschnüffelte sein matt kämpfendes Opfer und versuchte zuzubeißen. Vom Maulkorb aus Leder und Bronze daran gehindert, heulte er enttäuscht auf und stürmte auf die Menge zu.

Barra rief: »Das ist unsere Chance! Gehen wir hin und holen uns den Bären!«

Leucas stemmte sich nun mit aller Macht gegen die jäh zurückflutende Menge; sie teilte sich um ihn wie Wogen an einer Klippe. Barra klammerte sich an seinen Rücken, als er sich nun mit der Brust durch die Menschen schob und Männer wie Frauen mit den geballten Fäusten links und rechts beiseite schleuderte. Kheperu rief: »Ihn holen? Du bist wohl des Wahnsinns fette Beute!« Nichtsdestoweniger folgte er dem Athener.

Über kurze Entfernungen kann ein solcher Bär ein Pferd einholen; er erreichte die Menschenmasse lange, bevor die drei Gefährten Luft bekamen. Allerdings raste er in die falsche Richtung, nordostwärts, hinein in die Stadt, von ihnen weg, und hackte mit den Krallen seiner riesigen Pranken nach den Rücken der kreischenden Menschen. Als Leucas sich endlich auf den offenen Platz durchgekämpft hatte, waren die Pflastersteine übersät mit zerrissenen und blutenden Menschen. Einige erhoben sich und rannten davon, einige andere hauchten bloß zuckend ihr Leben aus.

Barra sprang zu Boden und rief: »Kheperu! Sorge dafür, dass sich das verdammte Vieh wieder in unsere Richtung bewegt!«

»Du bist wohl von allen guten Geistern verlassen!«

»Tu's!«

Der Ägypter brummelte unterdrückt ein kurzes Gebet, griff in sein Gewand und zog eine kleine Kugel aus einem schwarzen und klebrigen Material hervor; er holte aus und warf sie dem Untier nach. Zum Glück schlug sie auf den Pflastersteinen auf und nicht zwischen den davonhastenden Menschen; sie explodierte mit einem lauten *Wusch!* zu einem weißen Feuerball. Der Bär bäumte sich auf, heulte durch seinen Maulkorb und machte kehrt, um den Flammen zu entkommen.

Rasch zog Barra eine ihrer beiden Wurfäxte heraus, nahm sich eine halbe Sekunde Zeit zum Abschätzen der Entfernung und schleuderte sie. Singend fuhr die Axt durch die Luft. Es war ein vollendeter Wurf, als ob sie an einer fest gespannten Leine von Barras Hand zum Kopf des Bären sausen würde. Die flache Seite der Axt traf den Bären mit einem dumpfen Geräusch zwischen die Augen. Barra summte zufrieden, während sie darauf wartete, dass der Bär umfiele.

Blinzelnd schüttelte der Bär den Kopf, dann richtete er die kleinen Knopfaugen auf Barra, und sie überfiel jäh der Gedanke, dass das am Ende doch keine so gute Idee gewesen sein mochte.

Der Bär ließ sich auf alle viere fallen und stürmte heran.

Barra zog ihre Breitaxt und hockte sich nieder, bereit, ihm aus dem Weg zu springen. »Töte ihn nicht!«

»Ihn töten?« In Leucas' Stimme schwang eine wahnsinnige griechische Kampfeslust mit. Sein Gesicht verzog sich zu einem gewaltigen, wilden Grinsen und seine Augen glühten wie Kohlen. »Ich werde ihn zum *Tanz* auffordern!«

Der Bär schoss mit Schrecken erregender Geschwindigkeit auf sie zu. Leucas schwang das riesige Bündel aus Rüstung und Waffen in einem engen Bogen und schleuderte es davon. Es streifte den Bären an Kopf und Schultern und warf ihn aus der Bahn. Heulend bäumte sich der Bär auf und schlug mit den Klauen in die Luft. Barra und Kheperu sahen mit offenem Mund und voller Unglauben zu, wie Leucas zu dem Untier lief und ihm den Kopf mit einem aufwärts gerichteten Haken zurückschlug, dem ein gigantischer rechter Haken folgte. Dieser traf den Bären unterhalb des Ohrs am Schädel und ließ ihn seitwärts taumeln.

Unmöglich zu sagen, wer mehr überrascht war: Barra, Kheperu oder der Bär.

Der Bär erholte sich als Erster. Noch immer überragte er Leucas gewaltig, so, wie der riesige Grieche sich über gewöhnliche Männer erhob. Er krallte nach ihm, ein täppischer Versuch eines Hiebs, dem Leucas leicht ausweichen konnte. Der darauffolgende Schlag mit der anderen Tatze riss Leucas jedoch die rechte Schulter auf.

Barra riss sich aus ihrer Benommenheit und kreischte Kheperu zu, *er solle etwas unternehmen, verdammt noch mal!* Sie sprang auf den Rücken des Bären, griff mit der linken Hand nach dem Kragen um dessen Hals und zog sich daran hoch, um dem Bären mit der flachen Seite der Breitaxt auf den Hinterkopf zu schlagen. Es war ein schwacher Hieb, da nur von einem Arm ausgeführt, aber er lenkte den Bären ab; er ließ sich auf alle viere fallen und schüttelte sie ab. Sie kam zu Boden, wälzte sich herum und sprang auf; Leucas hämmerte ihm mit einer Faust auf den Schädel.

Kheperu hatte kein Vertrauen, dass sein Stab gegen dieses Ungeheuer etwas ausrichten konnte, das Barras Äxte und Leucas' Fausthiebe abzuschütteln vermochte. Voller Panik sah er sich auf dem Platz um, und sein Blick fiel auf ein Bündel Speere mit Bronzespitzen, die an der hölzernen Theke einer nahe gelegenen Zeltbude lehnten. Während Barra und Leucas einen verzweifelten Tanz um den herumwirbelnden Bären vollführten und versuchten, ihn abzulenken, damit er sich nicht auf einen von ihnen beiden konzentrierte, lief Kheperu zu der Bude, griff hinein und packte ein Bündel Speere. Er zerrte daran, doch sie wollten sich nicht lösen. Er blickte über die Theke nach unten, und dort kauerte ein schwitzender Tyrer, der das Bündel mit beiden Armen festhielt.

»Lass los, du Idiot!«, kreischte Kheperu auf Ägyptisch.

»Sieben Schekel!«

»Was?«

Der Verkäufer kreischte schrill: *»Das Stück!* Sieben Schekel *das Stück!«*

»Schön!«, schrie Kheperu zurück. »Abgemacht! Abgemacht!«

Er ließ das Bündel los, und als sich der Verkäufer zum Kassieren halb erhob, wirbelte Kheperu seinen

Stab herum und schlug dem Mann krachend ins Gesicht. Der Verkäufer fiel wie ein von der Axt getroffener Stier. Kheperu packte die Speere und lief los.

Der Bär schlug nach Barra; es gelang ihr, die Tatzen mit dem Schaft ihrer Axt abzublocken, aber die Wucht des Schlags riss sie zu Boden. Als sie sich wieder aufgerappelt hatte, hatte sich der Bär mit weit geöffneten Vorderbeinen Leucas zugewandt. Leucas hob die Arme wie der Faustkämpfer, der er war, und blockte mit den Unterarmen; einen unglaublichen Augenblick lang maß er seine Kraft mit dem toll gewordenen Bären und hielt dessen Tatzen zurück. Blinzelnd sah Barra hin und traute kaum ihren Augen: *Niemand ist so stark!*, dachte sie – und erwartete halb, dass er als Nächstes das verdammte Untier hoch über Kopf und Körper heben und es wie ein griechischer Ringkämpfer zu Boden schmettern würde, aber ehe er auch nur einen Finger zu rühren vermochte, vollführte der Bär einen Satz nach vorn und zog Leucas zu sich heran, wobei er mit den Tatzen nach dessen Rücken hackte. Kheperu war es inzwischen gelungen, einen der Speere aus dem Bündel zu ziehen, und er schleuderte ihn von der anderen Seite des Platzes herüber.

Barra kreischte: *»Nein!«*, während der Speer durch die Luft segelte, und blitzartig sah sie innerlich das lebhafte Bild vor sich, wie der Speer Leucas ins Kreuz traf, aber der Bär drehte sich und der Speer streifte Leucas nur. Die Bronzespitze traf den Bären in die Seite, wo sie stecken blieb. Der Bär ließ Leucas los und hackte nach dem Speerschaft.

Bären hatten eine Schwachstelle, die Barra bekannt war, eine, die sie mit Männern teilten; während sie auf dem Boden gelegen hatte, hatte sie ihr Ziel gut in den Blick bekommen. Als Leucas stolpernd zurückwich und dabei versuchte, sich auf den Beinen zu halten, vollführte Barra eine Schulterrolle vorwärts, die sie mit gespreizten Beinen direkt vor den Bären brachte. Sie schwang ihre Breitaxt in einem hässlich pfeifenden Bogen und trieb das stumpfe Ende der Axt dem Bären hart in die Geschlechtsteile.

Der Bär machte: »*Wuff!*«

Dann stand er schwankend und mit glasigem Blick da.

Leucas trat heran und zog dem Bären den Speer aus der Seite. Er packte den Speer knapp unterhalb der Klinge, berührte mit dem anderen Ende das Gesicht des Bären, um die Entfernung abzumessen, und schwang ihn daraufhin mit aller Kraft. Der Speerschaft zersplitterte auf dem Kopf des Bären.

Seufzend sank der Bär in die Knie und wälzte sich auf die Seite.

Barra und Leucas standen heftig keuchend da und blickten auf den bewusstlosen Bären hinab. Leucas berührte die zerrissene Haut an seiner Schulter und musterte nachdenklich das Blut auf seiner Hand. »Ob das unsere Chance ist?«, meinte er langsam. »Uns einen Bären fangen?«

»Sieh mich nicht so an«, sagte Barra atemlos. »Niemand hat dir gesagt, du sollst gegen das verdammte Untier einen *Faustkampf* austragen…«

»Du hast meinen Speer zerbrochen!«, sagte Kheperu, als er, die anderen vier Speere in der Hand, herantrat. »Ich habe… *zehn* Schekel für diesen Speer bezahlt.«

»Ich werd's dir schuldig bleiben.« Er blickte auf Barra hinab. »Wie viel ist ein Schekel?«

Barra schüttelte ungeduldig den Kopf. »Wir müssen deine Wunde säubern und nähen. Und wo sind die verdammten Bärenführer?«

»Einer von ihnen liegt in der Blutlache da drüben.« Kheperu zeigte mit dem Finger hin.

Barra folgte dem Finger und verzog das Gesicht. »Er wird nicht überleben. Wo sind die anderen?«

Die Menge war wieder zurückgekehrt, um dem Kampf beizuwohnen. Barra blickte sich um, sie suchte nach den Führern und sah verwundete Einwohner. Drei lagen auf dem Boden und eine Schar Leute drängte sich darum. Überall sonst hätte sie ihnen keinerlei Beachtung geschenkt – schließlich kannte sie sie nicht –, aber hier spürte sie bei dem Gedanken, einfach davonzugehen, einen scharfen Stich in den Eingeweiden. Sie hielt Leucas eine ihrer Wurfäxte hin und sagte zu ihm: »Halte ein Auge auf dieses verdammte Untier gerichtet! Wenn es sich rührt, schlag es!« Der Athener nickte, nahm ihre Axt und hob sie nachdenklich hoch.

»In Ordnung, wenn ich zunächst meine Schulter verbinde?«

»Ja, natürlich. Und du…«, sie stach mit einem Finger auf Kheperu ein, »…kommst mit!«

Sie führte ihn zu den Verletzten hinüber; sein Geruch reichte aus, dass die Menge sich teilte. Einer der Verletzten war eine Frau mittleren Alters, deren Fleisch vom Ohr bis zum Schultergelenk aufgerissen war. Der halbe Hals fehlte und sie war augenscheinlich tot. Die anderen beiden waren Männer. Dem einen war die Achillessehne durchtrennt worden und er schluchzte; der andere hatte eine Verletzung an der Wade, einen gebrochenen Knöchel und war bewusstlos. Er hatte Blut im Gesicht – möglicherweise hatte er sich beim Sturz aufs Pflaster den Kopf angeschlagen. »Hilf mir, sie zu verbinden. Und gib mir was von deiner Salbe.«

»Meinst du das ernst?«, fragte Kheperu. »Das Zeug ist teuer. Sollen sich doch ihre Freunde um sie kümmern.«

»Ich werde sie dir bezahlen«, entgegnete Barra gleichmütig.

»Was kannst du dabei schon groß gewinnen? Ich verstehe einfach nicht, weswegen du…«

»Weil ich hier *lebe!*«, fauchte sie. »Wenn du eine bessere Antwort benötigst, werde ich es dir mit den Fäusten erklären.«

»Keine Veranlassung, gleich so gereizt zu sein…«

Die Blutung zu stillen war nur das Werk einiger Augenblicke. Barra winkte vier Männer aus der zuschauenden Menge heran. Sie wies sie an, diese beiden zum Sitz der Meneides zu tragen und sie dort verarzten zu lassen; dabei legte sie ihre Hand auf die Breitaxt, sodass weitere Überzeugungsarbeit nicht vonnöten war.

Als sie die Verletzten davontrugen, beugte sich Kheperu nahe an sie heran und murmelte ihr ins Ohr: »Wie viel weißt du von diesem Leucas, unserem Partner? Hast du ihn gut gekannt, ehe wir uns begegnet sind?«

Sie hob ausdrucksvoll die Schultern. »Warum fragst du?«

Er wandte die lange Hakennase in die Richtung, wo Leucas stand und schweigend Wache neben dem bewusstlosen Bären hielt. Die Morgensonne schien heftig auf seine Brust und das breite, ernste Gesicht, sodass seine bronzefarbene Haut golden schimmerte und Bart und Haar glänzten. »Nur ein Wahnsinniger würde so auf einen Bären losgehen, unbewaffnet mit ihm die Klingen kreuzen, wenn du das Wortspiel entschuldigen willst.«

»Er ist dennoch mit ihm fertig geworden, oder?«

»Mmm, ja. Allerdings. Genau so, wie er mit dem kyprischen Eber ›fertig geworden‹ ist, nachdem sein Speer zerbrochen ist. Ein Streich mit der Tatze hat dem Bärenführer das Gesicht weggerissen und ihn schnurstracks getötet – oder fast, jedenfalls, er wird keine Stunde überleben –, dennoch ist Leucas mit ein paar blutigen Schrammen davongekommen, einem Schnitt über dem Schulterblatt.«

»Worauf willst du hinaus?«

»Bin mir nicht sicher«, erwiderte Kheperu nachdenklich. »Ich frage mich bloß, ob an unserem attischen Freund vielleicht etwas mehr dran ist, als es auf den ersten Blick scheint.«

»Vermutlich hat er lediglich Glück«, meinte Barra. »Das muss man haben, wenn man den Trojanischen Krieg überlebt hat. Komm schon!«

Sie kehrte ihm den Rücken zu und ging zu dem Bären hinüber, Kheperu ihr dicht auf den Fersen.

»Keine Spur von den verdammten Bärenführern?«, fragte sie und Leucas schüttelte schweigend den Kopf. Barra legte die Hände vor den Mund. *»Meneides! He, Meneides! Holt euch schon euren verdammten Bären!«*

»Du wirst ihn nicht laufen lassen?«, fragte Leucas stirnrunzelnd. »Sie sollen ihn behalten?«

»Natürlich«, sagte Barra zu ihm. »Gewiss, ich hasse die Bärenhatz und so, aber das hier ist Geschäft. Wenn die Geschichte die Runde machte, wird jeder wissen, dass wir drei bronzefressende Helden sind, die sich vor nichts fürchten – selbst wenn sie uns vielleicht nicht für allzu helle halten.« Betont mied sie Leucas' Blick. »Klar? Unser Preis geht in die Höhe. So, wie ich es sehe, schuldet uns Idonosteus inzwischen einiges. Jetzt benötigen wir bloß noch diese Bärenführer, die uns zusammen mit dem Bären zum Sitz des Hauses Meneides bringen, und dann können wir abkassieren.«

Leucas und Kheperu tauschten Blicke aus. Leucas hob die Schultern und zuckte vor Schmerz zusammen.

»Ich habe stets bewundert«, sagte Kheperu warm, »wie dein Gehirn arbeitet, Barra.«

»Wirklich?«, fragte sie. Sie sah zum grenzenlosen Blau des phönizischen Himmels auf und folgte mit dem Blick dem kurvenreichen Flug einer Möwe. »Möchtest du wissen, woran mein Gehirn gerade im Augenblick arbeitet?«

Kheperu wich zurück und zog den Kopf ein; er kannte diesen Tonfall. »Nun, nein, eigentlich…«

»Ich denke«, erwiderte sie betont milde, »wenn ich dir, sagen wir mal, einen Schlag auf den Kopf versetze, dich fessele, dich dann an einen dieser Balkone hier hänge, dich hin und her baumeln lasse, mir eine Binde um die Augen lege und dann Messer, Äxte und so etwas in deine Richtung schleudere, einen ganzen Nachmittag lang oder so, dann wirst du vielleicht lernen, keinen Speer in einem Handgemenge zu gebrauchen, wo du äußerst gute Chancen hast, einen deiner Partner zu töten. Was meinst du?«

»Ich, äh…«, hüstelte er. »Ich glaube, das wird nicht nötig sein…«

Sie bleckte die Zähne. »Bestimmt nicht?«

»Na, na, Barra«, sagte Leucas, »es ist doch nichts passiert…«

»Ich rede mit Kheperu! Ich muss sicherstellen, dass er sich gewiss ist. Nicht wahr, Kheperu? Und wenn du's jemals wieder tust, dann bekommst du diese Axt zu spüren, kapiert?«

»Aber ja!« Konzentriert blickte er über die Schulter. »Die Bärenführer kommen zurück. Wir wollen uns doch nicht vor den Dienern streiten, oder? Du weißt, wie sie tratschen.«

»Dieser Bär ist ganz schön kostspielig geworden.« Idonosteus wischte sich mit einer Leinenservierte aus tyrischem Purpur Wein aus seinem Bart, der fast die gleiche Farbe hatte wie der Wein selbst. »Ein Glück, dass Brachmus keine Familie hatte und dass er bei den Männern nicht sonderlich beliebt war. Keine Entschädigung – und das Begräbnis wird auch recht billig. Nur zwei Einwohner sind getötet worden, sagst du?«

Barra nickte knapp. »Ja, Herr. Drei oder vier Männer erlitten Verletzungen, konnten sich jedoch auf eigenen Füßen davonmachen; dann sind da noch die beiden unten.«

»Erneut Glück gehabt. Natürlich werden sie Schadensersatz verlangen, aber wenn sie nicht wirklich zum Krüppel geworden sind, werde ich aus dem Tier noch immer einen netten Gewinn ziehen.«

Das Zimmer war klein, jedoch üppig möbliert. Barra und Kheperu lagen halb auf niedrigen Sofas aus kunstvoll geschnitztem kuschitischem Ebenholz. Darauf lagen Seidenkissen, die so weich waren, dass sie praktisch nicht vorhanden waren. Breite Flügeltüren standen weit offen, damit das mittägliche Sonnenlicht ungehindert hereinströmen konnte. Sie führten auf eine breite Galerie, die den Innenhof überblickte, und zu weiteren Zimmern auf der zweiten Etage. Die Wände dieses Zimmers – es war der private Wohnraum von Idonosteus' Gemächern – waren lebhaft mit kretischen Motiven bemalt, Delphine und Tintenfische, gewundener Seetang und verspielte Nymphen. Die Szenerien der Deckengemälde hielt Barra für die Heldentaten irgendeines Vorfahren während der Eroberung Kretas, vielleicht Meneus persönlich.

Mit Hilfe von Barra und Leucas hatten die verbliebenen Tierführer den Bären auf einem behelfsmäßigen Schlitten zum Sitz der Meneides gezogen. Unterwegs war es Kheperu gelungen, die anderen vier Speere für insgesamt neunzehn Schekel zu verkaufen, trotz seines fortwährenden Jammerns und Klagens über den Verlust, den er dabei machte. Unter Androhung sofortiger körperlicher Gewalt hatte er diesen Verdienst mit seinen Partnern geteilt. Als sie das riesige Bronzeportal erreicht hatten, das Tor zur Mauer des Sitzes, hatte Barra sich erinnert, wie sie es tausende von Malen zuvor gesehen hatte, wenn sie auf Besorgungen für Peliarchus hindurchgetreten war. Als Mädchen von fünfzehn oder sechzehn Jahren hatte sie zu diesen zehn Ellen hohen Mauern aufgeschaut und sich gefragt, ob sie jemals einen Blick ins Innere erhielte. Das Haus

Meneides musste, was Wohlstand und Macht anging, nur dem Haus Penthedes den Vortritt lassen. Der Besitz glich einer Festung: Vorratshäuser voller Oliven und Salz, exotischer Früchte, Körbe mit Kräutern, hiesiger Weinen, ägyptischem Bier und, wie das Gerücht ging, ein Lagerhaus mit afrikanischem Gold – all das beschützten diese Mauern.

Ihr Empfang war soweit ganz herzlich verlaufen, doch Idonosteus hatte sich angeblich »gerade in einer wichtigen Besprechung« befunden und war »viel zu beschäftigt« gewesen, sie zu empfangen. Barra hatte jedoch darauf beharrt, dass der Page, der ihnen diese Botschaft überbracht hatte, zu Idonosteus zurückkehrte und die Geschichte von den Tierführern und dem Bären berichtete. Mit einem skeptischen Ausdruck hatte sich der Page andeutungsweise verneigt und war verschwunden. Wenige Minuten später war ein schwitzender meneidischer Leutnant zu ihrer Begrüßung herbeigeeilt, der sich als Pharku vorgestellt hatte. Leucas war beiseite gebeten worden, um sich die Verletzungen von einem Wundarzt versorgen zu lassen, und Barra und Kheperu waren direkt in Idonosteus' Privatgemächer geführt worden.

Idonosteus lag auf einem dicken Haufen Kissen und bot ihnen mit einem trägen Wink seiner plumpen, weichen, juwelenbesetzten Hand die kuschitischen Sofas an, worauf ähnliche Kissen lagen. Die andere Hand war mit einem Weinpokal sowie einer Faust voller reifer Oliven beschäftigt, was er beides irgendwie gleichzeitig festhielt. Ein knöchelhoher Tisch vor ihm war übersät mit goldenen Platten voller Früchte, frischem Käse und Streifen köstlichen geräucherten Fischs; hinzu kamen zwei goldene Weinkelche. Die Sofas standen strategisch günstig, sodass jemand, der darauf saß, den Tisch zwar erreichen konnte, jedoch nur mit Mühe – er musste weit hinübergreifen.

Das Oberhaupt des Hauses Meneides war von mittlerer Größe und so kugelrund wie ein Kloß. Seine glatten, schwarz eingefärbten Flechten waren mit einem duftenden Öl eingerieben und glänzten; sein Bart war ebenfalls im assyrischen Stil geflochten. Seine Zähne schimmerten, während er ein breites Willkommenslächeln zeigte, doch seine Augen waren abschätzend und kalt wie Topas.

»Setzt euch bitte, fühlt euch ganz wie zu Hause«, sagte er nachsichtig. »Ich bin neugierig – Barra? Ist dies dein Name?«

Barra ließ sich vorsichtig auf das Sofa nieder. »Ja, Idonosteus, Herr.«

»Ich bin neugierig, siehst du, wie drei dreckige Söldner…«

»Dreckig?«, fuhr Kheperu auf. »Ich bin so weit jenseits von dreckig, dass…«

Barra trat ihm in die Wade und sagte glatt: »Bitte entschuldige die schlechten Manieren meines Partners und fahre fort! Ich stehe dir zu Diensten.«

Idonosteus warf Kheperu einen kurzen Blick von der Seite zu und verzog die Mundwinkel zu einem Lächeln. Er fuhr fort: »Es waren fünf Bärenführer. Ihr, wurde mir gesagt, seid drei, und einer von euch ist eine Frau. Dennoch sind die anderen davongerannt, während ihr gekämpft habt.«

Barra hob ausdrucksvoll die Schultern. »Wie hätten wir besser deine Aufmerksamkeit erlangen können, Herr?«

Idonosteus' Augen glitzerten, sein Lächeln wurde breiter, und Kheperu starrte Barra an, als ob er seinen Ohren nicht traute.

»Du kommst mir irgendwie bekannt vor«, sagte Idonosteus nachdenklich. »Sind wir uns schon einmal begegnet?«

Barra zog den Kopf ein und nickte unterwürfig. »Ich

habe einmal für dich einen Vertrag geschrieben, bei der Handelsmesse auf Kreta...«

»Ah, ja, jetzt erinnere ich mich – du sollst angeblich die ins Exil getriebene barbarische Prinzessin sein oder etwas dergleichen.« Er nickte und ließ einen feuchten und blubbernden Rülpser ertönen. »Eine merkwürdige Kombination von Berufen, die du ausübst. Nun, fahre fort mit dem Erzählen!«

Das Oberhaupt des Hauses Meneides nippte gelegentlich an seinem Wein oder kaute Oliven, während er Barras Bericht vom Kampf auf dem Platz lauschte, aber sie erkannte deutlich, dass ihm kein Wort entging. Beim Sprechen beobachtete sie, wie er im Geiste seine Verluste berechnete und Silber zusammenzählte, das er den Familien der Opfer würde zahlen müssen. Als er mit der Summe zufrieden war, meinte Barra: »Wenn es dir nichts ausmacht, dass ich frage, Herr – warum haben deine Männer den Bären über den Markt geführt? Mir scheint, ein Umweg wäre sicherer und weniger kostspielig geworden.«

Idonosteus nickte düster. »Politik«, erwiderte er. »Eindruck schinden. Die Piraterie im Mittelmeergebiet hat während der letzten fünf Jahre beträchtlich an Boden gewonnen, seit dem Ende dieser Sache da in Troja. Sie übt entsetzlichen Druck auf mich aus – und in dieser Hinsicht auch auf die Penthedes. Wir verlieren gegenüber den Mursuwalliten, Jephunahi und Tomitiri an Boden, da sie zumeist Landwege nehmen, im Norden, Osten und Süden. Bringe ich also Waren herein, die nur aus dem nordwestlichen Europa stammen können...«

»...zeigst du damit der ganzen Stadt, dass deine Schiffe den langen Weg von den Säulen des Herakles bis hierher unbelästigt fahren können«, beendete Barra für ihn. »Beeindruckend, Herr.«

»Genau. Vielmehr...« Er schnaubte. »Es wäre beeindruckend gewesen. Du denkst wie ein Kaufmann.«

Barra lächelte. »Ich bin von einem Kaufmann erzogen worden.«

Idonosteus winkte ab; ihr Leben war zu langweilig, um darüber einen Gedanken zu verschwenden. »Du hast mir gesagt, dass deiner Ansicht nach derselbe Mann die ersten beiden Steine geworfen hat. Hast du ihn zu Gesicht bekommen? Würdest du ihn wiedererkennen, wenn du ihn siehst?«

Barra schüttelte den Kopf. »Die Menge stand zu dicht.«

»Jemand hat für Aufruhr gesorgt, und das war gewiss ein Versuch, dem Ansehen des Hauses Meneides Schaden zuzufügen. Oder es war vielleicht einfach nur Pech; dieser Tage haben wir sehr viel Pech hier«, fügte er mit einem schweren Seufzer hinzu. »Es ist fast so, als ob ein Fluch auf mir läge. Nichts geht offenbar mehr den rechten Weg; der verdammte Bär bekommt vielleicht Fieber von dieser kleinen Speerwunde und stirbt und so geht mein Glück dahin – ich bin es so müde und es kostet mich auch viel.«

»Was dieses Thema betrifft, Herr…«

»Entschuldige bitte«, unterbrach Kheperu, beugte sich vor und schnitt sich mit einem goldenen Messer einen Brocken Käse ab. »Was hattest du mit dem Bären vor?«

Idonosteus hob die Schultern. »Oh, wahrscheinlich bringe ich ihn im Frühjahr nach Kreta. Wenn er dann noch lebt. Dort bringen die großen Spieler ihr Geld durch.«

»Barbaren!«, brummelte Kheperu unterdrückt und fuhr daraufhin in normalem Tonfall fort: »Wie viel, hm, ich könnte mir denken, dass wir dir durch unser heldenhaftes Einfangen deines Bären eine große Summe *Geldes* erspart haben, nicht wahr?«

Idonosteus hob kaum merklich die dünn ausgezupften Brauen und warf Barra einen Blick zu. Während sie auf dem Sofa zurechtrückte, gelang es ihr, Kheperu heftig auf den Fuß zu treten. Die Augen traten ihm vor Anstrengung, einen jähen Schmerzensschrei zu unterdrücken, aus den Höhlen.

»Wir werden uns noch einige Wochen in Tyros aufhalten«, bemerkte Barra. »Du wirst mit uns dreien im Haus des Peliarchus Kontakt aufnehmen können.«

»Peliarchus, der Schiffseigner? Ein Mann der Penthedes, nicht wahr?«

»Ja, Herr. Und mein Ziehvater. Ich persönlich schulde Agapenthes jedoch keine besondere Loyalität, wenn du begreifst, was ich meine, und meine beiden Gefährten sind völlig fremd hier.«

Idonosteus kniff die Augen zusammen und nickte ihr kurz zu. »Ich könnte mich sehr wohl an euch wenden. Inzwischen sollt ihr wissen, dass ihr euch die Dankbarkeit des Hauses Meneides erworben habt, und *das*«, sagte er betont zu Kheperu, »ist nichts Unbeträchtliches.«

»Dieser schlappschwänzige Hurensohn hat uns verarscht!«

Leucas blickte stirnrunzelnd auf Kheperu hinab, als die drei den Markt auf ihrem Weg zum Haus des Peliarchus umrundeten. Seine rechte Schulter war von dem meneidischen Wundarzt genäht und sauber mit frischem Leinen verbunden worden und weiteres Leinen umgab seinen Brustkasten. Er behauptete, die Verletzungen seien leicht, nur Kratzer auf der Haut; er meinte, dass er in zwei oder drei Wochen wieder heil und gesund wäre und nicht einmal eine Narbe zurückbehielte. Barra warf immer wieder einen Blick auf die Verbände, während sie dahingingen, aber der Wundarzt hatte offenbar gute Arbeit geleistet – kein Blut zeigte sich, bislang jedenfalls.

»Keinen einzigen schäbigen Schekel«, fuhr Kheperu

fort. »Als ob wir für ein paar verpisste Oliven und etwas Käse unsere Haut zu Markte getragen hätten.«

Leucas wandte sich an Barra. »Was ist wirklich passiert?«

Barra lächelte. »Idonosteus wird uns anheuern. Da bin ich mir sicher. Und er wird gutes Geld zahlen, weil ich mit dem Haus Penthedes verbunden bin. Etwas geht zwischen den Patrizierhäusern vor sich, vielleicht ist ein weiterer Straßenkrieg im Kommen. Obgleich Kheperu der Sache fast den Todesstoß versetzt hätte.«

»Ich?«

»Wenn wir eine Belohnung für den Bären angenommen hätten«, sagte Barra entschieden, »hätte er begriffen, dass wir abgebrannt sind. Arm.«

»Barra, vielleicht verstehe ich da was nicht so genau«, meinte Leucas, »aber wir sind arm, oder etwa nicht?«

»Das weiß Idonosteus nicht. Indem wir die Sache mit dem Bären als kaum der Rede wert übergangen haben, sind wir wohlhabend erschienen. Sorgenfrei. Unser Preis geht in die Höhe.«

Kheperu grunzte. »Nun, vielleicht ja, vielleicht nein. Dennoch sind wir nicht mit leeren Händen herausgekommen.« Er griff in sein Gewand und zog ein schimmerndes Messer hervor, dessen breite, stumpfe Klinge golden im Sonnenlicht glänzte. »Wir sollten für das hier genügend zusammenbekommen, dass wir uns einen Ochsen oder auch zwei kaufen können.«

Barra keuchte. »Kheperu! Heilige Mutter, was hast du dir denn dabei gedacht? Warum hast du ein *goldenes Käsemesser von Idonosteus' Tafel* gestohlen, während er daran *gesessen hat?*«

»Weil«, erklärte Kheperu mit übertriebener Geduld, als ob er mit einem Kind spräche, »die verdammten Becher zu groß waren, um sie unter meinen Gewändern zu verbergen.«

2. KAPITEL Othniel

Othniel bin Jezer presste sich eng an die sonnenerwärmte Mauer in seinem Rücken und blickte mit zusammengekniffenen Augen die belebte Straße entlang. Ja, dort war er, der Steinewerfer, ein auf- und niedertauchender Kopf mit dunklem Haar, das von der Sonne zur Farbe getrockneten Blutes ausgebleicht war. Vor Chaplis Weihrauchstand bog der Mann ab. Sobald er völlig verschwunden war, rannte Othniel zu der Ecke, um die der Mann gebogen war, ungeachtet des Schweißes, der ihm dabei von der Stirn über die rundlichen Wangen hinablief. Für einen Mann von vierzig, versicherte er sich atemlos, kann ich noch immer ganz schön rennen – sind bloß diese schweren Gewänder, weswegen ich so keuche.

Vom allerersten Tag an, da er aufrecht hatte stehen können, war Othniel über die Pflastersteine des Markts von Tyros gelaufen; er war hier aufgewachsen, hatte Besorgungen für seinen Vater erledigt, einen wohlhabenden Händler importierter Weine. Später, als er groß und stark geworden war, hatte er zwei riesige Krüge in ihren Netzen auf dem Rücken geschleppt. Er hatte sie bei den Gasthöfen am Strand abgeliefert und war unbewacht mit leeren Krügen und Silber zurückgekehrt, was oftmals Stunden länger als nötig gedauert hatte; liebend gern ließ er sich über den Markt treiben, schlenderte zwischen den Buden einher, beobachtete die Menschen, grüßte seine vielen Freunde und Bekannten und begegnete Leuten, die er nicht kannte.

Letzteres wurde über die Jahre hinweg immer ungewöhnlicher – anscheinend kannte er alles und jeden. Er kannte jede Windung und Biegung, jeden Spalt und Winkel von Tyros; er kannte die Namen eines jeden Händlers auf dem Markt und die Namen und das Alter fast aller ihrer Kinder; er wusste, wo die Frau des Kräuterhändlers ihre Nachmittage zubrachte und wo der Tuchhändler den Vergnügungen nachging, die ihm seine Frau schroff verweigerte. Als Othniel zwanzig Jahre alt geworden war, hatte sein Vater den Kredit bei den Tomitiri überzogen, und das Patrizierhaus hatte bewaffnete Männer ausgeschickt, die das Inventar seines Vaters hatten konfiszieren sollen. An diesem Tag war Othniel das letzte Mal von einer Lieferung zurückgekehrt. Er hatte seinen Vater an einer Schlinge baumelnd vorgefunden, die er aus den Tragnetzen für die Weinkrüge hergestellt hatte. Othniel war ein Einzelkind und seine Mutter war seit langem tot; völlig allein auf der Welt, war er auf der Suche nach einem Weg, den Lebensunterhalt zu bestreiten, zum Markt zurückgekehrt.

In jenen Tagen hatte es ein neues Patrizierhaus in Tyros gegeben, das Haus von Jephunah. Es waren Amoriten aus dem Osten mit den besten Geschäftsverbindungen nach Babylon, dessen Ruhm allmählich verblasste. Sie waren kaum berechtigt, sich ›Haus‹ nennen zu dürfen – dies geschah größtenteils aus Höflichkeit und aus Respekt gegenüber den gewaltigen Summen, die sie bei dem Versuch ausgegeben hatten, sich zu etablieren. Othniel, allein und mit zwanzig Jahren zum Bettler geworden, der keinerlei Ressourcen außer seinem starken Rücken und seiner lückenlosen Kenntnis der Stadt besaß, hatte kühn die Hand nach dem alten Jephunah persönlich ausgestreckt und beides in dessen Dienste gestellt.

Schon bald war er unersetzlich geworden. Weil er

wusste, wer eingeschüchtert, wer bestochen werden konnte, wem man schmeicheln musste und wen man, ohne Vergeltungsmaßnahmen befürchten zu müssen, umbringen konnte, hatte er dabei geholfen, die Jephunahi, anfangs krasse Außenseiter, zu dem zu machen, was sie heutzutage waren: eine Macht in Tyros, ein Patrizierhaus. Hierbei hatte er sich zu einem Mann gemausert, der reiche Brokatgewänder trug und an jedem Finger Juwelen, einem Mann, dessen Lächeln einem Kaufmann das Geschäft retten konnte, einem Mann, dessen Stirnrunzeln den Tod bringen konnte.

Und erreicht hatte er das alles durch das, was er am liebsten tat: auf dem Markt herumlungern, die Zeit totschlagen, mit diesem Händler oder jener Hure ein Schwätzchen halten, den Klatsch und Tratsch aufschnappen und die Nase in den Wind halten. Er konnte sich kein besseres Leben vorstellen. Er diente dem Haus Jephunah nicht nur mit Leib und Seele, sondern auch mit ganzem Herzen; und als Gegenleistung hatte ihn Jephunah mit mehr Macht ausgestattet als jeden anderen Jephunahi, abgesehen nur von den Söhnen des alten Mannes – und manchmal hatte Othniel das Gefühl, dass Jephunah ihm sogar mehr Respekt erwies als den eigenen Söhnen.

Vor einer Woche war eine Karawane der Jephunahi im Libanon in einen Hinterhalt geraten. Die üblichen Anfragen – und Lösegeldgebote – an die Stämme der Habiru, die Bewohner der Berge, hatten nur Antworten eingebracht, die ehrlich verwirrt erschienen; noch bedeutsamer war, dass keiner von ihnen angeboten hatte, die Fracht der Karawane zurückzuverkaufen. Der alte Jephunah, der dazu neigte, vorschnell Feindseligkeit ihm gegenüber zu verspüren, hatte sogleich vermutet, dass eines der anderen Patrizierhäuser hinter der Sache steckte, und Othniel mit der Aufgabe betraut herauszufinden, um welches Haus es sich handelte. Othniel war zu seinem geliebten Markt zurückgekehrt und hatte unablässig Informationen zu sammeln gesucht.

Wie er erfahren hatte, war das Haus Jephunah nicht das einzige Patrizierhaus, das kürzlich Verluste zu erleiden gehabt hatte. Die Penthedes hatten drei Schiffe verloren, vielleicht an Piraten; ein Weinlager der Meneides war angezündet worden; Summilitalles, das gealterte Oberhaupt des Hauses Mursuwalli, war an einer rätselhaften, zehrenden Krankheit gestorben und hatte das Haus in den Händen seiner Söhne zurückgelassen, und drei von diesem Haus abhängige Gaststätten waren unter den unerklärlichen Fluch eines Magiers geraten, der alle Gäste zu Tode gebracht hatte; die Tomitiri hatten eine Karawane mit kuschitischen Ölen sowie eine Schiffsladung Elfenbein aus Punt verloren. Das alles waren nur die offenkundigsten Manifestationen der Hinweise, die Othniel zu der Annahme verleitet hatten, dass ein konzertierter Versuch unternommen wurde, einen Krieg zwischen den Patrizierhäusern zu entfachen. Deutlich war zu erkennen, dass das Unglück mehr oder weniger gleichmäßig auf die fünf Patrizierhäuser verteilt war.

Allerdings war er außerstande, den Urheber dieser Missgeschicke zu entdecken. In ihm wuchs die Überzeugung, dass der alte Jephunah Recht damit hatte, dass eines der Patrizierhäuser hinter der ganzen Sache steckte. Die Ressourcen eines ganzen Hauses wären erforderlich, um die mächtige Magie zu unterstützen, die allem zugrunde lag, sogar dem Verlust der Schiffe der Penthedes – es gab ein Gerücht, wonach ihnen keine Piraten begegnet waren, sondern dass sie aufgrund des Fluchs eines Magiers gesunken waren, der in den Bug eingebrannt gewesen war, ein Fluch, über den die Kapitäne, Berichten zufolge, nur gelacht hatten. Ein weiterer Fluch ähnlicher Art war, wie es hieß, in den Ruinen des Weinhauses der Meneides gefunden worden, verkohlt und kaum leserlich. Welches der Patrizierhäuser mochte sich absichtlich einen Verlust zugefügt haben, damit es unschuldig erschien?

Gewöhnlich hätte er sich dem Problem angenähert, indem er entschieden hätte, wer den größten Gewinn aus dem nachfolgenden Krieg zöge; unglückseligerweise würden sie alle gewaltigen Nutzen aus einem gewonnenen Handelskrieg ziehen, und sie würden noch mehr gewinnen, wenn sie zwei Wettstreiter gegen einen dritten kämpfen ließen und dabei abwarteten, bis sie einen geschwächten Gewinner vereinnahmen konnten.

Als Nächstes versuchte er herauszufinden, welches der Patrizierhäuser vor kurzem *keine* Magier und Praktiker der Magie angeworben hatte. Sein Gedanke war, dass das Haus hinter den Verwünschungen es nicht nötig hätte, einen Magier zur Verteidigung anzuwerben. Wiederum wurde er allerdings enttäuscht. Das einzige Patrizierhaus, das nicht aggressiv nach sogar der niedersten Gattung von Sprücheklopfern suchte, waren die Penthedes: sie kontrollierten sowohl die Priesterschaft von Ba'al-Berith als auch von Ba'al-Marqod und wurden solchermaßen von den Göttern persönlich beschützt. Auch würden sie, als das größte der Patrizierhäuser, das größte Wagnis bei einem allgemeinen Krieg eingehen.

Tage verstrichen, aber Othniel ließ sich nicht entmutigen; er wusste aus langer Erfahrung, dass er, wenn er weitersuchte, schließlich die Nadel im Heuhaufen fände. Am Ende, als die Bärenführer der Meneides ihren schier unglaublich dummen Versuch unternommen hatten, einen Bären ohne Käfig über den Markt zu bringen, hatte Othniel persönlich nicht mehr als fünf Schritte von dem dunkelhaarigen Mann entfernt gestanden, der die ersten beiden Steine geworfen hatte.

Aufschlussreich war, dass dieser Mann keinen weiteren Stein geworfen hatte, sobald die Menge sich an dem Spiel beteiligt hatte – diese Tatsache allein veranlasste Othniel, ein Auge auf ihn zu werfen, auch während der Panik, die dem Entkommen des Bären und dem törichten, wenn auch erfolgreichen Versuch dieser drei ausländischen Söldner gefolgt war, das Tier wieder einzufangen. Der Steinewerfer hatte sich unmittelbar danach langsam aus der Menge geschlichen – nicht, als ob er irgendein Ziel hätte, sondern so ganz nebenbei, als ob er den ganzen Tag lang herumschlendern würde. Wenn er allerdings den ganzen Tag zur Verfügung hatte, warum blieb er dann nicht in der Nähe und beobachtete die Folgen des Kampfs, beobachtete, wer überlebt hatte und wer nicht? Sonst verließ nämlich niemand den Platz; Tatsache war, dass nach dem erneuten Einfangen des Bären die Menge noch größer und dichter wurde.

Aber der Steinewerfer schlenderte davon – und Othniel folgte ihm.

Hier und da blieb der Steinewerfer stehen, wandte sich dem einen oder anderen Stand zu und musterte dessen Auslagen. Othniel erkannte ganz deutlich, dass er dies nur zum Schein tat: die Augen des Mannes gingen hierhin und dorthin, er musterte die Menge, ob ihm jemand folgte. Othniel war beim Verfolgen ein alter Hase; er blieb kaum in Sichtweite des Mannes, schob andere Menschen zwischen ihn und sich. Einmal, als der Steinewerfer um eine Ecke bog, drehte Othniel die Stola um, die er über seinen Gewändern trug, sodass sich die einfache weiße Unterseite zeigte; bei einer anderer Gelegenheit legte er die Stola gänzlich ab und bedeckte den Kopf mit einem soeben erworbenen Burnus. Solchen kleinen Einzelheiten war es bislang zu verdanken gewesen, dass er andere so erfolgreich und unbemerkt verfolgen konnte. Jetzt war er sich gewiss, dass er einen glücklichen Fund gemacht hatte; er war sich absolut gewiss, dass ihn dieser Steinewerfer zu dem geheimen Feind führen würde. Ihm kribbelte die Kopfhaut, und er trug ein hartes, jedoch glückliches Lächeln auf dem Gesicht – er fühlte sich wieder jung, während er diesen Mann über den Markt verfolgte. Das war wie in alten Tagen, und es belebte seinen Geist zu entdecken, dass er nichts von seiner Geschicklichkeit verloren hatte.

Bei so etwas bin ich noch immer so gut wie jeder andere Mann in Tyros, sagte er sich, als er dem Steinewerfer in eine schmale Gasse folgte. Während er dort um eine Ecke spähte, dachte er: Vielleicht sogar besser; möglicherweise bin ich der beste Verfolger in Tyros! Und er dachte dies sogar noch, als ihn der faustgroße, halb mit Sand gefüllte Ledersack genau auf die Scheitelspitze traf. Er sah Sterne, die Knie gaben unter ihm nach und er fiel nach vorn in den Schmutz.

Selbst halb betäubt, wie er war, verstand er, was vor sich ging – er war, vor vielen Jahren, schon einmal niedergeschlagen worden. Er versuchte, den Kopf mit den Händen zu schützen, aber der zweite Schlag zerquetschte ihm die Fingerknochen auf dem Schädel. Der dritte Schlag traf ihn an der Stelle, wo die Schädelbasis sich mit dem Hals vereinigte, und Dunkelheit explodierte in seinem Bewusstsein.

Er musste über einen gewissen Zeitraum hinweg langsam erwacht sein, denn er war nicht überrascht, dass er noch lebte. Als er auf den festgebackenen Schlamm der Gasse abseits des Markts gesunken war, war er sich ziemlich sicher gewesen, niemals mehr die Augen in diesem Körper zu öffnen. Der sengende Schmerz in den zerschmetterten Fingern der linken Hand überdeckte fast das dumpfe Pochen im Schädel – das Feuer, das ihm bei dem Versuch, sie zu bewegen, durch die Finger schoss, entlockte ihm ein Stöhnen.

Ebenfalls nicht überraschend war die Tatsache, dass er an Händen und Füßen gefesselt war; nicht mit Stricken, sondern mit Schellen. Er lag auf einem Tisch, der sich rau anfühlte, durch die Lagen der Gewänder, die er noch immer trug, jedoch nicht unangenehm rau. Schatten tanzten über eine Decke, in der Ritzen und Spalten von natürlichem Fels zu erkennen waren, so als ob er sich in einer Höhle befände. Obgleich er nichts zu riechen vermochte, nicht einmal den Rauch von den dreifüßigen Brennern, die einen rötlichen Schein warfen – er musste lange genug hier gefesselt gewesen sein, dass seine Nase völlig betäubt war –, konnte er schmecken, als er sich die Lippen leckte. Einen scharfen Geschmack, ein wenig Ekel erregend, der ihn an ein geschmortes Lamm erinnerte, das allmählich verschimmelte.

Als er den Kopf drehte, sah er weitere Tische, die den Tisch, auf dem er lag, flankierten. Sie waren leer, obgleich sie Schellen an den Kanten aufwiesen, und in die Oberfläche waren Kerben eingeschnitten – sie sahen aus wie Abflussrinnen, nicht unähnlich den Fleischerbänken, und die dunklen Flecken darauf erschreckten ihn. An seiner rechten Hand, an der er vorbeischaute, glitzerten die kostbaren Steine der Ringe, die er an jedem Finger trug.

Das war ganz besonders schlimm. Hätten die Ringe gefehlt, so hätte er sich in der Hoffnung wiegen können, lediglich niedergeschlagen und beraubt worden zu sein oder für ein fettes Lösegeld festgehalten zu werden. Aber sie waren noch da, unangetastet. Die kalte Hand der Anspannung umklammerte mit festen Fingern seinen Bauch; das mochte allerdings sehr schlimm sein.

»Er ist wach«, sagte jemand leise vom oberen Teil des Tischs her, den er nicht sehen konnte.

Othniel leckte sich erneut die Lippen und versuchte, vorsichtig zu sprechen. »Kommt schon, das ist unnötig.« Die Worte kamen schwach, abgerissen und krächzend heraus. »Ihr wisst doch bestimmt, wer ich bin, und ihr wisst auch, dass Jephunah mich auslösen wird. Wenn das nicht gelingt, wird er meinen Tod rächen.«

Ein stämmiger, breitschultriger Mann trat um den Tisch herum in sein Blickfeld. Der eingesunkene Brustkasten war kahl, entweder rasiert oder von Natur aus haarlos, genau wie der Kopf. Er trug einen Bart im ägyptischen Stil, von der Kinnspitze an zu einem steifen Strick geflochten, aber seine Haut war so bleich wie Höhlenmoos, und als er sprach, hatte sein Phönizisch den Akzent eines Einwohners der südlichen Hafenstädte. »Du hast eine trockene Kehle, hm? Hier, trink das!«

Er bot ihm einen Becher an, von dessen Rand ein gebogener Halm aus Bronze herabhing. Othniel wandte den Kopf ab; er schloss fest die Augen und wünschte sich aus vollem Herzen, dass dieser Mann eine Maske getragen hätte. Er wollte die Sache hier überleben.

»Glaube ja nicht… *kchkch*«, der bleiche Mann hustete heftig, »glaube ja nicht, dass du dich weigern kannst. Trink!«

»Das ist nicht *nötig!*«, beharrte Othniel mit abgewandtem Gesicht und noch immer geschlossenen Augen. »Mehr als den Mann, den ich verfolgte, habe ich nicht gesehen – und er kann nicht sehr bedeutend sein. Wenn ich am Leben und frei bin, mache ich wirklich weniger Probleme.«

Sein Fänger meinte: »Lass es mich erklären.«

Jemand packte seine gebrochene Hand und drückte gewaltsam die Finger auseinander. Eine eisige Linie zog sich über seinen Daumen, begleitet von einem mahlenden Schlag, als ob ein Fleischermesser durch einen Knochen in das Holz des Blocks fahren würde; er spürte das Beben durch den Tisch. Etwas Kleines und Leichtes traf ihn auf der Brust; er öffnete die Augen und erblickte die ersten beiden Gelenke seines linken Daumens vor sich, abgerissen und blutig, gefangen in einer Falte seines Gewands. Der polierte Turmalin, eingesetzt in seinen vertrauten Daumenring aus Gold, glitzerte hell und sorglos; er hatte diesen Ring nahezu zehn Jahre lang getragen.

»Trink!«, wies ihn der Mann an und bot ihm erneut den Becher dar.

»Bitte, du *verstehst* es nicht!«, flehte Othniel, der jetzt unbeherrscht zitterte. Der Magen krampfte sich zusammen und in seiner Kehle brannte halb verdauter gesalzener Fisch. Er musste es erklären, er musste sie so weit bringen, dass sie die Sinnlosigkeit des Ganzen einsahen. »Wisst ihr nicht, wer ich *bin?*«

Der Mann mit dem phönizischen Gesicht und dem ägyptischen Bart beugte sich näher heran und erwiderte freundlich: »Wir wissen, wer du bist, Othniel bin Jezer, getreuer Diener des Jephunah bin Abieizel, natürlich wissen wir es. Wir wissen, dass du dich nach uns erkundigt hast. Jetzt musst du trinken oder – *kch-kch* – oder ich muss dir erneut weh tun.«

Othniel erkannte jetzt, dass die glatten Wangen des Mannes geschminkt waren; sogar über die schwarz umrandeten Augen hinaus, die unter Männern von Rang üblich waren, war sein Gesicht wie das einer Hure bemalt. Und in dieser Schminke, die die Linien des Alters und der Erschlaffung übertünchte, sah er die feuchten und schlaffen Lippen und die Augen des Mannes, die so unnahbar schienen wie das interesselose, glasige Starren eines Fischs. Kein Flehen könnte je dieses völlige Fehlen jeglicher menschlicher Gefühle erreichen, und er würde nicht flehen: die Furcht lähmte Othniels Willen. Er nahm den Halm zwischen die bebenden Lippen und trank. Es war Wein mit einem scharfen, harzigen Beigeschmack und einem süßlichen Unterton.

»Gut, das ist sehr gut«, murmelte sein Fänger kühl, während er sich daran machte, den Stumpf an Othniels linker Hand, aus dem das Blut spritzte, zu verbinden.

Jetzt sprach eine weitere Stimme am Kopfende des Tischs; Othniel erkannte diese Stimme als diejenige wieder, die zuerst gesprochen hatte. Jetzt sprach sie Ägyptisch, in dem aristokratischen Dialekt des Nildeltas. Glaubte dieser Mann etwa – wer auch immer er sein mochte –, dass Othniel, der das ganze Leben auf dem Markt von Tyros zugebracht hatte, die Sprache der Herrscher des Landes nicht spräche? Der Mann sagte: »Wirklich, ist das nicht ein Glück, Sim, dass uns dieser Bursche in die Hände gefallen ist! Ich werde Haral wohl nicht dafür bestrafen, dass er beobachtet wurde. Immerhin, hätte er nicht die Gelegenheit beim Schopf gepackt, die sich ihm durch den Bären der Meneides bot, so hätten wir unseren kleinen Freund nicht an den Tisch fesseln können, nicht wahr?«

»Ja, Remmie«, stimmte der Mann zu, der Othniels Hand verband. »Es ist Glück. Es muss wirklich Glück sein.«

»Glück, vielleicht. Vielleicht Schicksal. Vielleicht sind die beiden eins. Das Spiel der Möglichkeiten; der Fall des Würfels, und da, ich hab's! Ich habe nach einem prominenten Bürger gesucht, an dem wir unsere nächste Demonstration durchführen können, und jetzt ist mir ein solcher vor die Haustür geliefert worden, der bei allen bekannt und beliebt ist. Ein Geschenk des Schicksals vielleicht. Ja, das gefällt mir.« Seine volltönende Stimme war zu einem blasierten Schnurren geworden. »Das gefällt mir ausgesprochen gut. Aber ich bin neugierig auf diese drei Fremden, die den Bären eingefangen haben. Ein außergewöhnlicher Kampf, hmm? Haral hält sie für Söldner; vielleicht kann ich sie selbst anheuern – ich bewundere Kühnheit. Frag ihn, ob er weiß, wer sie sind, oder ob er überhaupt etwas über sie weiß!«

Während Sim die Frage unnötigerweise ins Phönizische übersetzte, konzentrierte sich Othniel darauf, was er erfuhr: bislang drei Namen, Sim, Remmie und Haral. Zweien davon konnte er Gesichter zuordnen. Wenn dieser Bursche hinter ihm weiter auf Ägyptisch plauderte, könnte er vielleicht viel erfahren. Er schwor sich, dass er überleben würde, dass er entkommen würde. Er würde diese Namen Jephunah überbringen und zehnfache Rache für seine Folter ausüben.

Er gab zur Antwort: »Ich habe ein wenig vom Kampf gesehen. Zwei Männer und eine Frau. Einer der Männer ist ein Faustkämpfer – ein Achaier, denke ich – und völlig verrückt; er hat mit den Fäusten gegen den Bären gekämpft. Die Frau wirft Steinäxte und sie ist auch verrückt. Der andere Mann, nun, ich weiß es wirklich nicht genau, aber er wirkt sogar noch verdrehter als die anderen beiden. Ich habe keine Ahnung, wer sie sind oder woher sie kommen; sie sind in jedem Fall Fremde. Die Frau kam mir irgendwie bekannt vor, aber wenn die anderen beiden aus Tyros wären, würde ich sie kennen – beide schienen mir äußerst verdächtig. Sie wirkten arm, aber das ist bei Söldnern oft so.« Er verdrehte den Kopf im Versuch, einen Blick auf den Mann hinter sich zu erhaschen. »Siehst du, dass ich mit dir zusammenarbeiten will? Siehst du, dass ich nicht einmal frage, weswegen du etwas über sie wissen willst?«

Für die nächste Frage, die er erwartete – Warum bist du Haral, dem Steinewerfer, gefolgt? – hatte er eine Antwort parat, und für die folgende Frage und die darauffolgende ebenfalls. Das Gespräch, das sich in seinem Kopf abspulte, führte unausweichlich zum Beweis, dass er harmlos und unschuldig war und dass sie bei weitem besser davonkämen, wenn sie Jephunah einen Gefallen täten und ihn freiließen. Selbst das Hämmern in seinem malträtierten Schädel ließ unter dieser glücklichen Erwartung nach; neue Wärme durchflutete den Raum und brachte seine Wangen zum Glühen.

Hinter ihm sagte Remmie auf Ägyptisch: »Von diesen Gasthäusern, die wir mit einem Fluch belegt haben, ist da eines Jephunah treu ergeben?«

Sims gemurmelte Antwort – »Ja, Remmie, eines davon« – beendete das Abbinden des Stumpfs an Othniels Daumen. Ein schmutziges Tuch lag jetzt darum, das mit irgendeiner rissigen, bräunlichen Substanz überkrustet war. Dieser Sim musste ein guter Wundarzt sein; jeglicher noch vorhandene Schmerz in Othniels Hand war vergessen. Er rang um Selbstbeherrschung, wollte ein Anzeichen dafür geben, dass er Remmies Worte verstanden hatte. Er hatte die ganze Zeit über Recht gehabt! Ein einziger Urheber hinter den Flüchen! Jetzt musste er lediglich noch herausfinden, für welches Patrizierhaus diese beiden arbeiteten – und dann natürlich entkommen, aber das war bloß eine Nebensächlichkeit; er nahm die Flucht für gegeben.

Remmie fuhr fort: »Ich wünsche klarzustellen, dass Othniel kein zufälliges Opfer ist; wir müssen Jephunah zeigen, dass wir seiner armseligen Macht spotten. Das nächste Gasthaus, das mit dem Fluch belegt wird, muss diesem Jephunahi gehören. Weiterhin sollten wir unser Vorgehen beschleunigen. Lassen wir doch… hm, einen Steuereintreiber Jephunahis umbringen – und das nicht heimlich, Messer in den Rücken oder so. Ich möchte, dass so viele Zeugen wie möglich dabei sind; ich möchte, dass es spektakulär abläuft, dass es eine

Woche lang Stadtgespräch von Tyros wird. Vielleicht sollten wir einige der Zeugen verstümmeln, einfach nur, um die Sache wirkungsvoller zu machen. Ja, ich denke schon.«

»Ein Steuereintreiber wird Leibwachen dabei haben«, murmelte Sim. Er hielt jetzt Othniels Kinn in einer Hand, während er mit der anderen Hand dessen unteres Augenlid herabzog und nachdenklich darauf spähte. Othniel versuchte, Worte zu bilden und Sim zu fragen, was er da tat, aber sein Mund schien wie mit Baumwolle ausgestopft.

Dennoch machte das warme Gefühl wegen seiner unmittelbar bevorstehenden Freilassung Othniel glücklich – bis er sich schließlich daran zu erinnern versuchte, ob sie ihm je die zu erwartende Frage gestellt hatten...

»Natürlich wird er eine Leibwache dabei haben«, meinte Remmie überschwänglich. »Je mehr, desto besser. Ich setze den Griechen darauf an; ihm gefällt so etwas. Er kann was vom Straßenmüll anheuern, so viele, wie er benötigt. Und ich glaube, wir sollten die Sache mit den Bärenfängern ausstreuen. Ich möchte sie haben.«

Sim nickte abwesend, wandte sich ab und hantierte mit einem Tablett voller Weinbecher, das in der Nähe stand.

»Sim?« Remmies Stimme nahm einen neuen Tonfall an, einen gefährlichen Tonfall.

Ruckartig fuhr Sims Kopf von den Bechern hoch, und sie klirrten leise, als seine Hände zuckten. »Ja, Remmie?«

»Sag nicht immer *Ja, Remmie* zu mir, du Mistkerl!« Diese Worte klangen wie von einer Frau oder einem weinerlichen Heranwachsenden gesprochen, aber der tiefe, tödliche Ton darin beraubte sie jeglicher Komik. »Wenn ich spreche, *hörst du zu!*«

»Ich habe zugehört! Ich habe zugehört, Remmie, wirklich!«

»Dann also gut«, schnurrte Remmie. »Was habe ich gerade gesagt?«

»Du wolltest… du wolltest, dass der Grieche einen Steuereintreiber umbringt, und, und irgendetwas mit diesen drei Söldnern und dem Bären… Du, äh, du möchtest sie haben.« Othniel unterdrückte ein Lächeln, während er Sim bei dem Versuch beobachtete, einen Seufzer der Erleichterung zu verbergen. »Tut – *kchkch* – tut mir Leid, Remmie. Ich bin in meine Arbeit verstrickt gewesen, weißt du – er ist fast bereit.«

Wer?, überlegte Othniel benommen. *Spricht er von mir? Bereit wozu? Werden sie mich jetzt gehen lassen?* Und, verspätet: *Was war das in diesem Wein?*

»Ich möchte sie haben«, fuhr Remmie fort, als ob der Wortwechsel nie stattgefunden hätte, »wegen der Art und Weise, wie sie in mein Leben getreten sind. Das Spiel der Möglichkeiten liegt in der Hand des Schicksals. Haral war zufällig auf dem Markt; er ist über die Dummheit der Meneides gestolpert, einen Bären durch die Menge zu führen. Er hat sich spontan zum Eingreifen entschlossen. Diese Entscheidung hat Othniel zu mir geführt, gerade jetzt, da ich ihn unbedingt brauche. Diese drei Söldner waren ebenfalls zufällig dort, zur rechten Zeit am rechten Ort. Sie sind ebenfalls ein Geschenk für mich: ein Geschenk des Schicksals.«

»Dann«, murmelte Sim, »solltest du sie ergreifen. Du solltest sie haben. Du wirst sie haben.«

»Natürlich werde ich sie haben. Bin ich jemals säumig darin gewesen, die Geschenke des Schicksals anzunehmen?« Er stieß einen langen, befriedigten Seufzer aus, wie ein fetter Mann nach einem schweren Mahl. »Dann ist er bereit?«

»O ja, Remmie, ich glaube schon.«

»Mach weiter!«

Sim blickte auf Othniel nieder und sagte auf Phönizisch: »Wie fühlst du dich?«

»Aaain…« Othniel entdeckte, dass er nur unter großer Anstrengung seine Zunge zum Funktionieren bewegen konnte. »Aaain… weenig ssseltsssammm…«

»Gut, das ist sehr gut.« Einen Augenblick lang kehrte ihm Sim den Rücken zu, und als er sich wieder umdrehte, hielt er einen langen Bronzestab an dessen hölzernem Griff fest; das andere Ende bestand aus einer Bronzescheibe, die gelb vor Hitze glühte. Othniel roch ihn, den kupfrigen, blutigen Geruch heißer Bronze, und der gelbe Glanz waberte und pulsierte scheinbar von einer Seite zur anderen, tröpfelte zu Boden und zog dabei eine Spur nach sich, als Sim ihn zu dem Tablett mit den Weinkelchen hinüberbewegte. Er steckte das heiße Ende in einen der Becher, was ein gewaltiges Zischen und eine Dampfwolke zur Folge hatte – oder war es Rauch? –, die in die stille Luft der Höhle aufstieg und sich zu phantastischen Formen verzerrte, wie beispielsweise einem Mann mit Hundekopf, einem Krokodil mit menschlichen Armen und Beinen.

Othniel kicherte. »Aaain… aaainen Augenblick lang hab ich gedacht, du würdessst ihn bei mir benutzzzen…«

»Das – *kchkch* – tue ich auch.«

Er hob den Bronzestab erneut hoch, und jetzt tropfte grünes Feuer aus jener Substanz herab, die in dem Becher gewesen war. Er tauchte ihn in einen weiteren Becher, und als er wieder herauskam, flammte er blau. Sim fasste erneut Othniels gebrochene Hand und spreizte sanft die Finger. Daraufhin schlug er mit dem heißen Bronzestab zu und trieb ihn tief ins Fleisch der Handfläche.

Othniel kreischte. Sim stützte sich auf den Bronzestab und trieb ihn tiefer und tiefer in Othniels verkohlendes Fleisch hinein, während dessen Körper krampfartig zuckte. Er kreischte, bis er nicht mehr kreischen konnte, bis seiner Kehle nur noch zischend die Luft entwich.

Allmählich endete es, da die Berührung mit Othniels Fleisch den Bronzestab abkühlte. Sim warf ihn achtlos zu Boden, streckte die Hand aus und pflückte Othniels abgetrennten Daumen aus den Falten seines Gewands. »Den brauche ich noch.«

Othniels Hand wurde bereits taub, und die Taubheit stieg ihm den Unterarm hinauf, kroch an seinem Ellbogen vorbei in Richtung auf die Schulter. »Was tust du da?«, flüsterte er.

»Damit?«, fragte Sim und hielt Othniels blutigen Daumen hoch. »Ich werde ihn verbrennen. Etwas, *ähämm*, später. Das ist Teil des Rituals. Gegenwärtig jedoch solltest du Gestalten in der Luft erblicken. Sag mir, was du siehst!«

Die Taubheit erreichte seine Schulter und wallte weiter in seine Brust und sein Herz. Fast augenblicklich vermochte er seinen Körper so gut wie gar nicht mehr zu spüren. Er verdrehte die Augen in einem Entsetzen, das so absolut war wie zuvor seine Zuversicht. Dinge bewegten sich in den Schatten, wurden immer deutlicher. Die Höhle füllte sich mit geisterhaften Formen – rauchartige Umrisse obszöner Gestalten, die direkt durch den Stein einzutreten schienen und dort auch wieder hinaustrieben. Einige davon wirbelten in der Nähe der Brenner umher, als ob es sie nach der armseligen Hitze und dem schwachen Schein des Öls gelüstete. Ihre Körper besaßen anscheinend überhaupt keine Gestalt oder, vielmehr, zu viele Gestalten, und sie gingen fließend von einer Form in die nächste über, sie wanden und krümmten sich, und die einzigen Teile von ihnen, die anscheinend Festigkeit besaßen, waren Zähne, Klauen und Augen, bei weitem zu viele Augen.

Sim meinte: »Schon gut. Dein Gesicht spiegelt alles wider, was ich brauche. Was du siehst, sind die Kinder von Apep, die göttlichen Ungeheuer, die die Seelen der Toten in Stücke reißen. Geister, so würdest du sie nennen, oder Dämonen. Es spielt keine Rolle. Siehst du, sie umgeben uns die ganze Zeit, überall – *kchkch* – überall, wohin wir gehen, sind sie in uns, in unseren Mündern, unseren Nasenlöchern, unseren Eingeweiden. Vielleicht sind sie hier ein wenig dichter, wie Schakale sich dichter um die Gräber der Armen scharen. Sie nehmen keine Notiz von uns, während wir leben, ebenso wenig wie wir von ihnen Notiz nehmen. Nun, ausgenommen du, Othniel bin Jezer. Du wurdest mit einer seltenen Gabe bedacht; selbst ich habe das niemals gesehen. Du kannst sie jetzt erkennen, schwach, zweifelsohne, denn der Glanz ihres Ruhmes ist in diesem schwachen Licht verblasst. Morgen, nach der Dämmerung, unter dem Sengen von Ra, werden sie um so vieles fester sein, um so vieles *fähiger.* Du wirst sie in ihrer Vollkommenheit erkennen. Natürlich bedeutet dies, dass sie dich ebenfalls erkennen können.«

Othniels Brust hob und senkte sich. »Bitte, ich bitte dich! Ich schwöre, ich werde nichts verraten, ich schwöre, ich werde nicht die kleinste Kleinigkeit verraten!«

Erneut ertönte Remmies volltönender Bariton hinter ihm, auf Ägyptisch. »Erzähle, was dir gefällt und wem es dir gefällt. Eigentlich sollst du das sogar tun!« Othniel fuhr hilflos zusammen und Remmies Stimme nahm einen amüsierten Unterton an. »O ja, ich spreche dein schmutziges kleines Kauderwelsch, obgleich ich es vorziehe, meinen Mund nicht damit zu besudeln. Und ich kann mir vorstellen, dass du ebenso gut

Ägyptisch sprichst. Das hoffe ich doch. Nichts, was hier geschieht, Othniel bin Jezer, ist wirklich ein *Geheimnis*…«

Eine warme, trockene Hand streichelte Othniel die Wange; es war fast eine Liebkosung. »Deswegen werde ich dich auf freien Fuß setzen. Oh, nicht jetzt – erst in einigen Stunden. Kurz vor der Morgendämmerung, glaube ich. Dann darfst du es jedem erzählen.«

Remmie lachte tief und lange. »Erzähle es *jedem!*«

3. KAPITEL Alte Freunde

Das Haus des Peliarchus lag zwischen dem Sitz der Penthedes und dem Meer. Gemessen am bevölkerten Tyros war es groß, jedoch kein Prunkbau: das zweite Stockwerk, das bei Barras Kurzbesuch im vergangenen Frühjahr noch in Bau gewesen war, war jetzt im gleichen einfachen, schmucklosen Stil vollendet wie das jahrhundertealte Erdgeschoss und zeigte glatte, strohgelbe Mauern, durchbrochen von schmalen Fenstern mit hölzernen Läden.

Beim Anblick des Hauptportals rang Barra das vertraute Gefühl der Beklemmung im Magen nieder. Als sie dieses Haus zum ersten Mal zu Gesicht bekommen hatte, war sie vierzehn Jahre alt gewesen und hatte schrecklich unter Heimweh gelitten; jeden wachen Augenblick hatte sie ihren übereilten Entschluss bedauert, nach Osten gesegelt zu sein. Wann immer sie das Haus von außen betrachtete, kehrte dieses Gefühl zurück, die Last des verzweifelten Wissens, dass ihre Heimat sich weit jenseits des Rands der Welt befand.

Nach einer leicht hitzigen Diskussion auf dem Weg vom Sitz der Meneides (Kheperu: »Ich habe es gestohlen, es gehört mir!« Barra: »Aber wenn du erwischt worden wärst, säßen wir jetzt alle in der Scheiße.« Leucas stellte sich auf Barras Seite, was die Sache entschied…) war es ihnen gelungen, das goldene Käsemesser still und heimlich gegen fünf Ballen leuchtend gefärbte Seide zu verhandeln. Einer der Ballen brachte ihnen eine Serie hübscher Fayence-Gewürztöpfchen ein, ein anderer Ballen ein dickes Bündel exotischen Weihrauchs aus Dilmun. Zwei weitere Ballen kosteten zueinander gehörige Halskette und Gürtelschnalle, eine geflochtene Silberarbeit aus Punt. Zusammen mit dem verbliebenen Ballen Seide beurteilte Barra diese Sachen als zufriedenstellend beeindruckend, und sie schätzte, dass sie wenigstens ein Drittel dessen erhalten hatten, was das Käsemesser wert war, wenn nicht gar die Hälfte.

Der Pförtner, der auf ihr Klopfen hin ein Guckloch öffnete, hatte im Haus des Peliarchus schon zehn Jahre vor Barras erstem Eintreffen die Türen geöffnet und den Innenhof gefegt. Er erkannte sie augenblicklich und zog die Tür auf. »Komm nur herein, Barra! Es ist ungehörig für eine junge Dame, allein mit Männern draußen auf der Straße zu stehen. Die Leute werden dich noch für eine Hure halten!«

»So jung bin ich nicht mehr, Milo«, erwiderte sie lächelnd und packte ihn bei den Handgelenken. »Dies ist Leucas von Athen und das ist Kheperu. Und wo sind meine Eltern?«

»Du wartest einfach hier, ja? Ich hole alle herbei. Die Herrin ist gerade vom Markt zurück, der Herr ist in seinem Kartenzimmer und dein verdammter Hund schläft oben auf meinem Bett!«

»Wirklich? Graegduz! He, *Graeg!*« Sie pfiff scharf, und wie von der Sehne geschnellt, jagte Graegduz die Treppe hinab und über den Innenhof.

Vor vier Jahren hatte sie einen Sommer daheim verbracht, auf der Insel der Mächtigen; sie hatte die sechswöchige Fahrt auf einem der Schiffe unternommen, die ihr zum Teil gehörten, auf der *Skye Swift.* Einen Sommer hatte sie damit verbracht, sich mit ihrer Familie wieder vertraut zu machen. Sie hatte ihren Bruder Llem wegen der grauen Strähnen geneckt, die sich allmählich in seinem schwarzen Haar zeigten, hatte nach und nach den glücklichen, goldhaarigen Elfjährigen kennen gelernt, von dem jeder behauptete, er sei ihr Sohn. Sie hatte auch die Irische See für den obligatorischen Besuch bei ihrem Vater auf dessen Festung Tara überquert, hatte Geschenke und Geschichten aus der weiten Welt mitgebracht. Eines der Gegengeschenke ihres Vaters war ein Wolfsjunges gewesen, nur einen Monat alt. Ein Wolfsrudel hatte unter Ouendails Herden gewütet, und er war mit seinen Hunden ausgeritten, sie zu jagen und eigenhändig zu töten, wie es sich für einen irischen König geziemte. Nach der Jagd hatte er dieses Junge lautlos zitternd in der Höhle am Hügelabhang, dem ehemaligen Bau, gefunden und er hatte es nicht töten können – die unschuldigen Jungen zu töten ist Blasphemie.

Barra hatte ihn in den Osten mitgenommen und ihn mit eigener Hand aufgepäppelt. Eine richtige Dressur hatte sie ihm nicht zuteil werden lassen; man dressiert Wölfe nicht wie Hunde. Sie war mit ihm zu einem gewissen Einverständnis gelangt, einer Art gegenseitigem Respekt, gegenseitiger Zuneigung und Zusammenarbeit. Aber ihm gefiel das Meer nicht – an Bord eines Schiffs wurde er ungemütlich und bissig, was jeder Mannschaft Angst einjagte. Also hatte sie ihn in den letzten sechs Monaten hier in Tyros zurücklassen müssen, während sie auf der Suche nach Geld umhergesegelt war, und sie hatte ihn schrecklich vermisst.

Sie stolperte unter seinem fröhlichen Ansturm; er war groß genug, dass er ihr die Pfoten auf die Schultern legen und ihr das Gesicht lecken konnte. Sie umarmte ihn, küsste ihn auf die Nase und redete leise summend auf Piktisch mit ihm, bis Leucas und Kheperu leicht angewidert dreinblickten. Sie spulte das Ritual ab, ihn ihren Partnern vorzustellen; besonders interessiert zeigte er sich an Kheperu und kehrte immer wieder zu ihm zurück, um ihn zu beschnüffeln, obgleich er beim Gestank des Ägypters Niesanfälle bekam. Leucas amüsierte sich mehr als nur ein wenig darüber.

»Ich habe noch nie zuvor einen zahmen Wolf gesehen«, meinte er nachdenklich.

»Du siehst auch jetzt keinen«, erwiderte Barra grinsend. »Graeg ist nicht zahm, er ist bloß respektvoll. Sei höflich zu ihm und er wird dich ebenso behandeln.«

»Er ist groß.« Leucas hockte vor ihm nieder und brachte feierlich seinen Kopf auf gleiche Höhe mit dem des Wolfs.

»Wie du.«

»Ich glaube, das Wort, nach dem Leucas sucht«, meinte Kheperu, »ist *fett*. Das ist der fetteste Wolf, der mir je zu Gesicht gekommen ist.«

»Er hat an Gewicht zugelegt«, gab Barra zu. Sie klopfte ihm auf die Flanken. »Wie bist du nur so verdammt fett geworden?«

»Peliarchus verdirbt ihn gnadenlos.« Wie eine Königin stand Tayniz am Treppenabsatz, die Frau des Peliarchus und Barras Ziehmutter. Sie bedachte die Partner mit einem Blick, der Barra jäh zu Bewusstsein brachte, dass es sechs Tage her war, seit sie zuletzt ein Bad genommen hatte. »Mit dem, was dieses Untier frisst, könnte ich drei Sklaven ernähren.«

Sie hatte das Haar auf dem Kopf aufgetürmt und ein Tuch darüber geschlungen, und es sah aus wie ein polierter Silberhelm, der von einer Vielzahl Perlmuttkämme am Platz gehalten wurde; ihr Kleid in einem tiefen tyrischen Purpur fiel ihr makellos um die üppigen Rundungen. »Barra«, sagte sie warm, während sie zum Innenhof herab schritt. »Welch eine wundervolle Überraschung! Willkommen daheim!« Tayniz hatte die besondere Gabe, gleichzeitig aufrichtig willkommenheißend und königlich Angst einflößend zu sein.

Bei ihrer allerersten Begegnung vor so vielen Jahren

hatte Tayniz Barra in Angst und Schrecken versetzt, denn kaum, dass Tayniz den ersten Blick auf sie geworfen hatte, so hatte sie Barra mit einem Funkeln der Augen wie ein nordöstlicher Sturmwind erstarren lassen – sie hatte angenommen, dass dieser junge wilde Rotschopf im Westen gekauft worden sei, um ihrem alternden Gatten das Bett zu wärmen. Natürlich hatte ihr Peliarchus – immer und immer wieder – versichert, dass der Hochkönig von Langdale, Barras Bruder, Barra in seine Obhut gegeben habe und dass sie als Tochter behandelt werden solle. Aber diese allererste Reaktion hatte die Beziehung zu ihrer Ziehmutter auf immer gefärbt. Dabei hatte gewiss nicht geholfen, dass Tayniz stolz darauf war, seit zwanzig Jahren erste und einzige Gattin des Peliarchus zu sein. Als sie und ihre Freundinnen älter geworden waren, hatten die Gatten ihrer Freundinnen stets aufs Neue geheiratet, hatten immer jüngere Gattinnen mitgebracht, die den Haushalt geradezu aufblähten. Tayniz fühlte sich tief im Herzen über diese anderen Frauen erhaben, weil sie, als Einzige unter ihnen einen Gatten ganz allein zu halten verstand. Nachdem sie sich schließlich von der Wahrheit überzeugt hatte, hatte sie sich um Barra gekümmert, als ob diese eines ihrer eigenen Kinder gewesen wäre, sie hatte sie sogar auf jene behutsame, distanzierte Weise geliebt, wie man ein halb wildes Haustier liebte, das jeden Augenblick wieder im Wald verschwinden mochte. Aber eine gewisse Reserviertheit zwischen den beiden war stets verblieben, eine unausgesprochene Anerkennung der Kluft, die sie voneinander trennte. Barra konnte sich ebenso wenig vorstellen, wie ihre Ziehmutter zu leben, wie Tayniz es sich vorstellen konnte, jemandes Gedärme mit der Axt bloßzulegen.

Als Frau eines Kaufmanns waren Tayniz weitaus seltsamere und anrüchigere Gäste zu Gesicht gekommen als Leucas und Kheperu. Sie äußerte warme, bewundernde Worte über die Kräutertöpfchen und die Seide und nahm Barras Vorstellung ihrer Partner mit vollendeter Würde entgegen. Innerhalb von Augenblicken hatten die Hausbediensteten die Gefährten von ihrer Last befreit und Leucas und Kheperu zu einer bequemen Liege geführt, wo sie auf ein Bad warten konnten; Leucas hatte Tayniz' Angebot eines Bads dankbar angenommen, nachdem Barra übersetzt hatte, Kheperu hatte es, wenig überraschend, doch unseligerweise ausgeschlagen. Bei seiner Weigerung hatte Tayniz einmal geblinzelt, aber ihr Gesichtsausdruck war unverändert geblieben. »Und was ist mit dir, Barra?«

»Ach, ja, ein Bad nehmen. Ich kann's gebrauchen«, erwiderte sie. »Zunächst jedoch muss ich mit Peliarchus sprechen. Er ist im Kartenzimmer, hat Milo gesagt?«

Tayniz nickte. »Er sitzt über seinen Geschäftsbüchern. Und will nicht gestört werden.«

»Schön, dann kann ich ihn überraschen.« Barra stellte sich auf die Zehenspitzen, um ihrer Ziehmutter ein Küsschen auf die Wange zu geben; aus dieser Nähe sah sie neue Linien unter Tayniz' Tagesschminke sowie die verquollenen Augen. »Stimmt was nicht?«, fragte sie leise und hielt Tayniz bei den Schultern. »Irgendetwas stimmt nicht. Das merke ich.«

Tayniz schüttelte den Kopf. »Ich weiß es nicht. Wie dir bekannt ist, spricht Peliarchus nicht mit mir über seine Geschäfte – aber er ist besorgt. Und ich glaube, er hat Angst. Es ist wohl die Zeit dafür. Die ganze Stadt ist… anders geworden. Heutzutage macht sich ein jeder Sorgen.«

»Er wird's mir sagen«, meinte Barra und drückte ihr die Schultern. »Dann werde ich's dir erzählen. Es wird genau wie in den alten Tagen sein.« Mit einem letzten Drücken der Schultern anstelle einer Umarmung schlüpfte Barra ins Hausinnere zurück. Graegduz tapste glücklich hinterdrein. Beim Kartenzimmer wies sie Graeg an, draußen zu warten – als er das letzte Mal im Kartenzimmer gewesen war, hatte er Peliarchus' Sandtisch umgestoßen und mehrere Stunden Arbeit an Berechnungen zerstört. Seitdem blieb das Zimmer für ihn tabu.

Als Barra die schwere Tür zum Kartenzimmer aufdrückte, hätte Peliarchus beinahe selbst den Sandtisch umgestoßen, weil er sich so sehr beeilte, aufzuspringen und sie in einer bärenhaften Umarmung zu umfangen, dass sie keuchte. »Großer, verdammter Ba'al!«, rief er und setzte sie wieder ab. »O Barra, wie ich mich freue, dich zu sehen!«

Peliarchus war ein sehr rundlicher Mann, eine Hand kleiner als seine Frau, und sein sonnenverbrannter Schädel hatte noch länger kein Haar gesehen, als Barra sich erinnern konnte. Eine ihrer ersten Erinnerungen an diesen Mann, an diesen kahlen phönizischen Kaufmann mit den leuchtenden Augen war, wie er sie unter lautem Gelächter auf seinem Knie tanzen ließ – damals konnte sie nicht älter als drei Jahre gewesen sein. Jeden Sommer befuhren seine Schiffe die Westküste Langdales und er und seine Männer verbrachten einen Monat mit Handel und wurden in der großen Halle ihres Bruders gut bewirtet. Er hatte sie Phönizisch gelehrt, er hatte ihr die ersten Geschichten von Ägypten und Assyrien, Babylon und Ur erzählt; er war einer der knappen Hand voll Männer in Tyros, der sich mit ihr in ihrer Muttersprache unterhalten konnte. Als sie größer geworden war, hatte sie die Jahre anhand der sommerlichen Besuche des Peliarchus gezählt; als sie ihre Heimat hatte verlassen wollen, hatte es keinen anderen Mann in der weiten Welt gegeben, dem ihr Bruder sie anvertraut hätte. Er war ein lauter und fröhlicher Mann mit jähen, leidenschaftlichen Ausbrüchen, der rasch Entscheidungen traf, jedoch ehrlich und gerecht war. Ihr Bruder Llem, ein tiefgründiger, schweigsamer Mann, beschrieb ihn als »ausgeglichen, mit tapferem Herzen« – das höchste Kompliment, das er jemandem zugestand.

Barra und Peliarchus hielten einander auf Armeslänge entfernt, erfreuten sich am Anblick des grinsenden Gesichts des anderen und tauschten glücklich Spitzen über ihr Gewicht aus: Seinerseits kamen Bemerkungen über ihre dürren Unterschenkel, ihrerseits über seinen runden Wabbelbauch. Sie ließ ihn los und blickte zum Sandtisch, in dessen feuchte Oberfläche Zahlen eingraviert waren, verschiedene Additionen, Subtraktionen und Multiplikationen. Dominiert wurde sie jedoch von einigen hingekritzelten Zweimastern. »Ich habe gedacht, du würdest Berechnungen anstellen«, meinte sie mit einem Blick zur Seite.

Er zuckte die Schultern. »So viel gibt's nicht zu tun.«

Ein leiser Widerhall von Verzweiflung unter seinem gleichmütigen Tonfall warnte sie, das Schweigen nicht zu lange währen zu lassen. »Nun«, sagte sie daher rasch und rieb sich dabei die Hände, »die *Skye Swift* und die *Langdale's Pride* sollten jetzt jeden Tag anlegen. Dann werden wir die ganze Woche lang feiern und Geschichten austauschen können – und ich habe ein ganzes Bündel Briefe an meine Söhne, die ich mitschicken will. Komm mit nach draußen, ich möchte dich meinen neuen Partnern vorstellen.«

Peliarchus blickte schmerzerfüllt drein und legte ihr schwer eine Hand auf die Schulter. »Sie werden nicht in Tyros anlegen. Nicht dieses Jahr.«

Ein hohes, sirrendes Geräusch sang Barra in den Ohren und ein kalter Knoten der Anspannung zog sich fest in ihrem Magen zusammen. »Was meinst du damit?«, fragte sie vorsichtig. »Sie sind doch in Ordnung, nicht wahr? Es ist nichts passiert... oder?«

»Nein, o nein«, antwortete er kopfschüttelnd. »Ich habe Briefe an sie nach Knossos geschickt, habe sie angewiesen, alles in Kreta zu verkaufen und um Tyros einen großen Bogen zu machen, das ist alles. Sie werden wie geplant in Langdale überwintern und im Frühjahr sogleich zurückkehren.«

Sie war sich nicht bewusst, dass sie den Atem angehalten hatte, bis sie ihn jetzt heftig ausstieß. »Oh, Lugh sei Dank!«, keuchte sie. »Ich hatte schon geglaubt, du wolltest mir beibringen, dass die Piraten sie erwischt hätten – oder ein Sturm oder irgendetwas anderes... He, warte mal! Du hast ihre Route geändert?« Ihre Ohren flammten puterrot auf. »Du hast die Route *meiner* Schiffe geändert?«

»Jetzt beruhige dich doch, Mädchen! Sie gehören nur zum Teil dir und ihre Kapitäne sind meine Söhne – praktisch deine Brüder. Im Augenblick ist die Lage in Tyros... nun, ein wenig vage. Agapenthes hat in den letzten Monaten drei Schiffe verloren; er kann es sich leisten. Wir nicht.«

»Scheiße«, meinte Barra. Sie biss sich auf die Unterlippe und wandte sich ab, wobei sie die Fäuste ballte und wieder löste. Sie hatte mit ihrem Anteil an den Gewinnen der Schiffe gerechnet, hatte sich darauf verlassen. »Scheiße, Scheiße, verdammte und verfluchte *Scheiße!* Ich brauche das Geld, Peliarchus. Ich brauche es wirklich!«

»Was ist los? Steckst du in Schwierigkeiten? Hattest du ein schlechtes Jahr?«

Sie schüttelte seine väterliche Hand ab und sackte auf dem Hocker zusammen; er war noch immer warm von seinem Körper. »Nein, ich hatte ein großartiges Jahr. Ein verdammt *prächtiges* Jahr. Genau bis zu dem Tag, da zwei verfluchte Piratenschiffe sich mit allem auf und davon gemacht haben, was ich verdient habe. Ich bin völlig abgebrannt, Peliarchus. Abgesehen von dem Zeug, das ich nach Langdale zurückgeschickt habe, ist alles, was mir auf der Welt verblieben ist, mein Anteil an diesen beiden Schiffen, drei Steinäxte und ein Bronzeharnisch, der so oft geflickt worden ist, dass er aussieht wie der Kochtopf eines Ziegenhirten.«

»Nun ja, weißt du, hör mal zu«, hob Peliarchus vorsichtig an. Zu gut kannte er Barra, um ihr Geld anzubieten; zu viele Male hatte er ihre Wutausbrüche erlebt. »Ich könnte dir etwas auf deinen Anteil vorstrecken…«

»Nein. Absolut nein«, sagte sie. »Das will ich nicht und du weißt es.«

»Es ist nur geliehen…«

»Beleidige mich nicht.« Ihr Gesicht erglühte ebenso jäh wie ihre Ohren. »Ich verdiene mir selbst den Lebensunterhalt und bezahle auf meine eigene Weise.«

»Es ist keine Schande zuzugeben, dass du Hilfe benötigst…« Peliarchus sah die weiße Linie ihrer fest zusammengepressten Lippen in dem vor Ärger rot angelaufenen Gesicht und schüttelte seufzend den Kopf. »Also gut. Tu, was du willst. Das machst du sowieso immer.«

Barra zuckte die Schultern und blickte zu den Papyrusfächern hinüber, die auf der anderen Seite des Zimmers in ihren Regalen gestapelt waren, als ob sie plötzlich von äußerster Bedeutung seien; dabei wich ihr die Farbe aus dem Gesicht. Leise bat sie: »Erzähl's Tayniz nicht. Sie soll sich keine Sorgen machen.«

»Keine Bange«, sagte er warm. »Komm schon, gehen wir zu deinen Partnern!«

Die Vorstellung ihrer Partner war ein wenig umständlich, da Leucas nicht Phönizisch sprach und Peliarchus, obgleich argavischer Abstammung – was drei

Generationen zurücklag –, lediglich so viel gebrochenes Griechisch sprach, dass er Leinen gegen Wein und dergleichen verhandeln konnte; ganz zu schweigen von der bekannten Schwierigkeit, Kheperu jemandem vorzustellen. Barra bewunderte die Selbstdisziplin ihres Ziehvaters, der Kheperu die Hand schüttelte, ohne dabei auch nur mit der Wimper zu zucken oder im Geringsten die Nase zu rümpfen.

Peliarchus gab einen anerkennenden Laut von sich, als ihm das Armband und die Gürtelschnalle überreicht wurden; er legte beides augenblicklich an und suchte nach einem Silberspiegel, um die Sachen darin zu bewundern.

Schließlich hatte sich ein jeder auf Liegen um den Herd niedergelassen und kaute Trauben, Käse und Streifen von Räucherfleisch, während Tayniz den Koch damit beauftragte, ein etwas gehaltvolleres Mahl zuzubereiten. Kurz darauf zog Leucas sich zu seinem Bad zurück, wobei er säuerlich brummte, dass er seine Nähte trocken halten müsse.

Die erste Frage, die Peliarchus seiner Ziehtochter stellte, lautete, wie lange sie in Tyros bleiben wollten. Als Barra ihm mitteilte, dass sie noch keine konkreten Pläne hätten, dass sie vielleicht sogar hier überwintern wollten, sah er zugleich sowohl erleichtert als auch irgendwie besorgt aus.

»Gut, dann werdet ihr bei uns bleiben…«, ein schmerzlicher Ausdruck glitt über sein Gesicht, »…von, sagen wir, nächster Woche an.«

»Nächste *Woche?*« Barras Ohren erglühten und ihre Augen wurden groß. »Was meinst du damit – nächste Woche?«

Kheperu bemerkte die Färbung ihrer Ohren und schob sich unauffällig von ihr weg.

»Nun… nun, Barra, jetzt werd nicht sauer…«, begann Peliarchus.

Sie sprang auf. »Wenn ich nicht sauer werden soll, dann beleidige mich nicht vor meinen Partnern! Ich habe ihnen gesagt, wir hätten einen Ort in Tyros, wo wir bleiben könnten! Du machst mich zur Lügnerin, oder?«

»Du *hast* einen Ort, wo du bleiben kannst! Du wirst hier wohnen – sobald ich diese Sache mit Agapenthes klären kann…«

»Barra«, warf Tayniz ein, »du weißt, dass dies hier dein Heim ist, ebenso wie meines oder seines. Es ist nur so, dass wir drei Gästen verpflichtet sind – es ist ein Gefallen, den wir Agapenthes erweisen, und du weißt, dass wir uns nicht weigern können, wenn er uns darum bittet.«

Ein Gefallen für das Oberhaupt des Hauses Penthedes… Sie hatte Recht; einem Patrizierhaus, das einen beschäftigte, einen Gefallen zu verweigern könnte am Ende schwerwiegende Folgen nach sich ziehen. Barra holte tief Atem und stieß ihn angewidert aus. Sie ließ sich auf die Liege zurückfallen. »Nun ja, also gut, schön. Was geht vor, dass ich nicht bleiben kann?«

Peliarchus seufzte. »Ein entfernter Vetter des Agapenthes kommt zu Besuch. Der Herr will seinen Haushalt so voll stopfen, dass dieser Narr und sein Gefolge hier bei mir bleiben müssen.«

»Warum? Wer ist dieser Bursche?«

»Wie ich gesagt habe, er ist ein Narr. Agapenthes kann ihn nicht ausstehen und will ihn nicht um sich haben – man hat mir gesagt, er kann nichts als reden, trinken und ficken, und das Einzige, worin er gut ist, ist das Trinken. Letzte Woche traf ein Brief ein – ein Sonderschiff, direkt von Kypros –, dass er mit sieben oder acht seiner Edlen auf dem Weg hierher ist. Vielleicht treffen sie sogar später am Abend ein; es hängt vom Wetter ab.«

»Aus Kypros…«, meinte Barra nachdenklich.

Kheperu kicherte jäh. »Hältst du es für möglich?«

»O nein«, erwiderte sie auflachend, »oh, es kann einfach nicht sein! Sag mir doch bitte, dass wir nicht vom König sprechen! König Demetor aus Kypros?«

»Ja, sein Name ist Demetor.« Peliarchus blickte finster drein, weil sie so lachten. »Warum? Was ist mit ihm?«

»Das ist ein Mann«, erwiderte Kheperu genießerisch, »der mehr Hirn im elften Finger hat als im ganzen Kopf.«

Jetzt blieb Barra natürlich keine andere Wahl mehr, als die Geschichte ihres Besuchs auf Kypros zu erzählen. Sie waren am Morgen nach einer erfolglosen Wildschweinjagd eingetroffen – diese war einziger Gesprächsstoff am Kai. Zwei Männer waren aufgespießt, einer davon tödlich verwundet worden – Barra und Leucas waren nur wenige Minuten an Land gewesen, da hatte Kheperu sich ihnen genähert. Peliarchus lachte über Kheperus Erzählung, wie er das Schauspiel des »Wandernden Sehers« vor König Demetor abgezogen und diesen nur allzu leicht davon überzeugt hatte, dass dieser Eber von den Göttern gesandt worden war, um sein Volk für die Gottlosigkeit des Königs zu bestrafen.

»Welche Gottlosigkeit?«

Höhnisch grinsend erwiderte Kheperu: »Ficken. Nicht genug ficken. Sie verehren Astarte, oder? Obgleich sie dort Aphrodite heißt. Ich habe ihm gesagt, Astarte sei *sehr* zornig auf ihn, weil er nicht genug gefickt hat.«

Tayniz blinzelte und Peliarchus unterdrückte ein Gelächter. »Woher hast du das gewusst?«

»Er ist *alt*«, entgegnete Kheperu, beiläufig die Schulter zuckend. »Ich habe ihm gesagt, um die Göttin zu besänftigen, müsse er es sieben Tage lang sieben Frauen am Tag besorgen. Er wurde bleich und geriet ins Stottern; ich habe ihn bei seinem alten Schwanz gepackt. Dann habe ich ihm geraten, er solle sich keine Sorgen machen. Der große Poseidon würde ihm zwei Helden über das Meer schicken, einen Mann und eine Frau, und die beiden seien die Einzigen, die den Eber zur Strecke bringen könnten. Und so fand Demetor, als er zum Strand hinabging, Leucas und Barra beim Baden vor, unschuldig nackt.«

Kichernd schüttelte Peliarchus den Kopf. »Und es hat funktioniert?«

»Hundertundachtzig attische Talente«, erzählte ihm Barra. »Ziemlich gute Bezahlung für zwei Tage Arbeit. Da haben Leucas und ich Kheperu zu unserem dritten Partner gemacht; der ganze Scherz war seine Idee.«

Tayniz beugte sich ernst vor. »Aber habt ihr euch keine Sorgen wegen eurer eigenen Gottlosigkeit gemacht? Meint ihr nicht, dass die Götter Rache nehmen werden, weil ihr einen Schwindel in ihrem Namen begangen habt?«

»Nicht im Geringsten«, meinte Kheperu leichthin. »Wer will denn sagen, ob es wirklich ein Schwindel war? Ich würde niemals von mir behaupten, tatsächlich zu wissen, was die Götter im Sinn haben – es ist durchaus möglich, dass ich unwissentlich die Wahrheit gesagt habe. Die Götter benutzen uns Sterbliche oftmals dazu, ohne unser Wissen ihren Willen zu vollstrecken. Habt Vertrauen zu mir – das ist ein Lehrsatz, den jeder Priester in Ägypten kennt. Wer könnte denn sagen, dass Barra und Leucas *nicht* durch den Willen des großen Poseidon dort waren? Ich bin ihnen zufällig am Strand begegnet; wie es heißt, ist oftmals die Hand eines Gottes im Spiel, wenn uns etwas wie ein Zufall erscheint.«

»Hmm«, schnaubte Tayniz. »Ich halte es immer noch für ein unnötiges Risiko.«

»Aber bei Demetor hat es funktioniert«, meinte

Barra. »Und vielleicht ist Kheperu daran schuld, dass er jetzt zu Besuch kommt.«

Kheperu spreizte die Hände. »Am Tag unseres Abschieds habe ich ihm eine Salbe verkauft, nach einem eigenen Rezept«, sagte er breit grinsend. »Ich habe ihm gesagt, wenn er damit jeden Tag seinen Schwanz einreibt, würde er eine Woche lang steif bleiben, komme ein Erdbeben oder ein Sturmwind. Also wäre er in der Lage, Astarte – *ähämm* – zufrieden zu stellen, sogar in seinem Alter. Ich wette, er kommt her, um es fern von Frau und Kind auszuprobieren.«

Peliarchus, der alte Kaufmann, erwiderte sein Grinsen. »Und du meinst, du bist besser weit weg, wenn er herausfindet, dass sie nicht wirkt?«

»Nicht wirkt?«, erwiderte Kheperu entrüstet. »Natürlich wird sie wirken. Bin ich ein Betrüger? Bin ich ein Schwindler? Scheiße, ich benutze sie selbst!«

Als die Dämmerung ihre Purpurfarbe über den Himmel gemalt hatte und nichts auf Demetors Ankunft hindeutete, hatten Peliarchus und Tayniz darauf bestanden, dass Barra und ihre Freunde die Nacht über dableiben sollten. Der Festschmaus war verzehrt – jeder Bissen von der gebratenen Ente in Korinthensoße war so köstlich, wie Barra sie in Erinnerung hatte – und die Diener waren in ihre Quartiere entlassen. Jetzt schimmerten oben am Himmel die funkelnden Sterne, und im Herd war harte Eiche aufgeschichtet worden, damit das Feuer lang und niedrig brannte und die Kühle der Nacht fern hielt. Bleiche Nachtfalter, manche so groß wie Barras Hand, flatterten im Innenhof umher und umkreisten das Feuer; gelegentlich verbrannte einer zischend in den Flammen und andere fielen den beiden jäh herbeisausenden Fledermäusen zum Opfer.

Barra hatte sich auf der Liege zurückgelehnt, Graegduz' warmen, großen grauen Kopf im Schoß, und beobachtete die Fledermäuse. Sie ließ den warmen Wein im Becher kreisen und nahm einen weiteren winzigen Schluck. Auf dem Sofa gleich neben ihr saßen Peliarchus und Tayniz, den Arm um die Taille des anderen gelegt, ruhig und behaglich in der Stille des Spätsommers. Kheperu hatte sich bereits entschuldigt und war auf das Zimmer gegangen, das er mit Leucas teilte, wobei er etwas von einer Packung oder einem Öl gemurmelt hatte, das noch vor Mitternacht zubereitet werden müsse. Der riesige Athener lag lang ausgestreckt auf einem Sofa in der Nähe und schnarchte leise unter der Decke, die Tayniz über ihn gebreitet hatte, nachdem er eingeschlafen war. Leucas war den anständigen tyrischen Wein nicht gewöhnt: Er hatte ihn getrunken wie das Dreiviertel-Wasser-Gemisch, an das er von seiner Heimat gewöhnt war. Weil er zusätzlich durch seine Verletzungen geschwächt war, hatte ihn der Wein wie auch das schwere Essen gleich einem Schlag auf den Kopf umgehauen; selbst sein Schnarchen war nur ein blasser Abklatsch seines üblichen lauten Mahlens.

»Ich habe über deine Briefe nachgedacht«, sagte Peliarchus. »Es täte mir Leid, wenn wir sie vor Wintereinbruch nicht zu den Inseln bringen könnten; der Gedanke würde mir gar nicht gefallen, dass deine Jungen glauben könnten, dir sei etwas zugestoßen, wenn die *Swift* und die *Pride* ohne die Briefe eintreffen.«

Barra zuckte müde die Schultern. »Morgen kann ich nachsehen, ob irgendwelche Schiffe im Winter Richtung Norden fahren. Vielleicht kann ich für den Transport der Briefe bezahlen.«

»Oh, das geht nicht! Die meisten tyrischen Seeleute würden dein Geld nehmen und die Briefe ins Meer werfen. Ich habe mir überlegt, sie vielleicht selbst mitzunehmen?«

Barra richtete sich auf der Liege auf, was Graeg zu einem Protestgeheul veranlasste, als sie seinen Kopf von dem gemütlichen Platz wegschob. »Das meinst du ernst? Du willst wieder aufs Meer hinaus?«

»Eigentlich«, fuhr Peliarchus fort, »haben Tayniz und ich darüber geredet, zusammen das Meer zu befahren. Weißt du, ich habe mir überlegt, dass ich seit mehr als zehn Jahren nicht mehr auf der Insel der Mächtigen war, seit dem Zeitpunkt, da ich deinem Bruder mitteilen musste, dass du fortgelaufen warst. Und Tayniz hat die Insel schon immer sehen wollen, weißt du, und sie hat deine Jungen kennen lernen wollen, die schließlich fast wie Enkel für uns sind. Und ich habe mir gedacht, dass es vielleicht an der Zeit ist, dass du selbst auf einen Besuch dorthin zurückkehrst. Nimm die Briefe persönlich mit!«

Barra starrte in den flackernden Herd, als ob sie eine Vision suchte. »Stehen die Dinge hier wirklich so schlimm?«

»In dieser Hinsicht vielleicht ja.«

»Du würdest nicht glauben«, murmelte Tayniz, »was mit den Preisen auf dem Markt los ist. Alles ist unten, ganz weit unten. Außer Waffen und Rüstungen.«

Barra nickte schweigend; sie hatte den größten Gewinn aus dem Käsemesser im ursprünglichen Handel gegen die Seide gezogen. Gold war überall wertvoll und leicht zu verbergen oder zu transportieren.

»Aus dem ganzen Mittelmeerraum treffen Söldner ein. Fast jedes Schiff bringt weitere herbei. Nach dem, was ich so höre, haben die meisten von ihnen keine Probleme, Arbeit zu finden.« Peliarchus schenkte ihr ein trauriges Lächeln. »Und ich habe das Gefühl, dass du und deine Partner nicht gerade jetzt nach Tyros gekommen seid, nur um ein altes Ehepaar zu besuchen.«

»Du meinst, es wird Krieg geben.«

»Vielleicht ist dies das Beste, worauf wir hoffen können.« Der flackernde Schein aus dem Herd malte blutrote Schatten auf sein Gesicht. »Das Haus Penthedes ist noch immer der Leitwolf in Tyros. In ganz Phönizien. In einem offenen Krieg haben wir die Ressourcen und die Stärke, jedes andere Haus wegzuwischen, möglicherweise sogar zwei gleichzeitig, und wir könnten es tun, ehe der Gouverneur genügend Kräfte aus Ägypten hierher schaffen kann, um die Sache zu beenden. Aus einem Krieg gingen wir mit einer stärkeren Position hervor, als wir im Augenblick innehaben. Agapenthes sucht seit Monaten Streit.«

»Was also hindert ihn daran?«

»Er kann nicht den ersten Zug machen. Die anderen Häuser würden sich allesamt gegen uns verbünden – es gibt keines, das nicht gern ein Stück dessen hätte, was wir besitzen –, und wir können nicht gleichzeitig gegen sie alle kämpfen.« Er beugte sich vor, stützte die Ellbogen auf die Knie, verschränkte die Finger und ließ ein Gelenk nach dem anderen knacken. »Ich halte das jetzt für eine gute Zeit, sechs Monate oder so in Urlaub zu fahren.«

»Mir ist aufgefallen, dass jeder anscheinend sehr angespannt ist«, bemerkte Barra, während sie abwesend das Fell hinter Graegduz' Ohr rieb. »Ist denn eigentlich schon etwas vorgefallen? Hat jemand einen Zug getan?«

Peliarchus schüttelte den Kopf. »Nicht offen. Aber es liegt etwas in der Luft. Drei Schiffe der Penthedes sind einen Monat überfällig. Ebenso eine Karawane der Tomitiri. Vor einer Woche ist ein Lager der Mursuwalliten abgebrannt. Wenn du mich fragst, so stecken die Jephunahi dahinter.«

»Weswegen?«

»Sie sind Amoriten«, erwiderte Peliarchus, als ob das alles erklärte. »Du kannst ihnen nicht trauen. Sie sind erst seit zwanzig Jahren in Tyros. Jung und hungrig sowie darauf aus, sich ein größeres Stück vom Kuchen abzuschneiden...«

»Und sie sind Magier«, warf Tayniz flüsternd ein.

»Fang nicht mit dem Mist an!«, wies Peliarchus sie zurecht.

»Es stimmt«, meinte sie fest. »Jeder weiß, dass Amoriten Magier sind. Die Habiru sind amoritische Stämme, und sieh mal, was sie mit Jericho angestellt haben! Ganz zu schweigen von Beht-Horon – sie haben *magische Kräfte!*«

Barra lächelte. »Das sagen die neuen Stämme daheim von uns, doch der einzige richtige Magier, den ich getroffen habe, ist meine Großmutter Maeve – und sie kommt selbst aus einem neuen Stamm. Sie ist eine Gälin.«

»Was ist mit deinem Freund Kheperu?«, fragte Tayniz.

»Er ist kein Magier, obgleich du ihn für einen solchen halten sollst. Er ist einmal ein Seshperank gewesen und er kann einige Tricks mit Pulvern und Tränken vorführen; vermutlich ist es Magie, aber keine echte.«

»Nun, was ist mit dem Fluch auf Nicoras' Gasthaus? Jeder, der es betritt, *stirbt!* Was ist damit?«

»Vielleicht bloß sein schreckliches Essen«, knurrte Peliarchus.

»Aber Nicoras lebt noch immer und seine Familie und alle seine Sklaven ebenfalls. Ich habe gehört, dass eine seiner Sklavinnen davonlaufen wollte, und sie ist so krank geworden, dass sie gestorben wäre, wenn sie nicht zurückgekehrt wäre.« Tayniz beugte sich vor und senkte die Stimme. »Alle, die in dem Gasthaus wohnten, als der Fluch darüber ausgesprochen wurde, leben – nur neue Gäste sterben. Und niemand kann es verlassen...«

Peliarchus blickte finster drein. »Tayniz…«

»Keiner weiß, wie man den Fluch brechen kann. Vier Unterpriester des Ba'al-Berith haben eine Schutzzeremonie durchgeführt sowie einen Exorzismus und alle vier sind eben dort in Nicoras' Gastraum gestorben.«

»Schweig! Ich will nichts mehr davon hören.« Bittend wandte sich Peliarchus an Barra. »Siehst du, was die Lage hier mit den Menschen macht? Alle werden verrückt, glauben jedem verdammten Gerücht, das ihnen zu Ohren kommt. Wie ich höre, ist der verfluchte Gouverneur bereits auf dem Weg von Byblos hierher. Mit der ganzen Division. Niemand möchte Ägypten mit hineinziehen; die hiesige Garnison bereitet keine Probleme, die meisten Offiziere sind seit Jahren hier, und sie wissen, wo's langgeht, aber… nun, ich will deinen Freund Kheperu nicht beleidigen, aber sobald diese Hurensöhne Ägypten verlassen, streifen sie ihre kostbare Zivilisation ab wie eine Kobra ihre Haut. Der Gouverneur selbst ist ein wohlmeinender alter Furzknoten, aber wenn er sich in den Kopf setzt, sein Heer auf uns loszulassen, um ›den Frieden zu wahren‹, nun…« Er schüttelte den Kopf. »Sobald König Demetor hier gewesen ist, werden wir ebenfalls gehen. Und du kommst besser mit.«

»Peliarchus…«, begann Barra.

»Nein, ich habe mich entschieden. Wir gehen. Demetor wird sich möglicherweise nicht länger als eine Woche oder zehn Tage hier aufhalten, dann sind wir weg und du kommst mit.«

»Tu ich nicht.«

»Barra, verdammt, jetzt ist keine Zeit für Starrsinn.«

»Wenn ich auf der Insel überwintere«, erklärte Barra geduldig, »könnte ich im Frühjahr die Handelsmesse auf Kreta versäumen. Dazu braucht es nur einen schlimmen Sturm und dann bin ich für ein ganzes Jahr aufgeschmissen. Vielleicht sogar länger; ich könnte alles verlieren, worauf ich die letzten zehn Jahre hingearbeitet habe.«

»Wenn du tot bist, wird dir nichts davon etwas nutzen.«

»Du machst dir zu viel Sorgen.« Barra gähnte und streckte sich. Sie stand auf und rieb sich die Augen. »Es ist ein langer Tag gewesen. Hilf mir, Leucas in sein Zimmer hinaufzuschaffen, ja? Wir sollten ihn zwischen uns tragen können.«

Peliarchus erhob sich. »Nun, selbst wenn du nicht nach Hause fahren willst, so gibt es viele Orte an der Küste, die sicherer als Tyros sein werden.«

»Mach mal halblang, ja?«, meinte Barra mit ihrem freundlichsten und unschuldigsten Lächeln. »Glaub mir, ich habe nicht die geringste Absicht, mich in einen Handelskrieg hineinziehen zu lassen.« Diese Worte mochten vielleicht Tayniz getäuscht haben; der Blick, den ihr Peliarchus zuwarf, besagte, dass er ganz genau wusste, welche Absichten sie wirklich hegte.

Als die Sonne am klaren und strahlenden Morgen über die Berge lugte, waren die drei Partner bereits wieder auf dem Weg zum Markt. Tayniz hatte ein schnelles, üppiges Frühstück aus den Überresten des Festmahls vom vorherigen Abend zubereitet, bei dem Barra und Kheperu mit einiger Überwindung zugelangt hatten. Leucas verbrachte die Frühstückszeit damit, den Kopf auf die Hände zu legen und einsilbig zu grunzen. Sein einziger verständlicher Ausbruch war ein Dankesgebet aus vollem Herzen an Polydeukes gewesen; Leucas' Nase war bei Faustkämpfen so oft gebrochen worden, dass er keinerlei Gerüche mehr wahrnahm, wofür er zutiefst dankbar war. Der bloße Anblick des reichhaltigen Mahls verlieh seinen sonnengebräunten Wangen einen Stich ins Grünliche.

Die Gespräche am Frühstückstisch waren spärlich; Peliarchus hatte offensichtlich die Diskussion der vergangenen Nacht wieder aufgreifen wollen. Lange Erfahrung hatte ihn jedoch davon abgehalten: Sobald Barra sich einmal in etwas verbissen hatte, würde weiteres Drängen nur dazu führen, dass sie sich noch fester verbiss. Sie hatte ihm die Sache dadurch erleichtert, dass sie über eine Vielzahl trivialer Dinge geplaudert hatte, aber jedes Mal, wenn sie innehielt, um etwas zu kauen und zu schlucken, neigte das Schweigen dazu, tiefer zu werden.

Nach einer längeren Debatte und nachdem Kheperu aufs Heftigste darauf bestanden hatte, entschieden sie sich, ihren Wohnsitz im Gasthof eines gewissen Lidios aufzuschlagen, eines ausgebürgerten Argiven, dessen gediegenes Haus (acht Privatzimmer und zwanzig Bedienstete) im griechischen Viertel im südwestlichen Teil der Stadt lag, einen kurzen Spaziergang vom Strand entfernt und nicht zu weit weg vom Markt. Er verlangte lediglich drei Schekel pro Tag für Vollpension in einem Privatzimmer; dies verschaffte Barra zwei Tage Luft, ehe sie sich ans Beutelschneiden machen müsste, um sich den Lebensunterhalt zu verdienen.

Ehe sie das Haus des Peliarchus verließen, übergab Barra das Paket Briefe und hinterließ strikte Anweisungen, dass jeder, der sie und ihre Freunde suchte, zu Lidios geschickt werden solle.

»Insbesondere jeder mit den Farben der Meneides«, hatte sie gesagt.

»Die Meneides?«, grunzte Peliarchus. »Du lässt dich doch nicht mit diesen Hurensöhnen ein, oder?«

»Vielleicht«, hatte Barra erwidert. »Hängt davon ab, wie viel sie mir zahlen wollen.«

Es war noch zu früh, als dass viel Verkehr auf den Straßen geherrscht hätte, während die drei Gefährten langsam durch die Stadt gingen, und die goldene Morgensonne gab nur ein Versprechen davon ab, wie heiß der Tag noch werden würde. Hier und da zeigte sich ein Sklave mit Halbrock auf den Straßen. Sie karrten die Wasserkrüge zurück, die sie an den öffentlichen Brunnen gefüllt hatten; einmal hielt Leucas einen Sklaven mit einer drohenden Gebärde an, schnappte sich einen Krug vom Handkarren und trank ihn fast leer. Den Rest goss er sich über Kopf und Schultern. Er entlohnte den Sklaven mit einem Schulterzucken und einer Kupfermünze, und der Sklave kehrte, säuerlich vor sich hin brummelnd, zum Brunnenhaus zurück. Die Gefährten gingen weiter, vorüber an finster dreinschauenden Händlern, die ihre Zelte zurückbanden, sowie an Männern mit müdem Blick, die die Straßen vor ihren Türen mit Bronzerechen sauber kratzten. Wegen der Verletzungen an Leucas' Schulter und Rücken – ganz zu schweigen vom selbst verursachten Kopfschmerz – war das Bündel mit ihren Habseligkeiten dreigeteilt worden und jeder trug seinen Anteil. Graegduz trabte schläfrig auf leisen Sohlen auf der festgebackenen Erde neben Barra her, während sie leise ihre Schlüsse aus dem Gespräch mit Peliarchus von vergangener Nacht erläuterte. Die Aussicht auf einen Handelskrieg schien Kheperu beträchtlich aufzuheitern; beinahe tänzelnd führte er sie durch die Straßen. Er lachte und summte Bruchstücke aus ägyptischen Liedern vor sich hin.

»Es macht mir nichts aus, dass du glücklich bist«, polterte Leucas gefährlich, »aber musst du so laut glücklich sein?«

Kheperu zuckte lediglich die Achseln und grinste – aber er tat es schweigend.

Barra blickte die Gebäude ringsum stirnrunzelnd an und sah mit zusammengekniffenen Augen zur Sonne auf. »Äh, Kheperu? Bist du dir ganz sicher, wo dieser Ort ist?«

»Natürlich. Ich habe vor nur wenigen Jahren zwei Monate dort gewohnt.«

»Wir gehen in die falsche Richtung.«

»Nein«, erwiderte Kheperu mit einem Grinsen, das beinahe höhnisch zu nennen war. »Wir sind richtig.«

»Du hast dich verirrt.«

»Habe ich nicht. Ich weiß genau, wohin wir gehen. Tatsächlich«, er blieb einen Augenblick lang an der Mündung der Gasse stehen, wo sie sich auf eine breite Straße hin öffnete, und breitete die Arme aus, »sind wir da!«

Der Wind drehte sich leicht und eine schwache Brise wehte ihnen ins Gesicht; jetzt konnten sie den Ort riechen. Barra, die niemals einen Geruch vergaß, hätte ihn mit geschlossenen Augen wiedererkannt. Wacholder und zermahlener Bernstein, in menschliche Haut eingerieben, um den ranzigen Geruch von Angstschweiß zu tarnen, der deutlich zu vernehmen war. Breite Bürgersteige umgaben das Gebäude, ein Spiegelbild der geländerlosen Galerie, die das obere Stockwerk umgab. Mit Safran und Scharlach leuchtend eingefärbte Baldachine beschatteten sowohl die Galerie als auch den Bürgersteig und weitere Baldachine hingen über dem Dach. In jeder Mauer des Gebäudes befand sich eine breite Tür aus solider Bronze, und über jeder dieser Türen war auf Phönizisch, Akkadisch, in der vereinfachten ägyptischen Schrift sowie in der kretischen Schrift, die als die geschriebene Form des Griechischen diente, ein einziges, einfaches Wort in den Stein gemeißelt: SKLAVEN.

Barra meinte: »Da gehe ich nicht rein.«

»Was ist das?«, fragte Leucas.

»Das Sklavenhaus der Mursuwalliter«, erwiderte Kheperu fröhlich. »Der beste Sklavenmarkt in der Provinz Kanaan. Sie führen Sklaven aus aller Welt! Assyrien – Skythien – Zwerge aus Punt, kuschitische Stammesleute – und sie haben *Blondinen,* Leucas! Goldhaarige Frauen aus dem Europa jenseits der Alpen! Das Beste daran ist, sie sprechen kein Wort deiner Sprache, also musst du ihnen nicht beim *Reden* zuhören. Denk mal drüber nach!«

Leucas runzelte die Stirn. »Ich kann einfach in so ein Gebäude reingehen und einen Sklaven *kaufen.* Mit Geld, wenn ich welches hätte. Dort werden sie *verkauft.*«

»Natürlich. Was ist los?«

»Es erscheint mir nicht richtig.«

Bittend wandte sich Kheperu an Barra. »Sprich du mit ihm! Er weiß wohl die Bedeutung dieser Gelegenheit nicht zu schätzen.«

Barra schüttelte den Kopf. »Lass mich da außen vor.«

»Es ist falsch, Sklaven zu kaufen«, meinte Leucas langsam. »Darin liegt keine Ehre, für etwas Geld zu bezahlen, das mit Schwert und Speer erworben werden sollte.«

»Also wirst du nicht mitkommen?«

»Wo ich herkomme, da wird ein Sklave in der Schlacht genommen. Frauen und Kinder geschlagener Männer. Man kauft sie nicht. Man verkauft sie nicht. Wenn du dir keine Sklavin leisten kannst, heiratest du sie oder lässt sie gehen.«

»Schön, du kannst hier warten. Komm schon, Barra!«

»Ich hab dir gesagt«, meinte Barra, »da geh ich nicht rein!«

Kheperu warf die Hände in die Höhe. »Wo liegt das Problem?«

Barra wand sich unbehaglich. »Das geht dich nichts an.«

»Was... hat dich mal jemand als Sklavin verkauft? Das ist nicht weiter schlimm; kann jedem passieren.

Selbst dieser Dingenskirchen – Herakles – war mal Sklave, frag Leucas!«

»Ich hab dir gesagt, das geht dich nichts an!«

»Oh, komm schon, wir sind Partner, stimmt's?« Kheperu versuchte, Barra in einem hinterlistigen Tonfall zu beschwatzen, der sie ganz kribbelig machte. »Wir müssen ehrlich zueinander sein. Keine Geheimnisse, erinnerst du dich?«

Seufzend gab Barra nach; selbst nach nur wenigen Wochen in Kheperus Gesellschaft wusste sie sehr wohl, dass der untersetzte Ägypter bereit war, ihr den ganzen Tag lang zuzusetzen. Sie sagte: »Es ist nur so, dass ich jedes Mal, wenn ich einen Sklavenmarkt betrete, am Ende fünf oder sechs Sklaven gekauft habe.«

»Was ist daran falsch?«

»Du verstehst mich nicht. Ich kaufe die Kranken, die Schwachen. Dann gebe ich mein ganzes Geld dafür aus, sie wieder gesund und stark zu bekommen. Was soll ich mit fünf oder sechs Sklaven? Ich habe keine Verwendung für sie – und wenn sie soweit sind, empfinde ich so viel Zuneigung zu ihnen, dass ich sie nicht wieder verkaufen kann. Letztlich lasse ich sie frei. Ein paarmal habe ich sogar ihre Überfahrt zurück zur Insel der Mächtigen bezahlt – habe ihnen eine Börse voll Silber und einen Brief an meinen Bruder mitgegeben, worin ich ihn bat, ihnen ein wenig Land zu verkaufen. Das letzte Mal…« Gerade noch rechtzeitig hielt sie sich zurück, ehe sie gesagt hätte:… *habe ich einen Sklaven adoptiert.* Es bestand kein Grund, diesen Männern etwas von Antiphos zu erzählen, dem gebrochenen, brutalisierten kleinen Jungen, den sie vor vier Jahren auf Kreta erworben hatte. Sie hatte ihnen bereits viel zu viel erzählt. Freunde oder nicht, sie gingen keiner Arbeit nach, bei der man sein weiches Herz anpries. Sie hatte ihnen ihre Zukunft anvertraut, jedoch nicht ihre Vergangenheit. Sie schüttelte den Kopf und spuckte aus: »Es ist Ekel erregend. Und teuer. Also betrete ich keinen Sklavenmarkt mehr.«

»Diesmal bist du aber auf der sicheren Seite«, wies Kheperu sie zurecht. »Du kannst dir keinen Sklaven leisten.«

»Das macht es nur umso schlimmer.«

Kheperu musterte sie entgeistert. »Du meinst, da ist etwas in deinem Herzen, das über das Klimpern von Silbermünzen hinausgeht? Barra, ich bin schockiert. Schockiert und verletzt. Enttäuscht...«

»Halt's Maul! Geh los, gönn dir doch deinen Spaß! Ich weiß übrigens nicht, wie du dir das eigentlich leisten kannst.«

Er zuckte die Achseln, ein fröhliches Lächeln auf dem Gesicht. »Kinder sind billiger – man muss sie einige Jahre lang durchfüttern, ehe sie richtig nützliche Arbeit verrichten können, also bekommt man für sie einen Preisnachlass...«

»Ich will nichts davon hören! Geh schon, Leucas und ich werden uns hier draußen in die Sonne setzen.«

Leucas hatte den Kopf an die Wand hinter sich gelehnt und schnarchte wie näher kommendes Donnergrollen. Barra ließ Graegduz zur Bewachung neben ihm zurück, während sie zum Markt schlenderte; ein Knurren des grauen Wolfs sollte mehr als genug sein, jeden Möchtegern-Unheilbringer daran zu hindern, den schlafenden Athener oder dessen Besitztümer anzutasten.

Sie wanderte müßig durch die anschwellende Menschenmenge und täuschte Gefallen an den Waren dieses oder jenes Stands vor. Fast jeder Mann auf dem Markt war bewaffnet, was nicht weiter ungewöhnlich war: die meisten Freien aus Tyros trugen wenigstens einen Dolch als Teil ihrer Alltagskleidung. Beunruhigend jedoch war die Tatsache, dass viele von ihnen ihre Dolche mit Kurzschwertern ergänzten, die sie offen über ihren Obergewändern zur Schau trugen; darüber hinaus waren auch zahlreiche der kleinen, trompetenförmigen ägyptischen Handäxte zu sehen und nicht alle davon steckten in den Gürteln der mit dickem Stoff gepanzerten ägyptischen Garnisonssoldaten. Ebenfalls beunruhigend war die Zahl der Ausländer, die als Bewacher neben den Ständen der wohlhabenderen Händler saßen und von denen viele eine Rüstung aus Bronzeplatten trugen. Hoch gewachsene Nordmänner, deren Haar weißgolden in der Morgensonne glänzte, rotgesichtige Kelten und breitschultrige Pikten – Barra mied Kelten und Pikten, denn etliche aus ihrem Land, die das Mittelmeergebiet bereisten, mochten sie wiedererkennen –, grimmige, schwitzende Hethiter, wahrscheinlich Deserteure des Heers, das König Mutuwallis gegen die Phrygier ausgehoben hatte, und eine erstaunliche Anzahl Achaier mit wettergegerbten Gesichtern und gleichgültigem, kaltem und starrem Blick. Diesen Blick kannte Barra von Leucas, wenn sie sein Gesicht in unbewachten Augenblicken vor sich sah. Das waren die leeren Augen von Männern, die zehn Jahre eines schier endlosen Gemetzels in den Ebenen vor Troja überstanden hatten.

Barra ertappte sich dabei, wie sie unbewusst die Schneide ihrer Breitaxt prüfte. Sie gab ihr eine Woche, allenfalls zwei.

Als sie zu Leucas zurückkehrte, war er erwacht und saß aufrecht da, Kheperu an seiner Seite. Sie hörte das Wimmern in seinem Tonfall, ehe sie die Worte verstand. »Was war los?«, fragte sie.

»Es war los, dass dein verdammter Hund mir fast das Bein ausgerissen hätte beim Versuch, Leucas zu wecken«, erwiderte Kheperu.

»Wirklich, Graeg?«, zwitscherte Barra auf Piktisch

und kraulte dem Wolf das Fell. »Guter Junge!« Graegduz antwortete mit einer Art schmachtendem Trällern.

»Weißt du, Barra«, meinte Leucas schwach lächelnd, »allmählich genieße ich die Gesellschaft deines Wolfs wirklich.«

Kheperu knurrte säuerlich. Barra sagte zu ihm: »Eigentlich mag er dich, Kheperu. Er sagt, du riechst wie ein großer Haufen frischer Scheiße.«

»Ja, tatsächlich? Sagt er das? Du erwartest wohl wirklich von mir, dass ich glaube, ihr könntet miteinander reden?«

»Alle Tiere sprechen Piktisch«, erwiderte Barra, ganz die Unschuld. »Hast du das nicht gewusst? Und alle Pikten verstehen Tiere.«

»Ach, ja? Warum hast du dann diesem verdammten Bären nicht gesagt, er solle sich auf die Seite wälzen und sich tot stellen?«

»Das habe ich getan. Bären sind von Natur aus anders und abgesehen davon ist er so gut wie taub. Er hat geglaubt, ich hätte gesagt: Komm rüber und friss mich! Er hat sich hinterher entschuldigt.«

Kopfschüttelnd gab Kheperu klein bei. Leucas kicherte. Barra sagte: »Was ist also mit den Sklaven? Ich hätte erwartet, dass du zumindest mit einem kleinen Mädchen oder zweien herausgekommen wärst.«

»Ah, sie haben keine«, meinte Kheperu angesäuert. »Auch keine Jungs. Irgendein reicher Ägypter von außerhalb der Stadt kommt einmal die Woche her und kauft alles unter zwanzig auf. Du würdest kaum glauben, wie sehr der Preis für Vierzehnjährige in die Höhe geschossen ist!«

»Pech gehabt. Kommt schon, erhebt euch! Gehen wir zu Lidios und verstauen wir unser Gepäck!«

Auf einmal ertönten Stimmen, ärgerliche und ängstliche Stimmen von Menschen mitten auf dem Markt.

Barra grinste ihre Gefährten an. »Klingt nach 'ner Rauferei. Sollen wir zuschauen?«

Leucas zuckte die Achseln und Kheperu meinte: »Warum nicht? Wenn bei unserer Ankunft die Schlange nicht zu groß ist, könnte ich vielleicht noch ein paar Wetten abschließen.«

Als sie sich jedoch dem Unruheherd näherten, erstarb das Geschrei und nur eine einzelne Stimme blieb vernehmbar: die schrille, entsetzte Stimme eines Mannes, der nahezu unverständliche Worte kreischte. Ansonsten herrschte tödliches Schweigen.

Leucas blickte auf Barra hinab. »Keine Rauferei. Was sagt er?«

Barra runzelte die Stirn. »Ich bin mir nicht sicher; er hört sich an wie ein Betrunkener. Ich glaube, er sagt was in der Art, dass ihn etwas loslassen soll. Oder jemand. Ansonsten ist es das, was du erwarten würdest: ›Ba'al-Berith, Gott meiner Väter, hilf mir, rette mich!‹, und so was in der Art.«

Leucas zischte durch die Zähne und sagte dann jäh: »Folgt mir!« Er warf sich durch die dicht gedrängte Menge und scheuchte die Leute mit der Leichtigkeit einer Kutsche beiseite, die durch einen Haufen Bauern galoppierte; Barra und Kheperu folgten hinterdrein.

Sie brachen aus der dicht gedrängten Menge hervor und blieben stehen. Die breite Straße war leer, abgesehen von dem kreischenden Mann. Aus Hauseingängen sahen Menschen zu oder drückten sich gegen Gebäude, während er dahinstolperte, schwankend und um sich schlagend wie eine Vogelscheuche im Sturm.

Die klare Morgensonne schlug blitzende Lichtfunken aus den Ringen an seinen Fingern, als er die Hände hob und um Hilfe bettelte oder auf die Luft einschlug wie ein Mann, der in einer Wolke Stechfliegen gefangen war. Ein blutiger Fetzen war ihm um die linke Hand gebunden, und sein Gesicht war von dem

Blut verschmiert, das eine glänzende, purpurrote Spur auf der Straße hinterlassen hatte; Blutflecken färbten sein gestreiftes Obergewand ebenso dunkel wie das knöchellange Gewand darunter. Er kreischte, bis ihm die Stimme versagte, und tanzte dabei seinen ziellosen Wirbeltanz; und die Menge sah schweigend zu.

Kheperu spie zu Boden. »Bloß ein verdammter Wahnsinniger. Was haben diese Leute denn? Gibt es bei euch in Tyros keine Wahnsinnigen?«

»Er ist kein Wahnsinniger«, brummte Barra grimmig. »Sieh dir seine Kleidung an! Das ist ein reicher Mann.«

Leucas ging vorsichtig auf den kreischenden Mann zu. »Was ist los, Herr?«, rief er auf Griechisch. »Wie können wir dir helfen?«

»Halt's Maul, bist du *verrückt?*«, zischte Barra. »Willst du dir einfangen, was er hat?«

Leucas blickte stirnrunzelnd und unsicher über die Schulter hinweg zu ihr. Der kreischende Mann hatte ihn jedoch erspäht. Er eilte auf den riesenhaften Griechen zu und streckte ihm verzweifelt die Hände entgegen. Graegduz duckte sich hinter Barra, hielt den Kopf gesenkt und knurrte.

»Töte mich!«, krächzte der Mann, dem die Stimme versagt hatte. »Um der Barmherzigkeit Gottes willen, töte mich! Lass nicht zu, dass sie mich packen!«

Leucas hielt die Arme des Mannes fest und stützte ihn wie ein Kind. Das zerstörte Gesicht verzog er zu einer Maske der Hilflosigkeit. »Was sagt er?«

Im Nu stand Barra neben ihm. »Er sagt, du sollst ihn – *Liebende Mutter!*«, flüsterte sie in plötzlicher Ehrfurcht.

Während sie sprach, riss die Haut an der Halsseite des Mannes auf und sein Blut spritzte ihr übers Gesicht. Würgend wich sie zurück, wobei sie die Arme hob, um sich zu schützen.

Die Wunde war klein und gebogen: wie ein Biss.

Der Mann krümmte sich zusammen, wobei er sich mit schockierender Kraft aus Leucas' Griff losriss. Eingeweide und Blase entleerten sich in einer Lache zu seinen Füßen, und er stürzte zu Boden, kreischte und wand sich im eigenen Schmutz; Rauchwölkchen stiegen lebhaft ins strahlende Sonnenlicht auf. Er bog den Rücken durch und hämmerte mit den Füßen auf die hart gebackene Erde ein. In hilflosem Entsetzen sahen die drei Söldner zu, wie die Zuckungen schwächer wurden; er hauchte seinen letzten Atemzug aus.

Auf der Straße herrschte Totenstille. Die Sonne warf scharfe Schatten, wie auf einem achaiischen Wandgemälde.

Barra sagte heiser: »Ich kenne diesen Mann. Sein Name ist Othniel.« Graegduz senkte den Kopf zu dem Leichnam hinab und schnüffelte an dem Blut. Er nieste und wich wimmernd zurück.

Kheperu kniete neben dem Leichnam nieder und teilte die Gewänder, um ihn zu untersuchen. »Ein Freund von dir?«

»Nicht ganz«, erwiderte Barra, während sie sich das Blut aus dem Gesicht wischte. »Ich kannte ihn einfach nur vom Markt her – er ist ein Laufbursche für die Jephunahi.«

»Sieh her!«, meinte Kheperu, das Gewand beiseite schiebend. »All diese Wunden, sie sehen irgendwie wie Bisse aus, wie Bisse von Menschen. Aber das Gewand darüber ist nicht zerrissen. Und riechst du das?«

Es war ein seltsamer, bitterer Geruch, wie jener, der manchmal aus heißen Quellen stieg. Barra nickte. »Was ist das?«

»Verbrannter Sulfur; das heißt Schwefel.«

Leucas schauderte heftig, bloß einmal. »So etwas sollte nicht bei Tageslicht geschehen.« Kheperu spreizte die gekrümmten Finger von Othniels linker Hand und schob das verkrustete Tuch beiseite. »Jemand hat ihm den Daumen abgeschnitten, und das vor nicht allzu langer Zeit. Und seht euch dies hier an!«

Auf der Handfläche war ein frisches Brandmal, das Fleisch an den Rändern war rot und entzündet:

»Kennst du dieses Zeichen?«

Barra schüttelte den Kopf. »Eine ägyptische Hieroglyphe, ich kann sie nicht lesen. Verträge werden in vereinfachtem Ägyptisch oder in der akkadischen Keilschrift aufgesetzt.«

»Es bedeutet«, sagte Kheperu grimmig, *»schaue!«*

Barra und Leucas sahen einander und das neugierige Marktvolk an, das sich jetzt heranschob. Hunderte von Menschen hatten Othniel sterben sehen, und hunderte weitere Menschen kamen hinzu und bekamen die Geschichte in einem anschwellenden, erschrockenen Stimmengesumm erzählt. Vor Sonnenuntergang würde diese Geschichte in ganz Tyros die Runde machen.

»Schaue!«, wiederholte Barra. »Nun, wir haben zugeschaut. Alle haben zugeschaut.« Sie blickte auf ihre Hände hinab, die mit dem Blut verschmiert waren, das sie sich aus dem Gesicht gewischt hatte. Sie rieb sie aneinander und das Blut pellte sich in halb zusammengeklumpten, wurmähnlichen kleinen Fäden ab. »Verschwinden wir, ehe ein jephunahisches Arschloch auf der Bühne erscheint und glaubt, uns die Schuld in die Schuhe schieben zu müssen!«

4. KAPITEL Mord

Lidios wischte sich die Hände an seiner blut- und fettverschmierten Schürze ab, während er kritisch zu den aufreißenden Wolken hinaufschaute. Er nickte heftig, wobei diese Geste wie ein Echo durch seine vielfachen Kinne lief, und wandte sich von der Türschwelle ab. Ein kleines Lächeln der Zufriedenheit zeichnete sich auf seinen massigen Wangen ab. »Der Himmel klart auf«, meinte er in seinem heimatlichen Griechisch zu niemandem im Besonderen. »Heute Nachmittag kriegen wir vielleicht genügend Sonne, dass sie den Schlamm festbackt.«

Lidios schlurfte in den Gastraum zurück und packte einen vorbeieilenden Sklaven am Ohr. Er gab dem Jungen eine Liste von Waren, die er vom Markt mitbringen sollte, sowie einen Geldbeutel, der kaum die Größe von zwei Fingern hatte. Nachdem er den anderen beiden Sklaven zugebrüllt hatte, sie sollten den Jungen begleiten, zog er einen niedrigen Hocker durch den nahezu leeren Raum und ließ sich schwer an der freien Seite des dreieckigen Tischs nieder, wo Barra mit Leucas saß. Graegduz, der ein Nickerchen eingelegt und sich gemütlich unter dem Tisch an Barras Füße geschmiegt hatte, öffnete ein Auge und schnüffelte träge. Er erkannte Lidios und schlief wieder ein.

»Die Leute sollen heute Abend am besten mal rauskommen«, meinte Lidios. »Es ist der Zehntag und ich schulde der bodenlosen Börse des Jephunah zwei Talente. Obwohl, wofür ich die bezahle, weiß ich nicht.

Seit dem Mord an Othniel und eurem Eintreffen habe ich keinen Einzigen von der Wache der Jephunahi hier drin gehabt, und das ist drei Tage her. Anscheinend wollen die ihre kostbaren Füße nicht mit Matsch beschmutzen und er kann nicht mal seinen eigenen verdammten Kommandeur beschützen.«

Barra nickte mitfühlend und nippte an dem starken ägyptischen Bier, das ihren Krug füllte. Leucas mampfte knurrend seinen Eintopf, hob dann die große Holzschale an den Mund und kippte sich den Rest des Eintopfs in den Mund. Er rülpste und setzte die Schale ab. »Noch einen, Lidios.«

»*Noch* einen?«, fragte Lidios ungläubig. »Das ist dein dritter und es ist erst Mittag! Du frisst mir noch die Haare vom Kopf!«

Leucas wischte sich den Mund mit dem Handrücken ab. »Ich zahle den doppelten Preis«, bot er mit der Andeutung eines Lächelns an.

»Oh, schon gut! Sehr komisch! Wenn Kheperu nicht wäre – möge ihn Astarte alle Tage lang segnen! –, so hätte ich an euch überhaupt nichts verdient. Und sogar er kostet mich meine zweitbeste Hure.«

»Wenn es dir lieber ist«, sagte Barra eisig und setzte ihren Krug mit einem Knall auf den Tisch, dass das Bier auf die zerkratzte Tischplatte spritzte, »suchen wir uns anderswo eine Bleibe.«

»Was ist denn mit euch los? Darf sich ein Mann nicht mal *ärgern?* Bitte! Iss auf! Trink aus! Soll der verdammte Sturmgott ruhig meinen Lebensunterhalt vernichten… Ich beklage mich ja schon gar nicht mehr!« Er erhob sich mühsam und nahm die Schale, begab sich zur Hintertür und zu dem Kessel mit Eintopf auf dem Herd, der über den Pflastersteinen hinter der Gaststätte errichtet worden war. »Nein, lieber soll der Fluch des Magiers auf mein Haus fallen, wie es schon bei Nicoras und Xuros geschehen ist! Werde ich mich beklagen? Mit keinem Wort!« Ohne Atem zu schöpfen verschwand er durch die Tür.

Leucas grinste. »Ich mag ihn.«

»Juhu«, meinte Barra bedrückt, »ich auch.«

Seit drei Tagen warteten sie bereits auf irgendein Angebot seitens Idonosteus für einen Auftrag. Barra bekam allmählich Angst, sie habe sich verschätzt. Wenn sie nachdrücklich eine Belohnung für den Bären verlangt hätte, hätten sie für ihre Mühen wenigstens etwas vorzuweisen gehabt, etwas als Ausgleich für Leucas' Wunden. Der riesige Athener, unerschütterlich wie eh und je, hatte über dieses Thema kein Wort verlauten lassen, aber von Kheperus Sticheleien konnte sie sich nur erholen, wenn er – wie jetzt – einen oder zwei Schekel für eine oder mehr von Lidios' Huren bezahlte und sich mit einigen unnatürlichen Akten in einem Privatzimmer amüsierte.

Bislang bestand ihre einzige Belohnung für den Bärenfang in freiem Essen und Wohnen bei Lidios.

Lidios hatte Kheperu wiedererkannt und ihn bei ihrer Ankunft mit Namen begrüßt. Das war an dem Nachmittag kurz nach Othniels Tod gewesen, gerade vor dem ersten Gewitter. Der Gastraum war damals fast leer gewesen, nur vier oder fünf Männer und drei Huren hatten sich darin aufgehalten. Als Lidios »Meister Kheperu!« gebrüllt hatte, war eine der Huren jäh unter ihrer Schminke erbleicht. Dann war sie mit verzerrtem Gesicht aufgesprungen. »Hallo, Belthe«, hatte Kheperu sie freundlich begrüßt. »Schmeichelhaft, dass man sich meiner erinnert. Und diesmal habe ich Freunde mitgebracht.« Die Hure hatte wortlos den Kopf geschüttelt, dann ein durchdringendes Kreischen ausgestoßen und war zur Hintertür hinausgestürzt. Das einzige Lebenszeichen hernach war am folgenden Morgen zu vernehmen gewesen, als eine der Huren, eine Kena'ani namens Lenka, lächelnd behauptet hatte, sie habe Belthe am Strand gesehen, wie sie Hals über Kopf in nördliche Richtung davongerannt sei. Alle spannen diesen Witz weiter; Barra kalkulierte laut, dass sie, bei starkem Rückenwind, irgendwann im Verlauf dieses Nachmittags die Außenbezirke von Sidon erreicht haben könnte.

Lidios war zuversichtlich gewesen, dass sie schließlich zurückkehren würde, und er hatte die drei Gefährten wärmstens, wenn auch etwas nervös, willkommen geheißen. Zu dieser Zeit hatten sich in ganz Tyros Gerüchte über das heldenhafte Einfangen von Idonosteus' Bären verbreitet und die Kombination aus einem riesenhaften Athener, einer rothaarigen Axtfrau und einem stinkenden Ägypter war unverwechselbar. Er bot ihnen freie Kost und Logis in seinem Gasthaus und bat sie als Gegenleistung lediglich darum, sich im Gastraum zu zeigen, sodass die Kunde von ihrer Anwesenheit in der Kneipe die Runde machen und möglicherweise Leute anlocken würde, die neugierig wären, einen Blick auf die Objekte der heißesten Gerüchte seit Monaten zu werfen. Dann war der erste der Winterstürme gekommen; drei Tage Dauerregen hatten dafür gesorgt, dass Lidios' Gastraum so leer wie ein Pesthaus blieb, aber Lidios hatte seinen Handel nicht rückgängig gemacht. Schon in ihrer ersten Nacht unter seinem Dach hatte Barra sich den Grund hierfür denken können.

Alle geschäftlichen Angelegenheiten in Tyros haben etwas mit einem Patrizierhaus zu tun; man zahlt diesem oder jenem Haus Steuern und im Austausch hierfür erhält man den Schutz dieses Hauses sowie weitere Vergünstigungen. Ein Kaufmann, der mit einen anderen Kaufmann im Streit liegt, kann bei seinem Schutzherrn um Gerechtigkeit nachsuchen; ein Gastwirt, der nervös ist, wenn er eine lärmende Schiffsmannschaft beherbergen soll, kann bei seinem Schutzherrn bewaffnete und gepanzerte Truppen anfordern, die ihm helfen, den Frieden zu wahren. Transaktionen zwischen Mitgliedern ein und desselben Hauses finden zu reduzierten Preisen statt, und wenn ein Kaufmann mit ausländischen Händlern oder Mitgliedern eines anderen Hauses zu tun hat, hat er die Macht eines Patrizierhauses hinter sich, die sicherstellt, dass die Verträge erfüllt werden.

Lidios zahlte seine Steuern an die Jephunahi. Othniel war die rechte Hand des alten Jephunah persönlich gewesen. Othniel, so ging das Gerücht, war am helllichten Tag inmitten einer belebten Straße in Stücke gerissen worden, ohne dass sich die Hand eines Mannes gegen ihn erhoben hätte. Barra und ihre Gefährten hatten sich wohlweislich zurückgehalten, ihr eigenes Wissen um die Wahrheit des Gerüchts zu enthüllen.

Jeder auf eigene Faust arbeitende Räuber oder jegliche Diebe eines anderen Hauses würden es sich zweimal überlegen, im Gasthaus des Lidios Ärger zu machen – gleich, wie schwach und bedroht die Jephunahi den Gerüchten zufolge sein mochten, da sie jetzt anscheinend das Ziel irgendeiner Vendetta eines Magiers waren –, während drei kumpelhafte Helden es sich im Gastraum wohl sein ließen.

Lidios behielt gute Miene zum bösen Spiel bei, doch in unbeobachteten Augenblicken sackten seine Züge in sich zusammen und es zeigten sich dunkelrote Ringe der Anspannung unter den blutdurchschossenen Augen. Lidios hatte Angst und viele der Sklaven waren schlichtweg entsetzt. Barra überlegte, ob das Einzige, was sie am Davonlaufen hinderte, ihr magisches Vertrauen in sie, Leucas und Kheperu war.

Für Barra war das soweit in Ordnung; sie fühlte sich richtig wohl dabei, die Vogelscheuche im Gegenzug zu freier Übernachtung und freiem Essen zu spielen – immerhin befanden sich in ihrer Börse nicht mehr und nicht weniger als sechs Schekel –, und es verschaffte ihnen Zeit, dass Leucas' Schulter ausheilen konnte, was mit der für den Achaier üblichen Geschwindigkeit geschah. Es verschaffte auch ihr Zeit, sich von einer kleineren Krankheit zu erholen. Seit ihrer Ankunft im Gasthaus, verschwitzt und rot im Gesicht, hatten sie und Leucas Probleme mit dem Magen gehabt, und die gelegentlichen Sonnenstrahlen, die sich durch die Regenwolken gezeigt hatten, hatten sich ihr wie ein Schwert durchs Auge in den Kopf gebohrt. Kheperu war offenbar immun. Er hurte glücklich ganze Tage herum und jetzt erholten sie und Leucas sich anscheinend. Tags zuvor hatte sie sich gut genug gefühlt, sich im Regen durch die Stadt zu schleppen, ein ruhiges Mahl mit Peliarchus und Tayniz zu teilen und ihre Klagen anzuhören, was es doch für eine harte Prüfung sei, König Demetor und sein Gefolge zu bewirten. Was Leucas betraf, so hatte der gelegentliche Brechdurchfall seinen Appetit kaum schmälern können und jetzt holte er fröhlich das Versäumte nach; Barra fühlte sich zum ersten Mal seit drei Tagen wieder klar im Kopf. Sie wünschte nur, dass Idonosteus sich anders verhalten hätte.

Lidios kehrte zurück und in der Schale dampfte ein großer Haufen Eintopf. Er setzte ihn vor Leucas nieder und meinte: »Du wirst entschuldigen, wenn ich nicht bleibe und dir zusehe, wie du mir Haus und Hof wegfrisst. Wenn ich mich nicht daran mache, Sand über den Schlamm draußen vor der Tür zu streuen, werde ich keine Geschäfte machen, Sonnenschein oder nicht.«

Leucas nickte. Er schaufelte sich bereits Eintopf in den Schlund und winkte Lidios zu, er solle sich auf den Weg machen. Barra nippte an ihrem Bier, während sie ihm zusah, wie er zu dem Sandfass watschelte, das neben dem Vordereingang stand, und zwei Eimer füllte.

Idonosteus, du schäbiger Hurensohn, dachte sie, warum schickst du nicht nach uns?

Bei Einbruch der Dämmerung schloss sich Kheperu ihnen wieder an. In jedem Arm hatte er eine Hure, deren Erschöpfung Zuneigung vortäuschte. Während er näher kam und sich dabei zwischen den Stützpfosten der Decke und den mittlerweile gefüllten Tischen dahinwand, wurde es offensichtlich, dass er sie gewissermaßen trug. Als er sie schließlich losließ, stolperten die Huren – ein Junge von vielleicht siebzehn Jahren und eine nur wenige Jahre ältere Frau – steifbeinig davon und brachen neben den anderen Huren auf den Sofas in der Ecke des Gastraums zusammen. Kheperu sah ihnen beim Davongehen zu, schüttelte traurig den Kopf, trat dann an den Tisch und schlüpfte auf die Bank neben Leucas. »Ein trauriger Kommentar zum Zustand der Welt«, bemerkte er. »Selbst die Huren verspüren keinen Stolz mehr auf ihr Geschäft. Kein Stehvermögen. Lidios sollte sie morgens am Strand entlang laufen lassen, damit ihnen nicht so schnell die Puste ausgeht. In meiner Jugend konntest du mit einem kleinen Silbergewicht eine Frau kaufen, die dich zwei Nächte und einen Tag lang befriedigen konnte und nur für einen Becher Wein und ein Stück Käse innegehalten hat. Jetzt jammern sie, dass sie nach nur einem einzigen Nachmittag fix und alle sind. Kaum ihr Geld wert. Der verdammte Junge konnte nach weniger als dreißig Peitschenhieben den Arm nicht mehr heben…«

»Kheperu«, schnitt ihm Barra brüsk das Wort ab. »Keine Einzelheiten. Ich habe gerade gegessen…«

»Oh, sachte, es war nicht mal eine richtige Peitsche, bloß ein Stöckchen, nicht dicker als mein…«

»Ich warne dich!«

»…Finger«, schloss Kheperu unschuldig.

Barra blickte zu Leucas hinüber, der hinter seinem Bierkrug grinste. »Was ist daran so verdammt komisch?«

»Raunz mich nicht so an«, meinte Leucas milde. »Du bist nicht auf mich stinksauer.«

»Was für einen Unterschied hat das jemals gemacht?«

Kheperu hob eine Braue. »Noch kein Wort von unserem prächtigen und herrschaftlichen Bärenmeister, wenn ich's recht verstehe?«

Angewidert schüttelte Barra den Kopf. Kheperu murmelte etwas in einem gezierten, weibischen Tonfall, das sich in Barras Ohren verdächtig anhörte wie: »Unser Preis geht in die Höhe…«

»Noch ein Wort von dir«, zischte sie, »und ich knalle dir das Gesicht so hart auf den Tisch, dass du diesen Riechzinken da anschließend mit dem Messer wieder rausdrücken musst!«

Kheperu vollführte seine gewohnte Geste: Er legte sich mit dem Gesichtsausdruck *Wer, ich?* die Hand aufs Herz, ganz die verletzte Unschuld, und Barra gab finster dreinblickend klein bei. Einen Augenblick später verpasste sie Graegduz einen Tritt mit dem Fuß und wies ihn an, aufs Zimmer zu gehen; der Gastraum füllte sich rapide, und das Letzte, was sie jetzt brauchte, war, dass der graue Wolf mit einem bescheidenen Kaufmann seine Spielchen trieb. Graegduz bedachte sie mit einem langen, wehmütigen Blick und trabte dann mit tief herabhängendem Kopf auf den Korridor zu den Schlafsälen. Er gönnte den Leuten, an denen er vorüberkam, nicht einmal einen Blick – er war es gewöhnt, dass Menschen beiseite traten und ihm den Weg freigaben, und diese hier machten da keine Ausnahme.

Die strahlende Nachmittagssonne hatte ihren Zauber über Lidios' Gasthof geworfen; jetzt, mit Einbruch der Nacht, füllte sich der Gastraum mit Seeleuten aller Nationen und Kaufleuten mit ihren Frauen, sogar zwei Mädchen, denen Barra im Stillen das Etikett ›freischaffende Huren‹ verpasst hatte. Sollte Lidios die beiden entdecken, würde er sie bei Kopf und Arsch zur Straße hinauswerfen, also hielt Barra lieber den Mund; sie neidete niemandem die Möglichkeit, sich auf ehrliche Weise den Lebensunterhalt zu verdienen.

Ein Musikantenduo, Flöte und Leier, gab auf Hockern, die man in einer Ecke auf Tische gesetzt hatte, eine Vorstellung und verdiente sich Fleisch und Bier mit der Abendunterhaltung. Die beiden waren nicht sonderlich gut. Der Leierspieler sang mit rostiger Stimme phönizische Seemannslieder; die meisten Leute beachteten sie gar nicht, einige sangen sogar ihrerseits Lieder in einer Vielzahl von Sprachen. Die Menge war bereits gut geschmiert; für einen einzigen Silberschekel – etwa von einem Zehntel der Größe eines attischen Talents – konnte ein Mann nach Herzenslust essen und trinken. Ein weiterer Schekel verschaffte ihm einen Platz auf dem Fußboden, falls er nicht mehr heimgehen konnte, und auch ein Frühstück am Morgen. Als die Dunkelheit das Gasthaus einhüllte, hing Lidios Öllampen an Nägeln in den Deckenträgern auf; ihr stetiger gelblicher Schein vermischte sich mit dem orangefarbenen Geflacker aus dem Herd, und bald zog das Licht wirbelnde Schwärme von Nachtfaltern und Moskitos an, ein stets gegenwärtiger Teil der Nacht in Tyros.

Eine Gruppe von fünf bärtigen Männern in gegürteten Chitons nahm einen Ecktisch in Beschlag; als sie dem Leierspieler auf Griechisch zubrüllten, er solle ein Lied von Achilleus an den Ufern des Skamander spielen, stand Leucas auf und entschuldigte sich. »Einer von denen kommt mir bekannt vor«, erklärte er. »Vielleicht habe ich Seite an Seite mit ihm in Troja gekämpft. Es ist nur anständig, wenn ich einen Waffenbruder grüße und mit ihm ein Trankopfer auf die Götter darbringe.« Er entfernte sich mit leicht angetrunkener Würde.

»Sentimentaler Trübsalblaser«, brummte ihm Kheperu hinterher. »Troja hier, Troja da. Wenn die Achaier solche verdammten Helden waren, weswegen haben sie dann für die Einnahme der Stadt zehn Jahre gebraucht?«

»Halt's Maul!«, meinte Barra erschöpft.

»Ramses der Große hat Qadesh in drei Tagen erobert«, fuhr Kheperu fort. »Selbst die Habiru – eine Bande plündernder Wilder – haben Jericho in einer Woche eingenommen. Aber immer wenn jemand Troja erwähnt, bekommt jeder Achaier im verdammten Raum einen verschleierten Blick wegen ihrer großartigen Helden, die zehn Jahre damit verbracht haben, an der thrakischen Küste mit sich selbst zu spielen.«

»Troja war an der lydischen Küste«, entgegnete Barra, »und wenn du jetzt nicht endlich den Mund hältst, werd ich dir die Kinnlade brechen!«

»Sind wir etwa gereizt?«

»Halt's Maul!«

Als Barra das erste Mal auf Peliarchus' Schiff in Tyros eingetroffen war, hatte der Trojanische Krieg bereits zwei Jahre gewährt; niemand in Tyros wusste davon – oder wenn man davon wusste, dachte man nicht viel darüber nach. Später jedoch, als die achaischen Schiffe die Küste hinauf und hinunter Raubzüge unternahmen, um ihre Truppen mit Vorräten und Sklaven zu versorgen, gelangten einige davon sogar nach Süden bis Tyros. Sie kamen nicht zum Rauben und Plündern – die prompte Reaktion der phönizischen Wagenlenker stellte das sicher –, sondern um ihre Beute gegen Nahrung und Wein einzutauschen. Geschichten, von den Achaiern erzählt, sickerten allmählich in den Markt ein, Geschichten von den Epoche machenden Kämpfen der Söhne und Enkel von Göttern auf beiden Seiten, von den Ajantern, von Diomedes und Odysseus, von Agamemnon und Menelaos, dem roten König, von Hektor und Aeneas, von Sarpedon und Penthesileia, der Amazonenkönigin. Einmal hatte Barra im Dämmerlicht des frühen Tages einen Blick auf einen achaiischen Kapitän an Bord seines mächtigen Kriegsschiffs mit hundert Rudern erhascht, als es mit der Flut aufs Meer hinausgefahren war. Groß und aufrecht hatte er dagestanden, das Haar hatte geglänzt und ein unglaubliches weiß-goldenes Frühlingssonnenlicht hatte auf den Wellenkämmen gelegen. Die Rüstung, die er getragen hatte, war seltsam gewerkt gewesen, aus einem Metall, das nicht im warmen Glanz polierter Bronze schimmerte, sondern von einem stumpfen, matten Grau-Schwarz war; erst Jahre später hatte Barra erneut Waffen aus Eisen gesehen, dem himmlischen Metall. Wie dieses Metall verhüttet wurde, war das streng gehütete Geheimnis des königlichen Hauses des Hethiterreichs.

Selbst jetzt, nach zehn Jahren, hegte und pflegte sie im Herzen die Vorstellung, dass der Mann, auf den sie einst in der Morgendämmerung einen kurzen Blick geworfen hatte, Achilleus der Göttergleiche gewesen war. Weniger als ein Jahr später, im Alter von siebzehn Jahren, war sie aus dem Haus des Peliarchus fortgelaufen, und ihr ganzes Sinnen war darauf ausgerichtet gewesen, nach Troja zu gelangen.

Schmerzliche Ereignisse waren dazwischengetreten; sie hatte die Stadt nie erreicht. Zu den vielen Dingen, die sie beim Blick auf ihre Vergangenheit schmerzlichst bedauerte, zählte auch der fehlgeschlagene Versuch, die großen Helden mit eigenen Augen zu sehen – sowohl die Achaier als auch die Trojaner, wie sie vor den von Göttern errichteten Mauern Trojas kämpften.

Sie bemühte sich, auf den Liedtext des Leierspiels zu achten, aber wegen des Geplappers der miteinander wetteifernden Sprachen war das ein hoffnungsloses Unterfangen. Seufzend nippte sie an ihrem Bier. Kheperu musterte den Raum mit leuchtenden Perlenaugen, wie ein betrunkenes Eichhörnchen, und brummelte dabei vor sich hin; sie versetzte ihm unter der Tischplatte einen Tritt.

»*Autsch!* He!«, meinte Kheperu, sich das Schienbein reibend. »Wofür war das denn?«

»Dafür, dass du ein Arschloch bist«, erwiderte Barra übellaunig. »Nur aus Prinzip.«

Sie verspürte eine Präsenz an der brusthohen Trennwand des Triklinums hinter sich; noch ehe er sprach, roch sie den sauren Wein in seinem Atem, unterlegt mit Wacholder, Zimt sowie dem schwachen Modergeruch, der von zu viel Fleisch im Essen herrührte.

»He, mein kleiner Bursche«, sagte der Mann. »Hätteste was dagegen, wenn ich mit deinem Mädchen tanze?«

Ein bösartiges Grinsen breitete sich auf Kheperus Gesicht aus. Dann allerdings bemerkte er Barras Ausdruck und hustete in seine Hand. »Sie ist nicht mein Mädchen. Du fragst sie besser selbst.«

»Nicht dein Mädchen? Oh, habe kapiert. Wie teuer bist du, Schätzchen?«

Barra setzte sorgfältig den Bierkrug nieder.

»Das Haar von dir, das ist wirklich was«, fuhr der Mann fort. »Ich nehm dich, selbst wenn du so dürr wie 'n Junge bist.«

Barra rutschte von der Bank, stand auf und stellte sich ihm entgegen. Der Mann grinste und fasste sie beim Arm. »Dann komm schon! Ich bin so geil wie 'n Bock!«

»Du magst diese Hand?«

»Was?«

»Du nimmst sie besser von mir weg, ehe ich sie dir ins Maul stopfe!«

»He, he«, sagte der Mann und blickte mit einem verwirrten und schmerzerfüllten Ausdruck auf sie herab. »Ich habe nichts Besonderes mit dem ›dürr‹ gemeint. Das ist einfach *Geschäft,* kapiert? Ich hab Geld auszugeben und davon reichlich.«

Barra trat vor und legte den Kopf in den Nacken, um ihm ins Gesicht zu sehen, das nicht weit von ihrem eigenen entfernt war. »Wenn du nur wüsstest«, sagte sie ruhig, »wie sehr mir jeder schieläugige phönizische Hurensohn, der mir über den Weg läuft, auf den Geist geht, weil er annimmt, dass ich eine Hure sein muss, nur weil ich Brüste habe und unverheiratet bin.«

»He – he, also…«

»Siehst du diese Axt?« Sie hielt ihre Hand auf gleicher Höhe mit dem Kopf der Breitaxt. »Ich habe gefragt: *Siehst du diese Axt, du erbärmlicher Arschficker?*« Bei ihrem schrillen Ausruf legte sich Totenstille über den Gastraum; selbst die Musikanten hörten zu spielen auf und sahen zu.

Der Mann nickte, schluckte und trat einen Schritt zurück. Barra ging einen Schritt vor, sodass sie dicht vor seinem Gesicht blieb.

»Wie würde es dir gefallen, wenn ich dir diese Axt so weit rauf in deinen Arsch pflanze, dass du bis zur Mittsommerwende Feuerstein scheißt? Hä? Wie würde dir das *gefallen? Antworte mir!*«

Der Rückzug des Mannes beschleunigte sich. »Ich, äh, jetzt komm schon…«

»Wenn dein hässlicher Arsch noch in diesem Gebäude ist, bis ich bis drei gezählt habe, dann werde ich dich umbringen. Verstanden? Ich werde dich verdammt noch mal *umbringen, gleich hier und gleich jetzt! Verstanden?*«

»He, aber, ich hab doch gar nichts…«

»Eins!«

Der Mann stürzte zur Tür.

Barra sah ihm beim Abgang zu und lächelte mit einem kleinen Seufzer. Nichts konnte sie schneller aufheitern, als einen Esel niederzubrüllen; sie hatte ihn nicht anrühren, nicht einmal ihre Axt ziehen müssen. Der Gastraum bebte unter Gelächter und Beifallklatschen und sie drehte sich um und bedankte sich für beides mit einer schwungvollen, anmutigen Verneigung.

Eine bekannte Stimme sprach sie von hinten auf Griechisch mit korinthischem Akzent an. »He, das ist das Axtmädchen.«

Sie schaute sich um. »Chrysios?«

Er trug noch immer den langärmeligen Überwurf eines phönizischen Kaufmanns, obgleich er darunter lediglich einen gegürteten Chiton anhatte. Er ließ seine makellosen Zähne blitzen und sagte: »Ich habe das Ende deiner kleinen Szene mitbekommen, Axtmädchen. Hast du ihn wirklich umbringen wollen? Einfach so?«

Seine Beine, bemerkte Barra, waren ganz und gar so schön wie alles Übrige an ihm.

Sie zuckte die Achseln. »Vielleicht. Oh, hör mal, ist der Auftrag noch immer zu haben?«

»Etwas schief gelaufen bei dir?«

»Nein, nein, ich hab's mir nur überlegt. Meine Freunde und ich haben möglicherweise einen oder zwei Tage frei.«

Chrysios nickte, wobei er noch immer sein arrogantes Lächeln zeigte. »Und ich habe von deinem Tanz mit dem Bären gehört. Wir sollten uns was zusammen überlegen.«

»Warum setzt du dich nicht zu uns an den Tisch?«, fragte sie, wobei sie unbewusst ihre Tunika glättete. Es kostete sie einige Anstrengung, nicht das Haar zu überprüfen. Seine Haarfarbe, entschied sie auf den zweiten Blick, lag näher an Gold als an Stroh. »Wir können darüber reden.«

»Was, an einem Tisch mit dem Stinker? He, Axtmädchen, ich bin zum Essen und Vergnügen hergekommen. Ich setze mich vielleicht nach dem Abendessen dazu, wenn mein Magen das aushält.«

»Schon gut. Und, Chrysios? Mein Name ist Barra.«

Sein Lächeln wurde breiter. »Ja, ich weiß.« Er ging zu einem langen Tisch, wo ein Platz frei war. Barra sah ihm nach, wobei sie die Breite seiner Schultern mit dem lockeren Fall seines Gewands um die Hüften verglich. Kopfschüttelnd kehrte sie an ihren Tisch zurück.

»War das nicht dieser griechische Junge, den du neulich vom Strand verjagt hast?«, fragte Kheperu, als sie sich niederließ. »Ich merke mir ein hübsches Gesicht.«

»Vergiss sein Gesicht – du bist nicht sein Typ.«

Er zuckte die Achseln. »Bei Griechen lässt sich das nie sagen. Obwohl, er *ist* hübsch, stimmt's?«

Barra trank ihr restliches Bier aus und winkte mit dem leeren Krug zu Lidios hinüber, der ihr von der anderen Seite des Raums her zunickte. Sie sagte: »Er ist ein Arschloch.«

»Wirklich? Mir ist aufgefallen, dass du ihm keinen Tritt versetzt hast.«

»Halt's Maul!«

Lidios trat mit einem weiteren randvollen Krug an den Tisch. »Meister Kheperu, Miss Barra«, sagte er mit einer knappen Verbeugung, »da drüben ist ein Kaufmann namens Murso, der sich gern mit dir, Barra, treffen würde, ohne dabei Leben und Gesundheit zu riskieren. Könnte er vielleicht herüberkommen, ohne dass du ihn davonjagst? Wie du das mit dem anderen zahlenden Kunden getan hast?«

»Tut mir Leid«, meinte Barra nicht allzu ernsthaft.

Lidios zuckte die Achseln. »Oh, es macht mir nicht wirklich was aus, weißt du – ich hatte bereits bei ihm abkassiert. Sobald ich das Geld habe und je rascher sie verschwinden, desto weniger essen und trinken sie und desto größer ist mein Gewinn. Verscheuche bitte einfach nur nicht diejenigen, deren Zeche noch offen steht, ja?«

Barra lehnte sich zurück und versuchte, um Lidios' massigen Körper herumzuspähen. »Wer ist es?«

Lidios war viel zu erfahren damit, Begegnungen in Gasthäusern zu arrangieren, als dass er sich umgedreht und hingezeigt hätte. »Groß und hager, lehnt an der Mauer links am Herd, von dir aus gesehen. Brauner Mantel mit übergestreifter Kapuze.«

Der Mann, den Lidios beschrieb, saß auf einer dicht besetzten Bank und löffelte Eintopf von einem Brett, das auf seinen Knien ruhte. Zwischen den einzelnen Bissen beobachtete er scheinbar die Musiker, und er aß mit solcher Konzentration, dass es wirkte, als ob er allein wäre, trotz der vielen Schultern, die sich von beiden Seiten gegen ihn drückten.

»Scheu, nicht wahr?«

»Er hat gesagt, er wolle mit euch dreien sprechen. Soll ich ihn wegschicken?«

»Heilige Mutter, nein! Das ist vielleicht ein Auftrag.«

Lidios wirkte verletzt. »Du *hast* einen Auftrag. Hast du irgendeine Vorstellung davon, was es mich kostet, allein euch durchzufüttern?«

»Allerdings, ja, das habe ich«, meinte Barra zu ihm. »Schick ihn rüber!«

Lidios seufzte, nickte und watschelte davon.

Kheperu beäugte träge den Kaufmann. »Macht nicht viel her. Schau mal, wie er angezogen ist – wenn das ein reicher Mann ist, bin ich ein Kamel.«

»Du riechst zumindest wie eines.«

»Damit, liebes Mädchen«, sagte er arrogant, »erweist du sämtlichen Kamelen überall einen schlechten Dienst.« Sein Gesicht hellte sich auf, als sein Blick auf jemanden hinter ihr fiel. »Aber er, *er* wirkt wie ein reicher Mann!«

Barra verrenkte sich auf der Bank, um über die Schulter zu blicken. Durch die Tür zur Straße trat ein hoch gewachsener Mann, der fast ebenso fett war wie Lidios, dunkle Haut und dunkles Haar hatte und eine Lampe aus poliertem Messing trug. Zu beiden Seiten war er flankiert von mürrischen, fähig aussehenden Männern in Halbrüstungen aus Bronze; sie waren mit einem kurzen Breitschwert im Gürtel um die Taille sowie einem schweren Speer mit breiter Klinge bewaffnet, halb so lang wie sie selbst. Edelsteine glitzerten an den Ringen, die der große Mann trug; am Daumen der Hand, die die Lampe hielt, schimmerte ein schwerer, goldener Siegelring. Er betrat den Gastraum mit der selbstverständlichen Autorität eines von Geburt an mächtigen Mannes.

»Er wirkt«, korrigierte Barra ihren Gefährten, »wie ein Steuereintreiber der Jephunahi. Armer Lidios – es muss ihn zutiefst in der Seele schmerzen, diesen Burschen zu bezahlen.«

Kheperu hustete bedeutungsvoll. Barra wandte sich wieder um und sah, dass der hoch gewachsene Kaufmann in dem braunen Mantel am freien Ende ihres Tischs stand. Er verneigte sich korrekt, jedoch äußerst knapp vor den beiden.

»Kheperu. Barra. Darf ich mich setzen?«

Barra sog tief die Luft durch die Nase ein, doch jeglicher Geruch, den der Mann vielleicht an sich hatte und der die dicke Luft des Gastraums durchdrungen hätte, wurde vom schweren Duft nach zerdrücktem Bernstein überdeckt. Sein Gesicht war das Gesicht eines Skeletts, die Wangenknochen standen wie Messerklingen vor, die Haut war hell – und die Augen waren blau. »Murso«, überlegte Barra. »Dein Name ist phönizisch, ebenso wie dein Akzent, aber dein Gesicht ist es nicht.«

Die Lippen des Mannes verzogen sich zu einem humorlosen Lächeln. »Murso ist nicht mein richtiger Name«, erklärte er leise. »Ich repräsentiere das Haus Meneides.«

»Du hast«, sagte Barra, »meine uneingeschränkte Aufmerksamkeit. Wie soll ich dich nennen?«

»Murso wird's für den Augenblick tun. Darf ich mich setzen?«

»Bitte!«, sagte Kheperu überschwänglich. »Fühl dich wie zu Hause! Mein Tisch ist dein Tisch. Lidios! Noch etwas Bier!« Er blinzelte Barra ausgiebig zu und bildete mit den Lippen das Wort: *Endlich!*

Murso glitt auf die Bank neben Kheperu. »Würdet ihr den Athener herbeirufen? Ich habe etwas Geschäftliches zu besprechen.«

Barra sah mit zusammengekniffenen Augen zu Leucas hinüber. Er stand jetzt auf den Beinen und mimte unter dem bewundernden Gelächter der Achaier eine Kombination aus einem Stoß und einem Haken. Sie vermutete, dass er die Bärengeschichte zum Besten gab. Sie schüttelte den Kopf. »Mach dein Angebot! Er wird dabei sein, gleich, was für einen Handel ich abschließe.«

Bei diesen Worten betrachtete sie ihn genau. Der Mann, der sich Murso nannte, hatte ein ehrliches Kaufmannsgesicht, aber sie sah, wie sich seine Augen leicht weiteten, als er ihre Worte in sich aufnahm. »Wirklich?«, fragte er langsam. Er wandte sich an Kheperu. »Und du auch?«

Kheperu zuckte die Achseln. »Natürlich.«

»Es macht dir nichts aus, dass eine Frau für dich spricht?«

Barra lächelte dünn. Kheperu schob sich von Murso

weg. Er zog sich aus der Wurfbahn, falls Barra gedachte, eine Axt zu schleudern.

Ruhig sagte sie: »In meinem Heimatland werden Männer und Frauen mehr nach ihren Fähigkeiten als nach ihren Genitalien beurteilt. Macht es dir etwas aus, mit einer Frau zu verhandeln?«

Murso hob überlegend eine Braue. »Ich schätze… Handel ist Handel, nicht wahr? Ungeachtet dessen, wer ihn abschließt.«

Kheperu stieß einen Seufzer aus und entspannte sich sichtlich. »Wo ist das Bier?« Er rief: »Lidios! Bier!«

»Also gut, Murso, dann verhandeln wir. Was sollen wir für dich tun?«

Er beugte sich zu ihr und sprach hastig und leise, wobei er kaum die Lippen bewegte. »In Tyros hat es in letzter Zeit eine Anzahl rätselhafter… Ereignisse gegeben. Unerklärliche Brände, mysteriöse Tode, verspätete oder vom Weg abgekommene Karawanen, Morde ohne Motiv. Idonosteus glaubt, dass eines der Patrizierhäuser einen Krieg schürt; insbesondere glaubt er, dass das dafür verantwortliche Haus einen Magier oder eine Gruppe von Magiern angeheuert hat, die die beabsichtigten Opfer schwächen und einen gegen den anderen aufhetzen sollen. Es gibt keine zuverlässigen Anzeichen, welches Haus dahinter steckt; die eine Handlung weist auf dieses Haus hin, die nächste auf ein anderes, die folgende auf ein drittes. Die Lage ist explosiv; jederzeit kann ein offener Krieg ausbrechen. Idonosteus glaubt, dass die schlimmsten Folgen des Kriegs abgewendet werden können, wenn der Magier gefunden und seine Verbindung aufgedeckt wird. Die anderen Häuser werden sich zusammenschließen, um den Verbrecher zu vernichten, sodass der Handel nur minimal ins Stocken gerät.«

»Soll er nur gefunden werden? Oder wollt ihr ihn tot?«

»Barra?«, meinte Kheperu, der zur anderen Seite des Raums hinübersah.

»Stör mich nicht! Ich mache Geschäfte. Nun, Murso?«

Der Mann lächelte anerkennend. »Du hast Recht, Idonosteus möchte euch anheuern, den Magier zu finden. Aber ihr sollt ihn nur finden. Sein Tod könnte das Patrizierhaus im Hintergrund aufschrecken und den Krieg herbeiführen, den wir zu vermeiden suchen.«

Barra dachte an Othniel. »Gefährliche Arbeit«, meinte sie.

»Ihr seid Söldner, oder etwa nicht? Ihr werdet gut bezahlt werden.«

»Barra«, sagte Kheperu etwas drängender, »das da solltest du dir vielleicht ansehen!«

Sie beachtete ihn nicht. »Wie gut bezahlt?«

»Wie viel willst du?«

»Ein rundes Hundert.«

Murso zuckte die Achseln. »Schekel«, bot er an.

Barra schnaubte. »Ägyptische Debens. Seh ich etwa billig aus?«

»Attische Talente.«

Barra tat so, als ob sie darüber nachdenken würde, und lächelte dann. »Abgemacht.«

Kheperu legte Barra eine Hand auf den Arm. »Hör mal, deinem Freund Chrysios soll gerade ein neues Arschloch in den Bauch geschlitzt werden. Willst du dir das nicht ansehen?«

»Was?« Endlich blickte sie auf.

Ohne dass es ihr aufgefallen wäre, war es im Gastraum still geworden. Chrysios stand, betrunken schwankend, dem Steuereintreiber der Jephunahi gegenüber. Eine Hand hatte er Lidios auf die Brust gelegt und packte nun die schmierige Schürze des Wirts. Er hielt spuckend und die Worte verschleifend eine kleine Ansprache. »…Glaub nur ja nicht, dass du diesen Arschficker bezahlen sollst, das is all's! Wossu bessahlste ihn eigentlich? Hm? Was tut er denn? Wie hatter das verdient? Hatter dir draußen auf der Gasse den Schwanz gelutscht?«

Lidios schwitzte mächtig. »Entschuldige bitte, Melchazar«, sagte er hastig. »Er ist betrunken, und du weißt, wie die Achaier sind, wenn sie zu viel Wein im Bauch haben. Tu ihm bitte nichts an – hier drin hat's seit Wochen keinen Mord gegeben.«

»Mir was antun?« Chrysios wandte sich unsicher Lidios zu. »Mir was antun? Wer wird mir was antun?«

Von allen Seiten her näherten sich Männer der Szenerie. Barra dachte: So betrunken hat er beim Hereinkommen gar nicht gewirkt… Sie stellte sich auf ihre Bank und rief: »He, Chrysios! Nun lass mal etwas Dampf ab! Komm zu uns rüber!«

»Hierher?«, fragte Murso zweifelnd.

»Pscht«, zischte Barra. »Ich versuche, ihm das Leben zu retten.«

Chrysios blickte im Raum umher, bis er sie schließlich sah. »Um dich kümmer ich mich später, Frau!«

»Ich empfehle dir wärmstens«, sagte der Steuereintreiber glatt, »den Vorschlag der Dame anzunehmen. Ansonsten sehe ich mich vielleicht gezwungen, dir von meinen beiden Begleitern hier…«, er deutete auf die beiden bewaffneten und gepanzerten Wächter, »…den Mund stopfen zu lassen.«

»O ja? O ja?« Chrysios hielt sich den Bauch, als ob er sich entweder vor Lachen ausschütten wollte oder heftig erkrankt war. »Nun, dann versuch's doch! Los, versuch's! *Jetzt!*«

Die Zuschauer, die sich an die Szene herangeschoben hatten, sprangen jäh die Wachen an. Je ein Mann hielt von hinten einem der Wächter die Arme fest, während andere Männer glitzernde Bronzedolche hervorholten und den Wächtern professionell, rasch und ökonomisch die Kehlen durchschnitten. Chrysios richtete sich auf; als seine Hand sich vom Bauch löste, befand sich darin ein Messer, und er wirkte überhaupt nicht mehr betrunken. Er jagte dem Steuereintreiber das Messer in den Bauch und zog es nach oben, was ein Geräusch erzeugte, als ob nasser Stoff zerrisse. Der Steuereintreiber stieß einen hohen, verwirrten Quietschlaut aus, während er auf seine Eingeweide herabblickte, die sich auf den Fußboden entrollten. Die beiden Wächter drehten sich stolpernd um die eigene Achse, wobei die Luft pfeifend durch die grinsenden, entsetzlich roten Lippen entwich, die sich unterhalb des Kinns geöffnet hatten. Blut spritzte. Chrysios trat geschickt zurück, als der Steuereintreiber langsam in die Knie sank. Dieser versuchte noch immer, mit beiden Händen seine Eingeweide einzusammeln.

Im Raum herrschte benommenes, regloses Schweigen, als alle den drei Jephunahi beim Sterben zusahen. Barra schloss fest die Augen und schüttelte angewidert den Kopf. »Gottverdammte Scheiße«, sagte sie seufzend und die Worte tönten klar und deutlich durch das Schweigen. Sie öffnete die Augen und sagte leise zu Murso: »Entschuldige bitte!«

Sie stieg auf die Tischplatte. Alles in allem zählte sie sechs von ihnen, zwei für jeden der Wächter sowie einen weiteren, der hinter dem Steuereintreiber aufgetaucht war. »Chysios!«, rief sie. Er wandte sich ihr zu, den Arm bis zum Ellbogen purpurrot getränkt. Vom Saum seines Überwurfs tröpfelte das Blut. Sie sagte: »Nette Züge, du *Sohn einer Hure!*«

Mit den letzten Worten zog sie geschmeidig die Wurfaxt an ihrer rechten Seite und schleuderte sie; er sah sie herankommen und duckte sich, konnte jedoch der zweiten Axt nicht entrinnen, die nach einem linkshändigen Wurf von der Seite her wirbelnd auf ihn zukam, während sich die erste Axt noch immer in der Luft befand. Sie traf ihn gerade unterhalb des Brustbeins, und er klappte zusammen, wobei ihm heftig der Atem entwich.

Im Gastraum brach die Hölle los.

Huren und Gäste warfen sich zu Boden oder sprangen kreischend auf und rannten zur Tür und nach draußen. Lidios umklammerte Chrysios, der ihn mit einem Stoß seines Messers zurücktrieb, was eine lange, klaffende Wunde quer über der Brust des Wirts zur Folge hatte; kreischend wich Lidios zurück, wobei er sich die Wunde hielt, um den Blutstrom aufzuhalten. Murso schlüpfte unter den Tisch, als Kheperu, den Stab in der Hand, mühsam von der Bank kletterte. »Barra, verdammt noch eins!«, schrie Kheperu. »Warn mich doch vor, ehe du was anfängst!«

Zur kretischen Handelsmesse in Knossos, die jedes Jahr im Frühling stattfand, traf Barra regelmäßig mehrere Wochen zu früh ein, um mit den Stiertänzern, den heiligen Akrobaten, die zu Ehren ihrer Abstammung von Minos über die Hörner von Bullen sprangen, zu üben und zu trainieren. Verglichen mit diesen war sie ein wenig alt und ein wenig langsam – sie hatte nie ganz den Mut gefunden, mit ihnen zusammen den Stiertanz aufzuführen –, aber sie blieb in Übung und hatte einiges von diesen Fähigkeiten in ihren Kampfstil mit aufgenommen; gemessen an den Standards der übrigen Welt vermochte sie etliche spektakuläre Dinge zu vollbringen.

Barra sprang vom Tisch und vollführte einen Salto mortale über die Triklinumwand in die nächste Abteilung. Dort landete sie auf dem Tisch, der dabei umkippte und sie zu Boden warf, aber darauf war sie vorbereitet: Katzengleich landete sie auf den Füßen und sprang über den umgestürzten Tisch zurück. Sie zog ihre Breitaxt und ließ den Tisch als Schutzmauer umgekippt liegen, um die beiden Meuchelmörder aufzuhalten, die sich jetzt auf sie stürzen wollten.

Anders als Kheperu benötigte Leucas keine Warnung. Nachdem Barra ihre Äxte geworfen hatte, war er aufgesprungen und hatte den riesigen Eichentisch in die Luft gestemmt, woran er mit den Achaiern gesessen hatte. Jetzt brüllte er: »*Athene!*« und kam wie eine Lawine durch den Gastraum herbeigedonnert, wobei er den Tisch wie einen Rammbock vor sich hielt. Er durchbrach die kämpfende Menge von Gästen und rammte die drei Meuchelmörder zwischen sich und Chrysios nieder. Zwei davon wirbelten links und rechts davon und gingen zu Boden; der Dritte, weniger glücklich, wurde rücklings in den Herd geschleudert. Er kreischte, als die glühenden Kohlen ihm die Kleidung ansengten und ihm das Fleisch verbrannten. Leucas hielt ihn einen Augenblick lang dort fest. Dabei lachte er voller vom Alkohol beflügelter Kampfeslust wie ein wahnsinniger Gott.

Chrysios zog sich die Wurfaxt aus dem Bauch; ein wenig Blut strömte durch den Riss in seinem Chiton, jedoch nicht viel: er musste unter seiner Kleidung einen leichten Panzer getragen haben, vielleicht einen Gürtel aus gekochtem Leder. Den Blick hielt er auf Barra fixiert, und die Wut verzerrte seine Gesichtszüge dermaßen, dass man ihn kaum noch wiedererkannte. Als er wie ein Affe heulend auf sie losstürmte, sprang Kheperu unerwartet flink für einen so kleinen, fetten Mann auf ihn zu. Pfeifend kam sein Stab herab, traf Chrysios scharf am Scheitel und schickte ihn zu Boden. Der Korinther verwandelte den Sturz in eine ungeschickte Schulterrolle und kam um sich schlagend wieder hoch. Kheperu wich aus und parierte den Hieb mit dem Mittelteil seines Stabs zwischen den Händen; sein Gegenschlag traf Chrysios ohne sichtbare Wirkung in die Hüfte. Der Korinther drang weiter auf ihn ein, das lange Messer umgekehrt in der linken Hand, sodass die Klinge flach am Unterarm lag, den er zur Verteidigung von Kopf und Brust erhoben hatte. Mit der Rechten schlug und hackte er mit der Axt auf den Ägypter ein. Einmal blockierte Kheperu die Axt und schlug nach Chrysios' Kopf in der Hoffnung, seinen Schutz zu durchbrechen; der Korinther duckte sich unter dem Hieb weg und stieß mit dem Messer zu, schlitzte Kheperus Gewänder auf und drang tief in das dicke Leder darunter ein. Ohne diese Panzerung hätte Kheperu sich sehr wohl dem Steuereintreiber auf dem Fußboden anschließen können – im Stillen schwor er sich, falls dieser Hurensohn ihn umbrächte, würde sein Schatten Barra ins frühe Grab treiben.

Barra jedoch hatte ihre eigenen Probleme: Die beiden Meuchelmörder waren nicht so dumm, in allzu großer Nähe über den umgekippten Tisch zu steigen – das stellten weite, beidhändige Streiche mit ihrer Breitaxt sicher –, aber sie teilten sich und kamen jetzt von beiden Seiten über die Wände der benachbarten Sitzgruppen auf sie zu. Wenn sie sich dem einen zuwandte, um auf ihn einzuschlagen, so wäre der andere augenblicklich über der Abtrennung und würde sie von hinten erstechen; wenn sie ihre behelfsmäßige Festung verließ, könnten die beiden sie mit ihren Messern – leichtere Waffen, viel schneller als ihre Axt – im freien Raum in Stücke schneiden. Sie wich auf die Abtrennung zurück und versuchte, beide im Auge zu behalten. Da schlang jemand auf dem Fußboden hinter ihr die Arme um ihre Knie. Sie schrie wortlos auf, als sie ins Taumeln geriet und beinahe gestürzt wäre. Instinktiv warf sie einen Blick nach unten: Ein Kaufmann, der sich unter dem Tisch versteckte, den sie umgekippt hatte, duckte sich jetzt tief und umklammerte dabei flehentlich ihre Knie. *»Lass los, du Bastard!«*, kreischte sie, wobei sie in ihrer jähen Panik in ihre Muttersprache verfiel. *»Lass mich los!«* Der Kaufmann, der wahrscheinlich zum ersten Mal Piktisch hörte, hielt sie nur umso fester.

Selbst dieser rasche Blick hätte sie beinahe das Leben gekostet. Nur der Schatten einer Bewegung, den sie aus dem Augenwinkel erhaschte, warnte sie, und so konnte sie gerade rechtzeitig vor dem Messer des Meuchelmörders, der über die Abtrennung hinweg nach ihrer Kehle stach, zurückweichen. Sie schlug nach seinem Arm, ritzte ihn jedoch nur; nicht einmal Blut floss. Sie erhaschte kurz einen Blick auf die Lederriemen, die zickzackförmig seine Unterarme umgaben, und überlegte, ob sie den Hurensohn, der sie festhielt, einfach umbringen sollte, aber selbst dieses sekundenschnelle Werk mochte tödlich für sie sein. In ihrer Verzweiflung blieb ihr nur eine einzige Möglichkeit: Sie zog die Lippen von den Zähnen und stieß einen durchdringenden Pfiff aus. Es gelang ihr, sich im Griff des Kaufmanns umzuwenden, sodass sie sich dem Meuchelmörder gleich neben der Tür zur Straße gegenübersah, wobei sie noch immer scharf pfiff. Der Meuchelmörder in ihrem Rücken bekam nie zu Gesicht, was ihn traf.

Als er sich zum Zustechen über die Abtrennung beugte, rammte ihn Graegduz wie ein grauer Donnerschlag in den Rücken. Die Wucht des Sprungs warf beide über die Abtrennung und sie stürzten in einem Gewirr aus Gliedmaßen zu Barras Füßen. Der Wolf wälzte sich davon und kam mühsam auf die Beine; dem Meuchelmörder blieb lediglich noch die Zeit, aufzublicken und die Schneide von Barras Breitaxt zu sehen, und zwar einen Augenblick, ehe sie sich in seinen Schädel grub. Sie drehte die Axt, Knochen brachen, die Axt war wieder frei und das zerfleischte Gehirn des Meuchelmörders schimmerte feucht durch die Wunde.

Der andere Meuchelmörder starrte mit weit aufgerissenen Augen auf den zitternden Leichnam seines Gefährten und stieß einen würgenden Laut aus.

Barra steckte ihre blutverschmierte Axt weg. An dem glatten Basalt klebten noch immer einige Knochensplitter. Sie schmeckte Blut, als sie ihn anlächelte. »Das war einer«, meinte sie auf Phönizisch. »Jetzt gilt's nur noch du und ich.«

Er sprang von der Bank und stürmte zur Tür.

Graegduz lief ihm hinterher. Barra befahl ihm scharf auf Piktisch, die Tür zu bewachen; sie wollte nicht, dass der Wolf aufgeschlitzt würde, wenn er den fliehenden Mann zu Fall brachte – besser, ihn an einer Stelle zu haben, wo er sie warnen konnte, falls der Meuchelmörder Verstärkung herbeiriefe.

Der Kaufmann, der sich an ihre Beine klammerte, schluchzte zitternd. Barra ballte eine Hand zur Faust und hieb auf seinen Nacken ein, bis sich sein Griff allmählich lockerte. Sie sah sich nach ihren Gefährten um, während sie sich freikämpfte. Kheperu hielt anscheinend die Stellung; sein Stab, mit dem er sich gegen Chrysios' Angriffe mit Messer und Axt wehrte, wirbelte herum und war kaum auszumachen.

Leucas war in Schwierigkeiten.

Der Tisch, den er als Rammbock benutzt hatte, lag auf der anderen Seite des Raums auf den Abtrennungen unterhalb eines breiten, aufgesplitterten Risses in der Wand; sie vermutete, dass ihm der Tisch beim Versuch, ihn wie eine Waffe zu schwingen, aus der Hand gerutscht war. Jetzt war er unbewaffnet zwischen zwei Meuchelmördern gefangen, während ein Dritter, dessen Kleidung noch immer rauchte, sich an seine Füße klammerte. Da die Menge Wein, die er getrunken hatte, seine Kampfeslust gewaltig verstärkt hatte, schien er blind gegenüber dem dritten Mann, der sich mit seinen Gegnern vereinigte. Leucas' linke Hand, die er zur Verteidigung ausgestreckt hatte, erwischte die Tunika eines der

Meuchelmörder; dieser beging den Fehler, nach dem Unterarm des Atheners zu stechen, anstatt den Arm zu heben und sich zu schützen, und Leucas versetzte ihm mit seiner gewaltigen Faust einen mächtigen rechten Haken, wodurch der Kopf mit einem vernehmlichen *Krack!* zurückschlug. Eines Tages, dachte Barra, während sie den umgestürzten Tisch glatt mit einer Rolle überwand, auf die Füße kam und zu ihm hinstürmte, wird es ihn umbringen, wenn er sich mitten in seine Feinde stürzt.

Leucas wirbelte wie ein Athlet herum, der den Diskus warf, und schleuderte dabei den erschlafften Körper des Meuchelmörders in einem weiten Bogen auf dessen Gefährten; beide gingen zu Boden. Aber der dritte Meuchelmörder, derjenige, der noch rauchte, sprang mit beiden Messern den ungeschützten Rücken des Atheners an. Barra kreischte: »*Hinter dir!*«

Leucas drehte sich um: direkt in die Klingen.

Rutschend kam sie zum Stehen, während er beide Messer in den Unterleib bekam. Leucas brüllte berserkerhaft seine Freude heraus, packte den Meuchelmörder bei den Schultern, hob ihn vom Boden und schüttelte ihn wie ein Hund, der eine Ratte tötete. Scharfes Entsetzen trieb Barra den Atem aus der Brust und heiße Tränen traten ihr jäh in die Augen: Männer überleben tiefe Wunden im Unterleib nicht. Leucas mochte noch einige weitere Tage lang atmen, aber im Grunde war er bereits tot.

Es schien unmöglich.

Mit einer raschen, heftigen Bewegung des Kopfs befreite sie sich von den Tränen in den Augen, dann wandte sie sich um und rannte zu Kheperu hinüber. Wenigstens er mochte noch zu retten sein.

Fette Schweißperlen rollten Kheperu das Gesicht hinab, während er wütend blockte und parierte. Chrysios war kein bloßer Kneipenschläger, er war ein höchst gewandter Berufsmörder, der mit rasender Geschwindigkeit angriff. Darin konnte er sich mit Barra messen und er besaß zudem mehr Kraft. Jedes Mal, wenn Kheperu einen Axthieb abblockte, flogen Stücke von seinem Stab davon; der Stab selbst wurde schwächer und bog sich bei jedem Schlag gefährlich durch. Seine Gegenangriffe beschränkten sich auf gelegentliche Hiebe nach Chrysios' Fingerknöcheln und Unterarmen – ein Versuch, ihn zu entwaffnen. Er hatte ein- oder zweimal auf Chrysios' Rippen eingestochen, hatte mit dem Stab wie mit einem Speer zugestoßen, aber jetzt war er gegen eine Wand gedrängt worden und hatte keinerlei Freiraum, während Chrysios auf ihn eindrang. Mit dem Stab zu einem Hieb auf Körper oder Kopf des Korinthers auszuholen würde Kheperu einen zerbrochenen Schädel oder eine Handspanne Bronze zwischen die Rippen einbringen. Aus dem Augenwinkel erhaschte er einen Blick auf das lebhafte Rot von Barras Haar, als sie hinter Chrysios auftauchte, und auf seinem Gesicht erschien jäh ein breites Grinsen.

»Was ist so komisch, toter Mann?«, krächzte Chrysios.

Barra erwiderte: »Ich.«

Augenblicklich fuhr Chrysios herum und pfeifend fuhr die Axt auf Barras Schultergelenk nieder. Mit dem Ende seines Stabs stach Kheperu von hinten in den Bogen, den die Waffe vollführte, und erwischte den Schaft der Axt unterhalb der Feuersteinschneide. Dadurch hielt er die Deckung des Korinthers einen Moment lang weit geöffnet.

Mehr als diesen Moment benötigte Barra nicht.

Sie schlug mit der Breitaxt auf eben jene hässliche, hinterlistige Weise zu, wie sie es schon bei dem Bären getan hatte, und hackte Chrysios in die Geschlechtsteile. Das gekochte Leder unter seinem Chiton bremste den Hieb nicht mehr als sein Beckenknochen. Die Axt drang in seinen Unterleib ein und entleerte seine Eingeweide auf den Fußboden. Die Augen traten ihm aus den Höhlen, und er schwang das Messer in der anderen Hand zu einem letzten, verzweifelten Versuch, sie mit sich ins Graue Land zu nehmen, doch Kheperu hinter ihm hatte den Stab umgedreht und schlug die Klinge davon, sodass sie klirrend gegen die Wand fiel.

Barra setzte ihm einen Fuß auf die Brust und riss die Axt heraus. Chrysios taumelte, das Gesicht blutleer.

»Um deine Frage zu beantworten«, sagte sie, »ja, ich kann sie auch schwingen.«

Langsam brach Chrysios zusammen und auf seinem Gesicht zeigte sich verständnislose Ungläubigkeit.

Auf der Suche nach weiteren Gegnern wandte Barra sich um. Leucas hielt noch immer den Mann fest, der auf ihn eingestochen hatte: Mit einer Hand, die in das Haar des Mannes gewickelt war, drückte der Athener den Kopf des Meuchelmörders mit dem Gesicht nach unten in den Herd, wobei er noch immer wie ein Wahnsinniger brüllte und nicht auf das Blut achtete, das ihm aus dem Unterleib rann und ihm die Oberschenkel färbte.

Er fing ihren Blick kauf. »Einer von meinen ist entwischt!«

»Ich kümmere mich drum«, gab sie zur Antwort. Sie wandte sich Kheperu zu und sagte etwas leiser: »Sieh mal, ob du was für Leucas tun kannst!« Dann sprintete sie aus der Tür, wobei sie ihren Wolf rief.

Kheperu stützte sich für einen Augenblick auf seinen Stab, der sich unter seinem Gewicht durchbog; er würde sich einen neuen schneiden müssen. Der Ägypter atmete schwer in der jähen Stille. Zögernd kamen die Menschen aus ihrer Deckung unter den Tischen hervor, sich dabei achtsam umschauend, ob das Morden vorüber wäre. Lidios saß auf dem Fußboden, den Rücken an die Wand gelehnt, hielt sich den blutenden

Brustkasten und fluchte leise und monoton vor sich hin. Leucas hob grinsend den Meuchelmörder aus dem Herd; das Gesicht des Mannes war halb weggebrannt. »Ihr könnt euch was von diesem Braten abschneiden«, sagte er lachend. »Er ist gar.« Er ließ den Leichnam zu Boden fallen.

Kheperu untersuchte rasch die am Boden Liegenden. Chrysios war bewusstlos und lag im Sterben; der Mann, dem Barra den Schädel gespalten hatte, war tot; ein weiterer Mann lag wenige Fuß vom Herd auf dem Boden. Ihm hatte Leucas' Schlag das Genick gebrochen.

»Leucas«, sagte Kheperu sanft, während er auf ihn zuging. »Du bist verwundet.«

»Unsinn«, meinte Leucas herzlich. Er hob die Hand, mit der er den Kopf des Meuchelmörders ins Feuer gehalten hatte. Die Haut rötete sich, war jedoch nicht verkohlt oder gar angesengt. »Siehst du? Nur ein wenig verschmort, das ist alles.«

Unheimliches Gelächter ertönte hinter ihm. Kheperu fuhr herum und hob seinen Stab, doch einen Augenblick später wurde ihm klar, dass das Gelächter von Chrysios kam, der noch immer auf dem Fußboden lag. Der Korinther wand sich vor Schmerz, dennoch lachte er; bei diesem Geräusch richteten sich Kheperus Nackenhaare auf.

»Du glaubst, mich getötet zu haben.« Die Stimme, die von Chrysios kam, klang dick und belegt, dennoch so mächtig, dass es einen frösteln ließ. Kheperu zog ein finsteres Gesicht und schleppte sich zu ihm hinüber.

Chrysios hatte die Augen weit geöffnet, aber sie drehten sich blind zur Decke. *»Niemals kann ich sterben!«* Er verdrehte den Hals, während er weiterhin gurgelnd lachte.

»Wirklich?«, fragte Kheperu müde. Er griff in sein Gewand und holte eine der schwarzen Teerkugeln heraus. Unterdrückt murmelte er einen Spruch, während er mit dem Daumennagel einen Streifen Teer wegkratzte. Die Kugel begann zu rauchen.

»Niemals! Niemals! Nie…«

Kheperu beugte sich herab und stopfte die Kugel Chrysios in den offenen Mund. »Halt's Maul!« Er drehte sich um und kehrte zu Leucas zurück; einen Augenblick später erfolgte ein gedämpftes, nasses *Wusch!*, und eine Flamme schoss hervor, als die Kugel explodierte. Teile von Chrysios' Kinnlade und Zähnen regneten klappernd auf den Fußboden im ganzen Raum herab.

Leucas wirkte ein wenig grün. »Warum hast du das getan?«

Kheperu zuckte die Achseln, während er wie erstarrt auf das schmierige Purpurrot blickte, das Leucas aus dem Unterleib floss. »Ich mochte ihn nicht. Jetzt komm schon, du setzt dich besser da drüben hin!«, sagte er und nahm den großen Mann beim Arm. »Ich werde sehen, was ich für deine Wunden tun kann.«

»Wie ich dir gesagt habe, ich bin in Ordnung.«

Kheperu blickte hinab. »Nein. Das bist du nicht.«

Leucas folgte seinem Blick. »Oh«, meinte er leise. »O je! Das hab ich gar nicht gespürt. O verdammt!«

5. KAPITEL Geheimnisse

Der Mond, noch immer fast voll, warf einen perlmuttfarbenen Glanz auf die Straßen und malte Schatten so schwarz wie Löcher ins Nichts. Mit gesenktem Kopf und krank im Herzen ging Barra langsam dahin. Das Blut auf Gesicht, Armen und Oberschenkeln – nichts davon ihres – trocknete allmählich. Es juckte, und als sie daran rieb, löste es sich in Schuppen ab. Graegduz hielt an ihrer Seite Schritt, sah hin und wieder zu ihr auf und wimmerte leise und besorgt. Der Meuchelmörder vor ihr, den sie gefangen genommen hatte, wimmerte gleichfalls. Tränen rannen ihm das Gesicht hinab, während er den Leichnam seines Gefährten an den Füßen die Straße entlang zog, wobei der Kopf des toten Mannes auf dem Pflaster auf und nieder schlug.

Die beiden Attentäter, die fortgelaufen waren, hatten nur wenige Herzschläge Vorsprung gehabt; eine Gelegenheit zur Flucht hatten sie nicht gehabt. Barra war die vom Mondlicht erhellten Straßen entlang gelaufen, Graegduz nur wenig voraus. Beim Anblick der Meuchelmörder war Graegduz nach dem einfachen piktischen Befehl »Knöchel!« auf sie zugejagt. Der Wolf hatte den Fußknöchel des einen Meuchelmörders gepackt und der Mann war heftig auf die Straße gestürzt; fast ohne im Laufen innezuhalten, hatte Barra ihn mit einem einzigen Streich ihrer Axt getötet. Den anderen Mann hatte sie aus keinem anderen Grund als dem verschont, dass sie nicht selbst beide Leichen zu

Lidios' Kneipe zurückschleppen wollte; sie würde ihn töten, sobald sie dort eingetroffen waren. Warum härter arbeiten als unbedingt nötig? Schließlich wurde sie hierfür nicht bezahlt.

Es war meine Pflicht, redete sie sich ein. Was hätte ich sonst tun können? Arawn, Herr der Grauen Lande, verlangte von seinen Kindern, keinen Mörder am Leben zu lassen, sodass er erneut morden konnte, oder zumindest lehrten dies die Druiden. Aber sie hätte warten können, sie hätte die beiden jagen können, wie sie es in der Vergangenheit mit anderen getan hatte, sie hätte einen nach dem anderen erwischen können.

Gleich, wie sie es drehte und wendete, die Wahrheit lautete schlicht, dass sie die Beherrschung verloren hatte, und dafür musste Leucas jetzt mit dem Leben bezahlen.

Verdammter Chrysios, du Sauhund! Mögen die Raben des Arawn tausend Jahre lang an deiner Seele reißen! Wenn er nur nicht so verdammt schön gewesen wäre! Sie wusste sehr wohl, dass sie die Beherrschung verloren hatte, weil sie von ihm angezogen war; sie begegnete nicht häufig Männern, die ihren Puls schneller schlagen ließen, doch ausgerechnet dieser hatte sich als verfluchter Mörder mit Blut an den Händen erwiesen.

Jetzt sah sie den Laternenschein, der aus der Tür von Lidios' Gasthaus fiel. Der Eintopf, den sie verzehrt hatte, wollte ihr wieder den Schlund hochsteigen; sie musste heftig schlucken, ehe sie in der Lage war zu sprechen.

»Bring ihn hinein!«, wies sie den Meuchelmörder an. »Und denk dran, ich bin gleich hinter dir!«

»Töte mich nicht«, jammerte er. »Töte mich nicht!«

»Beweg dich!«

Murso stand ängstlich an der Tür und spähte unter seiner Kapuze hervor. Seine Augen wurden groß, als sie hinter dem weinenden Meuchelmörder eintrat. Er berührte sie am Arm und zischte drängend: »Wir müssen von hier weg. Sofort!«

Ohne auf ihn zu achten, sagte sie zu dem Meuchelmörder: »Das ist weit genug. Leg dich auf den Boden, Gesicht nach unten, Hände in den Nacken!«

Die Füße des Leichnams plumpsten zu Boden; der Meuchelmörder sah Barra mit tränenerfüllten Augen an. »Ich habe niemandem was angetan...«

»Runter – und du bleibst noch ein paar Minuten am Leben. Bleib stehen – und du stirbst auf der Stelle!«

Er legte sich hin.

Mursos Griff um ihren Arm wurde fester. »Barra, es ist lebensnotwendig, dass...«

»Rühr mich jetzt nicht an!«

Er ließ die Hand sinken, sagte jedoch beharrlich: »Wenn du für mich arbeiten willst, musst du lernen, meinen Befehlen zu folgen.«

»Bring mir das später bei.«

Sie ging davon, ließ ihn an der Tür stehen, wo er vor Enttäuschung die Fäuste ballte.

Der Gastraum war übersät mit Leichen und in der Luft lag dick der Schlachthausgestank nach Blut und Ausscheidungen. Alle Gäste waren auf und davon. Ein Sklave tupfte das Blut ab, das Lidios noch immer träge am Brustkasten hinabrann. Kheperu beugte sich über den Körper von Chrysios; er hatte den Chiton und den leichten Panzer darunter entfernt und untersuchte mit großer Aufmerksamkeit den Leichnam. Leucas saß auf einem Hocker, den Rücken an die Wand gelehnt. Er war grau und abgespannt im Gesicht, während er sich die eigenen Wunden mit ausgefransten Leinenstreifen verband. Die rosafarbene Spitze seiner Zunge zeigte sich in einem Mundwinkel, als er den Verband mit trunkener Konzentration befestigte. Sie musste über zwei Leichen treten, um zu Kheperu zu gelangen. Graegduz beschnüffelte einen Leichnam und senkte den Kopf, um das Blut aufzulecken. Als sie ihm dies in scharfem Ton verbot, hob Kheperu den Kopf.

»Barra!« In seiner Stimme lag helle Aufregung und er winkte sie zu sich. »Hier, komm her! Ich muss dir was zeigen!«

Sie hockte sich neben ihn, sah zu Leucas hinüber und fragte leise: »Wie schlimm steht es um ihn?«

»Leucas? Denk nicht an ihn, ihm geht's gut. Die Messer haben seine Bauchdecke nicht durchstoßen«, antwortete Kheperu ungeduldig. »Sieh dir das hier an!« Er hob Chrysios' leblosen linken Arm, aber sie achtete nicht weiter darauf. Sie schaukelte sich wieder auf die Fersen hoch.

»Woher *weißt* du das? Woher weißt du, dass es ihm gut geht?«

Kheperu sah sie erschöpft an. »Viele Zwiebeln in dem Eintopf, den er den ganzen Tag über in sich hineingestopft hat, stimmt's? Schnüffele doch selbst an den Wunden!« Er schüttelte den Kopf und murmelte etwas über ›unwissende Wilde‹.

»Leucas?«, meinte sie fragend. »Dir geht's gut?«

Leucas richtete nach und nach die blutunterlaufenen Augen auf sie. »Ich werde überleben.«

Im Nu war sie an seiner Seite und hatte ihm die Arme um den Leib geschlungen. Er fühlte sich fest, warm und sehr lebendig an. »Liebliche Mutter, ich habe dich gewiss tot geglaubt! Du musst der glücklichste Hurensohn sein, der je gelebt hat.«

Leucas blinzelte langsam und mit trunkener Würde. »Waffen beißen mich oftmals nicht so tief wie andere Männer.« Er lächelte schwach. »Obgleich ich glaube, dass ich Athene für das hier einen Stier schuldig bin.«

Barra lachte, ein kleines Kichern, das zu einem Freudenschrei anwuchs. »Ich kann's kaum glauben!« Sie schüttelte heftig den Kopf, und ihr Blick fiel auf die beiden Messer, die in der Nähe des Herds auf dem

Fußboden lagen. Ihr Gelächter erstarb zu einem ehrfürchtigen Schweigen.

Eines der Messer war *verbogen.*

Sie ließ ihn los und ging langsam, sehr bedacht, zu den Messern hinüber, als ob sie erwartete, dass der Fußboden bei jedem Schritt unter ihr nachgeben würde.

»Barra?«, fragte Leucas. »Stimmt was nicht?«

Sie beugte sich hinab und strich mit den Fingern über das verbogene Messer mit der blutbefleckten Klinge. *Jemand ist draufgetreten,* dachte sie. Das ist's; das muss es sein. Es ist in der Mitte verbogen – weil halt jemand draufgetreten ist... Und die Spitze – ebenso wie die Spitze des anderen Messers – war abgerundet und stumpf, als ob es in Stein hineingetrieben worden sei. Das sind vielleicht nicht mal dieselben Messer, wollte sie sich einreden. Diese Messer gehören wohl einem der anderen Meuchelmörder. Aber als sie von den stumpf gewordenen und verbogenen Klingen zu Leucas hinüberschaute, auf dessen Gesicht ein verwirrter Ausdruck lag, wurde ihr eindringlich klar, wie wenig sie eigentlich von ihren Gefährten wusste.

Seitdem sie sich vor zwei Monaten begegnet waren und dazu entschlossen hatten, gemeinsam zu reisen, hatte Barra stets bewusst darauf geachtet, ihre Geheimnisse vor Leucas und später vor Kheperu zu wahren. Sie hatte ihnen wenig von ihrer Familie und ihrem Leben auf der Insel der Mächtigen erzählt; und wenn sie etwas erzählt hatte, so hatte sie stets sorgfältig Wert darauf gelegt, ihre Freunde im Glauben zu lassen, sie würde ein bisschen große Töne spucken. Sie hatte ihnen nichts von ihren Söhnen erzählt oder von ihrem Anteil an den Schiffen, auch nichts von der Handelsflotte, von deren Aufbau sie träumte. Sie hatte ihnen kaum drei Worte aus ihrem ganzen Leben erzählt. Da sie selbst so viele Geheimnisse zu verbergen hatte, war es ihr nie in den Sinn gekommen, dass auch ihre Gefährten ihre eigenen Geheimnisse hüten mochten.

Jetzt starrten die beiden sie an, als sie dort beim Herd hockte. Was sie verspürte, war eine verwirrende Änderung der Perspektive, als ob sie von einem der Zaubersprüche ihrer Großmutter getroffen worden sei. Diese neue Wachheit war so mächtig, dass sie am Rand zum Schmerz kippelte; zum ersten Mal wurde Barra sich der beiden als Personen bewusst, als Menschen mit eigenem Leben und eigener Geschichte, völlig getrennt von ihrem Leben und ihrer Geschichte. Bis jetzt, ging ihr auf, hatten Leucas und Kheperu ihr Leben lediglich als Oberflächengestalten bewohnt, als eine Sammlung von Charakteristika, wie die gemalten Helden auf einem kretischen Fresko. In ihrem Kopf war dieser Mann Leucas, der Krieger gewesen, stark und bedächtig in der Rede, vertrauenswürdig und nicht allzu helle. Der andere war Kheperu, der Perverse, schmierig und gerissen, ein Abenteurer, der nur kämpfte, um seinen widerlichen Geschmack zu befriedigen. Sie hatte Archetypen aus ihnen gemacht, vertraute Charaktere aus einer Erzählung am Lagerfeuer. Die jähe Wandlung fühlte sich an wie das Erwachen aus einem langen Traum; jetzt sah sie die verschwommenen Geister ihrer Erfahrungen, die sich hinter ihnen verbargen, die Drehungen und Wendungen ihres Schicksals, die sie hierher gebracht hatten und die sie zu dem gemacht hatten, was sie waren. Diese Art zu sehen war nicht visuell; ihr Erscheinungsbild hatte sich nicht verändert. Die Wandlung hatte irgendwo in Barra selbst stattgefunden, die Weise hatte sich verändert, wie sie die beiden betrachtete: sie sah sie mit frischen Augen.

Sceon Tiof, dachte sie. *Liebende Mutter, es ist das Sceon Tiof!* Barra klopfte das Herz und sie grub die Fingerknöchel tief in die Augen. Coll, ihre Mutter, war wohl bekannt für diese Macht, in das Innere eines Menschen hineinzusehen, aber es war keine Sache für einen Soldaten. Unter den Alten Stämmen auf der Insel der Mächtigen wurde das *Sceon Tiof* verehrt, es galt als Geschenk der Mutter, das aus einem blutrünstigen Tyrannen einen weisen und sanften König machen konnte; jemanden, der sich den Lebensunterhalt als Soldat verdiente, konnte es ebenso sicher zum Krüppel machen wie eine Axt, welche die Achillessehne durchtrennte. Sie presste sich die Hände an den Kopf, und dabei gruben sich die Griffe der Messer, die sie fest hielt, ihr tief in die Schläfen. Die verwirrende Art der Wahrnehmung wurde schwächer und ihr Atem ging allmählich wieder leichter.

Sie öffnete die Augen und blickte ausdruckslos zu Boden. Ein Opfer… am besten opferte sie der Mutter, und zwar bald; die Götter nehmen es einem übel, wenn man ihre Geschenke zurückweist.

Erneut schüttelte sie den Kopf, als ob sie einen Traum davonscheuchen wollte, und erhob sich.

Kheperu fragte: »Stimmt was nicht? Bist du verwundet?«

»Nein«, erwiderte sie. »Mir war nur einen Moment etwas benommen zumute. Was hast du mir zeigen wollen?«

Erneut bat er sie zu sich herüber; beiläufig ließ sie die beiden Messer in den Herd fallen. Der Herd in einem tyrischen Haushalt erlischt niemals – wenn jemand diese Messer wieder herausfischte, wäre dieser Kampf Schnee von gestern, und es bestünde keine Möglichkeit mehr, diese verbogenen und stumpf gewordenen Klingen mit Leucas in Verbindung zu bringen.

Sie verstand es, die Geheimnisse anderer ebenso gut zu bewahren wie die eigenen Geheimnisse.

Jetzt, als sie über Kheperu stand, sah sie die zermatschte Ruine, die Chrysios' Gesicht gewesen war. Sie zuckte zusammen und blickte weg. Das war's dann wohl mit dem guten Aussehen, dachte sie. »Was hast du mit ihm angestellt?«

»Ihm das Gesicht weggepustet«, erwiderte Kheperu knapp. »Doch das ist jetzt nicht wichtig. Sieh dir dies an!«

Er hob Chrysios' linken Arm. Auf der bleichen Unterseite, nahe der Armbeuge, halb verborgen von dem goldenen Seidenhaar des Unterarms, war sorgfältig eine Figur eintätowiert:

»Eine weitere ägyptische Hieroglyphe«, meinte Barra.

»Genau wie bei Othniel«, stimmte Kheperu zu. Er senkte die Stimme und winkte Barra, sie solle sich neben ihn hocken. »Nun, nicht das Gleiche: die Stelle ist natürlich eine andere, ebenso die Methode. Othniel wurde gebrandmarkt; dies ist eine Tätowierung, ein viel langwierigerer und wesentlich schmerzhafterer Prozess. Darüber hinaus ist es nicht schwierig, einen Mann gegen seinen Willen zu brandmarken, aber wenn du siehst, wie sauber und präzise die Linienführung dieser Hieroglyphe ist, so musst du zu dem Schluss kommen, dass die Tätowierung entweder durchgeführt wurde, während Chrysios ohne Bewusstsein war, oder mit seiner Einwilligung.«

»Und es ist eine andere Hieroglyphe. Was bedeutet diese hier?«

»O ja, genau. Sie bedeutet: Vernichte!«

Barra rieb sich mit beiden Händen das Gesicht. »Aha«, sagte sie nachdenklich. »Du meinst, dass Chrysios ein Handlanger desjenigen ist – war, der Othniel das angetan hat.«

»Für dich, Barra«, meinte Kheperu feierlich, »müssen meine Gedanken wie ein offenes Buch sein.«

»Ein ägyptischer Magier.«

Kheperu hob pedantisch einen Finger. »Ein Magier, der ägyptische Magie einsetzt. Ob er selbst von meiner Rasse ist oder nicht, ist eine offene…«

»Weißt du, was ich denke?«, unterbrach sie ihn.

Ihr Tonfall warnte ihn. »Nein…«, entgegnete er vorsichtig.

»Ich denke, dass wir gerade dazu angeheuert worden sind, einen Magier aufzuspüren, der in Tyros für Aufruhr sorgt. Ich denke, dass wir Chrysios hätten befragen können – er hätte lange genug gelebt, dass wir vielleicht herausgefunden hätten, wer dieser Bursche ist und wo er wohnt… wenn ihm nicht irgendein *Idiot das Gesicht weggepustet hätte!*« Sie unterstrich ihre Feststellung mit einem harten Stoß, der Kheperu auf den blutverschmierten Fußboden schickte.

Er richtete sich auf die Ellbogen auf. »Vielleicht bin ich ein wenig impulsiv gewesen… Du, andererseits, bist stets das vollkommene Muster an Selbstbeherrschung.«

Sie stand auf und sah sich im Raum um. »Schätze dich bloß glücklich, dass hier nichts in Reichweite ist, was ich auf dich werfen könnte«, brummte sie. Dennoch fiel es ihr schwer, ein Grinsen zu unterdrücken. Widerwillig merkte sie, dass sie guter Laune war; sie und ihre Partner waren am Leben, sie hatten gewonnen, und – was das Wichtigste war – sie hatten einen Auftrag.

Murso kam auf sie zu, eifrig bemüht, die Leichen zu umschiffen. Er hielt das Gewand gerafft, damit der

Saum nicht vom Blut besudelt wurde. »Ich bestehe darauf, dass wir endlich gehen«, drängte er.

Sie hob bestätigend eine Hand und wandte das Gesicht Leucas zu. »Bist du gehfähig?«

Er nickte feierlich. »Ich sollte auf unser Zimmer gehen«, meinte er und tätschelte den Verband um seine Körpermitte. »Ich muss diese Schnitte vernähen.«

»Später. Lidios? Sind wir quitt?«

»Quitt? Du fragst mich, ob wir quitt sind?« Die Stimme des fetten Wirts war ein farbloses Echo seines üblichen entrüsteten Gebrülls. Er versuchte, an der Wand dort drüben auf die Beine zu kommen, doch seine Hände waren zu sehr damit beschäftigt, seine zusammengerollte Schürze auf den langen Schnitt zu pressen, der ihm den Brustkasten zerteilte, und er sackte wieder zu Boden. »O verfluchte Scheiße«, meinte er schwach. »Ich schätze, wir sind quitt. Ich bin verdammt noch mal zu müde, dich dafür anzuschreien, dass du mein Haus niederreißen wolltest und versucht hast, mich umbringen zu lassen.«

»Du lässt dir besser von jemandem diese Wunde da nähen«, sagte sie.

Er zuckte die Achseln. »Lenka – eines meiner Mädchen – war im Tross des Heers der Vereinigten Fünf Städte; sie hat ein bisschen Arzneikunst mitbekommen.«

»Also gut, dann. Hör mal, wir werden von hier verschwinden. Gleich, wer kommt und nach uns oder nach dem Kampf fragt, du weißt nicht, wohin wir gegangen sind. Ein paar deiner Mädchen sollen unsere Sachen zusammenpacken – wir werden morgen oder übermorgen herkommen und sie holen. Und dir einen oder zwei Schekel in die Hand drücken, für die Schwierigkeiten, die wir dir bereitet haben.«

»Einen oder zwei Schekel? So viel ist ein Krug meines Bluts wert? Einen *Schekel?*«

»Gleich, wer nach uns fragt – wenn du Namen und Aufenthaltsort herausfindest, wird das auch ein paar Schekel wert sein.«

Sie kehrte seinem Gebrummel den Rücken zu und half Kheperu auf die Beine. Er wies auf ihre Hand und schlug vor, sie solle sie waschen; sie rieb sich die Handfläche an ihrem Chiton ab. Ein wenig Herumsuchen förderte ihre Wurfäxte zutage. Sie wischte die Wurfäxte und ihre Breitaxt an der Kleidung des Steuereintreibers sauber und steckte sie daraufhin wieder in ihren Gürtel.

»Nun, Murso? Wir sind bereit.«

»Bereit wozu?«, fragte Leucas, der einen Stuhl zum Aufstehen brauchte.

Barra tat seine Frage mit einem Wink ab. »Ich erklär's dir unterwegs.«

Murso schürzte die Lippen und nickte halb zu dem überlebenden Meuchelmörder hinüber. »Was ist mit ihm?«

Der Mann lag noch immer mit dem Gesicht zum Fußboden da, die Hände hinter dem Kopf verschränkt. Sein Rücken zitterte unter einem gelegentlichen Schluchzen. Barra spie auf den Boden und ging zu ihm, wobei sie ihre Breitaxt zog. »Darum werde ich mich kümmern.«

Leucas sagte: »Warte, Barra!«

»Was ist?«

»Du kannst ihn nicht einfach so umbringen. Nicht, wenn er hilflos daliegt.«

»Warum nicht?«

»Gib ihm wenigstens eine Chance zur Verteidigung!«

»Er ist ein Mörder«, erklärte Barra geduldig. »Diese Jephunahi hatten keine Chance – es gab keine Herausforderung, keine Warnung. Man hätte sie ebenso gut vergiften können. Der Graue Herr fordert sein Leben!«

Bei diesen Worten schrie der Meuchelmörder: »Aber ich habe *niemanden* umgebracht! Ich habe nicht einmal jemanden verwundet!« Zu Barras Überraschung sprach er Griechisch – er musste das ganze Gespräch verstanden haben.

Leucas trat auf sie zu, die Handflächen in die Höhe und das Gesicht ihr zugewandt. Er vollführte eine Geste, als ob er ihr sagen wollte, sie solle sich beruhigen. »Was macht das aus dir, wenn du ihn tötest, während er hilflos daliegt?«

»Einen Henker.«

»Ich schwöre, ich habe niemandem wehgetan!«, beteuerte der Meuchelmörder noch immer auf Griechisch. »Möge der Himmelsvater Zeus, der Hüter des Schwurs, mich mit seinem Donnerkeil erschlagen, wenn ich mein Messer auch nur mit Blut befleckt habe!«

Leucas ergriff das Handgelenk des Mannes und zog ihn leicht auf die Knie. Er sah dem Meuchelmörder offen ins tränenverschmierte Gesicht. »Bist du ein Achaier, mein Sohn?«

Er nickte, während er sich mit dem Ärmel Rotz von der Oberlippe wischte. »Mein Name ist Mykos, Herr – ich wurde in Theben geboren.«

Barra meinte: »Er lügt. Er wäre, nun ja, drei Jahre alt gewesen… Theben wurde vor sechzehn Jahren erobert.« Theben war gebrandschatzt, seine Männer erschlagen, Frauen und Kinder in die Sklaverei geführt worden, und zwar von den vereinigten Heeren der Athener und der Epigonen, den Söhnen der sieben großen Helden, die vor eben jenen Mauern in einem Krieg fünf Jahre zuvor gefallen waren. Die siegreichen Thebaner hatten die Leichname ihrer Feinde entehrt und für dieses Verbrechen mit all ihren Besitztümern bezahlt: ihrer Stadt, ihrem Leben und dem Leben ihrer Söhne.

»Das weiß ich, Barra.« Irgendeine quälende Erinnerung schwebte hinter den Augen des Atheners. »Ich war dort«, meinte er leise. »Der Bruder meiner Mutter und dessen vier Söhne kämpften für Kreon gegen uns.«

Er hielt inne, und Barra fragte sich, ob er in Gedanken die hochschlagenden Flammen und den schmierigen, nach Schweinefleisch stinkenden Rauch der Begräbnisfeuer vor sich sah, welche die Stadt umringt haben mussten, als all ihre Männer dem Schwert übergeben wurden. Schließlich fuhr er fort: »Wenn er der Einnahme entronnen ist, so würde das erklären, weswegen er keinen thebanischen Akzent spricht, denn er ist in einem fremden Land aufgewachsen, weit entfernt von allen seinen Verwandten.«

Barra sah finster drein. »Dadurch ändert sich nicht, was er ist oder was er getan hat.«

»Nein, vermutlich nicht«, sagte Leucas bedeutungsvoll. Er wandte sich ab. »Tu, was du tun musst, aber ich werde nicht zusehen.«

»Bitte«, wimmerte Mykos. »Bitte…«

Barra sah ihm ins Gesicht, sah die Jugend dort, die Todesangst. Jetzt war er nicht mehr länger einfach nur ein Meuchelmörder; das *Sceon Tiof* zog den Vorhang beiseite. Widerwillig sah sie in ihm wenig mehr als einen Jüngling, der dem Tod in einem fremden Land ins Auge blickte. Und ihr ging auf, dass er die Wahrheit gesprochen hatte – er war der Mann, der hinter dem Steuereintreiber aufgetaucht war, als Chrysios ihn erstochen hatte: Er selbst hatte niemanden verletzt.

Das ist doch gleich, knurrte sie im Geist, während sie mit ihrer Breitaxt ausholte. Mykos schloss die Augen und Tränen strömten ihm unter den Lidern hervor. Sie erinnerte sich daran, ihn während der letzten drei Abende im Gastraum gesehen zu haben, wie er aß und glücklich sein Bier trank; sie erinnerte sich daran, gedacht zu haben, dass er nicht viel älter war als Chryl, ihr eigener Sohn.

Sie spie einen Fluch aus und warf ihm die Breitaxt vor die Füße. »Heb sie auf!«, befahl sie und zog die beiden kleineren Äxte. »Los schon, heb sie auf. *Kämpfe* mit mir, du Hurensohn!«

Er drückte lediglich die Augen noch fester zusammen und wimmerte in einem fort.

»Scheiße!« Sie stemmte die Fäuste in die Hüften und sah Kheperu an.

Er spreizte die Hände. »Dein Grauer Herr ist dein Gott, nicht meiner.«

Barra seufzte und schüttelte den Kopf. »Also gut, du kleiner, schlappschwänziger Hurensohn, hör zu! In meinem Land gestatten wir einem Mörder manches Mal die Zahlung von Wergeld – damit kann er sich von seiner Schuld freikaufen. Wenn du mir sagen kannst, wer hinter Chrysios steckt, für wen er gearbeitet hat und wo er zu finden ist, lasse ich dich gehen.«

»Ich weiß es nicht!«, schrie Mykos. »Er hat mich und meine Freunde am Strand angeheuert. Ich habe sonst niemanden gesehen!«

Barra nickte angewidert; sie hatte bereits den Verdacht gehabt, dass Chrysios zu gerissen gewesen war, einem drittklassigen Straßenräuber irgendwelche Geheimnisse anzuvertrauen. »Was werde ich mit dir anstellen?«

Lidios hinter ihr rief: »Du könntest ihn diesen verdammten Schlamassel hier aufräumen lassen! Der kleine Hurensohn…«

»Eine gute Idee…«, meinte Barra. »Ja, also schön, Mykos, du wirst hier alles sauber machen und… und Lidios als Haussklave für… für *ein Jahr* dienen. Du wirst jede Aufgabe erfüllen, die er dir erteilt, gleich, worin sie besteht, aber du wirst dieses Haus nicht verlassen. Wenn ich dich je auf der Straße zu Gesicht bekomme oder wenn ich erfahren sollte, dass du davongelaufen bist, werde ich dich hetzen. Und ich werde dich finden. Wenn ich dich finde, werde ich dich töten. Kein Betteln, keine Tränen – dafür wirst du keine Zeit haben. Du wirst mich nicht einmal kommen sehen. Im einen Augenblick bist du lebendig, im nächsten stirbst du. Schmerzvoll. Kapiert?«

»Verstanden.« Mykos warf sich nach vorn und umklammerte ihre Knie. Sein tränenverschmiertes Gesicht fühlte sich glitschig an ihren Beinen an. »Vielen Dank, Herrin! Vielen Dank!«

Sie versetzte ihm einen Tritt, dass er auf den Rücken fiel. »Berühre mich niemals, du Haufen Scheiße!« Sie steckte ihre Äxte weg und wandte sich Murso zu. »Gehen wir, ehe ich das große Kotzen kriege!«

Das *Sceon Tiof* zeigte ihr den Schmerz und die Demütigung des Jünglings und sie spürte ihre Schatten über ihrem Geist liegen; sie umklammerte ihre Entschlossenheit mit beiden Händen und sprach schweigend ein Gebet zur Mutter, dass sie von dieser Gabe erlöst werden möge.

Das Gebäude, das düster vor ihnen in den nächtlichen Himmel aufragte, mochte einst, vor einem Jahrhundert oder noch länger, das Heim einer wohlhabenden Grundbesitzerfamilie gewesen sein. Nachfolgende Generationen von Besitzern und Bewohnern hatten planlos daran weitergebaut, hatten Räume mit benachbarten Gebäuden verbunden; einstmals öffentliche Straßen waren zu labyrinthartigen Durchgängen geworden, überdacht von den wackeligen Fußböden der Räume darüber. Überall in diesen Durchgängen lagen Essensabfälle und der Inhalt von Nachttöpfen. Außerdem wimmelte es von Strohsäcken, auf denen Männer wie Frauen lagen: viele der hier lebenden Menschen konnten sich die Miete für ein eigenes Zimmer nicht leisten.

Die leichte, von der See hereinkommende Brise, die dem Sturm gefolgt war, zog den Gestank aus diesen Durchgängen, wie sie Rauch aus einem Kamin gezogen hätte. Es war ein Gestank, der jeden zum Würgen brachte, abgesehen vielleicht von Kheperu; für Barra war er nahezu unerträglich.

Murso überquerte die Straße. Er sagte: »Obacht! Das müsst ihr jedes Mal dann tun, wenn ihr nach Einbruch der Dunkelheit hierher zurückkehrt.«

»Ansonsten?«

»Ansonsten werden die Männer, die bei eurer zukünftigen Unterkunft Wache stehen, versuchen, euch zu töten. Sie hatten einige Probleme mit Räubern und Banditen; auf beides legen sie keinen Wert.« Er hob die Lampe hoch genug, dass sie sein Gesicht erhellte, und hielt sie einen langen Atemzug so.

»Woher weißt du, dass sie dein Gesicht gesehen haben?«

»Sie haben es gesehen. Kommt!«

Er wandte sich der dunklen Einmündung zu einem Durchgang zu. Barra sah ihre Gefährten an. Leucas zuckte die Achseln; Kheperu winkte sie mit einer leichten, spöttischen Verbeugung weiter.

Auf ihrem langen Weg durch die nächtlichen Straßen von Tyros hatte sich Barra eng an Murso gehalten und darauf geachtet, im Wind zu gehen. Bald war sie imstande gewesen, den Geruch des Mannes aufzunehmen, sogar durch das Parfüm hindurch, das er aufgelegt hatte. Abgesehen vom allgemeinen Prinzip bestand hierfür kein unmittelbarer Grund; wie der Wolf, der an ihrer Seite dahintrottete, konnte sie viele der Menschen, denen sie begegnete, allein anhand ihres Geruchs identifizieren, und sie glaubte fest daran, dass Begabungen dazu da waren, genutzt zu werden. Ihr fiel auf, dass er eine Vorliebe für stark mit Estragon gewürztes Essen hatte. Um sich eine Ausrede dafür zu verschaffen, dass sie so dicht neben ihm ging, hielt sie ein Gespräch in Gang und gab vor, Informationen über den Auftrag zu suchen. Sie fand heraus, dass er wenig mehr als das wusste, was er bereits enthüllt hatte.

Sie wechselte das Thema. »Wann erhalten wir unsere erste Hälfte?«

»Bitte?«

»Die erste Hälfte unserer Bezahlung. Im Voraus, ehe wir uns an unseren Auftrag machen. Sollte nämlich etwas geschehen – sagen wir, du wirst jäh krank –, haben wir unsere Arbeit nicht für umsonst erledigt oder unser Leben nicht für umsonst riskiert.«

Murso wirkte beleidigt. »Du hast die Zusage des Hauses Meneides und das garantiert dir deine Bezahlung.«

»Deswegen vertraue ich dir, was die andere Hälfte betrifft.«

Er seufzte. »Morgen früh werde ich persönlich den Gegenwert von fünfzig attischen Talenten in Silber bei euch abliefern. Zufrieden?«

Beim Dahingehen musterte Barra mit zusammengekniffenen Augen den Himmel. »Bei unserer Abmachung hat es anscheinend einige Missverständnisse gegeben. Die hundert Talente – gemeint ist damit: *für jeden.*«

Murso blieb wie angewurzelt stehen und starrte sie an. Er stieß ein gurgelndes Geräusch aus, als ob ihm etwas in der Kehle festsäße. »Das sind dreihundert Talente!«

Barra nickte. »So lautet die Abmachung.«

»Das ist *unverschämt!*«

Leucas und Kheperu hinter ihm sahen einander grinsend an. Barra meinte: »Pscht! Die Leute wollen schlafen!«

»Welcher Dienst könnte denn überhaupt dreihundert Talente wert sein?«, zischte Murso.

»Nun ja«, erwiderte Barra langsam. »Du hast unsere kleine Rauferei in Lidios' Gasthaus miterlebt. Das kannst du als Garantie dafür nehmen, dass das an uns bezahlte Geld die Investition wert ist – wir werden ganz bestimmt überleben und den Auftrag erledigen. Der Auftrag selbst, nun gut…« Sie zuckte die Achseln und pustete die Wangen auf. »…der ist vielleicht nur, sagen wir, fünfzig Talente für jeden wert. Die andere Hälfte kannst du als Preis für unsere Verschwiegenheit betrachten. Du hast gesagt, die anderen Patrizierhäuser sollen hiervon nichts erfahren; die zusätzlichen fünfzig pro Nase stellen gewiss, dass wir nicht so abgebrannt sind, irgendwelche Informationen verkaufen zu müssen, um uns den Lebensunterhalt zu sichern.«

»Das ist Erpressung.«

»Das ist Verhandlung.«

Murso sah finster drein. »Ich werde euer… Angebot … an Idonosteus weitergeben.«

»Tu das!«

Jetzt, während er sie durch die labyrinthartigen und übel riechenden Gänge führte, während sie Treppen hinaufstiegen und um Ecken gingen und er die Lampe hochhielt, um ihnen den Weg zu erleuchten, sagte er: »Die Männer, bei denen ihr bleibt, sind Söldner wie ihr selbst. Sie sind vertrauenswürdig, und man kann sich darauf verlassen, dass sie eure Anwesenheit hier nicht preisgeben werden. Nichtsdestoweniger dürfen sie nichts von eurer Mission erfahren.«

»Was sollen wir ihnen sagen, falls sie fragen?«, wollte Barra wissen.

»Sie werden keine Fragen stellen«, erwiderte Muros bestimmt. »Nur ihr Anführer spricht Phönizisch, und das auch nur sehr wenig. Habt ihr drei eine gemeinsame Sprache über Phönizisch und Griechisch hinaus?«

Barra warf einen Blick auf Leucas und schüttelte den Kopf.

»Dann schlage ich vor, dass ihr eure Gespräche auf Belanglosigkeiten beschränkt.«

Barra meinte: »Dutzende von Leuten haben dich an unserem Tisch gesehen. Jemand hat uns vielleicht herkommen sehen. Wie sollen wir da unsere Verbindung geheim halten können?«

Murso lächelte dünn. »Mein Gesicht ist nicht sehr bekannt, ebenso wenig meine Verbindung zu Idonosteus. Ich diene ihm lediglich in vertraulichen Angelegenheiten. Diese Söldner haben nur über mich Kontakt zu ihm und sie sind weder gesellig noch gesprächig. Sie haben gleichfalls klare Anweisung, ihren Dienst geheim zu halten. Reicht das aus?« Auf diesen Worten lag genügend Nachdruck, sodass nicht nur reine Ungeduld herauszuhören war. Mehr war nicht nötig.

»Das wird's tun«, erwiderte Barra.

Nachdem sie um eine Ecke gebogen waren, betraten sie einen kurzen Flur und in zehn Schritten Entfernung schwang langsam eine Tür auf. Gelber Lampenschein fiel auf den Gang und es zeigte sich die Silhouette eines hoch gewachsenen, breitschultrigen Mannes, der in einer Hand beiläufig ein Kurzschwert hielt. »Lysandros?«

»Ja«, erwiderte Murso auf Griechisch. »Ich habe euch die erwarteten Gäste mitgebracht.«

Der breitschultrige Mann trat beiseite, um den Eingang freizugeben. »Sie und du, ihr seid willkommen!«

»Lysandros?«, flüsterte Barra. »Ist das dein richtiger Name?«

Murso lächelte nur.

»Barra«, meinte Kheperu leise, »man beobachtet uns von beiden Seiten dieses Flurs.« Barra sah vor und hinter sich; vor sich erblickte sie auf der anderen Seite eines ausgefransten Lochs in der Wand ein Glitzern, möglicherweise vom Lampenschein getroffene Augen.

»Keine Sorge«, meinte Murso zu ihm. »Das sind die

Bogenschützen, die diesen Flur überwachen. Da sie euch soeben mit mir zusammen gesehen haben, seid ihr nicht in Gefahr.«

Der Raum im Innern lag im weichen Licht zweier großer Lampen. Eine Anzahl Strohsäcke – Barra zählte zwölf – bedeckte den Fußboden. Behelfsmäßige hölzerne Ständer für Rüstungen, die mit Seilen festgezurrt waren, säumten die Wände, die meisten davon voll. Hier und da lagen einige Einzelteile von Bronzerüstungen im Raum, neben Eimern mit feinem Sand und feuchten Lumpen. Es gab nur einen kleinen Tisch, der mit einem Krug und Bechern aus gebranntem Ton gedeckt war. Sieben Männer erhoben sich beim Eintritt der Gefährten; sie und der Mann, der die Tür geöffnet hatte, sahen einander so ähnlich, dass sie Vettern, wenn nicht sogar Brüder sein mochten. Allesamt waren sie stämmig, mit breitem Brustkasten und breiten Schultern, dunkelhaarig, und sie trugen kurz gestutzte Bärte in kantigen Gesichtern. Dem Mann, der die Tür geöffnet hatte, fehlte ein Ohr, und quer über die Wange hatte er eine lange Narbe, die eine weiße Strähne in seinem Haar mit einer ebensolchen Strähne im Bart verband. »Ich bin Kamades aus Phthien«, sagte er in formellem Griechisch. »Ich lade euch ein, Brot und Wein mit uns zu teilen.«

Phthien? Barras Herz schlug heftig, und sie merkte, dass ihr der Atem knapp wurde. War es möglich? Unter großer Selbstbeherrschung stellte sie sich auf ebensolche formelle Weise vor und nahm das Angebot an.

Leucas sagte: »Ich bin Leucas Deodakaides aus Athen. Es ist mir eine Ehre, deiner Einladung zu folgen.«

Einen Augenblick lang sagte Kheperu gar nichts; Barra trat ihn nicht allzu zart vors Schienbein. Achaier hielten die Beziehung zwischen Gast und Gastgeber fast ebenso heilig wie Blutsbande; selbst ein Zögern konnte als tödliche Beleidigung aufgefasst werden. Er vollführte einen Satz und sagte in seinem schaurigen Griechisch: »Ich bin Kheperu von Theben.«

Kamades öffnete weit vor Erstaunen die Augen. »Theben?«

»Das *echte* Theben. Äh, Theben in Ägypten«, setzte Kheperu hastig hinzu und verneigte sich daraufhin leicht. »Es ist mir eine Ehre, eurer Einladung zu folgen.«

Kamades deutete auf einen anderen Mann, der Kanten von einem Laib harten Brots abriss und Wein in vier Becher goss. Einen davon reichte er Kamades und die anderen drei Barra und ihren Freunden. Gemeinsam brachten sie ein Trankopfer an die Götter dar und Wein spritzte auf die kleinen Klumpen Sägemehl auf dem Fußboden. Dann aßen und tranken sie.

Kamades setzte seinen Becher nieder. »Lysandros, gibt es eine Nachricht von unserem Herrn, Idonosteus?«

»Nur, dass er eure Dienste zu schätzen weiß und dass ihr euch bereithalten sollt. Jetzt ruft mich die Pflicht an die Seite meines Herrn.« Mursos Erwiderung hatte den Hauch ritueller Formalität an sich.

Kamades hielt ihm die Tür auf, als er ging.

Diese Söldner aus Phthien waren eine seltsame, schweigsame Gruppe; sie schlugen ihre Zeit wie jeder Soldat tot, der darauf wartete zu handeln. Sie erzählten Geschichten, tranken, würfelten, und dennoch lag über allem eine gedämpfte Ruhe. Nie wurden Stimmen erhoben, sei es aus Ärger, sei es zum Singen, und selbst ihr Gelächter war gedämpft. Die einzige Stimme, die je lauter als ein Gemurmel wurde, war Kheperus; er beteiligte sich sogleich an einem Würfelspiel mit dreien von ihnen in der Nähe des Fensters und stieß hin und wieder Rufe über sein ›ungewöhnliches Glück‹ aus. Barra sah finster drein; natürlich mogelte er. Neben seinen Fußknöcheln verbrannten Kräuter in einem kleinen Topf – obgleich fast der ganze Rauch durchs Fenster abzog, erkannte Barra den Geruch und wusste, dass die drei Männer, die den Rauch einatmeten, jede Augenzahl auf dem Würfel sähen, die Kheperu sie sehen lassen wollte. Sie hoffte, dass er genug Verstand hatte, nicht zu viel zu gewinnen.

Kamades wies einen von ihnen an, einen älteren Mann mit ergrautem Bart und dünn werdendem Haar, dessen linker Unterarm in einem Lederstumpf endete, Leucas' Verwundungen zu versorgen. Sein Name war Peroön, und er säuberte und nähte Leucas' Wunden rasch und sauber und bedeckte sie mit Gaze, die er in einem Beutel an seinem Gürtel trug, ehe er sie mit frischem Leinen verband.

Er zog den letzten Knoten mit den Zähnen fest und setzte sich auf die Fersen zurück. »Welcher Gott steht dir denn im Kampf zur Seite, Leucas?«, fragte er mit einem dünnen Lächeln.

»Gott?«, meinte Leucas stirnrunzelnd.

»Komm schon, mein Junge! Das waren keine damenhaften, zierlichen Schlitze; das waren Stichwunden von jemandem, der versucht hat, dir die Gedärme zu leeren. Ohne einen Gott, der die Klinge verbogen hat, würden wir dieses Gespräch nicht führen, kapiert?«

Leucas zuckte die Achseln und schüttelte den Kopf. »Ich weiß es nicht genau, es sei denn, es ist Athene. Ich bin in ihrer Stadt geboren.«

Auf seinem Stuhl beim Tisch sitzend, sagte Kamades nachdenklich: »Leucas von Athen… Ich glaube, ich kenne dich. Bist du nicht Wagenlenker des Pylaimenos gewesen?«

»Das war ich, Herr. Bis Alexandros ihm das Leben mit einem feige von der Mauer abgeschossenen Pfeil nahm.«

Kamades nickte. »Ich erinnere mich an dich von den Begräbnisspielen für Patroklos her. Du hast einen Faustkampf mit Diomedes Tydeides ausgefochten.« Er lächelte breit. »Er hat dir die Fresse eingeschlagen.«

»Ja, das hat er«, meinte Leucas und erwiderte das Lächeln. Er berührte Nase und Wangenknochen. »Er hat mir meine ersten beiden Brüche verpasst. Mir hat's nichts ausgemacht – es war allein schon eine Ehre, mit dem Herrn von Tiryns in den Ring zu steigen. Obgleich Epeios mich gerächt und den Preis gewonnen hat. Aber ich fürchte, mein Herr, dass ich mich an dich nicht erinnere.«

Kamades hob die Hände. »Nicht überraschend, Leucas. Ich war im Gefolge des Prinzen von Phthien, und nun… gleich, wo mein Herr Achilleus stand, es waren aller Augen auf ihn gerichtet.«

»Daran erinnere ich mich gut.«

»Ihr seid *Myrmidonier!*«, keuchte Barra. Sie hatte den Verdacht gehabt, es sogar gehofft, fand es jedoch noch immer schwer, es auch zu glauben.

»Einige nennen uns so. Wir betrachten es als einen Ehrennamen.«

Kheperu blickte von seinem Würfelspiel auf. »Ameisen?«, fragte er auf Ägyptisch. »Was meinst du damit, sie sind Ameisen?«

»Es ist nur ein Ausdruck«, fauchte Barra in derselben Sprache. »Halt's Maul!«

Hinter seinem Rücken vollführte er mit dem Finger eine obszöne Geste und widmete sich dann wieder dem Spiel. Barra wiederum gelang es nur mit Mühe, den Drang zu unterdrücken, etwas auf ihn zu schleudern.

Sie hätte die ganze Nacht lang dasitzen und zuhören können, wie sie Geschichten vom Krieg austauschten. Leucas war in ungewöhnlich aufgeräumter Stimmung – zweifelsohne war er noch immer etwas berauscht –, und Kamades, Peroön und zwei oder drei der anderen Myrmidonier wetteiferten miteinander im Geschichtenerzählen, wie es Männer tun, wenn sie ein neues und aufmerksames Publikum finden. Barra fragte sich, ob es stets so wäre, ob Achaier sich durch das definierten, was sie vor Troja getan hatten – achaiische Männer eines gewissen Alters, von Ende zwanzig bis Ende fünfzig, erkannten anscheinend alle einander nach einem einzigen Blick, einem schweigenden *›Du bist dabeigewesen, nicht wahr?‹*. Als ob der Trojanische Krieg der Mittelpunkt ihres Lebens sei; als ob sie den größten Teil ihres Lebens mit dem Kampf an den Ufern des Skamander verbracht hätten. Gleichgültig war es, dass der Kampf zehn Jahre gewährt hatte und dass die meisten dieser Myrmidonier fast vierzig waren; Leucas war mit zwanzig nach Troja gegangen und am Ende dreißig gewesen, aber die zwanzig Jahre vor dem Krieg zählten einfach nicht und die fünf Jahre seither waren ein langsam abfallender Anti-Höhepunkt.

Barra sog jedes einzelne Wort dieser Erzählungen in sich auf; selbst die Geschichten, die sie zuvor schon gehört hatte, stachen ihr wie ein Messer tief in die Brust und ließen ihre Augen tränenfeucht glänzen. Sie hatte ihren Teil vom Krieg gesehen und wusste, was er in Wahrheit zu bedeuten hatte, nämlich Schmutz, blutiges Handwerk, ganz und gar kein Heldentum. Entsetzen – und dennoch wünschte sie aus ganzem Herzen, dass sie diesen Krieg hätte erleben können. Es war das kindische Verlangen nach etwas, das sie nicht haben konnte, aber irgendwie, tief in ihrem Innern, lebte eine Hoffnung, dass sie diesem Verlangen niemals entwachsen würde.

Seltsam genug, dass es in den Geschichten der Myrmidonier nur selten um Feinde ging, denen sie sich selbst gestellt hatten, oder um Heldentaten, die sie mit eigener Hand vollbracht hatten. Stets ging es um die großen Helden, gewöhnlich um Achilleus persönlich; einige Erzählungen handelten von Patroklos oder Aias, Diomedes, Agamemnon, Odysseus – als ob die Erzähler sich bis zur Unsichtbarkeit bescheiden im Hintergrund halten wollten: »...und als Patroklos' Speer dem Sarpedon ins Schultergelenk drang, spritzte das Blut sogar mir über die Beine, und als er fiel, riss der Himmel in einem Donnerschlag auf und wir alle wandten das Gesicht nach oben und schmeckten die jähen Tränen der Trauer des Zeus um seinen Sohn...«

Leucas andererseits schweifte bald zu Geschichten seiner Wanderungen nach dem Krieg ab, wobei er überraschendes Geschick und überraschende Schwärmerei zur Schau stellte. Als er die Geschichte der kyprischen Eberjagd zum Besten gab, warfen die Myrmidonier Barra auf einmal seltsame Blicke von der Seite zu. Nachdem er seine ziemlich übertriebene Version des Kampfs in Lidios' Gasthaus beendet hatte, zeigte sich offene Verwirrung in ihren Blicken.

Schließlich musste Kamades einfach nachfragen: »Ist Barra dann deine Anführerin?«

Leucas blinzelte. »Darüber habe ich nie nachgedacht«, entgegnete er langsam. »In gewisser Hinsicht wohl ja.«

»Nun«, sagte Kamades stirnrunzelnd, »folgst du ihren Befehlen? Du folgst den Befehlen einer Frau?«

Barra seufzte. Sie hätte diesen Burschen wirklich gern haben wollen...

»Nein, nicht ganz...«

»Wessen Befehle befolgst du dann?«

»Wir arbeiten nicht auf diese Art«, sagte Leucas zu ihm. »Wir haben tatsächlich nie entschieden, wer das Sagen hat.«

Die Myrmidonier tauschten zweifelnde Blicke aus. »Wie organisiert ihr euch dann?«, fragte Kamades. »Das verstehe ich nicht.«

Leucas wandte den Kopf zur Seite und dachte einen Augenblick lang nach. Daraufhin erwiderte er: »Jeder von uns hat besondere Talente, seht ihr. Ich bin sehr stark und gut mit dem Speer oder Schwert oder auch ohne Waffen. Ich bin der beste Kämpfer, obgleich wir alle im Kampf nicht gerade schlecht sind. Kheperu ist sehr gerissen, und er ist geschickt mit Pulvern und Tränken, kann sich gut Dinge vorstellen und Pläne ausarbeiten. Barra ist, nun…« Leucas blickte sie an und zuckte die Achseln. »…nun, sie ist Barra. Sie gibt uns keine Befehle, aber irgendwie ist es so, dass wir am Ende sowieso das tun, was sie will. Ich kämpfe. Kheperu kalkuliert. Barra, nun ja, führt.«

Kamades sah finster drein. »Das ist nicht natürlich.«

Barra richtete sich auf und setzte ein gezwungenes Lächeln auf. »In welcher Hinsicht, Kamades?« Ihr freundschaftlicher Tonfall und ihre scheinbar lässige Haltung wären überzeugender gewesen, wenn nicht Graegduz sich erhoben, Kamades angestarrt und tief in der Kehle ein Knurren ausgestoßen hätte. Sie legte einen Arm um ihn und murmelte auf Piktisch: »Sei ruhig, Graeg, so wütend bin ich noch nicht.«

»Ein Mann muss wissen, wo sein Platz ist«, sagte Kamades fest. »Meine Männer nehmen Befehle von mir entgegen. Ich nehme meine Befehle von Lysandros entgegen. Lysandros dient dem Herrn, Idonosteus. Das ist die natürliche Ordnung der Dinge.«

Barra blinzelte. Es ging gar nicht um das Geschlecht? Sie betrachtete ihn mit zusammengekniffenen Augen. »Du bist kein echter Achaier, oder?«

»Was meinst du damit? Willst du mich etwa beleidigen?«

»Nein, nein. Große Mutter, nein!«, entgegnete Barra hastig. »Ich bin bloß überrascht, das ist alles. Sag doch, Kamades – was tust du in Tyros?«

»Dem Haus Meneides dienen«, erwiderte er einfach.

»Nein, nein, das weiß ich. Ich meine, warum bist du nach Phönizien gekommen? Weswegen hast du Phthien verlassen?«

Kamades' Stimme wurde ausdruckslos. »Achilleus, unser Herr, hat uns nach Troja geführt.« Einen Augenblick lang hielt er ihrem Blick stand und lenkte ihn dann absichtlich auf Graegduz. »Das ist ein schöner Hund. Wie heißt er?«

»Er ist kein Hund, sondern ein Wolf«, erwiderte Barra wegwerfend. »Was ich meinte, war, weswegen bist du nach dem Krieg nicht nach Phthien zurückgekehrt?«

Kamades nickte. »Ich habe von Wölfen gehört. Wie rufst du ihn?«

»Sieh mal, vergiss den Wolf, ja? Ich frage mich…«

»Barra!«, unterbrach Leucas.

»Was?«

Seine Antwort bestand in einem langen, bedeutsamen Blick, einem Neigen des Kopfs und einem Heben der Brauen.

»Oh, schon gut«, sagte sie angewidert. Sie seufzte. »Sein Name ist Graegduz.«

»Grigduhz«, wiederholte Kamades. Er wirkte höflich interessiert. »Hat das eine Bedeutung?«

»Nun, gewissermaßen. Es sind zwei piktische Wörter, sozusagen miteinander vermengt. *Graeg* bedeutet grau und *greduz* so was Ähnliches wie Hunger.«

»Beißt er?«

Kamades selbst und zwei seiner Männer überließen den Gästen ihre Strohsäcke. Die meisten Myrmidonier hatten sich für die Nacht bereitgemacht, auch die vier, die in voller Rüstung von draußen hereingekommen waren. Peroön und die drei Männer, mit denen Kheperu gewürfelt hatte, bewaffneten sich und gingen hinaus. Kamades hatte eine der Lampen gelöscht und den Docht der anderen Lampe heruntergedreht, sodass der Raum nur schwach erleuchtet war. Barra lag auf dem Bauch und rieb abwesend Graegduz das Fell. Ihre Äxte hatte sie sorgfältig so unter den Strohsack gelegt, dass sie sich nicht in die Hand schneiden würde, wenn sie im Dunkeln nach einer davon griff. Leucas schnarchte gleichmäßig, jedoch leiser als üblich, ein fortwährendes Brummen, das irgendwo in ihrem Hinterkopf erstarb. Die schlafenden Myrmidonier gaben überhaupt keinen Laut von sich.

Kheperu wälzte sich neben ihr herum, und sie sah, dass er die Augen geöffnet hatte. Er grinste sie an.

»Wie viel hast du gewonnen?«, flüsterte sie auf Ägyptisch.

Er holte umständlich einen Beutel hervor, öffnete ihn und zeigte eine Hand voll der kleinen, unregelmäßig geformten Münzen. »Achtzehn«, erwiderte er leise. »Diese armen Scheißkerle erhalten bloß einen Schekel pro Tag als Bezahlung; wenn ich zu viel gewinne, wird keiner mehr mit mir spielen wollen.«

»Verlier es zurück!«

»Was?«

»Pscht! Ich weiß, wie du gemogelt hast; du hast diesen Rauch schon früher benutzt. Wenn du's nicht zurückverlierst, werd ich's ihnen sagen. Sie werden dich nicht bloß blau und grün schlagen und das Geld zurücknehmen… Das sind Myrmidonier. Sie werden dich umbringen.«

»Das ist ein bisschen hart…«

Sie nickte. »Du bist Gast hier. Deinen Gastgeber zu bemogeln ist ebenso mies, wie ihn im Schlaf zu ermorden, soweit es sie betrifft. Eigentlich bin ich der Ansicht, dass du besser einige deiner Schekel verlierst.«

»Manchmal kannst du eine richtige Hexe sein, weißt du das?«

»Schreib dir das besser hinter die Ohren!«

Eine Weile lang dachte Kheperu in düsterem Schweigen darüber nach, dann flüsterte er: »Bereitet es dir keine Sorgen, in einem Raum mit einer Bande Bronzefressender Söldner zu schlafen?«

»Im Grunde nicht«, erwiderte Barra. »Sie würden es nicht wagen. Und wenn es einer täte, hätte ihm Graeg die Hand abgebissen, ehe er mich angerührt hätte. Wie habe ich wohl deiner Ansicht nach auf der Straße überlebt, ehe ich euch Burschen begegnet bin?«

Kheperu stützte sich auf die Ellbogen und blickte sich unter den schlafenden Myrmidoniern um, wobei er nachdenklich die Lippen schürzte. »Dennoch sind es immerhin zwölf…«

Barra kicherte leise. »Nach dem, was ich so von den Phthiern gehört habe – insbesondere von den Myrmidoniern –, musst du dir mehr Sorgen machen als ich.«

Kheperu seufzte und lächelte wehmütig. »So viel Glück müsste man haben.«

»Versuch, ein wenig zu schlafen«, meinte sie zu ihm und wälzte sich auf den Rücken. »Morgen früh gehen wir an die Arbeit.«

Bei Anbruch der Morgendämmerung erwachte Barra. Sie blickte zu den Myrmidoniern hinüber, die ringsumher erwachten, und kniff zaghaft die Augen zusammen, tastete in ihrem Kopf umher und suchte angespannt nach irgendeinem Anzeichen für das *Sceon Tiof;* sie wurde nicht fündig. Vielleicht hatte die Mutter ihre Gabe zurückgenommen – sie atmete etwas leichter und entschloss sich erneut, ein Opfer zu bringen.

Während der Nacht war die Wache abgelöst worden: Kamades war nicht anwesend. Peroön, offenbar sein Adjutant, bestand darauf, den Zustand von Leucas' Bauch zu überprüfen, ehe er ihn hinausgehen ließ. Er fand kein Anzeichen für Eiter, und Leucas beharrte darauf, dass es ihm gut ginge, abgesehen von mächtigen Kopfschmerzen von Lidios' Wein.

Peroön schüttelte lächelnd den Kopf. »Deine Wunde verheilt gut. Dennoch, keine Prügelei oder schweres Heben für wenigstens eine Woche; ansonsten reißen die Nähte. Gib dem Fleisch Zeit zu heilen!«

Leucas polterte: »Ich werde mein Möglichstes tun. Manchmal liegt's nicht an mir.«

Peroön grinste breit und spreizte die Hände. »Du kannst immer weglaufen…«

Es folgte ein kurzes schockiertes Schweigen, woraufhin Leucas in brüllendes Gelächter ausbrach und Peroön auf den Rücken klopfte. »Und die Leute sagen, die Myrmidonier hätten keinen Sinn für Humor!«

Die anderen Myrmidonier fielen auf ihre ruhige, zurückhaltende Art in sein Gelächter ein und Peroön meinte: »Wirklich, gib Acht! Ich habe eine feine Arbeit mit diesen Nähten da geleistet, und wie jedem Handwerker missfällt es mir, wenn ich sehe, dass eine gute Arbeit zuschanden gemacht wird.«

Barra wies Graegduz an, hier zu bleiben und sich zu benehmen, und sie versprach ihm, einige Überreste vom Frühstück mitzubringen. Düster legte er sich nieder, den Kopf auf den Vorderpfoten, jaulte jedoch nur ein wenig, als sie weggingen.

Einer der Myrmidonier führte die drei Gefährten einen anderen gewundenen Weg aus dem Gebäude hinaus. Die Gasse, die sie betraten, war leer, abgesehen vom Morgendunst, der perlgrau im schräg hereinfallenden Sonnenlicht umherwirbelte.

Sie entschlossen sich, in Lidios' Gasthaus zu frühstücken und sogleich ihre Ausrüstung zu holen, am frühen Morgen, ehe der Nebel weggebrannt war und die Straßen belebter wurden. Der Dunst würde ihnen dabei helfen, ihre Habseligkeiten ungesehen zu dem Gebäude zurückzubringen; Barra wollte nicht, dass jemand, den es nach Rache für den Kampf in Lidios' Gasthaus gelüstete, zu den Myrmidoniern geführt wurde.

Nur wenige Sklaven befanden sich auf der Straße vor Lidios' Gasthaus; beim Näherkommen sahen die Gefährten, wie zwei Wasserträger innehielten, um sich etwas oberhalb der Türschwelle anzusehen. Daraufhin tauschten beide einen Blick aus und eilten mit gesenkten Köpfen weiter, wobei sie mit den Händen die Geste des gehörnten Gottes vollführten.

Barra brummte: »O nein!« und lief los.

Als Leucas und Kheperu sie eingeholt hatten, stand sie auf der Straße und blickte zu einem Zeichen hinauf, das anscheinend direkt in den Stein der riesigen Oberschwelle eingebrannt worden war. Barra erkannte das Zwillingsschlangenzeichen von *Auf immer,* die gehobenen Arme von *Seele;* die ganze Hieroglyphe war umschlossen von der Wiedergabe eines *Hauses.* Ihr Blut geriet in Wallung.

Sie blickte sich nicht um, als Kheperu näher trat, sondern starrte bloß weiterhin das Zeichen an und fragte: »Bedeutet dieses beschissene Ding das, was ich glaube?«

Kheperu übersetzte mit gesenkter Stimme: »›Diese Tür ist die Schwelle zum ewigen Tod.‹ Oh, das ist ganz bestimmt ein Fluch – dass der Tod nicht nur der Tod des Körpers ist, verstehst du, sondern eine Art unendliches Verrotten des *Ka …*«

»Mistkerl!«, unterbrach sie ihn grob. »Verfluchter Sohn einer Hure!«

Jetzt wandte sie sich um und sah sie an. Leucas blickte nachdenklich zu dem Zeichen hinauf. Kheperu wirkte etwas kränklich, wie ihm da der Schweiß auf Stirn und Wangen stand.

Sie spie auf die Straße. »Nun, worauf warten wir? Gehen wir rein!«

6. KAPITEL Der Prinz

Haral Mesti blieb vor der prächtig bemalten Tür zum Schlafgemach seines Prinzen stehen, um Atem zu schöpfen und all seinen Mut zusammenzunehmen. Die leuchtenden Farben auf der Tür wurden vom Mondlicht silbern getönt. Die einzigen Geräusche in dem weiten, vom Mond erhellten Vorzimmer waren sein eigener rasselnder Atem und die hohen, dünnen Schluchzer von der anderen Seite der Tür. In gewisser Hinsicht waren diese kindlichen Schluchzer eine Erleichterung; sie bedeuteten, dass der Prinz in dieser Nacht eines der Sklavenkinder im Bett hatte. War kein Sklavenkind im Schlafgemach des Prinzen, ging man stets das Wagnis ein, auf Simi-Ascalon zu treffen – selbst wenn ein Kind anwesend war, wurde das Risiko lediglich geringer und war nicht gänzlich verschwunden. Haral wusste sehr wohl, dass Simi-Ascalon sich in dieser Nacht in der Stadt aufhielt und das Anbringen des Fluchs über dem Gasthaus der Jephunahi überwachte, aber die nervöse Anspannung in seinen Eingeweiden wurde keinesfalls geringer; wer wusste denn, über welche Macht dieser Mann verfügte? Wenn irgendein lebender Mensch an zwei Orten zugleich sein konnte, dann wäre es Simi-Ascalon. Haral hielt sich für ebenso tapfer wie die meisten Männer, aber kein Mann konnte den toten Krokodilaugen des Adjutanten des Prinzen begegnen, ohne dass sich ihm die Eingeweide voller Furcht zusammenzogen – insbesondere nach Einbruch der Dunkelheit.

Haral ging auf Zehenspitzen zu einem Sofa in der Nähe und ließ sich zaghaft darauf nieder; sein Herz erstarrte, als eine der Federn durchdringend in der Stille quietschte, aber das Schluchzen im anderen Zimmer ging pausenlos weiter und jetzt kam das unterdrückte Gestöhne einer erregten Männerstimme hinzu. Haral blickte auf seine Hände hinab; ein Strahl des bleichen Mondlichts fiel darüber und sie zitterten wie die Flügel eines Nachtfalters im Wind. Er verschränkte sie und hielt sie fest zwischen den Knien.

Erst vier Tage war es her, seitdem dieser Bursche der Jephunahi Haral verfolgt hatte. Er hatte es wieder gutgemacht, indem er den Mann in einer Gasse niedergeschlagen und Simi-Ascalon ausgeliefert hatte, aber er wusste, dass er knapp einer Katastrophe entgangen war: Nur einer Laune des Prinzen war es zu verdanken gewesen, dass er sein Leben nicht auf einem von Simi-Ascalons Tischen ausgehaucht hatte. Jetzt kam er mit mehr als schlechten Nachrichten; deswegen zitterten ihm die Hände so heftig. Aber sein Vertrauen in die Zuneigung des Prinzen trieb ihn dazu, die Nachricht persönlich zu überbringen – es war dieses Vertrauen, das in Harals Charakter die Stelle des Muts einnahm. Die Eingebung des Prinzen hatte den Vorfall mit Othniel zu seinem Vorteil verkehrt – vielleicht gelang ihm bei dieser Sache dasselbe.

Das Stöhnen fand seinen Höhepunkt im Schmerzgekreisch eines Kindes, dann schwiegen beide. Haral erhob sich, holte tief Luft und räusperte sich hustend. Er klopfte leise an die Schlafzimmertür.

»Mein Prinz? Ich bin's, Haral, mit Neuigkeiten.«

Die Stimme des Prinzen war belegt und schleppend. »Verschwinde, Haral! Keine Neuigkeit ist so wichtig, dass sie nicht bis morgen warten könnte.«

»Mein Prinz, es geht um den Griechen, Chrysios. Er ist tot.«

»*Tot!*« Der Ausruf des Prinzen kam wie ein Donnerhall. Einen Augenblick später wurde die Schlafzimmertür aufgerissen. Der Prinz stand nackt da, und seine Brust hob und senkte sich, Schweiß glitzerte auf seinen schweren Muskeln. Haral ertrug das Blitzen in seinen Augen nicht und blickte daher zu Boden; das Geschlechtsteil des Prinzen und die festen Flanken waren rot von Blut.

»Berichte!«, befahl er.

Haral hustete. »Er ist tot; getötet in dem Gasthaus der Jephunahi.«

»Dieser Narr! Was ist, hat er den Steuereintreiber allein überfallen?«

Haral schüttelte heftig den Kopf; wenn der Prinz in einer solchen Stimmung war, wusste Haral, dass er unter Umständen selbst einen hohen Preis für Chrysios' Fehler bezahlen musste. »Nein, nein, Herr. Er hat Männer angeheuert, wenigstens sechs; einige Gerüchte besagen, sogar fünfzehn.«

»Einige *Gerüchte?*«, wiederholte der Prinz leise und tödlich. »Das solltest du mir besser erklären!«

»Es ist das K-K-Kneipengeschwätz in ganz Tyros«, stotterte Haral. »Chrysios hat deinen Befehl befolgt und den Steuereintreiber in einem belebten Gasthaus angegriffen, sodass es alle mitbekamen. Der Steuereintreiber ist tot, ebenso wie seine Wächter, aber diese drei Söldner – du weißt, diejenigen, an denen du so interessiert bist…« Seine Stimme erstarb.

Dunkle Wolken sammelten sich auf der Stirn des Prinzen. »Die drei Ausländer? Diejenigen, die den Bären gefangen haben?«

Haral wich einen Schritt zurück; ihm zitterten die Beine, bis seine Kniescheiben tanzten wie ein Tropfen Wasser in einer heißen Pfanne. »J-ja, mein Prinz. Man erzählt sich, dass diese drei allein und ihr Hund – von dem Mädchen heißt es, es habe einen

Hund – Chrysios und alle seine Männer getötet hätten.«

»So«, knurrte der Prinz, »du sagst, dass man von diesen Söldnern spricht, statt eine Geschichte von Wahnsinnigen zu verbreiten, die ohne mit der Wimper zu zucken einen Steuereintreiber der Jephunahi in einem überfüllten Gasthaus getötet haben?«

»Ich, äh… nun ja, Herr…« Haral kämpfte verzweifelt gegen den Drang, sich zu ducken und vor dem Prinzen zurückzuweichen, aber der Prinz schlug ihn nicht.

Stattdessen hellte sich sein Gesicht wieder auf und jetzt verzog ein Lächeln seine Mundwinkel. »Außergewöhnlich. Drei gegen sieben… mindestens. Sehr außergewöhnlich. Weißt du, was das ist?«

»N-nein, Herr.«

»Es ist ein Zeichen«, sagte der Prinz. »Ich seh's jetzt – es ist ihr Schicksal, das sich mit meinem eigenen Schicksal verbindet. Die Götter persönlich sagen mir, ich solle die Hand ausstrecken und sie ergreifen. Ruf meine Hauptleute zusammen! Ich will diese drei haben; sie werden mir dienen.« Der Prinz kehrte in sein Schlafgemach zurück und schritt auf die Garderobe zu. Durch die offen stehende Tür sah Haral das Bett und den kleinen, zitternden und blutigen Körper darauf; der Prinz schenkte ihm keinen Blick, als er einen Chiton von seinem Kleiderständer auswählte. Haral schritt rückwärts davon, bis er dem Prinzen aus den Augen geraten war, dann wandte er sich um und lief los.

»Wir kommen jetzt zusammen, weil ich bei Tagesanbruch nach Sidon reiten muss«, sagte der Prinz. Er hatte es sich auf einem Sofa in seinem Vorzimmer gemütlich gemacht, während Haral und die anderen fünf Hauptleute in einer Haltung respektvoller Aufmerksamkeit vor ihm standen. Haral, der ihn beobachtete, wurde stark an einen Blick erinnert, den er einmal auf den Löwen des Pharao erhascht hatte, ein prächtiges, schwärzliches Tier namens Akhu, das sich neben einer toten Kuh sonnte, an der es gerade gefressen hatte, dort im Park des Pharao in Per-Ramses. Der Prinz zeigte eben jene Mischung aus Macht und erschlaffter Entspannung – er war jedoch weitaus mehr zu fürchten als jeder Löwe.

Zwei Lampen ergänzten das Mondlicht und verschafften dem Prinzen genügend Beleuchtung, dass er die Papyrusrolle in seinen Händen lesen konnte. »Der Gouverneur wird bald dort sein, und ich muss eine Einladung aussprechen, dass er bei mir bleibt. Persip, du bist dafür verantwortlich, dass der Landsitz für den Empfang vorbereitet wird, da Sim mich auf meinem Ritt begleiten wird.«

Der Hauptmann namens Persip reckte den Hals. »Es wird geschehen.«

Haral überlegte, dass es eine Erleichterung war, Simi-Ascalon einige Tage aus der Stadt zu haben; als er den anderen Hauptleuten ins Gesicht sah, entdeckte er dort einen Ausdruck, der als heimliche Zustimmung gedeutet werden konnte.

»Illush und Tekt«, fuhr der Prinz fort, während er eine weitere Papyrusrolle überflog. »Ihr beide werdet mit den Vorbereitungen für den Fluch über diese Gasthäuser beginnen; wenn ihr eine Gelegenheit entdeckt, hier und da ein Gebäude niederzubrennen oder ein Schiff anzuzünden, werdet ihr sie gleichfalls ergreifen. Binnen kurzem sollten wir so weit sein, dass wir damit aufhören können, da sich die Häuser gegeneinander wenden und somit die Sache für uns erledigen werden. Bezai, du übernimmst Chrysios' Rolle. Ich wünsche so viele Morde in aller Öffentlichkeit, wie du zustande bringst, und ich denke, du solltest mit einem Steuereintreiber der Tomitiri beginnen – wir haben eine Gaststätte der Tomitiri, die gerade dafür reif ist. Jeden hochrangigen Offizier eines Patrizierhauses, den du identifizieren kannst, wirst du entführen und zu Simi-Ascalon bringen – insbesondere solche von Nephrol Tomit. Dadurch ergäbe sich eine gewisse Symmetrie, die mich sehr erfreuen würde. Und ihr alle sollt darüber nachdenken, wer ein passender Ersatz für meinen unglücklichen Griechen wäre.«

Jäh setzte er sich auf und packte seine Knie; die Hauptleute standen wie Statuen da und wagten kaum zu atmen, während sie zusahen, wie ihm die Farbe aus den Fingerknöcheln wich und die Adern an den Unterarmen hervortraten. »Und Silam, das wirst du erledigen, diese Söldner, die Chrysios getötet haben. Ich will sie haben. Du wirst sie suchen und zu mir bringen.«

»Aber – aber, mein Prinz, wenn ich sie nicht finde …? Wenn sie nicht kommen wollen?«

»Das wäre schlecht«, entgegnete der Prinz in einem Tonfall, der sie alle wegen seiner Nüchternheit umso mehr frösteln ließ. »Wenn es dir nicht gelänge. Aber es wird dir gelingen. Sie sind ein Geschenk des Schicksals an mich – sie alle drei. Sie werden kommen.« Er klatschte zweimal in die Hände, laut genug, dass die anderen Männer im Raum zusammenfuhren. »Mehr habe ich für euch fünf nicht zu tun. Geht! Haral, du bleibst.«

Die fünf Hauptleute tauschten Blicke aus und alle fünf sahen Haral angespannt und mitleidsvoll an. Haral war sich des kalten Schweißes eindringlich bewusst, der ihm das Rückgrat hinabrann. Die fünf Hauptleute gingen. Haral rührte sich nicht.

Der Prinz rollte langsam den Papyrus zusammen, den er zurate gezogen hatte, und steckte ihn in seinen

Behälter zurück. »Du, Haral. Für dich habe ich eine besondere Aufgabe.«

»H-Herr?« Haral mühte sich verzweifelt, sein Zittern zu unterdrücken.

»Ja, ja, wirklich.« Der Prinz erhob sich unvermittelt und streckte sich mit einem herzhaften Gähnen. »Nimm zwei Männer – zwei von unseren Männern, keine Mietlinge – und bringe Chrysios' Leichnam in Sims Höhle.«

Haral erbleichte. »Aber… aber, mein Prinz…«

»Keine Ausflüchte, Haral! Oh, du musst es nicht heute Nacht erledigen, aber am besten wäre er, sagen wir, morgen um Mitternacht dort. So lange kann Sim warten, denke ich, und dann noch rechtzeitig in Sidon zu mir stoßen, um sich mit dem Gouverneur zu treffen – es ist ein Ritt von nur wenigen Stunden.«

»A-aber, aber was, wenn es mir… oder was, nun, wenn…«

»Es gibt keine ›Was, wenn‹, Haral! Liefere seinen Leichnam morgen um Mitternacht ab!« Der Prinz seufzte, gähnte erneut und machte sich wieder zu seinem Schlafgemach auf. »Ich habe ihm etwas versprochen, Haral, das Gleiche, was ich dir versprochen habe. Im Gegenzug für seine Dienste habe ich ewiges Leben versprochen.« Der Prinz verschwand in Richtung seines Schlafzimmers, aber seine Stimme tönte hohl bis zu Haral. »Du würdest es bedauern, mich Lügen zu strafen.«

Daran hatte Haral keinerlei Zweifel; er zitterte noch immer, als er davonging.

7. KAPITEL

Der Fluch

Barra rüttelte an der Tür; da sie diese verschlossen fand, hämmerte sie mit den Handballen dagegen. »Lidios! Lidios, mach auf!«

»Bist du von allen guten Geistern verlassen?«, fragte Kheperu und starrte sie an.

Sie schüttelte den Kopf. »Von dem Fluch heißt es, dass die Leute, die bereits in dem verfluchten Gasthaus wohnen, nicht sterben. Wir haben darin gewohnt, also sollten wir auf der sicheren Seite stehen.« Sie pochte erneut. »Lidios! Beweg deinen faulen Arsch!«

Kheperu fasste sie beim Arm. »*Haben* darin gewohnt«, meinte er. »Aber wir sind nicht hier gewesen, als der Fluch ausgesprochen worden ist. Woher weißt du, dass er uns nicht umbringen wird?«

»Woher weißt du, dass er es tun wird?«

»Ich weiß es nicht... Meines Wissens nach könnten wir sterben, weil wir *nicht* hineingehen – das soll Menschen zustoßen, die weggehen wollen, nicht wahr?«

Sie schüttelte den Arm ab und wandte sich ihm zu, die Hände in die Hüften gestützt. »Für einen Magier weißt du verdammt wenig über Magie, stimmt's?«

Kheperu blickte finster zu der Hieroglyphe an der Oberschwelle. »Nicht von dieser Art«, meinte er grimmig. »Etwas dergleichen haben ich noch nie gesehen. Was ist denn mit dieser kostbaren Großmutter deinerseits? Könnte die so was tun?«

»Vielleicht«, erwiderte Barra achselzuckend. »Ich weiß es nicht.«

Leucas streckte die Hand nach dem Zeichen aus. Kheperu brüllte: »Nicht anfassen!«

Leucas zog hastig die Hand zurück und sah den Ägypter fragend an. »Weshalb nicht?«

»Weil ich nicht weiß, was dir dann zustößt«, antwortete Kheperu. Er verschränkte die Wurstfinger und ließ die Knöchel einen nach dem anderen knacken. »Das bereitet mir Sorgen. Flüche auf Kneipen und Gaststätten werden üblicherweise aus ökonomischen Gründen gelegt, seht ihr. Geronnene Milch, sauer gewordenes Bier, Schimmel auf dem Käse, Wein, der zu Essig wird, so etwas in der Art. Das kostet den Gastwirt so viel Geld, dass er gezwungen ist zu schließen. Etwa das Schlimmste, was man einem Mann antun kann, ist, ihn impotent zu machen oder eine gelegentliche Fehlgeburt hervorzurufen. Aber das hier, diese Sache mit dem Massensterben…« Er schüttelte den Kopf.

»Obwohl ich von solchen Geschichten gehört habe«, meinte Barra zweifelnd.

»Aberglaube. Lagerfeuererzählungen, um den Unwissenden eine Gänsehaut zu verursachen. Vertrau mir, dass ich mehr von Magie weiß als die meisten, und ich sage dir, dass Magie *nach Regeln* funktioniert. Sie funktioniert nach Regeln, die sehr klar sind, zumindest für den Eingeweihten. Dies hier jedoch liegt jenseits der Grenzen, soweit ich weiß. Dies ist mehr wie das Wirken eines Gottes: eine Seuche oder so was.«

»Ich war neugierig«, meinte Leucas, »auf das Zeichen als solches. Sieht aus, als ob es in den Stein gebrannt worden wäre. Sogar das muss durch Magie geschehen sein, nicht wahr?«

»Hmm«, grunzte Kheperu. »Das ist kaum ein Geheimnis. Es ist einfach, ich könnte es selbst zustande bringen. Dieser Sandstein, der ist sehr weich und porös. Erforderlich ist dazu lediglich das hier…« Seine Hand tauchte in seine Gewänder und kam mit einer der schwarzen, pechbedeckten Kugeln wieder hervor; er drehte sie zwischen den Fingern, sodass sie verschwand und wieder auftauchte. »In ein Seil gewirkt, könnte sie direkt auf den Stein aufgetragen werden – oder, noch besser, man legt das Zeichen vorher aus, spiegelverkehrt, nimmt das Brett mit, drückt es dann gegen die Oberschwelle und zündet es an. Aber die Hieroglyphe selbst hat keine Macht, seht ihr, außer vielleicht zur Abschreckung der Abergläubischen. Solche Zeichen findet ihr fast auf jeder Grabstätte in Ägypten. Wenn die Hieroglyphe selbst irgendeine Macht hätte, so gäbe es viele, viele tote Grabräuber, und Grabraub wäre niemals die allseits beliebte Freizeitbeschäftigung geworden, die sie heutzutage ist.«

»Warum sie dann dorthin setzen?«, fragte Barra stirnrunzelnd.

»Wie ich zuvor gesagt habe: zur Abschreckung der Abergläubischen«, erklärte Kheperu. »Der überwiegende Anteil der Bevölkerung ist ungebildet bis zur Tierhaftigkeit...«

»Nicht auf die Grabmale, du Idiot!«, fauchte Barra. »Warum hierhin? Warum auf die Oberschwelle? Warum eine tödliche Falle aufstellen und sie dann *ankündigen?*«

»Nun«, meinte Kheperu nachdenklich, »wenn ich Flüche auslegen würde, würde ich bei den Gastwirten herumgehen – oder sogar bei den Oberhäuptern der Patrizierhäuser – und so tun, als ob ich ein weißer Magier sei. Dann würde ich Bezahlung dafür verlangen, sie wieder aufzuheben.«

Barra hob eine Braue und schüttelte dann den Kopf. »Nein. Das ist zu viel Aufwand für einen einfachen Schutzschwindel.« Sie betrachtete die Tür und zischte ungeduldig durch die Zähne: »Wo ist dieser fette Hurensohn?« Sie zog eine ihrer Wurfäxte heraus und hämmerte damit an die Tür.

Aus dem Innern ertönte schwach Lidios' Stimme: »Verschwindet! Seht ihr nicht, dass ich unter einem Fluch stehe? Möchtet ihr sterben? Verschwindet!«

»Öffne diese gottverdammte Tür!«

»Barra?«

»Ich zähle bis fünf, und wenn diese Tür dann nicht offen ist, wird Leucas sie aufbrechen!«

»Ja, werde ich?«

»Pscht!«

Sie vernahm das Scharren, mit dem der schwere Riegel angehoben und beiseite geschoben wurde, und dann öffnete sich die Tür quietschend eine knappe Handbreit. Lidios spähte heraus. Er kniff die blutunterlaufenen Augen zusammen, unter denen dunkle Ringe lagen, und beschattete sie vor dem Sonnenlicht. »Was wollt ihr?«

»Unsere Sachen. Du hast unsere ganze Rüstung und alle Ersatzkleidung.«

»Oh, eure Sachen, ja?« Er warf die Tür auf und trat beiseite. »Nun, dann kommt doch verdammt noch mal *rein!* Kommt schon! Komm rein und stirb, du nichtsnutziges Weibsstück! Weißt du, dass du mich *ruiniert* hast? Dreiundzwanzig Jahre habe ich dieses Haus geführt, und du hast eine Nacht benötigt, es für immer zu vernichten! *Eine Nacht!* Schon gut, schon gut, wer denkt denn an den armen Lidios? *Kommt rein und holt euch eure verdammten Sachen!*«

Schaum bedeckte seine Mundwinkel; er starrte Barra heftig keuchend an, der Kopf fuhr zuckend zu einer Seite, seine Hände zitterten. Er schien über Nacht an Gewicht verloren zu haben – die Wangen hingen ihm schlaff herab und die Schatten unter seinen Augen waren purpurrot. Der Verband, der wie eine zeremonielle Schärpe um den Brustkasten lag, war bereits braun gestreift vor Schmutz und er roch stark nach Erbrochenem. Hinter ihm, in der Dunkelheit des schattigen

Gastraums, saßen seine Sklaven und Huren eng in verschreckten Grüppchen beieinander, einige von ihnen weinten, andere starrten bloß zur Tür.

»He, sei guten Muts!«, meinte Kheperu. »Wenn du nur ein bisschen Glück hast, wird er uns auch umbringen.« Barras Fuß fuhr auf seinen Spann nieder, aber er sah sie nur achselzuckend an.

Leucas fragte: »Meinst du, du bist verflucht worden, weil wir gestern Abend gegen diese Männer gekämpft haben?«

Lidios starrte ihn noch immer bloß an; seine braunen Augen wirkten fast schwarz.

Barra trat auf ihn zu, zur Türschwelle. Jetzt, da sie diese fast erreicht hatte, konnte sie sich nicht ganz dazu überwinden einzutreten. Sie sagte: »Lidios. Lidios, hör mal.«

Langsam, sehr langsam, wandte er ihr den Kopf zu und sah sie an.

»Lidios, ist jemand gestorben?«

Er zog die Brauen zusammen und sein Kopf ruckte erneut zu einer Seite. »Nein, nein, noch nicht. Alle wissen, dass der Fluch nur Gäste trifft – alle meine verbliebenen Gäste. Ihr habt sie mit eurer Schlägerei vertrieben. Es wird auch keiner zurückkehren. Nie wird einer zurückkehren. Ich wünschte mir, dieses Messer wäre tiefer gedrungen«, sagte er, wobei er mit der Hand auf den Verband um seinen Brustkasten schlug. »Ich wünschte mir, Zeus hätte mich genügend geliebt, dass mich der Schlag getroffen hätte, ehe ich diesen Tag erblicken musste.«

»Pscht«, sagte Leucas streng. »Wünsche kein Unglück auf dich herab; die Götter erhören solche Gebete.«

»Unglück? Ein *noch* größeres Unglück?« Während er sich solchermaßen aufregte, in einen weiteren Wutausbruch hineinsteigerte, zuckte er immer heftiger, zunächst nur mit den Händen, dann auch mit dem Kopf und schließlich am ganzen dicken Leib.

»Lidios«, fuhr ihn Barra an. »Was ist mit diesem Jungen, diesem Mykos, deinem neuen Sklaven? Er ist erst vergangene Nacht Teil deines Haushalts geworden – lebt er oder hat ihn der Fluch getötet?«

Lidios sah sie blinzelnd an wie eine tagblinde Eule. »Er ist hinweg.«

»Aber...« Ihre Zunge lag ihr wie ein dicker, plumper Klumpen im Mund, und sie musste die Worte gewaltsam durch ihre wie zugeschnürte Kehle hinauspressen. »Aber du hast gesagt, niemand ist gestorben...«

»Ich habe nicht gesagt, er ist gestorben, ich habe gesagt, er ist hinweg! Mitten in der Nacht weggerannt! Hoffentlich liegt er tot auf der Straße! Hoffentlich würgt er an seinem eigenen Blut!« Erneut steigerte sich das Zittern und Zucken; diesmal jedoch trat er über die Schwelle und schüttelte ihr die Faust entgegen. Dabei kam er ins volle Sonnenlicht und seine Tirade wurde zu einem Schmerzensschrei. Er schlug eine Hand vor die Augen und fiel zu Boden, wobei er spastisch zappelte wie ein gefangener Fisch auf dem Boden eines Boots. Instinktiv traten Barra und Kheperu zurück; ebenso instinktiv trat Leucas vor und kniete neben ihm nieder. Er nahm Lidios' Kopf fest in eine zitternde Hand und zog mit der anderen Hand ein Messer.

»Helft mir, ihn festzuhalten!«, sagte er.

Kheperu fuhr zurück. »Was, ihn *berühren?* Bist du wahnsinnig?«

»Helft mir!«

Barra zwang sich dazu, in die Knie zu gehen. »Was soll ich tun?«

»Setz dich auf seinen Rücken und halte seinen Kopf fest!«, wies Leucas sie an. »Halte ihn nur einen Augenblick lang ruhig!«

Beim Gedanken daran, wie sich sein zuckender Körper an sie schmiegte, überlief sie eine Gänsehaut, aber sie gehorchte. Er bockte unter ihr wie ein ungezähmtes Pferd. Leucas drückte Lidios die Kieferknochen auseinander und steckte ihm den Knauf des Messers zwischen die Zähne.

»Wir müssen ihn hineinbringen«, meinte Leucas. »Es hat ihn gepackt und er kann daran sterben; so was habe ich schon gesehen.«

Kheperu ging zur Schwelle und rief: »He! He, ihr faulen Säcke! Kommt mal rüber und zieht ihn rein!«

Einige der Sklaven erhoben sich zögernd. Barra schrie: »Nein! Bleibt, wo ihr seid!« Sie fauchte Kheperu an: »Es geht ihm so, weil er hier rausgekommen ist. Willst du sie etwa auch umbringen?«

»Was sollen wir dann tun? Ihn selbst tragen? *Da* hinein?«

Barra drückte grimmig Lidios' zuckenden Körper auf den Boden und blickte Leucas an. Gelassen erwiderte er ihren Blick und sagte: »Wenn er nicht irgendwohin gebracht wird, wo es warm und weich ist – wie in sein Bett –, wird er vielleicht sterben.«

»Besser er als wir«, beharrte Kheperu.

»Wir waren Gäste seines Hauses«, erwiderte Leucas einfach.

Beide blickten Barra an.

Lidios stieß einen würgenden, gurgelnden Laut unter dem Messergriff aus. Sein Atem roch nach Erbrochenem mit einem bitteren, nussähnlichen Beigeschmack, wie Eicheltee.

Barra sah auf ihn hinab. Warum sollte sie das Leben für ihn riskieren? Sie schuldete ihm nichts – die Übernachtungsmöglichkeit, die er geboten hatte, war eine Gegenleistung für das Geschäft gewesen, das sie ihm einbringen sollten. Ihr Angriff auf Chrysios hatte ihm möglicherweise das Leben gerettet. Sie war keine Griechin, die durch ihre Besessenheit von der Gastfreundschaft gebunden war. Es gab keinen Grund, weswegen sie nicht Kheperus Standpunkt einnehmen sollte; sie alle drei konnten durchaus dem Gasthaus den Rücken kehren und davongehen, insbesondere, nachdem dieser stinkende Hurensohn sie vor nur wenigen Augenblick so beschimpft hatte.

Kein Grund, außer einem: das *Sceon Tiof* entflammte in ihrem Kopf. Sie sah, wie Jahre harter Arbeit dieses Gesicht gefurcht hatten, sie sah das warme und großzügige Herz, das seine Sklaven an ihrem Lebensabend unterstützt hatte, sie sah das stets wartende Lächeln, den hartnäckigen Widerstand gegenüber Unglück…

Verdammt, dachte sie, *warum kann ich das nicht verlernen?*

Sie holte einen um sich schlagenden Arm zurück, der ihrem Griff entwischt war, und drückte ihn fest an seine Seite. Sie wandte den Kopf und spuckte auf die Straße.

»Wir bringen ihn rein.«

Die Sklaven starrten sie offen erstaunt an, als Barra und Leucas Lidios in den Gasthof hineintrugen. Kheperu blieb wegen eines sehr dubiosen Vorwands draußen auf der Straße: Sollten seine Freunde vom Fluch behelligt werden, wäre er, als Seshperank, der Einzige von ihnen, der eine Chance hätte, das Leben der anderen zu retten. Sie trugen Lidios in sein abgedunkeltes Schlafzimmer und hüllten ihn in Decken. Hier ließ sein konvulsivisches Zucken rasch nach und er glitt unversehens in einen kräftigenden Schlaf. Leucas wischte sorgfältig den Schaum aus Lidios' Mund von seinem Messergriff an den Bettlaken ab und steckte es in die Scheide zurück. Während Leucas ihre Habseligkeiten zusammenpackte, befragte Barra die Sklaven. Niemand hatte Mykos entkommen sehen, nicht einmal die beiden, die auf dem Fußboden vor der Schwelle von

Vorder- und Hintertür geschlafen hatten. Einer der Sklaven wies auf die Decken hin, die Mykos als Bettzeug benutzt hatte, und Barra, die Flüche durch die zusammengebissenen Zähne brummelte, faltete eine Decke zusammen und nahm sie unter den Arm.

Als Barra und Leucas unversehrt auf die Straße zurückkehrten, wirkte Kheperu leicht überrascht, daraufhin zutiefst nachdenklich. »Allerdings sehr merkwürdig.«

»Also«, fragte Barra, »was hältst du davon?«

Stirnrunzelnd schüttelte Kheperu den Kopf. »Offensichtlich sind wir selbst nicht von dem Fluch betroffen oder der Aufenthalt außerhalb des Gasthauses hätte auf uns die gleiche Wirkung gehabt wie auf Lidios, meint ihr nicht? Daher sind wir diesem Teil des Fluchs entronnen und nicht wie die Gäste davon betroffen. Wenn wir andererseits jedoch nicht vom Teil für die Bewohner betroffen sind, so hättet ihr, du und Leucas, vom Teil für die Gäste betroffen sein sollen. Anscheinend seid ihr aber überhaupt nicht davon betroffen.«

»Vielleicht, weil wir nicht als Gäste hineingegangen sind«, überlegte Leucas.

»Unsinn. Meinst du etwa, der Fluch entdeckt deine Absichten, ehe er sich entscheidet, ob er dich umbringen soll oder nicht? Das ist lächerlich.«

Leucas zuckte die Achseln. »Dann erklär's mir doch, bitte.«

»Das kann ich noch nicht«, erwiderte er vor Wut schäumend. »Aber ich werd's erklären. An dieser Magie ist was beschissen Besonderes, und ich werde herausbekommen, was es ist.«

»Während du überlegst«, meinte Barra trocken, »warum widmen wir uns dann nicht einer Frage, die wir bestimmt beantworten können?« Sie wedelte bedeutsam mit Mykos' Decke. »Los, kommt!«

Rasch erreichten sie die Wohnung der Myrmidonier.

Barra und Kheperu schleppten das Gepäck, um Leucas' Nähte zu schonen. Murso/Lysandros war während ihrer Abwesenheit gekommen und wieder gegangen; als die Myrmidonier sie hineinführten, fanden sie eine große Lederbörse vor, prall gefüllt mit Silber. Barra bedachte Kheperu mit einem raubtierhaften Grinsen. »Hast du dich nicht gestern Nachmittag noch über mich lustig gemacht?«

Der Ägypter hob die Börse und wog sie in den Händen. Er pfiff anerkennend. »Über dich lustig gemacht, Barra?«, meinte er herzlich. »Nein! So etwas täte ich niemals.«

»Ich glaube mich daran zu erinnern, dass du während der vergangenen Tage immer wieder getönt hast: ›Unser Preis geht in die Höhe!‹, und zwar in einem affektierten, weibischen Tonfall...«

»Wirklich, Barra, du kannst nicht mich dafür verantwortlich machen, wie du meinen Tonfall interpretierst! Ich hatte nie etwas anderes als das größte Vertrauen in deine Fähigkeiten und dein Urteil. Nun, erst gestern habe ich zu Leucas gesagt, dass ich der Ansicht bin, du würdest viel zu hart mit dir umgehen, ich habe ihm gesagt, dass unsere Beschäftigungslosigkeit nicht deine Schuld ist und ich mir ziemlich sicher bin, dass etwas käme, wenn du nur Geduld hättest, nicht wahr, Leucas?«

Leucas hob die Brauen. »Wann soll das denn gewesen sein?«

»Oh, du bist betrunken gewesen, natürlich erinnerst du dich nicht daran...«

»Schon gut«, seufzte Barra. Sie ging zu Peroön und hockte sich neben ihm nieder. Der einarmige Wundarzt saß im Schneidersitz auf dem Fußboden und balancierte einen Teller mit dickem Gerstenbrei auf den Fußknöcheln. Er grunzte einen Willkommensgruß und meinte: »Habt ihr gefrühstückt?«

Barra schüttelte den Kopf. »Keine Zeit. Hör mal…«

»Du solltest früh am Tag frühstücken, weißt du«, meinte er, während er den Brei mit dem angebissenen Kanten eines Brotlaibs aufwischte. »Wenn du zu lange damit wartest, macht es dich schläfrig; das ist medizinisch erwiesen.«

»Ja, danke. Hör mal, Peroön, du bist Kamades' Unteroffizier, stimmt's?«

»In seinem Auftrag, ja.«

»Wir müssen wieder los. Unsere ganze Ausrüstung und unser…«, sie konnte nicht sagen *Geld,* das wäre zu offensichtlich gewesen, »…unsere anderen Besitztümer werden bei euch hier sicher sein, ja?«

Peroön hörte auf zu kaufen und fixierte sie mit einem langen, ausdruckslosen Blick. Leise sagte er: »Du bist eine Ausländerin, und daher weißt du es nicht besser, also lasse ich das durchgehen. Wir sind keine Diebe.«

»Oh, nein, nein, nein«, meinte Barra hastig. »Das wäre mir nicht mal im Traum eingefallen.«

»Das ist auch besser so.«

»Ich wollte nur sicherstellen, dass ihr nicht allesamt zum Markt geht oder so und die Wohnung hier unbewacht zurücklasst.«

»Werden wir nicht. Deine Besitztümer werden ebenso sicher sein wie die unseren.«

»Vielen Dank«, sagte sie mit ihrem freundlichsten Lächeln. »Mehr habe ich nicht von dir hören wollen.«

Sie pfiff Graegduz aus seiner Ecke, nahm wieder die Decke unter den Arm und blickte ihre Gefährten an. »Gehen wir!«

Nachdem sie die Straße erreicht hatten und der Myrmidonier, der sie dorthin geführt hatte, auf seinen Posten im Gebäude zurückgekehrt war, murmelte Kheperu: »Hältst du das für weise? In dieser Börse ist mehr Silber, als irgendeiner dieser Burschen im ganzen Jahr zu Gesicht bekommt.«

Barra nickte und lächelte trocken. »Sie sind ein bisschen unterbezahlt, nicht wahr?«

»Sie haben einen ganz eigentümlichen Geruch, das meine ich. Und ich meine, du musst wahnsinnig sein, ihnen unser Geld anzuvertrauen.«

»Das Geld ist sicher«, polterte Leucas.

»Woher weißt du das denn?«

»Peroön hat es gesagt.«

»Oh, schön. Oh, wunderbar. Und du glaubst ihm einfach aufs Wort.«

»Ja, das tue ich«, erwiderte der Athener fest. »Du, Kheperu, solltest den Charakter eines Mannes nicht an deinem eigenen messen.«

»Nun, das gefällt mir!«

»Leucas meint wohl«, sagte Barra, »dass diese Männer Myrmidonier sind – in Achaia ist das der Inbegriff für getreue Dienste. Ihre Ehre hängt davon ab, wie gut sie Befehlen folgen und wie gut sie ihr Wort halten; und mehr als ihre Ehre haben sie nicht.«

»Nur allzu wahr!«, brummelte Kheperu. »Für einen verdammten Schekel pro Tag können sie sich was anderes gar nicht leisten.«

»Erzähl mir noch mal, weshalb wir das tun!«

Barra kraulte Graegduz das dichte Fell, während sie ihm die Decke zum Untersuchen hinhielt. Der junge Wolf schüttelte den Kopf und schnüffelte mit zuckenden Ohren an den Falten der Decke. »Sei ein guter Junge!«, murmelte sie auf Piktisch. »Sei ein guter Junge!« Sie blickte zu Kheperu auf und wechselte zu Griechisch. »Ich habe gedacht, das hätte ich klargestellt.«

»Natürlich hast du das getan«, erwiderte er. »Und wenn ich dich nicht so gut kennen würde, würde ich dir kaum glauben.«

»Ich sag's dir, jemand hat einen Bann über ihn geworfen«, meinte sie völlig überzeugt. »Ich hatte den

Jungen so in Angst und Schrecken versetzt, dass er nächstes Jahr um diese Zeit noch immer zittern sollte. Der einzige Grund, weshalb er geflohen ist, ist der Fluch. Erstens: Er wusste davon im Voraus. Zweitens: Er hat gesehen, wie unser Zauberer ihn ausgelegt hat. Drittens: Oder er hat irgendwie später davon erfahren. Im ersten der beiden Fälle müssen wir uns ein bisschen mit ihm unterhalten. Im dritten Fall sieht es so aus: Einfach dadurch, dass wir herausfinden, ob er noch lebt, werden wir mehr über die Natur der angewandten Magie erfahren. In Ordnung?«

»Wenn du meinst«, erwiderte Kheperu achselzuckend. »Aber aus gewissen Gründen habe ich den Verdacht, dass wir ihn einfach deshalb verfolgen, weil er nicht das getan hat, was du von ihm verlangt hast, und deswegen möchtest du ihn töten.«

»Wirklich?« Barras Lächeln blieb knapp unter den Augen hängen. »In diesem Fall möchte ich dir sagen: Halt's Maul und komm mit! Glaubst du, dass du das hinkriegst?«

Kheperu schnaubte: »Leere Drohungen!«

»Meinst du wirklich?«, fragte sie und stand auf.

»Also, Barra«, sagte Leucas und hielt beruhigend die Hände in die Höhe. »So sehr ich es auch genießen würde zu sehen, wie du ihm eine verpasst, so sollten wir wirklich weitermachen. Wenn er zum Strand unterwegs ist...«

Sie nickte. »Du hast Recht. Graegduz«, sagte sie auf Piktisch, »komm, suchen wir diesen kleinen Hurensohn!«

Der Weg war kurz: Er endete an einem Misthaufen weniger als zweihundert Schritte entfernt.

Mit gerümpfter Nase stand Barra davor, die Hände auf den Hüften, und sagte grimmig: »Andererseits hat er vielleicht ein Nickerchen auf dem großen Scheißhaufen halten wollen.«

Der Misthaufen war fast so hoch wie Kheperu, und er nahm die hinteren beiden Drittel einer von den Rückfronten dreier Gebäude gebildeten Sackgasse ein. Wolken riesiger, glänzender Schmeißfliegen summten darum und unten, in Bodennähe, waren schimmernde Skarabäuskäfer eifrig am Werk. Graegduz schnüffelte einmal rundherum, aber am Ende setzte er sich und beäugte wehmütig den Misthaufen. Barra rieb ihm die lose Haut hinter den Ohren. »Ist nicht deine Schuld, Graeg. Gute Arbeit!«

Leucas fragte: »Da drin, hm?« Er löste seinen Gürtel und zog sich den Chiton über den Kopf. »Schätze mal, das ist mein Job«, sagte er, wobei er seine zertrümmerte, nutzlose Nase berührte.

»Ich glaube nicht«, sagte Kheperu zu ihm und rollte sich die langen Ärmel seines Übergewands hoch. »Scheiße – insbesondere menschliche Scheiße – besitzt gewisse magische Eigenschaften. Sie nimmt alle Überreste fehlgeschlagener magischer und böser Einflüsse fort, denen ein Mensch jeden Tag ausgesetzt ist. Man muss behutsam damit umgehen, wenn überhaupt. Wenn beispielsweise die kleinste Menge davon mit deinen Wunden in Berührung kommt, Leucas, könnte sie dich mit einem rasenden Fieber zur Strecke bringen. Heimtückisches Zeugs, das ist Scheiße. Man überlässt sie am besten einem Experten.«

»Du musst mich nicht erst überreden«, meinte Leucas und trat mit einer leichten Verneigung beiseite.

»Hmm«, knurrte Barra. »Das alles ist bloß eine Ausrede für dich, mit den Händen in einem Misthaufen zu wühlen.«

»Oh, bitte«, sagte Kheperu hochmütig. »Als ob ich eine Ausrede benötigen würde...«

Barra hockte sich, Graegduz ihr zur Seite, mit dem Rücken an die kühle Al-Tobe-Rückfront eines Gebäudes, und zwar gegen die Windrichtung der Sackgasse, und sah Kheperu dabei zu, wie er mit dem Stab auf den Misthaufen einstach. Es machte ihm offenbar nichts aus, dass die zahlreichen Fliegen ihn fast ebenso appetitanregend fanden wie den Haufen; er gab sich nicht die Mühe, sie beiseite zu fegen, es sei denn, sie landeten auf seinem Gesicht.

Nicht weit von Barras Füßen entfernt krabbelte geschäftig ein Skarabäus umher, der einen Dungball von der doppelten Größe seiner selbst vor sich herwälzte. Zwei weitere Käfer kamen heran, wie zum Helfen, aber kurz darauf hatten sie dem ersten Käfer den Ball gestohlen und kämpften selbst darum. Im Sonnenlicht schimmerten sie wie poliertes Messing. Barra sah sie finster an; sie erinnerten sie an ihr Leben. Du arbeitest hart und widmest dich deinen Aufgaben, und gerade dann, wenn du allmählich Fortschritte machst und irgendwohin gelangst, stiehlt dir jemand alles, wofür du gearbeitet hast, und dann stiehlt es jemand von dem jemand, bis niemand mehr sagen kann, wem es ursprünglich mal gehört hat – und die ganze Zeit über geht offenbar niemandem auf, dass letztlich alles bloß eine große Kugel aus Scheiße ist. Jäh bleckte Barra die Zähne und setzte den Fuß auf alle drei Skarabäuskäfer und die Dungkugel und zermalmte sie zu einer knisternden Paste.

Sie lehnte sich wieder an die Mauer, das Gesicht in kaltem Ärger erstarrt. Sie hatte es versucht, sie hatte wirklich versucht, dem kleinen Hurensohn das Leben zu retten – sie hatte Katz und Maus mit ihren eigenen Prinzipien gespielt, eine brennende Ohrfeige ihrer Götter in Kauf genommen –, und jetzt war er hier, tot, wie er nur sein konnte, und in einen Haufen Scheiße gestopft. Und er war nur wenige Jahre älter als Chryl gewesen, ihr eigener Sohn.

Leucas hockte sich neben sie und legte ihr eine Hand auf die Schulter. »Vielleicht ist er nicht hier, weißt du.« Sie sah ihm in die dunkelgrauen Augen und erblickte darin sein allzu klares Verständnis dessen, was in ihr vorging. »Er weiß, dass du mit dem Wolf jagst; so hast du ihn vergangene Nacht erwischt. Er hat sich vielleicht in dem Misthaufen gewälzt, um seinen Geruch zu übertünchen. Womöglich ist er gerade in diesem Augenblick auf einem Schiff nach Ägypten.«

Barra wandte sich ab und sah mit zusammengekniffenen Augen an ihrer Schulter entlang auf die vormittägliche Sonne, die jetzt eine Faust hoch über dem Gebäude auf der anderen Seite der Gasse stand. Es war nur das Sonnenlicht, das ihr die beißenden Tränen in die Augen trieb. »Danke, Leucas«, sagte sie leise.

»Wofür?«

»Dass du mich daran erinnert hast, dass ich ihn, falls er nicht tot wäre, jagen und töten müsste. Liebliche Mutter, manchmal verstehe ich mich überhaupt nicht mehr!«

»Hab ihn gefunden«, meinte Kheperu fröhlich. Er zog seinen Stab aus dem Misthaufen, wischte ihn mit den Händen ab und stellte ihn beiseite. Er beugte sich aus der Hüfte heraus vor und griff etwa in Kniehöhe in den Misthaufen; ein Lächeln erhellte sein Gesicht, als seine suchenden Finger einen Arm ertasteten, der wegen der inneren Hitze des Misthaufens lebenswarm war. Es war das Werk eines Atemzugs oder auch zweier, den Leichnam herauszuziehen – er war nicht tief vergraben worden, und die äußeren Schichten des Haufens waren noch immer locker. »Nun, nun, eieiei.« Kheperu richtete sich auf und winkte seine Gefährten herbei. »Das ist interessant. Seht mal! Und ich habe gedacht, wir müssten ihn waschen, ehe wir sagen könnten, was ihn getötet hat – ehe wir nach einem Brandmal oder einer Tätowierung suchen könnten.«

Nickend sah Barra auf Mykos' Leichnam hinab. Auf

seiner Stirn, über dem linken Auge, war eine tiefe Delle, und seine Kehle war roh aufgeschlitzt worden, als ob der Mörder mit einem kleinen Messer gesägt hätte. »Verdammt«, sagte sie angespannt. »Gottverdammt!«

Leucas seufzte. »Nun, es war vielleicht kein Bandit – ein Räuber hätte sich mit dem eingeschlagenen Schädel zufriedengegeben.«

»O nein, das heißt, ja«, stimmte Kheperu zu. »Absolut. Nein, meine Vermutung geht eher dahin, dass er aus Lidios' Fenster gestiegen ist, als unser Magier und seine Freunde gerade den Fluch ausgelegt haben. Er hat sie gesehen und sie haben ihn deshalb ermordet.«

»Freunde?«, fragte Barra.

»Nun, zumindest Freunde. Es müssen zwei gewesen sein – man hört nicht mitten im Morden auf und wechselt die Waffen, oder?«

Barra zuckte die Achseln. »Na gut, dann zwei.« Sie schüttelte den Kopf, schluckte und merkte, wie sich ihr die Kehle zusammenschnürte. Graeg lehnte sich an ihren Oberschenkel und jaulte mitleidig. Abwesend kraulte sie ihm das Fell und bemühte sich mit aller Kraft, die Gedanken auf das Geschäft gerichtet zu halten. »Das ist zu merkwürdig. Viel zu seltsam. Ich meine, wenn dieser Junge von einem Magier umgebracht worden ist, warum haben sie ihm dann die Kehle durchgeschnitten? Warum hat der Magier ihn nicht verflucht oder mit einem Blick tot umfallen lassen oder in eine Echse oder etwas dergleichen verwandelt?«

Kheperu räusperte sich gewichtig. »Es gibt eine Anzahl möglicher Erklärungen...«

»Aber die wahrscheinlichste Erklärung lautet, dass er's nicht getan hat, weil er's nicht tun konnte, stimmt's? Ich meine, ich habe dich kämpfen sehen – du benutzt den Stab nur dann, wenn dir kein Zauberspruch zur Verfügung steht, der die Aufgabe für dich erledigen könnte.«

»Vielleicht war er anderweitig beschäftigt.« Kheperu rieb sich die Finger auf den Pflastersteinen sauber. »Vielleicht ist das Auslegen eines Fluchs dieses Typs ein länger währender Prozess, und seine Spießgesellen haben deinen jungen Freund umgebracht, damit nichts dazwischenkam.«

»Sie hätten ihn wegjagen können«, polterte Leucas.

»Ja, das hätten sie tun können. Einfach genug wär's gewesen, wenn sie sich nur um den Schutz des Magiers gesorgt hätten«, pflichtete Barra bei. »Aber sie haben ihn ermordet, jäh und ohne Vorwarnung. Ich meine, wenn ich jemanden sähe, der Hieroglyphen in festen Stein einbrennt, würde ich so schnell die andere Richtung einschlagen, wie meine Füße mich nur tragen – aber der Knüppel hat ihn von vorn getroffen, hat ihn getroffen, ehe er aufschreien konnte. Ansonsten wäre er von Lidios oder den Sklaven im Haus gehört worden. Und dann haben sie den Leichnam versteckt. Das ist seltsam, nicht wahr? Warum ihn nicht einfach draußen auf der Straße liegen lassen, wie es Räuber tun?«

Kheperu hob seinen Stab auf und betrachtete angewidert seine schmierigen Hände. »Faszinierend, Barra. Wenn es dir recht ist, suche ich mir jetzt einen Ort, wo ich mich waschen kann.«

Leucas starrte ihn verwundert an. »Waschen? Du?«

»Bloß die Hände«, erwiderte Kheperu steif. »Aufgrund ihrer magischen Eigenschaften kann Scheiße mit meinen…«

»Seid still, alle beide!«, fauchte Barra. Langsam spreizte sie die Hände und runzelte konzentriert die Stirn. Sie hob einen Zeigefinger. »Überlegt mal! Warum haben sie den Leichnam versteckt?«

Kheperu sah Leucas blinzelnd an, der ihr mit einem Achselzucken antwortete. »Hm… ich vermute…«, begann er und grinste dann. »Nun, es würde nicht gut aussehen, stimmt's? Ein Gast des Lidios, der mit durchschnittener Kehle auf der Straße gefunden wird. Könnte die Leute zu der Annahme verleiten, dass der Fluch gar nicht so mächtig ist – in dieser Hinsicht können Magier empfindlich sein, weißt du.«

»Du sagst das, als ob es ein Witz wäre«, meinte Barra, und ihre Augen funkelten, weil sie eine Eingebung hatte. »Aber weißt du was? Ich glaube, du hast den Nagel auf den Kopf getroffen! Verstehst du? Du hast einfach völlig und absolut recht. Gezielt und ins Schwarze getroffen!«

»Oh, jetzt komm schon, Barra«, spottete Kheperu auf seine onkelhafteste, gönnerhafteste Weise. »Ein Fluch würde haargenau auf dieselbe Art funktionieren, ob die Leute daran glauben oder nicht. Warum sollte sich unser Magier Gedanken machen, ob die Leute glauben, er würde nicht funktionieren? Wenn überhaupt etwas, dann würde dies die Anzahl der Toten erhöhen. Ich meine, der einzige Grund, weswegen er sich Sorgen machen würde, wäre, wenn…« Seine Stimme erstarb und er öffnete die Augen weit vor Erstaunen. »Nun, bei meinen verdammten Eiern!«

»Genau. O ja, tatsächlich«, meinte Barra und ihr Gesicht erstrahlte wie ein Sonnenaufgang zu einem Grinsen.

Leucas' Stirnrunzeln vertiefte sich. »Wollt ihr sagen, dass…«

»Wir müssen unbedingt einen Blick auf die anderen verfluchten Gasthäuser werfen«, murmelte Kheperu.

»Ja, das tun wir«, sagte Barra. »Auf der Stelle!«

»Was ich wissen möchte«, meinte Kheperu mit stiller Entschlossenheit, als ob er seine Worte mittels schierer Willenskraft durch die harte Eichentür treiben könnte, »ist, wie viele deiner Sklaven einen Fluchtversuch unternommen haben – und was ihnen zugestoßen ist.« Er drückte das Ohr an die Tür, damit er die leise, verzweifelte Stimme von Xuros, dem Gastwirt, auch hörte.

Xuros' Betrieb war nicht so prächtig wie Lidios' Gasthof, sondern lediglich Teil eines überbauten Blocks südlich des Markts und nur wenige Schritte vom Strand entfernt. Seine Front ging auf eine breite Straße hinaus. Der Fluch lag hierauf am längsten – mehr als einen Monat –, und es war ihnen nur mittels beharrlichem gutem Zureden gelungen, Xuros überhaupt zum Sprechen zu bewegen. Geld war nutzlos, da er nicht herauskommen und es ausgeben konnte, und Drohungen waren gleichermaßen nutzlos, da seine einzige Tätigkeit schließlich darin bestand, neben seiner Tür zu sitzen und auf den Tod zu warten.

Auf der anderen Seite der breiten Straße lehnte Barra an einer Ziegelsteinsäule, die von der Sonne erwärmt war und sich rau in ihrem Rücken anfühlte. Graegduz döste neben ihr. Die Säule war Teil einer Reihe, die ein breites, sanft abfallendes Dach über einem offenen, gepflasterten Bereich stützte; dieses Dach diente bei Regen als Unterstand für den bunt zusammengewürfelten Haufen Händler darunter, zumeist Verkäufer von gebratenem Schweine- und gewürztem Hammelfleisch, von geräuchertem Plattfisch und gekochten Shrimps. Leucas stand neben Barra und warf immer wieder verstohlen verlangende Blicke über die Schulter auf den Grillplatz, und seine Seufzer erinnerten Barra daran, dass keiner von ihnen mehr als eine Brotkante und einen Happen Käse zu sich genommen hatte, die sie sich irgendwo unterwegs geschnappt hatten, obwohl der Tag sich jetzt vom Nachmittag zum Abend neigte. Auch wenn Leucas das Essen nicht riechen konnte, brauchte sein Appetit nicht mehr Anregung als das Zischen und Prasseln von Fett, das auf die Holzkohle tropfte.

Die verfluchten Gasthäuser waren leicht aufzuspüren gewesen; es fand sich immer ein Sklave, der das Zeichen des gehörnten Gottes machte und ihnen flüsternd die Richtung wies. Der Gasthof des Xuros war der letzte – sie hatten bereits mit Nicoras in dessen großem Haus unweit vom Sitz der Penthedes gesprochen, und sie hatten durch eine verschlossene Tür mit der Frau des verschiedenen Sutuliumas verhandelt, der vor zwei Wochen an einem Anfall nicht unähnlich dem des Lidios gestorben war.

Die verschiedenen Gasthöfe selbst hatten wenig gemeinsam, abgesehen von ihrer allgemeinen Bauweise. Allesamt waren sie zweigeschossig und um einen Innenhof errichtet – im Fall von Lidios und Xuros war dieser Innenhof überdacht, bei Nicoras und Sutuwallas offen. In den Gasthäusern mit offenem Innenhof lagen die Küchen unter Regendächern im Haupthof; bei den anderen beiden dahinter, unterhalb der Regenwassertonnen, die auf den Dächern standen.

Für Barra schien es klar, dass ihr Magier versuchte, den Verdacht auf die Tomitiri zu lenken. Drei der Patrizierhäuser gaben sich mit hiesigen Gasthöfen ab; Nicoras, Xuros und Sutuwallas gehörten zu den Mursuwalliten und Lidios war ein Jephunahi; keiner der Gasthöfe war verflucht worden, der dem Haus des Oberhauptes der Ägypter, Nephroi Tomit, unterstellt war, und der Magier unternahm gewiss alle Anstrengungen, so zu tun, als ob sein Fluch ägyptische Magie sei. Dies hatte natürlich nichts mit der tatsächlichen Beziehung des Magiers zu tun. Wenn beispielsweise das hethititsche Haus der Mursuwalli versuchte, den Krieg zu entfachen, wäre die Verfluchung von dreien ihrer eigenen Gasthöfe eine billige Art der Irreführung – billig für die Mursuwalliter, nicht für Nicoras, Xuros und Sutuwallas.

Kurz darauf beendete Kheperu seine Befragung und

kam zu ihnen herüber. »Nicht viel erfahren«, meinte er, wobei er sich schwer auf seinen Stab stützte. »Keine Schlägerei mit dem Steuereintreiber hier. In der Nacht des Fluchs hatte er neun Gäste; alle sind bis Mitternacht gestorben. Zwei Sklaven und eine seiner Töchter sind bis zum Markt gekommen, ehe sie in Zuckungen verfielen und starben.«

»Wie ich dir gesagt habe, die Sache mit Chrysios war Zufall«, meinte Barra. »Es würde mich nicht überraschen, wenn der Fluch nur ein nachträglicher Einfall wäre – das Haus hinter dem Magier versuchte eine neue Taktik, doch wir sind dazwischengekommen und sie haben auf ihre alte Taktik zurückgegriffen. Oder falls der Fluch bereits geplant war, konnte der Mord an dem Steuereintreiber lediglich eine neue Art gewesen sein, Öl aufs Feuer zu gießen, nicht wahr? Der nächste Schritt des Plans. Chrysios war ein Achaier – wenn er damit durchgekommen wäre, hätten die Morde vielleicht so ausgesehen, als ob sie auf Befehl der Penthedes erfolgt seien.« Sie schüttelte heftig den Kopf. »Vergesst das Warum. Ich frage mich nach dem Wie. Vielleicht im Essen, was meint ihr?«

Kheperu nickte, wobei er mit den Fingernägeln nachdenklich am Knauf seines Stabs kratzte. »Die Frage ist, welches Essen? Alles? Man muss jedem eine Dosis verpassen oder die Illusion bricht in sich zusammen. Erscheint schwierig. Wahrscheinlicher ist ein Gewürz oder etwas, das allgemein in Gebrauch ist...« Plötzlich strahlte er. »Im Salz!«

Wenig überzeugt zuckte Barra die Achseln. »Ich weiß nicht. Dann müsste man noch immer in die Küche – oder in die Vorratskammer – rein und auch wieder raus, und ich weiß zwar nichts von den anderen dreien, aber Lidios hält ein verdammt gutes Auge auf seine Vorräte.«

»Meinst du, wir könnten jetzt was essen?«, murmelte Leucas, der noch immer wehmütig zum Grillplatz hinüberschielte.

»Augenblick noch«, sagte Barra zu ihm. »Wir müssen das herausbekommen.«

Leucas seufzte. »Was ist mit dem Wasser?«

»Wenn du die Gedanken auf etwas Dringlicheres gerichtet hättest als auf das Geschrei deines Magens«, höhnte Kheperu, »wäre es offensichtlich. Wasser kommt aus öffentlichen Brunnen, jeden Morgen, oder jeden zweiten Morgen, und zwar frisch. Es wäre unmöglich, das Gift erneut zuzusetzen, da das Gasthaus bereits wegen des Fluchs geschlossen ist. Ist das jetzt *klar? Verstehst* du das?«

Leucas nickte langsam. »Ich war durcheinander. Natürlich hast du Recht. Vermutlich habe ich nur daran gedacht, dass diese vier Gasthäuser die öffentlichen Brunnen erst benutzen würden, wenn ihre Regentonnen leer wären.«

Barra sah Kheperu stirnrunzelnd an. Zur Antwort schnitt er eine Grimasse. Beide sahen sie zur Regentonne auf dem Dach von Xuros' Haus hinauf. Lidios besaß eine ähnliche Tonne, und Barra erinnerte sich ebenfalls an Regentonnen auf den Dächern von Nicoras' und Sutuwallas' Gasthäusern.

Nur etwas lauter als ein Flüstern fragte Kheperu: »Meinst du, er macht das absichtlich, dass ich mir wie ein Narr vorkomme?«

Über die Schulter hinweg warf Barra einen Blick auf den riesigen Athener, der erneut ein Stück Hammelfleisch von der Größe seines Oberschenkels anstarrte. Möglicherweise hatten sich seine Mundwinkel zu einem ganz, ganz winzigen Lächeln verzogen, aber sie war sich einfach nicht gewiss.

»Ich weiß es nicht«, erwiderte sie, »aber ich hoffe es. Komm schon, sehen wir genauer nach!«

Die Gefährten brachten eine Ecke des Wohnblocks

zwischen sich und den belebten Imbisshof, und nicht weit den Block hinab fanden sie eine Gasse, die schmal genug war, dass sie gezwungenermaßen im Gänsemarsch gehen mussten. Die niedrigste Stelle, wo sie das Dach erreichen konnten, war zwei Stockwerke hoch, etwas mehr als dreimal so hoch, wie Leucas groß war. Barra musterte mit zusammengekniffenen Augen kritisch die Mauer. »Ich weiß nicht, ob ich da raufkomme«, meinte sie. »Sie ist ziemlich glatt.«

Leucas bildete mit den Fingern eine Räuberleiter. »Wenn du springst, während ich dir einen Schubs gebe, müsstest du wohl überhaupt nicht klettern.«

Kheperu schnaubte: »Du bist verrückt! Du bist ein starker Kerl, Leucas, aber sei doch mal ernst!«

Leucas gab ein Achselzucken zur Antwort. Barra meinte: »Einen Versuch ist's wert.« Sie blickte den Wolf an. »Bleib hier und pass auf!«, befahl sie auf Piktisch. »Heule, wenn jemand kommt, und beiße nicht Kheperu.« Graeg winselte, ließ sich jedoch gehorsam nieder.

»Fertig?«

Leucas nickte, holte tief Luft und ging in die Knie. Sie trat in seine Hände, hockte sich hin und sprang hoch, als er sie warf. Sie flog noch immer, als ihre Hände den Rand des Dachs streiften; sie klammerte sich fest und hatte genügend Schwung übrig, um sich geschmeidig aufs Dach zu schwingen. Einen Augenblick lang lag sie dort, dann schüttelte sie sich und steckte den Kopf über den Rand. »Ich bin beeindruckt.«

Leucas hob die Schultern. »Bei den Olympischen Spielen haben wir einen Bronzebarren geschleudert, der nicht viel weniger wiegt als du.«

»Oh, gewiss«, meinte sie, »aber eines Tages musst du zur Insel der Mächtigen kommen und dich am Baumstammwerfen versuchen – das ist eine *echte* Prüfung. Da geht es um einen großen Scheit vom Ausmaß eines Hauptmastes, nicht um irgendein winziges Stück Bronze…«

»Da bin ich mir völlig sicher«, unterbrach Kheperu. »Sehr interessant, Barra, wir beide würden gern mehr darüber hören. Allerdings später.«

»Na schön«, seufzte sie gereizt. Dann wurden ihre Augen groß. »Leucas – was ist mit deinen *Nähten?*«

Einen Augenblick lang wirkte Leucas verwirrt, dann legte er sich die Hände auf den Bauch und zuckte zusammen. »Die habe ich vergessen.« Er zog seinen Chiton vom Brustkasten weg und spähte durch den Halsausschnitt hinein. »Obwohl ich anscheinend nicht blute. Peroön ist ein prächtiger Wundarzt.«

»Muss er auch sein«, brummte Kheperu, »wenn er euch wahnwitzige Achaier die ganze Zeit über zusammenflicken muss.«

Leucas betrachtete ihn nachdenklich, als ob er genau überlegte, wie hart der Schlag sein konnte, den er Kheperu versetzen müsste, ohne ihn gleich umzubringen. Barra sagte: »Fangt nicht mal an! Beide, meine ich.«

Sie wälzte sich herum, sprang auf und lief leichtfüßig am Rand des Dachs entlang auf Xuros' Regentonne zu, wobei sie das möglicherweise nicht sehr stabile – und gewiss mehr Lärm erzeugende – offene Dach sorgsam mied. Leucas und Kheperu folgten ihr unten auf dem Boden. Dabei bahnten sie sich ihren Weg um Müllhaufen herum, welche die Gasse beinahe versperrten. Graegduz blieb als Wache an der Mündung der Gasse sitzen.

Die Tonne stand in einer hinteren Ecke und ragte ein wenig über die Mauer hinaus, die ihr Gewicht trug. Sie war tiefer, als Barra groß war, und breit genug, dass sie sich in voller Länge hätte hineinlegen können und nicht einmal die Wände berührt hätte. Sie sprang über die schmale Gasse hinüber, die den

Gasthof vom übrigen Wohnblock trennte, nach oben, da das Dach der Kneipe ein wenig höher war, und schwang sich hinauf. Jetzt war sie in Sicherheit. In der Nähe war eine kleine Falltür ins Dach eingelassen und an einer Seite der Tonne waren einige Sprossen angenagelt. Der Tonnendeckel war wegen des schönen Wetters geschlossen, damit kein Vogelkot hineinfiel. Sie hob ihn kurz an und zog tief die Luft ein. Vorherrschend war schlicht und einfach der modrige Geruch nach schalem Wasser, aber darunter entdeckte sie ein vertrautes, bitteres, nussähnliches Aroma. Sie dachte kurz nach und wusste, woher sie es kannte: Denselben Geruch hatte sie in Leucas' Atem gerochen. Ein weiterer Augenblick, während dem sie das Dach absuchte, brachte die erforderliche Bestätigung: Sie strich mit den Fingern über eine abgestoßene, aufgeraute Stelle am Rand des Dachs.

Leise rief sie hinab: »Leucas – du hast Recht gehabt. Hier oben ist eine Kerbe, vielleicht von so etwas wie einer Sturmleiter.«

»Das erklärt, weswegen dein kleiner Freund umgebracht worden ist«, meinte Kheperu nickend. Er und Leucas standen in Xuros' Küche, die auf die rückwärtige Gasse hinausging und jetzt nicht in Gebrauch war, da sich kein Sklave traute, das Gebäude zu verlassen. »Unser Möchtegern-Magier wollte nicht, dass jemand ausplauderte, wie er einige Männer dabei beobachtet hatte, die mitten in der Nacht mit einer Leiter herumliefen. Nimm eine Probe des Wassers!«

»Weshalb?«

Er lehnte sich beiläufig an den kalten Ziegelstein des Herds und untersuchte seine Fingernägel. »Weil ich, mit der richtigen Ausrüstung, imstande sein sollte, das Gift zu isolieren. Dergleichen ist meine Spezialität, weißt du. Es gibt mehrere Gifte, die diese Wirkung haben können; sie sind allesamt teuer und keines stammt von irgendwo aus der näheren Umgebung. Wir müssen lediglich mit den Alchemisten reden, um herauszufinden, wer es gekauft hat, und…«

Barra blinzelte erstaunt. »Du bist brillant, weißt du das?«

»Ich habe darauf gewartet, dass dir das auffällt.«

8. KAPITEL Chrysios

Barra saß auf der Straße und hatte sich mit dem Rücken an den Zedernholzrahmen der Tür von Tekrop-nekts Geschäft gelehnt. Im Innern roch der Laden noch schlimmer als Kheperu, daher hatte sie es ihm und Leucas überlassen, mit dem Alchemisten zu verhandeln, während sie hier draußen hockte und Graegduz mit Streifen geräucherten Fischs fütterte und der eingedellte Mond sich über die schwarze Masse des Gebirges erhob.

Vor dem Mondaufgang hatte sie sich an den tanzenden Flammen in einem Geschäft erfreut – sie war sich ziemlich sicher, dass es Teppiche verkauft hatte –, das fröhlich in einem anderen Teil des Markts abgebrannt war. Ein paar der Teppiche waren in den nächtlichen Himmel gestiegen und hatten sich gedreht und gewunden, als sie in der düsteren Rauchwolke verbrannt waren. Feuergeister hatten blindlings nach Holz oder Tuch gesucht, worin sie sich fortpflanzen konnten. Sie hatte die fernen, verzweifelten Rufe von Kaufleuten vernommen, während sie die Feuergeister verfolgt hatte, und sich dabei überlegt, welche Richtung der Wind wohl als Nächstes einschlüge. Als dann der Mond über die Berge gespäht hatte, war es auf dem Markt wieder dunkel und still gewesen.

Gelegentlich hörte sie Kheperu und Tekrop-nekt unterdrückt auf Ägyptisch miteinander sprechen, über Siedetemperaturen und Destillationsgeschwindigkeiten; der Laden des Alchemisten war eines der bloß halbfesten Gebäude des Markts mit einem Zedernholzrahmen. Die Wände bestanden lediglich aus festem gestreiftem Tuch.

Leucas zog den Vorhang über ihr beiseite. »Das möchtest du bestimmt hören.«

»Hätte ich sowieso«, seufzte sie, erhob sich nichtsdestoweniger, wies Graeg an, den Eingang zu bewachen, und folgte Leucas hinein.

Die Regale und Ständer im Geschäft, die den Raum aufteilten, waren leer, die Waren des Alchemisten bereits für den Abend verstaut – der Tag war beim Eintreffen der drei Gefährten bereits verblasst. Ein weiterer Vorhang führte in einen Innenraum; neben diesem Eingang stand Met, Tekrop-nekts massiger, rundlicher Wächter, der die wie Schinken dicken Arme über der Brust verschränkt hielt, eine Hand nahe dem Griff seines langen Krummschwerts mit der breiten Klinge. Barra fiel auf, dass Leucas den Säbel mit einem Ausdruck anblickte, der einem Lustgefühl ähnlich war; die Klinge hatte den stumpfen, grau-schwarzen Schimmer von hethitischem Eisen. Tekrop-nekt selbst war ein dünner, träger Mann, der die Welt durch Augen betrachtete, deren Lider wegen des Genusses von Alraunenwurzel schwer herabhingen.

»Faszinierend«, meinte Kheperu auf Ägyptisch zu ihr. Seine Wangen waren hochrot und in seinen Augen tanzte eine Erregung. Er winkte ihr mit einer kleinen Glasflasche zu, worin sich etwas milchige, zähe Flüssigkeit befand. »Dies ist ein Extrakt der Brechnuss, die weit, weit entfernt auf der anderen Seite des Kaps von Comorin wächst. Sie ist für alles Mögliche gut, wirklich, für Nützliches und anderes, weißt du.«

»Hm-hm«, murmelte Tekrop-nekt. »In ihrer undestillierten Form ist sie ein mächtiges Brechmittel, das für Vieh verwendet wird und gelegentlich auch für Menschen. Die destillierte Form ist in kleinen Dosen ein mächtiges Stimulanz, das Wachheit und Kraft verstärkt. In etwas größeren Dosen ruft es Zuckungen hervor und verursacht den Tod durch Ersticken.«

»Siehst du? Siehst du?«, fragte Kheperu freudig. »Man gewöhnt sich allmählich daran. Ein Abhängiger kann ohne weiteres Mengen zu sich nehmen, die ein unerfahrenes Pferd umbringen würden. Und die Zuckungen können durch Aufregung ausgelöst werden, ein lautes Geräusch, sogar helles Licht – hast du kapiert?«

»Also«, meinte Barra, »würden sie einige Tage, sogar einen Monat, immer wieder winzige Dosen...«

»O ja, ja, wirklich, genau«, unterbrach Kheperu sie. Er stolzierte großartig an Barra vorüber und wandte sich Tekrop-nekt zu. Sie unterdrückte einen Impuls, ihn in die Nieren zu schlagen; nicht einmal Kheperu wäre blöd genug, sie ohne einen verdammt guten Grund zu unterbrechen. »Unsere einzige Frage in dieser Hinsicht lautet: Wer würde Brechnuss-Extrakt importieren?«

»Nun, der einzige Ort, wo man Brechnuss käuflich erwerben kann, ist die Insel Dilmun, über die Landroute südlich von Babylon...«, überlegte Tekrop-nekt. »Wo, hm, ist euch diese Probe über den Weg gelaufen?«

»Das ist, glaube ich, unsere Sache.«

Tekrop-nekt zuckte die Achseln. »Wie der Name des Importeurs meine Sache ist.«

Kheperu zischte durch die Zähne und trat näher heran. Met, der hinter Tekrop-nekt stand, löste lächelnd die Arme. Kheperu blieb stehen, das Gesicht zu einer Schnute verzogen. »Sehr schön... Noch einen Schekel.«

»Fünf.«

»Fünf? Fünf! Wer ist es also?«

»Im Voraus.«

Kheperu brummte unterdrückt einige hässliche Flüche, während er fünf Schekel von seinem Gewinn beim Würfelspiel aus der Börse zog. Tekrop-nekt nahm sie huldvoll entgegen und sagte: »Das Haus Jephunah hat als Einziges die Vollmacht, Brechnuss nach Tyros zu holen.«

Kheperus Augen wurden groß, und er wandte sich langsam Barra zu, bis Tekrop-nekt hinzufügte: »Natürlich haben etliche Alchemisten einen beträchtlichen Vorrat, den sie den Jephunahi abgekauft haben. Das tu ich selbst.«

Kheperu sackte in sich zusammen. »Ah, ja«, seufzte er. »Das wäre wohl vermutlich zu einfach gewesen.«

Barra fragte: »Ist jemand vorbeigekommen, der eine ungewöhnliche Menge deiner Brechnuss oder des Extrakts erworben hat?«

Tekrop-nekt senkte die Lider, als ob er überlegte, mehr Geld zu verlangen, aber er entschied sich offenbar, gnädig zu sein. »Nun, ja, tatsächlich. Vor sechs Wochen hat ein Mann alles zusammengekauft, was ich hatte. Ein großer, hellhäutiger Bursche mit goldblondem Haar. Hatte einen achaiischen Namen, wie ich mich entsinne.«

»Chrysios«, sagte Barra.

»Nun, ja. Ich glaube, das war er.«

Diesmal versetzte sie Kheperu einen Hieb in die Nieren, einen kurzen rechten Haken, der hart genug war, ihn in die Knie zu zwingen.

Während sie langsam durch die vom Mondlicht erhellten Straßen zur Wohnung der Myrmidonier zurückgingen, wiederholte Barra das Gespräch für Leucas, der kein Ägyptisch verstand.

Er nickte und seufzte, als Barra ihm erzählte, wer der Agent des Magiers gewesen war, der das Gift erworben hatte. Er blickte über Barras Kopf hinweg zu Kheperu, der träge hinterdrein schlenderte. »Ist es zu spät, dass ich ihm auch noch einen Hieb versetze?«

Kheperu vollführte eine komplizierte Geste mit beiden Händen, die unzweifelhaft obszön war. Leucas zuckte die Achseln. »Vielleicht sollten wir mit dem, was wir bislang erfahren haben, zu Idonosteus gehen?«

»Oh, bitte!«, spuckte Kheperu. »Warum seid ihr beide so eifrig darauf bedacht, unseren kommerziellen Vorteil sausen zu lassen? Ich danke Uraeus, dem Wachsamen, dafür, dass ich daran gedacht habe, Barras Geplapper genügend rasch Einhalt geboten zu haben…«

»Was mich daran erinnert«, fuhr Barra durch zusammengebissene Zähne dazwischen, »dass es mir gar nicht gefällt, unterbrochen zu werden. Tu das nicht noch mal!«

»Blödsinn! Du solltest mir dankbar dafür sein. Begreifst du denn nicht, welche *Gelegenheit* sich uns hier bietet? Wir werden nicht dafür bezahlt, die Natur des Fluchs zu entdecken, sondern nur seinen Urheber. Sobald das geschehen ist und wir bezahlt worden sind, *sind wir die einzigen Menschen in Tyros, die wissen, wie der Fluch aufgehoben werden kann!*«

»Was, es ging nur darum, den armen Hunden ein paar Schekel abzuluchsen, denen diese Gasthöfe gehören? Also kannst du den Fluch aufheben, toll, ja – aber wie du es auch drehst und wendest, sie können es sich nicht leisten, viel zu zahlen.«

»Meine liebe Dame! Ich würde deine Zeit nicht damit vergeuden, ein paar Schekel aus irgendwem herauszuquetschen. Warum ›den Fluch aufheben‹, jetzt schon… *ehe* wir die Gasthöfe erstanden haben?«

Barra blieb mitten auf der Straße stehen und starrte ihn an.

»Weißt du zu würdigen, wie wenig wir zu zahlen hätten?«, fuhr Kheperu fort. »Praktisch gar nichts! Diese Männer würden *uns* dafür bezahlen, dass wir ihnen ihre Etablissements abnehmen.«

»Kheperu.« Leucas blickte mitleidig auf den kleinen Ägypter hinab. »Du bist der durch und durch korrupteste und widerwärtigste Mann, der mir je über den Weg gelaufen ist.«

»Dennoch brillant«, meinte Barra nachdenklich. »Niemand kann dir vorwerfen, du würdest dich mit kleinen Fischen abgeben.«

Leucas sah sie stirnrunzelnd an. »Sag jetzt bitte nicht, du würdest dir das Ganze überlegen!«

Barra kniff die Augen zusammen, zuckte daraufhin die Achseln und schüttelte heftig den Kopf. »Nein, ich werd's nicht tun.«

»Barra…«

»Überleg mal, Kheperu! Wenn wir in Tyros vier Gasthöfe erwerben würden, müssten wir hier bleiben und sie betreiben. Willst du wirklich Gastwirt werden? Ist ein beschissenes Leben. Und langweilig obendrein.«

Kheperu schürzte die Lippen und nickte dann ergeben. »Dennoch war's eine hübsche Idee, nicht wahr?«

Barra setzte sich wieder in Bewegung, die Daumen in den Gürtel gehakt und Graegduz ihr auf den Fersen. Leucas und Kheperu gingen hinter ihr. »Andererseits«, meinte sie, »wenn wir sie kaufen, den Fluch mit irgendeiner spektakulären öffentlichen Zeremonie aufheben – Kheperu könnte da was zusammenschustern – und sie dann wieder *verkaufen* würden…«

Kheperus Kopf fuhr ruckartig hoch, als ihm aufging, dass er allein war. Er rieb sich die Augen und verfluchte unterdrückt seine Geistesabwesenheit. Er war weitergegangen, hatte tief nachgedacht, den vor seinen Füßen dahinkriechenden Ausläufern eines Dunstes zugeschaut und war irgendwie an einem Punkt geradeaus weitergegangen, wo Barra und Leucas abgebogen waren. Jetzt blickte er sich um, und währenddessen stieg der Dunst dichter aus der feuchten Erde der

Straße und ringsumher drängten sich schwarze Fassaden unbekannter Gebäude eng an ihn heran.

»Verirrt.« Seine krächzende Stimme tönte ihm laut in den Ohren und er packte seinen Stab fester. Er wiederholte, diesmal nur flüsternd: »Ich habe mich völlig verirrt.«

Seine Freunde konnten nicht weit weg sein – und sobald ihnen sein Verschwinden auffiele, würden sie ihn suchen. Er müsste einfach umkehren und würde vielleicht um die nächste Ecke wieder auf sie stoßen.

Als er sich umdrehte, merkte er, dass er sich nicht mehr sicher war, aus welcher Richtung er gekommen war. Irgendwie hatte er völlig die Orientierung verloren. Nach Norden, sagte er sich. Sie waren nach Norden gegangen. Wenn er sich also umdrehte und den Mond zur Linken hatte, würde er Richtung Süden gehen, zu der Ecke zurück, die er verfehlt hatte. Aber der Dunst hatte ein bleiches Totenhemd über seinen Kopf gelegt, das den Mond hinter einem wehenden, schwach silbern glänzenden Schleier verbarg.

Er holte tief Luft und wollte nach ihnen rufen, stattdessen jedoch hielt er den Atem an und lauschte. Er vernahm lediglich das Flüstern einer Brise und das unregelmäßige Pochen seines eigenen Herzens. Warum riefen sie ihn nicht? Hatten sie ihn absichtlich in die Irre laufen lassen, aus Spaß?

War ihnen etwas zugestoßen?

Der Magier – konnte er einen außerweltlichen Diener geschickt haben, einen der tierköpfigen Dämonen, von denen die Lehrlinge während der endlosen Nächte in Kheperus Kindheit düstere Geschichten geflüstert hatten? Wenn Kheperu riefe, würde er dann eben jenen grauenhaften Tod auf sich herabbeschwören, dem seine Freunde zum Opfer gefallen waren?

Unsinn, beharrte er, jedoch schweigend. Er lockerte die verkrampften Schultern, packte fest seinen Stab und machte sich auf den Weg Richtung Süden, so gut er es vermochte. Während er dahinging, wurde die Straße schmaler, wurde zu wenig mehr als einer Gasse, kaum breiter als die ausgestreckten Arme, und die Gebäude lehnten sich hoch droben eng aneinander und schotteten den Himmel ab. Offensichtlich war er hier nicht hergekommen – schnaubend wandte er sich um und hielt dann inne. Schritte – das waren ganz deutlich Schritte, die durch den Dunst näher kamen. Er ging auf sie zu – dies mussten Leucas oder Barra sein, die nach ihm suchten –, aber mit dem Schritt stimmte etwas nicht. Weder war es das scharfe Stakkato von Barras Schritt noch der gemessene Takt von Leucas; dieser Schritt war mehr ein Schlurfen als ein Gehen, und er war *feucht* und näherte sich scharrend über den Schmutz der Gasse mit einem nassen, saugenden Geräusch, bei dem sich die Härchen auf Kheperus Unterarmen aufrichteten und sein Herzschlag ins Stolpern geriet.

Er verlor die Nerven; er machte auf dem Absatz kehrt und floh tiefer in die Gasse hinein.

Die Gebäude trafen weit oben zusammen und ließen kein Licht hindurch. Kheperu rannte weiter, stolperte durch den Müll und glitt auf unsäglichem Schleim aus; er fand nicht genügend festen Halt, um seinem Verfolger gegenüber einen Vorsprung zu gewinnen. Die Mauern erdrückten ihn schier in der Dunkelheit, er sah lediglich die feurigen Lichter der Nacht vor den Augen, aber er verspürte die Feuchtigkeit der Mauern. Sie schwitzten in der unerträglichen Hitze, und er mühte sich zwischen ihnen hindurch, rannte weiter, wandte sich zur Seite, halb in der Falle, außerstande zu atmen, und die Schritte hinter ihm kamen näher, näher.

Panikerfüllt, mit letzter Kraft, rannte er aus der Gasse heraus und fand sich in einer kleinen Sackgasse wieder, in der dicht der Nebel waberte und die gesäumt war von hohen, blinden Mauern. Keuchend drehte er sich um, wollte sich seinem Verfolger stellen, der jetzt undeutlich als menschliche Gestalt sichtbar war. Er ließ seinen Stab pfeifend durch die Luft sausen und hielt ihn zur Verteidigung vor sich.

»Dann komm!«, rief er. »Komm, du Hurensohn! Ich bin bereit!«

»Kheperu …« Die Stimme war voll und nass wie ihr Schritt, guttural und ächzend. *»Kheperu, ich will mein Gesicht …«*

Die Gestalt schlurfte weiter auf ihn zu, und jetzt spürte Kheperu, wie sein Stab unter seinen Händen weich wurde, erschlaffte und sich wie ein geschmeidiges Seil um seine Handgelenke schlang, sich dort zu unlösbaren Knoten festzurrte, sodass seine Hände hilflos und unbeweglich vor ihm hingen.

Der Dunst um seinen Verfolger teilte sich, und ein Strahl silbernen Mondlichts erhellte das Gesicht. Die Haut schimmerte in diesem Licht im toten Weiß eines Fischbauchs, und es verwandelte die blutigen Streifen, die anstelle des Unterkiefers am Gesicht herabbaumelten, in glänzendes Schwarz. Das feine, goldblonde Seidenhaar glitzerte, der zerstückelte Klumpen, der einmal die Zunge gewesen war, pulsierte. Langsam und wohlüberlegt kam er heran, schob Kheperu gegen die schwitzenden Wände, die Hände umklammerten sein Gesicht, die Finger drangen gewaltsam in seinen Mund vor. Kheperu versuchte zu kreischen, aber die Finger erstickten jeden Laut; er biss zu, und die Haut der Finger zerplatzte und füllte ihm den Mund mit sich windender Fäulnis, aber ihre Kraft war unwiderstehlich, als sie Kheperus Zunge, seine Zähne, seine Kinnlade umfassten und an Knochen und Sehnen rissen, sie herausrissen …

»Ich will mein Gesicht!«

Dann erfolgte in Kheperus Hinterkopf ein Ausbruch weißen Lichts.

»...Ein Ausbruch weißen Lichts, nicht unähnlich diesem hier«, sagte er und holte eine seiner geteerten Flammenkugeln hervor. »Und dann bin ich natürlich aufgewacht, weil mich der Stiefel von diesem Scheißkerl am Kopf getroffen hat. Das könnte den Ausbruch des weißen Lichts hervorgerufen haben, schätze ich.«

Barra hockte neben Kheperu und nickte nachdenklich, wobei sie die schlafenden Myrmidonier im Auge behielt. Es hatte eine lange Zeit gebraucht, sie wieder zu beruhigen, nachdem sie von Kheperus Ächzen und dem anschließenden Gekreisch erwacht waren, aber jetzt lagen sie träumend auf ihren Strohsäcken, die über den Fußboden der Wohnung verstreut waren, abgesehen von denjenigen, die Wachdienst hatten und wieder draußen standen, sowie Kamades. Sie konnte nicht sagen, ob Kamades wach war oder ob er dort in seinem Stuhl mit dem Kinn auf der Brust döste. Der narbengesichtige Anführer mochte sehr wohl gerissen genug sein, so zu tun, als ob er schliefe, während er zuhörte.

»Das nennt man Dankbarkeit«, fuhr Kheperu in seinem tief beleidigten Geflüster fort, »einen Stiefel an den Kopf! Man sollte glauben, er wäre vielleicht etwas besorgter um mich und mein Wohlergehen gewesen, nachdem ich heute Abend so viel *Geld* an ihn verloren habe.« Unter Barras wachsamem, funkelndem Blick sowie mit Hilfe des überzeugenden Weihrauchs, den er die Nacht zuvor benutzt hatte, hatte Kheperu früher am Abend sich selbst ausgetrickst und einundzwanzig Schekel beim Würfelspiel verloren.

Barra zuckte die Achseln. »Wenn du versuchst, Mitleid meinerseits zu erregen, Kheperu, fährst du aber auf dem falschen Segelschiff.«

Leucas saß im Schneidersitz auf dem nackten Bretterboden, den Rücken den Myrmidoniern zugekehrt. Er kratzte sich leicht an den Verbänden und fragte: »Welche Bedeutung misst du diesem Traum bei?«

»Ich bin nicht sicher, dass er bedeutsam *ist.*«

Leucas betrachtete ihn mit gehobenen Brauen. »Deswegen hast du uns jede Einzelheit erzählt? Weil du ihn nicht…«

»Oh, schon gut«, gab Kheperu angewidert nach. Er beugte sich vor, blickte an Leucas vorbei zu Kamades und senkte die Stimme noch weiter. »Ich überlege, ob das vielleicht eine Drohung ist.«

Ohne seinen Ausdruck wahrnehmbar zu verändern, brachte Leucas es fertig, zutiefst skeptisch zu wirken.

»Das ist nicht so dumm, wie es sich anhört«, flüsterte Barra. »Meine Großmutter kann Träume schicken, und Leute, auf die sie wütend ist, können wochenlang unter Albträumen leiden.«

»Und Chrysios hat etwas davon verlauten lassen, dass er nie sterben kann«, meinte Kheperu und leckte sich die Lippen, als ob sein Mund mit einem Mal völlig ausgedörrt wäre. »Kurz bevor ich ihn getötet habe.«

»Als kleiner Junge«, sagte Leucas, »hat mein Vater mir von den Träumen erzählt, die ihm die Götter geschickt haben. Falsche Träume durch das Elfenbeintor, wahre Träume durch die Tore aus ehrlichem Horn. Er hat nie von Träumen gesprochen, die ein Sterblicher geschickt hat.«

»Ja, ja«, erwiderte Kheperu ungeduldig. »Ich habe die gleiche Geschichte gehört. Was nicht bedeutet, dass sie wahr ist.«

Leucas betrachtete ihn unerschüttert. »Mein Vater würde nicht lügen.«

»Bist du nicht ein wenig zu alt dafür, noch immer dieser Ansicht zu sein?«

»Bist du nicht ein wenig zu klein dafür, meinen Vater einen Lügner zu nennen?«

»Hört auf, ihr beiden!«, warf Barra ein. Sie holte tief Atem und ließ ihn langsam entströmen. »Der Magier hätte dir diesen Traum nicht schicken können – er besitzt nicht mal echte Magie, erinnerst du dich?«

»Das haben wir nicht nachgewiesen«, sagte Kheperu affektiert, wobei er den Zeigefinger hob, um seine Ansicht zu verdeutlichen. »Wir wissen, dass er keine Magie benutzt hat, um die Gasthöfe zu verfluchen. Wir wissen nicht, ob er überhaupt Magie besitzt.« Er hustete in seine Hand und stieß ein kleines, nervöses Gelächter aus. »Erinnerst du dich an Othniel?«

Die Schatten, die die ruhige Flamme der Lampe auf Kamdades' Tisch warf, schienen länger zu werden und sich zu einem tiefen Schwarz zu verfärben. Die Haut in Barras Nacken zog sich zusammen, und sie ertappte sich dabei, wie sie einen Blick über die Schulter warf – nur um sicherzugehen, dass sich die Wand aus nackten Brettern noch immer dort befand, noch immer nackt und leer war.

»Nun«, meinte sie ernst und wandte sich wieder ihren Freunden zu, »in meinem Heimatland heißt es, dass viele Träume tief aus dem Bewusstsein des Träumers kämen, um ihn an etwas zu erinnern, das er vergessen hat. So, wie ich es sehe, stellt sich die Lage folgendermaßen dar: Gleich, ob dieser Traum von den Göttern, von unserem Jungen, dem Magier oder aus deinem eigenen verzerrten Bewusstsein stammt, Kheperu, so gibt es eines, das wir gleich morgen früh als Erstes tun sollten.« Barra ließ die Fingerknöchel knacken und holte tief Luft; sie rieb sich die Arme, um die Gänsehaut zu glätten, und als sie das Wort ergriff, musste sie flüstern, um die Stimme gleichmütig zu halten. »Wir müssen herausfinden, was mit Chrysios' Leichnam geschehen ist.«

Lange Zeit lag Barra im Halbdunkel und dachte nach: über Chrysios, über Lidios, Nicoras und Xuros, über Peliarchus und Tayniz, die in eben jener Stadt mit dem Mann lebten, der Othniel gebrandmarkt und Gift in Regentonnen geschüttet hatte. Sie dachte daran, wie es wäre, selbst auf der Handfläche ein solches Brandmal vorzufinden, wie es wäre, dieses Wasser zu trinken. Sie dachte über den Anfall des Lidios nach, wie es sich anfühlte, wenn ihre Muskeln sie verrieten und sie um sich schlüge wie ein Fisch auf dem Trockenen. Sie dachte darüber nach, wie es sich anfühlte, wenn ihr Fleisch von Dämonen heruntergerissen würde, die einzig und allein sie sehen konnte, während sich die Menschen am helllichten Tag auf der Straße beiseite schoben. Sie hielt die Hände hinter dem Kopf verschränkt, starrte zum abgerissenen Schein des Lampenlichts an der Decke auf und entschloss sich, an etwas anderes zu denken. Eine Weile lang lag sie da und dachte über Kamades nach. Der ernste Hauptmann der Myrmidonier hatte früher am Abend über eine Stunde lang mit ihr zusammen dagesessen und ihr die hungrigen Ohren mit Geschichten vom Trojanischen Krieg gefüllt. Sie hatte verstanden, dass er wohl angesehen gewesen war und eine sehr verantwortliche Stellung in der Streitmacht der Phthier innegehabt hatte, die dem Achilleus gefolgt war, obgleich er – in der sich selbst herabsetzenden Weise, die bei ihm und seinen Männern üblich schien – dies niemals direkt und offen ausgesprochen hatte. Sie fühlte sich hilflos, war unwiderstehlich fasziniert von jeder der Geschichten, die mit den achaiischen Helden zu tun hatten, insbesondere mit Achilleus, und langsam erwachte ein Interesse in ihr daran herauszufinden, wie im Namen von tausend Göttern ein Mann wie Kamades dazu gekommen sein mochte, ein Söldnerhauptmann in Tyros zu werden. Schließlich war er kein schmieriger Geldhascher – wie

Barra sich gelegentlich selbst einschätzte –, noch war er offenbar ehrgeizig oder blutdürstig. Er betrachtete das Soldatentum anscheinend als einen Handel, wie Teppichverkauf, einen Handel, bei dem er routinemäßig das Leben riskierte gegen einen Sold, der ein wenig geringer war als das, was ein ehrbarer Küper auf dem Markt erhielt. Doch gleich, wie sehr sie versuchte, die Richtung seiner Geschichten zu steuern, er verlor kein Wort darüber, weswegen er und seine Männer nicht einfach heimgingen; sie bekam lediglich heraus, dass es so etwas wie Schwierigkeiten mit dem Sohn und Erben des Achilleus gegeben hatte, Neoptolemos; bei jeder Erwähnung des jungen Mannes wurde Kamades leicht rot im Gesicht. Andererseits machte ihr Nachbohren Kamades anscheinend auch nichts aus. Wenn er nicht gerade mit Wachestehen an der Reihe war, saßen sie an diesem Tisch und redeten leise über eine Flamme hinweg, die bei jedem Wort flackerte.

Es war dieses zentrale Geheimnis, das ihn für sie anziehend machte; Barra konnte ein Geheimnis nicht ertragen – das Wissen, dass jemand etwas vor ihr verbarg, summte ihr in den Ohren wie ein nicht zu verscheuchender Moskito. Wenn sie sich gestattete, darüber nachzudenken, konnte sie sehr wohl die ganze Nacht über wach daliegen. Erneut entschloss sie sich resolut, über etwas anderes nachzudenken.

Sie dachte an Leucas. Das *Sceon Tiof* zeigte ihr viel, es ließ sie einen Mann sehen, der intelligent und aufmerksam war, jedoch nur, wenn er nicht dachte; ein Mann, der jegliche Vorsicht – jegliche *Vernunft* – missen ließ, wenn Waffen gezogen wurden und Blut zu fließen begann; ein Mann, der keine Vorsicht benötigte, weil er Glück hatte. Unmengen an Glück. Er war Wagenlenker in Troja gewesen; wenn die Lieder, die Barra gehört hatte, zutrafen, waren es stets die Wagenlenker, die vom ersten Speerabtausch zwischen den feindlichen Helden getötet wurden. *Waffen,* hatte er gesagt, *beißen mich nicht so tief wie andere Männer.* Auch keine Hauer von Keilern oder Klauen von Bären... Vielleicht war es einer seiner Götter, der über ihn wachte; die Achaier hatten eine Schiffsladung an Göttern, angefangen mit einem gesetzgebenden Rat von zwölf Göttern, zusammen mit all ihren Wächtern, Dienern und Kindern; darüber hinaus hatten sie mehr geringere Gottheiten, als sie Haare auf dem Kopf hatten, Gottheiten dieses Bergs und jenes Stroms und dieses und jenes Windes und so weiter und so fort, bis sich ihr allein beim Nachdenken darüber alles im Kopf drehte. Es war leicht zu erkennen, wie einer davon vielleicht eine Zuneigung zu Leucas gefasst haben mochte; in seiner würdevollen Unerschütterlichkeit lag Anmut, ebenso wie in seinem heimlichen Humor, der so trocken war, dass man manchmal nicht recht entscheiden konnte, ob Leucas wirklich scherzte; er war großzügig und offenherzig, und seine seltenen Aufwallungen von Ärger waren stets wie die anschwellenden Flammen einer offenen Feuerstelle, wurden niemals zu Bitterkeit, niemals verzerrt zu kleinlichem Verrat; er war so ehrbar wie ein Myrmidonier. Er konnte, dachte sie, das Blut der Götter in den Adern fließen haben – irgendein unsterblicher Vorfahr würde viel erklären. Und wirklich, grübelte sie, während sie sich tiefer unter die Decken schob, wenn da nicht dieses zerstörte Gesicht wäre, hätte sie sich vielleicht in ihn verliebt. Eigentlich war Leucas, zerstörtes Gesicht oder nicht, ein mächtig attraktiver Mann.

Während ihrer Jahre als Söldnerin auf der Straße hatte Barra eine geistige Disziplin entwickelt und Regeln aufgestellt, die sie zur Beherrschung ihres Denkens benötigte; einige Dinge gab es, die zu tun sie sich nicht erlaubte. Nicht einmal nachdenken wollte sie darüber.

Im Kopf hatte sie eine Liste von Themen, die sie nie antippte, nicht einmal in Tagträumen, Themen wie: ›Was wäre, wenn Chryls Vater mich nicht verlassen hätte?‹ und ›Wie wäre mein Sohn, wenn ich daheim geblieben wäre und ihn erzogen hätte?‹ Bei sich nannte sie diese Liste die Selbstmord-Liste; wenn sie zu viel über einen Eintrag darauf nachdachte, könnte dies dazu führen, dass sie etwas Dummes anstellte, etwas, das Leuten, die ihrer Profession nachgingen, eine kurze Reise in ein flaches Grab verschaffen mochte. Sehr hoch droben auf der Selbstmord-Liste stand: ›Ich möchte gern mit einem meiner Partner ins Bett‹; es war gleich zwischen: ›Ich möchte mit meinem Auftraggeber ins Bett‹ und ›Ich möchte mit meinem Opfer ins Bett.‹

Dieser halbbewusste Zustand, halb schlafend auf ihrem Strohsack zu dösen, war stets eine gefährliche Zeit für sie gewesen. Noch immer war sie ausreichend wach, Phantasien zu spinnen, und dennoch dem Schlaf zu nahe, um diese fest im Zaum zu halten. Jetzt jedoch, während die schlanke, von Kampfesnarben bedeckte Gestalt des Leucas vor ihrem inneren Auge dahintrieb, entdeckte sie, dass er sie nicht in Wallungen versetzte; sie verspürte Zuneigung, aber keine Lust. In ihrem nebelhaften und ziellosen Zustand überlegte sie, ob er ihr gegenüber ähnliche Gefühle hegte, ob er eben jenes ernste *Philios* verspürte. Ihr ging auf, dass sie ihn bereits liebte, auf die gleiche Weise liebte wie ihren Bruder Llem – und sie vertraute Leucas vielleicht sogar ein wenig mehr. Nach fünfundzwanzig Jahren als Hoher König war Llem jetzt ein vollendeter Diplomat; selbst wenn er tausend Jahre lang lebte, wäre Leucas kein solch glatter Lügner.

Kheperu hingegen konnte einen Strom von Worten über seine Lippen fließen lassen, wie die Götter das Wasser im Nil fließen ließen, und ob sie wahr oder falsch waren, hatte ebenso viel Auswirkung darauf, ob man ihm glaubte, wie die Haarfarbe auf den Verlauf eines Gewitters. Selbst das Wissen, dass er sich der Qualität seiner Lügen brüstete, half da nicht; man konnte ihn bei fünf Lügen erwischen und ihm bei der sechsten Lüge dennoch auf den Leim gehen. Eine Regung der Schultern, ein Recken des Kopfs, eine Zurücknahme seines Tonfalls, alles, was besagen sollte: »Nun gut, zuvor habe ich Spaß gemacht, aber *das* ist jetzt die Wahrheit«, und schon wurde man hilflos mitgerissen. Während sie so dahintrieb, überlegte sie, ob Kheperu selbst wusste, wie *wütend* er war, ob er noch immer den Zorn verspürte, der seine Geringschätzung von Sitten und Gebräuchen nährte; das *Sceon Tiof* konnte ihr nicht zeigen, welche Ungerechtigkeit der Welt sein Leben so geprägt hatte, aber die schwärenden Wunden waren nur allzu deutlich zu erkennen. Vielleicht schwelgte er in Phantasien, eines Tages in seine Heimatstadt zurückzukehren, wohlhabend wie ein Monarch, und in Luxus als Herrscher über jene zu leben, die ihn verachtet hatten; vielleicht beabsichtigte er, sein Leben als irgendeine obskure Rache an einem halb vergessenen Elternteil oder einer Geliebten zu vergeuden. Oder eine entsetzliche Verzweiflung hatte ihn gelehrt, dass er nichts Besseres verdiente als das, was er suchte. In ihren Landen würde ein Mann mit nur der Hälfte von Kheperus Gewohnheiten als ein *Silba'itan* erachtet, ein Fresser des Selbst, und bemitleidet und gemieden. Hier, im dekadenten Süden, musste sein Verhalten noch extremer sein – oder er würde sich ansonsten in der Menge verlieren, was für einen *Silba'itan* gleichbedeutend mit dem Tod war.

Kheperu, der sich in der Menge verlor… allein der Gedanke war lächerlich. Magier verlieren sich nicht, das wäre ihrer Natur zuwider; sie stellen sich unwiderruflich abseits der normalen Menschlichkeit, wenn sie das Studium der Magie aufnehmen…

Dieser Gedanke führte sie zu einer Betrachtung über Magier, und bald bemerkte sie, dass die Gedanken an das Brandmal auf Othniels Handfläche sich an ihrem Wächter vorüberschlichen. Ehe sie diese erneut zu vertreiben vermochte, glühten die Ritzen der Fensterläden in den ersten blutigen Strahlen der Morgensonne purpurrot.

Der graugesichtige, ächzende Gasthausbesitzer lag noch immer verdreht zwischen den Decken auf dem Bett, wo Barra und Leucas ihn niedergelegt hatten. Als die drei Gefährten von einer blassen, schweigsamen Sklavin hineingeführt wurden, rollte Lidios die umwölkten Augen in einem ansonsten schlaffen und reglosen Gesicht und blickte zu ihnen hinüber. Der Raum war dicht gegen die Morgensonne abgeschottet, der Dämmer so tief, dass Barra sich nicht gewiss war, ob er sie wiedererkannte. Die Sklavin verneigte sich, einen schmerzvollen Ausdruck auf dem Gesicht, und trat diskret hinaus auf den Korridor.

Leucas und Kheperu bedachten Barra mit einem erwartungsvollen Blick, als ob sie sagen wollten: *Das war deine Idee…* Sie presste die Lippen aufeinander, seufzte durch die Nase, trat dann vor und hockte neben Lidios' Bett nieder.

»Lidios?« Sie berührte ihn sanft an der Schulter. »Lidios, hörst du mich?«

»'türlich höre ich dich!«, fauchte er so laut, dass Barra zurückschreckte. »Ich bin todkrank, nicht taub! Was willst du von mir?«

Barra richtete sich auf. »Dieser Achaier, den wir neulich nachts getötet haben – Chrysios. Lenka draußen hat erzählt, dass spät in dieser Nacht einige Männer gekommen sind und seinen Leichnam weggeschafft haben. Erinnerst du dich daran?«

Er zog langsam die Brauen zusammen. »Ja… ja, gewiss. Korab und Yeshu – einige aus dem Wachtrupp der Jephunahi. Die sind mit ein paar Mietlingen gekommen und haben die Leichen weggeschafft.«

»Weißt du, was sie damit vorhatten?«

»Nun, natürlich begraben. Ich meine…« Er hob eine zittrige Hand, um sich das Haar zu glätten. »Ich meine, sie wollten sie begraben, oder? Sie würden… würden nichts mit den Leichen anstellen, nicht wahr?«

»Ich weiß es nicht.«

»Ich, hm, ich bin, schätze ich, nicht der frömmste Mann, der je gelebt hat, aber ich weiß, was Zeus denjenigen verspricht, die die Toten entehren. Ich meine, du weißt, was mit König Kreon und seiner Stadt Theben geschehen ist…«

Leucas polterte: »Ich erinnere mich.« Barra hörte die Knöchel knacken, als er unbewusst die Finger knetete.

»Ich möchte nicht mit irgendjemandem in Zusammenhang gebracht werden, der so was tut«, murmelte Lidios und rieb sich ängstlich das Gesicht. »Die Rache der Götter schwappt manchmal über – man möchte nicht gleich neben dem Mann stehen, der sich einen Donnerkeil einfängt. Du nimmst doch nicht an, äh, dass… nein, sie täten's nicht! Du meinst doch nicht, dass sie vielleicht die Leichen draußen liegen gelassen haben, von Fliegen umschwärmt und zerpickt von Bussarden – vielleicht bin ich deswegen verflucht worden! Es ist die Rache des Zeus!«

Er sank aufs Bett zurück, und die Augen fielen ihm zu, als ob ihn der Ausbruch erschöpft hätte. Barra sah auf ihn hinab, auf diesen Berg eingefallenen Fleischs, der vor nur zwei Tagen ein fetter und fröhlicher Mann gewesen war, sowie auf den großen Steingutkrug, der auf einem Tisch neben dem Bett stand. Der Krug zog ihren Blick ebenso auf sich wie der Becher daneben;

der Geruch nach Brechnuss lag stark in dem Zimmer, vielleicht stark genug, dass sogar Kheperu ihn riechen konnte. Sie blickte ihn über die Schulter hinweg an. Irgendwie musste er ihre Gedanken erraten haben, denn seine Augen wurden groß und er deutete mit den Händen verzweifelt eine Verneinung an. Sie zuckte halb wehmütig die Achseln und wandte sich wieder Lidios zu.

»Du bist nicht verflucht, Lidios.«

Er hob die flatternden Lider. Kheperu sagte warnend: »Barra...«

Sie beugte sich herab und sprach ihm leise und deutlich direkt ins Gesicht. »Erzähle niemandem was davon, ja? Niemandem! Es gibt keinen Fluch. Deine Regentonne ist vergiftet. Trink nur Wein und Bier oder hole all dein Wasser vom öffentlichen Brunnen und du wirst wohlauf sein.«

»Aber... aber...«

»Hör mir zu! Noch einige Tage lang darf niemand etwas davon erfahren. Wenn das Wort die Runde macht, dass du den Fluch gebrochen hast, werden die Männer, die dein Wasser vergiftet haben, zurückkehren; sie werden dich und jeden hier im Haus umbringen. Verstehst du mich?«

»Ich verstehe nicht, weswegen... du mir das sagst. Ich habe dich verflucht und du hast mir das Leben gerettet – jetzt überreichst du mir auch noch dieses Geschenk. Weshalb?«

Barra zuckte die Achseln und wand sich, als ob sie Ameisen in ihrer Tunika hätte. »Du bist unser Gastgeber gewesen.«

»Wir sind weit von Achaia entfernt und du bist nicht mal eine Griechin.«

»Ja, nun gut... was soll's!« Sie wandte sich ab und schob Leucas und Kheperu vor sich her. »Dann gehen wir mal.«

Sobald sie draußen auf der Straße waren, fiel Kheperu über sie her. »Ich würde ja gern wissen, was du dir dabei gedacht hast, ihm das zu verraten!«

Leucas entgegnete heftig und entschieden: »Sie hat das Richtige getan.«

Barra schüttelte den Kopf, kratzte sich und meinte: »Nein, ich weiß nicht. Ich habe Angst gehabt, er würde sterben, das ist alles.«

»So? Seit wann macht dir das was aus?«

Seitdem das Sceon Tiof *mir gezeigt hat, dass er eine Person ist.* Sie ließ diese Überlegung nicht über ihre Lippen treten; das *Sceon Tiof* war ein beschämendes Geheimnis, das die beiden nichts weiter anging. »Ich weiß es nicht. Mir hat's einfach was ausgemacht.«

»Du veränderst dich, Barra«, sagte Kheperu ernst, »und ich weiß nicht recht, ob zum Besseren hin.«

Sie zuckte die Achseln und pfiff Graegduz herbei, der weiter unten an der Straße an einem Rattenloch schnüffelte. »Reden wir mal mit Jephunah.«

Das Haus von Jephunah war in einem gänzlich anderen Stil gehalten als das umfriedete Gelände der Meneides mit seinen Gebäuden oder das palastähnliche, weit ausgedehnte Heim des Penthedes. Es erinnerte an den labyrinthartigen Wohnblock, wo die Myrmidonier lebten: eine riesige Anzahl untereinander verbundener Gebäude von drei und mehr Stockwerken Höhe. Über die letzten zwanzig Jahre hinweg waren bei allen Gebäuden die ursprünglichen Türen und Fenster zur Straße hinaus zugemauert worden, weswegen in den sonnengebleichten Mauern reiche blutrote Flecken prangten. Der einzig verbliebene Eingang ging nach Norden. Es war ein niedriger Durchgang, breit genug für zwei Wagen, der an jedem Ende mit einem schweren Bronzetor anstelle einer Tür verschlossen war, sodass der *Potameus* – der Ostwind – frei durch den Innenhof wehen konnte. Diese Mauer, die dem Gebirge und der aufsteigenden Sonne gegenüber lag, war darüber hinaus mit Bronzehaken von der Größe von Barras gebeugtem Arm durchsetzt, die allesamt schwarz-braun überkrustet und befleckt waren. Unter einem Haken in der Nähe des Tors befand sich ein schwärzlicher Fleck im Sand, der beim Herankommen der Gefährten noch immer im Schatten lag, und Barra roch gerinnendes Blut. Kheperu stieß Leucas in die Seite und nickte in Richtung auf die Haken. »Nicht gerade ein Ort, wo man Fleisch aufhängen würde, was meinst du?«

»Genau das«, polterte Leucas, »habe ich mir auch gerade gedacht.«

Die schläfrige, raue Stimme des Pförtners beantwortete ihr Klopfen am Tor. Barras Verlangen nach einem Treffen mit Jephunah wurde mit einer schlichten Ablehnung begrüßt, bis sie sich und ihre Freunde als die Krieger vorgestellt hatte, die den Tod des Steuereintreibers gerächt hatten.

»Der alte Melchazar?«, fragte der Pförtner und seine Stimme klang etwas schärfer. »Ihr seid diejenigen, die den Griechen getötet haben? Wartet hier; ich frage Jephunah, ob er euch sehen will.«

Augenblicke später kamen zwei ältere Männer herbei und die Tore schwangen auf. Die Männer trugen lediglich gegürtete Gewänder aus gestreiftem Leinen und ihre Gesichter wirkten so wettergegerbt und zerfurcht wie Berggestein; ihre Einladung, ihnen zu folgen, war von grimmiger Höflichkeit, barg in sich jedoch keine Spur von Ehrerbietung. *Keine Sklaven,* entschied Barra, *wahrscheinlich gehören sie zur Familie. Neffen, vielleicht sogar Söhne.* Der niedrige Durchgang, durch den sie geführt wurden, hatte zahllose Entlüftungsschächte in der Decke. Barra roch die Bewaffneten, die sie von oben beobachteten – sie wusste, dass sie bewaffnet waren, weil sie den stechenden Geruch geölter Zeder ihrer Speerschäfte verbreiteten, der sich deutlich vom Geruch der geölten Bronze der Tore unterschied. Offensichtlich nahmen die Jephunahi die Ereignisse der letzten paar Tage wirklich sehr ernst.

Graegduz knurrte tief in der Kehle und drückte sich eng an Barras Beine, als sie den Durchgang verließen. Der Innenhof wirkte verlassen; selbst die Balkone, die einer über dem anderen den Hof umringten, waren leer, aber in der Luft lagen noch immer die starken Gerüche nach Menschen und Hunden. Wahrscheinlich war der Innenhof soeben geräumt worden, damit die Gefährten keinerlei Hinweis auf die Anzahl und die Fähigkeiten der Bewohner erhalten konnten; anscheinend häufte sich hier Vorsichtsmaßnahme auf Vorsichtsmaßnahme, bis hin ins Absurde.

Kheperu berührte Barra an der Schulter und murmelte: »Sie verstehen es, Gäste willkommen zu heißen, nicht wahr?« Was ihm einen strengen Blick über die Schulter seitens eines der Führer eintrug, ein Blick, der nur knapp an der Grenze zur offenen Feindseligkeit lag.

Leucas bewegte kaum die Lippen, als er flüsterte: »Sei höflich!«

Barra nickte heftig ihr Einverständnis. Sie hatte das Gefühl, dass sie eben hier in diesem Innenhof ihre letzte Ruhestätte fänden, falls sie Jephunah missfielen oder falls er zu dem Entschluss käme, sie stellten eine Bedrohung dar.

Jephunah selbst begrüßte sie in einem Raum zu ebener Erde gleich neben dem Innenhof. Ein großer Sessel war das einzige Möbelstück in diesem Raum; er stützte sich auf dessen Rückenlehne. Er war groß, vielleicht nur eine Handbreit kleiner als Leucas, und hager wie ein schiffbrüchiger Seemann. Seine eng beieinander stehenden Augen hatten das schimmernde, unmenschliche Starren eines Adlers und saßen unter Brauen von der Farbe von Salz, und sein geflochtener Bart war schwarz wie Ebenholz gefärbt. Sein Gewand ähnelte den Gewändern der beiden Führer, ein einfaches Stück gestreiften Leinens über Hosen der gleichen Stoffart, und seine Hände, der Hals und die Ohren entbehrten jeglichen Schmucks. Er trat einen einzigen Schritt auf sie zu, ohne dabei die leiseste Spur eines Willkommenslächelns zu zeigen. In fließendem Phönizisch, dem seine Muttersprache, das Kanaanäische, immer noch ein wenig anzuhören war, sagte er: »Bitte entschuldigt meine karge Gastfreundschaft! Es sind schwierige Zeiten, und dies ist eine außergewöhnliche Stunde, um Söldner zu empfangen. Was ist euer Begehr?«

In seinem frostigen Tonfall lagen alle warnenden Hinweise, die Barra benötigte. Sie zog den Kopf ein und legte sehr viel Wert darauf, ihren Akzent zu verwischen. »Bitte, Herr, es tut mir Leid, dich zu dieser frühen Morgenstunde zu belästigen, aber ich muss einen Blick auf den griechischen Knaben werfen, den Toten.« Es war ihr wie ein Stachel im Fleisch, so zu tun, als ob sie dumm und harmlos sei, aber sie benötigte nicht das *Sceon Tiof*, um zu verstehen, dass Jephunah von der Sorte Mensch war, die in jedermanns Herzen eine Verschwörung gegen sich erblickte; der Belagerungszustand dieses Haushalts machte dies nur allzu deutlich.

Jephunah zog die Brauen zusammen. Er blickte zu Leucas auf und fauchte: »Warum spricht diese Frau zu mir?« Leucas erwiderte den Blick würdevoll und verwirrt.

»Entschuldige bitte, Herr«, warf Kheperu glatt ein. »Mein Freund hier versteht deine Sprache so gut wie gar nicht, und seine Frau kommt aus einem fernen Land mit seltsamen Gebräuchen und ist ohne jede Kenntnis, wie man sich richtig verhält.«

»Dann sieh zu, dass sie entsprechende Anweisung erhält!«

»Das werde ich tun, o ja, das werde ich ganz gewiss tun, Herr. Dennoch, bitte, Herr, wenn es nicht zu viel Umstände bereitet: Wir müssen wissen, was mit dem Leichnam des Chrysios geschehen ist, des Mannes, der... Melchazar getötet hat.«

»Warum?«, fauchte er.

»Nun, Herr, das ist wirklich die Frage, nicht wahr? Ich meine, du kannst dich sehr wohl fragen, warum wir um eine solche Gunst ersuchen sollten...« Er blickte Barra an, und sie erkannte, dass ihm etwas dämmerte. Leichthin wandte er sich wieder an Jephunah und spreizte die Hände, wobei er ein missbilligendes Lächeln zeigte. »Es ist ein religiöser Ritus, Herr, für die Götter des weit entfernten Albion. Sie benötigt ein Teil von ihm – eine Haarlocke, einen Finger, nichts Größeres oder schwieriger zu Beschaffendes –, das auf rituelle Weise verbrannt wird, um seinem Schatten die Ehre zu erweisen und ihren Göttern dafür zu danken, dass sie von ihnen in diesem Kampf beschützt wurde.«

Jephunah schnaubte: »Ich habe kein Interesse an barbarischen Ritualen. Ich meine, warum habt ihr nicht das getan, was zu tun ist, ohne mich zu belästigen? Haben ihn die Bussarde bereits unkenntlich gemacht?«

»Wie bitte?«, fragte Kheperu vorsichtig.

»Sein Leichnam hängt am Haken neben dem Osttor. Er ist derjenige, der das Zeichen ›Ich habe einen Jephunahi getötet‹ in drei Sprachen trägt.«

Barra und Kheperu sahen einander an. Es war klar, dass der Haken, von dem er sprach, der leere Haken über dem geronnenen Blut war, an dem sie auf ihrem Weg zum Haus vorübergekommen waren. Barra bleckte die Zähne und ballte an ihrer Seite eine Hand zur Faust. Kheperu seufzte und zuckte die Achseln.

»Was ist?«, bellte Jephunah. »Was? Sag mir, was du weißt!«

»Nun, hm, Herr«, erwiderte Kheperu. »Vielleicht würdest du – oder jemand anders aus deinem Haushalt – gern mit uns hinauskommen. Ich möchte dich nicht zu dem Glauben veranlassen, wir hätten den Leichnam selbst gestohlen.«

»Der Leichnam ist verschwunden? Jemand hat ihn *gestohlen?*«

»Das nehme ich an, es sei denn, du bist der Ansicht, er wäre aufgestanden und davon...« Er wirkte mit einem Mal, als ob ihm sehr unbehaglich zumute wäre. »Entschuldige bitte, Herr, vergiss, dass ich etwas gesagt habe.« Er schauderte kurz, wie ein Mann, der eine Gänsehaut abschütteln will.

»Weswegen sollte jemand seinen Leichnam stehlen wollen?«

»Das, Herr«, meinte Kheperu, »möchte ich ganz bestimmt nicht wissen.«

»Ich bin noch immer der Meinung, dass wir den Auftrag hätten annehmen sollen«, sagte Kheperu.

»Sei ruhig!«, herrschte Barra ihn an. »Ich glaube, wir kommen näher.«

Graegduz schnüffelte in dem Gestrüpp, auf den Felsen und im Sand. Er trabte etwas weiter nach Osten und senkte erneut den Kopf. Leucas blickte mit zusammengekniffenen Augen zur Sonne auf – die nahe gelegenen Hügel sowie die Höhlen, die sich darin öffneten, lagen noch immer tief im morgendlichen Schatten, während die Sonne oben am Himmel voll auf die Gefährten herabschien.

»Eine dieser Höhlen«, meinte Leucas. »Da gehe ich jede Wette ein. Begrabt ihr Tyrer nicht auf diese Weise eure Toten? Sperrt sie in einer Höhle ein?«

»Einige«, erwiderte Barra. »Die armen Leute verbrennen ihre Toten oder begraben sie in der Erde, in Reihengräbern ähnlich denen, die wir auf unserer Insel haben, nur kleiner und armseliger, ohne Steinwerk. Die Wohlhabenderen erwerben einen Platz hier in den Höhlen. Wenn du verdammt reich bist, kannst du eine Höhle ganz für dich allein kaufen, die alten Knochen hinausfegen und die Höhle nur mit dir allein da drin zusperren; vielleicht noch mit deiner Familie und einigen ausgewählten Sklaven. Aber weshalb meinst du, sie hätten Chrysios begraben?«

»Weil er *tot* ist«, beharrte Kheperu allzu laut. »Das macht man im Allgemeinen mit Toten. Man *begräbt* sie.«

»Nicht so heftig, ja?«

Kheperu stieß einen Seufzer durch die Nase aus. »Nun, ich sehe noch immer nicht ein, weswegen wir Jephunahs Geld nicht hätten annehmen sollen. Wem hätten wir weh getan, wenn wir den Jephunahi gesagt hätten, wo sie den Leichnam finden können? Wir suchen bereits danach; warum sollten wir für das Finden nicht bezahlt werden?«

»Weil, zum zehnten Mal...«, eine gewisse Schärfe stahl sich in Barras Stimme, »...uns das Auffinden des Leichnams vielleicht zu dem Magier führt. Idonosteus zahlt uns einhundertfünfzig Talente Silber, damit wir den Mund halten, wer dieser Magier ist. Wenn wir den Aufenthaltsort des Leichnams entdecken, enthüllen wir möglicherweise gleichzeitig die Identität des Magiers – und ich garantiere dir, dass wir Idonosteus nicht zu der Ansicht verleiten sollten, wir würden ihn austricksen.«

Kheperu schniefte. »Was kann er schon machen – uns verprügeln lassen?«

»Er kann die verdammten Myrmidonier auf uns hetzen, das ist das Mindeste.«

»Ach Quatsch«, war seine Antwort, aber er ließ das Thema fallen.

Gleich, wer der Dieb von Chrysios' Leichnam auch war, er hatte den Auftrag schlampig erledigt. Beim

Transport hatte er immer noch verschiedene Flüssigkeiten abgesondert – nicht genügend für eine offensichtliche Spur, aber einen Spritzer hier und da, und das reichte aus, dass Graegduz auf der Spur bleiben konnte, sogar durch die Stadt hindurch. Es war nur zu bald offensichtlich geworden, dass der Leichnam und seine Träger nach Nordosten gegangen waren, zu den von Höhlen durchsetzen Hügeln, wo die Toten von Tyros bestattet wurden. Der wirbelnde Wind, der zwischen den Hügeln und durch die Wadis pfiff, machte es Barra unmöglich, etwas außer dem sonnenerhitzten Fels und dem Zedernharz zu riechen, aber Graegduz folgte noch immer der Spur und die Gefährten blieben ihm auf den Fersen.

Die Spur führte durch ein überwuchertes Wadi nach dem anderen; die ausgetrockneten Wasserläufe sorgten dafür, dass die Hügel wirkten, als wären sie von gezackten Messerklingen ausgeschnitzt. Sie führte durch den Bestattungsbereich und darüber hinaus und endete an einer tiefen Höhle, deren Mündung zu groß war, um sie leicht verschließen zu können. Barra rief Graeg zu, er solle an der Mündung sitzen bleiben, während die Gefährten näher kamen, und er gehorchte, wobei er ungeduldig hin und her rückte. Sie stand, die Hände auf den Hüften, am Eingang und spähte in die tiefe Schwärze im Innern. »Hat jemand daran gedacht, eine Lampe mitzunehmen?«

»Fürchte, nein«, erwiderte Kheperu herzlich, während er in den vielen Taschen seines Gewands grub. »Ich habe aber was Besseres als eine Lampe.« Seine Hände tauchten mit mehreren kleinen Töpfchen aus hart gebackenem Ton wieder auf. Nachdem er sie offenbar auf Markierungen hin untersucht hatte, die weder Barra noch Leucas zu unterscheiden vermochten, wählte er vier davon aus, zog die Korken heraus und maß verschiedene Portionen ihres Inhalts mit einem

Holzlöffelchen ab, das nicht größer war als Barras kleiner Finger. Er schüttete diese Pulver in seine linke Handfläche, spuckte zweimal darauf und verrieb sie zwischen den Händen, sodass die Masse zu einer Paste wurde. Beim Geruch, den diese Paste erzeugte, wimmerte Graegduz und Barra musste würgen; es war ein üppiger Geruch nach Verfall, nach Fäulnis, wie er von einer toten Schildkröte aufstieg, die in der Sonne briet; bald jedoch nahm die Paste auf seinen Händen einen bleichen, grünlich gelben Glanz an, der sogar im Sonnenlicht schwach zu erkennen war. »Es wird *Tekat-neha* genannt«, sagte er. Er schmierte sich einen breiten Streifen davon auf die Stirn und streckte daraufhin die Hände aus. »Kommt schon – ein wenig hiervon auf euer Gesicht, und ihr werdet genügend Beleuchtung haben, gleich, wohin euer Blick auch fällt.«

Barra meinte: »Ein wenig davon auf mein Gesicht, und ich werde jede Mahlzeit auskotzen, die ich je zu mir genommen habe, bis hin zur Milch meiner Mutter.«

»Du bist so eigen«, höhnte Kheperu. »Leucas?«

Leucas zuckte die Achseln und ließ zu, dass Kheperu ihm das Gesicht mit der Lichtpaste einschmierte. »Es kitzelt.«

»So weißt du, dass es funktioniert.«

»Kann man's nicht einfach *sehen …?*«

»Ein Witz, Leucas; verstehst du, ein Scherz? Du hast doch bestimmt davon gehört.«

»Es reicht«, sagte Barra. »Packen wir's an.«

Kheperu wischte die Überreste des *Tekat-neha* von seinen Händen auf das Ende des Stabs und ging voraus. Sobald sie sich einmal in der Dunkelheit befanden, glänzte die Paste lebhaft und warf einen beachtlichen Schein. Kheperu hielt den Stab hoch über den Kopf, wie eine Fackel. Der rissige Fels der Höhlendecke war schwach mit einer dünnen Schicht mattschwarzem Ruß verschmiert. Kheperu lächelte und sagte: »Hier ist es. Seht ihr das? Ruß von Lampen an der Decke.«

Barra zog ihre Breitaxt und hielt sie, bereit zum Kampf, quer vor der Brust. Leucas sah ihr nachdenklich zu, dann nickte er schweigend und zog sein Schwert. Während sie weiter in die Tiefen des Hügels vordrangen, wurde die Höhle schmaler und niedriger, und aus der hart gebackenen Erde unter ihren Füßen wurde wild durcheinanderliegendes Gestein. Obgleich das Licht auf Kheperus und Leucas' Gesicht weiterhin hell erstrahlte, ließ die Leuchtkraft an dem Stab allmählich nach; von Zeit zu Zeit erneuerte Kheperu sie, indem er fest die Hände zusammenrieb und die Paste damit wieder erwärmte. Nach einer Weile überkam Barra eine Idee und sie flüsterte Kheperu zu: »Vielleicht sollten Graeg und ich ein wenig vorausgehen. Falls noch immer jemand hier ist – sie würden unser Licht bemerken, ehe wir sie sehen!«

Seine Antwort erfolgte gleichfalls im Flüsterton: »Quatsch. Niemand wird hier unten in der Dunkelheit bleiben – das ist gegen die Natur. Wer hier ist, hat auch eigenes Licht, das wir sehen werden. Wenn sie unser Licht sehen, können wir ihr Licht sehen. Entspann dich! Ich glaube, du willst nur dem Gestank entfliehen.«

»Wenn ich besorgt darum wäre, dem schlimmen Gestank zu entfliehen…«

»Schon gut, schon gut, *pscht!* Dieses Geflüster macht mich noch ganz nervös!«

Wenige Schritte später löste der Höhlengang von selbst die Frage: Er schwenkte allmählich nach links und endete in einer nackten Kammer von vielleicht drei Schritten Durchmesser.

Die Wände der Kammer waren womöglich noch rissiger als die vorhergehenden Teile der Höhle und zerbröselten noch mehr und ihr Boden war mit Steinen von der Größe eines Sandkorns bis hin zu der von

Leucas' Kopf übersät. Graegduz schnüffelte am Rand entlang und fand offenbar etwas; an einer Stelle blieb er stehen, starrte die Wand an und winselte.

Kheperu kam herüber und sah sich diesen Teil der Wand genau an. Er zeigte zusätzlich mit dem Stab darauf, um die Helligkeit auf seiner Stirn durch das Licht vom Stab zu ergänzen. »Merkwürdig. In der Tat merkwürdig.«

Barra und Leucas folgten und spähten ihm über die Schulter. »Was ist?«

»Nun«, seufzte Kheperu, »entweder haben sie eine Möglichkeit gefunden, festen Stein zu durchqueren, oder wir müssen annehmen, dass dein Köter hier einen Fehler begangen hat.«

»Graeg begeht keine solchen Fehler. Und wenn du ihn noch einmal Köter nennst, lass ich dich von ihm fressen!«

Kheperu atmete geräuschvoll ein, verschränkte die Arme und lehnte sich an die Wand. »Dann erklär du mir mal, wie es den Männern, die wir verfolgen, gelungen ist, durch diesen Fels zu gehen.«

»Du bist der verdammte Seshperank – das ist deine Aufgabe, nicht wahr? Wir wissen, dass sie hier hereingekommen sind – der Ruß, erinnerst du dich?«

»Ich bin mehr als dreißig Jahre lang Schüler der magischen Künste gewesen. Ich kann definitiv feststellen, dass es hier keinen Weg gibt. Das ist einfach unmöglich!«

»O doch, das ist möglich«, meinte Leucas langsam; er hatte nachdenklich die Wand angestarrt.

»Oh? Nun dann, du Meister der mächtigen Magie«, höhnte Kheperu, »vielleicht würdest du dich dazu herablassen, uns arme Sterbliche zu erleuchten?«

Leucas zuckte die Achseln. »Also gut.« Er lehnte sich gleichfalls gegen die Wand, neben Kheperu, und hielt jedoch die Brust dagegen, als ob er das Ohr an den Stein drücken und lauschen würde. Er stellte die Füße auseinander, und jäh sprangen die Sehnen an seinem Hals hervor und die Muskeln an seinen langen Oberschenkeln spannten sich deutlich an; ein leises Scharren erfüllte die kleine Kammer. Das grünlich gelbe Licht auf seinem Gesicht flammte hell auf, er grunzte einmal, und ein kleiner, ungleichmäßiger Teil der Wand vor ihm wich zurück und fiel mit einem dumpfen Schlag nach innen, den Barra durch die Sohlen ihrer Sandalen spürte. Die so entstandene Öffnung befand sich etwa in Höhe von Barras Hüfte, wie ein Fenster, und war gerade breit genug, dass ein Mann bequem hindurchsteigen konnte. Leucas entspannte sich wieder und staubte sich die Hände ab, wobei er ein kleines, zufriedenes Lächeln zeigte.

Kheperu schüttelte angewidert den Kopf. »Die Götter sollen meine Zeugen sein, wie sehr ich dich verachte!«

Leucas' Lächeln wurde zu einem breiten Grinsen. Er streckte die Hand aus und tätschelte dem untersetzten Ägypter den Kopf. »Nimm's nicht zu schwer, Kheperu«, meinte er. »Du solltest hin und wieder daran denken, dass die Dinge manchmal ganz einfach sind.« Die Paste auf Kheperus Gesicht wurde beträchtlich heller, aber dann runzelte er die Stirn und blickte hinter sich in die Öffnung.

»Was ist das für ein Gestank?«

Der Gestank, der aus der Öffnung quoll, spottete jeglicher Beschreibung – er war schlimmer als im Schlachthaus, schlimmer als ein Schlachtfeld mit unbestatteten Toten. Barra wich würgend zurück, hielt sich ihre Tunika über Mund und Nase, und Graegduz winselte, nieste und drückte sich an ihren Oberschenkel. Kheperus Augen füllten sich mit Tränen, er schüttelte heftig den Kopf, hustete und grub eilig in seinen Taschen. Selbst Leucas, trotz seiner zertrümmerten Nebenhöhlen, schnitt ein Gesicht und spie aus – er konnte diese Fäulnis *schmecken.* Für Barra mit ihrem übernatürlichen Geruchssinn war es geradezu überwältigend; sie stolperte davon in die Dunkelheit der Höhle, fiel auf die Knie und übergab sich.

Dann spürte sie, wie starke Hände sie beim Kopf fassten und etwas Feuchtes und Schleimiges wurde ihr auf die Oberlippe geschmiert; dessen Geruch stach ihr einmal in die Nase, scharf und unerkennbar – und dann roch sie überhaupt nichts mehr. Sie öffnete die Augen und sah die glühenden Gesichter von Leucas und Kheperu vor sich – der Ägypter hatte sich ebenfalls etwas Glänzendes unter die Nase geschmiert, und er war gerade dabei, ein kleines, verkorktes Töpfchen in eine Innentasche zurückzustecken. Sie holte tief Luft, doch der Gestank kam nicht zurück. Sie spie aus und wischte sich den Mund am Ärmel ab.

»Es beeindruckt mich immer wieder, wie nützlich du sein kannst, Kheperu«, sagte sie zittrig. »Du hast vermutlich aber nichts zu *trinken* in deinem Gewand, oder?«

Kheperu lächelte und bot ihr eine Hand, um ihr aufzuhelfen. »Nichts, was du in den Mund nehmen würdest, da bin ich mir sicher. Übrigens, leck dir nicht die Lippen – dieser Nasentöter auf deiner Oberlippe ist etwas giftig.«

»Stimmt«, meinte sie und stützte sich auf ihn, während sie sich erholte. »Gib Graeg nichts davon.«

»Oh? Kannst du ihm nicht einfach *sagen,* er solle sich nicht die Nase lecken? Auf *Piktisch* – alle Tiere sprechen Piktisch, oder etwa nicht?« In Kheperus Stimme lag nicht die Spur von Sarkasmus, dafür jedoch stand sein leicht überlegenes Lächeln.

»Halt's Maul! Sehen wir mal nach, was da drin ist!«

Während er zu der Öffnung zurückwich, blickte Kheperu zu den steinernen Zapfen hinüber. »Mehr und mehr komme ich zu der Auffassung, dass die Tomitiri in die Sache verwickelt sind. Seht ihr das hier? Wie es aussieht, war die Öffnung natürlich. Die hier sind herausgeschnitten und so geformt worden, dass sie genau passen – das ist ägyptische Steinmetzarbeit oder ich bin ein Kamel.«

Dahinter führte die Öffnung zu einem Durchgang von lediglich ein oder zwei Spannen Länge, gerade hoch genug, dass Barra geduckt hindurchgehen konnte; sowohl Leucas als auch Kheperu mussten auf Händen und Knien kriechen. Der Gang öffnete sich rasch in eine breite, annähernd kreisförmige Kammer. Darin befanden sich eine Anzahl hölzerner Tische. Fünf davon, für Barra etwa brusthoch, standen in einem Kreis um einen sechsten Tisch, der etwas niedriger war, leicht schräg stand und in dessen oberen Teil Furchen eingeritzt waren, wie die Abflüsse auf einem Hackbrett. Die fünf äußeren Tische waren grob zurechtgehauen, einfache, mit Bronzenägeln zusammengehämmerte Bretter; im Gegensatz hierzu wirkte der mittlere Tisch sehr stabil. Der Tisch selbst war von irgendeiner Substanz beschmutzt und verkrustet, die im Licht von Kheperus Paste schwarz aussah; Barra vermutete, dass es sich um altes Blut handelte. Da sie jedoch außerstande war zu riechen, konnte sie sich nicht gewiss sein. Graegduz stand winselnd an der anderen Seite des Durchgangs. Er wollte nicht hereinkommen und Barra konnte es ihm nicht verübeln.

Verschiedene Schneidewerkzeuge lagen wild über die äußeren Tische verstreut. Krumme Messer, kleine Sägen und Hämmer mit langen Pickeln auf der Rückseite, ebenso wie Löffel und Kellen mit langen Griffen, eine Auswahl Bronzeröhren unterschiedlicher Längen und Durchmesser sowie einige wenige Spatel, ein paar davon auf einer Seite mit Nägeln besetzt. Ein Haufen undefinierbaren Abfalls befand sich auf dem Fußboden um den mittleren Tisch; aufgrund ihres Aussehens vermutete Barra, dass es sich um weggeworfene Teile innerer Organe handelte, die durch die Verrottung schwarz geworden und zu einer Paste aus Blut, Schmutz und Schutt zusammengebacken waren.

Leucas untersuchte neugierig den mittleren Tisch und ließ die Finger über die grob in das Holz geschnitzten Muster fahren. »Sagt einem von euch das hier irgendetwas?«

Barra besah die Muster; einige davon erinnerten an ägyptische Hieroglyphen, das meiste jedoch wirkte wie irgendwelches Gekritzel in einem Alphabet, das Barra nicht wiedererkannte. Kurze Striche, vertikal und horizontal, manchmal untereinander verbunden, manchmal offensichtlich verändert durch einen Punkt darüber oder darunter. »Kheperu. Was hältst du davon?«

»Ich weiß es nicht«, erwiderte Kheperu heiser. Er stand ganz ruhig nahe der Öffnung, durch die sie hereingekommen waren, und umklammerte mit beiden Händen seinen Stab, als ob dieser eine Decke wäre, die ihn vor einem bitterkalten Wind schützte. »Ich, äh…«, er hustete, um das Beben seiner Stimme zu verbergen, und fuhr dann fort: »Ich bin mir einfach nicht sicher…«

»Du hast nicht mal richtig hingesehen.«

»Barra«, begann er, hielt inne und wiegte den Kopf, als ob er schwer an etwas zu schlucken hätte. Er wischte sich den Mund und fuhr fort: »Es gibt einige Zweige der Magie, die mir nur gerüchteweise bekannt sind. Meine alchemistischen Forschungen beschränkten naturgemäß mein Blickfeld innerhalb des…«

»Wovor hast du solche Angst?«, fauchte Barra. »Komm schon, raus damit!«

Leucas blickte sich um, wobei er sich die Hände rieb, um die verkrusteten Körnchen dessen abzuklopfen, was den mittleren Tisch beschmiert hatte. »Das ist

Nekromantie, nicht wahr?«, fragte er bedrückt. »Ich habe von solchen Praktiken gehört.«

»Oh, *Nekromantie*«, meinte Kheperu wegwerfend. »Nun, in gewisser Weise schon, aber du musst verstehen, dass Nekromantie eine völlig ehrbare Weise ist, sich den Lebensunterhalt zu verdienen, und eine lange und ehrbare Tradition hat; die Schatten der Toten zu erwecken, um die Zukunft zu prophezeien oder verborgene Schätze zu entdecken, etwas dergleichen, und eine angemessene Präparierung der Körper der Toten für ihre Reise im Anschluss an die Bestattung…«

Barra legte den Kopf schief und blickte ihn mit zusammengekniffenen Augen an. Er hatte nicht bloß Angst – er hatte nicht mal bloß eine *Scheiß*angst; es war Wut, die für dieses Geplapper verantwortlich war. Kheperu zitterte vor Wut, die Adern pulsierten an seinen Schläfen, sein Atem kam in kurzen, abgerissenen Stößen; es war, als ob er spräche, um sich selbst abzulenken, als ob er befürchtete, wenn er seine Wut zugäbe, so würde sie außer Kontrolle geraten und ihm die eigene Brust zersprengen. »Also ist das hier nicht bloß Nekromantie«, meinte Barra vorsichtig. »Kannst du mir sagen, was es ist?«

»Unter den Dingen auf den Tischen«, fragte Kheperu mit mühevoller Zurückhaltung, »sind da welche aus Eisen? Oder sogar aus Silber?«

Leucas schüttelte den Kopf und Barra antwortete: »Nein.«

Kheperu schien zu schrumpfen, schien sich in sich zusammenzuziehen wie ein Eber, der sich auf den Angriff vorbereitet. »Seht ihr, Nekromanten sind um peinliche Sauberkeit bemüht. Die Werkstatt eines Nekromanten steht gewöhnlich dem nächtlichen Himmel offen, ist gut beleuchtet und wird jeden Tag mit Wasser gesäubert. Die Werkzeuge eines Nekromanten sind spiegelblank poliert und aus den kostspieligsten Materialien gefertigt, die zu bekommen sind, gewöhnlich aus Silber, manchmal sogar aus hethitischem Eisen, wenn er es sich leisten kann. All das geschieht, damit sich das Gewebe – die Organe, das Blut, die Fäkalien, sogar das Haar – des einen Kunden nicht mit dem eines anderen Kunden vermischt und solchermaßen die Einflüsse durcheinanderbringt und möglicherweise die Effektivität der angewandten Magie zunichte macht. Aber das hier… dieses *Schlachthaus*«, seine unterdrückte Wut tränkte das Wort mit ätzender Verachtung, »das ist nicht das Werk eines Nekromanten.«

Er richtete sich auf und sprach durch die zusammengebissenen Zähne. »Dieser Mann, gleich, wer er sein mag, verkehrt mit Dämonen.«

Leucas zog die Brauen zusammen. »Halb göttliche Sprösslinge der Götter?«

Barra schüttelte den Kopf. »Dasselbe Wort für verschiedene Dinge«, sagte sie zu ihm. »Dämonen in Ägypten sind Geister, die durch Schmerz und Leid gedeihen und die Seelen der Toten zu ihrem Vergnügen zerreißen.«

»Es ist verboten«, sagte Kheperu, »den Namen eines Dämons sogar nur auszusprechen, denn er kommt womöglich, wenn gerufen, und bricht auf diese Weise in die Welt des Lichts durch. Dieser… dieser *Dämonenbeschwörer* ruft sie absichtlich herbei. Deswegen gibt es keinerlei Werkzeuge aus Silber oder Eisen; diese Metalle sind den Kindern des Apep ein Gräuel. In Ägypten erhielten wir eine Belohnung, wenn wir einen solchen Mann ohne Gnade dem Tod überantwortet haben.«

Leucas wirkte skeptisch. »Wie kommt es, dass du so viel von diesem ›verbotenen Wissen‹ besitzt?«

Kheperu betrachtete Leucas unerschütterlich und schweigend, reglos, einen langen und abgemessenen Atemzug lang. Die Paste auf seiner Stirn wurde heller und heller. Schließlich sagte er leise und beherrscht: »Ich wurde einstmals beschuldigt, ein solcher Dämonenbeschwörer zu sein. Während der Wochen der Befragung habe ich viel von meinen Befragern gelernt.«

»Du…?«, keuchte Barra.

Er nickte mit steifer Würde. »Deswegen kann ich nicht nach Ägypten zurückkehren. Der Befehl zu meiner Hinrichtung steht noch immer aus.«

»Aber wie… weshalb…«

»Davon möchte ich nicht sprechen. Wir haben Dringenderes zu erledigen.« Er winkte zu einer anderen Spalte in den Steinwänden der Kammer hinüber, die anscheinend zu einem weiteren Durchgang dahinter führte. »Vielleicht haben sie eine Spur hinterlassen, denen dein… Graegduz noch folgen kann.«

Barra nickte zustimmend, sagte jedoch: »Eines Tages musst du mir die ganze Geschichte erzählen.«

»Eines Tages. Vielleicht.«

Die drei Gefährten lagen lang ausgestreckt zwischen den Felsen und Grasbüscheln auf der Kuppe eines niedrigen, sanften Hügels und die Nachmittagssonne brannte ihnen heiß auf den Rücken.

»Wie bringen wir es eigentlich immerzu fertig«, murmelte Leucas, »dass unser Mittagessen flachfällt?«

»Erinnere mich nicht daran«, erwiderte Kheperu. Kurz nachdem sie die Höhle verlassen hatten, hatte er seine seltsame und ungewohnte Würde wie eine schlecht sitzende Tunika abgelegt und war langsam, als ob er aus einem Traum erwachte, wieder zu seinem gewohnten winselnden, selbstmitleidigen Ego zurückgekehrt. »Wenn wir das nächste Mal jemanden verfolgen, sollten wir daran denken, auch einige Wasserschläuche mitzunehmen.«

»Jammern, jammern, jammern«, meinte Barra, die Hand auf Graegduz' Rücken. »Das Leben in der Stadt hat euch verweichlicht. Jetzt haltet den Mund... schaut mal – Reiter!«

Etwa fünfzehn oder zwanzig Reiter kamen zwischen den Hügeln in Sicht. Ihr Ziel war offenbar der große Landsitz. Olivenhaine und friedlich grasende Ziegen und Schafe umgaben ein gewaltiges Herrenhaus, das mitten auf dem höchsten Hügel in dieser Gegend lag. Barra erblickte jetzt eine kleine Abteilung Reiter – drei –, die von einem kleineren Gebäude nahe des Haupthauses heranritten. Dieses Gebäude diente wohl als Stall, und die Reiter kamen herbei, um die nahende Schar willkommen zu heißen.

Der Spalt auf der anderen Seite der Felskammer hatte in der Tat zu einer weiteren Höhle geführt, die sich auf die gegenüberliegende Seite des Hügels hin geöffnet hatte. Diese Höhle war übersät mit Pferdemist und Flecken trocknenden Urins; Barra fand heraus, dass sieben Pferde von hier ausgeritten waren. Ihre Fertigkeit im Spurenlesen sowie Graegduz' scharfe Nase hatten sie in Sichtweite dieses massiven Herrschaftshauses geführt, eine Stunde Ritt südöstlich von Tyros. Leucas hatte dafür plädiert, diesen Ort zu überfallen. »Wir können sie angreifen – wir warten bis zum Einbruch der Nacht, schleichen uns dann hinein und packen uns diesen Scheißkerl, genauso, wie Odysseus und Diomedes sich in Troja eingeschlichen haben, um das Palladion zu stehlen.« Barra erinnerte ihn daran, dass sie nicht wussten, wer von den Bewohnern des Hauses der Dämonenbeschwörer war. »Und wir werden sowieso nicht dafür bezahlt, ihn zu töten. Wir werden dafür bezahlt, Idonosteus mitzuteilen, um wen es sich dabei handelt.«

Kheperu hatte nachdenklich ausgesehen. »Erinnert ihr euch daran«, hatte er langsam geäußert, »was ich euch von einem reichen Ägypter erzählt habe, der alle Sklaven unter zwanzig gekauft hat? Wie es heißt, lässt der Verkehr mit Dämonen einen Mann auf unnatürliche Weise altern; es heißt gleichfalls, dass die Dämonen die Jugend eines Mannes wiederherstellen können – vorausgesetzt, ihnen wird das Blut junger Menschen zur Verfügung gestellt, mit dem sie wirken können.«

Barra hatte die Augen vor dieser Überlegung verschlossen. »Vielleicht sollten wir uns einschleichen und ihn töten. Ihn töten und das Geld vergessen.«

»Das *Geld* vergessen?«, hatte Kheperu entsetzt ausgerufen. »Nein! Wir können bei Idonosteus abkassieren und diesen Mann von den Meneiden töten lassen – viel sicherer und viel profitabler.«

»Ich denke, wir sollten ihn uns schnappen«, beharrte Leucas starrsinnig. »Stell dir nur vor, was für ein Lösegeld ein solcher Mann zahlen könnte!«

»Vergiss es«, sagte Barra fest. »Kheperu hat Recht.«

»Wirklich?«

»Ja. Kassieren wir bei Idonosteus ab. Wenn wir dann Glück haben, wird er uns anheuern, den Burschen umzubringen.«

Während sie jetzt jedoch auf der Hügelkuppe lagen und die Reiter beobachteten, entfaltete sich eine Fahne an der Stange eines Standartenträgers, der der Reiterschar voranritt; sie war blutrot und purpurfarben und eine ebensolche Fahne wurde am Mast auf dem Dach des Herrschaftshauses emporgezogen. Als Kheperu sie erblickte, keuchte er.

»O Großer Ra und verdammter Lebendiger *Horus!* Wisst ihr, wer das *ist?*«

»Du wirst bleich«, bemerkte Leucas lächelnd.

Barra meinte: »Halt den Mund! Wer ist es?«

Kheperu wischte sich mit einer zittrigen Hand über den Mund. »Wie hast du doch gleich bemerkt… dass wir das Glück haben könnten, angeheuert zu werden, um ihn zu töten? Vielleicht solltest du dir die Sache doch noch mal überlegen, Barra. Vielleicht sollten wir besser unsere Belohnung einkassieren und eine hübsche lange Reise nach Kreta antreten.«

»Weshalb?«, fragte Barra, die kaum den Drang unterdrücken konnte, ihm an den Hals zu springen.

»Wenn die Meneiden ihn umbringen – oder jemanden aus seinem Haushalt –, dann wird über diesen verpissten Hafen ein Donnerwetter hereinbrechen, wie es noch keiner von uns je erlebt hat. Der Bursche dort unten – der vermutlich dieses Haus sein Eigen nennt –, ist Meremptah-Sifti.«

»Nie von gehört«, meinte Leucas und Barra zuckte die Achseln.

»Vielleicht nicht. Aber ihr habt von seinem Großvater gehört. Meremptah-Sifti ist ein Enkel von Ramses dem Großen.«

Barra spürte, wie sie ein Schock durchlief, und ihr Magen ballte sich jäh wie eine Faust zusammen. Leucas blickte noch immer verständnislos drein.

»Der Lebende Horus«, erklärte Kheperu. Leucas schüttelte den Kopf.

»Ramses ist der *Pharao*«, sagte Barra. »Ramses der Große, der Großvater dieses Burschen, ist der Gott, der Ägypten beherrscht – und, was das betrifft, auch Phönizien.«

Leucas meinte: »Oh! Ojemine!«

9. KAPITEL

Meremptah-Sifti

Meremptah-Sifti stieg mit akrobatischer Geschmeidigkeit vom Pferd. Er schwang das eine Bein vorn über den Kopf des Pferds, drehte sich im Sattel und glitt anmutig zu Boden. Sein Pferd ertrug dies reglos. Geringere Kreaturen kämpften niemals gegen Meremptah-Siftis Willen an; wenn dieses Pferd die Kühnheit, die Unklugheit besessen hätte, bei einer solchen Behandlung zu scheuen, hätte Meremptah-Sifti es auf der Stelle getötet, wie er es mit seinen letzten beiden Reitpferden getan hatte. Dieser Laune konnte er, wohlhabend, wie er war, sehr wohl frönen.

Er schritt davon und ließ das Pferd umherstreunen. Jetzt, da der Prinz festen Boden unter den Füßen hatte, durften seine bewaffneten Begleiter ebenfalls absteigen; einer von ihnen würde Meremptah-Siftis Pferd einfangen und sich darum kümmern. Den Prinzen interessierte es nicht im Geringsten, wer sich um seine Tiere kümmerte, sofern sie ihm stets zur Verfügung standen, wenn er sie brauchte. War dies nicht der Fall, musste jemand darunter leiden.

Er nahm eine nachdenkliche Pose ein, während er seine Ländereien überblickte; sie breiteten sich unterhalb dieser Hügelkuppe in alle Richtungen aus, Olivenhaine und Feigen- und Zitronenbäume sowie offene Wiesen, wo Ziegen friedlich grasten. Er wusste, dass er eine imponierende Gestalt abgab. Die bronzefarbenen Muskelpakete auf der Brust und an den Armen setzten sich gegen die breite, gebogene Brustplatte aus schwarzem Eisen und schimmerndem Gold ab, die seine Schultern bedeckte. Sein Haar wehte lose um seinen Kopf und einige Strähnen darin waren von der Sonne rot gebleicht.

Meremptah-Sifti war stets peinlich auf sein äußeres Erscheinungsbild bedacht; für ihn bestand Bewegung darin, grazil und fließend, wie ein Panther, von einer Pose in die andere zu wechseln. Er stand da und war wohl zufrieden mit dem, was er erblickte, und mit dem, was seine Männer in ihm sehen mussten, während die Sonne ins Meer hinabsank. Auf seine Männer, die hügelabwärts unter ihm standen, fiel die Dämmerung zuerst, sodass er strahlend im scharlachroten Sonnenuntergang vor den hohen Mauern seines Haupthauses dastehen konnte.

Das nervöse Husten hinter ihm kam zweifelsohne von Haral Mesti. »Willkommen daheim, mein Prinz! Wie sind deine Geschäfte in Sidon gelaufen?«

Meremptah-Sifti wandte nur den Kopf, um Haral einen Blick zuzuwerfen, wobei er seine schimmernden Zähne in einem breiten und raubtierhaften Grinsen präsentierte. »Zur vollsten Zufriedenheit. Der Gouverneur war hoch erfreut, mein Angebot anzunehmen. Vielen Dank für die Nachfrage, Haral.«

»Und Simi-Ascalon? Ist er nicht mit dir zurückgekehrt?«

Meremptah-Sifti winkte mit einer schlaffen Hand in Richtung auf die Begräbnishöhlen. »Er hat bei seiner Werkstatt angehalten, um das eine oder andere Werkzeug mitzunehmen. Er hatte es ein wenig eilig, als er uns verließ – schließlich hatte er es nicht nur mit dem Griechen zu tun, sondern auch mit diesem Burschen der Tomitiri, den Bezai in die Höhlen hatte locken können… wie hieß er doch gleich? Peth… irgendwas. Unwichtig, er ist jetzt bestimmt schon tot. Sim sollte bald hier sein.«

Neben dem nervösen Anführer standen zwei Sklaven, von denen einer einen kleinen Stamnos mit Wein und einen Becher, der andere ein Tablett mit geröstetem Brot und Käse hielt. Meremptah-Sifti nahm den Wein entgegen und winkte den Sklaven mit dem Essen beiseite. Er nahm einen tiefen, ruhigen, meditativen Zug und hielt den geleerten Becher zum Nachfüllen hin. Nachdem er erneut daran genippt hatte, fragte er: »Und wo ist Silam? Wo sind meine Söldner?«

»Silam ist im Haus, mein Prinz. Er – er bat mich, dir zu sagen, dass die Söldner, ähäm, unauffindbar sind…«

Meremptah-Sifti wandte sich vollends um und sah Haral ins Gesicht. Dabei glänzten die scharlachroten Relikte des Sonnenuntergangs in seinen Augen. Er sprach nur ein sehr leises Wort. »Oh?«

Haral schluckte. »Der Gasthofbesitzer der Jephunahi hat ihm gesagt, dass sie mit irgendeinem Kaufmann names Murso davongegangen sind. Anscheinend weiß jedoch niemand, wer dieser Murso ist oder wo man ihn finden kann. Die Söldner sind allerdings gestern gesehen worden, in mehreren Teilen der Stadt. Sie haben offenbar, äh, Silam hat gesagt, sie haben offenbar…« Haral wappnete sich sichtbar gegen einen Ausbruch. »Nun, sie haben wohl Erkundigungen über die verfluchten Gasthöfe eingezogen.«

Meremptah-Sifti sah über seinen schwitzenden Anführer hinweg, weit in Richtung Westen, wo sich Sturmwolken über dem dünnen grauen Silber des Meers sammelten. Zerrissene Blitze zuckten darunter, und der Prinz von Ägypten bemühte sich, seine wachsende Erregung aus der Stimme herauszuhalten. »Ah, ja. Und warum, Haral, liefert dieser Silam seinen Bericht nicht persönlich ab?«

»Er… nun, er hat mich gebeten, es dir zu sagen.«

Meremptah-Sifti blickte Haral lediglich in die wässrigen Augen. Er kannte genau den Grund, weswegen Silam Haral gebeten hatte, diese Botschaft weiterzureichen; es ist die Bürde der Anführerschaft, dass niemand schlechte Nachrichten persönlich abliefern will. Er schob diese Gedanken beiseite; sein Blut sang in ihm eine fesselnde Melodie: *In dieser Sache liegt mehr als bloß eine Gelegenheit, vielleicht mehr als bloß einfaches Schicksal,* dachte er. *Jetzt mischen sie sich in meine Angelegenheiten ein, und zwar nicht zufällig, sondern absichtlich. Ich muss sie sehen, ich muss sie haben.*

Und es würde geschehen, daran bestand kein Zweifel. Meremptah-Sifti hatte sein gesamtes Leben damit verbracht, genau das zu bekommen, was er haben wollte.

Meremptah-Siftis früheste Erinnerungen waren seine Tanten, ein ständig wechselnder Fluss junger Frauen, die einander in den kühlen, verhängten Schlafzimmern bei Kallela ablösten, einem teuren und exklusiven Bordell in den Außenbezirken von Ascalon. Ascalon war eine Hauptstation der Küstenstraße vom Nildelta zu der Hauptstadt der Hethiter, Hattusas, auf den Felsen, die den Halys überblickten; die Huren bei Kallela hatten oftmals das Glück, vornehme Männer des einen oder anderen verbündeten Reichs im Bett zu haben, wenn diese auf ihrer Reise ihre außergewöhnliche Schönheit erblickten und sie mit den inzwischen vertrauten Gesichtern und Gestalten derjenigen Frauen verglichen, die sie von daheim mitgebracht hatten.

Seine Tanten kamen und gingen mit verblüffender Regelmäßigkeit. Manchmal gingen sie und schlossen sich den Frauen eines wohlhabenden Mannes an, öfter wurden sie hinausgeworfen, weil ihr Äußeres allmählich zu wünschen übrig ließ; gelegentlich starben sie bei den Fieberepidemien, die Ascalon mit schöner Regelmäßigkeit heimsuchten. Meremptah-Sifti war ein hübsches Kind, das rasch lernte, wie man einer jeden Frau mit einer Kombination aus scheuem Lächeln und bebendem Schnütchen eine Süßigkeit oder einen Schluck Wein abschmeicheln konnte, ob sie nun bereits Freund mit ihm war oder nicht. Unter den Huren war er der große Liebling und seiner Mutter war er eine Freude. Sie brachte ihm in weiser Voraussicht die höfischen Manieren der ägyptischen Adelsschicht bei, und die Huren sammelten sich oftmals um ihn und lauschten ihm, wenn er sang oder eine Legende rezitierte, und belohnten ihn mit Umarmungen und Küssen, oder streichelten ihm das Seidenhaar.

Kallela hatte natürlich auch eine andere Seite, ein Doppel des Innenhofs und der Kammern. Sie lag jenseits einer hohen, unbesteigbaren Mauer und war gut ausgestattet mit jungen Männern und Knaben, die Meremptah-Sifti jedoch nie zu Gesicht bekam; seine Mutter hatte etwas Spezielleres für ihn im Sinn. Trotz ihrer Abschirmung wusste er natürlich alles über die andere Seite – sein vier Jahre älterer Bruder Simi arbeitete bereits dort. Der fünfjährige Meremptah-Sifti erfuhr zum ersten Mal das Gefühl bitteren Neids, wenn Simi sich mit Geschenken brüstete, die ihm wohlhabende Männer einfach für den Gebrauch seines jungen Körpers überreicht hatten; manchmal, sagte Simi, tat es nicht mal weh. Meremptah-Sifti betete jeden Tag zum unsterblichen Ra, ihm Geschenke zu geben, mit denen er Simi überbieten konnte, und ihm die Größe und Kraft zu verleihen, die er benötigte, um seinen Bruder zu besiegen, sein Gesicht zu Boden zu drücken und ihn den Staub fressen zu lassen, wie es Simi manchmal mit ihm getan hatte. Meremptah-Sifti verspürte eine erste aufflackernde Ahnung seines besonderen Schicksals, als das erste dieser Gebete erhört wurde.

Im Frühling seines sechsten Lebensjahres begegnete Meremptah-Sifti zum ersten Mal seinem Vater.

Selbst jetzt erinnerte er sich noch immer klar und deutlich daran. Und ja, wenn irgendein kleinerer Rückschlag des Schicksals seinem Ehrgeiz bedrohlich wurde, rief er sich diese Begegnung bewusst ins Gedächtnis, schwelgte darin und erleichterte seine Sorgen mit der warmen und strahlenden Erinnerung daran, wie er jenem fetten und schwitzenden Mann präsentiert wurde, vor dem sich ein jeder verneigte. Er entsann sich des Entsetzens, allein, ohne seine Mutter zur Seite, über einen Läufer gehen zu müssen, der von grimmigen Männern mit bedrohlichen Gesichtern gesäumt war. Er erinnerte sich an den fauligen Geruch nach Gerstenbier, der den Poren des fetten Mannes entströmt war und die reiche Kleidung getränkt hatte; er erinnerte sich daran, wie ihn der Mann in die Arme genommen, auf seinen Schoß gesetzt und ihn mit einem Kuss bedacht hatte, der nach schlechten Zähnen und altem Fleisch roch. Dennoch war er nicht zurückgezuckt, hatte sich nicht im Geringsten anmerken lassen, wie widerwärtig ihm dieser Mann gewesen war; seine Mutter hatte ihn gut geschult – mit dem überlebensnotwendigen Geschick einer erfolgreichen Hure. Und dann war der Augenblick gekommen, der einzigartige Augenblick, der sein Leben bestimmt hatte: Der fette Mann hatte ihn wieder auf die Beine gestellt und ihn sanft der versammelten Schar zugedreht… und alle, alle hatten sich vor ihm verneigt!

Vor Meremptah-Sifti, dem kleinen Sohn einer Hure, hatten alle diese fernen, Furcht einflößenden Männer die Häupter bis zum Fußboden geneigt; sie hatten sich ihm zu Ehren gedemütigt. Er war von einem Gefühl erschüttert worden, für das er mit seinen sechs Jahren keinen Namen gewusst hatte. Er hatte lediglich begriffen, dass dieses Entzücken Antwort auf irgendein Verlangen in ihm war, von dessen Existenz er nichts geahnt hatte.

Der fette Mann war Namisallu, ein jüngerer Sohn von Ramses dem Großen; in jenen Tagen war er, trotz des wachsenden Tributs an Alter und Trunksucht, noch immer ein Mann voller Lebenskraft, der fest daran glaubte, dass der kleine Meremptah-Sifti nur einer unter denen wäre, die einmal eine große Schar seiner Nachkommen bilden würden. Er hatte seinem kleinen unehelichen Sohn Geschenke in Form von Gold, Kleidern und Gewürzen gemacht und dann seinen Abschied genommen; schließlich kam er nur im Auftrag des Pharaos durch Ascalon. Meremptah-Sifti hatte sich an seinen Rock geklammert und Tränen von der Art geweint, die er als die effektivsten gelernt hatte zu weinen, und er hatte das bierselige Herz seines Vaters gerührt. Namisallu hatte versprochen, wieder vorbeizukommen und seinen Sohn jedes Mal zu besuchen, wenn ihn seine Geschäfte in die Stadt führten.

Meremptah-Siftis Entzücken währte nur bis zur Abreise seines Vaters. Seine Mutter nahm ihm die schönen Geschenke weg und verkaufte sie, und sein Bruder Simi – wie er jetzt wusste, lediglich ein Halbbruder, Kind eines namenlosen Seemanns, Soldaten oder Bettlers –, verprügelte ihn noch heftiger, wann immer Meremptah-Sifti den Wohlstand oder die Stellung seines Vaters erwähnte. Namisallu sollte niemals nach Ascalon zurückkehren, obgleich ein steter Strom von Geschenken die Küstenstraße hinauffloss, von denen Meremptah-Sifti selten eines auch nur zu Gesicht bekam, geschweige denn dass er damit spielen konnte, ehe sie von seiner Mutter verkauft wurden.

Etwa zu dieser Zeit erwachte Simis Interesse am Tod. Er sprach, manchmal äußerst weitschweifig, mit seinem kleinen Bruder darüber. Er hatte Theorien entwickelt und Meremptah-Sifti zu zeigen versucht, weswegen sie der Wahrheit entsprachen, indem er Käfer und Spinnen tötete, sie minutenlang beobachtete, während er ihnen die Gliedmaßen ausriss. Einmal, da war Meremptah-Sifti sieben Jahre alt, fiel eine Möwe in den Innenhof, und Meremptah-Sifti legte sie rasch in eine Decke und brachte sie seinem Bruder, als Zeichen der Ehrerbietung. Die Möwe war krank, zu krank zum Fliegen; ihre schwarzen Opalaugen waren von einem Film überzogen und mit gelblichem Schorf überkrustet, und ein rosafarbener Schaum quoll ihr aus dem Schnabel. Simi war entzückt. Er versteckte die Möwe in der hintersten Ecke des Weinkellers und verbrachte drei glückliche Tage damit, ihr Bronzenadeln in den Körper zu stecken. Als sie schließlich starb, zerpflückte er sie liebevoll und zerschnitt sie behutsam mit einem kleinen Messer, das er aus der Küche entwendet hatte, in Stücke, und während dieser ganzen drei Tage vergaß er völlig, seinen kleinen Bruder zu quälen. Endlich hatte Meremptah-Sifti entdeckt, wie er ihn zu nehmen hatte.

Nach dieser Zeit wurde Meremptah-Sifti begeisterter Lehrling seines Bruders. Haustiere verschwanden in der Umgebung von Kallela, zunächst Vögel, dann Katzen und sogar kleine Hunde. Es war nicht ungewöhnlich, dass ein Kunde bemüht war, seiner Lieblingshure mit einem wohlerzogenen Hündchen oder Kätzchen seine Gunst zu erweisen, und es fiel jeder Hure schwer, Meremptah-Siftis tränenreichem Betteln zu widerstehen und ihm nicht zu erlauben, mit dem einen oder anderen Tier zu spielen. Und wenn er ohne das Tier zurückkehrte, weinte er noch heftiger – der Vogel war ihm aus der Hand gerutscht und davongeflogen, das Kätzchen war über die Mauer geklettert, das Hündchen durch eine Tür gesaust, die jemand achtlos hatte offen stehen lassen –, und die Hure nahm den kleinen Meremptah-Sifti auf den Schoß, wiegte und tröstete ihn, bis er die Tränen trocknen konnte. Bei diesen Gelegenheiten begriff er nach und nach seine Macht über Frauen; im Alter von neun Jahren verschenkte er seine Jungfräulichkeit an eine schmerzhaft schöne kleine Hure, die nur fünf Jahre älter war als er. Nur eine Stunde zuvor hatte er Simi dabei geholfen, das Lieblingshündchen dieser Hure bei lebendigem Leib zu enthäuten.

Nicht lange danach bekam er ein Gespräch zwischen seiner Mutter und der Schreiberin des Bordells mit. Anscheinend hatte Namisallu einen Brief geschrieben, worin er darum gebeten hatte, ihm Meremptah-Sifti nach Ägpyten zu schicken, damit er eine angemessene Erziehung als ägyptischer Prinz des königlichen Hauses erhielte. Offenbar waren Namisallus Lenden nicht so fruchtbar gewesen, wie er gewünscht hatte; die anderen beiden Söhne, die er gezeugt hatte, waren ohne Nachkommen gestorben, und Meremptah-Sifti war sein einziger lebender Nachkomme. Meremptah-Siftis Herz machte vor Freunde einen Satz, bis er die diktierte Antwort seiner Mutter vernahm. Nein, sagte sie, ihr Gesundheitszustand gestatte die Reise nicht, und sie könne ihrem Sohn nicht erlauben, sie zu verlassen. Meremptah-Sifti wusste, dass sie in Wirklichkeit einfach hier in Ascalon bleiben und weiterhin die großzügigen Geschenke erhalten wollte, die sein Vater ihm schickte; vier Jahre war es her gewesen, seit seine Mutter mit einem Kunden hatte schlafen müssen. Ihr ging es hier blendend. Sie herrschte über die anderen Huren und verspürte keinerlei Verlangen, jemals zu gehen. Ihr Antwortschreiben besagte, dass sie ihren kleinen Meremptah-Sifti nie aufgeben könne, so lange sie lebte; und daher schmiedete Meremptah-Sifti seit diesem Zeitpunkt Pläne für ihren Tod.

In jenem Sommer wütete in Ascalon das Sumpffieber. Die halbe Stadt lag erkrankt an einem Fieber, das einen starken Mann acht oder neun Tage lang ans Bett fesselte, während er in einer Lache seines eigenen Schweißes zitterte; viele der Schwachen und Kränklichen überlebten es nicht. Meremptah-Siftis Mutter war davon befallen, aber sie war stark und noch nicht alt, zumindest sagten die anderen Huren das, und sie hatte ein Fieber wie dieses erst vor sechs Jahren überlebt. Meremptah-Sifti war stets rasch dabei, eine Gelegenheit beim Schopf zu packen; er fürchtete sich auch nicht davor, die eigenen Grenzen anzuerkennen; als erst Zehnjähriger besaß er noch nicht die Kraft, gegen seine Mutter zu kämpfen, selbst in ihrem fiebergeschwächten Zustand… Simi jedoch war vierzehn und zeigte bereits Anzeichen der breiten Schultern, die ihn als Mann zieren würden.

Seinen älteren Bruder zu rekrutieren war einfach. Schließlich sollte Meremptah-Sifti Ascalon verlassen und ein Prinz von Ägypten werden und er konnte seinen Bruder vor eine einfache Wahl stellen: Hilf mir und ich werde dich mitnehmen, werde dein Freund und Beschützer sein; du wirst stets an der Seite eines ägyptischen Prinzen sein, bis zum Tag deines Todes. Mit all meinem Reichtum und meiner Macht werde ich dich unterstützen. Hilfst du mir nicht, so bleibst du hier, stichst kleine Vögel mit Nadeln und lässt dich von erwachsenen Männern in den Arsch ficken, bis du zu alt bist oder nicht mehr gut genug aussiehst, sodass man dich auf die Straße setzt.

Simi war sogleich einverstanden; er hatte seit Jahren davon geträumt, die nekromantische Kunst Ägyptens zu studieren – und dies wäre seine erste Gelegenheit, einen Menschen zu töten.

Der Mord war gleichfalls einfach. Sie betraten ihr Zimmer, während ihre Mutter sich in einem Fiebertraum hin und her warf. Meremptah-Siftis Talent, seinen Willen zu bekommen, diente ihm auch hier, als er gefühlvoll darum bat, dass die beiden Huren, die sich um sie kümmerten, ihn und seinen Bruder einen Augenblick lang mit ihrer Mutter allein ließen; es gab schließlich Dinge, die ein Junge seiner Mutter nur unter vier Augen sagen mochte, und er befürchtete, sie könne sterben, ehe er ihr dies mitteilen könne... und mehr war nicht erforderlich. Die Huren verließen das Zimmer, und Meremptah-Sifti sah zu, wie Simi ihrer Mutter ein Kissen aufs Gesicht drückte und sie auf dem Bett festhielt, als sie zu kämpfen begann. Sie trat mit den Beinen um sich, dachte er, fast genau so, wie sie es tat, wenn ein stöhnender Mann auf ihr lag und sie vorgab, dass ihr dies Vergnügen bereitete. Schließlich regte sie sich nicht mehr, und die Jungen verbrachten einen Augenblick lang damit, Tränen hervorzuquetschen, ehe sie hinauseilten, um ihren Tod zu beweinen.

Innerhalb einer Woche befanden sie sich auf dem Weg ins Nildelta, zu Namisallus Herrschaftshaus in den Außenbezirken von Per-Ramses, der Hauptstadt. Auf dieser Reise wurde Simi, der Sohne einer Hure, zu Simi-Ascalon, dem Adjutanten des Prinzen; ebenfalls auf dieser Reise zeigte Simi zum ersten Mal seinem jüngeren Bruder einige der Kniffe, aus denen man Vergnügen ziehen konnte und die er auf der anderen Seite von Kallela gelernt hatte, und zwar zum Zeitvertreib unterwegs. Über ihre Blutsbande fiel nie mehr ein Wort, aber sobald er sich einmal in Ägypten befand, erwies sich Meremptah-Sifti mit seinen zehn Jahren als Mann, der zu seinem Wort stand. Schließlich sollten Prinzen Männer von Ehre sein, die ihr Wort hielten, und Meremptah-Sifti sorgte dafür, dass sein Vater Simi-Ascalon auf seine Kosten bei der Priesterschaft vom Haus des Lebens unterbrachte.

Während der folgenden Jahre schien es, als ob ihm nie jemand etwas verweigern könnte, und so wuchs sein Ehrgeiz zusammen mit seinem Körper. Er wurde groß und lernte – wie es sich für einen Prinzen von Ägypten geziemte – mehr zu befehlen und weniger zu schmeicheln. Er trat dem Heer bei, wie es von ihm erwartet wurde, und stieg sehr bald in der Rangfolge auf. Zu verdanken war dies einer Kombination seiner natürlichen Fähigkeit zu politisieren sowie der gelegentlichen, zu günstigen Zeitpunkten erfolgenden Todesfälle bestimmter Männer – ein heimliches Werk Simi-Ascalons, wenn diese Männer anders nicht aus dem Weg geräumt werden konnten.

Mittlerweile zeigte Simi-Ascalon eigene Talente. Er vertiefte sich mit leidenschaftlicher Entsagung in seine Studien im Haus des Lebens. In wenigen Jahren hatte er seine Lehrer überflügelt und folgte seinem eigenen Weg des Studiums und des Experimentierens in immer dunklere Sphären. Seine Gesundheit wurde allmählich schwächer und er lebte immer zurückgezogener und isolierter, sogar unter der Priesterschaft; die anderen Priester flüsterten miteinander und wichen zur Seite, wenn sie seine hohläugige Gestalt herankommen sahen oder sein krächzendes Husten vernahmen, aber Meremptah-Sifti hatte stets Zeit und Wärme für ihn übrig, unterstützte ihn in seinen Neigungen, lauschte seinen Klagen und seinen begeisterten Berichten, umarmte ihn und hielt ihn mit mehr als brüderlicher Liebe fest.

Meremptah-Sifti hätte sich möglicherweise noch immer in Ägypten aufgehalten, wäre da nicht sein Onkel Merneptah gewesen, ältester überlebender Sohn von Ramses dem Großen und offensichtlicher Thronfolger. Merneptah war ein schroffer, gleichmütiger und phantasieloser Mann, der mehr als vierzig Jahre lang im Heer des Pharao zu Hause gewesen war. Von ihrer ersten Begegnung an – als Meremptah-Sifti klar geworden war, dass seine verstorbene Mutter ihm die erste Hälfte seines Namens in der durchsichtigen Hoffnung gegeben hatte, dem nächsten Pharao zu schmeicheln, und ihn in ihrer Unwissenheit *nicht einmal richtig verstanden hatte* – war dieses Verhältnis offenbar vom Unheil gezeichnet. Merneptah schien immun gegen jegliche denkbare Kombination aus Schmeichelei, Bestechung und kameradschaftlichem Auf-die-Schulter-Klopfen; tatsächlich war es so, dass sein Onkel, je heftiger Meremptah-Sifti versuchte, sein Vertrauen zu gewinnen, desto achtsamer und distanzierter wurde. Der Mann hatte anscheinend keinerlei üble oder beschämende Geheimnisse oder etwas dergleichen, das Meremptah-Sifti gegen ihn hätte verwenden können. Schlimmer noch, die Soldaten unter seinem Kommando waren so loyal, dass sie Meremptah-Siftis diskrete Nachfragen ihrem Befehlshaber brühwarm berichteten, und spät in einer Nacht wurde Meremptah-Sifti zitternd aus dem Bett geholt, arrestiert und im Heerlager außerhalb von Theben vor seinen Onkel gebracht.

»Ich mag dich nicht, mein Junge«, sagte Merneptah. »Ich mag dich nicht, ich vertraue dir nicht, und wenn du nicht der einzige Sohn meines trunksüchtigen Bruders wärst, wenn nicht meines Vaters Blut in deinen Adern flösse, würde ich dich töten lassen. Bleib mir vom Leib! Halte dich von meinen Männern fern! Verschwinde für einige Jahre aus Ägypten; ich möchte mir keine Gedanken darum machen müssen, was du hier ausheckst, während ich mich in Kush herumschlage. Glaube nicht, dass ich Ungehorsam tolerieren werde; ich kann dir auf eine Weise weh tun, dass kein geheiligtes Blut vergossen wird!«

Meremptah-Sifti suchte seine verstreute Würde wieder zusammen und sagte: »Ich beuge mich deinem

Willen, Onkel. Ich weiß nicht, wessen ich beschuldigt werde, und es spielt keine Rolle; jedes Wort gegen meine Ehre kann nur eine Lüge sein. Es gibt keinen lebenden Mann, der dich mehr liebt und ehrt als ich. Ich bete darum, dass dir dies klar wird, und wenn es dir klar geworden ist, so schicke nach mir!«

Anschließend bestand seine einzige Hoffnung darauf, in Ägypten verbleiben zu können, in einem raschen und heimlichen Giftmord, aber Merneptah blieb im Lager und bereitete seine Schlacht inmitten seiner ihm getreuen Männer vor; es ergab sich keinerlei Gelegenheit.

Am Ende erwies sich die Feindseligkeit seines Onkels dennoch als Segen, als Meremptah-Sifti seinen Haushalt nach Nordosten in die Provinz Kanaan verlegte, wo er geboren worden war. Hier, weit entfernt von den neugierigen Augen des überfüllten Ägyptens, konnte er Dinge tun, die er daheim zu tun nie gewagt hätte. In Ägypten gab es anscheinend endlose Reihen königlicher Enkel, die meisten davon hatten auf die eine oder andere Weise Vorrang vor ihm, und es gab zahllose Hohe Priester, Generäle und Freunde des Hofs in dieser oder jener Spielart, alles Männer, die er mit Respekt und Ehrerbietung zu behandeln hatte. Aber hier, hier, nahe der Grenze zum Hethiterreich, ah, hier war alles anders. Hier war die Politik Ägyptens bedeutungslos.

Dadurch, dass er ihm Ägypten genommen hatte, hatte ihm sein Onkel die ganze Welt geschenkt.

Meremptah-Sifti speiste gerade, als Simi-Ascalon atemlos und schwitzend hereingeeilt kam. Der Prinz ruhte auf einem Kissen, so lang wie ein Sofa, aus zinnoberrotem Hexamitos, und zwei junge Sklaven, Bruder und Schwester, knieten zu beiden Seiten seines Kopfs neben ihm und fütterten ihn behutsam mit dampfenden Bissen Lammfleisch und reichten ihm importiertes ägyptisches Bier.

Simi-Ascalon hatte die Augen weit aufgerissen und wartete in seiner Panik nicht auf die Erlaubnis zu sprechen. »Remmie!«, keuchte er. »Remmie, jemand ist in meinem Allerheiligsten gewesen! *Jemand ist in den Höhlen gewesen!*« Er hätte weitergesprochen, aber ein Hustenanfall überkam ihn. Er beugte sich vor und ging rotgesichtig in die Knie.

Im Nu war Meremptah-Sifti aus dem Kissen und an der Seite seines Bruders; er hatte dies schon oft getan und er wusste, was erforderlich war. Er legte seinen kräftigen Arm um Simi-Ascalons Schultern, drückte ihn fest an sich und barg seinen Kopf an der Brust. »Ist schon gut, Sim. Beruhige dich, alles wird gut werden«, murmelte er leise, immer und immer wieder. Simi-Ascalons Husten schwächte sich allmählich ab, wurde zu wenig mehr als einem Zittern seiner Schultern, wie das Schluchzen eines Kindes, das nach und nach verstummt. Meremptah-Sifti funkelte den Sklavenjungen an. »Meine Serviette!«, fauchte er. Der Junge wich zurück und starrte ihn mit großen, verständnislosen Augen an.

Der Prinz tat so, als ob er sich das Gesicht abwischen wollte, und zeigte auf die Serviette. Der Junge hob sie rasch auf und brachte sie ihm, wofür er einen Schlag mit dem Handrücken quer übers Gesicht erhielt, der ihn zu Boden warf – weil er kein Ägyptisch verstand.

Meremptah-Sifti hielt seinem Bruder die Serviette an den Mund und klopfte Simi-Ascalon auf den Rücken. Simi-Ascalon hustete erneut, würgte und spie schließlich einen Mund voll blutigen Schleims aus. Meremptah-Sifti schlug die Serviette darum und warf sie beiseite. »Wieder alles in Ordnung?«

Simi-Ascalon nickte schweigend, als er wieder zu

Atem kam, und fügte dann hinzu: »Ja… ja, Remmie, vielen Dank! Aber die Höhle, die *Höhle,* Remmie…«

»Jetzt reg dich nicht schon wieder auf! Bist du dir sicher, dass jemand dort gewesen ist?«

»Ja… ja, er hat die verborgene Öffnung gefunden, er… *kchkchkch…* er hat sich dort übergeben. Und ich glaube, dass es mehr als einer gewesen sein muss; ein Mann allein kann die Steinplatte nicht verschieben.«

Meremptah-Sifti zuckte wegwerfend die Achseln. »Wie viele von diesen Hyänen haben wir verloren, als wir die Karawane der Jephunahi vernichtet haben? Drei? Vier? Bring die übrigen zur Höhle und setze sie auf den Geruch an; lass sie jeden töten, den sie finden. Noch besser: Lass sie gleich jeden umbringen, den sie unterwegs treffen. Das wird ein weiteres nettes Gerücht geben, das Entsetzen in der Stadt verbreitet.«

»Hm, schon gut, Remmie.« Simi-Ascalon atmete jetzt etwas leichter, und das apoplektische Scharlachrot wich ihm allmählich aus dem Gesicht. »Tut mir Leid… tut mir Leid, dass ich so… nun, du weißt schon. Ich muss einfach immer nur daran denken, wie sie dort eingedrungen, umhergegangen sind und alle meine Sachen berührt haben…«

Meremptah-Sifti drückte seinem Bruder tröstend die Schultern und streichelte ihm sanft das Gesicht. »Aber sie werden bald tot sein, Sim. Vor Sonnenaufgang werden sie alle tot sein.« Sim nickte schweigend und der Prinz kehrte zu seinem Kissen zurück und nahm einen weiteren Schluck Wein von dem erschrockenen Mädchen entgegen.

»Wie haben sie wohl die Höhle gefunden?«, fragte er. »Wie können sie diese Höhle gefunden haben? Was meinst du?«

Simi-Ascalon schüttelte den Kopf; er kam herüber und ließ sich neben Meremptah-Siftis Füßen nieder.

»Vielleicht hat jemand beobachtet, wie Bezais Männer Peth An'Khefi erwischt haben, und ist ihnen gefolgt?«

»Nein. Ein so großer Dummkopf ist Bezai kaum. Abgesehen davon hast du diesen Peth mehrere Stunden lang verfolgen lassen; ich denke, Nephrol Tomit hätte eine Rettungsmannschaft aufsitzen lassen, wenn er auch nur das kleinste bisschen erfahren hätte. Und Haral, mit dem Leichnam des Griechen... könnte er wiederum versagt haben? Hätte er durch eine mondlose Nacht verfolgt werden können?« Meremptah-Sifti schwenkte den Wein in seinem goldenen Becher; die Spiegelungen auf dessen Oberfläche, Widerhall der Lampen über ihm, waren ebenso dunkelrot wie das Blut eines toten Mannes. »Aber das Mädchen...«

Seine Stimme erstarb. Simi-Ascalon wartete eine angemessene Zeit lang – um sicherzugehen, dass er seinen Bruder nicht unterbrach –, ehe er drängend fragte: »Ja, Remmie? Das Mädchen?«

»Meine Söldner«, sagte der Prinz langsam. »Meine drei Söldner – *das Mädchen hat einen Hund!*« Ruckartig setzte er sich auf und auf seinem Gesicht sprühte das Entzücken; bei der Bewegung schwappte Wein über Simi-Ascalons Bein, aber er bemerkte es nicht, und Simi-Ascalon würde es nicht wagen zu protestieren. »Meine Söldner haben meinen Griechen getötet... was ist, wenn sie seinem Leichnam gefolgt sind?« Er warf den Kopf zurück und lachte ungestüm und fröhlich. »Natürlich, sie sind's! Wer sonst könnte es sein?« Er hob eine Faust, um die Gänsehaut auf seinem Unterarm zu zeigen. »Sieh dir meine Haut an!«, sagte er. »Sie sind es! Hör zu, Sim, ich möchte nicht, dass sie getötet werden – wie können wir sie lebendig herholen?«

»Lebendig? Aber... aber Remmie, du hast versprochen...«

»Oh, mach dir keine Sorgen.« Meremptah-Sifti tätschelte ihm väterlich das Knie. »Ich würde dich nie zwingen, auf deine Rache zu verzichten. Sie steht dir schließlich zu, da sie gewaltsam eingedrungen sind; überlege aber nur einmal, um wie vieles größer die Rache sein kann, wenn sie noch lebend in dein Heiligtum geschleift werden?«

Simi-Ascalon wirkte um einiges besänftigter.

»Dennoch«, meinte der Prinz stirnrunzelnd, »mir gefällt die Idee, dass die Hyänen durch die Straßen von Tyros laufen und jeden töten, der ihnen über den Weg läuft...« Er strahlte. »Ich hab's – schick den Griechen mit ihnen aus! Er kennt meine Söldner, nicht wahr? Wenn die Hyänen meinen Söldnern über den Weg laufen, kann er sie gefangen nehmen, statt dass sie getötet werden.«

Simi-Ascalon blickte jetzt zweifelnd drein. Er entgegnete: »Aber er ist nicht bereit! Er ist noch nicht bereit, Remmie.«

Meremptah-Sifti legte die Hände mit den Handflächen nach unten auf die Knie und beugte sich vor und seine Stimme nahm eine gefährliche Sanftmut an. »Wie lange noch, bis er umhergehen und sprechen kann?«

»Nun, ja, das erfordert nur wenige Stunden, aber...«

»Haben wir einen anderen Mann, der meine Söldner vom Sehen her kennt?«

»Ich, ich, äh, ich – *kchkchkch* – ich weiß es nicht...«

»Dann bereite ihn vor, Simi! Ehe ich wütend werde.«

Simi-Ascalon erhob sich mühsam, blieb jedoch am Fuß des Kissens stehen und rang die Hände. »Aber... aber... aber Remmie, meine Kontrolle... meine Kontrolle wird nicht sehr gut sein – und Chrysios, weißt du, er war auf jeden Fall ein bisschen verrückt, und was ist, wenn er nicht...«

»Tu dein Möglichstes!«, wies Meremptah-Sifti ihn an. »Handele mit ihm, falls nötig. Versprich ihm alles, was du willst. Denke nur an eins: Töte *alle* – außer meinen Söldnern. Ich möchte wenigstens einen oder zwei von den dreien lebendig und gut genug in Form für eine Befragung haben. Alle anderen, *alle* – keine Missverständnisse – sterben. Verstehst du?«

Simi-Ascalon verneigte sich vor seinem jüngeren Bruder. »Es wird geschehen, mein Prinz.«

10. KAPITEL Der Bericht

In den Dienerwohnungen im Haus des Peliarchus war es wieder ruhig, da Leucas sich jetzt auf seiner Pritsche umgedreht und aufgehört hatte zu schnarchen. Auf der Pritsche darüber lächelte Kheperu im Schlaf und murmelte etwas, dann wurde er gleichfalls still; das einzige Geräusch war das Kritzel-Kratzel von Barras Schilfrohrstift. Graegduz döste schweigend ihr zu Füßen und wärmte diese in der spätabendlichen Kühle. Die winzige Fischtranlaterne auf dem Tisch warf einen Kreis aus Licht, der gerade genügend hell war, dass er den langen Streifen sonnengebleichten Papyrus erleuchtete, auf dem sie schrieb. Der Geruch, den der grau-schwarze Rauch des brennenden Öls erzeugte, überdeckte beinahe den Gestank, den das Teilen eines Zimmers mit Kheperu unausweichlich mit sich brachte, und begrub völlig den Geruch der Tinte und des Lammfetts, das in das Pergament eingerieben worden war, um es geschmeidig zu halten.

Lieber Antiphos, lieber Chryl,
gewiss seid ihr überrascht, diesen Brief zu erhalten. Als ich den letzten Brief schickte, hatte ich gedacht, dass die Skye Swift *meine letzte Gelegenheit wäre, euch ein Paket zu schicken, aber euer Onkel Peliarchus wird in wenigen Tagen zur Insel der Mächtigen fahren, sobald er sich einiger Verpflichtungen hier in Tyros entledigt hat. Diesmal bringt er seine Frau Tayniz mit. Ihr werdet sie ebenso sehr lieben wie*

ich, das weiß ich; sie hat mich hier in Tyros gut aufgezogen – sie ist praktisch genauso eure Großmutter wie Coll.

Wir drei – das sind Leucas, Kheperu und ich, wie ihr euch erinnert – wohnen erneut bei Peliarchus. Wir mussten einige Tage woanders unterkommen, weil er König Demetor von Kypros zu beherbergen hatte, der ein Verwandter des Agapenthes ist. Dieser ist (in gewissem Sinn) Peliarchus' Lehnsherr und, nun ja, es ist wirklich ziemlich kompliziert. Das ist die Verpflichtung, von der ich zuvor geschrieben habe.

Über meine Tätigkeit hier kann ich euch nicht viel berichten. Man hat mir viel Silber dafür bezahlt, alles geheim zu halten, und obgleich euer Onkel Peliarchus kein Griechisch lesen kann – immerhin schicke ich diesen Brief durch ihn, und ihr wisst, wie neugierig er ist –, heuert er am Ende auf dem Markt einen Schreiber an, der ihm den Brief hier übersetzen soll.

Im Anschluss an die Handelsmesse auf Knossos im Frühjahr beabsichtige ich, die Langdale's Pride *nach Norden zu nehmen. Geschäftlich läuft es sehr gut; Tyros hat sich so Gewinn bringend erwiesen, wie ich gehofft hatte, und wir werden uns dieses Jahr vielleicht ein drittes Schiff leisten können, mit dem wir unsere winzige Flotte ergänzen.*

Dennoch kann ich euch nur von Wenigem berichten. An unserem allerersten Tag hier haben einige Seemänner einen Bären über den Markt geführt …

Eine Zeit lang schrieb sie weiter, führte Einzelheiten aus und hielt gelegentlich inne, um ihre Feder an der Schneide der Breitaxt zu schärfen. Bald war ihr einer Mundwinkel blauschwarz, weil sie immer wieder die Spitze des Stifts zu einem brauchbaren Schreibgerät kaute. Während einer dieser Pausen tippte sie sich mit der Feder an die Zähne, dachte über die Ereignisse dieses Tages nach, zuckte daraufhin die Achseln und fuhr fort zu schreiben.

…bei eurer Erziehung. Sagt Abdi… wie ich auch in einem getrennten Brief schreiben werde… er soll das Studium der Politik nicht vernachlässigen, insbesondere die Politik der Dynastie von Ägypten. Wenn ihr Jungen erfolgreich den Osten hier bereisen wollt, seid ihr euch besser einiger der gesellschaftlichen Realitäten bewusst…

Als die drei Gefährten vom Landsitz des Enkels des Pharaos nach Tyros zurückgekehrt waren, war die Sonne im Westen im Meer versunken. Die meiste Zeit über waren sie schweigend dahingegangen, jeder auf seine Weise eingeschüchtert von dem, was sie erfahren hatten. Meremptah-Sifti war, Kheperus Aussage zufolge, einer der sechsunddreißig legitimen Enkel des Lebendigen Horus; er war der Abkömmling der ältesten der drei Frauen des Ramses, Isinofre. Sein Vater war der jüngere von Isinofres beiden Söhnen; es ging das Gerücht, seine Mutter sei eine Hure in Ascalon gewesen, aber das ließ sich nicht bestätigen. Kheperu schätzte sein Alter irgendwo um die fünfunddreißig, ähnlich wie Leucas, und er erzählte, dass Meremptah-Sifti sich während eines Feldzugs in der dem Pharao gehörenden Ra-Division in Kush als sehr junger Mann ausgezeichnet und ein Haus in Per-Ramses unterhalten habe, der Hauptstadt. Später habe er in Oberägypten gelebt, in der ehemaligen Hauptstadt Theben, um sich bei seiner mächtigen Großmutter Isinofre einzuschmeicheln, die dort ihren Haushalt hatte. ›Später‹ meinte in diesem Fall wenige Jahre vor Kheperus Exil – er hatte keinerlei Informationen, die jünger als zehn Jahre waren, aber dennoch erinnerte er sich an Geschichten über Skandale und einen zügellosen Lebenswandel sowie Andeutungen, dass über zwei oder drei Tode lieber der Mantel des Schweigens gedeckt worden sei.

»Und Ramses ist, wie ihr vielleicht wisst, etwas altmodisch – sein Vater, Seti, ist über das Militär aufgestiegen und hat seinen Sohn auf dieselbe Weise erzogen, und so würde ich vermuten, dass unser junger Meremptah sich bei Hofe nicht gerade allzu großer Beliebtheit erfreut, was seinen Aufenthalt hier erklären könnte. Er ist in der Lage, die Patrizierhäuser gegeneinander auszuspielen, den Gouverneur in Verlegenheit zu bringen und vielleicht die Herrschaft über Phönizien an sich zu reißen. Da Phönizien die Hautverbindung zwischen den beiden größten Reichen der Welt darstellt – Ägypten und dem Hethiterreich –, würde es als großartige Basis für eine Bewerbung um den Thron dienen, sollte Ramses sterben, ohne einen Nachfolger zu benennen. Das ist natürlich möglich, sogar wahrscheinlich, da Ramses schließlich der älteste Mann auf der Welt ist, fast neunzig Jahre alt, und selbst seine göttliche Lebensenergie kann nicht ewig währen. Er könnte jederzeit sterben und die Konsequenzen wären Schwindel erregend. In der Tat erinnere ich mich an eine Zeit, da…«

»Also«, war Leucas dazwischengegangen, um einer weiteren weitschweifigen Abhandlung über die labyrinthische Politik Ägyptens zuvorzukommen, »wenn ihn der Pharao nicht mag, warum können wir den Mann dann nicht einfach töten?«

Kheperu hatte geseufzt. »Ich verzweifle noch daran, dir irgendwann ein gewisses politisches Bewusstsein nahe zu bringen. Einfach ausgedrückt: nicht nur, dass ihm das königliche Blut Ägyptens durch die Adern fließt, sondern er ist auch aus dem Samen des Horus, dem Rächer. Jedes Vergießen göttlichen Bluts muss tausendfach gerächt werden. Das ist Tradition. Klar? Praktisch ausgedrückt heißt das, wenn Ramses dieses Verbrechen nicht auf eine fürchterliche Art und Weise bestraft, so wird keiner seines Bluts mehr sicher sein. Er könnte seinen Enkel mit einem sengenden Hass jenseits deiner Vorstellungskraft verachten, und doch würde dies nicht das Geringste ändern.«

»Nur Feiglinge rechnen die Kosten auf, die rechtes Tun mit sich bringt«, hatte Leucas gepoltert.

»Eine schöne Philosophie, die zu einer halben Million Scheiterhaufen auf den Ebenen von Troja geführt hat«, hatte Kheperu gekontert.

Barra war zu beschäftigt mit ihren eigenen Sorgen gewesen, um dazwischenzugehen; sie hatte die beiden sich zanken lassen, bis sie die Wohnung der Myrmidonier erreicht hatten. Sie hatten keine Lampe dabei gehabt, um ihre Gesichter zu beleuchten, wie Murso es ihnen gezeigt hatte, aber Kheperu hatte schnell eine Hand voll seiner Lichtpaste zusammengemischt und sie stattdessen benutzt. Innerhalb von Minuten nach ihrer Ankunft war ein myrmidonischer Läufer mit der Nachricht zum Haus der Meneides gegangen, dass sie ihre Mission erfolgreich abgeschlossen hätten und anfragen ließen, wann sie sich mit Idonosteus treffen könnten, um ihren Bericht abzuliefern.

Vermutlich sollte ich euch gleichfalls mitteilen, dass ich in gewisser Hinsicht einen ehrbaren Bewunderer habe. Er ist ein Söldner-Anführer, sehr tapfer und sehr klug – er ist ein Veteran des Trojanischen Kriegs und war in der Kompanie des Goldenen Achilleus, an den ihr euch vielleicht aus Geschichten erinnert, die ich euch erzählt habe; alles in allem gesehen, ist er ein feiner Krieger. Dennoch kam es ein wenig überraschend, muss ich euch sagen…

Alle drei waren froh darum gewesen, die Beine hochlegen zu können. Leucas und Kheperu hatten sich auf ihre Pritschen zurückgezogen, während Barra mit dem Rücken zur Wand dagesessen hatte, die Knie an den Leib gezogen und die Arme darum verschränkt. Graeg hatte neben ihr gelegen, den Kopf auf den Pfoten. Sie hatten das Abendessen verpasst und daher einen Imbiss aus Käse und hartem Brot zu sich genommen.

Barra hatte Wasser anstelle von Wein getrunken; sie wollte für das Treffen mit dem Oberhaupt des Hauses Meneides vollkommen klar im Kopf sein.

Während die Gefährten geruht hatten, hatte Barra Kamades zugesehen, der im Raum auf und ab gegangen war; gelegentlich hatte er ihr und ihren Freunden einen Blick zugeworfen, wobei sich die Falte zwischen seinen Brauen vertieft hatte, oder er hatte auffällig einen Teil seiner Rüstung untersucht, die auf einem der Ständer hing. Sie hätte das *Sceon Tiof* gar nicht benötigt, das ihr gezeigt hatte, dass der Anführer der Myrmidonier wegen etwas besorgt war. Schließlich hatte er innegehalten, einen tiefen Seufzer ausgestoßen und war auf sie zugekommen. »Dann verlässt du uns bald«, hatte er schroff gesagt.

Barra hatte genickt. »Innerhalb der nächsten paar Tage, denke ich. Wir haben unsere Mission beendet – vermutlich bleiben wir noch einige Tage hier, einfach nur, um zu sehen, was dabei herauskommt, wenn Idonosteus auf den Teppich klopft.«

Zur Antwort hatte Kamades steif genickt. »Es war… nun ja, es war eine Ehre, dich beherbergen zu dürfen, Barra.«

»Vielen Dank.« Sie hatte mit zusammengekniffenen Augen in sein offenes, zerfurchtes Gesicht gesehen, auf die lange Narbe, die die weißen Strähnen in Haar und Bart miteinander verband. Er war rot geworden und hatte erst weggesehen, wieder zu ihr gesehen, dann auf seine Hände geblickt, die Daumen hinter seinen Gürtel gehakt und schließlich etwas Interessantes an den Riemen seiner Sandalen entdeckt. Barra hatte ihn angegrinst. »Du stirbst fast vor Neugier zu erfahren, was wir so vorhaben, stimmt's?«

»O nein, gewiss nicht«, hatte Kamades erwidert und sich aufgerichtet. »Ganz und gar nicht.«

»Nun komm schon! Sag die Wahrheit!«

Kamades' knorrige Hände hatten seine Tunika glatt gezogen. Er hatte sich geräuspert. »Es wäre unehrenhaft nachzufragen.«

»Wirklich?«

»Ja. Du bist von meinem Herrn angestellt worden. Wenn Idonosteus mich wissen lassen will, worin deine Mission bestand, wird er es mir sagen.«

»Ich will dich nicht beleidigen, Kamades, aber diese Haltung wird dir eines Tages noch mächtig Kummer und Sorgen einbringen.«

»Sie ist mir sehr dienlich – und mehr als das.«

»Sie dient dazu, alle Gedanken aus deinem verdammten Kopf zu verscheuchen, abgesehen von denen, die dein kostbarer Herr dort hineinstopft.«

Kamades war rot bis unter die Haarspitzen geworden. Eine Ader an seinem Hals war angeschwollen, als er die Lippen zusammengepresst hatte, um nicht grob zu antworten. Schließlich hatte er ruhig gesagt: »In meinem Kopf sind ein paar Gedanken, die mein Herr nicht dort hineingestopft hat. Guten Abend, Barra, Leucas, Kheperu.« Mit diesen Worten hatte er auf dem Absatz kehrtgemacht und war mit flammend roten Ohren auf den Korridor hinausstolziert.

Kheperu hatte nachdenklich an der Oberlippe genagt, während er Kamades beim Davongehen beobachtet hatte. Daraufhin hatte er sich an Barra gewandt. »Ich glaube, er mag dich.«

»Natürlich«, hatte Barra erwidert und die Brauen gefährlich zu einem Stirnrunzeln zusammengezogen. »Was soll man da nicht mögen?«

»Nein, nein, nein, du missverstehst mich«, hatte Kheperu erwidert und sie offen und höhnisch angegrinst. »Ich meine, er *mag* dich…«

Barra hatte sich mit einem Mal sehr müde gefühlt; sie war an der Wand zusammengesackt und sich schmerzlich ihres viel zu langen Tages bewusst geworden.

»Aber…« Sie hatte zu Leucas geblickt, dem es gelungen war, allein durch ein Heben der Augenbrauen ein Schulterzucken anzudeuten. »Aber er ist ein Myrmidonier«, hatte sie schwach protestiert.

»Und?«, hatte Leucas erwidert.

Kheperu hatte fies gelächelt. »Wenn sie alle *so* wären, wo kämen da die kleinen Myrmidonier her?«

Barra hatte ganz fest die Augen geschlossen und sich mit den Fingerspitzen die Stirn gerieben. »Wisst ihr, mit so was hätte ich nie gerechnet, dass ein Myrmidonier Lust auf mich verspürt.«

Leucas hatte gepoltert: »Vielleicht solltest du mal mit ihm reden.«

»O nein, ich glaube nicht«, hatte sie erwidert. »Das weiß ich besser! Er würde glauben, ich mag *ihn*. Er wird der Meinung sein, ich würde mich zieren.«

»Du meinst, das tust du nicht?«, hatte Leucas gefragt.

»Warum sollte ich? Ich meine, nun, ich weiß nicht…« Sie hatte die Stirn gerunzelt und den Kopf geschüttelt. »Es ist nicht so, dass er mir missfällt, wirklich – vermutlich habe ich noch nicht richtig darüber nachgedacht.«

»*Er* hat darüber nachgedacht«, hatte Kheperu gesagt.

Barra hatte tief Luft geholt und sie langsam und zischend zwischen den Zähnen entweichen lassen. Jetzt, da sie darüber nachdachte, war Kamades ein gut aussehender Mann, Narbe oder nicht; er wurde von seinen Männern respektiert, sogar verehrt; ziemlich sicher war er fähig, zuverlässig, möglicherweise ein guter Soldat – was ihr Bruder Llem *ordentlich* nennen würde. »Nun, verflucht«, hatte sie gemeint, jetzt eher nachdenklich als müde. »Ein myrmidonischer Hauptmann. Wer hätte das gedacht?«

»Alle, außer dir«, hatte Leucas gemurmelt und ein

warmes Lächeln hatte sein zerstörtes Gesicht erwärmt. »Du vergisst stets, wie schön du bist.«

»Oh, hör auf, ich werde noch rot! Schön, du liebe Güte!« Sie war hin und her gerückt und hatte den Saum ihres Chitons hochgezogen, um die Muskeln an ihren Oberschenkeln zu zeigen. »Seht ihr das? Seht ihr, wie mager ich bin?«

Kheperu hatte mit dem Auge eines Arztes auf ihre exponierten Schenkel geblickt. »Mager? Ich würde das lieber »schlank« nennen.« Er hatte in seine Hand gehüstelt und sich über seine lange Hakennase gestrichen, um ein Lächeln zu verbergen. »Hmm, nun gut, doch denke daran, dass in diesen Landen die meisten wohlhabenden Männer sich ihre Frauen nur fürs Kinderkriegen und zur Führung des Haushalts halten – wollen sie sich vergnügen, bevorzugen sie halbwüchsige Knaben. Einige Männer würden dich vielleicht als…«, er hustete erneut geziert, »…einen idealen Kompromiss ansehen.«

»Oh?« Sie hatte den Saum fallen lassen und ihre Stimme hatte diesen gefährlichen tyrannischen Tonfall angenommen. »Versuchst du etwa, mir zu sagen, dass ich wie ein Knabe aussehe? Ja?«

Leucas hatte die Arme um die Knie gelegt und lächelnd zur Decke geblickt.

Kheperu hatte die Hände gespreizt und gegrinst. »Dies ist, meine liebe Dame, nur ein Ausdruck meiner, ähmmm, Bewunderung für deine liebliche…«, sein Blick glitt nach unten, »…Anatomie.«

Barra hatte den Kopf an die Wand gelegt und die Augen geschlossen. Wenn sie nur ein paar Minuten hätte schlafen können… »Davon will ich nichts wissen, ja? Ich will einfach nichts davon wissen.«

Bald war der Läufer mit der Nachricht zurückgekehrt, dass Idonosteus sich sofort mit ihnen treffen wolle. Die drei Gefährten folgten ihm aus der Wohnung und dem Gebäude, ohne dabei Kamades zu begegnen, weswegen Barra einen Seufzer der Erleichterung ausstieß – und gleichzeitig einen Stich der Enttäuschung verspürte. Sie ertappte sich bei der unbestimmten Hoffnung, dass Kheperu in Hinsicht auf Kamades Recht hatte; die Aufmerksamkeit war schmeichelhaft, ob etwas dabei herauskäme oder nicht.

Sagt Coll, dass ich anscheinend das Sceon Tiof *von ihr geerbt habe,* schrieb sie und strich es gleich wieder aus. Sie hatte die Hoffnung noch nicht aufgegeben, dass es nur eine vorübergehende Angelegenheit war und dass die Mutter dieses Geschenk zurücknahm, das Barra so gar nicht haben wollte. Sie tippte mit dem Schreibstift gegen ihre Zähne und fuhr fort:

Ich wünschte, mir würde eine Möglichkeit einfallen, euch zu lehren, wie man mit jener Art mächtiger Männer umgeht, die ihr hier unten rund ums Mittelmeer vorfinden werdet. Ich selbst lerne es gerade erst… und mein Geschäft hier in Tyros hat mich in Reichweite mehrerer dieser mächtigen Männer gebracht. Hier unten sind sie anders, weder ruhig noch bärbeißig und ehrlich wie Llem, noch fröhliche und aufschneidende Lügner wie euer Opa. Unsere Mächtigen gefallen mir besser, würde ich sagen – diesen Möchtegern-Fürsten hier kann man nicht über den Weg trauen, das ist meine Meinung. Die Schwierigkeit mit diesen Tyrern besteht darin, dass sie keine Adelstradition haben: Ihr Adel ist eine Bande von Schwächlingen, denen niemand mehr irgendwelche Beachtung schenkt. Die wirkliche Macht liegt in den Händen der ›Fürsten‹ der Patrizierhäuser, die nichts weiter sind als durchschnittliche phönizische Händler im Großformat. Selbst einem verdammten König der Neuen Stämme – wie eurem Opa Quendail – führt ein Jahrhundert oder mehr an Tradition die Hand und sorgt dafür, dass er sich der Bedürfnisse seiner Leute und seiner eigenen Verantwortung ihnen gegenüber bewusst ist. Diese Kaufmannsfürsten hier tun nichts weiter, als stur auf ihren Gewinn zu schauen, und während die eine Hand die eigene Börse festhält, greift die andere Hand nach der deinen…

Das *Sceon Tiof* traf Barra wie ein Donnerschlag. Ihre Stimme erstarb und ihre Augen wurden groß.

Die Gefährten hatten ihren Bericht abgeliefert. Barra war ihre Sprecherin und sie standen in eben jenem Zimmer, wo sie Idonosteus zum ersten Mal begegnet waren. Alles hatte gut ausgesehen, bis Barra die Stimme wie eine Messerklinge in der Kehle stecken blieb.

Ihr *Sceon Tiof* von Idonosteus ließ sie wie ein eiskalter Wind erzittern. Sie sah Idonosteus nicht, wie ein Söldner seinen Auftraggeber sieht, auch nicht, wie ein gewöhnlicher Tyrer das Oberhaupt eines Patrizierhauses sieht; das *Sceon Tiof* streifte die gesamte Aura von Wohlstand und onkelhafter Würde ab – statt einer Macht in Tyros sah sie einen alternden, fetten Mann mit strähnigem Bart vor sich, der sogar in der abendlichen Kühle schwitzte und Wünsche und Begierden in diesem wabbeligen Fleisch hegte, angesichts derer sogar Kheperu erbleichen und sich abwenden würde.

Wir schweben hier in Gefahr.

Sie umklammerte die Seidenkissen unter ihr, während ihr Mund sich öffnete und schloss; sie täuschte ein heftiges Niesen vor, um ihre jähe Sprachlosigkeit zu übertünchen.

Dem stets wachsamen Kheperu gelang es, den Faden der Geschichte fast ohne Unterbrechung weiterzuspinnen, als ob er sie absichtlich unterbrochen hätte. »Es ist schmerzlich zu berichten, was diese Kammer in den Hügeln barg«, sagte er glatt, »denn dann ist man gezwungen, sich an den Gestank zu erinnern.« Er warf einen Blick zur Seite auf Barra, als ob er sie zu einer Bemerkung hierzu auffordern wollte. Da sie weiterhin schwieg, fuhr er fort: »Einfach ausgedrückt, glauben wir, dass der Mann, der diese Gasthöfe verflucht und Othniel ermordet hat, mit den Kindern des Apep verkehrt. Soll heißen, mit Dämonen, o Herr!«

Idonosteus zog die dünn ausgezupften Brauen zusammen, und seine Schweinchenaugen wurden so klein, dass sie fast in den Wülsten seiner Wangen verschwanden. In der Düsternis, die nur das Licht einer einzigen Lampe aufhellte, deren Flamme so still war, dass sie wie aus Glas geschnitten wirkte, schien sein Gesicht über seinen Gewändern wie der Herbstmond zu schweben. Die Schildkröten und Tintenfische auf den Fresken im Zimmer schliefen anscheinend ruhig, und der gemalte Meneus an der Decke hielt in seiner heroischen Arbeit inne, um wie ein nachsichtiger Zeus über das Treffen zu wachen. Idonosteus schürzte die gummiartigen Lippen und bedeutete Murso zerstreut, er solle Wein nachschenken. »Beunruhigend, allerdings«, meinte er, während er Murso dabei zusah, wie er seinen Kelch aus einer hohen Amphore nachfüllte, die oberhalb des Sofas stand, auf dem er ruhte. »Vielen Dank, Lysandros.« Er nahm einen langen Zug, schmatzte und wischte sich die Lippen an seinem Brokatärmel ab. »Sehr beunruhigend.«

Murso/Lysandros stellte sich wieder steif hinter das Sofa, die Hände auf dem Rücken verschränkt, die hohe und schmale Stirn zweigeteilt durch den nach oben verlaufenden Schatten seiner langen Nase. Kheperu saß neben Barra auf einem gleichartigen Sofa und beschrieb, mit den Händen wedelnd, die Werkstatt des Dämonenbeschwörers sowie ihre Verfolgung der Reiter. Leucas stand mit verschränkten Armen dahinter, eine bedrohliche Gestalt, deren Gesicht in der Düsternis verschwand; er verstand nur ein paar

Worte von dem Phönizisch, das hier gesprochen wurde, und daher sorgte er dafür, grimmig und bedrohlich zu wirken.

»... Und daher ist es unglücklicherweise fast sicher, dass der Dämonenbeschwörer, der Tyros in Atem hält, ein Mitglied des Haushalts von Meremptah-Sifti ist.«

Idonosteus sackte in sich zusammen wie ein von der Sonne erwärmter Weinschlauch, der in den Schatten geschleift wurde. »Nicht Meremptah-Sifti selbst, nein?«

Kheperu schüttelte den Kopf. »Ziemlich unwahrscheinlich, wenn ich eine so kühne Feststellung treffen darf, Herr. Magie dieser Art erfordert Jahre sorgfältigen Studiums; wenn ich mich seines Rufs entsinne, so hat er keinerlei Anzeichen für eine derartige Disziplin gezeigt, die dazu erforderlich wäre. Reichtum andererseits hätte er im Überfluss – unser Dämonenbeschwörer ist fast sicher ein Mietling.«

»Selbst so...«, murmelte Idonosteus. »Selbst so.« Einen kurzen Augenblick lang sog er an seiner Unterlippe und nahm dann einen weiteren großen Schluck Wein. »In gewisser Hinsicht ist das schlimmer. Sein Schutz erstreckt sich auf jedes Mitglied seines Haushalts... hmmm. Es wäre einfacher, wenn Meremptah der Magier *wäre;* wenn wir das beweisen könnten, würde Ramses persönlich seine Hinrichtung befehlen...« Er schüttelte den Kopf, seufzte und verzog die Lippen zu einem wehmütigen Lächeln. »Ein Außenseiter – kein Wunder, dass wir ihn nicht entdecken konnten. Unsere Blicke bleiben ineinandergekrallt, während wir Oberhäupter der Patrizierhäuser immerfort denselben Reigen tanzen. Es benötigt Außenstehende wie euch, um sogar nur die Möglichkeit in Betracht zu ziehen, dass der Übeltäter keiner von uns sein könnte... hmmm.« Mühsam kam er zum Sitzen hoch und klatschte in die Hände. »Ihr habt alles getan, was ich von euch gefordert habe. Eure restliche Bezahlung wird euch morgen früh in die Wohnung der Myrmidonier geliefert.«

Auf Barras Arm hob sich jedes einzelne Härchen mit jenem kitzelnden Gefühl, das ein Gewitter mit Wolkenbruch ankündigte. Sie holte tief Luft, zwang sich zu lächeln und sagte mit so leichter Stimme, wie sie nur konnte: »Wenn es dir nichts ausmacht, Herr, würden wir unser Silber gern gleich mitnehmen. Ich bin mir nicht sicher, ob wir zur Wohnung zurückkehren.« Kheperu warf ihr erneut einen raschen Seitenblick zu, überspielte seine Überraschung jedoch mit einem vorgetäuschten Niesen seinerseits; er wischte sich die Hand an seinem Gewand ab und sah sie stirnrunzelnd an. Das Stirnrunzeln zeigte sich jedoch nur auf der einen Gesichtshälfte, die dem Meneides abgekehrt war.

Idonosteus reckte ihr den Hals entgegen und sie fuhr eilig fort: »Da unsere Mission beendet ist und so, und da alles in deinen fähigen Händen liegt, brauchen wir wohl kein sicheres Schlupfloch mehr zum Schlafen. Ich denke, das Ganze wird vorüber sein, ehe jemand, der an uns wegen dieser Kleinigkeit in Lidios' Haus Rache nehmen will, uns finden könnte, und daher würde ich gern, hmmm, bei meiner *Familie* bleiben, weißt du?«

Murso/Lysandros murmelte: »Peliarchus, der Schiffseigner.« Idonosteus nickte, womit er andeuten wollte, dass er sich erinnerte, und Barra spürte eine kalte Hand, die ihr den Magen umklammerte.

»Deswegen«, fuhr sie fort, »halte ich es einfacher für uns alle, wenn wir die anderen hundertfünfzig mitnehmen könnten, ehe wir heute Nacht aufbrechen. Falls es dir recht ist, Herr.«

»Es ist etwas unpassend«, hob Idonosteus an. Kheperu murmelte auf Ägyptisch: »Was tust du da?«

Barra erwiderte in derselben Sprache: »Halt den Mund und überlass die Sache mir!« Sie wechselte zu Phönizisch und sagte: »Je länger wir bei den Myrmidoniern bleiben, desto größer werden die Chancen, dass unsere Verbindung aufgedeckt wird. Schließlich haben wir mit Chrysios' Männern gekämpft, Jephunah nach seinem Leichnam befragt, sind in der ganzen Stadt in den verfluchten Gasthöfen gesehen worden und wurden zweifelsohne dabei beobachtet, wie wir zu den Begräbnishöhlen gingen. Es ist nicht sehr schwer, sich auszumalen, was wir getan haben, wenn jemand daran denkt nachzufragen. Und seit dem Tag, bevor du uns angeheuert hast, hatte ich keinen Kontakt mehr zu meiner Familie – wenn sie über die Penthedes Nachforschungen anstellen… nun, ich habe gedacht, unsere Verbindung sollte ein Geheimnis bleiben.«

Idonosteus' Schweinchenaugen wurden erneut so schmal, dass sie fast verschwanden, und einen Augenblick lang gefror Barra beim Anblick des nackten Kalküls das Blut in den Adern. Dann seufzte er und schob sich in die Höhe, und sein Lächeln war warm, beinahe väterlich, als er sagte: »Du bist gut darin, Barra – schließlich bist du von einem tyrischen Kaufmann erzogen worden, nicht wahr? Und ich habe nie gehört, dass jemand Peliarchus, den Schiffseigner, zum Narren halten konnte.« Er winkte mit der Hand über die Schulter und Murso/Lysandros wich ausdruckslos in die Schatten zurück und schlüpfte aus dem Zimmer.

Die Bemerkung erforderte offensichtlich keine Antwort, und daher biss sich Barra auf die Lippen, um eine Erwiderung zu unterdrücken; wenn Idonosteus Gefallen an dem Glauben fand, dass sie dumm und einfältig aufgewachsen wäre, hätte ihr eigenes Volk sie großgezogen, nun, dann war das gut so. Sie erhielt, wozu sie gekommen war – es würde nichts bringen, ihm Bigotterie vorzuwerfen.

Ehe das Schweigen peinlich hätte werden können, kehrte Lysandros mit einer großen Börse zurück. Er trat um das Sofa herum und händigte sie Barra persönlich aus. Sie wog sie in der Hand und spürte, wie ihr die Hitze ins Gesicht stieg; er konnte eine solche Menge Silber kaum in der winzigen Zeitspanne seiner Abwesenheit abgezählt haben. Die Börse musste seit ihrer Ankunft im Korridor draußen gewartet haben. Idonosteus lächelte in seinen Kelch hinein, wischte sich den Mund ab und sagte: »Das ist eine freundliche Erinnerung: Manchmal können *deine* Manöver auch vorausgesehen werden. Ihr könnt jetzt gehen.«

Lysandros brachte sie hinaus. Auf dem Weg nach draußen begegneten sie, wie schon auf dem Herweg, keiner Menschenseele. Barra holte ihre Lampe vom Ständer neben der Tür und entzündete sie an der Lampe, die Lysandros trug. »Ein Vergnügen, mit euch Geschäfte zu machen«, meinte sie.

»Genauso ein Vergnügen wäre es«, erwiderte Lysandros leise, »wenn wir uns nicht wieder sehen würden.« Er schloss ihr die Tür vor der Nase. Barra zuckte die Schultern und winkte ihren Gefährten, sie sollten vorausgehen.

Während sie davongingen, fragte Kheperu: »Möchtest du mir jetzt bitte sagen, was das Ganze eigentlich sollte?«

»Eigentlich«, murmelte Leucas nachdenklich, »wüsste ich es durchaus zu schätzen, wenn mir jemand mitteilte, worum es überhaupt ging.«

»Geht einfach weiter, bis wir außer Sichtweite sind.« Barra hielt die Lampe hoch, um ihren Weg zu erleuchten, obgleich der dreiviertel volle Mond oben am Himmel genügend Licht zum Gehen spendete.

Kheperu fasste das Gespräch für Leucas zusammen, der auf seine übliche würdevolle, aufmerksame Weise zuhörte. Er sagte: »Eines Tages sollte ich diese

Sprache lernen. Es ist ermüdend, zuzusehen und zuzuhören, ohne die geringste Ahnung zu haben, was gesagt wird.«

Als sie um eine Ecke gebogen waren und den Sitz der Meneides hinter sich gelassen hatten, löschte Barra die Lampe, sagte: »Kommt mit!« und eilte rasch durch die Straßen. Kheperu, der nach nur wenigen Schritten auf seinen plumpen, dicken Beinen keuchte, ächzte: »Warum rennen wir so?«

»Weil wir, wenn wir uns beeilen, eher bei den Myrmidoniern sind als Lysandros. Ich hoffe bloß, dass Idonosteus seine Befehle nicht mit dem Läufer geschickt hat, der uns heute Abend hergeführt hat. Nur für den Fall der Fälle muss einer von uns draußen bleiben, damit sie die Sache nicht sauber über die Bühne bringen können. Das wirst du sein, Kheperu. Ich benötige Leucas, um die ganze Ausrüstung zu tragen, und Graeg folgt nur mir.«

Leucas' lange Beine trugen ihn geschmeidig und mühelos neben ihr her. »Was für Befehle? Wovon redest du eigentlich?«

»Idonosteus wollte uns das Geld in die Wohnung schicken. Deswegen habe ich ihn daran erinnert, dass ich eine Familie habe, die Nachforschungen anstellen würde, wenn sie nichts von mir hörte. Wenn er der Ansicht gewesen wäre, er würde damit durchkommen, hätte er uns alle von den Myrmidoniern töten lassen. Besser dort als in seinem Haus, wo wir ein schreckliches Gemetzel angerichtet und vielleicht auch einen oder zwei Becher *seines* Bluts vergossen hätten.«

»Uns töten?« Leucas hob die Stimme infolge dieser Andeutung von Unehrbarkeit. »Weswegen? Um ein bisschen Silber zu sparen?«

Barra grinste ihn an. »Mehr als nur ein bisschen: dreihundert attische Talente. Das ist zumindest meine Vermutung. Vielleicht hat er noch einen anderen

Grund gehabt, aber das Ergebnis wäre das gleiche geblieben. Er ist ein verräterischer Hurensohn, der seine Mutter für eine Hand voll Pfeffer und einmal Schwanzlutschen verraten würde.«

Kheperu keuchte: »Wenn du ihn… die ganze Zeit über… als Verräter und Mörder… gekannt hast… weshalb haben wir… dann überhaupt… diesen Auftrag übernommen?«

»Das ist zu kompliziert zum Erklären. Jetzt halt den Mund. Spar dir deinen Atem fürs Laufen.«

Und hier noch etwas: Schämt euch niemals, für den schlimmsten Fall zu planen. Manchmal kann das ein wenig feige aussehen und beleidigend misstrauisch, aber als Faustregel sage ich euch: Haltet eine Hand auf eurer Axt und ein scharfes Ohr auf den leisen Schritt von hinten gerichtet! Ihr werdet euch dreimal irren für jedes Mal, wenn ihr Recht behaltet, aber macht euch darum keine Gedanken; überlegt nur, dass ihr den ersten Irrtum mit dem Leben bezahlen werdet, wenn ihr tapfer, offen und vertrauensselig seid. Dennoch muss ich sagen, wenn ihr älter werdet und ein wenig mehr davon versteht, was einige Männer antreibt, dann könnt ihr ein wenig so tun, als ob ihr ihnen vertrauen würdet, um dadurch die bessere Seite eines Mannes zum Vorschein zu bringen, der ansonsten vielleicht euer Feind wäre…

Unter dem zunehmenden Mond rannten sie durch die Straßen. Zu jeder Zeit gab es in Tyros wenig nächtlichen Verkehr, aber in der heutigen Nacht schienen sie völlig allein zu sein. Obgleich es noch ziemlich früh war, bekamen sie nur das bisschen Lampenschein zu Gesicht, das durch die Ritzen und Spalten in den fest zur Nacht verriegelten Fenstern strömte. Es war, als ob die Einwohner glaubten, dass diese hölzernen Läden das umherschleichende Unbehagen, die wachsende Unsicherheit und die den Mund ausdörrende Anspannung, *dass etwas geschehen würde,* draußen halten könnten: selbst jene stumpfen Seelen, die keines der bedrohlichen Anzeichen wahrnahmen, die sich wie Gewitterwolken am Horizont sammelten, selbst sie bekamen die Anspannung ihres Nachbarn mit, den hastigen Blick nach links und rechts, die Neigung, bei jedem ungewohnten Geräusch zusammenzuzucken, und deswegen verriegelten sie ebenfalls ihre Türen und Fenster und drängten sich um die Wärme ihrer Herde zusammen.

Drei Blocks von der Wohnung entfernt entfachte Kheperu eine Flamme, um die Lampe wieder zu entzünden, und suchte dann einen gemütlichen Hauseingang, wo er sich entspannt niederlassen wollte. Er zeigte zum untergehenden Mond hinauf. »Ihr habt Zeit, bis der Mond hinter diesem Dach untergeht. Dann gehe ich stracks zu Peliarchus und sage ihm, dass du von den Meneiden festgehalten wirst, ja?«

»Ja. Denke nicht mal daran, uns zu folgen!«

»Keine Bange«, meinte Kheperu und seufzte dankbar, als er den Hintern gegen die Mauer drücken konnte und zu Boden rutschte. »Mir liegt wenig an heroischen Gesten und ich habe es hier ganz gemütlich. Es ist ein ermüdender Tag gewesen.«

»Erinnere mich nicht daran!«, sagte Barra, die ein Gähnen unterdrückte. Sie gab ihm die Börse und er ließ sie sich in den Schoß fallen. Sie blickte zu Leucas auf. »Bist du bereit?«

Sein zerknittertes Gesicht lächelte auf sie herab. »Stets.«

»Ja, weiß schon, blöde Frage.«

Sie ließen Kheperu zurück. Auf der Straße vor dem Wohnblock ließen sie die Sache mit dem Gesicht-Erleuchten über sich ergehen und traten dann ein. Ohne ein Wort an die Myrmidonier zu richten, die sich in der Wohnung lümmelten – einige polierten ihre Rüstung oder spielten müßig Würfel –, machte sich Leucas daran, ihre Ausrüstung zu bündeln, seine und Barras Rüstung, seine Waffen, ihre Schlafsäcke und dergleichen. Nachdem sie einem besorgten Graegduz versichert hatte, dass sie ihn wirklich liebte, indem sie sich von ihm das Gesicht ablecken ließ, plauderte Barra mit den anderen, während sie die Börse über ihrer Schulter befestigte.

Einer der Myrmidonier, der im angrenzenden, abgedunkelten Raum Wache hielt, rief: »Ein Reiter!« und einen Augenblick später hörte Barra Hufschläge. »Es ist Lysandros«, sagte der Wächter und erschien in der Verbindungstür. »Vielleicht bringt er den Befehl zum Losschlagen.« Die anderen Myrmidonier setzten sich gerader hin, einige standen auf und dehnten Arme und Beine, die vom langen Nichtstun steif geworden waren, einige murmelten Zustimmung, andere drückten zynisch Unglauben aus. Leucas sah sich im Raum um, wechselte einen bedeutungsvollen Blick mit Barra und zog dann sehr betont die Knoten fest, die sein Bündel aus Rüstung und Waffen sicherten. Er schlang es sich über die Schulter, richtete sich anschließend zu voller Größe auf – dies allein reichte aus, den Raum zum Verstummen zu bringen – und sagte mit leiser, jedoch durchdringender Stimme: »Bringt Kamades her!« Als niemand einen Finger rührte, sammelten sich Sturmwolken auf seiner Stirn, und ein Befehlston, wie das Klirren von Bronzeklingen, den Barra nie zuvor bei ihm gehört hatte, verlieh seiner Stimme eine gewisse Schärfe und Autorität. »Du!«, sagte er und zeigte auf den jugendlichen Wächter. »Bring Kamades her. *Sofort!*«

Auf einmal war die Türöffnung leer und das einzige Geräusch war das Klappern seiner Sandalen auf dem Holzfußboden.

Barra sagte leise aus dem Mundwinkel: »Ich hoffe, du weißt, was du tust.«

Von hoch droben blickte er mit einem Stirnrunzeln, das kurz von einem flüchtigen Blinzeln aufgehellt wurde, auf sie herab. »Ich auch.«

Kamades tauchte auf der Schwelle auf und schritt ins Zimmer. »Leucas Deodakaides. Du hast nach mir geschickt und ich bin gekommen.« Er trat heran und blieb knapp auf Armeslänge vor Leucas stehen. Barra bewunderte seine Nerven; der riesige Athener mit dem funkelnden Blick wirkte so bedrohlich, wie es ein Sterblicher nur vermochte, und Kamades wusste dank der wiederholten Erzählung vom Kampf in Lidios' Gasthaus genau, dass Leucas Männer mit einem einzigen Faustschlag getötet hatte. Der Myrmidonier reichte mit seiner Scheitelspitze Leucas kaum bis zur Unterlippe, dennoch blickte Kamades völlig ruhig in diese kalten grauen Augen. »Lass mich dir folgende Fragen vorlegen, Kamades von Phthia«, knurrte Leucas. »Dein Gehorsam ist legendär. Steht dein Gehorsam deinem Herrn gegenüber über den Gesetzen Gottes?«

Kamades zog die Brauen zusammen. »Das ist dasselbe«, erwiderte er einfach, als ob er außerstande wäre, zwischen den beiden Dingen einen Konflikt zu sehen.

»Was ist, wenn dein Herr dir befiehlt, die Befehle des Zeus zu missachten? Die Toten unbestattet zu lassen…« Barra vernahm den Unterton eines Ekels, der wohl von der Schlacht um Theben zurückgeblieben war. »…oder, noch schlimmer, *diejenigen zu ermorden, die deine Gäste sind?*«

Eine Bewegung von draußen zog Barras Blick auf sich: Lysandros, die Laterne in der Hand, hatte gerade rechtzeitig den Korridor betreten, um Leucas' Frage zu vernehmen. Jetzt hielt er inne, und auf seinem Gesicht zeigte sich irgendein unnennbares Gefühl, als Leucas den Blick über den Kopf des Kamades hin auf ihn richtete. Der myrmidonische Anführer wandte sich um und sah seinen unmittelbaren Vorgesetzten in der Tür stehen. Der Mund stand ihm offen, als ob er sprechen wollte, jedoch keine Worte zu finden imstande war, die seine Gedanken auszudrücken vermochten.

Sogleich verstand jeder im Raum genau, was Leucas gefragt hatte; es folgte eine angespannte Pause, als ob alle gemeinsam den Atem anhielten. Kamades sah Lysandros lange Zeit an. Er hielt den Mund fest zusammengepresst, sodass die Muskeln an der Kinnlade hervorstanden. Seine Augen wurden schmal und er stieß lange und langsam den Atem aus; jäh überflutete Barra das *Sceon Tiof.*

Kamades, der vor ihr stand, war wie in leuchtendes, gewebtes Sonnenlicht gekleidet. Die Reinheit seiner Hingabe an die Prinzipien, nach denen er lebte, ging ihr zu Herzen, und sie schämte sich, je an ihm gezweifelt zu haben. Kein Wunder, dass er Brust an Brust mit einem wütenden Leucas dastehen konnte: er fürchtete nichts außer Ehrlosigkeit.

Mit heiterer Überlegenheit, sich der Wichtigkeit seiner Worte voll bewusst, wandte er sich wieder Leucas zu. »Mein Herr würde etwas dergleichen nicht befehlen.«

Leucas hob den Kopf und starrte Lysandros unmittelbar ins Gesicht. »Und wenn doch?«

»Das würde er nicht tun.« Kamades sprach die Worte mit völliger Gewissheit aus. »Ein solcher Befehl ist in sich eine Beleidigung Gottes; ein solcher Befehl würde beweisen, dass mein Herr von den Göttern verstoßen worden ist und von seiner Vernunft Abschied genommen hat; deswegen käme der Befehl nicht von meinem Herrn, sondern entstammte dem Wahnsinn, der ihn ergriffen hat. Einem Befehl, der von einem Anfall von Wahnsinn herrührt, würde ich nicht Folge leisten, und ich könnte nicht in den Diensten eines Wahnsinnigen bleiben.«

Leucas nickte einmal. Kamades gestattete sich ein langsames, grimmiges Lächeln und wandte sich daraufhin an Lysandros. »Lysandros«, sagte Kamades mit einer kaum wahrnehmbaren Verneigung. »Gibt es Nachricht von unserem Herrn, Idonosteus?«

Federnd trat Lysanros ins Zimmer und erwiderte brüsk: »Ja, ihr sollt euch darum kümmern, dass die Sachen eurer Gäste in Ordnung sind. Sie verlassen uns heute Nacht; ich hatte es so verstanden, dass sie nicht hierher zurückkehren wollten, und bin hergekommen, um die Lieferung ihrer Sachen in die Wege zu leiten.«

»Dann ist es gut«, erwiderte Kamades würdevoll und die Spur eines sarkastischen Blinzelns schlich sich in seine ernsten Augen. »Wir gehorchen – manchmal, ehe der Befehl erteilt ist.«

Barra unterdrückte ein Kichern, als eine rosige Färbung Lysandros' Hals hinaufkroch, und sie traf eine jähe Entscheidung. Als sie Leucas beim Hinausgehen folgte, blieb sie neben Kamades stehen und legte ihm die Hand auf den Arm; ihr Herz pochte auf einmal ganz heftig bei der Berührung seiner warmen Haut. Er sah auf ihre Hand hinab und dann glitt sein Blick nach oben und begegnete dem ihren.

»Kamades«, sagte sie kaum lauter als ein Flüstern, »in nur wenigen Tagen verlasse ich womöglich die Stadt. Würdest du mich vorher zum Abendessen besuchen kommen?« Ihr war heiß im Gesicht; sie hoffte, dass es nicht allzu offensichtlich wäre.

Seine Augen wurden groß und als Antwort errötete er wie ein babylonischer Sonnenuntergang. Er holte tief Atem, blinzelte und sagte dann mit dünner Stimme: »Ja, Barra, das gefiele mir sehr gut. Wo darf ich dich besuchen?«

»Im Haus von Peliarchus, dem Schiffseigner – meinem Ziehvater. Lysandros weiß, wo das ist; in den kommenden paar Tagen wenigstens sollte ich dort jeden Abend anzutreffen sein.«

Kamades senkte den Kopf zu ihr herab. »Wenn mein Herr mich nicht ruft, werde ich dort sein. Hmm, Barra…?«

»Nein«, sagte sie schnell. »Keine Fragen, kein Gerede, nichts. Komm einfach nur vorbei und wir werden dort über alles sprechen. Bis dann!« Sie war sich der Blicke Lysandros' und der Myrmidonier schmerzlich bewusst, als sie zur Tür ging.

Im Korridor dahinter trat sie zu Leucas, Graegduz mit klickenden Krallen ihr zur Seite, und gemeinsam verließen sie das Gebäude.

Sie erreichten den Hauseingang, wo sie Kheperu zurückgelassen hatten; der untersetzte Ägypter schlief glücklich und blies dabei Speichelbläschen. Der Speichel hatte einen sauberen Pfad durch den Schmutz gezogen, der fest zusammengebacken sein Gesicht bedeckte, und sammelte sich in einer Falte seines Gewands. Die Hände hatte er beschützend um die Börse in seinem Schoß gelegt, und er sah ganz so aus, als ob ihm äußerst behaglich zumute wäre.

Barra und Leucas wechselten einen weiteren Blick, der Bände sprach, und sie schüttelten beide den Kopf und seufzten.

Barra zuckte die Schultern und meinte: »Weißt du, ich könnte wohl selbst ein Bad gebrauchen.«

Leucas nickte, hob eine seiner Hände und zog seinerseits einen sauberen Pfad durch den Schmutz auf seiner Brust. Nachdenklich untersuchte er seine Handfläche. »Meinst du, Peliarchus hätte heute Nacht genügend Wasser übrig?«

»Vielleicht. Doch in diesem Fall kriege ich es zuerst.«

In der Zwischenzeit hatte es Graegduz auf sich genommen, Kheperu zu wecken, indem er dem Ägypter das Gesicht leckte. Er lächelte glücklich und wand sich im Schlaf – was Barra ungebeten eine Vielzahl widerlicher Bilder in den Sinn brachte –, und sie befahl dem Wolf scharf auf Piktisch, das sein zu lassen. Kheperu schlug die Augen auf und wischte sich das Gesicht. »Bähhh – nimm das Vieh da weg!«

»Er mag dich.«

»Widerlich, was du diesem Hund erlaubst.«

»Was du nicht sagst«, meinte Barra mitfühlend. »Stell dir doch nur mal vor, wie sein Atem jetzt riecht.«

Kheperu stand mühsam auf und brummelte: »Jetzt muss diese Wange wieder schmutzig werden.«

Gemeinsam gingen die Gefährten zum Haus des Peliarchus. Leucas teilte Kheperu mit, was in der Wohnung geschehen war; als er bei ihrem Abschied angekommen war, hellte sich Kheperus Blick auf. »Ein Stelldichein mit Kamades?«, plapperte er entzückt. »Nun, Barra! Lass mich der Erste sein, der dich damit aufzieht! Hmm, sehen wir mal, er ist über vierzig, hat kein Geld, kein Land, keine Bildung und kein Ohr – passt perfekt zu dir! Wann ist Hochzeit?«

Anstelle einer Antwort fuhr Barra herum und versetzte Kheperu einen so harten Faustschlag auf die Schläfe, dass er sich auf den Boden setzte. Er blinzelte, rieb sich das Gesicht und grinste glücklich zu ihr auf. »Heikles Thema, was?«

»Komm nicht auf dumme Ideen! Das«, zischte sie durch die Zähne, »war dafür, dass du auf Wache eingeschlafen bist.«

Als ihm der Athener beim Aufstehen half, sagte Kheperu zu Leucas: »Weißt du, das ist das erste Mal, dass sie mich geschlagen hat. Ich bin erleichtert – hatte ich mir doch allmählich Sorgen gemacht, dass ihre Prahlerei einfach nur Schauspielerei war. Was meinst du: wenn ich noch einen Witz über Kamades mache, wird sie mich dann in die Eier treten?«

Leucas erwiderte: »Das hoffe ich.«

Zwei Laternen, die an Bronzehaken zu beiden Seiten am Tor zu Peliarchus' Haus hingen, warfen Lichtpfützen auf die Erde, obgleich es allmählich auf Mitternacht zuging. Ein schläfriger Milo, der Pförtner, öffnete auf Barras Klopfen hin ein Spionloch, erkannte sie wieder und ließ sie ein. Dann eilte er davon, Peliarchus zu wecken. Der alte Kaufmann kam stolpernd heraus, rieb sich den Schlaf aus den Augen und verbrachte eine obligatorische Minute damit, über Barras Verschwinden zu brummeln. Barra ihrerseits erfand eine schreckliche Geschichte, dass sie von Piraten entführt worden sei. Drei Tage lang habe sie gewartet und sich nach den Schiffen ihres Ziehvaters gesehnt, die zu ihrer Rettung herangerudert kämen – und nachdem drei Tage verstrichen seien, habe sie gedacht, dass Peliarchus sie völlig vergessen habe, und daher habe sie selbst die Initiative ergriffen und sei entflohen, also keinen Dank!

»Oh, gewiss«, meinte Peliarchus verdrießlich. »Wahrscheinlicher ist, dass du so biestig geworden bist, dass sie dich über Bord geworfen haben, damit du den Mund hältst. Was hast du denn wirklich gemacht?«

»Kann ich dir nicht sagen«, erwiderte sie mit einem sorglosen Achselzucken. »Du weißt, wie das so ist.«

»Nein, das weiß ich nicht. Und ich habe von deiner Prügelei drüben am Strand gehört.«

»Sei leise, du wirst noch Tayniz wecken! Ich habe mein Wort gegeben, Peliarchus. Ich kann's dir wirklich nicht sagen. Hör mal, du musst mir einen Gefallen tun. Wir können nicht dorthin zurück, wo wir bislang geschlafen haben, und es ist zu spät, einen Gasthof zu suchen. Kannst du uns für die Nacht unterbringen?«

Peliarchus musterte sie mit zusammengekniffenen

Augen und rieb sich mit den Handflächen über den Schädel. »Wer ist hinter dir her?«

»Niemand, ehrlich. Wir brauchen einfach nur für heute Nacht einen Platz zum Schlafen – und um unsere Ausrüstung und etwas Silber unterzubringen.«

»Ahh, Scheiße. Na gut«, sagte er mit finsterem Gesicht. »Der verdammte Demetor und seine Jammerlappen haben das ganze Erdgeschoss in Beschlag genommen – jeder der Jammerlappen musste sein eigenes Zimmer haben –, aber die Diener können hier draußen schlafen, schätze ich. Es ist eine schöne Nacht und es sieht nicht nach Regen aus.«

»Ach, vertreibe sie nicht, Peliarchus. Lass sie einfach zu zweit in einem Zimmer schlafen – ich brauche keins für mich allein.«

Er hob die Brauen und blickte von ihr zu Leucas, dann zu Kheperu und wieder, mit einer unausgesprochenen Frage, zu ihr.

»O nein, mein Herr«, sagte Kheperu mit nur einer Spur seines üblichen Spotts. »Nichts dergleichen – sie macht tatsächlich einem Myrmidonier den Hof!« Er zog glatt den Fuß beiseite, nachdem Barra darauf getreten hatte.

Peliarchus grinste ihn an. »Aus dieser frischen Beule an deinem Kopf schließe ich, dass du Barra heute Nacht bereits mit irgendetwas aufgezogen hast. Strapaziere dein Glück nicht zu sehr!«

Er führte sie die geländerlose Treppe zur neuen zweiten Etage hinauf, die noch immer neu genug war, dass sie nach der polierten Zeder roch, woraus sie bestand. Wenige Minuten, während derer Diener umhergescheucht wurden, reichten aus, alles zu arrangieren, und die drei Gefährten machten es sich für die Nacht in dem Zimmer gemütlich. Peliarchus stand in der Tür und lehnte sich erschöpft an den Rahmen. »Ihr wollt vielleicht nicht sogleich schlafen gehen«, meinte er gähnend. »König Demetor und die Jammerlappen sind noch draußen in der Stadt; wenn sie sich dazu entschließen, heute Nacht nach Hause zu kommen, werden sie genügend Radau veranstalten, dass sie Ba'al-Marqod wecken werden. Nacht!«

Als Peliarchus sich zu einem eigenen vorübergehenden Zimmer davonmachte, wandte Leucas sich an Barra. »Hast du ihn nach dem Bad gefragt?«

Barra schüttelte den Kopf und nickte in Richtung auf die große Wassertonne und die Handtücher, die zusammengefaltet auf dem Tisch daneben lagen. »Du kannst dich jetzt in die Falle hauen, schätze ich. Wir werden morgen unser Bad bekommen.« Sie machte sich daran, die Knoten an dem Bündel mit ihrer Ausrüstung zu lösen und es zu durchwühlen.

Kheperu hatte sich bereits in voller Kleidung auf die untere Pritsche geworfen. »Was tust du da?«

Barra hielt den Federkasten und die Pergamentrolle hoch. »Ich bin noch nicht schläfrig. Ich werde einen Brief schreiben.«

»Oh, wirklich?« Er stützte sich auf einen Ellbogen. »An wen, wenn ich fragen darf?«

»Du darfst. Aber ich werd's dir nicht sagen.«

»Na gut«, meinte er unbekümmert und legte sich wieder hin.

Barra schüttelte den Kopf und kicherte. »Und ich schreibe ihn auf Piktisch«, log sie. Es bestand keine Notwendigkeit dafür, Kheperu mitzuteilen, dass Piktisch keine geschriebene Form kannte.

»Barra!«, sagte er und hörte sich schockiert und zutiefst beleidigt an. »Das ist nicht fair!«

»Geh schlafen!«

Leucas zog sich langsam aus und kletterte auf die obere Pritsche. Er schloss die Augen und begann innerhalb von Sekunden zu schnarchen. Kheperu seufzte, wälzte sich auf die andere Seite und setzte seinen eigenen pfeifenden Kontrapunkt dagegen. Barra machte es sich auf dem Hocker gemütlich, Graegduz ihr zu Füßen. Sie legte die Ellbogen auf den Tisch, träumte von daheim, von den Stürmen des Spätherbstes, die Zweige der himmelhohen Eichen abbrachen, vom Frost, der die Heide überzog, und von der bleichen, nördlichen Sonne, die ihn des Mittags kaum zum Schmelzen brachte. Sie gähnte breit, streckte sich, senkte dann langsam den Kopf über das Pergament und begann zu schreiben.

TEIL ZWEI

Irisches Duell

11. KAPITEL

Die Gefälligkeit

Und während ich so darüber nachdenke, so möchte ich ein weiteres Mal sagen, dass ihr euch nicht scheuen sollt, Menschen einen Gefallen zu erweisen, weil ihr nie wisst, wann ihr einen Gefallen als Gegenleistung benötigt. Ihr sollt nicht allzu zurückhaltend sein, ein wenig Nachdruck auf eine Gegenleistung zu legen; habt auch keine Angst davor, sie sehr nachdrücklich einzufordern. Und lasst eine Gefälligkeit nicht zu lange uneingefordert – ihr werdet euch den Ruf erwerben, weichherzig zu sein, was gefährlich ist, insbesondere, wenn es ein wenig der Wahrheit entspricht. Auch wird eine Gefälligkeit bedeutungsvoller – eine größere Besonderheit für die Person, der ihr die Gefälligkeit erweist –, wenn ihr euch als Person darstellt, die so etwas gewöhnlich ni…

Fäuste donnerten an der Tür und Männer schrien. Barra sprang auf und ließ die Feder fallen. Das war kein spielerisches Hämmern, kein scherzhaftes Geschrei: In den drängenden Rufen lag eine Spur Verzweiflung. Sie ertappte sich dabei, auf den Beinen zu sein und nach der Axt zu greifen, ehe sie wirklich verstand, was los war – dass das Gehämmer und Geschrei von draußen kam, von der Straße, dass ihr Axtgurt über dem Stuhl auf der anderen Seite des Tischs hing, dass sie kaum halb angekleidet war. Graegduz kam mühselig auf die Beine und schüttelte sich den Schlaf aus den Augen. Er hatte das Fell gesträubt und knurrte leise aus der Kehle heraus. Auf der anderen

Seite des Raums fuhr Kheperu halb verschlafen auf seiner Pritsche hoch. »Was...? Hm, was?« Leucas schnarchte ungerührt weiter.

»Bring deinen Arsch aus dem Bett und gib Leucas einen Tritt!«, fauchte Barra, als sie ihren Lendenschurz befestigte und nach dem Gurt griff. »Da stimmt was nicht!«

»Sind bloß König Dinky und die Jammerlappen...«

»Hör hin, du Schafskopf! Klingt das wie glückliche Betrunkene, die nächtens aus der Stadt zurückkehren?«

Kheperu runzelte die Stirn und legte den Kopf schief; sein Gesicht hellte sich auf, als die Erkenntnis seinen Puls beschleunigte und den Schlaf vertrieb. Er wälzte sich von der Pritsche, sprang energisch auf und rüttelte den schnarchenden Athener.

»Keine Zeit für solchen Scheiß!«, brüllte Barra. Sie sprang zur Pritsche hinüber und schlug Leucas heftig ins Gesicht.

Er öffnete ruckartig die Augen. »He...«

»Auf die Beine, und bewaffne dich!«

Obgleich er wie ein Toter schlief, besaß Leucas die Fähigkeit, auf der Stelle hellwach zu werden. In der Zeitspanne von nur zwei Atemzügen hatte er seinen Rundschild, der aus Schichten von Bronze und Ochsenhäuten bestand, am Arm und seinen Speer von Mannslänge in der Hand. Barra wirbelte davon und trat die Tür zum Balkon auf. Im Innenhof unten war Milo gerade dabei, die Tür zu entriegeln. Rascher als ein Gedanke zog sie eine Wurfaxt und schleuderte sie durch die Luft. Einen Fuß entfernt von seinem Gesicht bohrte sie sich mit einem Donnern tief in die Tür. Der Pförtner sprang mit einem Aufschrei davon, der Riegel fiel wieder zurück und Barra rief: »Wenn du diese Tür berührst, geht die nächste in deinen Schädel!«

»Scheiße, Barra«, murmelte Leucas hinter ihr. »Ist das nicht ein bisschen hart?«

Sie fuhr herum und stach ihn mit steifen Fingern in den Solarplexus. »Wir haben *nicht den geringsten Hinweis,* wer da draußen steht, und das ist *meine Familie!* Noch weitere *blöde Fragen?*« Sie unterstrich das mit einem Stoß, der heftig genug war, dass der Faustkämpfer stöhnte und zurücktrat. Ohne auf eine Antwort zu warten, wandte sie sich ab, fauchte: »Jetzt bringt eure Ärsche dort runter!« und warf sich über das Geländer. Unversehens schlug sie einen Purzelbaum unten auf den Pflastersteinen, war an der Tür und spähte durch das Spionloch.

Kheperu meinte: »Sie wirkt ein bisschen angespannt.«

Leucas nickte knapp. »Ich bin selbst ein bisschen angespannt.«

Peliarchus und Tayniz erschienen in der Tür zu ihrem Zimmer, gaben fragende Laute von sich und rieben sich die Augen; Leucas und Kheperu schoben sich wortlos an ihnen vorüber. Als die beiden Barra erreicht hatten, befand sich das ganze Haus in Aufruhr. Die sieben Diener eilten plappernd die Treppe hinab, Peliarchus in ihrer Mitte, der sich lautstark über den Schaden beschwerte, den Barras Axt seiner Zederntür zugefügt hatte. Tayniz blieb zwei Schritte oberhalb des Hofs stehen, zog ihren Schal fester um die Schultern, hielt mit Händen, deren Knöchel weiß waren, ihren Umhang über den üppigen Brüsten zu und rief: »Jetzt gebt aber alle mal *Ruhe!*«

Jahre des Feilschens im Getöse des Markts von Tyros hatten Tayniz eine Stimme beschert, die einen Bronzeharnisch von vorn bis hinten hätte durchdringen können. Ihr Tonfall stellte klar, dass sie die Herrin im Haus war und dass bei Gott jede einzelne Menschenseele, die hier wohnte, ihren Worten zu folgen oder ansonsten zu büßen hatte. Der Lärm erstarb, als sich alle ihr zuwandten, alle außer Graegduz, der erwartungsvoll an Barras Seite stand, sowie Barra selbst, die sich bereits am Riegel zu schaffen machte. Das Geschrei draußen war zu verständlichen Worten geworden, die um Einlass bettelten.

Tayniz sagte mit ein wenig über-beherrschter Stimme, in der jedoch ein leicht schriller Unterton lag: »Barra. Was geht hier vor? Sag mir, was hier vorgeht!« Hart und laut mochte sie ja sein, aber eine Explosion von Geschrei und Gehämmer inmitten der Nacht forderte Zeit, bis sie sich daran gewöhnt hatte; selbst Peliarchus, der infolge seiner Fahrten auf den Handelsrouten daran gewöhnt war, jäh geweckt zu werden, zeigte ganz deutlich Nerven.

Barra schwang die Torflügel zurück. »Leucas – Kheperu! Haltet euch bereit!« Sie sprach auf Griechisch – sie war stets das einzige Mitglied des Haushalts gewesen, das ihre Ziehmutter so ohne weiteres nicht beachten durfte, und zwar ohne Folgen. »Es sind Demetor und seine Männer und er sieht krank aus. Haltet euch bereit, bis wir sicher wissen, dass sonst niemand da draußen steht!«

Zwei seiner Männer trugen den kypriotischen König. Sie stützten ihn, indem sie sich seine kraftlosen Arme um die Schultern gelegt hatten. Demetor war nur halb bei Bewusstsein, und Barra wusste augenblicklich, was ihm zugestoßen war, sogar noch ehe das Licht einer Lampe, die ihm zu nah vors Gesicht gehalten wurde, ihn dazu veranlasste, sich gegen den Griff seiner Freunde zu wehren. Von seinem wallenden weißen Bart tropfte Erbrochenes, sogar die reiche Stickerei auf seinem Übergewand und der Stola war damit getränkt. Der Geruch nach gebrannter Eichel und Brechnuss-Extrakt war für ihre Nase unmissverständlich, sogar durch die überwältigenden Gerüche von Bier, Wein, halb verdautem Fleisch und Magensaft hindurch. Drei seiner acht Gefährten waren gleichermaßen betroffen, und Barra wartete keine Erklärungen ab und gestattete auch niemandem, Fragen zu stellen, bis alle vier Männer sanft im Hauptschlafraum auf frisches Leinen gelegt und die Fenster gegen das Licht des zunehmenden Monds abgeschottet worden waren.

Sie scheuchte alle hinaus und stand einen Augenblick allein inmitten des Zimmers. Sie sah die befallenen Männer ringsumher an und dachte nach. Sie mussten gesäubert werden, das Erbrochene musste ihnen von der Haut gewischt und aus den Bärten gekämmt werden, jedoch sanft; jede jähe Bewegung, jeglicher Lärm oder jegliches helle Licht konnte einen Anfall hervorrufen, der sie umbrachte. Sie dachte, dass sie durchaus überleben mochten – das Erbrechen musste eine beträchtliche Menge des Gifts hinausbefördert haben und sie würden nichts weiter davon trinken. Andererseits war keiner von ihnen ein junger Mann, und Demetor selbst hatte mehr als sechzig Winter gesehen, möglicherweise nahezu siebzig. Sie blickte auf ihn hinab, auf das wallende, schneeweiße Haar auf dem Kissen. Seine Augen rollten unter den geschlossenen Lidern, und sie dachte an den fröhlichen, benebelten alten König, den sie in seiner Halle in Paphos gesehen hatte, an die weit aufgerissenen Augen, als er bei Kheperus Vorstellung eines Wandernden Sehers herumgedruckst hatte und nahezu alles hatte versuchen oder bezahlen wollen, um sein Volk vor dem menschentötenden Eber zu beschützen. Damals hatte sie ihn wegen seiner aufgeblasenen Dummheit verachtet und ihn seitdem in Gedanken oftmals ausgelacht, aber jetzt, da er hier vor ihr lag, hingen ihr diese Verachtung und dieses Gelächter bitter in der Kehle. Wie viele Jahre waren es noch, bis ihr eigener Vater Quendail ebenso hilflos daläge? Wie lange noch, bis Peliarchus so läge? In irgendwelchen Tiefen ihres Geistes waren Ketten der Verwandtschaft geschmiedet worden, wie oder wo, das wusste sie nicht, und es kümmerte sie auch nicht; gleich, woher die Verbindung rührte, die sie diesem gefallenen König gegenüber verspürte, sie war zweifelsohne wirklich. Sie spürte die Woge ihres Zorns langsam anschwellen und sich auf Meremptah-Sifti und seinen Dämonenbeschwörer richten, und sie umklammerte sie mit einer geistigen Hand, um sie im Zaum zu halten. Die Meneides, redete sie sich ein, würden sich an ihrer Stelle darum kümmern. Deren Bemühungen waren hier besser am Platz.

Die Kyprioten scharten sich wie nervöse Schafe um das Tor zum Innenhof. Barra musste sich gewaltsam einen Weg hindurchbahnen, als sie aus dem Schlafzimmer hinaus in die frische Nacht im Innenhof ging, und sie holte tief Luft, um die Nase frei zu bekommen. Sie beachtete die auf sie niederprasselnden Fragen nicht und packte einen der Kyprioten am Arm. »Du, und vielleicht noch ein anderer, ihr könnt dortdrin bei ihnen bleiben. Säubert sie vorsichtig und sorgt dafür, dass sie ruhig bleiben – seid nicht laut, haltet die Stimmen gedämpft, keine Lampen, rein gar nichts. Wenn einer von ihnen einen Anfall bekommt, versucht, ihn so festzuhalten, dass er sich nicht selbst verletzen kann. Kapiert?«

Der Kypriote, ein großer Mann mit einem bärtigen, aufgedunsenen Gesicht, blickte verschwommen auf sie hinab. »Wer, zum Teufel, bist du?«

Barra war eine ehemalige Meisterin im Umgang mit Betrunkenen; sie packte ihn beim Bart und zog sein Gesicht nahe zu sich herab, wobei sie nicht weiter darauf achtete, dass ihm die Augen tränten und er einen Schmerzensschrei ausstieß. »Ich bin die Frau, die dir den verdammten Schädel spaltet, wenn du nicht tust, was ich gesagt habe! Wenn du's nicht tust und König Demetor heute Nacht stirbt, stirbst du auch. Verstanden?«

Er nickte stumm und sie ließ ihn los. Die anderen Kyprioten sahen in weiser Voraussicht davon ab, ihre Befehle infrage zu stellen. Sie ließ sie stehen; sie ging zu Kheperu und Leucas hinüber, die Seite an Seite am Tor zur Straße standen und in die Dunkelheit dahinter spähten. »Da draußen ist sonst niemand«, meinte Kheperu. »König Trottel und seine Jammerlappen – es ist der Fluch, nicht wahr?« Zwei Diener, die sich auf Hörweite herangeschoben hatten, stöhnten auf und eilten davon, um diesen Leckerbissen weiterzureichen.

Barra seufzte müde. »Oh, prima gemacht! Sehr schön! Du bist schon der Richtige, andere Leute Trottel zu nennen! Jetzt werden sie alle in Panik geraten.«

Sekundenschnell war Barra Mittelpunkt einer Menschentraube. Alle vom Fluch nicht betroffenen Kyprioten stellten ihr jammernd Fragen, da sie anscheinend Dinge wusste, die ihnen unbekannt waren; die Diener klammerten sich an sie und flehten sie an, ihnen zu sagen, ob der König den Fluch auch auf dieses Haus herabgezogen habe. Barra fauchte sie an, sie sollten den Mund halten, aber sogar Graegduz' Knurren, das sie unterstützte, ging in dem Lärm unter. Peliarchus war keine Hilfe – der Schiffseigner saß auf einem der Sofas im Innenhof und hielt den Kopf in den Händen. Schließlich sah Barra auf und begegnete Tayniz' Blick; der flehende Ausdruck auf ihrem Gesicht sprach Bände. Tayniz holte tief Luft und brüllte: *»Ruhe!«* Erneut funktionierte es.

Mit Tayniz' Unterstützung, die ihren Befehlen die nötige Autorität verlieh, bekam Barra den Innenhof rasch in den Griff: Die Kyprioten setzten sich ruhig hin, Weinkrüge gleich bei der Hand, und die Diener – ausgenommen der Türhüter – begaben sich in ihre Räumlichkeiten. Es erforderte einiges an Arbeit, die fast unzusammenhängende Geschichte verständlich zu machen.

Demetors Gesellschaft hatte sich in zwei Gruppen geteilt, als der König von einem Bordell weiterziehen wollte, wo fünf seiner Männer – diese fünf saßen jetzt im Innenhof – fröhlich das Ziel ihrer Klasse erreicht hatten. Zuvor hatten sie eine Geschichte von einem Steuereintreiber der Tomitiri gehört, der zusammen mit seinen Leibwächtern auf der Straße ermordet worden war, und in ihrem vom Alkohol umnebelten Zustand waren sie zu dem Entschluss gekommen, dass es ein Spaß wäre nachzusehen, wo der Mord stattgefunden hatte. Massaker und brutale Morde waren schließlich Themen von bleibendem Reiz – insbesondere, wenn sie erst vor so kurzer Zeit stattgefunden hatten. Am Ende erreichten sie ein nahe gelegenes Gasthaus, das fast verödet war, wo sie mehr oder weniger alles an sich rissen und sich bis zur Blödheit betranken. Dieses Gasthaus war, so vermutete Barra, mit ziemlicher Gewissheit ein Gasthof der Tomitiri; das Muster schien identisch mit den Ereignissen bei Lidios. Inzwischen hatten die zurückgelassenen Männer das Bewusstsein wiedererlangt, obgleich sie nicht nüchtern geworden waren, und diese Männer hatten sich entschlossen, sich in die Nacht hinauszuwagen und ihre Freunde zu suchen. Es war die Wassertonne, in die Demetor und seine Freunde die Köpfe gesteckt hatten, um sie für den Weg nach Hause wieder klar zu bekommen; sie hatte die Männer mit dem Fluch geschlagen, wusste Barra, obgleich sie nichts sagte. Der Fluch und jegliches damit zusammenhängende Wissen waren vom Vertrag mit dem Haus Meneides betroffen. Sie hatte ihr Wort gegeben und war bezahlt worden, und selbst Idonosteus' mutmaßlicher Verrat entließ sie nicht aus der Verpflichtung, den Mund zu halten.

Peliarchus war einem Schock nahe; das verheerende Bild eines sterbenden Demetor unter seiner Gastfreundschaft trieb ihm Schatten unter die Augen. Obgleich Agapenthes selbst ebenso ein Tyrer war wie jeder andere gewiefte Kaufmann auf dem Markt, verfolgte das Haus Penthedes seine Tradition stolz bis zurück nach Mykene. Aufgrund der heiligen Gesetze der Gastfreundschaft, wie sie in Achaia befolgt wurden, war Peliarchus – als Gastgeber – persönlich für jedes unglückliche Schicksal verantwortlich, das seinen Gast befallen mochte, selbst einem widerwillig beherbergten Gast. Fügte man die Bande des Bluts hinzu – Agapenthes mochte seinen Vetter verachten, aber Blut ist schließlich Blut –, so war die Zukunft, die Peliarchus vor sich sah, wahrlich sehr düster.

Barra kauerte sich vor ihn und packte ihn an beiden Schultern. »He, lass dich nicht hängen, Peliarchus«, sagte sie leise. »Ich denke, wir können ihn retten. Sie alle retten.«

Leucas und Kheperu sahen einander stirnrunzelnd an. Peliarchus fragte: »Meinst du wirklich?«

»Kheperu kann… den Fluch aufheben. Nicht wahr, Kheperu?«

Der Ägypter blickte zweifelnd drein. Barra sagte suggestiv: »Wenn wir die richtigen Stoffe finden… wenn wir eine kleine Weile hinausgehen… und mit einem seiner Freunde sprechen…« Sie nickte und lächelte ihn an, aber die angespannten Muskeln ihrer Kinnlade und die fest zusammengebissenen Zähne besagten: *Unterstütz mich bloß oder du bekommst eine von mir gescheuert!*

Die Erkenntnis, dass Barra ihn tatsächlich einmal darum *bat* zu lügen, brachte einen hellen, manischen Glanz in Kheperus Perlenaugen. Jäh rieb er sich die Hände. »O ja, gut, wirklich, doch sie ist etwas zu zartfühlend. Ja, tatsächlich… ich muss in die Dunkelheit hinaus und einen Geist anrufen, ja, wirklich, so etwas wie einen geringeren Gott, wenn du es wissen willst – ja, genau, das muss geschehen, wirklich. Die einzige

Frage ist, *wann* wird er kommen?« Er reckte den Hals und musterte betont den Himmel. »Alle Vorzeichen sind anscheinend gut, und natürlich kann ich bei meiner Anrufung herausstreichen, wie dringend die Angelegenheit ist; so etwas erreicht man durch die Melodie des Lieds, das…«

»Erspare uns die Einzelheiten«, unterbrach Barra fest. »Wir haben dafür vielleicht keine Zeit. Leucas und ich werden dich begleiten, um dich… äh, vor gefährlichen Einflüssen zu schützen.« Sie sah auf und begegnete zufällig Tayniz' Blick. Ihre Ziehmutter stand mit verschränkten Armen und fest zusammengepressten Lippen hinter Peliarchus. Tayniz hatte eine Art, einen anzusehen, die Barra an Coll erinnerte, ihre wirkliche Mutter. Beide konnten sie dir auf eine schweigsame Art ins Herz sehen, als ob sie dich besser kennen würden als du selbst und als ob sie leicht enttäuscht von dir seien, dich jedoch trotzdem liebten. Oder als ob da etwas wäre, das du ganz sicher gerade jetzt tätest, wenn du eine richtige Tochter wärst. Dieser Blick bereitete Barra stets eine leichte Gänsehaut. Tayniz hob die Brauen um Haaresbreite und lenkte betont den Blick dorthin, wo der Pförtner schmollend am Fuß der Treppe stand. »Na gut, na gut!«, brummelte Barra durch die Zähne. Sie packte Kheperus Ärmel und schlug Leucas auf die Schulter. »Kommt schon, besorg ein paar Laternen, wir gehen hinaus.«

»Hinaus?«, fragte Leucas.

»Ich erklär's später.« Mit einem verzweifelten Blick über die Schulter zurück zu Tayniz marschierte sie zum Pförtner. Milo tat so, als ob er seine verschränkten Hände musterte, während er unter den gesenkten Lidern hervor Barra furchtsame Blicke zuwarf. »Sieh mal«, sagte sie, »tut mir Leid, dass ich dich erschreckt habe.«

Bei diesen Worten hob der Türhüter den Kopf, während Barra in Gedanken nach etwas wühlte, was sie sonst noch sagen könnte, damit der arme Mann das Gefühl bekäme, dass sie ihn und seine Dienste zu schätzen wusste. »Meine Freunde und ich gehen jetzt für eine Weile hinaus. Lass niemanden ein, während wir weg sind, ja? Das ist sehr wichtig und wir alle zählen deswegen auf dich. Lass niemanden ein, nicht einmal mich, es sei denn, Peliarchus oder Tayniz persönlich erteilen dir den Befehl dazu. In Ordnung?«

»Ich habe keine Angst gehabt«, murmelte Milo. »Du bist stets leicht erregbar gewesen. Ich hab gewusst, dass das nicht persönlich gemeint war. Ich werd Acht geben, Barra, du weißt, ich werd Acht geben.«

»Du bist ein guter Mann«, sagte sie. Tayniz, die oberhalb des Pförtners stand, nickte Barra kaum wahrnehmbar zu. Barra seufzte – das war ganz ihre Ziehmutter: stets besorgt darum, dass die Diener angemessen behandelt wurden, während die Welt ringsumher in Flammen stand.

Milo hielt das Tor eine Weile fest, während sie ihre Wurfaxt herauszog, und die Gefährten traten hinaus.

Sobald das Tor hinter ihnen geschlossen war und sie hinter Barra dahinschritten, meinte Kheperu: »Sehen wir mal, ob ich das richtig verstanden habe. Wir gehen zum Markt und suchen Tekrop-nekt auf, nicht wahr? Wir schmeißen ihn aus dem Bett und zahlen seine exorbitanten Preise für irgendein nutzloses Kraut, das seiner Behauptung nach eine Vergiftung durch Brechnuss heilen kann, und wofür? Für König Demetor, den du verachtest?«

Leucas sagte leise: »Wir sind dazu verpflichtet. Er war auf Kypros unser Gastgeber; wir sind Gastfreunde.«

Barra nickte. »Das stimmt. Ihr habt beide Recht. Wir sind Gastfreunde und ich verachte ihn. Also?« Sie lächelte dünn in sich hinein, als sie an die Worte dachte, die sie zuvor an ihre Söhne geschrieben hatte. »Zunächst jedoch müssen wir zu diesem Gasthof der Tomitiri gehen und ein Loch in die Wassertonne schlagen.«

»Aber warum?«, beharrte Kheperu.

Leucas blickte auf ihn hinab. »Weil wir möglicherweise einige Leben retten können.«

»Ja? Was bringt uns das ein? Es wird Meremptah-Sifti wachrütteln – er wird wissen, dass jemand seinem Brechnuss-Fluch auf der Spur ist.«

»Er weiß bereits, dass ihm jemand auf der Spur ist«, sagte Barra grimmig. »Ich habe heute Morgen mein Frühstück in der Kammer des Dämonenbeschwörers ausgekotzt, erinnerst du dich? Wenn er sich das nächste Mal zeigt und ein bisschen Magie praktiziert, wird er verdammt genau wissen, dass jemand dort gewesen ist. Was den Gasthof betrifft, so erwarte ich nicht von dir, dass du das verstehst.« Wie konnte sie es erklären? Sie wusste nicht, was das *Sceon Tiof* ihr möglicherweise bei einem Leichnam zeigen würde, insbesondere bei einem, dessen Tod sie hätte verhindern können; sie wollte nicht wissen, wie es sich anfühlte, tief in jemandes Leben zu schauen, den sie nicht errettet hatte. Sie wollte es niemals herausfinden.

»Was ist mit *Ausruhen?*«, fuhr Kheperu fort. »Hast du denselben Tag erlebt wie ich? Erinnerst du dich, was *Schlaf* ist?«

Barra nickte und unterdrückte ein Gähnen. Als Letztes in der Welt musste sie gerade jetzt daran erinnert werden, wie müde sie war. »Sagen wir nur, dass ich mich ein wenig verantwortlich fühle. Ich lebe hier – das sind meine Leute, schätze ich. Niemand sucht sich aus, wo er geboren wird, aber man kann sich aussuchen, wo man sein Leben lebt und – ach, schon gut. Ich brauche keine Begründung. Wir werden's halt tun, weil ich es so will, das ist alles.«

»Oh?«, erwiderte Kheperu. »Und was ist, wenn ich's nicht tue?«

Barra grinste ihn an. »Niemand hat dich darum gebeten.«

Sogar der Mond glitt schon ins Meer, als die Gefährten sich durch das schweigende Labyrinth des Markts auf Tekrop-nekts Geschäft zuschlängelten. Sie gingen vorsichtig, ohne Lampe, durch Streifen silbernen Mondlichts, zwischen denen Schatten von einer solchen Tiefe lagen, dass das Hineintreten wie das Verschwinden aus der Existenz war. Als Kheperu über einen achtlos liegen gelassenen Ständer stolperte, gefolgt von einem heftigen Geklapper und einem noch heftigeren Fluchen, fuhr Graegduz knurrend zu ihm herum, und Barra merkte, dass sie die Axt in der Hand hielt und ihr das Herz bis in die Kehle hinauf schlug. Selbst der unerschütterliche Leucas vollführte einen Satz und ging anschließend mit seinem Schild in der einen Faust und dem gezogenen Schwert in der anderen weiter.

Seitdem sie den Gasthof der Tomitiri verlassen hatten, aus dessen Regentonne dank dreier rascher Streiche von Barras Axt das Wasser leckte, hielt Graegduz sich eng an Barras Oberschenkel gedrückt und sie spürte sein lang gezogenes, leises Knurren warm und tief in seiner Brust rumpeln. Zu diesem Zeitpunkt hatte sie Leucas und Kheperu angewiesen, ihre Lampen zu löschen und einem Pfad zu folgen, der sich durch Gassen und Straßen, zwischen Häusern mit verriegelten Türen und verschlossenen Rollläden dahinwand; dennoch verspürte sie beharrlich ein Prickeln im Nacken, das schließlich zu einer Gänsehaut hervorrufenden Überzeugung angewachsen war, dass sie sich nicht mehr allein auf den sternenbeschienenen Straßen von Tyros befanden. Eine sich drehende Brise war in Barras

Ohren verstummt und das gelegentliche Scharren von Stein oder Holz mochte ebenso gut ein natürliches Geräusch sein wie auch Anzeichen einer Verfolgung; zweimal jedoch hatte ihre Nase den Hauch eines Tiergeruchs aufgefangen, darunter der Gestank stark verwesten Fleischs sowie der schwache Geruch eines grünlich verfärbten Eies, das tagelang in der Sonne gelegen hatte. Beim ersten Mal war der Wind von Westen gekommen und beim zweiten Mal von Süden. Eben dort, im Süden, wälzten sich dunkle Wolkenmassen am Himmel, und der Geruch nach Regen hing ebenfalls in der Luft. Barra sprach ein Gebet im Herzen, dass das, was sich dort draußen befinden mochte, nichts mit ihnen zu tun hätte und dass sie nicht seine Aufmerksamkeit auf sich lenken würden.

Alle drei Gefährten waren erschöpft; vor Tagesanbruch bis weit nach Mitternacht aktiv gewesen zu sein hatte Barras Beine schwer und steif wie ein Brett werden lassen. Selbst Leucas ging mit hängendem Kopf dahin, sein Schild und das gezogene Schwert schwangen schlaff an seiner Seite, und Kheperu war so müde, dass er, seitdem sie den Gasthof verlassen hatten, kaum ein Wort gesprochen hatte.

Vor ihnen ertönten jetzt ganz deutlich Geräusche. Gesenkte Stimmen fauchten Worte, die gerade eben nicht verständlich waren; sie hörten das Geklapper und Poltern von Brettern, die aufgestapelt wurden, und von Tuch, das zerriss, dann eine Stimme, die einen fulminanten Fluch auf Ägyptisch ausstieß.

»Hört sich an wie Tekrop-nekt persönlich«, murmelte Kheperu. »Vielleicht sollten wir uns beeilen.«

Leucas runzelte die Stirn. »Ist vielleicht keine so gute Idee, sich auf sie zu stürzen.«

»O ja, allerdings«, meinte Barra. »Auf diesen Straßen, mitten in der Nacht? Sie sind wahrscheinlich ebenso nervös wie ich.«

»Wie wahr, vermute ich«, sagte Kheperu schniefend. »Es gibt kein ehrbares Geschäft, das einen Mann zu dieser Stunde auf den Markt treiben würde.«

Als das Geschäft vor ihnen auftauchte, waren Tekrop-nekt und sein hünenhafter Leibwächter Met gerade eifrig damit beschäftigt, die Zedernleisten, die den Rahmen seines Ladens gebildet hatten, auf einen Mauleselkarren zu laden. Es war kein Maulesel zu sehen; Barra hatte den Verdacht, dass die leeren Zügel schließlich um Mets fleischige Schulter gelegt würden. Es gab auch keine Lampen; wie die Gefährten verließen sich die beiden Ägypter auf die gelegentliche Beleuchtung durch den Mond. Beide scheuten wie schreckhafte Pferde: Tekrop-nekt umklammerte keuchend seine Brust, und Met sprang mit wilden Augen vor ihn, wobei seine Hand beeindruckend schnell das grau-schwarze Krummschwert fand.

»Merkwürdige Stunde zum Aufstehen, Tekrop-nekt«, rief Kheperu leise. »Ich bin's Kheperu, mit dem Mädchen aus dem Norden und dem Griechen.«

Met, beide Hände auf dem Krummschwert, verlagerte sein Gewicht nach vorn, sodass er fester auf dem Boden stand, bereit zum Kampf. Tekrop-nekt tauchte über seiner Schulter auf und blickte argwöhnisch und mit zusammengekniffenen Augen durch das Mondlicht. »Ich kenne dich, Kheperu. Was willst du?«

»Nur ein paar Augenblicke deiner Zeit«, erwiderte Kheperu besänftigend. Er spreizte die Hände, zeigte seine leeren Handflächen und schritt auf das nervöse Paar zu. Barra winkte Leucas und folgte. »Ich gehe wohl recht in der Annahme, dass ihr plötzlich dringende Geschäfte in einer weniger unruhigen Stadt entdeckt habt?«

Tekrop-nekt antwortete mit einem dünnen Gelächter, so dünn, dass es fast schrill war: »Dringende Geschäfte? O ja, sie *wurden* dringend, als Peth An'khefi von unsichtbaren Dämonen niedergemetzelt wurde. Und das an einem hellen, strahlenden Nachmittag Ras, heute im Innenhof von Nephrol Tomit!« Sein Mund verzerrte sich und seine Hand schoss über Mets Schulter hervor. »Und das ist jetzt *nah genug!*«

Kheperu ging langsamer, näherte sich ihnen jedoch weiter, wobei er in seinem einschmeichelndsten Tonfall sagte: »Du wirst uns doch nicht wegschicken, oder? In einer Nacht wie dieser muss unser nächstes Ziel vermutlich das Haus des Nephrol Tomit sein, wo wir die Geschichte seines eidgebundenen Alchemisten weitererzählen, der inmitten dieser finsteren Nacht seine Pulver woanders hinbringt...«

Bei diesen Worten geriet Tekrop-nekts dünner, lippenloser Mund deutlich ins Zucken. »Nein, nein, bitte – was du willst, ich kann dir dabei helfen...«

Ohne den Blick von Mets funkelndem Gesicht zu nehmen, legte Barra Leucas eine Hand auf den Arm und sagte leise auf Griechisch: »Er verschwindet, weil einer der Männer Tomitiris genauso getötet worden ist wie Othniel.«

»Hm, das kann ich ihm kaum übel nehmen«, erwiderte Leucas und nickte, nachdenklich die Stirn runzelnd. »Frag den Fetten, ob er das Schwert verkaufen will!« Barra verdrehte die Augen und er meinte verteidigend: »Seit der Einnahme Trojas habe ich keine Eisenklinge mehr gesehen – ein Schwert wie dieses sollte sich in den Händen eines Mannes befinden, der damit umzugehen weiß.«

In der Zwischenzeit hatte Kheperu erklärt, was sie suchten. Tekrop-nekt kratzte sich die Schädeldecke und kaute auf der Unterlippe; wie viele Männer, die ihre Arbeit liebten, ließ sich Tekrop-nekt allein fast dadurch beruhigen, dass man an sein Expertentum appellierte. »Nun, für eine Brechnuss-Vergiftung gibt es kein Heilmittel; soll heißen, kein Gegengift«, meinte er langsam. »Das Beste, was man tun kann, ist, eine Mischung aus Mohnöl und Nachtschatten in Wein einzuflößen – üblicherweise bringen die Krämpfe einen Mann um, nicht die Brechnuss selbst. Natürlich kann die Behandlung tödlich sein, wenn man zu viel einnimmt.«

»Ja, ja, natürlich«, erwiderte Kheperu gereizt. »Bin ich etwa ein blutiger Anfänger? Ich nehme das Mohnöl und den Nachtschatten – die Lösung kann ich selbst herstellen.«

»O nein, nein«, sagte Tekrop-nekt und seine Augen wurden wieder groß. »Ich habe nicht vorgeschlagen, dir diese Sachen zu *verkaufen.* Alle meine Waren sind verpackt; ich habe keine Zeit, sie wieder auszupacken.« Met, der sein Krummschwert noch immer vor sich hielt, ließ die Klinge zucken, um seinem Einverständnis Nachdruck zu verleihen.

Kheperus Hand tauchte in sein Gewand und kam mit einer faustgroßen, verführerisch klingelnden Börse wieder hervor. »Wie viel ist deine Zeit wert?«

Tekrop-nekt zog die fedrigen Brauen zusammen, während er sich die Frage überlegte. Der Wind drehte sich und blies jetzt voll in Barras Rücken. Die feinen Härchen auf ihrem Nacken richteten sich auf und Graegduz knurrte: Dieser Geruch nach Verwesung und faulen Eiern drang wieder auf sie ein. Er war jetzt stark genug, dass die Ägypter die Nase rümpften, sogar Kheperu. Barra sagte auf Griechisch: »Dieses Geschäft? Kheperu, ich sag's dir, mach rasch! Ich möchte von hier weg!«

Kheperu nickte und wandte sich wieder dem anderen Ägypter zu, doch ehe er zu sprechen vermochte, hob Met den Kopf, spähte über Leucas' Schulter und sagte mit der hohen, flötenden Stimme eines Eunuchen: »Wir sind nicht allein hier.«

Eine dichte Wolkenbank hüllte den Mond ein; jäh

verschwand der Markt in einer so tiefen Dunkelheit, dass sie ebenso gut hätten blind geworden sein können. Barra fluchte unterdrückt und streckte die Hand nach Leucas aus. Als sie den massigen, eisenharten Arm gefunden hatte, zog sie eine ihrer kleinen Äxte, glitt um ihn herum und stellte sich Rücken an Rücken mit ihm; sein Rücken, fest wie eine steinerne Wand, stimmte sie zuversichtlich, aber durch diese Wand hindurch spürte Barra das Pochen seines Herzens. Der Gestank war dick genug, dass sie ihn auf der Zunge schmeckte.

Während sie sich aufstellte, murmelte sie auf Griechisch: »Kheperu – mach etwas Licht!«

Seine Antwort erfolgte leise, jedoch forsch: »Zwei Schritte vor dir, meine Liebe.«

Die grummelnde Stimme aus der Dunkelheit sprach Griechisch, doch sonst erinnerte nichts daran, dass sie aus einer menschlichen Kehle kam. Lispelnd und mit einem Stottern, das an den Vokalen hängen blieb, kreiste sie zwischen einem Ächzen und einem Kreischen, ohne erkennbare Modulationen oder Andeutung von Vernunft, als ob es der erste Sprechversuch eines Wesens wäre, das von dem Konzept des Sprechens gelesen hatte, sich jedoch niemals mit jemandem hatte unterhalten können.

Diese Stimme sagte: *»Mein Herr… hat mich… angewiesen, euch mit dieser… Einladung… seiner Gastfreundschaft… zu… versichern, Leucas, Barra und Khe… und Khe… Khe… Kheperu! Kheeeperrruu!«* Der lang gezogene Schrei steigerte sich zu einem Kreischen unmenschlicher Wut, ein blubberndes Gebrüll von berserkerhaftem Zorn, der auf Barras Gehör einhämmerte und ihr die Kraft aus den Knien sog – sie spürte sogar Leucas zusammenfahren. Der Schrei brach jäh ab, gerade so, als ob er mit einer Axt abgeschlagen worden wäre, und in der klingelnden Stille vernahm sie Kheperus wortloses, entsetztes Stöhnen sowie ein jähes Plätschern von Flüssigkeit auf der Straße – es hörte sich so an, als ob sich seine Blase entleert hätte.

Wiederum ertönte das Gekreisch, jetzt stärker als zuvor. *»Kheperu! Khe-pe-ru! Ich will mein Gesicht! Ich will mein Gesicht, Kheperrrruuu!«* Begleitmusik hierzu war Kheperus anschwellendes Geheul voller Todesangst, und dann erschallten andere Stimmen, ein brüllendes Gelächter aus einem Dutzend Kehlen. Von überall her kam es: angefangen von einem wahnsinnigen Gekicher bis hin zu schrillem, kreischendem, schallendem Lachen sowie stakkatoartigen Ausbrüchen sinnloser Ausgelassenheit.

Sie spürte es eher, als dass sie es hörte, das Beben von Leucas' leisem Kichern an ihrem Rückgrat. »Was ist so komisch?«, fauchte sie, und in seiner Antwort lagen die herzerwärmenden Anfänge seines berserkerhaften Kampfgeschreis, die jedes einzelne Wort aufheizten.

»Nach all dieser Zeit in diesem gottverlassenen Loch«, sagte er unter Gelächter, »ist es schließlich so verdammt nett, jemanden zu treffen, der Griechisch spricht!«

Einen Augenblick später wurden sämtliche Stimmen von einem explodierenden, grellen Blitzschlag direkt über ihnen fortgeblasen. Das Blitzlicht fror Gestalten ein, die sich bereits in Bewegung gesetzt hatten, fing einen einzelnen Augenblick mitten in einem Sprung ein, mit dem die Kreaturen zum Angriff ansetzten. Nur ein kreischender Mann blieb in dem Nachbild, das Barras Blick erfüllte – ein unbewaffneter Mann, der nur einen Gürtel und einen ägyptischen Rock trug –, aber an seiner Seite sprangen albtraumhafte Hunde los, mächtige Vorderviertel gingen über in lange, geschmeidige Hälse, dicker als ihre fuchsähnlichen Köpfe, und Schaum tropfte von ihren gezackten, nadelspitzen Zähnen, und Schwänze hingen lose und schlaff zwischen ihren kurzen und spindeldürren Hinterläufen.

Die *Hunde* waren es, die lachten.

Ein weiterer Blitzschlag öffnete den Himmel und Regen stürzte auf sie herab. Barra packte eine Hand voll von Graegs gesträubtem Fell unter sich, wobei sie ihm auf Piktisch einen scharfen Befehl erteilte, bei ihr zu bleiben. Sie spürte Leucas, wie er sich in ihrem Rücken anspannte, und wusste, dass diese albtraumhaften Hunde auch aus seiner Richtung heranjagen mussten. Sie vermochte nicht zu sagen, was mit Met und Tekrop-nekt geschah, obgleich sie Kheperus weiter in die Höhe steigendes Gekreisch noch immer vernahm. Das Rauschen des Regens überdeckte die Schritte der Hunde; sie hatten in ihrem wahnsinnigen Gelächter innegehalten. So wartete sie, blind und taub, und versuchte, über das Hämmern ihres Herzens hinweg zu atmen. Der Augenblick erstreckte sich quälend dahin, endlos, schier eine Ewigkeit verstrich zwischen einem jeden Herzschlag; und als sie auf sie losgingen, war es geradezu eine Erlösung.

Sie stürzten sich auf ihre Beine, ganz tief – nadelscharfe Zähne gruben sich in ihre Wade und sie schwang die Axt nach unten. Sie traf etwas und erzeugte dabei ein dumpfes, hohles Geräusch, ganz und gar nicht so, als ob sie Fleisch getroffen hätte, aber die Zähne ließen sie los. Sie hörte Leucas rufen, die sichere Stütze seines Rückens war verschwunden und hackende Klauen waren um sie, die Hunde warfen sich auf sie und stießen sie um, sodass sie mit dem Gesicht nach unten auf die Straße fiel, deren Untergrund sich rasch in Schlamm verwandelte. Sie versuchte, an Wasser und Erde vorbei zu kreischen, da packten starke Kieferknochen sie an den Handgelenken. Sie verspürte die Kraft in diesen Kieferknochen, die ihre eigenen

Knochen wie trockene Pastete durchbeißen konnten, aber sie verspürte ebenfalls eine Art Zurückhaltung, die sie daran hinderte; sie zogen an ihren Armen, sodass sie sich nicht umdrehen konnte, sie versuchten festzuhalten, nicht zu zermalmen. Und dann trat einer auf ihren Rücken und seine Kieferknochen packten sie beim Hals.

Wie wahnsinnig wirbelten die Worte in ihren Gedanken umher: *Mein Herr hat mich angewiesen, euch mit dieser Einladung seiner Gastfreundschaft zu versichern.* Vielleicht meinte er es auf irgendeine verrückte Weise so. Vielleicht würden sie ihr nichts antun, wenn sie nicht kämpfte. Vielleicht würde Widerstand alles nur schlimmer machen. Vielleicht…

Dann kam das Licht, irgendein flackernder, orangefarbener Glanz wie Fackelschein. Und etwas traf von hinten denjenigen, dessen Zähne ihren Hals gepackt hielten – die Zähne rissen sich los und der Hund wälzte sich vor ihr im Schlamm; ein knurrender Mahlstrom aus Fell und Fängen. Graegduz. Barra kreischte und wand sich verzweifelt, schwang die Beine hoch, um einem der Hunde, die ihre Arme festhielten, einen Tritt zu versetzen. Sie kicherten hoch in den Kehlen, starrten sie mit bösartigen gelben Augen an und hielten eisern fest.

Es war ihre durch die Übung im Bullentanz erworbene Geschmeidigkeit, die sie schließlich befreite. Es gelang ihr, den linken Fuß gegen die Kinnlade des Hundes zu stemmen, der ihr linkes Handgelenk festhielt – sie drückte mit dem Fuß und zerrte an ihrem Arm, und sie riss ihr eigenes Fleisch aus seinen Zähnen und der Arm kam frei. Der Speichel des Hundes brannte wie Feuer in der Wunde, und er versuchte, erneut zuzuschnappen, aber Barra hatte bereits ihre Breitaxt hervorgeholt. Sie traf ihn mit einem Hieb, der ihn auf die Hinterläufe zurücktrieb, dann schwang sie die schimmernde Axt in einem sausenden Bogen nach den Vorderbeinen des Hundes, der ihr rechtes Handgelenk gepackt hielt. Es ertönte ein dumpfer Schlag, den der Hund anscheinend kaum bemerkte. Sie wand sich, brachte die Beine unter sich, kam hoch, sodass sie die Waffe richtig schwingen konnte, und diesmal biss die Axt tief in das Rückgrat des Hunde-Etwas, knapp hinter den Schädel, ein Schlag, der ihn hätte enthaupten müssen, dies jedoch nicht tat. Kein Blut spritzte, die Axt drang nicht weiter als auf Fingerlänge ein. Das Hunde-Etwas ließ sie jedoch los, und Barra beobachtete es einen Augenblick lang wie erstarrt. Völlig ungläubig.

Schwankend stand es da, und sein Kopf baumelte an den dicken Muskeln vorn an seinem Hals, die Nase zuckte einen Zentimeter über dem Schlamm und die Enden seines zertrennten Rückgrats waren in der trockenen, blutleeren Wunde deutlich zu erkennen. Dann wandte es sich unsicher ab und trabte in die Dunkelheit davon, seitlich wie ein Krebs, sodass ein Auge des herabbaumelnden Kopfes in die Richtung gehalten werden konnte, die es einschlagen wollte.

Als sie der Gedanke überkam, standen ihr die Haare zu Berge, und in ihren Händen kribbelte es, als ob ein Blitzschlag sie knapp verfehlt hätte: *Graeg kämpft gegen eines dieser Ungeheuer!*

Sie sprang über die zuschnappenden Kieferknochen eines anderen Hundes hinweg, ein Salto mortale, der ihm die Klinge ihrer Breitaxt mit krachender Gewalt in den Schädel trieb – erneut war das Geräusch, welches der Hieb durch die Schreie und das grässliche Gelächter des Kampfs hindurch verursachte, ein hohler, blutleerer Knall, als ob sie ein lederumhülltes Fass getroffen hätte –, und als sie landete und beinahe im Schlamm ausrutschte, sprang ihr das Hunde-Etwas auf den Bauch, als hätte es nichts gespürt, als wäre die klaffende Wunde, in der sich Knochensplitter zeigten, nichts weiter als ein Kratzer. Sie schlug die drohend geöffneten Kiefer mit dem Schaft ihrer Axt beiseite, und beim Gegenschwung ging sie in die Knie und schwang die Axt in einem flachen Bogen nur eine Handspanne über dem Boden: sie schnitt noch immer nicht tief ein, aber das Vorderbein des Hunde-Etwas brach mit einem befriedigenden Krachen. Augenblicklich wandte sie sich von ihm ab und suchte den jungen Wolf.

Graeg kämpfte noch immer. Er wurde von zweien der Hunde im Schlamm niedergehalten: Die Kieferknochen des einen nagten an seinem Hinterbein und die Zähne des anderen gruben sich tief in seine Schulter. Kreischend sprang Barra mitten unter sie, nahm Graegs Körper zwischen die Beine und schwang die Axt wild vor und zurück. Immer wieder traf sie mit ihrer Axt, verursachte jedoch keine ernsthaften Schäden, sondern trieb die knurrenden Hunde lediglich lange genug zurück, dass Graeg wieder auf die Beine kommen konnte. Barra riskierte einen raschen Blick umher in der Hoffnung, auf der Straße Hilfe oder eine einladende Mauer zu finden, die sie als Rückendeckung benutzen könnte.

Das Licht, das ihr die Sicht ermöglichte, entstammte einer Flamme, die dem Schlamm entsprang, als ob die Straße selbst brennen würde, und darüber verdampfte zischend der Regen. Es brannte in einem weiten Kreis um die Stelle, wo Kheperu mit dem Herrn der Hunde kämpfte. Die Kleidung des Mannes brannte ebenfalls und sein rauchendes Haar war geschwärzt und sandte hier und da glühende Teilchen aus. Während sie hinschaute, hob Kheperu den Mann mit einem sehr glatten Schwung des Stabs von den Beinen, sodass er wiederum in die Flammen zurückfiel.

Blitzartig wurde ihr die Sache klar: Dieses plätschernde Geräusch, das sie vernommen hatte, als Kheperu das erste Mal entsetzt gekeucht hatte – das war nicht Kheperus Blase gewesen, die sich auf die Straße entleert hatte, sondern einer seiner Tränke, irgendeine Mischung, die er in seinem Gewand mit sich geführt haben musste. Schlauer Mann – gleich, wie viel Angst er hatte, er hörte niemals damit auf, sich Wege zu überlegen, wie er die Chancen zu seinen Gunsten umbiegen konnte. Und das benötigte er auch: Der Herr der Hunde – Barra konnte ihn in Gedanken jetzt nicht mehr Chrysios nennen – kam wieder auf die Beine und sprang aus den Flammen heraus.

Kheperu traf ihn mit einem hässlichen Schlag auf die Schläfe, der die Haut vom Knochen riss, doch der Herr der Hunde bemerkte es offenbar nicht einmal. Kheperus Stab pfiff erneut nieder und der Herr der Hunde fing ihn mit einer Hand ab, drehte ihn, riss daran und warf ihn beiseite. Sein Geheul *»Ich will mein Gesicht!«* wurde begleitet von Kheperus Gekreisch, und Barra hörte jetzt den Unterschied heraus, hörte jetzt das nackte, schiere Entsetzen. Der Herr der Hunde ballte eine Hand zur Faust und schickte Kheperu fast beiläufig mit einem einzigen Schlag zu Boden. Kheperu kreischte in einem fort; er bedeckte das Gesicht mit den Armen und versuchte, sich davonzuwälzen, aber die Hunde drangen lachend auf ihn ein.

Barra zog ihre verbliebene Wurfaxt und schleuderte sie durch die Flammen; sie traf den Herrn der Hunde in den Rücken und schälte ihm das Fleisch ab. Er gab sich nicht einmal die Mühe, sich umzudrehen und herzuschauen.

»Also gut, ich geb's zu«, murmelte sie. »Wir sind in Schwierigkeiten.« Wie stets, wenn sie beinahe verzweifelte, gab es nur eines, was sie tun konnte. Sie rief: »Leucas!«

Der hünenhafte Athener tänzelte inmitten einer

kichernden, schnappenden Meute der Hunde und schwang sein Kurzschwert so rasch, dass es wie ein Netz aus Bronze aussah. Den kleinen Schild gebrauchte er gleichfalls wie eine Waffe. Er schlug damit links und rechts mit aller Kraft zu. Die Hunde verharrten in respektvoller Entfernung und hüteten sich, zu nahe heranzukommen. Allerdings versuchten sie immerzu, nach seinen Fersen zu schnappen. Jeder, der nahe genug zum Zubeißen herankam, bezahlte dafür mit einem Schnitt, aus dem jedoch kein Blut tropfte, oder einem zerbrochenen Schädel. Leucas' wildes Gelächter glich ihrem wahnsinnigen Kichern und in seinen Augen tanzte eine wilde Freude. Ihm zu Füßen lag der massige Met, das Krummschwert achtlos an seiner Seite – zwei der Hunde rissen noch immer an dem reglosen Körper. Ihre Köpfe verschwanden in der klaffenden Wunde in seinem Bauch, deren Ränder mit Fettklumpen gesäumt waren. Barra dachte: *Vermutlich war er nicht eingeladen.*

»*Leucas!* Hör auf, da rumzumachen! Kheperu ist in Schwierigkeiten!«

Bei ihrem Ruf hob Leucas den Kopf wie ein Wagenpferd, das die fernen Schlachthörner vernimmt. Ihr blieb keine Gelegenheit zu sehen, was er tat, weil sie sich umdrehen und nach einem weiteren der Hunde schlagen musste, der versuchte, daraus einen Vorteil zu ziehen, dass Graeg nicht mehr sicher auf den Beinen stand. Graeg humpelte schlimm, er mühte sich auf drei Beinen voran – sein linker Hinterlauf, nach dem einer der Hunde geschnappt hatte, konnte kein Gewicht mehr tragen. Er versuchte allerdings noch immer, knurrend das zuschnappende Hunde-Etwas anzuspringen, aber Barra sah, dass er nicht mehr mit dem Herzen dabei war. Es war einzig eine Show, eine Finte. Er war schwer verwundet.

Barras Haar hatte sich in dem Platzregen gelöst, die

Nadeln hatten es nicht mehr halten können, und jetzt musste sie es sich aus den Augen schieben, als sie sich verzweifelt nach einem sicheren Ort umschaute. Leucas watete, um sich schlagend, durch die Meute der Hunde, die ihm zusetzten, auf das Feuer und Kheperu zu. Die meisten der Hunde umkreisten jetzt den Flammenring. Keuchend, kichernd und sabbernd schauten sie ihren tapfereren Artgenossen zu, die an Kheperu rissen, und der Herr der Hunde versetzte gelegentlich wohlüberlegt den Rippen oder den Geschlechtsteilen einen bösartigen Tritt – aber sie *umkreisten*, sie durchquerten die Flammen nicht, und da stand Barras Entschluss fest. Dort war die einzige Stelle, wo die Hunde nicht über Graeg herfallen würden.

»Graegduz!«, rief sie auf Piktisch, während sie den Schaft ihrer Breitaxt in die Scheide zurückschob. »Komm her zu mir!«

Der junge Wolf bäumte sich unsicher auf seinem einen Hinterbein auf, und Barra schlang die Arme um ihn. Ächzend hob sie ihn an – es war ein Jahr her, seitdem sie ihn getragen hatte und jetzt war er mehr als zwei Drittel so schwer wie sie. »Du frisst zu viel, verdammt!«, schnaufte sie, als sie sich umdrehte und so rasch sie konnte auf die Flammen zulief, wobei sie ein piktisches Kampfgeheul ausstieß, das die Hunde einen Augenblick so sehr überraschte, dass sie auseinander stoben und den Weg freigaben. Sie senkte den Kopf und hielt den Atem an, daraufhin brach sie durch die Feuerwand. Die sengende Hitze verspürte sie nur für einen kurzen Moment, dann war sie hindurch.

Innerhalb des Kreises war der Platz beschränkter, als es von außen gewirkt hatte; die Hitze war fürchterlich und das Zentrum, der kühlste Ort, bevölkert mit den Hunde-Wesen, die an Kheperu nagten, sowie dem Herrn der Hunde, der mit Leucas kämpfte. Leucas' Schild lag neben ihm im Schlamm, nicht weit entfernt vom Griff seines Schwerts – die Klinge war eine Handbreit oberhalb des Schutzes abgebrochen. Barra ließ Graeg los und zog ihre Breitaxt. Sie sprang über den wimmernden Wolf hinweg und griff an.

Der Herr der Hunde hielt Leucas in einer bärenhaften Umarmung um die kurzen Rippen und hob den Athener vom Boden. Leucas' Fäuste, ansonsten tödliche Waffen, hämmerten wirkungslos auf Kopf und Schultern des Herrn der Hunde ein. Barra glitt über den Schlamm hinter ihn, suchte festen Stand und schwang die Axt. Sie grub sich tief in das Kreuz des Herrn der Hunde ein: der rasiermesserscharfe Feuerstein durchtrennte den unteren Teil seines Rückgrats, und die Klinge fuhr bis zum Schaft hinein. Sie stemmte ihm einen Fuß gegen das Hinterteil, um die Axt loszureißen – aber noch währenddessen stieß der Herr der Hunde Leucas achtlos beiseite. Wie eine zerbrochene Puppe taumelte Leucas schlaff durch die Flammen und der Herr der Hunde wandte sich lächelnd Barra zu.

»He, da ist ja das Axtmädchen!« Die Worte waren vertraut, doch seine Stimme kreischte und heulte wie bei einem Verdammten. *»Erinnerssst du dich an miiich?«*

Das Feuer glänzte in seinen Augen, doch ansonsten lag darin nichts weiter, was an Lebendigkeit gemahnte. Die verkohlte Haut seines Gesichts glimmte noch immer – Rauch stieg von der glühenden Holzkohle auf, zu der seine Oberlippe geworden war, ebenso wie von der Wange –, und eben diese Wange wirkte nicht menschlich, sondern wie irgendein Teil eines Tiermauls mit gekerbten Stoßzähnen, die mit Lederbändern an sein Gesicht genäht worden waren. Irgendeine milchige Flüssigkeit sickerte wie kaltes Öl aus den Löchern, wo die Bänder durch die Knochen gingen. Gleichartige Bänder lagen über einem riesigen Schnitt, der von den Geschlechtsteilen bis zum Brustbein reichte und jetzt exponiert dalag, da die Kleidung weggebrannt war, und als er auf sie zutrat, war sein Gang fließend und plump zugleich, ein schwankendes, auf- und niedertauchendes Stolpern. Einen betäubenden, Ekel erregenden Moment lang glaubte Barra zu hören, wie die zerrissenen Enden seines Beckens bei jedem Schritt aneinander schabten und knirschten, und zwar dort, wo ihre Axt es Tage zuvor gespalten hatte.

Als er sagte: »*Versssuchchchennnn wiir essss nochchch maaaal, jaaa?*«, wusste sie genau, was er meinte.

Ihre Wurfaxt war von seinem Rücken abgeprallt – seine Haut musste wie Leder sein, das in Salzlake gekocht worden war. Sie hoffte, dass seine Knochen, wie bei den Hunde-Wesen, ebenso zerbrechlich waren wie die Knochen eines Sterblichen. Die Bisswunden auf ihren Handgelenken bluteten und das Blut rann an ihren Händen herab und machte den Schaft ihrer Breitaxt glitschig. Sie wich zurück, während er auf sie zuschwankte, und hielt die Axt mit beiden Händen hoch; er kam mit weit ausgebreiteten Armen auf sie zu, wie ein Lieblingsonkel. Sie hatte ihr Angriffsziel ins Auge gefasst – vielleicht konnte sie ihm das Knie zertrümmern, ihn dadurch von den Füßen holen –, aber irgendwie brachte sie es nicht fertig, an ihn heranzutreten und die Axt zu schwingen. Die Hitze in ihrem Rücken wurde immer stärker, bis es schmerzte, und der Geruch nach angesengtem Leinen und Haar sagte ihr, dass allmählich der Platz knapp wurde. Ihre Axt wurde mit einem Mal schwer in ihren Händen, sie zog an ihren Armen wie Bronzeketten. Die schlichte *Ungerechtigkeit* des Ganzen stach am heftigsten: Sie und ihre Freunde konnten jeden *menschlichen* Feind schlagen – und sie wäre nicht einmal *hier,* wenn sie nicht einem Mann hätte zu Hilfe kommen wollen, den sie im Grunde verachtete.

Sie wandte all ihre Willenskraft auf und ließ die Axt um ihren Kopf kreisen. Beim Gedanken daran, wie verdammt schnell er gewesen war, als er noch gelebt hatte, täuschte sie mit dem Blick vor, sie wolle ihn am Hals treffen, und verlängerte daraufhin den Bogen der Axt zu einem Hieb auf die Seite seines linken Knies.

Doch er war jetzt schneller und stärker.

Mit einer Hand hielt er den Schwung der Axt auf; *eine* Hand reichte aus, den Schaft der Axt zu packen und eine Klinge aus Feuerstein aufzuhalten, die mehr als die Hälfte eines Steins wog, den Barra nur unter Aufbietung der letzten Unze ihrer Kraft bewegen konnte. Er entwaffnete sie mit einem beiläufigen Zucken des Handgelenks und packte sie mit der freien Hand am Ellbogen. Er hob sie in die Luft; sie trat um sich wie ein Dieb in der Schlinge des Henkers. Seine Augen sprühten Funken und seine geschwärzte Zunge schlängelte sich aus dem Mund und leckte an der milchigen Flüssigkeit, die ihm wie Tränen das Gesicht herablief.

»Ich bringe deinen Leichchchnam meinem Herrn. Du wirsssst leben wie ichchch. Und er wirrrd dichchch miir überrrgeben!«

Seine Haut war wie eine Rüstung aus gekochtem Leder; seine Muskeln waren wie Bronzeplatten. Doch weder Leder noch Bronze vermochte die schwere, gekrümmte Klinge aus kalt geschweißtem Eisen aufzuhalten, die ein aufgebrachter athenischer Hüne schwang; auch nicht der Arm, der Barra festhielt.

Sie ertappte sich dabei, wie sie stolpernd wieder auf die Beine kam. Chrysios' abgetrennter Arm umklammerte noch immer ihren Ellbogen und baumelte daran herab. Das Ding, das Chrysios gewesen war, brüllte und kreischte ohrenbetäubend und fuhr zu seinem Angreifer herum.

Leucas überragte ihn wie ein Gott aus den Liedern

von Troja, umgeben von Regen und Feuer; Haar und Bart zogen Rauch nach sich und glühende Schlacke arbeitete sich am Saum seines Chitons hoch. Das Etwas griff nach ihm, das Krummschwert blitzte, und der andere Arm fiel klatschend in den Schlamm. Ihm knickten die Knie ein, und es wurde nach vorn geschleudert, als ob es Leucas Knie umfassen und um Gnade betteln wollte, aber es hatte keine Arme zum Zugreifen mehr und der gnadenlose Hieb des Krummschwerts spaltete ihm den Schädel und teilte das verstümmelte Gesicht wie ein Scheit Brennholz, jeweils ein Auge zu beiden Seiten eines klaffenden Schnitts, der ihm schließlich die pfeifende Kehle öffnete und ihm das Schlüsselbein durchtrennte.

Schwankend lag es dort auf den Knien, während Leucas es mit atemlosen Knurren betrachtete. Keuchend zog er die Luft ein, seine Schultern hoben und senkten sich, daraufhin drehte er das Krummschwert zur Seite, bekam die Klinge frei und trennte die Hälften vom Kopf des Etwas wie die Blätter einer Blume aus Fleisch und Knochen.

Nachdenklich wischte Leucas die Klinge an der schwärzlichen Brust des Etwas ab und meinte: »Mir gefällt dieses Schwert.«

Barra packte den abgetrennten Arm oberhalb des Ellbogens mit beiden Händen; dann musste sie die Finger einzeln aufdrücken, um die Hand zu lösen. Zwei der Hunde-Wesen rissen noch immer an Kheperu, dessen Kampfgeist allmählich schwächer zu werden schien. Für ihn konnte Barra nichts tun, unbewaffnet, wie sie war. Ihre Waffen lagen jenseits der Flammenmauer, draußen bei der kreisenden Meute. »Leucas! Hilf Kheperu!«

»Schon gut.«

»Oh, spar dir die Mühe!«, fauchte Kheperu. Jäh wich einer der Hunde schwankend zurück, den ganzen

Körper in Flammen gehüllt. Einen Augenblick später explodierte der Kopf eines zweiten mit einem gedämpften *Bumm!* und Kheperu setzte sich auf.

»Hättet ihr nicht ein bisschen *länger* für ihn benötigen können?«, nörgelte der Ägypter.

Barra warf den abgetrennten Arm angewidert in den Schlamm. Leucas starrte nur hin.

Kheperu hob die Handflächen. »Diese Kreaturen konnten mir durch die Rüstung unter meinen Gewändern nicht viel Schaden zufügen. Es ging nur darum, sie von Gesicht und Händen fern zu halten, bis ihr beide euch um Chrysios kümmern konntet. Er war bestimmt zu viel für mich.« Er lächelte die beiden gewinnend an. »Ich habe gewusst, dass ich auf euch zählen konnte.«

Der Regen hatte aufgehört und der Feuerkreis um sie herum erlosch allmählich. Die Hyänen – der Name, den Kheperu für die Hunde-Wesen hatte – waren in die Nacht davongeschlichen; selbst diejenigen ohne Kopf hatten sich blind fortgeschleppt. Offensichtlich entstammten sie derselben Magie, die Chrysios weiter belebte. Sein Körper zuckte noch immer ziellos; selbst der abgetrennte Arm spannte sich, ballte die Hand zur Faust und löste sie wieder. Leucas hatte ihm einen Fuß auf den Brustkasten gesetzt und nagelte ihn so am Boden fest.

Met, der Wächter, war gründlich tot. Seine massige Gestalt lag in der Nähe des Mauleselkarrens seines Herrn, die Eingeweide quollen auf den Schlamm heraus. Tekrop-nekt war es nicht besser ergangen; der schlaksige Körper des Alchemisten lag nahebei in einer Gasse. Offenbar hatte er entweder fortzulaufen versucht oder ein paar der Hyänen hatten ihn dorthin geschleppt, um ihn ungestört zu benagen; er war kaum wiederzuerkennen. »Was ich nicht verstehe«, murmelte

Leucas, während er die Szenerie überblickte, »ist, weswegen uns niemand *zu Hilfe* gekommen ist. Wir müssen jede Menschenseele auf dem Markt geweckt haben.«

»Denk doch mal nach!«, wies ihn Kheperu sarkastisch an. »Du wirst inmitten eines Gewittersturms von grauenhaftem Gekreisch und wahnsinnigem Gelächter geweckt, und wenn du hinausschaust, siehst du, nun ja, das hier.« Seine Geste umfasste die gesamte Szenerie. »Wer würde bei klarem Verstand aus seinem warmen, gemütlichen, sicheren Bett kriechen und für jemanden kämpfen, den er nicht einmal kennt?«

Leucas runzelte die Stirn. »Ich schon.«

»Nun, ja gut«, räumte Kheperu ein. »Aber denk dran, ich habe gesagt ›bei klarem Verstand‹.«

Weder Leucas noch Kheperu waren schwer verwundet. Kheperu hatte eine weitere Schwellung im Gesicht, ähnlich der, die Barra ihm zuvor verpasst hatte; Leucas war leicht angesengt – sowohl er als auch Barra würden sich das Haar schneiden müssen –, und seine Rippen schmerzten, aber das war auch alles. Barras beide Handgelenke waren eingerissen, und sie hatte eine hässlich aussehende Bisswunde am Unterschenkel, aber sie wollte sich nicht von ihren Freunden verbinden lassen, ehe sie nicht nach Graegduz geschaut hatte.

Aus den Wunden an seiner Schulter tropfte noch immer Blut, verdünnt vom Regenwasser in seinem Fell; sie konnte im Augenblick lediglich etwas feuchtes Tuch darumschlingen – erst, wenn sie die Zeit dafür hätte und ihr ein trockenes Plätzchen zur Verfügung stünde, um das Fell wegzurasieren, würde sie ihn richtig verarzten. Auch für seinen Hinterlauf konnte sie nicht viel tun: er war gebrochen.

Barras Augen füllten sich mit Tränen, als ihr Graeg die Hand leckte, Tränen, die eine nach der anderen über die gesplitterten Knochenenden hinwegliefen, die aus der Wunde traten. Kheperu legte ihr überraschend sanft eine Hand auf die Schulter. »Wir können diesen Knochen richten, sobald wir ihn irgendwohin gebracht haben, hinaus aus dem Regen«, sagte er leise. »Wir halten ihn fest; Leucas kann ihn einrichten und schienen. Er wird schon wieder gesund werden, Barra, wirklich.«

Ärgerlich wischte sich Barra die Tränen weg und stand auf. Wortlos ging sie zu der Stelle, wo Chrysios lag und sich wand. Das versengte Leinen ihres Chitons ließ sich leicht zerreißen; als sie drei lange Streifen hatte, fasste sie diese zwischen den Zähnen. Sie nahm die beiden Hälften von Chrysios' Kopf in die Hände, wobei die verkohlten, verkrusteten Muskeln zuckten, und drückte sie grob gegeneinander. Die Augen rollten umher und konzentrierten sich auf sie. Sie blickte zu Leucas hoch und sagte gedämpft durch die Leinenstreifen zwischen den Zähnen: »Halt ihn so fest!«

Leucas wirkte äußerst skeptisch, gehorchte jedoch nichtsdestoweniger.

Barra band Chrysios' Kopf rasch mit den Leinenstreifen zusammen. Ein Streifen ging ihm um die Kehle, um den pfeifenden Atem zurückzuhalten, ein weiterer über den Mund und der dritte verlief gerade oberhalb der Augen. Auf der Stelle waren alle drei Streifen von der zähen, milchigen Flüssigkeit durchweicht, die aus allen Wunden leckte. Grimmig sagte Barra: »Ich weiß, dass du mich noch immer hören kannst. Blinzele zweimal, wenn du mich verstehst!«

Der feurige Glanz in seinen versengten Augen wich nicht, aber er blinzelte langsam: einmal, zweimal.

Sie sagte: »Du kehrst zu deinem Herrn zurück und sagst ihm, dass wir wissen, wer er ist. Verstanden? Wir *wissen* es. Und du sagst ihm, dass wir seine Einladung gern annähmen, zuvor jedoch einen Auftrag zu erledigen haben, der unser ganzes Leben lang andauert.«

Kheperu schnaubte. Barra schoss ihm einen *Halt's-Maul-oder-ich-knall-dir-eine*-Blick zu.

»Sag ihm, wir verschwinden morgen«, fuhr sie fort. »Wenn er uns haben will, setzt er sich besser bald in Bewegung. Andererseits, wenn er schlau ist, lässt er uns einfach gehen. Sein Geschäft geht uns nichts an, verstehst du? Uns interessiert nicht, was er in dieser beschissenen Stadt tut. Wir sind bereits verschwunden, kapiert?«

Chrysios blinzelte zweimal.

»Dann schön. Leucas, lass ihn hoch!«

Leucas runzelte die Stirn. »Ganz bestimmt?«

Sie zuckte die Schultern. »Was soll er schon tun, etwa auf mich bluten? Lass ihn los.«

Das Chrysios-Etwas kam langsam auf die Beine. Es sah die drei an, als ob sein Blick sie auf der Stelle töten könnte, und schwankte schließlich davon in die Nacht; irgendwann erstarb das Geräusch seines Dahinstolperns.

Die drei Gefährten sahen ihm beim Davongehen zu und dann wandte sich Kheperu an Barra. »Was jetzt?«

Sie konnte kaum den Kopf oben halten. »Jetzt gehen wir nach Hause. Er wird wenigstens bis zur Morgendämmerung brauchen, um es, je nachdem, bis zu den Höhlen oder zum Landsitz zu schaffen. Wir kümmern uns um Graeg und legen uns dann ein paar Stunden aufs Ohr.«

»Nein, ich meine, was hast du vor? Was sollen wir deswegen…«, er zeigte um sich, »…unternehmen?«

»Genau das, was ich gesagt habe. Wir verschwinden.«

Leucas wirkte verblüfft. »Du machst Witze!«

»Aber nein.«

»Ich war mir sicher«, meinte Leucas, »dass das Strategie war, dass du nicht wirklich… *davonlaufen* willst.«

Sie trat ihm entgegen und jäher Ärger trieb ihr Kraft

in die Gliedmaßen. »Sieh dich um, du Scheiße fressender Idiot! Diese… Dinger… hätten uns daheim aufstöbern können! Geh da rüber in die verfluchte Gasse und wirf einen langen Blick auf das, was von Tekrop-nekt übrig geblieben ist. Das hätte ebenso gut meine *Familie* sein können!« Keuchend vor Wut hielt sie inne. »Dieses Arschloch von Idonosteus will uns aus dem Weg räumen – nicht mal die Götter wissen, weshalb –, der gottverdammte Dämonenbeschwörer kennt uns, und es gibt niemanden in dieser Stadt, der auch nur einen beschissenen Finger rühren würde, um uns das Leben zu retten. Du machst dich besser mit dem Gedanken vertraut, dass wir verschwinden. Gleich morgen!«

Kheperu nickte schweigend und grimmig, aber Leucas wirkte noch immer verletzt. »Ich hätte nie gedacht, dass du dich von jemandem aus der Stadt vertreiben lässt, Barra.«

Sie blickte zu Graegduz hinüber, der da im Schlamm lag und vor Schmerzen keuchte, und dann auf den Boden ihr zu Füßen. »Das ist eben das Besondere an mir«, meinte sie grimmig. »Ich stecke einfach voller verdammter Überraschungen.«

12. KAPITEL Witterung

Der Gouverneur kam.

Ein anderes Thema kannte das Stimmengewirr unter dem harten Glanz der Morgensonne auf dem Markt von Tyros nicht. Am vorherigen Abend, zur Dämmerung, waren Vorreiter eingetroffen, und die Abteilung der kanaanäischen Division, die den Haushalt des Gouverneurs begleitete, würde Tyros gegen Mittag erreichen. Die Meinungen über die Bedeutung dieses Ereignisses waren geteilt. Für einige spiegelte der Sturm, der die Nacht zuvor getobt hatte, die gegenwärtige Unruhe und den Aufruhr in der Stadt wider, und der Gouverneur sollte der Wind sein, der den Himmel frei fegte. Andere verbrachten den Morgen damit, ihre besten Waren zusammen mit ihren Töchtern wegzusperren, und hockten sich hin, um diesen Besuch mit eben jener stoischen Geduld abzuwarten, mit der sie eine Wolke Heuschrecken oder eine lange Dürre begrüßen würden. Dennoch schien insgesamt gesehen die Stimmung unter den kleineren Kaufleuten und Gastwirten die eines vorsichtigen Optimismus zu sein. Es lag ein gewisser Sinn darin, im rechten Augenblick gerettet zu werden – an diesem Morgen waren die verstümmelten Leichen von Tekrop-nekt und dessen Leibwächter Met auf dem Markt gefunden worden, und es ging das Gerücht, dass sie lediglich zwei von mehr als zehn Leichnamen seien, die über die Straßen und Gassen von Tyros verstreut gelegen hatten. Jemand hatte eine Meute geisterhafter Hunde gesehen, die ein unirdisches Gelächter ausgestoßen hatten, während sie einen kreischenden Mann im ägyptischen Viertel verfolgt hatten, und allgemein wurde vermutet, dass der schurkische Magier ebenfalls für diese Morde verantwortlich war; jedermann hoffte, dass der Gouverneur alles wieder ins Lot brächte, und in der Zwischenzeit tat sich hier eine Gelegenheit auf, die buchstäblich Gold wert war. Die Straßen heute waren gerammelt voll von Sklaven und Käufern, die allesamt zum Markt strömten und in der Erwartung eines hiesigen ökonomischen Aufschwungs Lebensmittel, Pferdefutter, Kräuter und Bier erstanden. Schließlich sollte sich eine Welle von 5000 ägyptischen Soldaten über die Stadt ergießen.

Barra hörte einem assyrischen Pferdehändler zu, der mit Kheperu auf Ägyptisch darüber plauderte, während sie die Gelenke der beiden Maultiere untersuchte, die er ihnen andrehen wollte. Offenbar besaß der Assyrer einen Anteil an einem mittelgroßen Bordell und war äußerst aufgeregt wegen der Ankunft des Heers. Sie betastete ein letztes Mal das geschwollene Sprunggelenk des armen Maultiers, richtete sich daraufhin auf, schüttelte angewidert den Kopf und verschränkte die Arme, um an den Verbänden zu kratzen, die ihre beiden Handgelenke umhüllten; sie hatten bereits zu jucken begonnen. »Sie werden's tun«, meinte sie auf Griechisch, »aber ich zahle nicht mehr als zehn Schekel für beide.« Kheperu nickte zum Zeichen, dass er verstanden hatte, und sie überließ ihm das Feilschen. Sie ging zu Leucas hinüber, der auf der Al-Tobe-Mauer saß, die den Pferdehof umgab, und nachdenklich die vorüberziehende Menge betrachtete.

»Ich sehe eine Menge Leute in so einem Aufzug herumlaufen«, murmelte er und nickte dabei in Richtung auf die drei Knaben, die sehr saubere, sehr neu wirkende Röcke und Stolen in Blutrot und Purpur trugen: die Farben von Meremptah-Siftis Flagge. Einer hielt die Zügel zweier Ochsen und die anderen beiden gingen hinterdrein und ermutigten die Tiere hin und wieder mit schlanken Gerten. »Du meinst, die gehören zu unserem Kumpel draußen vor der Stadt?«

Barra erwiderte: »Könnte ich mir vorstellen.«

»Warum so viele, was meinst du? Warum heute?«

Barra zuckte die Schultern. »Vermutlich veranstaltet Meremptah-Sifti ein Fest. Der Gouverneur soll ein alter Freund des Pharaos sein; er war Standartenträger oder Trommler oder so etwas in der Ra-Division, als Ramses Qadesh einnahm – vor etwa fünfzig Jahren. Vielleicht sechzig. Wie dem auch sei, ich würde jede Wette darauf eingehen, dass Meremptah-Sifti irgendeine Art Willkommensfest veranstaltet. Um seinen Respekt zu erweisen und ihn auf seine Seite zu ziehen. Das täte ich zumindest. Und der Gouverneur kann ihn nicht abweisen – wenn der Enkel des Pharaos dich einlädt, hast du zu erscheinen. Punkt. Vielleicht lädt er den Gouverneur sogar ein, auf seinem Landsitz zu bleiben, während er seine Geschäfte in Tyros erledigt. Das täte ich ebenfalls. Leichter, ein Auge auf ihn zu haben und sicherzugehen, dass er nicht auf dumme Ideen kommt.«

Leucas zog die Brauen zusammen und ein leises Knurren hallte in seinem Brustkasten wider. »Da wird Idonosteus aber vor einem Problem stehen. Wie will er dann an den Dämonenbeschwörer rankommen?«

»Spielt keine Rolle«, meinte Barra zu ihm. Sie berührte den Goldring an ihrem Zeigefinger, drehte ihn immer und immer wieder – sie hatte sich noch nicht daran gewöhnt, auch nicht an das, was er darstellte. »Das ist nicht mehr unser Problem. Wir hauen ab.«

Des Nachts zuvor war Barra auf dem Heimweg mit ihren Gefährten buchstäblich vor Müdigkeit gestolpert. Sie hatten ein überstehendes Dach mit einer trockenen Stelle darunter gefunden, wo sie Graegduz das

Bein mit einem Stück von einem der Zedernholzrahmen aus Tekrop-nekts abgebautem Stand hatten richten können. Er hatte es wie ein Held über sich ergehen lassen, zwar heftig gekeucht, jedoch nur einmal kurz aufgejault, als Leucas das Bein gerade gezogen und die Knochen gegeneinander gemahlt hatten. Sie hatte den jungen Wolf in den Armen getragen, die ganze Strecke bis nach Hause.

Sobald sie dort angelangten, gab sie vor, dass ihre Verletzungen und Kheperus zerfetzte Gewänder von den ›tödlichen Einflüssen und den übernatürlichen Kreaturen‹ bei ›Kheperus Anrufung‹ herstammten – dem Haufen verängstigter, rotäugiger Kyprioten die Wahrheit zu erklären hätte zu viel Zeit und Mühe erfordert. Einer von Demetors Männern war unter Zuckungen in seinem Bett gestorben, während die Gefährten draußen gewesen waren; sein Leichnam lag eingehüllt in ein Laken auf einem der Sofas, wo ihn die Diener furchtsam beäugten. Die Kyprioten trauerten um ihren Freund und fürchteten um ihren König; Barra hielt ihre Erklärung in weiser Voraussicht kurz und zeigte sich zuversichtlich. Die große, bronzebeschlagene Holztruhe zu erklären, die sie mitgebracht hatten, war weniger einfach.

Die Truhe hatte Tekrop-nekt gehört, und sie barg seine gesamten alchemistischen Waren, seltene Pulver und Gifte, Stücke von dieser Borke und jener Muschel, alles von alten Zehennägeln bis hin zu vergoldeten Haifischzähnen. Wert war das Ganze hunderte – vielleicht tausende – von Schekeln. Um mit Kheperu zu sprechen, dessen Knopfaugen dabei habsüchtig geglänzt hatten: »Wenig sinnvoll, sie hier zu lassen – ich wette, Tekrop-nekt hat dafür keinen Nutzen mehr.« Peliarchus gegenüber beschrieb er sie als ein »Geschenk von Thoth, dem Gott Allen Wissens – dessen getreuester Diener ich bin«, während Leucas sie auf dem Rücken die Treppe hinauftrug. Auf den Seitenblick ihres Ziehvaters hin versprach Barra schwach, am Morgen alles zu erklären. Leucas, der gerade zurückgekehrt war, fühlte sich anscheinend äußerst unwohl bei dem endlosen Schwall Phönizisch rings umher; Barra übersetzte die Gespräche und Leucas schüttelte traurig den Kopf und murmelte ihr ins Ohr: »Das bedeutet vermutlich, ich kann mit diesem Kampf nicht prahlen.«

»Nein, das kannst du nicht. Zumindest eine Weile lang nicht.«

Er legte sich, alle viere von sich gestreckt, auf eine der Liegen im Innenhof und verschränkte die Hände hinter dem Kopf. »Scheint kaum der Mühe wert, erst zu gewinnen und dann nicht damit angeben zu können.«

Kheperu war im Schlafzimmer im zweiten Stockwerk verschwunden und bereitete schnell den Aufguss zu. Barra maß die Tränke ab; halb fürchtete sie sich vor der Wirkung, die Kheperus Geruch möglicherweise auf die Männer in ihrer sensiblen Lage haben könnte. Als der Trank dann fertig war, lag Leucas tief schlafend und donnerartig schnarchend auf der Liege.

Demetor und seine beiden überlebenden Freunde lagen mit weit geöffneten Augen da und starrten entsetzt in die Dunkelheit. Barra scheuchte die Kyprioten hinaus, die bei ihnen saßen, reichte jedem der drei Kranken einen der Weinkelche, deren Inhalt Kheperu zubereitet hatte, und saß bei ihnen, während sie in einen betäubten Schlaf fielen. In der Dunkelheit erkannte Demetor sie nicht, aber er umklammerte ihre Hand und schwor ihr seine ewige Dankbarkeit mit Worten, die immer verwaschener wurden, je stärker der Trank wirkte; er hielt ihre Hand in seinen kraftlosen Fingern, bis er eingeschlafen war.

Anschließend konnte Barra sich lediglich noch die Treppe zu ihrem Zimmer hinaufschleppen. Selbst

Graegduz' gelegentliches Aufjaulen – er teilte in dieser Nacht das Bett mit ihr – vermochte sie nicht wach zu halten. Alle verschliefen; die Sonne stand schon hoch am Himmel und schien durch das Fenster, während Barra neue Verbände um ihre Handgelenke und Leucas' Bauch und Schulter und anschließend ein Pflaster auf ihre Wade legte. Kheperu verbrachte die Zeit damit, die von den Bissen stammenden Risse in seinem Obergewand zu nähen. Sie schliff eine ihrer Wurfäxte und benutzte sie dazu, sanft das Fell um Graegs Wunden wegzurasieren. Leucas hielt ihn fest, während sie die Wunden mit frischem Wasser reinigte und ebenfalls neu verband. Angesichts all der Wunden schüttelte sie grimmig den Kopf und bemerkte, dass Tyros Stück für Stück von ihnen abnagte und dass es gut wäre, wenn sie gingen.

Die Bestürzung im Haushalt war allerdings sehr groß, als ihre unmittelbar bevorstehende Abreise bekannt wurde. Wie vor den Kopf geschlagen waren insbesondere die Kyprioten – während der Nacht hatte Demetor die Krise offenbar überstanden und war gut genug in Form, dass er sich aufsetzen und Brühe zum Frühstück zu sich nehmen konnte. Der alte König war ganz verwirrt, dass es die drei Ebertöter waren, die sein Königreich ebenso wie sein Leben gerettet hatten – und er drückte Barra drei Goldringe in die Hand; nicht als Bezahlung, denn es wäre nicht fromm, denjenigen eine Belohnung zu gewähren, die so offensichtlich Diener der Götter waren, sondern als Zeichen der Dankbarkeit, die er ihnen für seine Rettung schuldete. Er lud sie ein, seine Gäste zu sein, wann immer sie nach Kypros kämen, und bat sie, sich am Begräbnisfest und an den Spielen für seinen umgekommenen Freund zu beteiligen. Daraufhin verfiel er in eine lange und gewundene Ausführung, wie gut Kheperus Öl ihm in den Bordellen hier in Tyros gedient habe, bis

Barra allmählich Schuldgefühle und Bedauern verspürte, ihm das Leben gerettet und ihn solchermaßen ihrer Familie erneut aufgebürdet zu haben. Gleich, welche Bande der Blutsverwandtschaft des Nachts zuvor geschmiedet worden waren, sie waren wohl eher das Ergebnis von Erschöpfung und der warmen Enttäuschung, die einen überkam, nachdem man der Gefahr entronnen war; im Morgenlicht fand sie ihn absurd und mehr als nur ein wenig abstoßend.

Tayniz hatte ihnen ein Frühstück aus geröstetem Gerstenbrot und Lammbraten aufgehoben, und sie und Peliarchus saßen bei ihnen, während sie aßen. Tayniz war keine Person, die seufzte, Seitenblicke verteilte oder versteckte Bemerkungen machte; sie beugte sich zu Barra und sagte laut genug, dass die Diener nicht auf Hörweite heranrücken mussten: »Es ist *schockierend*, dass du so bald wieder gehen musst. Wir hatten kaum Gelegenheit, einander zu begrüßen, und jetzt erzählst du uns, dass du schon wieder auf und davon willst. Und sieh dich doch an! Du bestehst fast nur noch aus Verbänden, deine Kleider sind kaum besser als dreckige Lumpen, und ich wette, du kannst dich nicht mal daran erinnern, wann du dir zum letzten Mal die Haare gewaschen hast!«

Statt hitzig auf diese herausfordernden Worte zu reagieren – sie *konnte* sich verdammt genau daran erinnern, es war in Lidios' Gasthof vor nur vier oder fünf Tagen gewesen –, zügelte sie ihr Temperament und winkte Tayniz und Peliarchus, näher zu rücken. »Seid bitte nicht böse auf mich«, sagte sie mit gesenkter Stimme. »In der letzten Woche haben wir einen kleinen Auftrag erledigt, und er hat sich als… nun ja, wir sind ein wenig in Gefahr. Es ist nicht schlimm, wirklich, aber ich möchte euch nicht mehr Schwierigkeiten aufbürden, als ihr bereits habt, mit Demetor und so. Ein paar Leute sind nicht allzu gut auf uns zu sprechen; wir werden über Land nach Sidon gehen und dort bleiben, bis sich hier alles wieder beruhigt hat – es sollte nicht länger als vier oder fünf Tage dauern, vielleicht eine Woche, und dann können wir wieder zurück.«

»Mir hat dein Umherreisen eigentlich nie gefallen«, meinte Tayniz. »Ich verstehe es nicht, ich mag es nicht, und ich weiß nicht, weswegen du dich nicht einfach mit einem anständigen Jungen aus Tyros hier niederlassen willst. Nun gut, du bist ein wenig alt für eine erste Heirat, aber du siehst immer noch wie ein Mädchen aus, er würde es nicht wissen müssen...«

Barra musterte ihre kleinen und kraftvollen, schwieligen Hände und verbrachte einen halben Augenblick damit, an den Verbänden um ihre Handgelenke herumzuzupfen. Jedes Mal, wenn in der Vergangenheit das Gespräch auf dieses spezielle Thema gekommen war, hatte es in Geschrei oder Tränen geendet, gewöhnlich beiderseits. Sie entschloss sich, es diesmal anders zu machen, und biss daher die Zähne zusammen und verzichtete auf den Hinweis, dass Demetor und dessen Freunde jetzt wohl tot wären und der ganze Haushalt tief in der Scheiße steckte, wenn sie eine einfache tyrische Hausfrau wäre. Also erwiderte sie lediglich: »Vielleicht bin ich bloß dickköpfig.«

Unter Tayniz' wachsamen Augen packten die Gefährten rasch ihre Habe zusammen. Barra musste zweimal erklären, dass sie wirklich kein Geld für neue Kleider oder fürs Essen, für Übernachtung oder Packtiere oder dergleichen benötigte, vielen Dank jedenfalls, sie hatte viel aus diesem Auftrag herausgeholt. Sie gab sorgfältige Anweisungen für Graegduz' Pflege und empfahl, dass sich die Kyprioten darum kümmern sollten. »Er ist bei der Rettung ihres verdammten Königs verwundet worden, sollen *sie* doch nach ihm schauen!« Sie verbrachte einige Minuten allein mit dem jungen Wolf, fütterte ihn mit Brotbröckchen, die sie in Soße getaucht hatte, sowie frischem Käse und versuchte, ihm verständlich zu machen, dass sie nur wenige Tage weg wäre. Er leckte ihr die Hände und beim Weggehen brach ihr fast das Herz.

Als die Partner mit ihren Maultieren im Schlepptau im Wohnblock eintrafen, war Kamades nicht daheim. Barra hatte sich – widerstrebend – dazu entschlossen, Kamades mitzuteilen, dass sie die Stadt verließ. Sie wollte ihn nicht zu dem Glauben veranlassen, dass sie einfach so verduftete; er war seit Jahren der beste Mann, der einen Funken Interesse an ihr gezeigt hatte. Sie wollte nicht darüber nachdenken, wie viele Jahre seitdem verstrichen waren, und sie wollte nicht die Tür vor irgendeiner zukünftigen Gelegenheit zuschlagen.

Der einzig anwesende Myrmidonier war Peroön, der einhändige Wundarzt, der ihnen erst dann etwas über die anderen sagen wollte, nachdem er Leucas frisch verbunden und Barras schludrig angelegte Verbände mit einem ›Tss-tss-tss‹ bedacht hatte. Er bestand gleichfalls darauf, ihr eine Salbe auf die Bisswunden zu streichen – »Was im Namen der Mondhexe war denn dafür verantwortlich? Ist dieses zottelige Vieh, das dir gehört, schließlich wild geworden?« Barra versicherte ihm, dass es ihn nichts anginge, und wollte von ihm wissen, was mit Kamades los war.

»Oh, die sind ausgegangen«, erwiderte er, während er sich abwesend den Stumpf kratzte. »Einkaufen. Vielleicht bis zum Nachmittag auf dem Markt. Lysandros ist mit einem Stapel neuer Kleidung hereingeschneit und hat sie wie Diener ausstaffiert. Darüber hinaus hatte er eine Liste mit Dingen dabei, die sie besorgen und hinaus zu dem Ägypter karren sollen.«

Barra zuckte zusammen. »Zu dem Ägypter?«

»O ja. Der schmeißt eine große Feier für den Gouverneur. Alle aus den Patrizierhäusern sind eingeladen. Vermutlich«, meinte er und kniff wissend die Augen zusammen, »lässt der Herr Idonosteus sie so ausstaffieren, damit sie ein Auge auf die Ereignisse halten. Wie es aussieht, traut er diesem ägyptischen Burschen nicht so ganz über den Weg. Deswegen haben sie mich hier zurückgelassen; ohne den einen Arm ist es ziemlich offensichtlich, dass ich entweder ein Veteran oder ein Dieb bin, und jemand muss schließlich auf die Rüstungen aufpassen. Hab keine Ahnung, was dieses ganze Gedöns soll. Allerdings wissen wir nie was Genaues.«

»Ja«, sagte Barra bedrückt. »Hör mal, kannst du ihm eine Botschaft überbringen… ach, schon gut! Ich werde ihn suchen und es ihm selbst sagen.« Sie ging, wobei sie düster vor sich hin brummelte: »Einen Verehrer zu haben, also, das macht mein verdammtes Leben komplizierter, noch ehe ich überhaupt einen Verehrer habe!«

Bernstein und Estragon…

Barras Kopf fuhr hoch wie der Kopf eines Jagdhunds, und sie durchforschte die Gerüche, die der Menge auf dem Markt entströmten. Eine ganz sanfte Brise wehte vom Meer herein und ihre Salzschwingen trugen tausend Gerüche mit sich. Da – da war es wieder, Estragon und zerdrückter Bernstein, und darüber lag der saubere Schweißgeruch eines frisch gebadeten Mannes und darunter der Hauch eines reichen, fauligen Geruchs nach einer Mahlzeit, die hauptsächlich aus Kalb- und Lammfleisch bestanden hatte. Barras Nase war nicht so fein wie die Nase ihres Wolfs, aber sie war fast ebenso genau und sie erkannte diesen Geruch wieder, wie man inmitten des Stimmengewirrs einer Menge eine vertraute Stimme wiedererkannte.

Murso. Lysandros. Wie auch immer er heute heißen mochte.

Sie blieb stehen, noch immer auf der Suche nach ihm, und irgendeine unerklärliche Anspannung kitzelte ihr im Bauch. Er konnte nicht weit weg sein, wenn sein Geruch inmitten dieses Gewühls deutlich wahrnehmbar war. Leucas und Kheperu, die neben ihr die mit ihrem Gepäck beladenen Maultiere am Zügel führten, blieben gleichfalls stehen und durchsuchten die Menge, eine instinktive Reaktion auf Barras suchenden Blick.

»Hm, Barra?«, fragte Leucas nach einem Moment. »Wonach suchen wir?«

Kurzzeitig öffnete sich ein Korridor in der Menge, ein Kanal, der direkt aufs Meer zielte, und dort war er. Er hatte ihr den Rücken zugekehrt und die knochigen Schultern zeichneten sich deutlich unter einem farbenfrohen Gewand ab. Er trug eine rechteckige Mütze im hethitischen Stil und befand sich nicht einmal einen Steinwurf weit entfernt. Zielstrebig ging er auf einen großen Ochsenkarren zu, den schwitzende Sklaven mit Fässern und Säcken beluden, und die beiden Männer, die oben auf der Bank saßen, trugen eine Livree in Blutrot und Purpurfarben.

Eine kalte Hand umklammerte ihre Eingeweide. Ohne dass sie gewusst hätte, *woher* sie es wusste, murmelte sie auf Piktisch: »Das gibt ein Problem«, und ihr war klar, dass die Worte der Wahrheit entsprachen.

Der Kanal durch das Meer aus Menschen schloss sich wieder, aber jetzt sah sie die sich unterhaltenden Männer, von denen einer auf ein nahe gelegenes Lagerhaus deutete.

Mursos Worte kamen ihr wieder in den Sinn: *Ich diene ihm nur in vertraulichen Angelegenheiten.*

»Barra?«, wiederholte Leucas. »Bist du in Ordnung?«

Sie wandte sich ihnen zu und ihr Gesichtsausdruck war ebenso nichtssagend wie ihre Stimme. »Ihr beiden bleibt hier. Noch besser, dort drüben!« Sie wies auf einen schmalen Gang zwischen einem Hufschmied und einem Stand, wo Wein verkauft wurde. »Ihr beide seid verdammt zu auffällig«, meinte sie, während sie das Haar hochnahm. Sie zog ein Gewand aus einem der Maultierpacken, streifte es über ihre Kleider und Waffen, zupfte daraufhin den langen Tuchstreifen hervor, der eigentlich als neuer Lendenschurz gedacht war, wickelte ihn sich um den Kopf und befestigte ihn wie einen tyrischen Sonnenhut. »Ich bin gleich zurück.«

Kheperu und Leucas hatten diesen Vorbereitungen mit einem erheiterten Stirnrunzeln zugesehen. Kheperu fragte: »Willst du uns nicht verraten, was das alles soll?«

»Wenn ich zurückkehre, weiß ich mehr«, sagte sie über die Schulter und verschwand in der Menge.

Der Mann, dem Murso beim Verlassen des Lagerhauses entgegenging, war eindeutig nicht der Enkel des Pharaos persönlich: er sah mehr wie ein Phönizier und nicht wie ein Ägypter aus, trotz seines pompösen, südländischen Gehabes. Sein blutrot und purpur gefärbtes Gewand glänzte lebhaft, und auf seinem Halsring und den Ringen um die Unterarme glitzerten Gold und Lapislazuli. Er war von mittlerer Größe und stämmig, hätte vielleicht sehr kräftig sein können, wäre er Arbeiter oder Soldat gewesen, aber so war er einfach nur fett geworden. Sein Bart war zu einem steifen Zopf geflochten und reichte ihm bis zur Mitte seines glatten Brustkastens, und obgleich sein Kopf geschoren war wie der eines Priesters – und seine Haut hell war –, war dieser Kopf bleich und zeigte keinerlei Anzeichen, je der Sonne ausgesetzt gewesen zu sein.

Noch ehe er auch nur die Türschwelle des Lagerhauses überschritten hatte, sprach dieser Mann Befehle aus. Sklaven in weißem Lendenschurz und livrierte Diener eilten an ihm vorbei ins Innere. Inmitten dieses

Menschenflusses trat Murso zu ihm, den Kopf respektvoll gesenkt. Der Mann fuhr sichtlich bei Mursos Worten auf und blickte sich nervös um, und Barra – die sie aus dem Augenwinkel beobachtete, während sie so tat, als ob sie die Waren eines Tuchhändlers musterte, an dessen Bude sie stand – hob vorsichtig das Tuch, das sie festhielt, wie um dessen Verarbeitung im Sonnenlicht zu überprüfen. Die beiden Männer sprachen kurz miteinander, dann nahm der eine Mann Murso beim Arm und führte ihn um die Ecke des Lagerhauses. Barra ließ das Tuch zu Boden fallen und ging einen weiten Bogen, damit sie um die Ecke schauen konnte. Sie beachtete die Flüche des Händlers nicht, die im Gemurmel der Menge hinter ihr untergingen.

Idonosteus, du Schwanzlutscher, dachte sie, wobei ihr das Blut in den Adern gefror. Du nichtsnutziger alter Schweinehund!

Entlang des Lagerhauses stand eine Reihe von Wagen, die alle mit Meremptah-Siftis Farben behängt waren. Einer davon, mit diesen Farben bemalt, hatte darüber hinaus Dach und Wände aus schweren Brokatvorhängen. Der Mann hielt den Vorhang respektvoll beiseite und gestattete Murso, ihm in den Wagen zu folgen, und Barra – wie aus der Ferne – spürte, wie ihr die Knie einknickten und ihr die Luft aus den Lungen getrieben wurde, als das *Sceon Tiof* sie überkam.

Dieser Anfall war nicht wie zuvor ein tiefes Gespür der Kräfte, die einen Mann antrieben, den sie ansah; diesmal war es wie ein jäher Sturmwind, der sie auf einen Abgrund zutrieb.

Die Sonne verblasste vor ihren Augen. Der ihr verbliebene Atem wurde herausgesogen, ihr entrissen von den Wirbelstürmen, die von dem Mahlstrom aus Dunkelheit im Geist dieses Mannes geschluckt wurden. Sie streckte die Hand aus, um das Gleichgewicht zu wahren, und fand nichts zum Festhalten. Eine

Schwindel erregende Höhenangst drohte sie zu überwältigen. Es war, als würde man sich zu weit über einen Abgrund beugen, auf dessen Grund nur Dunst zu erkennen war.

Er ist es, dachte sie. *Keine Person im Innern, bloß ein Strudel, eine Leere – das ist der verfluchte Dämonenbeschwörer. Ein gewöhnlicher kleiner Mann, der im hellen Tageslicht dasteht – o liebende Mutter!*

Und er hielt dort inne, eine Hand auf dem Vorhang und einen Fuß gehoben, um in den Wagen zu steigen, und er neigte den Kopf zur Seite, als ob er hinter sich eine vertraute Stimme vernommen oder ihn irgendeine unsichtbare Hand höflich auf die Schulter getippt hätte, und er wandte sich um...

Und vom äußersten Ende des Markts her, eine wirbelnde Menge von Aberhunderten von Menschen zwischen ihr und ihm, blickte er ihr direkt in die Augen.

»Ich weiß nicht, was geschehen wäre, wenn ich mich nicht losgerissen hätte und wie ein verdammtes Reh davongesprungen wäre«, sagte sie grimmig. »Ich weiß nicht, ob er mir draußen im Freien etwas hätte antun können, im hellen Tageslicht und so, oder nicht. Ich weiß nicht, ob er mich irgendwie gespürt hat, wie ich ihn gespürt habe, oder ob es vielleicht sogar noch schlimmer ist. Aber ich weiß, was ich jetzt zu tun habe.«

Kheperu starrte mürrisch in seinen Becher. Leucas leerte den seinen und setzte ihn nieder. Er legte die Unterarme auf den Tisch und meinte: »Du weißt, ich bin bei dir, gleich, was geschieht. Mir hat die Idee nie gefallen, dass wir uns von ihnen aus der Stadt treiben lassen.«

Barra blickte sich in dem ziemlich kleinen Gastraum dieses ziemlich kleinen Gasthauses um. Sie sah auf die Bänke, die sich, da die Mittagszeit nahte, allmählich mit hungrigen Marktbesuchern füllten. Dem großen Becher unverdünnten Weins, den sie geleert hatte, war es zu verdanken gewesen, dass sie nach der Hälfte ihrer Geschichte nicht mehr gezittert hatte, aber auf Armen und Beinen hatte sie noch immer eine Gänsehaut.

»Es besteht die Möglichkeit«, sagte Kheperu langsam und drückte sich die Finger auf die Augen, als ob er Kopfschmerzen wegmassieren wollte, »dass du die Lage falsch eingeschätzt hast. Möglich ist, dass das ein Manöver ist, das ihre Vernichtung vorbereiten soll.«

»Eine Möglichkeit«, gab Barra zu. »Mehr nicht. Glaubt mir, wenn ich euch sage, dass ich Dinge über Idonosteus weiß« – sie hatte sie schließlich *gesehen* –, »die mir das alles mehr als überzeugend erscheinen lassen. Deswegen wurden wir von Anfang an isoliert, deswegen sollte niemand etwas von unserem Auftrag erfahren. Deswegen hat Idonosteus versucht, uns von den Myrmidoniern umbringen zu lassen – es hatte nichts mit dem Geld zu tun, sondern damit, dass wir die einzigen Menschen in Tyros sind, die wissen, dass er weiß, wer hinter der Sache steckt. Gütige Mutter – womöglich hat er uns ursprünglich genau aus dem Grund angeheuert! Wir sind Fremde, wir alle drei. Wären wir umgebracht worden, hätte er vielleicht bloß ein Blutgeld an Peliarchus zu zahlen gehabt, und ein Blutgeld für eine neunundzwanzig Jahre alte Jungfer ist nicht allzu hoch. Um euch beide kümmert sich sowieso niemand. Zwei anonyme Leichen irgendwo in einer Gasse. Und wenn es ihm nicht gelingt, was dann? Wem können wir es erzählen? Wer würde drei ausländischen Söldnern glauben, wenn das Wort des Oberhaupts eines Patrizierhauses dagegen steht?«

»Aha. Und wo bleiben wir dabei?«, fragte Kheperu und untersuchte seine Fingernägel. »Auf dem Weg aus der Stadt, die Börse schwer von Silber, wenn ich mich recht erinnere.«

Sie schüttelte starrsinnig den Kopf. »Wir sind die

einzig Verbliebenen, die wissen, was hier vor sich geht. Das Haus Meneides hat sich den bösen Buben angeschlossen. Wenn wir jetzt fortgehen, überreichen wir ihnen Tyros auf dem Silbertablett.«

»Also?«

»Der verdammte Idonosteus verrät uns!«

»Ich wiederhole«, Kheperu zuckte die Achseln: »Also?«

Barra umklammerte die Tischkante und senkte den Kopf wie ein Bulle. Sie bemühte sich, leise zu sprechen, trotz ihrer Wut. Sie verstand Kheperus Standpunkt nur allzu gut. Sie waren hier Fremde, sogar sie selbst – wie viel Zeit ihres Lebens hatte sie schließlich wirklich in diese Stadt investiert? Drei Jahre? Vier? Sie war mit vierzehn auf einem Schiff des Peliarchus hier eingetroffen, und mit achtzehn war sie fortgelaufen, um den Trojanischen Krieg mit eigenen Augen zu sehen. In den Jahren dazwischen – mehr als zehn Jahre waren es jetzt her, schier unglaublich! – war Tyros lediglich hier und da ein Haltepunkt auf ihren Fahrten als Söldnerin im ganzen Mittelmeer gewesen, ein Ort, wo sie hinkommen und sich ausruhen konnte, manchmal, um Wunden auszuheilen. Tyros war klein und die Welt war groß.

Sie wappnete sich gegen einen gewissen stechenden Schmerz, den sie wegen ihrer eigenen Rücksichtslosigkeit verspüren würde; sie wusste, wie viel von dem, was sie jetzt sagen würde, sie selbst schmerzte. Knurrend presste sie die Worte zwischen den Zähnen hervor: »Dieser Mann – dieser Dämonenbeschwörer – praktiziert genau die Kunst, derentwegen man dich angeklagt hat. Du bist erwischt und gefoltert worden und musstest unter Androhung der Todesstrafe ins Exil gehen. Du bist unschuldig gewesen. Er ist schuldig. Er lebt geehrt in Behaglichkeit und seine Kunst bringt ihm einen Reichtum jenseits deiner Träume ein.«

Kheperu war aschfahl geworden; jetzt wurden seine Finger um den Becher aus gebranntem Ton weiß und seine Stimme war heiser vor Schmerz. »Das ist niederträchtig, Barra! Das solltest du nicht zu mir sagen. Das ist nicht gerecht!«

Sie bedrängte ihn nicht weiter, denn sie wusste, dass sie es nicht tun musste; die Einsicht in ihn, die ihr das *Sceon Tiof* verliehen hatte, sagte ihr, dass er in Gedanken die Idee sehr wohl heftiger verfolgte, als sie es je tun konnte.

Sie legte die Hände flach auf den Tisch und blickte sich im Gastraum um, der sich jetzt immer mehr mit Leuten aus der Stadt füllte, die geduldig auf den mittäglichen Eintopf warteten. Sie plauderten miteinander in fünf verschiedenen Sprachen, sie redeten über das Heer, übers Wetter, über die Aussichten für den Handel; vor dem geistigen Auge wurde ein jeder für sie ein stolpernder, torkelnder Chrysios, dem milchige Flüssigkeit aus den Augenhöhlen sickerte. Sie sagte: »Ich habe nie erwartet, dass wir jemals in so große Gefahr geraten würden. Wenn ich gewusst hätte, wirklich gewusst hätte, worauf wir uns da einlassen, so hätte ich diesen Auftrag nie angenommen…«

Leucas unterbrach sie sanft lächelnd. »Ich glaube, das stimmt nicht, Barra. Ich hab's in deinen Augen gesehen, als du diesen Burschen auf dem Markt hast sterben sehen, diesen Othniel.«

Barra zuckte gereizt die Schultern. »Spielt keine Rolle. Der springende Punkt ist, dass sich die Patrizierhäuser gegen einen Außenseiter wie Meremptah-Sifti hätten zusammentun und ihn vielleicht schlagen können, sei er nun der Enkel des Pharaos oder nicht. Aber Idonosteus hatte eine zündende Idee. Er hat sich gesagt: ›Heuern wir doch einige Söldner an, die gerissen sind – aber nicht zu gerissen. Wir beide, das Mitglied der Stadt und der Außenseiter, können Tyros in kürzester Zeit in unsere Hände bringen, und ich bekomme den Stuhl neben dem neuen Tyrannen, flüstere ihm ins Ohr.‹ Und wisst ihr was? Ich glaube, er hat Recht.« Die Muskeln an ihren Wangen traten hervor und der Pulsschlag an ihrer Schläfe war deutlich sichtbar. »Seht ihr's nicht? Wenn wir nicht gewesen wären – wenn ich nicht gewesen wäre –, hätte Tyros vielleicht eine Chance gehabt. Das ist *meine Schuld* und ich muss sie wieder gutmachen.«

Unbewusst hatte sie mit den Händen die Schäfte ihrer Axt gesucht und liebevoll darüber gestrichen. »Und Idonosteus hat mich auf eine Weise benutzt, wie ich mich nicht gern benutzen lasse. Ihr geht wohl besser davon aus, dass ich ihm das nicht durchgehen lasse.«

»Selbst… in der Annahme«, meinte Kheperu, dessen Stimme noch immer heiser klang, »dass du keinen völligen Blödsinn verzapfst, was kannst du tun? Was könnten wir tun? Du hast es selbst gesagt: Wir sind hier Außenseiter, wie haben keinen Status, der unser Wort auf die gleiche Ebene hebt wie die Worte des Oberhaupts eines Patrizierhauses oder eines ägyptischen Prinzen. Wer würde dir denn überhaupt zuhören, geschweige denn glauben?«

Barra versuchte, die Schmetterlinge in ihrem Magen mit einem tiefen Atemzug zu vertreiben. Sie vernahm das ferne Rauschen ihres Herzblutes in den Ohren. »Nun, seht ihr, da ist mir was eingefallen. Ich muss nicht alle dazu bringen, mir zu glauben, nur einen oder zwei, welche die Übrigen überzeugen können. Oder vielleicht nur einen Mann: Tal Akhu-shabb – den Gouverneur.«

»Was veranlasst dich zu glauben, der Gouverneur der Provinz Kanaan würde auch nur eine Minute für eine verdreckte piktische Söldnerin erübrigen?«

»Nun…« Ihr Magen verknotete sich um den Wein,

den sie getrunken hatte. »Das würde er natürlich nicht. Vielleicht ist er jedoch gewillt, einige wenige kostbare Augenblicke mit einem hübschen Rotschopf zu verbringen, der während eines Fests an ihn herantritt…«

Kheperu wirkte wie vom Donner gerührt. »Das kannst du nicht tun!«

»Ich denke schon«, erwiderte Barra. »Ich bin mir gewiss, dass Peliarchus eingeladen worden ist oder eingeladen wird – als der Schiffseigener der Penthedes. Er kann mich hineinbringen.«

»Aber… aber…«, stotterte Kheperu, »das Fest findet auf seinem Landsitz statt, auf dem verdammten *Heimatboden* des Meremptah-Sifti!«

»Das«, meinte Barra, »macht die Sache, nun, so herausfordernd.«

Leucas beugte sich vor und zog die Brauen zusammen. »Das gefällt mir nicht. Du musst allein arbeiten. Mich würde man sogleich wiedererkennen und Kheperu…«

Barra zuckte die Schultern. »Ich bin nicht hilflos. Und wenn alles schief läuft, könntet ihr nicht viel mehr tun, als an meiner Seite zu sterben.«

»Das ist nichts so Geringes«, meinte Leucas.

»Nun, vergiss es!«, sagte sie zu ihm. »Ich werde völlig sicher sein; dieses Fest ist der letzte Ort auf der Erde, wo Idonosteus mich erwarten würde – und, glaub mir, ich werde keinesfalls so aussehen wie gerade im Augenblick. Meremptah-Sifti hat mich nie gesehen. Ich kann es tun und ich werde es tun. Dies ist meine Heimat, mein Problem. Mein Auftrag.«

»Aber du arbeitest für umsonst, Barra«, warf Kheperu ein und schüttelte grimmig den Kopf. »Und das ist bei Geschäften immer eine gefährliche Sache!«

13. KAPITEL Idonosteus

»Also, mein Prinz«, sagte Idonosteus und befeuchtete sich die Lippen mit der Zunge beim Luftholen, »obgleich ich deine Pläne kenne wie meinen eigenen Namen und sie gewiss vereiteln könnte, wenn ich wollte, habe ich nicht die Absicht, dies zu tun. Eigentlich genau das Gegenteil.« Er rückte in seiner Sänfte zurecht; die Mittagssonne hatte sich um die Umrandung seines bestickten Leinenschirms geschlichen. Der Tag hier draußen in der Nähe des spiegelnden Teichs hinter Meremptah-Siftis Herrschaftshaus wurde unangenehm warm; Schweiß perlte auf seinem Handrücken. »Könntest du mich vielleicht ins Haus bitten, mein Prinz?«

Meremptah-Sifti stand da und starrte das Oberhaupt des Hauses Meneides mit unverhohlener Abneigung an, als sein Adjutant diese Anfrage übersetzte. Idonosteus konnte sich gut vorstellen, was dieser extrem gut gebaute, außerordentlich hübsche und jugendliche Prinz von ihm hielt; in der Vergangenheit hatte Idonosteus mit mehreren beim Militär erzogenen, geringeren Mitgliedern der königlichen Familie zu tun gehabt. Sein Erscheinungsbild war ihm durchaus bewusst, die glatte, bleiche Haut über den Fettwülsten, das parfümierte Öl in seinem geflochtenen Bart und der Kajalstift unter den Brauen, damit die Schweinchenaugen größer wirkten. Meremptah-Sifti würde ihn mit allergrößter Wahrscheinlichkeit für eine plumpe, juwelenbehängte Made halten, die sich am Leichnam eines ehrenhaften Mannes gütlich tat. *Nun, ist schon in Ordnung,* dachte Idonosteus. *So lange er der Ansicht ist, dass ich auch den Intellekt einer Made besitze – es ist stets nützlich, unterschätzt zu werden.*

Der Prinz sagte etwas auf Ägyptisch, und zwar in dem schleppenden und zugleich herrischen Tonfall, den Idonosteus so sehr bewunderte – man musste als Aristokrat geboren sein, um in einem solchen Tonfall Befehle zu erteilen. Der Adjutant, Simi-Ascalon – ein merkwürdiger, bleicher Mann, der anscheinend niemals blinzelte – gab sich nicht die Mühe zu übersetzen, wie er zuvor das Gespräch übersetzt hatte, und dann wiederum war eine Übersetzung auch nicht erforderlich. Dass die beiden Soldaten vortraten und dabei ihre Axt aus dem Gürtel zogen, machte die Bedeutung der Worte des Prinzen völlig klar.

Die Myrmidonier, die in ihrer Verkleidung als Diener um die Sänfte des Idonosteus standen, rührten keinen Finger, um dazwischenzugehen; sie spielten ihre Rollen sehr gut. Sie beobachteten lediglich Kamades und Kamades beobachtete Idonosteus und wartete auf dessen Zeichen. Anstatt jedoch dieses Zeichen zu geben, musterte Idonosteus lediglich seine polierten Fingernägel.

Kamades und seine Männer konnten es gewiss mit den herankommenden Soldaten aufnehmen, ebenso wie mit den beiden bewaffneten und gepanzerten Männern, die steif in der Nähe standen, obgleich die Myrmidonier keine Rüstung trugen, nur ihre weißen Dienerchitons. An Waffen hatten sie lediglich Dolche in Scheiden stecken, die sie sich an die Oberschenkel gebunden hatten. Mit den Männern des Prinzen zurande zu kommen stand jedoch nicht zur Debatte; Idonosteus wollte die Myrmidonier weiter bei der Hand haben, sie sollten nach wie vor lediglich als seine Diener erscheinen, falls es so weit käme, dass sie es mit dem Prinzen persönlich aufnehmen müssten. Idonosteus wandte sich wieder Meremptah-Sifti zu und lächelte ihn ölig an. »Wenn diese Männer mich anrühren, wirst du Tyros verlieren und ziemlich wahrscheinlich in Ketten nach Ägypten zurückkehren.«

Er hatte bereits bemerkt, dass Meremptah-Sifti Phönizisch verstand, weil er nämlich zuvor das Mienenspiel des Prinzen bei seinen Worten beobachtet hatte. Meremptah-Sifti hielt eine Hand hoch, um die herankommenden Soldaten zum Stehenbleiben zu veranlassen, und murmelte seinem Adjutanten einige Worte auf Ägyptisch zu.

Simi-Ascalon räusperte sich explosionsartig und sagte: »Mein Prinz weist mich an, dich darüber in Kenntnis zu setzen, dass er für Erpressung nicht empfänglich ist. Ich, äh – *kchkchkch* – vermute, dass du dein Wissen zu Papier gebracht oder jemandem anvertraut hast, der damit zum Gouverneur oder zu den anderen Patrizierhäusern gehen wird, im Falle deines unzeitgemäßen… nun ja.« Er schüttelte gereizt den Kopf und wischte sich mit einem Leinentuch den Mund. »Jetzt soll mein Prinz das Vorhaben aufgeben oder davon Abstand nehmen oder dich dafür bezahlen, dass du dich nicht einmischst. Nichts davon wird er tun und dein Leben ist allein schon wegen der Beleidigung verwirkt, dass du eine so dreiste Forderung gestellt hast.«

So viel, was den Stapel Briefe betrifft, den ich bei Lysandros hinterlassen habe. Idonosteus spreizte die plumpen, feuchten Hände. »Ganz und gar nicht. Du missverstehst mich völlig. Nicht um Forderungen zu stellen bin ich gekommen, sondern um etwas anzubieten. Meine Dienste und die Dienste des Hauses Meneides.«

Bei diesen Worten hob der Prinz die Brauen und fixierte Idonosteus mit durchdringendem Blick. »Deine Soldaten sollen sich zurückziehen«, befahl Meremptah-Sifti in perfektem, akzentfreiem Phönizisch.

»Meine Soldaten?« Idonosteus bemühte sich verzweifelt, eine jähe Woge der Panik zu verbergen. »Ich weiß nicht, was du meinst.« *Woher hat er das gewusst?*

»Du bist ein Narr, Idonosteus Meneides, zu glauben, dass ich die Disziplin eines Soldaten mit dem Gehorsam eines Dieners verwechseln könnte. Auf deiner falschen Annahme zu beharren wäre eine vorsätzliche Beleidigung; ebenso gut könntest du mir ins Gesicht sagen, ich sei ein Dummkopf. Wenn du das tust, werde ich dich töten lassen.« Meremptah-Sifti verschränkte die Arme. »Sag ihnen, sie sollen sich zurückziehen!«

Idonosteus vollführte mit leicht zittriger Hand eine Geste, und Kamades blickte schweigend den Prinzen von Ägypten an, während er seine Männer zu dem spiegelnden Teich hinüberwinkte. Meremptah-Sifti erwiderte diesen gleichmütigen Blick mit einem Lächeln und einem spöttischen Heben der Braue. Kamades senkte den Kopf zu einer gerade eben korrekten Verneigung und ging zu den anderen Männern zum Teich hinüber.

Meremptah-Sifti beobachtete ihn beim Weggehen und richtete daraufhin den Blick geringschätzig auf sein Gegenüber. »Also, Idonosteus. Was kannst du für mich tun, damit ich dich am Leben lasse?«

Idonosteus leckte sich die Lippen. Der Adjutant, der dem Prinzen zur Seite stand, starrte ihn wie eine Echse ohne zu blinzeln an. Schweißtropfen von der Größe von Tränen zierten Idonosteus' Wangen. »Ich, nun, ich…« Idonosteus hustete, beugte sich um den Baldachin seiner Sänfte herum und sah mit zusammengekniffenen Augen zur sengenden Sonne hinauf. »Könnten wir nicht aus dieser Hitze heraus?«

Meremptah-Sifti verzog die Lippen zu einem breiten, spöttischen Grinsen. »Ra segnet unser Treffen mit seinem leidenschaftlichen Kuss«, sagte er schleppend. »Wir bleiben hier.«

Und er und sein Adjutant standen mit verschränkten Armen da und sahen ihm zu, wie er schwitzte, und warteten darauf, dass er fortfuhr.

»Hm, nun gut«, meinte Idonosteus, hauptsächlich, um das unbehagliche Schweigen zu überbrücken. »Als Gast des Hauses Meneides hätte der Prinz Zugang zu allen Patrizierhäusern; ich könnte für den Prinzen eine Einladung bei jedem Ober…«

»Mein Großvater ist der Lebendige Horus. Ich brauche solche wie dich nicht als Mittelsmänner. Kein Patrizierhaus würde es wagen, sich mir zu verweigern.«

Erneut gähnte ein Schweigen wie der jähe Abgrund eines unerwarteten Felssturzes. Die Ringe an Idonosteus' Fingern klickten laut, als er sich die Hände rieb. »Ich habe gewaltige Ressourcen auf den Straßen von Tyros. Männer, deren einzige Aufgabe darin besteht, mir Nachrichten aus der Stadt zu überbringen…«

»Wie ich auch.«

Idonosteus wollte es mit einem Mal so vorkommen, als ob die Ausdruckslosigkeit in den Augen des Adjutanten etwas anderem gewichen wäre: Es war nicht länger das gelangweilte Starren einer Echse, sondern eher der Blick einer zusammengerollten Kobra vor einem Rattenloch.

Es ging Idonosteus gegen die Natur, gleich mit der Sprache herauszurücken und zu sagen, was er wollte. Er hegte einen Traum, eine müßige Phantasie, worin er auf dem Ritt von Tyros hierher geschwelgt hatte, ein Traum, dem er sich ursprünglich auf sanfte und subtile Weise hatte nähern wollen. Er wollte seine Dienste unentbehrlich machen, langsam an Macht gewinnen, bis seine Phantasie Wirklichkeit würde. Er hatte dieses Gebäude betrachtet und jenes Geschäft, und diesen Stall und jenen Gasthof, und sich dabei vorgestellt, was er dort täte, mit dem und für das. Er hatte junge Männer auf der Straße betrachtet und kleine Mädchen, die in der Sonne spielten, und er hatte sich auch da vorgestellt, was er täte. Jetzt bemerkte er, dass er sonst wenig anzubieten hatte…

»Vielleicht«, sagte er, »sind meine Dienste bei der Einnahme von Tyros nur von geringem Wert. Ich würde mir nicht anmaßen zu glauben, dass ich etwas für den Prinzen tun könnte, was dieser nicht für sich allein zustande brächte. Ich würde jedoch zu sagen wagen, dass der Prinz, nachdem er Tyros eingenommen hat, nach der Eroberung, vielleicht wünschen könnte, sich auszuruhen und die Früchte seiner Anstrengungen zu genießen, statt die beschwerliche Pflicht auf sich zu nehmen, die Geschicke der Stadt zu lenken. Hier kann ich zu Diensten sein. Ich habe eintausend mir getreue Männer, die tun, was ich sage, Männer, die ihr ganzes Leben damit verbracht haben, die verschlungenen Pfade des Handels in Tyros auszukundschaften. Wenn das Haus Meneides Tyros als ein, nun, als Satrap diente, würde Tyros zur stetig wachsenden Einnahmequelle, die Gold in endlosen Strömen direkt in die Truhen des Prinzen…«

»Gold?« Meremptah-Sifti stieß ein brüllendes Gelächter aus. »Du glaubst, hier geht es um *Habgier?* Du armer, kurzsichtiger, wichtigtuerischer Narr. Ich habe Gold! Wenn ich mit Tyros fertig bin, kannst du meinethalben die Stadt in dein eigenes persönliches Bordell verwandeln!«

Idonosteus' Herz vollführte einen Satz in seiner Brust. »Dein Wort darauf?«

Der Prinz winkte herablassend mit der Hand. »Ich habe es gesagt.«

»Ich bin, äh, nur neugierig«, sagte Idonosteus, »wie du Tyros einnehmen willst. Meine Spione wissen anscheinend nicht…«

»Deine Spione?« Jäh wurde Simi-Ascalon, der Adjutant, wieder lebendig, als ob er zuvor eine Statue gewesen wäre, die von einem vorübergehenden Gott belebt worden wäre. Seine Stimme wurde unangenehm scharf, und er trat vor und packte die Stützen des Baldachins so fest, dass die Fingerknöchel weiß wurden. »Hast du mich heute Morgen von jemandem auf dem Markt verfolgen lassen, von jemand anderem als diesem Lysandros, mit dem ich gesprochen habe?«

Idonosteus zuckte vor dem feinen Sprühregen aus Speichel zurück, der von Simis Lippen flog. »Ich, äh, nun ja…« Also wirklich, für einen Adjutanten des Prinzen hatte dieser Mann entsetzliche Manieren!

Meremptah-Sifti sagte warnend: »Sim, reg dich nicht auf…«

Der Adjutant fuhr so rasch zu seinem Herrn herum, dass Idonosteus einen entsetzlichen Augenblick lang glaubte, er würde ihn schlagen. »Ich habe dir… von diesem Jungen auf dem Markt heute erzählt, derjenige, welcher… das getan hat, der hingesehen hat und mir das angetan hat! Es fühlte sich an wie, wie… es hat mir gar nicht gefallen! Ich hab's dir erzählt! Jemand hat, hat, ich weiß nicht was, getan!« Er fuhr wieder zu Idonosteus herum, und das Oberhaupt des Hauses Meneides blickte in Augen, in denen völlige Verwirrung zu lesen war. »Ein Junge, vielleicht fünfzehn, noch keinen Bart. Das Haar rot wie ein Sonnenuntergang. Ist er dein Spion? Ich will ihn haben! Ich will ihn hier haben, wo ich ihm wehtun kann!«

Idonosteus' Mund wurde so trocken wie Wüstensand. Hastig schüttelte er den Kopf und sagte schnell und stotternd: »Nein, nein, nein, meine Spione waren… es waren ausländische Söldner, zwei Männer, Grieche und Ägypter, und eine Frau aus dem Norden. Sie behauptet, irgendeine Art von barbarischer Prinzessin zu sein…«

Jetzt tauchte Meremptah-Sifti neben seinem Adjutanten auf, eine drohende Gestalt mit blitzenden Augen. »Das waren deine Spione? Meine Söldner?«

Idonosteus verkroch sich hilflos in sich selbst. Welcher Wahnsinn hatte ihn hierher geführt? »J-ja, mein Prinz, diese drei waren – hast du gesagt, deine Söldner?«

Der Prinz klatschte so laut und heftig in die Hände, dass Idonosteus einen Satz vollführte. »Ich hab's gewusst!« Seine Augen brannten, nicht vor Ärger, sondern in irgendeiner rätselhaften Verzückung. »Die Frau, ihr Haar ist rot, nicht wahr?«

»J-ja, mein Prinz…«

Der Prinz schlug seinem Adjutanten auf den Rücken, packte ihn bei den Schultern und ihre Blicke kreuzten sich. »Siehst du? Was habe ich dir all die Tage gesagt? Jetzt haben sie mir ein weiteres Geschenk gebracht – einen Vizekönig für meine Stadt!«

Simi-Ascalon meinte: »Der Junge, es hätte eine Frau sein können… eine schlanke Frau in Männerkleidung. Ich will sie haben, Remmie. Ich will sie hier haben, wo ich ihr wehtun kann.«

»Pscht, Sim, ist schon gut. Du wirst sie bekommen.« Ungläubig sah Idonosteus zu, wie der Prinz seinen Adjutanten sanft auf die Wange küsste. Er ließ den Arm um die Schultern des Adjutanten gleiten und wandte sich wieder an Idonosteus.

»Jetzt, Idonosteus«, sagte Meremptah-Sifti, auf dessen Gesicht die Vorfreude glänzte, »wirst du mir alles über diese drei ausländischen Söldner berichten, was du weißt!«

14. KAPITEL Das Fest

Der Hügel unterhalb des Herrenhauses auf Meremptah-Siftis Landsitz erglänzte im Schein zahlloser Pechfackeln, so als ob die gewellte phönizische Landschaft eigentlich das Meer sei und der Hügel eine schaumgekrönte Welle, die einen prächtigen mitternächtlichen Himmel widerspiegelte. Ba'al-Marqod blickte wohlgesonnen auf die Versammlung in dieser Nacht herab und sandte seinen Diener Karbas aus, den trockenen Wüstenwind, der den Himmel von Gewitterwolken leer fegen sollte. Selbst Karbas zeigte sich freundlich, da er sich außerhalb seiner gewöhnlichen Jahreszeit befand, und die Flammen der Pechfackeln flackerten nur vergnügt. Schwitzende Sklaven in Livree, deren Gesichter von der glühenden Holzkohle von unten rot erleuchtet wurden, umgaben die Feuerstellen. Auf der Holzkohle zischte das Fett von den geschlachteten Lämmern, die sich langsam auf Spießen drehten.

Das majestätische Herrenhaus selbst bestand aus drei Stockwerken und hatte ein Flachdach, das seinerseits vom Fackelschein erhellt wurde. Auch dort oben tummelten sich die Gäste. Das Haus war umgeben von einem weit gefächerten Komplex aus Weinfässern und Olivenpressen, Ställen, Vorratshäusern und Baracken, Teichen und sogar einer gewitzt konstruierten Fontäne, die allesamt durch überdachte, strahlend weiß gekalkte Säulengänge miteinander verbunden waren. Überall wogte die Menge, hunderte und noch mehr

Gäste und Dutzende Diener, die unter den Gästen umhereilten und riesige Tabletts mit Weinkelchen trugen oder Körbe, die bis zum Überquellen gefüllt waren mit Früchten, darunter solche aus dem weit entfernten Kush oder Doria. Darüber hinaus wurden Brotlaibe gereicht, die frisch aus dem Ofen kamen und noch immer dampften, goldene Platten, worauf sich Kräuterlamm und Bratäpfel türmten, geräucherte Austern und gebackene Shrimps. Umherstreifende Musikanten gaben Lieder zum Besten, süß und melodiös, fröhlich oder offen anzüglich, gerade so, wie es diejenigen verlangten, die in der Nähe standen; oder sie begleiteten Tänzer, Gaukler, Akrobaten und bescheidene Magier, die hier und da auf dem Gelände für Unterhaltung sorgten.

Das Fest hatte zur Mittagszeit angefangen, und jetzt, lange nach Einbruch der Nacht, sah es nicht so aus, als ob es bald enden würde. Alle wichtigen Männer von Tyros waren anwesend, sogar der unselige, leicht nervöse Befehlshaber der ägyptischen Garnison, der in der Gegend herumstand, sich die Lippen leckte und so wirkte, als ob er dringend hoffte, dass seine Truppen nichts Dummes mit der kanaanäischen Leibgarde des Gouverneurs anstellten. Die Oberhäupter der Patrizierhäuser waren am frühen Nachmittag eingetroffen, begleitet von ihrem Gefolge aus Dienern und Speichelleckern.

Der silberhaarige Agapenthes, hoch gewachsen und noch immer schlank, mit dem athletischen Körperbau eines Jägers, schritt königlich in einem stetigen Zickzackkurs übers Gelände, umschwärmt von den Speichelleckern der Penthedes. In diesen Tagen traf man ihn selten ohne einen Weinpokal in Händen an, und der heutige Tag stellte keine Ausnahme dar. Nicht weit entfernt von den ersten Feuerstellen hielt Nephrol Tomit Hof. Er hatte es sich mit seinem massigen Körper in einer noch größeren Masse Kissen bequem gemacht; sein dröhnendes Gelächter steckte noch Männer und Frauen in der entferntesten Ecke des Festes an. Fünf Mädchen lehnten auf den unteren Hängen seines seidenen Kissenbergs und probierten Bissen von diesem und jenem, ehe sie es ihrem Herrn darboten; er würde nichts essen, wenn es nicht aus den geschmeidigen Fingern seiner Sklavinnen kam.

Xuxusmilli, Enkel des Mursuwalli, dem Gründer seines Hauses, war das einzige Oberhaupt eines Patrizierhauses, das offen bewaffnet eintraf. Er hatte ein gerades Breitschwert in seinem breiten Ledergürtel stecken, und fünf seiner rund dreißig Begleiter waren bewaffnet und trugen Panzer aus grauem hethitischem Eisen, die so kostspielig waren, dass man mit dieser Summe einen König hätte auslösen können. Er ging keinerlei Risiken mehr ein, nicht, seit seine Mutter – das vormalige Oberhaupt – vor einigen Wochen vergiftet worden war. Aber niemand auf dem Fest blickte auch nur ein zweites Mal auf diese Waffen, und bald wirkte Xuxusmilli ein wenig beschämt und trotzig angesichts der einbegriffenen Melodramatik, auf ein Willkommensfest bewaffnete Wächter mitzuführen. Selbst der grimmige Jephunah zeigte sich ein wenig aufgeknöpfter, und flüchtige Schatten eines Lächelns glitten ihm über das ausgemergelte Gesicht, obgleich er seine Söhne eng um sich geschart hielt – insgesamt achtzehn Söhne von seinen fünf Frauen – und seine glitzernden Augen unermüdlich die Umgebung absuchten.

Es war natürlich Idonosteus, den Barra ganz besonders im Auge behielt. Selbst jetzt noch, am Abend, arbeitete sich das schwitzende Oberhaupt des Hauses Meneides unermüdlich durch die Menge, schüttelte Hände, stellte sich einem jeden vor, den er nicht kannte, und tat somit genau das Gegenteil der anderen Patrizier, die sich abseits hielten und sich darauf verließen, dass ihre Begleiter jeden unwillkommenen Bittsteller oder sogar nur Langweiler von ihnen fern hielten. Barra selbst war von mehreren zurückgewiesen worden; sie hatte es aufgegeben, sich an die Herren der Patrizierhäuser wenden zu wollen. Die Myrmidonier umkreisten Idonosteus in ihrer Verkleidung als Diener. Sie spielten ihre Rollen recht überzeugend; eigentlich war es nur Kamades, dem offensichtlich unbehaglich zumute war. Näheres Hinsehen führte dazu, dass Barra die Waffen entdeckte, die sie festgezurrt an ihren Oberschenkeln trugen, denn gelegentlich zeigten sich ihre Umrisse durch die Chitons. Sie hatte danach Ausschau gehalten, weil die beiden Bronzedolche, die sie unter ihren Röcken trug und die freundlicherweise für ein beständiges Gefühl des Unbehagens sorgten, sie daran erinnerten.

Sie überlegte, wie viele Diener der anderen Patrizierhäuser heute Abend eigentlich verkleidete Soldaten waren – unverkleidete Soldaten gab es genügend, hier wie dort; ägyptische Soldaten und Männer verschiedenster Rassen in Rüstungen mit den Farben des Prinzen von Ägypten beäugten einander freundlich unter gegenseitiger Geringschätzung. Die Myrmidonier hielten übertrieben Abstand zu der männlichen Prahlerei, in der die anderen Wächter schwelgten.

Keiner von ihnen hatte sie gesehen; oder falls doch, so hatten sie sie nicht wiedererkannt.

Tayniz' Grundierung hatte Barras sonnenverbranntes Gesicht sowie den Hals zu einem modischen Weiß gebleicht; Kajalstift hatte ihre Augen größer gemacht, und Karminrot war ihr sanft auf die Lippen gelegt worden, um deren zierlichen Bogen zu unterstreichen. Ihr Haar, frisch gewaschen und leicht mit Duftöl eingerieben, war zu einer schimmernden Masse rotbrauner Locken hoch auf ihrem Kopf aufgetürmt worden, wovon die Bänder aus tyrischem Purpurrot, die sie an ihrem Platz hielten, farblich abstachen. Ein wallendes Kleid derselben Farbe, im attischen Stil gelegt, machte die harten Linien ihrer muskulösen Gestalt weicher; Tayniz hatte es nach einem Stirnrunzeln zusätzlich über die Schultern drapiert, die ein solches Kleid gewöhnlich bloß ließ. Auf Schmuck hatte sie verzichtet – sie konnte nicht so aus dem Vollen schöpfen, dass sie sich mit den wohlhabenden tyrischen Ehefrauen und Kurtisanen hätte messen können, und daher hatte sie sich für eine herausfordernde Einfachheit entschieden. Tayniz hatte rasch bis zum Ellbogen reichende Handschuhe zusammengenäht, mehr im kretischen Stil und aus einem Material, das zum Kleid passte. Diese Handschuhe verbargen nicht bloß die Wunden an ihren Handgelenken, sondern auch ihre schwieligen, schmutzigen Soldatenhände mit den abgekauten Fingernägeln. Als sie am späten Nachmittag ihr Haus verlassen hatten, hatte Tayniz erklärt, sie sei zufrieden, und versprochen, sie würde dieses Kleid aufessen, wenn Barra an diesem Abend nicht wenigstens fünf Heiratsanträge erhielte.

Barra ihrerseits kam sich tollpatschig, lächerlich und irgendwie hilflos vor. Sie war zu der Überzeugung gekommen, dass der Brauch, lange Kleider zu tragen, von Männern erfunden worden war und genau dies beabsichtigte, nämlich Frauen hilflos zu machen – in einem Kleid ließ es sich kaum kämpfen und laufen schon gar nicht. Wenn etwas schief ginge, wären die Dolche, die sie am Oberschenkel befestigt hatte, zu wenig nutze, außer um sicherzustellen, dass sie nicht lebendig gefangen genommen würde. Sie war völlig außerhalb ihres Elements; ihre Fähigkeiten als Soldat und scharfäugiger Kaufmann waren hier nutzlos. Den Blick des Gouverneurs auf sich zu lenken und ihn von ihrer Wahrheit zu überzeugen, erforderte Fähigkeiten, die Tayniz in ihrer Jugend entwickelt hatte oder Barras

Schwestern daheim in Langdale, oder Barras Mutter Coll, die selbst jetzt noch, mit fünfzig Jahren, einen Mann mit einem scheuen Blick und einem Schwenken der Hüfte für sich gewinnen konnte. Sie hatte weder Zeit gehabt noch Interesse daran entwickelt, sich derlei Dingen zu widmen; jetzt schwor sie sich im Stillen, dass sie dies studieren und üben würde, wie sie es mit einer neuen Waffe täte.

Sie war gerade bei Einbruch der Dämmerung mit Peliarchus und Tayniz eingetroffen – sie hatte keinesfalls gewollt, dass Idonosteus oder der Dämonenbeschwörer im hellen Tageslicht einen Blick auf sie erhielten. Sie hatte den ganzen Tag vertändelt, Kleid und Frisurenstil gewechselt und dergleichen, um sicherzugehen, dass das Fest voll im Gange wäre und der Tag sich neigte, sodass niemand allzu große Notiz von ihrer Ankunft nähme. Das funktionierte ganz gut – viel zu gut für Tayniz' Geschmack –, abgesehen von den sieben oder acht jungen Männern, die ihr immerzu auf die Pelle rückten, gleich, wo Barra stand, und versuchten, sie in ein Gespräch zu verwickeln; nicht einmal ihr ausgeprägter Sarkasmus schien ihrer Begeisterung einen Dämpfer versetzen zu können. Schließlich ließ sie sich von einem der jungen Männer in einen kleinen Hof hinter den Baracken locken, der durch eine gut gepflegte Hecke vom Fackelschein abgeschirmt war. Als er versuchte, sie an sich zu ziehen, rammte sie ihm das Knie in die Geschlechtsteile, dass es ihn vom Boden hob und er zusammengekrümmt und keuchend an einer Mauer in sich zusammensackte. Ehe er auch nur die Augen wieder aufbekam, spürte er die Klinge eines Dolchs an der Kehle. »Wenn du und deine Jungens nicht auf der Stelle das Interesse an mir verlieren«, vernahm er, »werde ich sicherstellen, dass du nie mehr an einer Frau interessiert bist, kapiert?«

Die Baracken selbst hatten ein wenig ihr Interesse erregt; der starke Geruch nach geölter Bronze und geöltem Leder haftete ihnen an, hatte sich ins Holz hineingearbeitet. Während der Landsitz gewiss ein kleines Heer von Gärtnern und anderen Arbeitern zu seinem Erhalt erforderte, schliefen Gärtner nicht zusammen mit ihren Werkzeugen – sie würden ihre Werkzeuge in die verschlossenen Hütten legen, die hier und da über das Land verstreut waren. Es gab nur einen professionellen Arbeiter, der routinemäßig zusammen mit seinen Werkzeugen schlief: der Soldat.

Sie arbeitete sich wieder in den Sichtbereich des Gouverneurs vor. Er war durch die Menge geschlendert, hatte wie selbstverständlich Begrüßungen entgegengenommen und höflich über Geschichten gelacht. Sein Haarknoten und der geflochtene Bart waren von der Farbe einer Schaumkrone auf einer windgepeitschten Woge und die Falten in seinem wettergegerbten Gesicht waren sogar im Fackelschein aus einem Bogenschuss Entfernung sichtbar. Sie wagte nicht, ihm näher zu kommen, denn gleich, wohin er ging, Meremptah-Sifti und sein Dämonenbeschwörer waren nicht weit entfernt.

Der Enkel des Pharaos war hoch gewachsen und sehr gut in Form; er trug den verzierten Rock und die breite Brustplatte des königlichen Hauses und sein bloßer Brustkasten war breit, schwer und muskulös. Als sie ihn ansah, bezweifelte sie Kheperus Geschichten über Trunkenheit und zügelloses Leben; nichts an ihm entsprach etwas anderem als Kraft und Fähigkeit. Seine Züge waren scharf ausgeprägt, nicht vom Trinken verwaschen, und wenn er lachte, schimmerten seine weißen Zähne. Barra hatte in Betracht gezogen, dass er vielleicht unter Drogen stand oder sogar ein hilfloses Werkzeug unter der Kontrolle des Dämonenbeschwörers war – aber jetzt, bei seinem Anblick, fiel es ihr schwer zu glauben, dass er nicht völlig das Heft in der Hand hielte.

Sie wollte die beiden nicht einmal zu lange *ansehen;* sollte das *Sceon Tiof* sie überkommen, so war sie sich gewiss, dass der Dämonenbeschwörer – dessen Name, wie sie erfahren hatte, Simi-Ascalon lautete und der den Titel eines Adjutanten auf dem Landsitz trug – dies spüren und sie ausmachen würde, was in der Tat von Übel wäre. Sie musste die beiden irgendwie ablenken, vertreiben. Verzweifelt wünschte sie sich, dass sie Leucas und Kheperu nicht hätte zurücklassen müssen.

Kheperu hatte sich entschuldigt: »Tut mir Leid, Barra, aber wie du dich vielleicht erinnerst, gehört dieses Land Ägypten und ich stehe noch immer unter Todesstrafe. Einer der vielen Vorzüge meiner persönlichen Hygiene ist, dass mich niemand allzu genau ansieht; wenn ich sauber und gut genug gekleidet wäre, um mich unter die Leute auf diesem Fest zu mischen, würde man mich vielleicht wiedererkennen. Meremptah-Sifti und sein Haushalt stammen aus Theben, weißt du – es ist durchaus möglich, dass einer oder mehrere mich kennen. Ein Wort zum Gouverneur, und *ritsch-ratsch,* das war mein Kopf!« Dagegen konnte Barra kaum etwas einwenden, und sie hatte sich gezwungen gesehen, gleichfalls dem zuzustimmen, was Leucas vorgebracht hatte; er war einfach zu auffallend mit seiner Größe und dem zerstörten Gesicht, und man konnte wenig tun, um das eine oder das andere zu verbergen.

Nachdem sie einen Umweg zum Haus ihrer Zieheltern eingeschlagen und ihnen die Änderung ihrer Pläne mitgeteilt hatten, waren die Gefährten – auffällig – in Richtung Wüste aufgebrochen, was keinerlei weitere Planung erfordert hatte – schließlich waren die Maultiere bereits mit Vorräten für eine Reise beladen. In der Nacht hatten sie abwechselnd Wache gehalten.

Immerhin wäre es möglich gewesen, dass diese Hyänen oder andere Kreaturen des Dämonenbeschwörers sie aufgefunden hätten. Sie hatten sich in einen sehr gut zu verteidigenden Felsspalt an einem Abhang nicht weit unterhalb der Begräbnishöhlen gedrückt und schichtweise und in voller Rüstung geschlafen. Es war eine äußerst erbärmliche Nacht gewesen, mit Regengüssen und beißenden Insekten, die umso schlimmer gewesen war, weil sich nichts ereignet hatte. Gegen Morgen hatte Barra sich dabei ertappt, dass sie einen Angriff herbeisehnte; dann hätte sich der quälende Halbschlaf, den sie durchlitten hatte, wenigstens fast gelohnt.

Sollte nichts dazwischengekommen sein, seitdem sie die beiden verlassen hatte, so lägen Leucas und Kheperu jetzt geduldig auf dem Hügel, von dem aus sie zuerst den Landsitz beobachtet hatten, oder in der Nähe davon, und wechselten sich mit der Beobachtung des Fests ab. Irgendwann gegen Sonnenuntergang hätten sie die Packen wieder auf die Maultiere geladen. Barra hatte sie angewiesen, sich einen Gasthof in der Stadt zu suchen; aber Leucas hatte darauf bestanden, das Fest weiterhin vom Hügel aus zu beobachten. »So bekommen wir es vielleicht mit, wenn etwas schief läuft.«

Sowohl Barra als auch Kheperu hatten darauf hingewiesen, dass es für einen einsamen Soldaten und einen ägyptischen Alchemisten, die sich eine halbe Marschstunde entfernt aufhielten, wenig zu tun gäbe und dass beide noch weniger tun *könnten,* aber sogar ihre beiden übellaunigen Maultiere vermochten Leucas in punkto Sturheit nicht das Wasser zu reichen. »Das könnt ihr nicht wissen«, hatte er immer und immer wieder ruhig festgestellt. »Vielleicht kann ich helfen. Das könnt ihr nicht wissen.« Am Ende hatte er dank schierer Beharrlichkeit seinen Willen bekommen.

Jetzt war Simi-Ascalon, der Adjutant/Dämonenbeschwörer, irgendwo unter den Gästen und Dienern verschwunden. Meremptah-Sifti hielt sich noch immer eng an den Gouverneur, aber Barra fiel nichts Besseres mehr ein und sie verlor allmählich die Geduld. Sie wand sich durch die Gäste, wobei sie scharf Ausschau nach Simi-Ascalon hielt.

Während sie beim Näherkommen den Gouverneur beobachtete, ertappte Barra sich dabei, dass sie sich das *Sceon Tiof* herbeiwünschte. Einmal wenigstens wäre es nützlich, vielleicht sogar wesentlich, einen Blick in das Innenleben eines Mannes zu erhaschen. Freundlich genug sah er aus, mit seinen Lachfältchen so tief wie Messerschnitte an seinen Schläfen, und er hatte einen Ruf, dass er sowohl freundlich als auch hart war, wenn auch nicht ganz helle. Barra war sich nur zu bewusst, wie weit sich Ruf und Realität voneinander unterscheiden mochten. Konnte er von Argumenten umgestimmt werden oder würden Tränen besser funktionieren? Wenn er die Geschichte nicht glaubte, wäre er dann vorsichtig genug, auf jeden Fall im Stillen Nachforschungen anzustellen? Wenn er ihr glaubte, wäre er dann stark genug, sich gegen einen Prinzen aus Ägypten zu erheben? Wie nahe stand er Ramses? Hatte ihn der Pharao als Belohnung für geleistete Dienste hierher an die hethitische Grenze geschickt oder war es ein sicheres politisches Exil? War Akhu-shabb wirklich ein fähiger Verwalter, dessen Stärke benötigt wurde, oder war er ein verärgerter, heimtückischer, anderen in den Rücken fallender Mann, den Ramses hierher verfrachtet hatte, wo er wenig Schaden anrichten konnte? Sobald sie ihm ihre Geschichte enthüllen würde, gäbe es kein Zurück mehr – und sie wusste es einfach nicht. Diese bittere Wendung entging ihr nicht – wie nämlich dieses Geschenk, von dem sie aufrichtig gewünscht hatte, die Göttin möge es zurücknehmen, ihr jetzt hilfreich dienen würde. Aber sie war zu besorgt, um die Ironie dessen voll würdigen zu können.

Dann befand sie sich mitten unter seinen Leibwächtern; sie hatten es sich nicht weit entfernt vom Gouverneur gemütlich gemacht und mehrere beäugten sie anerkennend. Niemand jedoch gab einen Kommentar ab, weder obszön noch sonstwie – nicht einmal flüsternd –, und sie rochen sauber und gesund, sogar die Ergrauenden, offensichtlich langjährige Veteranen. Daraufhin fühlte sich Barra ein wenig besser; man kann einen Befehlshaber anhand seiner Männer beurteilen und diese Männer hier waren ganz eindeutig disziplinierte, respektvolle Leute mit moralischen Prinzipien. Aber jeder, der auch nur ein bisschen Gehirn besitzt, wird seine besten Männer für seine Leibgarde auswählen, ermahnte sie sich. Dennoch war es ein gutes Zeichen.

Dann stand sie vor den beiden, dem runzligen alten Krieger und dem Prinzen aus Ägypten. Sie brachen ihr Gespräch ab und wandten sich ihr zu. Ihr blieb der Atem weg, als ihr Blick hilflos zu den Augen von Meremptah-Sifti hingezogen wurde.

O liebende Mutter!, dachte sie verzweifelt und mit klopfendem Herzen. *Das ist der schönste Mann, den ich jemals gesehen habe!*

Haselnussbraune Haut, glatt und geschmeidig wie Butter, eine hohe, breite Stirn über feuchten braunen Augen; eine gerade, scharf ausgeprägte Nase und ein voller, sinnlicher Mund über einem Kinn wie gemeißelt. Die Linien der kraftvollen Schultern unter dem Brustschutz verjüngten sich zu einer schlanken Taille, und nur eine Spur feiner schwarzer Haare zog sich über seinen Bauch. Dann lächelte er, und seine Augen wurden von innen durch eine Flamme aristokratischer Selbstsicherheit erhellt, und sie fragte sich, wie sie jemals genügend Luft zum Sprechen bekommen sollte. *Mein Märchenprinz*, dachte sie.

Er sagte: »Nun, sei gegrüßt, mein Kind! Wie kommt es, dass die Sonne wieder aus ihrem Bett gestiegen ist, um dein Gesicht zu erleuchten?«

»Ich, äh, nun ja…« *Kann er wirklich durch diese verdammte Farbe erkennen, dass ich rot geworden bin?* Noch während sie etwas stammelte, hatte sie genügend Geistesgegenwart, ihrem Ägyptisch einen griechischen Akzent zu verleihen. Meremptah-Sifti lächelte bloß nachsichtig; er war ganz eindeutig daran gewöhnt, dass es Frauen bei einem Grinsen und ein, zwei Worten seinerseits die Sprache verschlug. Er legte ihr sanft die Hand auf den Arm. Seine Berührung brannte.

»Sag mir deinen Namen, damit das Vergnügen, dich unserem Gouverneur vorzustellen, das meinige sein darf!«

»Ich bin Briseis von Argos, Allerhöchster – jetzt aus dem Haus Penthedes«, erwiderte sie und fiel in ihre beste Imitation eines Hofknickses; ihr Gesicht wurde noch heißer. *Hoffentlich sieht das nicht so tollpatschig aus, wie es sich anfühlt!*

Meremptah-Sifti wandte sich nachsichtig lächelnd an den lächelnden Mann an seiner Seite. »Tal Akhushabb, ich habe die große Ehre, dir Briseis aus dem Haus Penthedes vorzustellen.«

Der Gouverneur musterte sie von oben bis unten. Dabei runzelte er einerseits die Stirn, wirkte andererseits aber auch gönnerhaft. Er räusperte sich und hielt seinen leeren Weinpokal zur Seite, wo dieser sogleich von einem Sklaven wieder gefüllt wurde, der einen großen Krug trug. Seine Augen glitzerten, und sein kritisches Stirnrunzeln wurde durch das erste Zucken eines Lächelns ersetzt. »Du bist ein schön anzuschauendes Ding, meine Liebe. Bist du eine Sklavin?«

Barra neigte den Kopf, senkte den Blick zu seinen Sandalen hinab und versuchte, sittsam zu erscheinen. *Sittsamkeit gefällt doch allen, oder?* »Ja, Herr. In Troja gefangen genommen, dem Leokalkes, dem Neffen des Agapenthes, zum Geschenk gemacht.« Diesen speziellen Neffen hatte sie vor kurzem schnarchend hinter einer Hecke gesehen. »Für diese Nacht werde ich erneut als Geschenk angeboten, für meinen Herrn.«

Meremptah-Siftis Augen tanzten und er schlug dem älteren Mann auf die Schulter. »Ein königliches Geschenk! Mir ist halb danach zumute, sie selbst anzunehmen.« Er trat nahe zu ihr und nahm sie bei den Schultern, sah hinab in ihr Gesicht. Er roch nach frischem Brot und freiem Feld, nach Olivenhainen und wilden Feigen. »Wie wäre das, mein Kind? Würde es dir gefallen, das Bett eines Prinzen zu zieren?« Barra begegnete wieder seinem Blick und schmolz angesichts seiner umwerfenden Schönheit dahin. Sie hoffte, ihn nicht töten zu müssen.

»Ich bin nur eine Sklavin, Allerhöchster«, murmelte sie. »Ich kann nur dahin gehen, wohin man mich schickt.«

»Nun, dann lass uns deinen Herrn aufsuchen und dafür sorgen, dass er seine Anweisung ändert.« Er drückte ihr die Schultern und ein Stirnrunzeln glitt ihm über die vollkommenen Züge. »Meine Güte, du musst fast so stark wie ein Mann sein! Zu welcher Arbeit haben dich diese tierischen Argiven gezwungen?«

Barra überlegte fieberhaft. Das lief ja gar nicht gut. »Ich… ich bin eine Tänzerin, Allerhöchster. Und eine Akrobatin.«

»Hm. Allerdings. Nun, dann wirst du für mich tanzen, ja? In meinen Gemächern. Das macht dir doch nichts aus, oder, Tal?«

Der Gouverneur vollführte eine großzügige Geste. »Das wäre nur eine kleine Gegenleistung für deine prächtige Gastfreundschaft. Ich bin ein alter Mann, weißt du, und Alter und Trunk haben ihren Tribut gefordert. Ein Edelstein wie dieser sollte von einem Mann geschliffen werden, der noch den nötigen Schwung für diese Aufgabe mitbringt, hm?« Meremptah-Sifti pflichtete ihm mit einem anerkennenden Kichern bei.

»Aber, mein Herr…«, begann Barra aufgeschreckt.

»Ja, mein Kind?«

Sie benötigte eine Lüge, rasch, eine gute Lüge. Was würde Kheperu sagen? »Ich, äh, nun ja, Herr, ich besitze eine gewisse Erfahrung darin, Feuer aus nur ganz schwach glühenden Kohlen zu entfachen… Meint Ihr nicht…?«

Die schneeweißen Brauen des Gouverneurs gingen in die Höhe und ein breites Lächeln verzog seine Lippen, aber dann schüttelte er traurig den Kopf. »Nein, ich glaube nicht, tut mir Leid zu sagen. Welchen Trick könntest du anwenden, den ich nicht bereits gesehen oder erlebt habe?«

»Nun, ich, hm…« Barra verschränkte die Hände hinter dem Rücken und blickte scheu auf ihre Füße. »Ich möchte es nicht gern sagen.«

Die beiden Männer wechselten einen Blick, der in einem gemeinsamen Gelächter endete. »Eine verschämte Hure!«, gluckste der Gouverneur. »Das ist womöglich eine bessere Abendunterhaltung, als ich seit vielen, vielen Jahren genossen habe.«

Mit noch immer gesenktem Kopf sagte Barra: »Vielleicht könnte ich es meinem Herrn ins Ohr flüstern?«

»Oh, gut«, erwiderte er, »so weit kann ich wohl gehen, ohne mein armes altes Herz zu überanstrengen.« Er breitete die Arme aus. »Komm her, mein Kind!«

Sie warf sich ihm in die Arme und drückte ihm die Lippen ans Ohr, wobei sie die hohle Hand darum legte, um sie zu verbergen. Sie flüsterte: »Ich bin weder Sklavin noch Hure. Dein Leben und dein Kommando sind in tödlicher Gefahr. Feindliche Magie liegt in der Luft und die Götter schützen uns nicht. Wenn du mehr erfahren willst, gehe mit mir irgendwohin, wo wir ungestört reden können.« Der Gouverneur zog sie noch fester an sich, während er diese unerwarteten Worte vernahm. Merenptah-Sifti und die Leibgarde des Gouverneurs beobachteten diese Scharade mit offener Heiterkeit.

»Bei Ischtar und Astarte!«, meinte der Enkel des Pharao. »Ich glaube, sie hat die Flagge des Gouverneurs gehisst!«

Der Gouverneur hielt sie noch einen Augenblick länger fest, und Barra spürte an ihrer Brust, wie sich sein Herzschlag beschleunigte. Dann ließ er sie los, trat zurück und bot ihr würdevoll den Arm. »Diese Bemühung mag den Versuch wohl wert sein«, sagte er forsch, aber Barra sank der Mut, als sie die Sorge allzu deutlich auf seinem Gesicht geschrieben sah. Vielleicht erkannten es die anderen nicht oder sie missverstanden die Ursache. Auf mehr konnte sie nicht hoffen. Beim Davongehen spürte sie Merenptah-Siftis sengenden Blick im Rücken.

Arm in Arm schlenderten sie auf das Haus zu, und als sie die Schwelle erreichten, warf Barra einen letzten Blick über die Schulter. Auf der anderen Seite der Gesellschaft, weit entfernt von seinem Herrn, stand Simi-Ascalon, offenbar tief in ein Gespräch mit Idonosteus versunken, aber:

Er sah sie an!

Barra lehnte sich aus dem breiten Fenster und drückte dabei die Läden aus polierter Zeder nach außen. Der Säulengang, der zum Stall führte, war leer, ebenso der kleine, offene Hof dazwischen. Sie wandte sich wieder dem Gouverneur zu. »Ich glaube, wir können zum Stall gehen, ohne gesehen zu werden. Komm!«

Er verschränkte die Arme über dem, was einstmals ein äußerst beeindruckender Brustkasten gewesen sein musste. »Ich denke, ich bin weit genug gegangen, allein auf dein Wort hin.«

»Hier könnten wir gestört werden, Herr.« Wenn dieser kalte Hurensohn sie entdeckt hatte, konnte sie dafür sogar garantieren. »Ich möchte lediglich ein wenig mehr Abgeschiedenheit.« *Und ein Pferd bei der Hand haben, falls ich plötzlich aufbrechen muss.*

»Nicht einmal Remmie würde es wagen, mich zu stören. Sprich!«, sagte der Gouverneur hart. In seiner Stimme lag eine Kraft, bei der Barras Mut sich hob.

Aber: »Remmie?«

Der Gouverneur knurrte: »Meremptah-Sifti. Ich kenne ihn von klein auf. Ramses ist wie ein Bruder zu mir.«

O liebende Mutter! Dennoch war er ihre beste Hoffnung. Sie blickte die Vielzahl gemalter Gestalten auf der Wand an, die diesen ausgedehnten Raum umgab; keine Szenen von Schlachten oder aus dem Alltagsleben eines solchen Landsitzes, sondern endlose erotische Darstellungen von Männern, Knaben, Frauen und Tieren, und darüber schwebte der lächelnde Osiris, der zwischen den Beinen ein klaffendes Loch zeigte und zu allem seine liebende Zustimmung gab. Das Zimmer war groß genug, um als Tanzboden zu dienen, und überall lagen Kissen nach der tyrischen Mode. Sie fragte: »Könnten wir nicht wenigstens in ein kleineres Zimmer gehen?«

Starrsinnig schüttelte der Gouverneur den Kopf mit dem schneeweißen Haarknoten. »So weit habe ich dir vertraut, aber nicht weiter. Fang mit deiner Geschichte an!«

Sie nahm ihre ganze Kraft zusammen. Nach einem tiefen Atemzug legte sie los. »Ich weiß, dass du hier bist, um den Problemen von Tyros ein Ende zu bereiten. Vermutlich weißt du bereits, dass jemand diesen Aufruhr mittels dunkler Magie erregt.«

Er zog die Brauen zusammen. »Das weiß ich, ja.

Und ich habe Schritte unternommen, um mich selbst und meine Männer dagegen zu schützen.«

»Gut, sehr gut«, bemerkte Barra nickend. »Ich weiß, wer der Magier ist, und ich weiß, weshalb er es tut.«

Die Augen des Gouverneurs hellten sich auf und eine gewisse Belegtheit in seiner Stimme zeugte von wachsender Aufregung. »Oh, wirklich? Setz dich hier neben mich und erzähl mir die ganze Geschichte! Ich würde diesen schwarzen Magier nur zu gern zu fassen bekommen und ihm mein Schwert in den Bauch rammen.«

Sie ließen sich auf einem Haufen Kissen nieder. Barra sagte: »Dir wird diese Geschichte vermutlich nicht gefallen. Aber höre mir bitte bis zum Ende zu, gleich, wie sehr sie dich überrascht oder verletzt. Alles klar?«

Der alte Herr nickte würdevoll. »Sprich weiter!«

Barra erzählte rasch ihre Geschichte, wobei sie nur Nebensächlichkeiten ausließ. Sie erzählte von Chrysios und dem Kampf in Lidios' Gaststätte, von Mykos und dem Fluch, von Tekrop-nekt, von Lysandros und Idonosteus sowie dem Diebstahl von Chrysios' Leichnam. Auf dem Gesicht des Gouverneurs zeigte sich eine Mischung aus Aufregung und wachsendem Entsetzen, als sie sich dem Ende ihrer Geschichte näherte.

»... und sein Banner entrollte sich, blutrot und purpurfarben, und es war eben hier auf diesem Landsitz«, schloss sie atemlos.

Der Gouverneur wirkte verblüfft. Nach einem Augenblick benommenen Schweigens erhob er sich jäh. »Remmies Adjutant, Simi-Ascalon, war einstmals Mitglied der Priesterschaft; er besitzt beträchtliche Kenntnisse der Magie ... Ich habe ihn in dieser Hinsicht bereits konsultiert. Stets habe ich mich gefragt, wie es kommen konnte, dass ein gelehrter Priester die Priesterschaft verließ, um einen Dienst unter einem unbedeutenden Mitglied des königlichen Hauses anzunehmen – aber das ist Wahnsinn! Soll ich Remmie allein aufgrund dieser Geschichte beschuldigen, sich mit einem Dämonenbeschwörer verbündet zu haben…« Er fing sich wieder und zuckte entschuldigend die Schultern. »Ich kann es einfach nicht glauben.«

Barra neben ihm erhob sich. »Du musst mich nicht beim Wort nehmen. Forsche selbst nach, sieh dir die Sache an, lass Meremptah-Sifti und Simi-Ascalon befragen, tu, was du meinst, das getan werden muss, um dir sicher zu sein, aber um der Liebe der verdammten Mutter willen, tu's nicht hier! *Du bist hier nicht sicher*, verstehst du das? Ich weiß nicht, wo die Grenzen von Simi-Ascalons Macht liegen, aber ich würde beiden zutrauen, dass sie dir eine Phiole mit Brechnuss-Extrakt in die Suppe schütten oder dir einfach ein Messer zwischen die Rippen jagen.«

»Aber… aber das verstehe ich nicht«, meinte der Gouverneur und schüttelte den Kopf, wie um ihn nach einem Schlag frei zu bekommen. »Remmie ist ein Enkel des Ramses persönlich! Das Blut Gottes fließt durch seine Adern! Er besitzt Reichtum, Frauen, alles, was ein Mann sich wünschen kann – warum, im Namen des Lebenden Horus, sollte er Tyros haben wollen? Warum sollte er all dies tun?«

Barra hielt inne und dachte darüber nach. Allerdings, warum? »Ich weiß es nicht«, sagte sie nach einem Augenblick. »Ich vermag nicht einmal zu raten, was ihn antreibt.«

»Vielleicht«, erklang die warme und volltönende Stimme und darunter lag ein spöttisches Gelächter, »weil ich den Gedanken einfach nicht ertrage, jemanden um mich zu haben, der nicht genau das tut, was ich von ihm verlange.«

An den Türpfosten hinter ihr gelehnt stand Meremptah-Sifti und an seiner Seite befand sich die kalte Leere des Simi-Ascalon.

Barra dachte: *O du verdammte Scheiße!*

»Barra. Coll. Eigg. Rhum.« Meremptah-Sifti sprach jede Silbe mit höchstem Vergnügen aus, als ob er irgendeine ungewöhnliche Nascherei kosten würde. »Habe ich das richtig verstanden? Idonosteus ist ein wenig betrunken.« Er glitt ins Zimmer, ein geschmeidiges Raubtier, das hereinstolziert kam wie die Geparden im Zoo seines Großvaters. »Du bist sehr kühn, Barra Coll Eigg Rhum, Prinzessin von Groß Langdale – obgleich dies, wie Idonosteus mir sagt, lediglich bedeutet, dass deine Familie die größte Lehmhütte ihr Eigen nennt – Schiffseignerin, Zinnhändlerin, manchmal Schreiberin, Söldnerin. Hure. Ich bewundere dich. Warum hast du dich nicht einfach vorgestellt? Wir haben schließlich einen gemeinsamen Freund. Er sendet dir seine Grüße, da er bedauerlicherweise indisponiert ist.«

»Nun, ich…« Das Pochen des Bluts in Barras Ohren war derart heftig, dass ihr das Nachdenken schwer fiel. Sie sagte: »Wenn du nicht einmal die Höflichkeit besitzt zu lernen, wie man meinen Namen richtig ausspricht, dann nehme ich meinen Abschied.«

Als sie zum offenen Fenster herumfuhr, meinte Meremptah-Sifti: »Ich glaube nicht.«

Es stand nicht mehr offen.

Ganz kurz hatte Barra das Bild vor Augen, wie sie die zersplitternden Fensterläden durchbrach, aber ihr wurde jetzt zum ersten Mal bewusst, wie sie konstruiert waren: diagonale Latten aus federndem Zedernholz auf der Innenseite – und sie würde jede Wette eingehen, dass die Latten auf der Außenseite entgegengesetzt diagonal angebracht waren. Solche Läden könnte niemand durchbrechen, und sie hatte den heimlichen

Verdacht, dass sie von Männern draußen zugehalten wurden.

Sie wandte sich wieder um. »Du bist ein beschissener Gastgeber, weißt du das?«

Der Gouverneur richtete sich zu voller Größe auf. »Remmie, was soll das alles? Was tust du da?«

Ein seltsames, verstohlenes Lächeln glitt über Meremptah-Siftis schönes Gesicht. »Mach dir keine Sorgen, Tal. Das ist eine Sache zwischen der Prinzessin und mir.«

»Ich... ich meine, ich vermute...«

»Hör auf mit dem Scheiß von wegen *Prinzessin,* ja?«, fuhr ihn Barra an und nahm Zuflucht zu ihrer Rolle der zynischen Söldnerin. Sie wünschte sich verzweifelt, dass ihre Dolche nicht unter Metern von purpurfarbenem Leinen vergraben wären. Während sie weitersprach, verschränkte sie die Hände im Rücken und machte sich daran, nach und nach das Rückenteil ihres Kleids hochzuziehen. Sie bündelte es oberhalb ihrer Handgelenke und hoffte, dass die Ägypter nicht bemerkten, was sie beabsichtigte, ehe sie diese Waffen in Händen hätte. »Wir haben keine Könige so wie ihr hier – es ist eher so, dass mein Bruder einige Burschen kennt, die ihm in einer Schlacht beistehen werden, wenn er sie nett darum bittet. Nun, wenn er andererseits herausfindet, dass man seiner kleinen Lieblingsschwester hier unten in Phönizien etwas angetan hat, werdet ihr etwa eineinhalb Millionen kreischender Pikten hier haben, die die Städte in Schutt und Asche legen, Ägypter töten und alle möglichen...«

»Halt's Maul!« Meremptah-Sifti schlenderte auf sie zu, die Unbekümmertheit in Person. »Simi, schließ die Tür und komm zu uns!«

Zum ersten Mal ergriff der Dämonenbeschwörer das Wort und seine Stimme war überraschend dünn und quengelig für einen so robust wirkenden Mann. »In...

kchkchkch…«, ein quälender Hustenanfall unterbrach ihn, »…Ordnung.« Die Tür, die er schloss, war genau so konstruiert wie die Fensterläden und bestand ebenfalls aus einander überkreuzenden, diagonalen Latten. Barra sank der Mut, als ihr klar wurde, dass dieses Herrenhaus wie eine Festung gebaut war.

»Übrigens möchte ich mich für das unglückliche Ergebnis meiner Einladung von neulich nachts entschuldigen. Wer hätte geahnt, dass er so eitel war? Und so entschlossen, eine Rechnung zu begleichen.« Er lächelte und Barras Mund wurde trocken wie Sand.

Der Gouverneur sagte: »Ich sollte zum Fest zurückkehren und euch beide eure Sache untereinander aushandeln lassen.«

»Nun, vielen Dank, verdammt noch mal!«

»Nimm's ihm nicht krumm, Barra.« Meremptah-Sifti wandte sich an den Gouverneur. Er sprach zu ihm, wie ein Vater mit einem ungezogenen Kind spricht. »Ich glaube kaum, Tal. Ich glaube, du wirst hier bleiben.«

»Dein Ton gefällt mir nicht«, erwiderte der alte Mann steif.

»Spielt keine Rolle. Setz dich!«

Der Gouverneur setzte sich.

Barra fragte ungläubig: »Was *tust* du da? Du bist der verdammte Gouverneur der Provinz Kanaan! Du musst nicht tun, was er dir vorschreibt!«

»Doch, muss er.«

»Was, bloß weil du Ramses' verdammter Enkel bist? Er wurde vom Pharao persönlich eingesetzt – und wie ich höre, kann Ramses dich nicht *ausstehen!* Wie ich höre, hält er dich für einen faulen, perversen Haufen Scheiße!«

»Meine Güte, hast du aber ein loses Mundwerk!« Meremptah-Sifti schüttelte lächelnd den Kopf. »Weißt du, du bist so hübsch in deinem Kleid und mit deiner Gesichtsfarbe, dass ich mich fast dazu entschlossen hätte, dich für mich zu behalten. Aber deine Zunge könnte ich einfach nicht ertragen, also…«, er seufzte tief, »…werde ich dich am Ende doch Chrysios übergeben. Du erinnerst dich nicht zufällig daran, wo du seinen Arm gelassen hast, oder?«

Barra erstarrte am ganzen Leib. Ein Frösteln durchlief sie vom Nacken herab; sie konnte sich nicht rühren, konnte kaum atmen.

»Chrysios?«, fragte der Gouverneur stotternd. »Das ist der Name des Mannes, dessen Leichnam man…«

»Ja, ja, sei ruhig!«, fauchte Meremptah-Sifti. »Ich bin gerade dabei, der Prinzessin etwas zu erklären. Also«, sagte er, richtete sich auf und verschränkte die Arme, »an diesem Punkt wäre es der Tradition nach so, dass der alte Tal Akhu-shabb einfach ermordet würde. Dann erzählt man den Gästen draußen, dass du die Täterin bist. Wir haben dich auf frischer Tat ertappt. Siehst du, wie du noch immer die Waffe in der Hand hältst und ein blutverschmiertes Kleid trägst…?«

Der Gouverneur wollte sich erheben. »Ermorden? Mich? Aber Remmie…«

Meremptah-Sifti kam seinem Protest mit erhobener Hand zuvor. »Sprich nicht, ehe ich dir die Erlaubnis dazu erteile!« Er wandte sich wieder Barra zu. »Aber das wäre Verschwendung. Spare in der Zeit, dann hast du in der Not. Ich werde dich am Leben lassen, Tal, und du wirst nie ein Sterbenswörtchen darüber verlauten lassen, was heute hier geschehen ist. Ich werde sogar *dich* am Leben lassen, Prinzessin, zumindest eine Weile lang.«

Barra hatte das Kleid beinahe hoch genug geschoben, um an die Dolche zu kommen. Sie fragte: »Weshalb?«

Als Antwort zeigte ihr Meremptah-Sifti die Zähne. Sie schimmerten im Lampenschein und er befahl: »Tal, tanzen! Tanze den Hühnertanz!«

Und der Gouverneur erhob sich wortlos, hockte sich nieder, breitete die Arme aus und schlug damit wie mit Flügeln. Er schlurfte grotesk durchs Zimmer, tollte umher wie ein arthritischer Verrückter. Sein Gesicht war purpurrot angelaufen und die Adern an seinem Hals traten hervor.

Barra konnte lediglich mit großen Augen zusehen und ein Schmerz schnürte ihr die Brust zusammen. Die Falten des Kleids fielen ihr aus den nervenlosen Fingern. »Aufhören!«, rief sie. Gegen ihren Willen nahm ihre Stimme einen flehenden Tonfall an. »Aufhören, du musst ihn aufhören lassen!«

»Nein, muss ich nicht«, meinte Meremptah-Sifti herzlich. »Ich muss niemals aufhören. Das ist genau der Punkt. Tal, zieh dich aus! Zieh deine Kleider aus!«

Der Gouverneur tanzte nur ein wenig langsamer, sodass er unablässig an seiner Kleidung zerren konnte, und dabei strömten ihm die Tränen über das Gesicht und spülten die Farbschicht darauf ab. Er entblößte den grauen Haarbusch auf seiner Brust, den erschlafften Bauch eines alten Mannes und die verwelkten Arme. Hoch oben an seiner Schulter zeigte sich eine Schwellung. Das Zeichen dort würde sogar dann von der Brustplatte seiner formellen Rüstung verdeckt, wenn er mit bloßem Oberkörper in der Öffentlichkeit aufträte; ein dunkelblau-schwarzes Zeichen auf einer Haut, die noch immer feuerrot war: eine Tätowierung? Er zog das Lendentuch aus und ließ es, noch immer tanzend, fallen. Sein Schamhaar war grau wie Granit und sein Geschlechtsorgan hing schlaff herab. Barra verschwamm alles vor den Augen, weil sie selbst Tränen weinte.

Meremptah-Sifti hatte beim Zuschauen damit begonnen, sich durch den bestickten Rock, den er trug, zu stimulieren. Simi-Ascalon sah weiterhin zu, einen Ausdruck unbeteiligter Anerkennung auf dem Gesicht, und er lächelte ein eigentümliches Lächeln, während er sich die Finger rieb.

Meremptah-Sifti befahl: »Tal, hör auf zu tanzen und komm her! Knie vor mir nieder!« Der Gouverneur gehorchte und Barra blieb die Luft weg.

Der Enkel des Pharaos zog seinen Rock beiseite und zeigte seinen knollenförmigen erigierten Penis von der Farbe eines verdorbenen Würstchens. Er blickte nicht den Gouverneur an, sondern sah Barra direkt in die Augen, als er befahl: »Tal, lutsch mir den Schwanz!«

In Barras Heimat, der Insel der Mächtigen, spielte man ein Spiel, das die Kelten bei ihrer Einwanderung einhundert Jahre vor Barras Geburt mitgebracht hatten. Dieses Spiel wurde unter dem Namen ›Irisches Duell‹ bekannt und seine Regeln waren ziemlich einfach. Es wurde von zwei Männern gespielt, die Fußspitze an Fußspitze standen. Man boxte seinen Gegner so heftig, wie man nur konnte. Wenn er nicht umfiel, so gewann er. Wenn er umfiel und anschließend nicht wieder aufstehen konnte, gewann man selbst. Beide schlugen so lange zu, bis eine der beiden Bedingungen erfüllt war. Ein gutes ›Irisches Duell‹ mochte Stunden dauern, insbesondere, da traditionsgemäß nach jedem Schlagabtausch ein Krug Bier geleert wurde. Barra, die es als Kind nicht ertragen hatte, irgendetwas nicht zu tun, was die Jungen taten, war mit diesem Spiel aufgewachsen. Sie war nicht sehr gut darin gewesen; klein, wie sie gewesen war, war es für sie beinahe unmöglich gewesen, Knaben ebenbürtig zu sein, die nur halb so groß wie sie, jedoch doppelt so schwer gewesen waren. Andererseits hatte sie dank dieses Spiels einen wahrlich beeindruckenden beidhändigen ›Heumacher‹ entwickelt.

Jetzt, da der Gouverneur den Kopf auf Meremptah-Siftis Geschlechtsteil herabsenkte, wandelte sich ihre benommene Erstarrung zu wilder Wut. Sie kreischte ein piktisches Kriegsgeheul, das durch Mark und Bein ging, als sie auf den Prinzen von Ägypten zusprang und rücksichtslos herumwirbelte. Ihre beiden Fäuste knallten ihm ins Gesicht. Der Hieb hob Meremptah-Sifti von den Füßen und schleuderte ihn auf die Kissen, wo er benommen den Kopf schüttelte und sich mühsam zu erheben versuchte.

Eine harte Schulter prallte ihr in den Rücken, trieb ihr die Luft aus den Lungen und warf sie auf den Boden neben ihn – Simi-Ascalon hatte sie von hinten angegriffen. Sie wand sich in seinem Griff und krallte mit einer Hand nach seinem Gesicht, wobei ihr Daumen nach seinem Auge suchte, während die andere Hand blind in den Falten ihres Kleids nach dem Griff des Dolchs suchte.

Sie erhaschte einen Blick auf den Gouverneur, der noch immer Meremptah-Sifti auf den Knien verfolgte, und dann war der Prinz über ihr. Die Adern in seinem Gesicht schwollen an und Blut strömte ihm aus dem Mund. Ihre Hand fand den Griff des Dolchs. Simi-Ascalon zog sie fest an sich und versuchte, ihr in die Finger zu beißen, und Meremptah-Sifti knurrte: *»Du nichtswürdige Schlange!«*, und versetzte ihr einen Tritt an den Kopf.

Sterne schwirrten ihr vor den Augen, als ihre Gliedmaßen erschlafften. Er trat sie wieder und wieder, und sie schmeckte Blut und spürte vage, wie ihre Nase brach; dann wurde das Zimmer rings um sie herum dunkler. Meremptah-Sifti stieß Simi-Ascalon von ihr herunter und setzte sich rittlings auf sie. Seine harten Oberschenkel drückten ihr die Luft ab. Er wickelte die Finger in ihr Haar und schlug ihren Kopf wieder und wieder und wieder auf den Fußboden, und als die Dunkelheit sich über sie senkte, dachte sie zusammenhanglos: *Eigentlich wollte er mich doch am Leben lassen…*

15. KAPITEL

Das Zeichen des Magiers

Die ersten zarten Regungen von Licht in der Dunkelheit brachten Schmerz mit sich: das Gesicht schmerzte, die Nase – kein Atmen durch die Nase, nur Pochen, im Mund der Geschmack nach Blut, Rippen forderten schmerzhaft Aufmerksamkeit – ah, das ist ein Atemzug, ja, ihr fiel wieder ein, wie sich das Atmen anfühlte. Jemand, etwas, hielt sie fest, Beine und Arme, Kopf, alles zusammengeschnürt, keine Bewegung, nur blindes, körperloses Sichwinden.

Sie wacht wohl auf. Du hättest sie nicht so fest schlagen sollen, du hättest sie töten können…

Halt's Maul! Halt sie fest! Gib Acht auf ihre Zähne!

Vergewaltigung? Wurde sie gerade vergewaltigt? Sie erinnerte sich an eine Vergewaltigung. Sie erinnerte sich…

Auf dem Weg nach Troja: acht Tage an Bord eines Frachtschiffs der Penthedes von Rhodos die Küste hinauf, eine Fähre zur Hauptinsel. Unschuldige achtzehn Jahre, Blutdurst, zwei Steinäxte, und dann zu Fuß durch Thrazien nach Lydien, den Kopf voller Träume von gottgezeugten Helden, die Brüste abgeschnürt, zwischen den Beinen ausgestopft. Ein Fehler: die drei Deserteure – Achaier, wie sie später erfuhr: Mykener – waren enttäuscht, dass sie *kein* Junge war. Das war, nachdem sie sich auf sie geworfen hatten, als sie neben der Asche ihres Lagerfeuers geschlafen hatte. Sie hatten ihr jedoch bereits die Kleider in Stücke zerrissen, und sie zuckten die Schultern und kamen zu dem Entschluss, auf jeden Fall weiterzumachen. Schließlich hätte ein Knabe nicht wesentlich mehr zu bieten als sie.

Prinzessin, du musst mit mir reden. Du musst mir sagen, wer noch außer dir von deiner hübschen Geschichte weiß.

Gib sie her, ich kann sie zum Antworten bringen. Es braucht nur einen Augenblick. Dies war die Stimme, die sie fast wiedererkannte. Albern lächelnd und belegt, als ob sie durch einen Mund voller Speichel spräche.

Ich glaube nicht.

Ich verlange, dass du sie mir gibst!

Idonosteus, wir sind keine Partner. Du solltest dich niemals als mir gleichgestellt betrachten. Verlange nichts! Wenn ich will, sollst du sie noch lebend bekommen.

Noch lebend… sie erinnerte sich…

Fraglos hatte sie Glück gehabt, dass sie so brutal waren. Sie missbrauchten sie zwei Tage lang dort inmitten der steilen Felsen. Dabei aßen und tranken sie alle Vorräte auf, die sie für ihre Fahrt mitgenommen hatte. Die meiste Zeit über war sie bewusstlos, und als sie zu dem Entschluss kamen, es sei an der Zeit weiterzuziehen, konnte sie nicht gehen. Beide Augen waren verschwollen und bei jedem Atemzug hustete sie Blut. Zum Abschied versetzten sie ihr noch einige Tritte, die eine weitere Rippe brachen, und ließen sie für tot liegen. Es hätte schlimmer kommen können: sie hätten sie mitnehmen können.

Prinzessin… Jetzt war die Stimme halb tadelnd, halb einschmeichelnd. *Sag's mir. Du musst mir sagen, wer sonst noch die Geschichte kennt.*

Sie tauchte lange genug aus der Dunkelheit auf, dass sie murmeln konnte: »Schlafen. Lass mich einfach schlafen. Frag mich später.«

Geschwätz.

Vielleicht. Vielleicht ist es ihre Muttersprache. Keiner in meinem Haus spricht diese Sprache – vielleicht deine Diener?

Nein. Gib ihr einfach ein paar Schläge, damit sie wacher wird.

Hm. Also gut. Du wirst es tun, das wird eine kleine Wonne für dich sein.

Hände taten ihr weh und schickten sie in die Träume zurück.

Alles in allem benötigte sie ein Jahr, obgleich sie es ihr einfacher gemacht hatten, weil sie zusammengeblieben waren. Ein Jahr der Heilung, ein Jahr, ihre beiden Feuersteinäxte zu ersetzen. Ein Jahr, um einen Basaltrohling zu finden, der ihr zusagte, der die richtige Größe hatte und den sie mit ihrem Hammerstein passend zurechtschlagen konnte. Sie schabte ab und schabte ab, ein beständiges *Klick, Klick,* das sie bis in ihre Träume verfolgte. Auf Groß Langdale konnte ein erfahrener Waffenschmied eine handliche Feuersteinaxt in wenigen Stunden herstellen, eine Axt aus Basalt oder Granit in einem Tag. Sie bearbeitete ihre Axt zwei Wochen lang, schliff die Kanten, glättete die Flächen, rieb sie mit einem Brocken Rohkupfer ab, bis sie in einem reichen, tödlichen Grün erglänzten. Und die Übung, das Erlernen des Umgangs mit der Breitaxt, das Erlernen des schlangenhaften Tänzelns, das sie ohne Schild auf sichere Entfernung zu Speeren und Schwertern brachte, und stets, immer wieder, das Üben ihrer Bewegung, ihrer ureigenen Bewegung – eine Bewegung, die sonst niemand vollführte, eine Bewegung ohne den Verteidigungsreflex, den ein Veteran zu kontern lernte; dieser versteckte, sausende Bogen, eine rasche Bewegung, unbrauchbar für die großen, langsamen Männer, die sich auf Kraft und Gewicht verließen, um die Deckung des Gegners zu zerschlagen, diese rasche Bewegung, hinter der keine weitere Kraft lag als der schiere Schwung der Steinklinge. Später im Leben sollte sie diese Bewegung einsetzen, um einen Bären ruhig zu stellen, der in einem Häuserkreis auf den Pflastersteinen stand und auf den Mob eindrang, und um einem gut aussehenden Korinther, der die Götter beleidigt hatte, den Bauch aufzuschlitzen, aber jetzt übte sie und jagte, übte und reiste, übte und betete und übte.

Alles in allem benötigte sie ein Jahr, die Achaier zu finden.

Jemand hatte ihr die Nase gebrochen und dieser Schmerz trieb sie durch dunkles Wasser nach oben. Etwas drückte fest auf diese Nase und drehte daran. Gebrochen, sie war gebrochen, fiel ihr halb wieder ein – liebende Mutter, was wäre, wenn sie nicht mehr riechen könnte, was wäre, wenn sie wie…

Sie murmelte: »Leucas…«

Was? Was war das? War das ein Name?

Hm. Das ist der Athener, der große Faustkämpfer. Diese Frage könntest du ihr stellen – wo sind der Athener und der schmierige Ägypter?

›Schmierige Ägypter‹?

Keine Beleidigung, Allerhöchster, aber er ist schmierig. Er ist es. Man muss ihn gesehen – gerochen – haben, um es zu glauben. Er und der Grieche sind ihre Partner. Wo sind sie? Weiteres Verdrehen, Flammen lodern hinter ihren Augen empor. *Wo sind Leucas und Kheperu?*

»Wo sind Leucas und Kheperu?«, wiederholte sie benommen. Nun ja, wo sind sie? Sollten die beiden sie nicht gerade in diesem Augenblick retten oder etwas in der Art? Oder war sie auf sich allein gestellt?

Sag's mir! Ich weiß, dass du mich hörst, ich weiß, dass du mich verstehst! Sag's mir!

In elf Jahren hatte sie diese Geschichte nur einmal erzählt. Sie hatte sie niemals ihren Eltern erzählt – keinem von beiden Elternpaaren –, sie hatte sie niemals ihren Söhnen erzählt, weder dem adoptierten noch dem Sohn, dem sie im Alter von vierzehn Jahren kreischend und blutend das Leben geschenkt hatte. Sie hatte die Geschichte nur Khemshi erzählt, einem riesig großen, sanften Nubier, einem Speerwerfer der Ptah-Division, und zwar an einem langen und goldenen Nachmittag in einem Heuschober in Pharos. Sie hatten einander umschlungen gehalten, und sein Gesicht hatte eine ungewöhnliche Würde angenommen, als die Geschichte aus ihr herausgesickert war, nicht in einem stetigen Strom, sondern Tropfen um Tropfen, so, wie ein mit einer Nadel angestochener Weinschlauch nach und nach seinen Inhalt verliert.

»... und weißt du, ich habe nur den Ersten getötet. Ich war nicht ganz so wütend auf ihn, musst du wissen. Die beiden anderen leben wohl noch immer. Gerade in diesem Augenblick laufen sie vermutlich Hand in Hand durch den Wald und winden Blumen in das Haar des anderen – wenn du verstehst, was ich meine.«

Weniger als eine Woche später war die Ptah-Division weitermarschiert, um eine belagerte Grenzgarnison zu verstärken. Khemshi wurde bei einem Scharmützel oberhalb des zweiten Katarakts in Kush getötet. Später hatte sie davon gehört, dass der Speer, den er in den Bauch bekommen hatte, ihn nicht gleich umgebracht hatte, und während er drei Tage lang mit Fieber im Sterben gelegen hatte, hatte er nach ihr verlangt. Sie hatte ihn sich angelacht, um eine Zeitspanne zu überbrücken, als ihre Einsamkeit unerträglich geworden war; sie hatte ihn kaum gekannt.

Ihr Leben war voller Bedauern und verpasster Gelegenheiten.

Aber an Versuchen ihrerseits hatte es nie gemangelt.

Diesmal kämpfte sie sich aus eigenem Willen ans Licht zurück. Ihr Bewusstsein erstreckte sich inzwischen wieder bis in die Augen und sie entschloss sich endlich, sie zu öffnen.

Meremptah-Siftis lächelndes Gesicht begrüßte sie verschwommen. Es verzerrte sich, verdoppelte sich, wurde wieder zu einem. Dicht daneben schwebte das bullige Gesicht mit den Hängebacken, das Gesicht des Idonosteus.

Sie war mit irgendetwas gefesselt, von dem sie nicht wusste, was es war, und irgendjemand, der hinter ihr kniete, hielt ihren Kopf fest – vielleicht Simi-Ascalon. Sie lag auf Kissen, die gemütlich gewesen wären, wären Arme und Beine nicht gefesselt gewesen. Es war noch immer das Zimmer, in dem sie mit dem Gouverneur gesprochen hatte; als diese Erkenntnis sie überfiel, wurde sie sich auch des erstickten Schluchzens bewusst, das von irgendwo außerhalb ihres Sichtfelds zu ihr drang. Mehr als alles andere sagte ihr dies, dass sie nicht länger als ein paar Minuten bewusstlos gewesen war. Tal Akhu-shabb war ein zu alter, zäher Hase, um lange zu weinen, auch nicht wegen der erschütternden Demütigung, die er erlitten hatte. Bald sollte er sich so weit erholt haben, dass er zumindest wieder nach außen hin Würde zu zeigen vermochte.

Durch einen Tränenschleier blickte sie mit zusammengekniffenen Augen zu Meremptah-Sifti auf, dessen Mund stark anschwoll und bereits Spuren blauschwarzer Flecken zeigte. »Ich wiederhole«, meinte sie belegt, »du bist ein beschissener Gastgeber. Und dein Gesicht ist völlig im Arsch«, *obgleich gewiss ein hübscherer Anblick als mein eigenes im Augenblick.* »Wer muss denn hier ein Mädchen zum Krüppel machen, um was zu trinken zu kriegen?«

»Hm.« Seine aristokratische Selbstbeherrschung war gänzlich zurückgekehrt und damit auch sein überlegenes Lächeln. »Wir haben nicht viel Zeit zu verlieren, Prinzessin. Sag mir, wer deine Geschichte kennt!«

Barra seufzte. Mit großer Anstrengung zwang sie ihre geschwollene Zunge dazu, verständliche Worte hervorzubringen. »Nun, sehen wir mal, hm, nun ja, da sind der Gouverneur, Idonosteus, du...«

Er schnitt ihr das Wort ab, indem er ihre gebrochene Nase zwischen die ersten beiden Knöchel zweier Finger nahm und sie kurz und heftig verdrehte. Ihr Blick wurde glasig, Tränen schossen ihr in die Augen, und sie biss die Zähne zusammen, um nicht laut aufzuschreien. Durch den Tränenschleier sah sie, wie Idonosteus sich den Mund leckte. Frisches Blut tröpfelte ihr über die Lippen.

Meremptah-Sifti seufzte. »Versuchen wir's noch mal, ja?«

Als sie sich wieder auf ihre Stimme verlassen konnte, sagte sie: »So helle bist du gar nicht.«

Seine Brauen gingen in die Höhe. »Oh?«

»Hättest du nachgedacht, so wäre dir klar, dass ich es niemandem erzählen würde, außer den Oberhäuptern der Patrizierhäuser oder dem Gouverneur. Sonst kann niemand etwas gegen dich unternehmen. Und du wirst jeden töten, der etwas weiß.«

Er richtete sich auf und nickte. »Und wo sind deine Partner?«

Sie zuckte die Schultern, so gut es eben ging. »Sie verstecken sich in der Wüste.«

Idonosteus fragte: »Was ist mit deiner Familie?«

Eine eiskalte Hand umklammerte ihren Magen.

»Familie?« In Meremptah-Siftis Mund triefte das Wort vor böswilliger Freude.

»O ja.« Idonosteus' Mehrfachkinn bebte, während er den Kopf schüttelte. »Sie lebt bei dem Schiffseigner der Penthedes und seiner Frau. Sie sind heute Abend hier, auf deine Einladung hin… Zweifelsohne ist sie auf diese Weise an den Wachen vorbeigekommen.«

»Hm, schön. Soso.« Meremptah-Sifti streichelte ihr sanft das Kinn, fuhr ihr über den Hals. Seine Haut war warm und trocken, sie konnte sich ihr nicht entziehen, und sie wagte nicht, ihn zu beißen. »Dann wirst du vermutlich mit uns zusammenarbeiten, nicht wahr?«

»Ich…« Barras Stimme kratzte ihr in der Kehle; sie hustete und räusperte sich. »Es würde dir nicht gut tun, Hand an sie zu legen. Sie sind Agapenthes verpflichtet und er wird sie rächen, wenn sie irgendwie zu Schaden kommen.«

»Natürlich.« Meremptah-Siftis Blick glitt über ihren Kopf hinweg, als ob er tief in Gedanken wäre. »Vermutlich spielt das keine große Rolle. Kaum ein Risiko, kleinere Korrektur. Hm. Wir erledigen das gleich jetzt, denke ich. Alle sind hier, alle, die ich für einen erfolgreichen Anfang benötige. Sim, bist du bereit?«

Die nervöse, von Schleim rau gewordene Stimme ertönte dicht hinter ihr. »Ich, nun ja, schätzungsweise schon. In einer halben Stunde, vielleicht weniger…«

»Sehr gut. Idonosteus, du kannst hier erneut zu Diensten sein. Versammle die Oberhäupter und diejenigen ihrer Adjutanten, die am vertrauenswürdigsten und einflussreichsten sind! Sage ihnen, ein Attentatsversuch auf das Leben des Gouverneurs sei begangen worden, und ich müsse sogleich mit ihnen allen sprechen. Bring diesen Dummkopf von Garnisonskommandanten ebenfalls her. Oh – und hole diesen Schiffseigner und dessen Frau!«

Idonosteus leckte sich die Lippen, nickte und eilte hinaus.

»Sim, schaffe deine Ausrüstung her und rufe sechs

Wachen herbei… Hmm, sag Haral einfach, er soll seine fünf besten Männer herbringen – er ist drüben bei der Fontäne.«

»In – *kchkchkch* – Ordnung.« Die Hände lösten sich von ihrem Kopf und Simi-Ascalon wankte hinaus.

»Tal, hör auf zu weinen!«

Das Schluchzen erstarb jäh. Barra vermochte jetzt den Kopf zu wenden; der Gouverneur saß wie ein Ball zusammengekrümmt nicht weit rechts von ihr.

Meremptah-Sifti schürzte die Lippen. »Tal, von jetzt an wirst du glauben, dass du meine Vorschläge aus eigenem Willen annimmst. Du liebst und bewunderst mich und willst nichts anderes auf der Welt, als mir auf jede erdenkliche Weise zu gefallen.«

Der Gouverneur zeigte keine Reaktion, sondern sah nur mit geröteten Augen zum Prinzen auf.

»Wenn diese Frau, nachdem ich den Raum verlassen habe, irgendeinen Fluchtversuch unternimmt oder sogar nur spricht, tritt sie an den Kopf, bis sie sich nicht mehr rührt. Und zieh dich wieder an! Mach dich vorzeigbar!«

Der Gouverneur machte sich eifrig an seiner Kleidung zu schaffen. Meremptah-Sifti lächelte erneut auf Barra hinab. »Ich kehre bald zurück. Tu bitte nichts, was Tal dazu veranlassen könnte, dir wehzutun. Ich denke, dass der alte Herr eigentlich stolz auf dich ist, und er würde es später bereuen.«

»Was… was tust du mit mir? Stattest du mich mit einer Tätowierung wie der da aus?«

Er runzelte spöttisch die Stirn. »Ganz und gar nicht. Bin ich nicht ein Mann, der zu seinem Wort steht? Du wirst Chrysios übergeben werden – obwohl, wenn man die Form in Betracht zieht, in der du ihn hinterlassen hast, dann weiß ich nicht so recht, was er mit dir tun zu können glaubt. Nein, die Tätowierung, das ist eine merkwürdige Sache, dieses bisschen Magie. Sie funktioniert nur, wenn du darum bittest. Wenn du sie freiwillig annimmst.«

Er hockte sich neben sie. »Der Wille des Menschen ist außergewöhnlich, nicht wahr? Vielleicht ist es der Wille, der uns mehr als alles andere zu Menschen macht; die Fähigkeit, etwas zu beabsichtigen, eine Zukunft zu erkennen und Gedanken und Handlungen darauf hinzulenken. Eine mächtige Kraft, eine fähige Kraft, die den Lauf der Geschichte ändern kann – und dennoch so einfach in die Knie zu zwingen ist. Manchmal mit kaum mehr als einem Gedanken. Sims kleine Tätowierung, nun ja, das ist eine weitere Art, diese Kraft in die Knie zu zwingen; sie ist wie ein Sklavenhalsband, das erst dann schließt, wenn man es um den eigenen Hals legt.«

»Was für eine Zukunft?«, fragte Barra leise. Sie pickte sich irgendetwas aus seinem ziellosen Gerede heraus, um ihn am Reden zu halten. »Welcher Zukunft jagst du nach?«

»Das kann dir kaum etwas bedeuten«, erwiderte er, stand wieder auf und schritt zur Tür. Er beendete den Gedankengang, ohne sich umzusehen: »... da du nicht mehr da sein wirst, um sie dir anzusehen.«

Hilflosigkeit nagte an ihr; sie musste etwas mehr unternehmen, als bloß hier zu liegen und auf den Tod zu warten. Sie musste kämpfen, zurückschlagen, irgendwie, gleich, wie harmlos oder ineffektiv es sein mochte. Sie rief ihm hinterher: »Weißt du was, du Schweinehund? Jeder sagt, dass deine Mutter eine *Hure* ist!« Er ging weiter. Er zuckte noch nicht einmal zusammen als Zeichen, dass er sie gehört hatte. »Und wie ich höre, hast du mehr als deinen Anteil an Schwänzen abge...«

Aber er war jetzt aus dem Zimmer verschwunden, und der leise Schritt hinter ihr war die einzige Warnung, die sie erhielt, ehe der Tritt des Gouverneurs sie traf und Sterne vor ihren Augen explodierten und sie wieder ins Nichts hinabfuhr.

Sie war niemals für Albträume anfällig gewesen, nicht einmal als Kind, und daher erkannte sie diesen Nebel aus kreischenden Erscheinungen nicht, die vor ihr auftauchten und wieder verschwanden, sich verdoppelten und nochmals verdoppelten. Kratzende Klauen gruben sich ihr in die Arme und rissen sie hoch und Fackelschein bohrte sich in ihre Augen. Licht pulsierte in ihrem Kopf, blitzte im Takt mit ihrem Herzschlag in den Augenwinkeln. Ihr Kopf wog eine Tonne, sie bewegte die Schultern, um ihn anzuheben, und musste sich jäh übergeben, als ob ihr ein Riese auf den Bauch gesprungen wäre. Der Krampfanfall ging schließlich vorüber und sie hing kraftlos in seinem Griff.

Gesichter drängten sich um sie und wabernde Worte waren einmal verständlich, dann wieder nicht.

Geplapper wie *Unter dem Bann des Magiers natürlich… Hier, schau her* brabbel brabbel… Hände rissen an ihrem Kleid, dem wunderschönen Kleid, das ihre Mutter gefertigt hatte; Tränen strömten ihr aus den Augen, als der Stoff nachgab, und durch den Schleier in ihrem Gehirn vernahm sie deutlich das entsetzte Keuchen.

…bewaffnet, seht ihr? Sie hat ihn beinahe umgebracht… brabbel brabbel *Dolche* brabbel brabbel *gerade noch rechtzeitig erwischt* brabbel brabbel brabbel…

Einige der Gesichter erkannte sie vage wieder, auf eine ferne, verschwommene Weise – ein fetter Mann, den sie ganz bestimmt von irgendwoher zu kennen glaubte, abstoßend und zitternd; ein gut aussehender Ägypter, der den größten Teil der Gespräche bestritt; er bereitete ihr irgendwie Entsetzen, obgleich ihr der Grund hierfür nicht einfallen wollte. Und dort – dort war Peliarchus, sie kannte ihn, sie war sich fast gewiss, dass dieser graugesichtige, schwer getroffene alte Mann den Namen Peliarchus trug, und sie liebte ihn sehr, aber wer war die Frau, die er in den Armen hielt, deren Gesicht an seiner Halsgrube vergraben war? Das war, war, war Tayniz, riet sie wie durch einen Nebel.

Ich bin verwundet, war ihr erster klarer Gedanke, und sie war seltsam erfreut darüber, dass er sich so wahr anhörte. *Leute haben mir Tritte an den Kopf versetzt.*

Jetzt sprach wieder der Ägypter; sie vermutete, dass seine Worte wichtig waren, also biss sie die Zähne zusammen und zwang sich zu verstehen, was er sagte.

»... mich mit dem Gouverneur besprochen und er hat zugestimmt. Mein Adjutant, Simi-Ascalon, war einmal ein Priester des Osiris und ist Experte in derlei Angelegenheiten. Der Gouverneur und die höchsten Offiziere der kanaanäischen Division sind von der Macht dieses Magiers beschützt worden – es ist ein einfacher Spruch, nur das Werk eines Augenblicks, eine Tätowierung, durch die man völlig immun wird. Da dieser Magier jetzt einen Schlag direkt ins Herz Ägyptens zu vollführen trachtete, indem er dieses arme Mädchen missbrauchte, um einen blutigen Meuchelmord zu begehen, habe ich das Gefühl, es ist meine Pflicht, diesen Schutz euch allen zur Verfügung zu stellen, und es tut mir nur Leid, dass mein Adjutant nicht eher etwas unternehmen konnte, um deinen Freund Othniel zu retten, Jephunah; oder deinen Freund, Nephrol; oder irgendeinen der vielen, vielen Unglücklichen, die in den Gasthöfen gestorben sind, unschuldige Opfer der Rache eines Magiers an dieser Stadt. Dies jedoch wenigstens zum Trost: Ihr alle, die ihr heute Abend hier versammelt seid, könnt zusammen mit den euch Nächsten und Teuersten auf fast schmerzlose Weise den Schutz in Anspruch nehmen, falls ihr das wünscht.«

Lärmend verlangten sie danach – zunächst versuchten sie noch, ihre Würde zu wahren, aber selbst durch den Dunst vor ihren Augen sah sie die weit aufgerissenen Augen und die Lust auf ihren Gesichtern, das zerrende, elementare Verlangen wie das Geschrei eines Säuglings nach der Brust. Sie streckten die Hände aus, baten darum, vor ihren Gefährten an die Reihe kommen zu dürfen, vor ihren Frauen und Kindern, als ob in diesem letzten Augenblick der Verwundbarkeit der Magier kommen und alle vernichten könnte, die zögerten. So viel Furcht, so viel Hilflosigkeit, Wochen und Monate der schleichenden Anspannung, als die Flüche, die Feuer und die Dämonen hier und da, ganz zufällig über die Stadt verteilt, zugeschlagen hatten – wie konnte da jemand einem derartigen Angebot widerstehen? Ein kleines Zeichen auf der Haut: das Ende der Furcht.

Barra krächzte: »*Nein…*«

Keiner in der lärmenden Menge hätte sie hören können, doch Meremptah-Siftis Kopf fuhr bei ihrem Krächzen herum.

Sie versuchte es erneut, sammelte alle Kraft und bemühte sich, lauter zu sprechen, damit sie durch das wogende Stimmengewirr hindurchkam: »Es ist ein Trick! Nicht…«

Meremptah-Sifti kam heran und stellte sich so dicht vor sie, dass sein lächelndes Gesicht ihr Blickfeld vollkommen erfüllte. Er umfasste ihr Kinn mit seiner starken, trockenen Hand und drückte ihr den Mund zu. »Du gibst niemals auf, nicht wahr?«, fragte er leise, fast liebevoll. »Verstehst du nicht, dass du verloren bist? Jetzt musst du deine Aufmerksamkeit darauf richten, das zu retten, was vom Wrack noch zu retten ist.« Er lächelte ölig und böswillig. »Denk an Peliarchus, denk an seine Frau. Denk daran, was geschehen könnte, wenn sie nicht vor dem *Magier geschützt werden…*«

Sie atmete einen blassen Funken Wut ein und spie ihm Blut ins Gesicht. Jäh wurde sein Blick glasig und eine Ader pulsierte von seinem Haaransatz bis hinab zur Braue; er ballte die Hand zur Faust, dass die Sehnen hervorstanden, und nur äußerste Selbstbeherrschung hinderte ihn daran, sie ihr ins Gesicht fliegen zu lassen.

»Allerhöchster… Allerhöchster, bitte, Herr, darf ich fragen…?«

Meremptah-Sifti wandte sich um und hinter ihm stand, aschfahl und zitternd, Peliarchus. Tayniz lehnte mit schwer angeschlagener Würde an seiner Schulter. Barras Herz vollführte einen Satz in ihrer Brust; sie durfte nicht das Risiko eingehen, die beiden weiter in Gefahr zu bringen.

Peliarchus sagte stockend auf Ägyptisch: »Bitte, Herr, dieses Mädchen ist mir wie eine Tochter. Wenn sie das hilflose… Werkzeug des Magiers ist, dann ist sie selbst schuldlos, nicht wahr? Was wirst du mit ihr tun? Du wirst sie doch nicht… bitte, sag, dass du sie nicht…«

Meremptah-Sifti schluckte die Wut hinunter, hob die Hand und wischte sich Kinn und Mund ab. »Das liegt nicht in meiner Macht. Der Gouverneur soll die Anordnung treffen; er ist es, der die Verantwortung für die Ausübung der Gerechtigkeit trägt. Von meiner Seite aus kann ich nichts weiter tun, als darauf zu achten, dass sie…«, er wandte sich wieder halb zu ihr herum und lächelte auf der einen Hälfte seines Gesichts, die seine anderen Zuhörer nicht sehen konnten, »…eben jenen besonderen Schutz vor dem Magier erhält. Darüber hinaus müssen wir die Entscheidung des Gouverneurs abwarten.«

»Darf ich mit ihr sprechen?«

»Natürlich. Ich weiß jedoch nicht, ob sie dich verstehen wird.«

Peliarchus trat näher. Barra schmeckte die Furcht in ihm. »Hör zu, Barra, Liebes, sie werden dir helfen. Ich… wir wissen, dass hiervon nichts deine Schuld ist, und ich werde zu Agapenthes gehen, er wird Verständnis haben, und er wird mit dem Gouverneur sprechen und alles wird wieder in Ordnung kommen. Gut so? Alles wird am Ende in Ordnung kommen, du wirst sehen. Ich verspreche es.« Er versuchte es, er versuchte so sehr, zuversichtlich zu klingen, aber er hatte solche Angst…

Barras Augen füllten sich mit stechenden Tränen, und die Geschichte lag ihr auf der Zunge, die Geschichte dessen, was geschehen war, was der ganzen Stadt angetan wurde, aber über Peliarchus' Schulter hinweg sah sie das ruhige, schmallippige Lächeln sowie eine leicht hochgezogene Braue von Meremptah-Sifti. Sie ließ den Kopf fallen und gab ihre Bemühungen auf und die Welt versank wieder in einem Nebel.

…Nehmt sie… Werkstatt… bis zu meinem Eintreffen… kann Stunden… dauern…

Jene quetschenden Hände zogen sie hin in die Dunkelheit und sie verspürte sie kaum.

»Aus dem Weg!«

Barra schwamm wieder ins Licht hinauf. Hin und wieder war sie sich bewusst gewesen, was mit ihr geschah – sie wusste, dass sie irgendwohin geschleift wurde, aber sie hatte keine Vorstellung, wie lange man sie mitgeschleift hatte oder an welchen Ort oder ob sie sich überhaupt noch auf dem Landsitz befand. Wie ein großes Meereswesen hatte sie lediglich zum Luftholen die Oberfläche durchbrochen und war dann wieder in die dunklen Tiefen zurückgekehrt.

»Aus dem Weg!« Das erste Mal war der Befehl in einem sanften, fast nachsichtigen Ägyptisch gesprochen worden. Dieser neue Befehl erfolgte kraftvoller auf Phönizisch, ebenso die Erwiderung.

»Ich denke nicht daran.«

Als Barra die Augen öffnete, erblickte sie zunächst nur das, was ihre Fänger sahen: ein lockerer Halbkreis von Männern in Dienerkleidung, die aus leichten, gegürteten Chitons bestand. Etwas Vertrautes in ihren Gesichtern kitzelte ihr Bewusstsein.

Anscheinend waren sie in einer Art Keller – zumindest gab es keine Fenster. Ringsumher waren vom Fußboden bis zur Decke Fässer und Säcke ordentlich verstaut, die Aufschriften wie Mehl, Pökelfleisch, Äpfel, Wein, Bier und so weiter und so fort in der vereinfachten ägyptischen Schrift trugen. Zwei Männer in Rüstung hielten sie halb und halb trugen sie sie. Zwei weitere Männer hatten Laternen in Händen. Und die letzten beiden hatten Schwerter.

»Ihr solltet nicht hier sein. Das ist die private Vorratskammer des Prinzen.«

Einer der Männer in Dienerkleidung zuckte die ungewöhnlich breiten Schultern. »Wir gehen ja gleich wieder. Und wir nehmen die Frau mit.«

Dem Sprecher fehlte ein Ohr und eine weiße Strähne in seinem Haar war über eine lange, dünne Narbe mit einer ähnlichen Strähne im Bart verbunden.

Barra jubilierte innerlich.

Der Anführer der Wache ließ den Blick über die vor ihm stehenden Männer schweifen. Es waren zehn im Vergleich zu seinen sechs, aber sie waren unbewaffnet, während er und seine Männer Bronzeharnische und Helme trugen, Arm- und Beinschienen, dazu Breitschwerter. Der Anführer sagte: »Du bist wahnsinnig. Verschwinde, ehe du getötet wirst! Das wird dem Prinzen gar nicht gefallen, dass wir bei seinem Fest Diener töten müssen.«

Kamades erwiderte: »Ich habe gesagt, wir übernehmen die Frau mit, und ich bin ein Mann, der zu seinem Wort steht.«

»Sieh mal«, meinte der Wächter geduldig. »Ich möchte dir nicht wehtun. Ich kenne dich nicht einmal. Aber ich habe meine Befehle, und wenn du nicht aus dem Weg gehst, werde ich dich an Ort und Stelle niederstechen und erst mal abwarten, was der Prinz dazu meint.«

Kamades spreizte lächelnd die Hände. Äußerlich war er ruhig, aber in seinen Augen lag ein gewisser Glanz. »Ich ringe mit dir um sie. Ein Wurf – und der Gewinner bekommt das Mädchen.« Die anderen Myrmidonier lächelten ebenfalls und stießen einander in die Seite.

Der Wächter seufzte schwer und blickte erschöpft auf seine Gefährten, als ob er sagen wollte: *Könnt ihr glauben, wie dumm dieser Bursche ist?* In der einen Sekunde, da sein Blick abgewandt war, trat Kamades heran und griff mit seiner Linken nach dem Handgelenk des Schwertarms und hieb dem Wächter donnernd die Rechte über die Kinnlade. Die anderen Myrmidonier hatte sich bereits in Bewegung gesetzt. Sie benötigten kein Zeichen und sprangen jetzt die anderen Wächter an.

Barra blieb kaum Zeit, keuchend Luft zu holen. Die Lampen fielen krachend zu Boden, wobei eine erlosch. Der Docht der anderen flackerte inmitten einer sich ausbreitenden Öllache. Kamades benutzte seinen Griff um das Handgelenk des Wächters, um den halb betäubten Mann zu Boden zu schleudern. Dann setzte er dem Mann das Knie auf den Brustkasten, zog in einer einzigen geschmeidigen Bewegung seinen Dolch und stieß ihn dem Wächter in die Kehle. Als Kamades sich wieder erhob, hatten seine Männer den Kampf beendet – dem anderen Wächter mit dem Schwert in der Hand war die Kehle durchgeschnitten worden und gurgelnd ergoss sich sein letzter Lebenshauch auf den Fußboden; die anderen vier Wächter hatten nicht einmal eine Gelegenheit zum Ziehen der Schwerter gehabt. Sie lagen alle mit dem Gesicht nach unten auf dem Fußboden und waren von den Myrmidoniern gefesselt worden.

Barra, kaum in der Lage zu stehen, sackte gegen einen Weinkorb. »Liebende Mutter!«, keuchte sie. »Seid ihr Burschen gut!«

Kamades warf ihr einen kurzen, grimmigen Blick zu; jegliche Spur seines Lächelns von vorhin war verschwunden. »Wer ist verwundet?«, fragte er.

Nur eine Stimme gab Antwort – der Myrmidonier, der mit dem anderen Schwertträger zu tun gehabt hatte, hatte sich einen leichten Schnitt unter dem Arm zugezogen. Zwei weitere holten die unzerbrochene Laterne und entzündeten sie an dem flackernden Docht der anderen, wobei sie die sich ausbreitenden Flammen austraten.

»Wie…«, keuchte Barra, »wie habt ihr mich gefunden? Wie habt ihr…«

»Nicht jetzt«, wies Kamades sie knapp an, woraufhin er sich von ihr abwandte und Befehle fauchte, während er Schwert und Gurt des von ihm getöteten Mannes aufhob und beides in ein Tuch schlug. Innerhalb von Sekunden hatte sich einer der Myrmidonier entkleidet und bot Barra seinen Chiton an. Sie hatte erst jetzt allmählich wieder ihre Sinne so weit beisammen, sich daran zu erinnern, dass sie bis auf die beiden leeren Messerscheiden an ihrem Oberschenkel völlig nackt war. Ein weiterer Myrmidonier schmierte sich Blut vom Fußboden übers Gesicht, während ein dritter seinen Chiton in Streifen riss und damit Barras Haar wie mit einem Verband hochband.

»Was…?«

»Du siehst schlimm aus«, erklärte Kamades. »Wenn

uns jemand Fragen stellt, so seid ihr beide euch betrunken in die Haare geraten. Er – der mit dem Schnitt – ist verletzt worden, als er euch auseinander zerren wollte. Ich bringe euch beide zum Stall, damit ihr euren Rausch ausschlafen könnt, bis das Fest vorüber ist. Kapiert?«

Barra nickte benommen. »Ja, sicher. Aber was ist mit deinem nackten Freund da?«

»Er bleibt hier und bewacht die Wächter, stellt sicher, dass sie sich nicht losmachen und Alarm schlagen, ehe du ein gutes Stück weit weg bist.«

Sie runzelte die Stirn. »Du wirst sie am Leben lassen?«

Sie verlor sein Gesicht immer wieder aus dem Blick und sie vermochte den Ausdruck darauf überhaupt nicht zu deuten. »Ich kann meine Pflicht tun, ohne sie zu töten«, erwiderte er. »Also ja, ich werde sie am Leben lassen.«

»Aber… aber sie werden's *weitererzählen!* Sie werden erzählen, dass du es gewesen bist, der mir geholfen hat.«

»Barra, du bist meine Gastfreundin. Ich tue, was rechtens ist. Ich werde mich vor den Folgen nicht verstecken.«

»Kamades…«

»Pscht! Von deiner Figur her kannst du als Knabe durchgehen, aber nicht von deiner Stimme her. Gehen wir, ehe uns jemand vermisst.«

Barra versuchte, sich den Weg einzuprägen, den sie aus den Eingeweiden des Herrenhauses nahmen, aber ihr Bewusstsein wollte noch nicht mitspielen. Während sie dahingingen, erklärte Kamades mit gesenkter Stimme, dass er von ihrer Anwesenheit auf dem Fest nicht einmal etwas gewusst hatte, bis das Gerücht die Runde gemacht hatte, dass irgendeine rothaarige Frau versucht habe, den Gouverneur zu ermorden. »Aber das habe ich nicht getan!«, protestierte Barra schwach. Kamades schüttelte den Kopf. »Spielt keine Rolle.« Er hatte das Gefühl, seine Verpflichtung sei klar; die einzige Möglichkeit, sie vor der Hinrichtung zu bewahren – zumindest glaubte er das –, bestand darin zu warten, bis sie in irgendein Gefängnis überführt würde, und sie dann ihren Wächtern zu entreißen. Er und die Myrmidonier hatten sich in den Räumlichkeiten verteilt, die das verschlossene Zimmer umgaben, in dem Oberhäupter sich versammelt hatten, und waren den Wächtern gefolgt, als diese Barra hinausgeschleift hatten.

Zweimal wurden sie auf ihrem Weg durch das Fest von bewaffneten Männern angehalten und nach dem Blut befragt, das ihre Gesichter und Kleidung färbte. Zweimal erzählte Kamades seine Geschichte, zweimal musterten die Wächter abwesend Barras blutiges, geschwollenes Gesicht, und jedes Mal winkten die Wächter sie weiter. Sie alle waren anscheinend mehr mit den umherschwirrenden Gerüchten beschäftigt, dass seltsame Dinge in dem Zimmer vor sich gingen, wo sich die Oberhäupter hinter verschlossenen Türen aufhielten. Viel Gerede gab es darum – selbst die Unterhaltungskünstler hatten in ihrem sinnlosen Tun innegehalten und standen in kleinen Gruppen herum, Zauberkünstler und Akrobaten, Sänger und Taschenspieler, und sprachen zumeist flüsternd miteinander. Ihnen war zu Ohren gekommen, dass ein Attentat auf den Gouverneur verübt worden sei, aber niemand wusste offenbar, was im Haus gerade vor sich ging.

Barra wusste es und das flaue Gefühl in ihrem Magen mochte sowohl von diesem Wissen stammen als auch von dem Übelkeit erregenden Wirbeln in ihrem Kopf.

Nach einem schier endlosen Dahinwanken erreichten sie die warme Dunkelheit des nächst gelegenen Stalls. Mit Gesten wies Kamades vier der Myrmidonier an, die Stallungen zu durchsuchen, um sicherzustellen, dass sich keine Liebespärchen heimlich im Stroh aneinander kuschelten. Sekunden später teilten sie ihm mit, dass sie allein seien, und er wandte sich Barra zu. »Wir haben ein Pferd für dich – eine Stute… sie gehört mir. Glandys wird sie für dich satteln. Nimm dies hier!« Er warf ihr das Tuch mit dem darin eingeschlagenen Schwert und dem Gurt des Anführers der Wächter zu. »Mehr, als dir dabei helfen, vom Landsitz wegzukommen, können wir nicht tun; unser Herr, Idonosteus, hat uns befohlen, heute Nacht bei ihm zu bleiben. Anschließend bin ich von meinen Pflichten entbunden und du bist auf dich selbst gestellt.«

»Kamades«, sagte Barra und schüttelte den Kopf im Versuch, wieder einen klaren Gedanken fassen zu können. »Kamades, du musst mit mir kommen. Ihr alle müsst mit mir kommen. Ihr müsst sofort von hier weg!«

»Nein, das können wir nicht.« Kamades' Stimme war so kalt wie ein Wintertag in den nördlichen Fjorden. »Und wir werden es auch nicht tun. Wir haben den Befehl, uns in der Nähe unseres Herrn zu halten. Wir gehorchen. Was ich heute Nacht getan habe, ist bereits unehrenhaft genug.«

»Was ist denn *los* mit dir? Warum benimmst du dich so?«

»Ich glaube, dass unser Herr Idonosteus dich als eine Feindin betrachtet, aber du bist meine Gastfreundin. Die Gefahr, in der du schwebst, bringt mich in eine Lage, wo ich mich zwischen der Pflicht meinem Herrn und der Pflicht meinem Gott gegenüber zu entscheiden habe. Ich habe… mich entehrt… um das heilige Band der Gastfreundschaft zu wahren, aber jetzt ist meine Pflicht dahingehend getan. Wenn ich den Befehl erhalte, dich zu jagen, werde ich…« Zum ersten Mal konnte er den metallischen Tonfall nicht aufrechterhalten; ihm versagte die Stimme, und er blickte weg. »…ich es tun, Barra. Ich bitte dich inständig zu gehen – und möge Zeus mir diese Aufgabe ersparen!«

»Hör zu!«, beharrte sie und klammerte sich an seinen Chiton, um sich aufrecht zu halten. »Du weißt nicht, was für ein Mann dieser Schweinehund ist! Er verdient deinen Dienst nicht. Ihm die Kehle durchzuschneiden würde dir mehr Ehre einbringen, als seine Befehle entgegenzunehmen.«

Kamades' Gesicht erstarrte wieder. »Du musst gehen. Sofort!«

Wie vermochte sie es ihm zu erklären? Welche Worte konnten ihnen die ganze Wahrheit in der kurzen Zeitspanne vermitteln, die ihnen zur Verfügung stand? Enttäuscht biss sie die Zähne zusammen. »Du weißt nicht, was er dir dafür antun wird, dass du mich hast laufen lassen. Du hast keine Vorstellung, wozu er imstande ist.«

»Ich habe ihm meinen Dienst geschworen. Gleich, welche Strafe er wählt, ich werde sie annehmen.«

»Verdammte liebende *Mutter!* Du und deine verfluchte Ehre, dein Gerede von Gastfreundschaft und Pflicht deinem Gott und Pflicht deinem Herrn gegenüber und ich weiß nicht, wem verdammt noch mal alles noch gegenüber! Wenn Idonosteus hier wäre, genau hier, würde er dir befehlen, mir den Kopf abzuschneiden, sodass er meine Leiche in den Hals ficken kann! Und er würde dafür sorgen, dass du zuschaust!«

Kamades' Augen wurden groß und hitzig und sie glitzerten im Schein der Laterne. »Dann verschwindest du besser, ehe er kommt«, knurrte er.

Barras Wut flammte so heftig in ihrem Schädel auf, dass sie Funken vor den Augen vorüberschießen sah. »Du sturer Sohn eines Ziegenarschs! Warum hörst du nicht zu? Ich versuche, dir das *verdammte nutzlose*

Leben zu retten!« Ihre aufgeschlagenen Lippen rissen bei dem Aufschrei und sie schmeckte frisches Blut.

Ehe Kamades etwas zur Erwiderung knurren konnte, ertönte fernes gellendes Rufen aus der Richtung des Haupthauses. Kamades warf einen verzweifelten Blick über die Schulter. »Ich glaube, man hat uns entdeckt. Kannst du reiten?« In seiner Stimme lag jäh eine Besorgnis, die ihr die Brust zusammenschnürte.

Barra nickte. »Ich glaube schon.«

Er führte sie an die Seite des Pferds und half ihr in den hohen Sattel hinauf. »Ihr Name ist Andromache. Lenk sie mit den Knien. Los jetzt!«

Barra fand die Aussicht von dieser neuen Höhe mehr als nur ein wenig Schwindel erregend. Sie nahm die Zügel aus gewirktem Seil in eine Hand und streckte die andere Hand hinab, um Kamades' Gesicht zu berühren. »Ich seh dich wieder.«

Sein Blick begegnete dem ihren und er war wesentlich wärmer als sein Tonfall. »Hoffentlich nicht – es sei denn, wenn ich es will, und nicht auf Befehl meines Herrn.« Er wandte sich rasch von ihr ab. »Glandy! Othoön! Zerschneidet alle Sattelgurte! Lalcamas, öffne diese Tür da und verriegele sie wieder hinter ihr, wenn sie verschwunden ist. Kommt schon, macht zu!«

Die breiten Türflügel schwangen zurück. Barra beugte sich vor, schlang Andromache die Arme um den Hals und trat sie hart in die Rippen. Die Stute sprang los, ließ einen Haufen herankommender Wächter auseinander laufen, und galoppierte in die Nacht davon. Innerhalb von Minuten hätte sie die Wächter auf den Fersen, Sättel oder nicht. Inmitten der überraschten Rufe und Schreie, die ihren Abgang begleiteten, glaubte sie, schwach hinter sich das tiefe Knurren von Kamades zu vernehmen, der noch immer Befehle fauchte. Sie redete sich ein, dass der stechende Schmerz in ihren Augen nur vom Wind herrührte.

Der Ritt war ein Knochen rüttelnder und schüttelnder Albtraum; jeder Schlag von Andromaches Hufen trieb einen weiteren Stachel in Barras Gehirn. Sie klammerte sich grimmig fest, die Arme um den Hals der Stute geschlungen. Nur Augenblicke, nachdem sie aus dem Stall geschossen war, waren zwei Fackeln tragende Reitertrupps hinter ihr in einem großen Bogen ausgeschwärmt, um ihr den Weg abzuschneiden und die Flucht zu verhindern. Der Wind hatte gedreht und brachte jetzt Wolken vom Meer herein und der abnehmende Mond warf riesenhafte Schatten auf den Weg.

In der Dunkelheit sahen alle Hügel gleich aus und Rufe würden vielleicht bis zu ihren Verfolgern dringen. Am Ende musste Barra Andromache durch Schmeicheleien zum Anhalten bewegen; mit bebenden Flanken stand die Stute da. Barra legte sich beide Hände übers Gesicht, eine zu jeder Seite ihrer angeschwollenen Nase, drückte jäh hart zu und zog sie dabei herab. Der Schmerz sorgte dafür, dass ihr alles vor den Augen verschwamm und vollendete den Vorgang, den der Ritt in die Gänge gesetzt hatte: sie übergab sich krampfartig. Aber nachdem sie sich die letzten Reste Erbrochenes vom Mund gewischt hatte, war sie in der Lage, sich unter Schmerzen einen halb geronnenen Klumpen Blut aus der Nase zu pusten, und danach konnte sie wieder durch die Nase atmen, gerade ein bisschen. Gerade genug.

Anschließend benötigte sie nur wenige Minuten, um hin und her reitend den Wind abzuschätzen. Sie wusste, dass sie sich im Großen und Ganzen in der richtigen Gegend befand, und Kheperus Geruch würde noch in einem Schlachthaus hervorstechen.

Sie fand ihn und ritt gegen den Wind, und während sie ihm folgte, erklomm sie eine kleine Steigung und da waren sie; benommen betete sie darum, dass die Mutter wie Regen ihren Segen auf sie hinabsenden möge. Sie versuchte, sie zu grüßen, aber ihr schnürte sich die Kehle zusammen und sie brachte kaum einen Ruf heraus. Beide erhoben sich unsicher; Leucas hielt den Speer in der Hand und den Schild vor sich und Kheperu griff in sein Gewand, aber dann wurden die letzten Wolkenreste vor dem Mond fortgeweht.

»Großer Donnergott!«, meinte Leucas. Er ließ Schild und Speer neben sich fallen und eilte auf sie zu. »Was haben sie denn mit dir gemacht?«

Sie ließ sich in seine Arme fallen. Er wiegte sie sanft, während Kheperu Andromaches Zügel nahm. Leucas legte sie auf den Stapel Decken, den er zum Schlafen benutzt hatte. Mit belegter Stimme sagte sie: »Das nächste Mal… wenn ich euch das nächste Mal sage, ich will allein irgendwohin, dann schlagt mich halbtot und erspart den andern die Mühe.«

Kheperu kniete neben ihr nieder, die Zügel noch immer in der Hand. »Also gehe ich recht in der Annahme, dass die Dinge nicht so gut gelaufen sind, wie sie vielleicht hätten laufen sollen?«, meinte er, aber der Spott in seiner Stimme war lediglich ein Reflex, eigentlich eher liebevoll.

»Dafür verpasse ich dir später eine, wenn ich mich wieder rühren kann. Ich bin«, krächzte Barra, »wirklich, wirklich, *wirklich* froh, euch zu sehen.« Sie umklammerte Leucas' Arm mit beiden Händen und zog daran, während sie versuchte, sich aufzusetzen.

»Nein, nein«, sagte er und drückte sie sanft auf die Decken zurück. »Bleib einfach mal für eine Weile liegen.«

»Nichts würde ich lieber tun«, meinte sie, »aber dieses beschissene ägyptische Heer wird uns ziemlich bald auf den Fersen sein. Wenn wir die Nacht überleben wollen, suchen wir uns besser ein Versteck.«

16. KAPITEL Geiseln

Groß und still standen die Flammen der beiden Laternen in der toten Luft des Kellers und Lampenruß stieg kräuselnd zur Decke auf. Unverkennbar war der Geruch hier: das Blut aus Haral Mestis aufgeschlitzter Kehle vermengte sich mit den Ausscheidungen, die er während der Todeszuckungen in seine Rüstung gedrückt hatte. Die bewusstlosen Männer waren von ihren Fesseln befreit und wiederbelebt worden; nur die beiden Leichen lagen jetzt hier. Meremptah-Sifti blickte auf seinen toten Anführer hinab. Seine Sandalen waren nur einen halben Zentimeter vom Rand der Blutlache entfernt. Der Prinz hielt sich ein Taschentuch aus weißem Leinen vor den Mund und nahm es hin und wieder weg und untersuchte es, ob seine geschwollene und aufgeplatzte Lippe zu bluten aufgehört hatte.

Idonosteus stand nervös neben dem Prinzen und rieb sich die schwitzenden Hände. Meremptah-Sifti schenkte ihm keinerlei Beachtung. Hingegen zeigte er sich an dem narbengesichtigen Mann in Dienerkleidung interessiert, der die Lampen hielt. Er wirkte völlig ruhig, völlig entspannt, und nahm die beiden Soldaten überhaupt nicht zur Kenntnis, die ihm von beiden Seiten die Spitzen ihrer Schwertklingen an die Rippen hielten.

»Du hast das getan? *Du?*«, fragte Meremptah-Sifti langsam auf Phönizisch, ungeachtet des schlechten Geschmacks, den seine angeschwollene Zunge auf den Lippen hinterließ.

Der Blick des narbengesichtigen Mannes wanderte zu Idonosteus hinüber. Der fette Kaufmann musste irgendein Zeichen gegeben haben, weil der Mann jetzt zur Antwort nickte.

»Mit Männern… den Männern, die ich anführe«, sagte er stockend und mit schwerem Akzent. »Ja.«

»Wie viele?«

Der narbengesichtige Mann runzelte die Stirn. »Zehn – einer dort als Wache.« Er zeigte auf die Treppe, die nach oben ins Haus führte. »Neun und ich.«

Meremptah-Sifti murmelte: »Außergewöhnlich.« Er blickte über die Schulter. »Das sind diese angeblichen Diener, die du gestern in mein Patio mitgebracht hast, nicht wahr?«

Idonosteus' Kinne wabbelten, als er nervös hustete. Meremptah-Sifti lächelte heimlich in sich hinein, weil dieses Hüsteln dem Räuspern Harals so ähnlich war; Haral, der ihm hier zu Füßen lag und der sich nun ausgeräuspert hatte.

»J-ja, mein Prinz, aber, siehst du, ich glaube nicht…«

»Sechs Männer«, überlegte Meremptah-Sifti, der Idonosteus' panikerfülltes Gestotter gar nicht beachtete. »In voller Rüstung, mit Schwertern. Zehn Männer in Dienerchitons und bewaffnet mit was? Messern?« Er schüttelte den Kopf. »Außerordentlich. Haral war ein guter Mann und seine Wächter sind Veteranen. Bei allem, was recht ist, sie hätten euch massakrieren sollen.«

Der narbengesichtige Mann zuckte gleichmütig die Achseln. »Er hatte Angst, dein Fest durch das Töten von Dienern zu stören.«

»Ja…« Meremptah-Sifti nickte kichernd. »Ja, das hätte er getan, stimmt's? Armer Haral. Hätte ich allerdings gestern von deinen Fähigkeiten gewusst, so wäre ich bei meiner Verhandlung mit deinem Herrn etwas vorsichtiger gewesen. Ich hatte keine Ahnung, in welch großer Gefahr ich schwebte.«

Sein Gekicher wuchs zu einem kehligen Gelächter an und er wandte sich wieder Idonosteus zu; das Blut, das ihm die Zähne färbte und auf dem Kinn trocknete, machte sein Grinsen so grausam, dass Idonosteus zurückwich, als ob er fürchtete, der Prinz werde ihn beißen. »Ich hoffe, du hast eine gute Erklärung dafür, weswegen deine Leibwächter zwei meiner Männer getötet und die kleine Hure haben entkommen lassen.«

»Ich, nun, nein.« Idonosteus schüttelte hastig den Kopf. Er war sehr bald zu dem Entschluss gekommen, die Wahrheit zu sagen. »Ich verstehe es einfach nicht – aber sie sind Phthier, weißt du, und alle griechisch sprechenden Männer haben einen Dachschaden.«

»Hmm. Davon habe ich zuvor schon gehört.«

»Sie und ich sind Gastfreunde«, erklärte der narbengesichtige Mann ruhig. »Gastfreundschaft ist ein Band, das Zeus heilig ist. Ich konnte nicht dabeistehen und zulassen, dass ihr etwas angetan wurde.«

»Zeus?«, meinte Meremptah-Sifti ungläubig. »Wer ist Zeus, irgendein achaiischer Gott? Irgendein mickeriger Gott von der anderen Seite der Welt? Du fürchtest dich so sehr vor diesem kleinen, unbekannten Gott, dass du dein Leben wegwirfst?«

Der Blick des narbengesichtigen Mannes nahm einen seltsam in sich gekehrten Ausdruck an, so als ob er den Prinzen gar nicht richtig ansähe. »Ich fürchte den Gott nicht. Ich respektiere sein Gesetz.«

»Aber wir sind hier in Phönizien, siehst du das nicht? Dein kleiner Gott hat hier keine Macht.«

Der narbengesichtige Mann erwiderte nichts.

Meremptah-Sifti wandte Idonosteus das Gesicht zu und murmelte: »Ja, er ist wahnsinnig; aber vielleicht auf eine sehr nützliche Weise wahnsinnig.«

Idonosteus leckte sich die Lippen. »B-bis zu diesem Augenblick, mein Prinz, hätte i-ich gesagt, dass er absolut zuverlässig ist.«

Meremptah-Sifti zuckte die Achseln. »Vielleicht.« Er richtete seine Worte erneut an das Narbengesicht. »Du musst gewusst haben, dass du bestraft wirst.«

Er zuckte kaum sichtbar die Achseln.

»Warum bist du nicht fortgelaufen? Mit ihr geflohen?«

»Ich habe geschworen, meinem Herrn zu dienen.«

Meremptah-Sifti schüttelte verwundert den Kopf, und dann erstrahlte auf seinem Gesicht ein breites Lächeln, ungeachtet dessen, dass seine Lippen wieder aufplatzten und deswegen erneut Blut floss. »Ich respektiere deine Hingabe an die Pflicht«, meinte er mit nur einer Spur von Spott, »und ich denke, deine Bestrafung sollte… hmm, auf später vertagt werden. Dein Name ist, nun, Kamades?« Er warf Idonosteus einen fragenden Blick zu; der fette Mann nickte. »Inzwischen«, fuhr der Prinz fort, »solltet ihr, du und deine Männer, vom Magier geschützt werden, genau so wie meine eigenen Männer. Geh jetzt, sammle deine Leute und bringe sie zu Simi-Ascalon!«

Erneut flackerte der Blick des narbengesichtigen Mannes zu Idonosteus hinüber, der nickte. Das Narbengesicht reichte seine Lampen den Soldaten und ging steif die Treppe hinauf.

»Und ich hoffe, es macht dir nichts aus zu warten«, rief ihm Meremptah-Sifti lachend hinterher. »Wenn ich's recht sehe, ist die Warteschlange ganz schön lang!«

Idonosteus neben ihm kicherte. Meremptah-Siftis Lächeln verschwand hinter dem blutbesudelten Taschentuch, als er einen Schritt beiseite trat, sich halb umdrehte und Idonosteus eine schallende Ohrfeige verpasste.

Idonosteus stolperte einen oder zwei Schritte zurück und hob die Hände an die rot werdende Wange. Seine Augen füllten sich mit Tränen. »Wa…?«

»Das ist deine Schuld«, sagte Meremptah-Sifti leise und tödlich. »Das sind deine Männer, du hättest wissen sollen, was sie tun würden. Narr! Ich sollte dir gleich hier neben meinen Männern den Bauch aufschlitzen!«

»A-aber, mein Prinz, wie hätte ich denn wissen *können…*«

»Schweig, du nichtswürdige Kröte! Das Geräusch deiner Stimme bringt mich zum Würgen!«

Er betrachtete seine Hände mit Ekel; seine Handfläche war feucht von dem Schweiß auf der Wange des fetten Mannes. Angewidert wischte er sie an seinem Rock ab. »Du hast dich vor mir mit deinen tausend Mann gebrüstet, die ganz Tyros kennen. Ich habe das Heer, um die Stadt einzuschließen; sie kann nicht auf dem Landweg auf und davon. Wenn sie heute Nacht nicht gefangen genommen wird, wird sie in der Stadt Unterschlupf suchen. Finde sie!«

Er trat nahe an Idonosteus heran und beugte sich so dicht an dessen Gesicht, dass er den Atem des Mannes auf den eigenen Lippen spürte. »Du hast sie verloren. Du wirst sie finden. Du würdest es bedauern, mich in dieser Hinsicht zu enttäuschen.«

»Ich, äh… ich, äh…« Idonosteus, der sich allmählich wieder vom Schmerz des Schlags erholte, sah Meremptah-Sifti mit einem gewissen Glanz in den Augen an. Weit entfernt davon, wie ein Mann für sich selbst zu stehen, leckte er sich erwartungsvoll die Lippen.

Meremptah-Sifti grunzte und wandte sich ab. Er hätte wissen sollen, dass Idonosteus ein solcher Typ war, davon hatte er genügend in seiner Kindheit zu Gesicht bekommen.

Idonosteus meinte: »Wenn sie nicht heute Nacht gefangen genommen wird, werden meine Männer die Stadt durchkämmen – obgleich ich, mein Prinz, den Verdacht habe, dass sie einen Weg finden wird, so grobe Methoden zu umgehen. Sie hat sich als außergewöhnlich findig und geschickt darin erwiesen, ihr Äußeres zu verändern.«

»Ist dies etwa ein kindischer Versuch, einen Fehlschlag im Voraus entschuldigen zu wollen?«

»N-nein, mein Prinz, ganz und gar nicht. Ich habe nur gedacht, dass es, hm, vielleicht effektiver wäre, einen Plan zur Hand zu haben, wie man sie, nun, hervorlocken könnte.«

»Hmm?«

»Das kann gewiss bis zum Morgen warten – es ist unnötig, deine anderen Gäste aufzuschrecken. Aber mir scheint, dass sie einige Jahre in Tyros bei diesem Schiffseigner der Penthedes gelebt hat…«

»Geiseln?« Meremptah-Sifti zog die Mundwinkel nach oben. »Das Problem bei einer Geisel besteht darin, dass man nicht ernst genommen wird, wenn man sie nicht umbringt, und wenn man's tut, ist sie nichts mehr wert.«

»Nein, nicht *notwendigerweise*«, meinte Idonosteus. »Ich habe eine Idee.«

Sobald Idonosteus seine Idee in allen Einzelheiten erläutert hatte, schüttelte Meremptah-Sifti in offener Bewunderung den Kopf. Er ließ einen Arm um Idonosteus' weiche und schwammige Schulter gleiten und sagte: »Du hast mich so weit gebracht, dass ich dankbar darum bin, dich am Leben gelassen zu haben.«

17. KAPITEL Duell

Barra erwachte mit einem dumpfen Gefühl von Schmerz, als ob eine Hand nicht allzu sanft ihre Nasenspitze gepackt hielte, sowie mit einem seltsamen, unangenehm scharfen Geschmack im Rachen. Sie öffnete die Augen und sah Kheperus schmierigen Bart allzu dicht an ihrem Gesicht. Er rieb etwas in ihre Schrammen, das brannte und ihr Tränen in die Augen trieb. Sie hatte nicht die Kraft, ihm einen Schlag zu versetzen oder ihn wegzuschieben, also begnügte sie sich damit zu sagen: »Wenn ich durch die Nase atmen könnte, müsste ich dich vielleicht umbringen.« Ihre Stimme klang dünn und schwach, alarmierend dünn und schwach, selbst für ihre eigenen Ohren.

Kheperu lächelte bloß abwesend und ermutigte sie, sich auf die andere Seite zu wälzen. Das Bett unter ihr war allzu gemütlich; beträchtliche Ermutigung seinerseits war vonnöten, ehe sie gewillt war, sich zu rühren. Auf dem Fußboden gleich neben dem Kopfende des Betts stand ein dampfender Topf mit irgendeinem wässrigen, grünlichen Gebräu, auf dessen dick und schmierig aussehender Oberfläche etwas trieb, das vielleicht Teile von Blättern und Blumen gewesen waren. Kheperu streckte die Hand aus. »Puste!«

Barra schnitt eine Grimasse. »Es tut weh.«

»Mir egal. Puste!«

Barra schloss die Augen und blies blutigen Schleim aus der Nase. Kheperu fing ihn geschickt auf und untersuchte ihn. »Gut, gut«, murmelte er. »Du machst dich ganz gut. Hier, trink das!«

Er bot ihr einen Becher an, der etwa zu einem Drittel mit einer dicken, milchigen Flüssigkeit gefüllt war. Sie trank ihn aus; der Geschmack war so abscheulich, dass sie dankbar um ihre lädierte Nase war. Sie wischte sich den Mund an der Decke unter ihr ab. »Ich habe eine Weile geschlafen, hm?«

Kheperu zuckte die Achseln. »Du wirst stärker sein, wenn du aufwachst. Übrigens hast du deine Nase prima wieder hergerichtet – ich glaube, sie wird nur ein bisschen krumm bleiben, wenn überhaupt. Wir wissen mehr, wenn die Schwellung abklingt.«

»Ich habe überhaupt nicht versucht, sie zu richten«, murmelte sie. »Wo ist Leucas?«

»Draußen. Passt auf, was so geschieht.«

»Du hast dich um mich gekümmert...« Wolken trieben in ihr Bewusstsein, hoben sie sanft an und wiegten sie in den Schlaf. »Ich hatte angenommen, du wärst längst verschwunden...«

Kheperu zuckte erneut die Achseln, sein Lächeln wurde abwesend und seine Augen füllten sich ein wenig mit Traurigkeit. »Ich sollte weg sein«, meinte er sanft. »Ich sollte schon seit Tagen weg sein, seit wir ausbezahlt wurden. Aber... nun ja, wo hätte ich zwei andere Kämpfer wie euch beide gefunden? Ich muss *irgendjemanden* haben, der mich schützt; es könnt also ebenso gut ihr beide sein. Und ich habe mich an dich gewöhnt.«

»Du...« Was auch immer in diesem Getränk gewesen war, ihr wurde die Zunge schwer und sie fand beinahe überhaupt keine Worte mehr. »Du Lügner... du Lügenarsch, ich kenne dich besser. Du... du willst dich bloß an mich *ranmachen*... während ich schlafe...«

Er kicherte leise. »Stimmt genau. Schlaf jetzt!«

Als Versteck war dieses hier wunderbar. Es war Leucas' Idee gewesen; er hatte mit dem Kinn auf die Faust gestützt am Hügelabhang gesessen und Barra und Kheperu dabei beobachtet, wie sie besprachen, was als Nächstes zu tun sei. Barra war ganz klar nicht in der Verfassung, in den Bergen umherzulaufen und Suchpatrouillen auszuweichen – sie war zu benommen und schwach, um sehr weit gehen zu können, und sie konnte sich kaum auf einem Pferd halten. Sie würde wenigstens zwei oder drei Tage benötigen, ehe sie die strapaziöse Reise auf sich nehmen könnte, die ein Verlassen von Tyros zur Folge hätte, und eine Woche wäre besser. Kheperu war dafür, getrennt voneinander Unterschlupf in irgendwelchen schäbigen Gasthäusern am Meer zu suchen; Barra hielt dagegen, dass sie zusammen in den Begräbnishöhlen bleiben sollten. Eine Weile lang ging die Diskussion hin und her, bis Leucas sich knurrend aufrichtete.

»Überlegen wir mal«, sagte er bedächtig. »Das Problem bei einem Gasthaus besteht darin, dass uns vielleicht jemand erkennt und verrät, wohingegen der Vorteil darin liegt, dass wir in der Stadt sind, uns auf dem Laufenden halten können und wissen werden, wann die beste Zeit für eine Flucht ist. Das Problem bei den Höhlen besteht darin, dass wir nicht sonderlich viele Vorräte haben und nicht in Berührung mit der Stadt sind, der Vorteil hingegen, dass es unwahrscheinlich ist, dort gesehen zu werden, und wir können zusammenbleiben. Habe ich das richtig verstanden?«

Die anderen beiden nickten ungeduldig und er fuhr fort: »Warum gehen wir dann nicht in einen Gasthof in der Stadt, wo wir zusammenbleiben können, wohin jedoch niemand kommt, sodass wir nicht gesehen werden und niemand uns verraten kann?«

»O ja«, meinte Kheperu in abgrundtiefer Verzweiflung. »Und wo werden wir diesen magischen Ort *finden*, hm? Wenn wir sofort damit anfangen, können wir ihn vielleicht *bauen*, nicht?«

Leucas zuckte nur entschuldigend die Achseln. »Tut mir Leid – ich habe an den Gasthof von Lidios gedacht. Schuldet er uns nicht einen Gefallen?«

Da der Fluch offenkundig war, würde man es nicht einmal wagen, einen Blick durch die Tür zu werfen – und Lidios verdankte ihnen schließlich zweimal das Leben. Kheperu wurde so tiefrot, dass es sogar im Mondlicht erkennbar war. Barra grinste ihn an, obgleich ihr dabei wieder die Lippen aufplatzten. Er fauchte: »Weswegen macht er das eigentlich nie mit *dir?*«

»Weil ich gelernt habe, dass ich einfach nur den Mund zu halten habe und ihn reden lassen muss, wenn er seinen ›Überlegen-wir-mal‹-Tonfall draufhat.«

Sie halfen Barra behutsam auf Andromaches Rücken und gingen langsam auf die Stadt zu.

Leucas schritt neben dem Pferd. Er hatte Barra den Arm um die Taille gelegt, um sie bei ihren gelegentlichen Schwindelanfällen im Sattel zu halten. Die Suche schien sich auf die Straßen zu konzentrieren, die aus Tyros hinausführten; sie zogen behutsam weiter, verließen sich auf den gelegentlich auftauchenden Mond anstelle von Fackeln oder Laternen und gelangten sicher zum Stadtrand. Dort luden sie die Maultiere ab und befestigten die Packen auf Leucas' Schulter – es wäre nicht gescheit, die Tiere draußen vor etwas zurückzulassen, das ein verlassener Gasthof sein sollte. Auch Barra stieg ab, wobei sie sich schwer auf Leucas' starken Arm stützte und dem Pferd auf die Kehrseite schlug. »Geh nach Hause, Andromache! Los, mach schon, geh heim!«

Leucas sah dem davon galoppierenden Pferd mit grimmiger Heiterkeit nach. »Kamades hat sein Pferd tatsächlich Andromache genannt…«, murmelte er kopfschüttelnd. Barra hatte ihm auf dem Weg in die Stadt die ganze Geschichte erzählt. »Der Mann versteht es, einen alten Groll zu pflegen.«

Barra spürte, wie sich ihr unerklärlicherweise die Härchen sträubten. »Was meinst du damit?«

Leucas blickte mit einem sanften Lächeln auf sie hinab. »Andromache war mit dem größten Helden von Troja verheiratet. Jedes Mal, wenn er aufsteigt, reitet Kamades Hektors Frau… wenn du verstehst, was ich meine.«

Kheperu lachte, Barra schaute finster drein. Sie sagte: »Ich weiß nicht, ob mir das gefällt oder nicht.«

Auf den Straßen war es still in dieser Nacht und zwischen dem Stadtrand und dem schweigenden, abgedunkelten und verriegelten Gasthof des Lidios begegneten sie keiner Menschenseele.

Lidios kam persönlich zur Tür, und als die Gefährten ihre Namen nannten, ließ er sie sogleich ein. Er war entsetzt über Barras zerstörtes Gesicht, und er bestand darauf, sie zu säubern und in ein Bett zu befördern, ehe er sich von ihnen erzählen ließ, was geschehen war.

Nachdem Barra sicher zu Bett gebracht worden war, sagte sie zu ihm: »Ich will dich nicht anlügen, Lidios. Wir stecken bis zur Oberkante der Unterlippe in der Scheiße. Ein beträchtlicher Brocken des ägyptischen Heers jagt uns, und wenn sie uns hier finden, werden sie dich zweifellos dafür töten, dass du uns versteckt hast.«

Das Gesicht des fetten Gastwirts wurde völlig ausdruckslos. »So?«

»Ich versuche bloß, dir zu sagen, dass ich Verständnis dafür hätte, wenn du das nicht tun kannst. Wenn's zu viel ist, sag's mir jetzt gleich und wir suchen uns einen anderen Platz.«

»Barra«, erwiderte er ernst, »jeder andere Söldner, den ich je gekannt habe, würde mir eine Klinge an die Kehle setzen und die Sklaven im Keller einschließen. Von dir allerdings betrachte ich dieses Angebot als eine schwere Beleidigung.«

»Hm?«

»Wie hast du nur annehmen können, dass ich die Gefahr in Rechnung stelle?« Er berührte seinen Brustkasten; der schmutzige Verband, der noch immer darum lag, zeigte sich schwach durch sein Nachthemd. »Ich schulde dir das Leben – und weil meine Fähigkeiten beim Eintopf und beim Bier liegen, nicht bei Waffen und beim Kampf, macht mich das noch lange nicht zum Feigling.«

Er stand auf und glättete das Nachthemd über seinem massigen Bauch. »Du bleibst einfach da liegen und wirst wieder gesund. Ich kümmere mich um alles andere. Ist sowieso schon zu lange her, dass ich mir die Schürze umgelegt habe.«

Er ging hinaus, und als der Schlaf allmählich nahte, zog sie Leucas näher zu sich. »Halte ein Auge auf ihn, ja?«

Er runzelte die Stirn. »Er würde ganz bestimmt nicht…«

»Beobachte ihn einfach, ja? Kann niemandem trauen, niemandem… Jetzt…« Ihr fielen die Augen zu und sie gähnte breit. »Jetzt muss ich schlafen…«

Während der folgenden drei Tage erwachte Barra lediglich lange genug, dass sie Nahrung und Wasser zu sich nehmen und sich erleichtern konnte. Dann kam Kheperu wieder mit einem weiteren seiner Schlafpulver, das ihr den Schmerz im Kopf nahm und die Welt hinter dicke Wolken zurückschob. Bei jedem Erwachen saß jemand an ihrer Seite, manchmal Lenka, Lidios' getreue Haussklavin, die selbst ein wenig medizinische Erfahrung hatte, öfter Kheperu oder Leucas und manchmal Lidios selbst, der häufig nach den dicken Lammeintöpfen roch, die er kochte, und stets nach Bier oder Wein – er behauptete, dass Wasser kostbar sei, weil das einzige sicher zu trinkende Wasser von den öffentlichen Brunnen herkam, und diese musste man heimlich nach Einbruch der Dunkelheit aufsuchen; Barra hatte den Verdacht, dass sein nach wie vor vorhandener Mut zu einem guten Teil auf dem Fehlen von Wasser beruhte.

Es war die erste Stunde des Tages, als das Donnern von Fäusten an einer Tür Barra aus dem Schlaf riss. Sie setzte sich kerzengerade im Bett auf. *Nur Demetor und die Jammerlappen,* dachte sie benommen, dann: *Nein, das ist bereits passiert… die Vergiftung, der Kampf. Was, im Namen der verdammten liebenden Mutter…?*

Lenka stand neben ihrem Bett und sah zum Straßeneingang des Gasthofs hinüber und auf ihrem Gesicht stand das nackte Entsetzen geschrieben. Jäh fiel Barra wieder ein, wo sie war und weswegen sie hier war, und sie kämpfte mit ihren ineinander verwuselten, schweißnassen Decken, bis sie mühsam aus dem Bett kam. Sie hob ihre Waffen auf und taumelte zur Tür; ihre Finger funktionierten nicht allzu gut. Vergebens war der Versuch, die Tür zu öffnen, vergebens ein erneuter Versuch, den Gurt über ihr Nachthemd zu legen.

»Wo sind Leucas und Kheperu?«, fauchte sie. Sie lehnte sich an den Türrahmen und biss die Zähne zusammen, weil ihr schwarz vor Augen wurde. *Dieser verfluchte Scheißkerl Kheperu und seine beschissenen Tränke!* Lenka schüttelte nur den Kopf.

Jetzt löste sich das Geschrei draußen zu einer Stimme auf, die in schlechtem Phönizisch mit ägyptischem Akzent Einlass begehrte. Lidios war bereits dort; sie hörte seine Erwiderung: »Ich stehe unter dem Fluch! Verschwindet! Wollt ihr sterben?«

»Öffnen Tür oder Tür wird aufbrechen!«

Barra stieß ihre Tür auf und Lenka umklammerte sie von hinten. »Nicht! Du musst hintenrum raus! Du musst verschwinden!«

Barra schlug gereizt nach ihren Händen. »Als ob das was nützen würde!« Sie gab der Frau einen heftigen Stoß, der sie rücklings aufs Bett schickte. »Setz dich und halt's Maul!« Barra zog ihre Breitaxt aus der Scheide und schnaubte ein wenig, als sie diese in der Hand wog; sie fühlte sich so schwer an wie ein Fass Bier.

Aus dem äußeren Raum vernahm sie erneut Lidios. »Ich bitte euch, geht weg! Wenn ich diese Tür öffne, werdet ihr alle sterben!« Er hörte sich dessen sehr gewiss an, und als Barra um den Türpfosten spähte – durch die tiefe Finsternis, die den verrammelten Gastraum erfüllte, dessen einzige Beleuchtung ein mattes, orangefarbenes Flackern vom Herd war –, entdeckte sie den Grund hierfür. Lidios hockte zwischen den Tischen, in beträchtlicher Entfernung zur Tür, und in den Schatten zu beiden Seiten standen dunklere Schatten, die kaum erkennbaren Gestalten von Kheperu und Leucas; die Hand des Faustkämpfers lag auf dem Riegel.

»Fürchten Tod nicht mehr als Zorn von Prinzen. Wenn rothaariges Mädchen nicht hier, wir gehen. Öffnen!«

Die riesige Silhouette rechts der Tür hob beredt die Schultern und schnippte den Riegel aus seinem Haken. Der Soldat draußen trat die Tür auf, riss sie Leucas aus der Hand und knallte sie dem wartenden Kheperu vors Gesicht, der dazu ein gedämpftes Grunzen ausstieß. Der Soldat sprang über die Schwelle und warf sein ganzes Gewicht gegen die Tür, wodurch er Kheperu festklemmte. Er trug Meremptah-Siftis Rot und Purpurrot auf seiner Rüstung und zeigte ein hochnäsiges Grinsen auf dem Gesicht. Auf Ägyptisch sagte er: »Oh, wir verstecken uns, ja?« In der Hand hielt er die kleine, trompetenförmige Axt des ägyptischen Heeres, und da er von draußen kam, sah er Leucas in der Düsternis überhaupt nicht, bis der Athener auf die Schwelle trat.

Laut kreischend sprang der Soldat tiefer in den Raum hinein, um Platz zum Kämpfen zu erhalten. Leucas beachtete ihn gar nicht, griff statt dessen durch die Tür, packte den Partner des Soldaten beim Schlafittchen und zog ihn herein. Mit einem Geräusch wie Stein, der auf Knochen trifft, sauste eine gewaltige Faust einmal herab; der Kopf des Mannes ruckte heftig nach hinten und Leucas öffnete die Hand und ließ ihn fallen.

Der erste Soldat, der tief im Innern des Gastraums stand, sah Leucas als Silhouette zwischen sich und dem Licht und der Freiheit draußen, zwischen sich und dem Rest seines Lebens, und sagte ehrfürchtig auf Ägyptisch: »O mein Gott...«

Die Tür erhielt einen leichten Stoß, schwang zu und schnitt das Tageslicht mit der Endgültigkeit einer Axt ab.

Kheperu meinte: »Ja, ich habe mich *tatsächlich* versteckt. Wie unhöflich von dir, das zu bemerken.«

Der Soldat fuhr herum und wollte nach hinten laufen. Da er jedoch noch geblendet war, irrte er umher und stolperte über einen Tisch. Mehr als das benötigte Kheperu nicht; er sprang hurtig zu ihm hinüber und schlug ihm scharf mit dem Stab über das Knie. Die Beine des Soldaten knickten ein, und er fiel jammernd zu Boden, bis die harte Eiche ihm über den Mund schlug und dabei seine Zähne im Raum verteilte. Ein dritter Schlag brachte ihn endgültig zum Schweigen und Kheperu meinte auf Griechisch: »Wahrscheinlich ist noch einer da, der den Hinterausgang bewacht; vielleicht sogar zwei.«

Leucas nickte grimmig. »Darum werde ich mich kümmern.« Er griff in die Schatten an der Wand und holte seinen mannshohen Speer hervor, dessen Schaft so dick wie sein Handgelenk und dessen Klinge so lang wie sein Unterarm war. »Du kümmerst dich um diese beiden.« Er schlüpfte zum Vordereingang hinaus, und in dem kurzen Augenblick der Helligkeit sah Barra, dass er ebenfalls das eiserne Krummschwert im Gürtel trug. Sie erschauerte in einem Anflug des Mitleids für die Soldaten in der Gasse hinten.

Lidios richtete sich vorsichtig wieder auf. »Ist es vorbei?«

»Fast«, erwiderte Kheperu fröhlich. Seine Hand kam aus dem Gewand. Sie umklammerte ein langes, schmales Messer. »Wir müssen lediglich noch diese beiden hier umbringen und ihre Leichen verstecken.«

»Sie *umbringen?* Nicht – ich meine, ich fände es wirklich schön, wenn du…«

»Lidios, bitte! Du kannst sie nicht hier behalten – was willst du tun, wenn der nächste Suchtrupp kommt? Wenn wir sie irgendwo anders festhalten, werden sie sich schließlich befreien oder gefunden – oder sie werden verhungern. Wenn wir sie gehen lassen, werden sie's erzählen, und du und alle deine Sklaven, ihr werdet zu Tode gefoltert. Abgesehen davon hast du ihnen gesagt, sie würden sterben, wenn sie die Tür öffnen.« Kheperu spreizte seine Wurstfinger und seine Zähne glänzten gelblich in der Düsternis. »Willst du aus dir einen Lügner machen?«

Der fette Gastwirt öffnete den Mund und schloss ihn dann wieder; er wischte sich die Hände an seiner Schürze ab und blickte sich auf dem Fußboden um. »Muss immerzu die Zähne von jemandem wegputzen, wenn ihr in der Gegend seid«, brummelte er zerstreut. Und er machte sich davon, wobei er seine Sklaven anbrüllte, sie sollten endlich aus dem Vorratsraum herauskommen und ihm einen Besen bringen.

In diesem Augenblick bemerkte Kheperu Barra, die am Türrahmen lehnte. Er lächelte. »Ich wollte dich gerade wecken. Ich glaube, wir sollten verschwinden.«

Barra blickte die beiden bewusstlosen Soldaten an. Sie überlegte, woher sie gekommen waren, ob einer von ihnen eine Freundin hatte, die er wirklich liebte, ob der andere vielleicht ein Lieblingspferd besaß oder einen Hund. Sie überlegte, wer um sie weinen würde, wenn sie heute Nacht nicht heimkehrten. Das ist das verdammte Problem mit diesem beschissenen *Sceon Tiof,* dachte sie. Selbst wenn's nicht funktioniert, überlegt man sich, was man sähe, wenn es funktionierte.

Kheperu fragte: »Stimmt was nicht?«

Schläfrig krächzend setzte Barra zum Sprechen an. Sie hustete laut, um die Kehle frei zu bekommen, und spuckte auf den Fußboden. Kheperus Logik war unangreifbar, obgleich sich ihr dabei heftig der Magen umdrehte. »Mir geht diese Sache auf die Nerven«, meinte sie leise. »Ich bin reif für eine andere Arbeit.«

»Was?«

»Nichts«, sagte sie etwas kräftiger. »Sie sind gewarnt worden. Töte sie!«

Lenka hinter ihr keuchte. Barra beachtete sie nicht.

Kheperu hob den Fußknöchel des Soldaten, den Leucas gefällt hatte, und schleifte ihn zur Hintertür. Der Soldat rührte sich und ächzte, hob eine Hand und ließ sie schlaff wieder fallen. »Willst du helfen?«

Barra schüttelte den Kopf. »Ich... mach mich besser ans Packen.«

»Seit wann bist du so zimperlich?«

Durch die Hintertür ertönte schwach ein heiserer Alarmschrei, der vom lebhaften *Wusch* einer Klinge abgeschnitten wurde, die einem Mann den Bauch aufschlitzte, sodass die Eingeweide auf den Boden quollen. Jemand sagte schluchzend auf Ägyptisch: »O Scheiße, Scheiße, ich bin wirklich verwundet. Ich bin verwundet…«, und dem schweren, dumpfen Geräusch, ähnlich einem fallenden Mehlsack, folgte das Knirschen von Metall auf etwas Hartem, wie beispielsweise einem Schädel.

Barra fuhr zusammen – sie konnte nichts dagegen tun, und sie wusste, dass Kheperu es gesehen hatte. Sie schüttelte den Kopf. »Töte sie einfach, ja? Dann hilf mir beim Packen. Wir müssen von hier weg.«

Kheperu und Leucas wuschen sich mit den letzten Resten des Wassers der vorherigen Nacht das Blut ab. Die toten Soldaten waren sicher in einem Müllhaufen drei Türen weiter versteckt. »…deswegen sind Meremptah-Siftis Männer hergekommen und nicht das reguläre Heer«, meinte Kheperu soeben, während er die eng anliegende Rüstung des stämmigsten der drei Soldaten überstreifte. Er hatte sich bereits die Stoppeln von Wangen und Kinn geschabt und den Bart in militärische Zöpfe geflochten. »Sie haben die Tätowierung, die sie ›schützen‹ soll. Was ich nicht verstehe, ist, warum sie noch immer nach uns suchen. Welchen Schaden können wir ihm jetzt noch zufügen? Er besitzt diese Stadt längst – nun, aus dem, was du mir von da draußen berichtet hast, Leucas, muss ich schließen, dass er diese Stadt vollständiger unter Kontrolle hat als irgendein Tyrann je zuvor eine Stadt. Welchen Nutzen zieht er aus der ganzen Zeit und Mühe der Suche? Was macht uns so besonders, dass wir die Sache wert sind? Was erhält er dafür?«

Barra hatte sich ruhig die Brüste abgeschnürt – um wieder einmal als Bursche durchzugehen – und verschnürte Bündel mit Kleidung und Waffen, während sie Kheperus nervösem Geplapper zuhörte. Jetzt meinte sie: »Er bekommt mich.«

Kheperu schnaubte: »Ich will dich ja nicht beleidigen, meine Liebe, aber ich glaube nicht, dass du es wert bist…«

»Du bist nicht dort gewesen«, sagte sie nüchtern. »Du hast ihn nicht gesehen oder reden hören. Er wird nicht aufhören, bis er mich bekommt. Nimm einfach mein Wort dafür. Deswegen verschwinde ich. Wie ich es vor einer Woche hätte tun sollen. Soll dieser schwanzlutschende Scheißkerl doch sein Leben mit der Suche nach mir verbringen!«

»Hm«, machte Leucas. »Könnte schwierig werden.«

»Weshalb?«, fragte Barra. »Mit einer Kapuze, die mein Gesicht vor Blicken schützt – und so lange du daran denkst, Knie und Rücken ein wenig zu beugen –, sollte uns niemand Fragen stellen. Wir müssen uns bloß von allen anderen in Rot und Purpur fern halten.«

Kheperu drehte sich vor ihnen auf dem Absatz herum wie ein Mädchen, das einen neuen Rock vorführt. »Wie sehe ich aus? Wie einer der neuen Herren von Tyros?«

»Du wirst schon sehen.« Mehr wollte Leucas nicht sagen. »Du wirst schon sehen.«

Bald waren alle drei zum Abmarsch bereit. Barra blieb an der Tür zur Gasse stehen und verschränkte die Unterarme mit Lidios. Der Gastwirt leckte sich die Lippen und ließ einen von Barras Armen los, sodass er sich den Schweiß von der bleichen Wange wischen konnte. »Seid vorsichtig«, ermahnte er sie heiser. »Und wenn ihr je nach Tyros zurückkehrt…«

»Ich weiß«, meinte Barra mit einem Lächeln, wobei sich ihr geschwollenes Gesicht schmerzhaft verzerrte. »Bleibt mir verdammt noch mal vom Leib!«

Lidios lächelte matt und umarmte sie. »Ich schulde

euch mehr, als Silber zurückzahlen kann. Ihr seid auf immer Gäste dieses Hauses.« Er drückte sie fest an sich. »Ich hoffe, ihr kommt durch.«

»Werden wir schon. Denk dran – wenn jemand nach den drei Männern fragen kommt: Sie sind hier gewesen, du hast sie eingelassen, damit sie die Tür nicht einschlagen, sie haben sich umgesehen und sind dann gegangen. Mehr weißt du nicht, stimmt's?«

»Stimmt.« Er ließ sie los und trat zurück. »Möge Zeus deinen Weg behüten!«

Barra holte tief Luft. »Möge die Mutter hinter dir stehen und jedem Eintopf zulächeln.«

Lidios hielt die Tür für sie auf, als sie ihre Bündel schulterten und in den hitzeflimmernden tyrischen Tag hinausschlüpften.

Du wirst schon sehen, hatte Leucas gesagt. Barra sah es. Auf den Straßen ihrer Adoptivstadt zog ihr alles, was ihr vor die Augen kam, eine weitere Schlinge um die Eingeweide zusammen.

Sie sah die abgehärmten Gesichter und die angsterfüllten Augen der tyrischen Freien, die Kheperu in seiner Livree betrachteten.

Sie sah die augenblickliche Respektsbezeugung, die ihm die ägyptischen Soldaten erwiesen, sowie ihren Ausdruck der Erleichterung, wenn er vorüber war.

Sie sah, wie vor ihnen auf beiden Straßenseiten Türen zugeschlagen und Rollläden vor den Fenstern herabgelassen wurden.

Sie sah kleine Kinder, die ihn mit großen Augen und starr vor Angst anblickten. Einige von ihnen kreischten auf und rannten davon. Ihre Mütter, deren Gesichter ein hoffnungsloser, leerer Trotz erfüllte, schwiegen.

Am Strand waren die Schiffe Bord an Bord ans Ufer gezogen worden, sodass kaum genügend Platz zwischen ihnen blieb, dass ein dürrer Mann hätte hindurchschlüpfen können; ein Mann konnte den ganzen Strand von Deck zu Deck entlanggehen, ohne auch nur einen Fuß auf den Sand zu setzen. Achtlos abgenommene Ruder bildeten wilde, stachelige Haufen zwischen den Ruderbänken. Hier und da stapelten sich auf dem Sand Tücher, Kräuter und Waren aus der ganzen bekannten Welt. Einige davon wurden noch immer von schwitzenden, nervösen Mannschaftsmitgliedern bewacht, die meisten jedoch standen verloren und verlassen da, den Herumlungerern, Möwen und Fliegen ausgesetzt.

Am heutigen Tag waren auch Menschen auf den Schiffen, hunderte und aber hunderte von Tyrern; einige trugen Bündel mit ihren Habseligkeiten, einige hielten Kinder eng an sich gedrückt. Sie standen ängstlich inmitten der Matrosen und Seeleute aus allen möglichen fremden Häfen. Sie bemannten die Decks, beschatteten sich die Augen und blickten über das Meer hinaus, viele standen auf den Ruderbänken, damit sie besser sehen konnten. Weit draußen auf dem Meer, ein kleiner Fleck auf der riesigen Weite des schimmernden, grünlichen Blaus, mühte sich die Mannschaft eines Handelsschiffs verzweifelt an den Riemen ab. Es blies kein Wind; der Trommelschlag des Rudermeisters tönte wild über den ruhigen Wassern. Eine Weile lang sah es so aus, als ob sie entkommen könnten, aber niemand im Hafen jubelte. Von Zeit zu Zeit ging ein Gemurmel durch die Menge, das stets von kurzen Seitenblicken auf die verstreut dastehenden zwei oder drei Soldaten und Männer in Blutrot und Purpur begleitet war, huschende Blicke, lang genug, um einen Gesichtsausdruck zu erkennen, jedoch zu kurz, um wirklich den Blick des anderen zu erhaschen. Niemand wollte ihrem Blick begegnen.

Draußen auf dem Wasser glitten zwei schlanke, dunkle Kriegsschiffe anmutig über das Meer. Sie schlossen rasch zu dem langsameren Handelsschiff auf. Bald zogen Feuerpfeile fetten Rauch bogenförmig über das Wasser; kurz danach waren die Kriegsschiffe nahe genug heran und die langen, stacheligen Enterbretter schwangen herab und hakten sich am Deck des Handelsschiffs fest. Soldaten schwärmten über die Planken aus und das Geschrei und Gekreisch tönte laut und deutlich zum Strand hinüber. Innerhalb von Minuten legten die Kriegsschiffe wieder ab und nahmen Kurs auf die Stadt. Sie ließen das brennende Handelsschiff hinter sich zurück, ein Scheiterhaufen für seine gefallene Mannschaft.

Leucas blickte auf Barra hinab. »Jedes Schiff kann herein. Keinem ist es gelungen, wieder auszulaufen.«

Barra nickte grimmig. »Dann werden wir auf dem Landweg fliehen müssen.«

Auf einer hellen, breiten Seitenstraße, nicht weit entfernt vom Markt, hatte sich eine weitere schweigende Menschenmenge versammelt. Barra wich von ihrem Weg durch die Stadt in Richtung auf die nordwärts führende Straße nach Sidon ab; sie bestand darauf zu erfahren, was dort vor sich ging.

Leucas schüttelte den Kopf. »Da willst du bestimmt nicht hin.«

»Was geht da vor?«

Das Grollen des Atheners war kaum vernehmbar. »Eine Vergewaltigung.«

Barras Augen wurden groß. »Woher weißt du das?«

»Ich habe mich während der letzten drei Tage in der Stadt umgesehen. Das habe ich schon mehrmals erlebt.«

Jetzt hörten sie inmitten des rauen Knurrens und des leisen, heiseren Gelächters das Schluchzen, das hohe und dünne Schluchzen eines Kindes. Es war das Schluchzen, das übrig bleibt, nachdem Kreischen nichts erreicht hat. Barra blickte auf die Rücken der Menschen unten an der Straße.

»Warum stehen sie einfach nur da? Warum tut niemand was?«

»Weil ein Mann, der Meremptah-Siftis Farben trägt – oder die Rüstung eines ägyptischen Soldaten –, in dieser Stadt alles tun darf.«

Barra wandte sich der Menge zu, das zerschlagene Gesicht hart wie Stein, die Hand unter ihrem Mantel auf dem Knauf ihrer Breitaxt. Leucas packte sie an der Schulter. »Nicht hingehen!« Barra schüttelte ihn ab. »Ich muss es mit eigenen Augen sehen.«

»Nein, musst du nicht. Wenn du dort hingehst, siehst du einen Mann, der irgendeinen Knaben oder ein Mädchen stößt. Vielleicht liegt die Mutter des Kinds tot im Dreck daneben. Am helllichten Tag, mitten auf der Straße. Du wirst versuchen, ihn zu töten; vielleicht hast du Erfolg damit. Dann werden die zehn oder fünfzehn Ägypter, welche die Menge zurückhalten, dich töten.«

»Vielleicht«, gab sie grimmig zur Antwort. »Oder diese Menge wird mir beistehen.«

»Barra, nein! Sieh sie dir an!«, sagte er und drehte sie sanft an den Schultern herum, hielt sie fest, sodass sie der Menge gegenüberstand.

Noch während er sie herumdrehte, ertönte ein Laut wie eine sanfte Brise, doch die Luft war still. Dann ertönte der Laut erneut, und diesmal sah sie ihn, den Seufzer, der die Menge leicht bewegte, als ob sie auf einmal zu einem leise schleichenden Tier geworden wäre. Barra zog sich jäh der Magen zusammen und sie musste sich abwenden. Selbst Kheperu war bleich geworden.

Leucas Stimme klang so trostlos, wie sie noch nie

zuvor geklungen hatte. »Warum, glaubst du, *sehen sie zu?* Warum, glaubst du, laufen sie nicht davon, um sich in ihre Häuser einzusperren und zu verstecken? Diese Soldaten, sie halten die Menge nicht zum Schutz des *Vergewaltigers* zurück…«

»Das ist krank«, meinte Barra, wobei sie eine dünne, sengende Spur von halb Erbrochenem hinabschluckte. »Das ist krank!«

Kheperu murmelte: »Du wärst vielleicht überrascht davon, wie viele Männer meinen Geschmack – oder Schlimmeres – in ihrem Herzen teilen, denen jedoch lediglich der Mut fehlt, darin auch zu schwelgen. Später müssen sie möglicherweise Entrüstung vortäuschen, um ihr Gewissen zu beruhigen, aber sie werden sich nicht dafür verantwortlich fühlen – im Herzen können sie sich sagen: ›Ich habe nichts tun können, um ihn daran zu hindern.‹«

Barra starrte die Menge an; ein weiterer, jetzt stärkerer Seufzer ging hindurch. »Und nicht alles sind Männer«, sagte sie mit belegter Stimme. »Verschwinden wir, ehe mir das große Kotzen kommt!«

Eine volle Kompanie ägyptischer Fußtruppen riegelte die nordwärts führende Straße aus Tyros ab, hieß einen jeden, der die Stadt verlassen wollte, höflich, jedoch bestimmt, umzukehren. Und wer versuchte, sie heimlich zu umgehen und trotz der Befehle durchzukommen, den erwischten die Reitertruppen, die als Rückendeckung dastanden, zehn Zweispänner. Sie unternahmen keinen Versuch, die Flüchtlinge zu ergreifen; die Flucht eines jeden Einzelnen endete mit einem Speer in den Rücken oder einem Beil in den Schädel. Als die drei Gefährten dort eintrafen, war die sanft gewellte Ebene an der Küste mit Leichen übersät, die man in der Sonne hatte liegen lassen. Der größte Teil davon war umringt von zankenden Geiern, die darum stritten, wer das Auge und wer die Zunge erhalten sollte. Weiter draußen waren schwach in der Ferne zwei Lager zu erkennen, eines unmittelbar nördlich, nahe der Küste, und eines weiter im Nordosten, und dazwischen gab es nichts außer offenem, welligem Land. Selbst wenn es möglich gewesen wäre, so etwas wie eine Massenbewegung zu den Hügeln zu organisieren, konnte Barra keine Fluchtmöglichkeit erkennen. Sie ersparten sich die Mühe, bis zu den Soldaten selbst vorzudringen; sie wichen ganz einfach zurück und ließen sich vom Strom der Menge erneut in die Stadt zurücktragen.

»Wie hat er das hinbekommen?«, fragte sie. »In bloß zwei oder drei Tagen…«

»Wirklich einfach«, meinte Kheperu zu ihr. »Er beherrscht jeden, der die Macht besäße, sich ihm zu widersetzen.«

Die Gefährten schlugen einen weiten Bogen durch die Außenbezirke von Tyros ein, obgleich Barra im Voraus wusste, dass es nutzlos war; die Stadt war ganz deutlich abgeriegelt. Sie fragte sich, wie lange Meremptah-Sifti dies aufrechterhalten könnte. Gewiss eine lange Zeit; es würde Monate, vielleicht ein Jahr oder länger benötigen, bis die Gerüchte in den anderen Häfen die Runde gemacht hätten, wenn Kaufleute nicht auf ihren üblichen Routen erschienen und Händler, die nicht in Tyros vorbeigeschaut hatten, damit anfingen, ihre Gebiete auszuweiten. Abgesehen von einem ungewöhnlichen Vorfall im Norden – beispielsweise einer katastrophalen Niederlage der Hethither in einer Schlacht, die daraufhin bei ihrem Verbündeten Ägypten Verstärkung anfordern würden –, der ein großes Heer auf dem Durchmarsch zur Folge hätte, würde Ramses möglicherweise nie erfahren, was sein Enkel hier an der phönizischen Küste trieb. Der Gouverneur war Verfasser aller offiziellen Berichte, welche die Ereignisse in der Provinz Kanaan betrafen, und Ägypten hatte seine eigenen Probleme.

Inzwischen würde die Einwohnerzahl zunehmen. Tyros war schon jetzt übervölkert und strapazierte seine Brunnen, um die hier lebenden Menschen zu versorgen – deswegen hatten so viele Gasthäuser und Privathaushalte ihre eigenen Regentonnen. Jede Karawane, die nach Tyros kam, würde zu der Vielzahl an Menschen hinzukommen, ebenso jedes Handelsschiff. Allein nur beim Nachdenken darüber verschlug es Barra den Atem; die Menge würde dichter werden, sich über jede Straße, über jedes Haus ausbreiten… Die Götter nehmen es den Menschen übel, wenn sie zu eng beieinander wohnen; sie schlagen die am dichtesten bevölkerten Städte mit Krankheiten, die töten und töten und töten, bis die Menge sich nach dem Urteil der Götter genügend gelichtet hat; und sie schicken den Wahnsinn, der die Gedanken selbst der ehrbarsten, nüchternsten Männer aufs Blutvergießen hin lenkt.

Leucas ging neben ihr, den Rücken gebeugt und den Kopf vorgestreckt, und er durchsuchte die Menge nach Gesichtern, die sogar nur vage vertraut wären, sodass die Gefährten sich abwenden könnten, ehe sie wiedererkannt würden. Kheperu trat ein wenig großspurig auf, er spielte die Rolle als ›Herr der Stadt‹, aber auf seinem bleichen Gesicht zeigten sich Spuren der Anstrengung und er sprach nur wenig; jedes Mal, wenn plötzlich ein anderer Mann in den Farben des Prinzen in Sicht kam, biss er die Zähne zusammen, ballte die Fäuste und holte tief Luft, ein Versuch, nicht zu verzagen.

Barra wollte sich bei ihrem Marsch durch die Stadt ablenken, sie wollte an andere Dinge denken, an Frühlingsblumen in Groß Langdale, daran, wie die Sonne Funken aus dem weißen Kalkstein gegenüber dem

Grabmal von Khufu herausschlug, an die Opferungen bei Sonnenaufgang auf den Stierhörnern inmitten der Halle der tausend Kammern auf Knossos... Aber irgendwie verwob sich jeglicher Versuch der Ablenkung mit einer wilden Phantasie der Rache an Meremptah-Sifti und wie sie es ihm heimzahlen könnte. In einer dieser Phantasien führte sie ein Heer heulender Pikten gegen seinen Landsitz; in der zweiten stand sie vor Ramses dem Großen und denunzierte seinen Enkel; in der dritten war der Prinz selbst zwischen den Hörnern festgebunden, und es war Barra, die vor ihm stand und die Sonne mit der zweischneidigen, goldenen Axt begrüßte.

Die Plattform erhob sich im östlichen Viertel auf einem Feld nicht weit entfernt vom Stadtrand. Sie stand an der Straße, die einfach als ›die Zunge‹ bekannt war; sie führte von der Stadt weg zu den Begräbnishöhlen. Um das Feld lagerten gelangweilte Soldaten, die tranken, würfelten und Witze rissen, jedoch genau darauf achteten, dass die Menschenmenge dort ordentlich innerhalb der Grenzen des Felds blieb. Viele Personen in der Menge trugen Kleider und Kopftücher aus weißem Leinen, das mit Asche eingerieben worden war, bis es grau marmoriert wirkte, das Zeichen der Trauer. Es gab wenig Verkehr von der Stadt zum Feld und wieder zurück.

Drei Soldaten in der Livree des Prinzen standen auf dieser Plattform. Zwei davon hielten Schreibtafeln und Federn in Händen; der dritte die Gegenstände, die sie ihm zur Versteigerung reichten: manchmal Waffen oder Schmuck, Becher aus Edelmetallen, bemalte Totenhemden und die Leichentücher, die den Toten abgeschnitten worden waren.

Bei jedem Gegenstand, der in die Sonne gehalten wurde, ertönte hohes, schrilles Klageschrei der Männer und Frauen, die Gegenstände wieder sahen, welche sie mit eigenen Händen in den Gräbern ihrer geliebten Toten zurückgelassen hatten. Und es ertönten viele Flüche, unterdrückt ausgestoßen, damit die Soldaten sie nicht hörten, und Anrufungen des Ba'al-Berith, er solle die Störung der sterblichen Überreste rächen; die weniger Frommen flüsterten Bitten an den Großen Verschlinger. Manchmal glaubten zwei verschiedene Familien gleichzeitig, ein und dasselbe Stück wiederzuerkennen, und das Bieten wurde ebenso tragisch wie beschämend.

Nicht alle Bieter für diese Gegenstände waren Hinterbliebene; viele waren sehr gut gekleidet: zynische Kaufleute und Agenten von Kaufleuten, die eine Gelegenheit erblickten, leichten Profit zu machen – jene Sorte von Männern, die auf einem sinkenden Schiff noch Beutel schneiden würden.

Die Gefährten beobachteten das Geschehen aus dem Rücken der Menge heraus, bis eine Frau in aschfarbenem Leinen Kheperu entdeckte, die Farbe seiner Livree erkannte und sich ihren Weg durch die Menge zu ihm bahnte. »Herr, o Herr!«, kreischte sie, die Hände flehend ausgestreckt. Kheperu wich zurück, aber sie warf sich ihm zu Füßen nieder und fasste ihn am Saum seines Purpurrocks. »Bitte, Herr, bitte, im Namen jeden Gottes, der dir gefällt!«, schluchzte sie. Ihre Stimme klang gedämpft, weil sie die Lippen an den Saum des Rocks presste. »Der Große Verschlinger hat meinen Gatten vor nur fünf Tagen geschluckt, Herr! Ich habe… ich habe nichts… habe nichts, um sein Begräbnis zu bezahlen! Sie sind verkauft worden, Herr, und mein Gatte… Meine Kinder, ich musste… *Bitte,* Herr, kannst du nicht…?«

Kheperu schluckte und sah flehentlich zu Leucas und Barra hinüber. Barra, eingedenk dessen, dass Kheperus Verkleidung ihre einzige Hoffnung darstellte, der Gefangennahme zu entkommen, schüttelte langsam den Kopf. Diese winzige Bewegung stach sie wie ein Messer. Sie und Leucas wichen zum Stadtrand hin zurück – andere wurden aufmerksam, Köpfe drehten sich in ihre Richtung. Kheperu nickte resigniert. Er blickte auf die schluchzende Frau hinab und krächzte mit absichtsvoll schroffer Stimme: »Verschwinde, Frau! Beschmutze meinen Rock – und ich lasse dich auspeitschen!«

»*Bitte!* Ich bitte dich, lass meinen Thomi nicht auf immer frierend umherwandern!« Tränen wuschen breite, helle Streifen in die Asche, die auf ihrem Gesicht haftete, und ihre Augen röteten sich. »Ich tue alles! *Alles!* Ich bin immer noch jung, Männer begehren mich, bitte, bitte, Herr, ich tue alles…« Sie riss sich das Vorderteil ihres Trauerkleids auf und zeigte kleine, rote, hilflos bebende Brüste. »*Alles!*«

Kheperu wich zurück und Entsetzen verzerrte sein Gesicht. Sie umklammerte ihn erneut und er trat sich los. »Lass los! Lass mich gehen!« Er kam frei und eilte seinen Gefährten nach. Die Frau wälzte sich hinter ihm im Schmutz und jammerte: »Bitte! *Bitte!*«

Sie eilten in die Stadt zurück. Das Gekreisch der Frau hinter ihnen erstarb.

Barra zitterte unbeherrscht, obgleich die Spätsommersonne warm war. »Ich halte das nicht mehr aus!«, sagte sie. Sie lehnte sich an die kühle Ziegelsteinmauer eines Gebäudes in der Nähe und legte sich eine Hand über die Augen. »Wir können nicht fortlaufen, und wir können uns nicht verstecken und ich kann es nicht mehr ertragen! Ich muss etwas unternehmen. Wir müssen etwas dagegen unternehmen!« Leucas legte ihr schweigend seine riesige warme Pranke auf die Schulter.

Er drückte sie einmal und sagte: »Wir finden einen Weg.«

Kheperu schritt vor ihnen Kreise ab, ballte die Hände zur Faust und öffnete sie wieder, wischte sich die Stirn und zupfte an seinem Bart. »Einen Weg finden, oh, gewiss. Keiner von euch beiden denkt nach. Ihr *fühlt* bloß. Denkt! Seht ihr nicht, was hier vor sich geht?«

Grimmig sagte Barra: »Die ganze Stadt wird vergewaltigt!«

Kheperu schnippte mit den Fingern. »Pa! Das ist nichts, dient bloß zur Erheiterung. Warum, glaubt ihr, verkaufen sie diese Grabbeigaben dort drüben? Es ist nicht das Geld, nicht deswegen öffnen sie die Höhlen – das ist Nebensache, versteht ihr?«

»Du bist stets der Schlaumeier gewesen«, erwiderte Leucas ungeduldig. »Erklär's uns doch einfach!«

Der Ägypter holte tief Atem und rieb sich das Kinn; er runzelte die Stirn, wie um zu sagen, dass es wehtäte, als ob das Aussprechen die Dinge unwiderruflich real werden ließe. »Die paar Schekel, die sie durch den Verkauf der Grabbeigaben herausschlagen, sind die Mühe nicht wert, sie auszugraben. Das ist ein *Nebenverdienst,* versteht ihr? Sie öffnen die Höhlen sowieso und können dadurch noch ein bisschen Silber zusätzlich verdienen, indem sie das verkaufen, was sie ihrem wirklichen Schatz abgenommen haben.«

Barra und Leucas sahen ihn verständnislos an.

»Ihr seht es bloß deshalb nicht, weil ihr die Augen verschließt«, seufzte er. »Sie sind hinter den *Kadavern* her – warum, glaubt ihr, hat dieser widerwärtige Simi-Ascalon seine verfluchte Werkstatt genau dort oben zwischen den Höhlen?«

»Chrysios…«, keuchte Barra. Leucas war sichtlich blass geworden.

Kheperu redete noch immer, während er nervös vor ihnen auf und ab schritt, aber Barra war verloren in Erzählungen aus ihrer Kindheit. Auf der Insel der Mächtigen sangen die Barden noch immer von Bran, dem Gesegneten, der mit seinen Brüdern die Männer der Insel gegen Matholuch, den Roten, auf Tara angeführt hatte; Matholuch, der den Kessel der Wiedergeburt in seinem Besitz hatte. In der Stunde seiner Niederlage hatte er den Kessel mit den Leichen seiner Männer gefüllt und sie waren wieder auferstanden und hatten den Kampf erneut aufgenommen. Seelenlos, untötbar waren sie dahingewatschelt. Von der großen Schar, die Bran angeführt hatte, waren nur sieben Männer heimgekehrt. Dieses endlose Heer von Leichensoldaten hatte Barra in den Albträumen ihrer Kindheit verfolgt – und jetzt sah sie sie am helllichten Tag vor sich. Das Zittern, das nachgelassen hatte, während sie Kheperu zugehört hatte, kehrte mit einer ungeheuerlichen Wucht zurück. Sie legte fest die Arme um sich, lehnte sich an die kühle, schattige Mauer und wünschte sich, es gäbe eine Möglichkeit, dass ihr wieder warm würde.

»…und denkt daran«, sagte Kheperu soeben, »Chrysios war nur einen oder zwei Tage tot; jeder Tyrer mit einigen Mitteln könnte sich volle ägyptische nekromantische Riten leisten…«

Leucas und Barra hörten bloß zu und warteten darauf, dass er zum Ende käme; aus Erfahrung wussten sie, dass Kheperu, einmal dabei, keine weitere Ermunterung benötigte.

»Seht ihr das? Ihr habt die Stärke des Chrysios zu spüren bekommen, auch die Zähigkeit seiner Haut. Stellt euch vor, wie es ist, wenn sein Leichnam richtig präpariert worden wäre – das ist der Unterschied zwischen Haut und Leder; zwischen dem Durchschneiden frischen Fleischs und Fleischs, das geräuchert und gedörrt worden ist… diese Leichensoldaten wie Chrysios – Chryseiden, wenn ihr so wollt –, sie werden allerdings sehr zäh sein. Zäh über alle Vorstellung hinaus.«

»Aber wen würden diese Soldaten angreifen?«, fragte Leucas stirnrunzelnd. »Weswegen ein Heer aus Leichen erschaffen? Was würde er mit ihnen anstellen?«

Grimmig meinte Barra: »Alles, was er will.«

»Das ist keine sehr gute Antwort.«

»Es entspricht genau der Wahrheit«, sagte sie. »Glaub mir. Wenn er das Interesse an Tyros verliert, wird er überall hinziehen und jede Stadt einnehmen können. Er kann tun, was er hier getan hat – überall.«

»Und«, meinte Kheperu, »ich glaube nicht, dass eine Möglichkeit besteht, daran etwas zu ändern.«

»Wir müssen einen Weg aus der Stadt heraus finden«, sagte Barra. Sie steckte sich die Hände unter die Arme, damit sie nicht länger zitterten. »Wir müssen dem Pharao eine Botschaft zukommen lassen. Wir werden ein ganzes Heer benötigen, um ihn aufzuhalten.«

»Ja nun, und…«, begann Kheperu langsam und voller Unbehagen. Er wandte sich ab und blickte neben seinen Sandalen auf die Straße und wühlte unter seiner Rüstung, um sich zu kratzen. »Ich denke, das müsst ihr womöglich ohne mich erledigen.«

Leucas sagte: »Natürlich würden wir dich nie darum bitten, wieder nach Ägypten zu gehen…«

»Das ist es nicht.« Er zupfte an seinem Bart und auf seinem Gesicht zeigte sich jäher Schmerz. »Ich habe gemeint, dass ich vielleicht aufgebe.«

»Was?«, brüllte Barra und trat einen Schritt vor.

Kheperu wich einen Schritt zurück. »Ich sehe keinen Gewinn darin, gegen die Winde anzukämpfen«, sagte er und spreizte die Hände. Sein Gesicht rötete sich, und Barra meinte, ihren Augen nicht zu trauen, weil sie niemals geglaubt hätte, jemals so etwas zu sehen zu bekommen: er errötete aus Scham. »Man kann ebenso gut gegen die Flut ankämpfen oder einen Berg angreifen. Ich denke, ich sollte auf die Gewinnerseite wechseln, so lange ich noch Gelegenheit dazu habe.«

»Und was ist mit uns? Was ist mit *mir?*«, fauchte Barra.

»Bitte, Barra, wenn ich dich verraten wollte, würde ich dir das jetzt kaum erzählen. Vielleicht kann ich Meremptah-Sifti, wenn ich meine Nützlichkeit bewiesen habe, dazu überreden, die Suche nach dir einzustellen. Oder wenigstens die Suche in die falsche Richtung lenken, sodass du eine bessere Möglichkeit zur Flucht erhältst.«

»Ich habe dich mit vielen Schimpfnamen bedacht, Kheperu«, knurrte Leucas, »aber Feigling war niemals darunter.«

Kheperu rang die Hände, bis die Knöchel knackten. »Hört zu – bitte, versucht doch zu verstehen. Das ist nicht meine Stadt, das ist nicht mein Volk. Ich bin Söldner – wie wir alle. Ihr beide habt das anscheinend vergessen, aber ich nicht. Ich möchte *leben.* Meremptah-Sifti hat die gewieftesten Händler des ganzen Mittelmeers ausgetrickst; er hält alles in Händen und ich glaube nicht, dass man ihn zum Loslassen bewegen kann.«

Barra musterte ihn, die glatten runden Pausbacken, auf denen jetzt der Schweiß glänzte, der geölte Bartzopf, den niedergeschlagenen Ausdruck, den sie nie zuvor in seinen dunklen Augen erblickt hatte. Sie sagte: »Ich verstehe. Du solltest aber auch verstehen, dass dies, sollte ich davonkommen, sollte ich nach Ägypten und zu Ramses gelangen, die schlimmste Entscheidung gewesen ist, die du je getroffen hast. Kapiert?«

Kheperu nickte unglücklich. »Aber, siehst du… ich glaube, dass du wirklich keine Chance hast.«

»Ich sehe auch etwas anderes«, fuhr Barra fort. »Du

hättest es uns nicht sagen müssen. Du hättest dir einfach eine Ausrede ausdenken, dich davonschleichen und niemals zurückkehren können – das wäre das Schlaueste gewesen, das Praktischste. Du hättest vor drei Tagen verschwinden können.«

Kheperu sah beiseite. »Wenn, nun ja… du warst verwundet, siehst du. Ich musste wissen, dass es dir wieder gut geht. Schläge an den Kopf… sie können sehr gefährlich sein.« Mit gezwungenem Lächeln wandte er sich wieder um. »Sieh mal, was Leucas davon hatte…«

Keiner lachte.

Barra fasste ihn beim Arm. »Ich habe dir gesagt, ich versteh's. Jetzt hör mal, ich möchte dich noch um eines bitten. Um einen Gefallen.«

»Bitten?«, knurrte Leucas. »Wir sollen bitten? Ich glaube, wir sollten ihn töten. Jetzt, wo wir noch die Gelegenheit dazu haben.«

Barra ließ Kheperus Gesicht nicht aus den Augen, obgleich ihre Worte an den riesenhaften Athener gerichtet waren. »Kannst du das? Sieh ihn dir an! Dieser Mann, den wir so gut kennen gelernt haben – vielleicht sogar besser, als wir ihn kennen lernen wollten. Mit dem wir gekämpft haben, getrunken und gelacht. Du glaubst, du kannst ihm ins Gesicht sehen und ihn töten?«

»Nun ja…«

Sie wartete lieber nicht auf eine Antwort. »Dies ist der Gefallen, den du mir erweisen sollst, Kheperu«, sagte sie. »Ich möchte, dass du mit uns isst – wir gehen zu diesem Platz auf dem Markt in der Nähe von Xuros' Gasthof, wo man Fleisch brät. Wir können unsere nächsten Schritte besprechen. Vielleicht finden wir etwas, das dich zu einer Sinnesänderung bewegt. Gut?«

Kheperu schluckte und nickte.

Barra blickte über die Schulter. »Leucas?«

Der Faustkämpfer sah finster drein, schnaubte und zuckte schließlich die Schultern. Kopfschüttelnd gab er nach. »Wie du willst, Barra.«

Der größte Teil des Markts war verlassen, oder fast verlassen, unheimliche, leere Flächen schmutzigen Pflastersteins zwischen den sehr wenigen Zeltständen, die noch geöffnet hatten. Schritte tönten laut scharrend über das Flüstern der Meeresbrise hinweg; die einzigen Stimmen, die zu hören waren, waren zu einem Gemurmel gesenkt und kamen von Gruppen von Männern, die Blicke zur Seite warfen; und selbst dieses Gemurmel vertröpfelte zu Schweigen, wenn die Gefährten näher kamen. Anzeichen von Aktivität tauchten erst auf, als sie sich dem zentralen Platz näherten, wo sie gegen den Bären gekämpft hatten – Barra zählte benommen die Tage im Kopf. War es zwölf Tage her oder dreizehn? Sie konnte sich nicht erinnern; es schien ihr wie eine Lebensspanne.

Vielleicht drei Viertel der Geschäfte um den Platz herum hatten geöffnet; die Kaufleute hier schienen sich mehr in Sicherheit zu wiegen, wo so viele Menschen sie sehen konnten, als jene in den schmalen, gewundenen Seitengassen tiefer im Innern des Markts. Und vielleicht aus eben jenem Grund gab es auch mehr Einwohner – sogar im Zustand der Belagerung, Besetzung oder was auch immer es war, das Meremptah-Sifti über diese Stadt gebracht hatte, mussten die Menschen essen und trinken. Einige spulten sogar ihre normale Routine ab, als ob sie dadurch, dass sie vorgaben, in Tyros habe sich nichts geändert, einfach so weitermachen könnten. Zu behaupten, der Platz sei gefüllt, wäre gewiss eine Übertreibung, aber es waren genügend Menschen dort, dass das Spektakel in der Mitte nicht zu erkennen war.

Leucas war dank seiner gewaltigen Größe der Erste,

der es sah; selbst gebeugt, wie er war, war er einen Kopf größer als die anderen beiden. Er sagte: »Etwas Neues auf dem Platz.«

Barra und Kheperu waren schweigend weitergegangen und hatten dabei Leucas' steifen und unkommunikativen Rücken angestarrt; jetzt blieben beide stehen und bemühten sich, um diesen Rücken herum etwas zu erkennen. Barra fragte erschöpft: »Nun, was ist es?« Sie war sich ganz und gar nicht sicher, ob sie heute noch irgendeinen hässlichen Anblick vertragen könnte – und jetzt, da sie aufmerksam hinüberschaute, schien es, dass eine unbehaglich große Anzahl Menschen einfach dastand und nachdenklich zur Mitte des Platzes starrte. Nach dem, was sie heute bereits gesehen hatte, benötigte es nicht mehr, dass sich ihr die Brust auf Übelkeit erregende Weise zusammenschnürte.

»Sieht aus wie eine Art Käfig«, sagte er langsam. »Aufgestellt auf einer kleinen Plattform, mit Wachen drum herum. Wachen der Meneides.« Er richtete sich auf, stellte sich auf die Zehenspitzen und reckte den Hals; als er dann verstand, was er sah, schien er in sich selbst zusammenzuschrumpfen, in sich zusammenzufallen, und als er wieder Barras Blick begegnete, war sein Gesicht so bleich wie der Sand am Meeresufer, abgesehen von den Narben auf seiner zerschmetterten Nase und über den Wangenknochen und der Stirn, die rot aufflammten. »Es sind zwei Leute darin.«

Ein Gewicht senkte sich auf Barras Schultern hinab und die körperlose Hand irgendeines Gottes schien sie auf der Erde zu zerquetschen. Sie suchte verzweifelt, sich aufrecht zu halten, weiter über die Pflastersteine des Platzes zu gehen. Kheperu berührte sie am Arm und sagte etwas; Barra schüttelte ihn ab und ging weiter.

Als sie an zwei Männern vorüberkamen, hörte sie

mit, wie der eine zum anderen sagte: »Wie es aussieht, wird es regnen. Nun, wenn das Wetter ausreichend schlecht ist, werden sie vielleicht noch zehn Tage am Leben bleiben.«

»Nein – sie sind wohl zu alt...« Der zweite Mann hatte gar keine Möglichkeit, seinen Gedankengang zu vollenden, denn Barra stürzte sich auf die beiden und packte den Nächststehenden vorn am Gewand.

»Was hat das zu bedeuten?«, fauchte sie, während sie sein Gesicht nahe zu sich heranzog. »Was hat das zu bedeuten... wenn das Wetter *schlecht* ist?«

»He, ich, äh, hör mal...«, stotterte er und wedelte mit den Händen, als ob er sie wegschieben wollte, sich jedoch davor fürchtete, sie anzurühren.

Barras Augen blitzten und sie knurrte leise: »Raus mit der Sprache, du alter Arschficker! Was hat das zu bedeuten?«

»Da ist ein... ein altes Ehepaar, ein alter Mann und sein Weib, sie haben die beiden in den Käfig da gesetzt«, stammelte er. »Es heißt, sie halten sie ohne Essen und Wasser darin fest, bis irgendein Mädchen – irgendein Mädchen, das sie jagen – aufgibt. Also habe ich überlegt, ich habe überlegt, wenn es regnet, könnten sie vielleicht genügend Wasser bekommen, um eine Weile zu überleben, das ist alles... mit dem Mund auffangen oder so etwas. Das ist alles, ich schwör's!«

Sie öffnete die Hände; sein Gewand glitt ihr aus den Fingern und sie stellte sich auf die Fersen zurück. »Ein Käfig. Offen. Offen, sodass jeder zuschauen kann...«

Inzwischen hatten Leucas und Kheperu sie eingeholt. Sie blickte zu Leucas auf und sagte: »Jeder kann ihnen beim Sterben zuschauen.« Der Athener und der Ägypter waren beide lediglich in der Lage, vor sich hinzustarren; Leucas ballte die Hände zur Faust und öffnete sie dann hilflos wieder. Er sagte: »Tu's nicht!«

Er griff nach ihr, aber sie fuhr herum, duckte sich und tauchte in der Menge unter. »Warte!«, rief Leucas und auch Kheperu verfolgte sie, aber sie war zu behände und viel zu schnell.

Und dann sah sie den Käfig vor sich, es war ein offener Käfig mit kopfbreiten Lücken zwischen den Zedernstangen, die mit Seilen zusammengebunden waren, und darin waren Peliarchus und Tayniz gefangen.

Heftig keuchend blieb sie stehen, sie knurrte leise und wortlos. Die Städter in der Nähe wichen vor ihr zurück, langsam, damit sie nicht ihre Aufmerksamkeit erregten. Die Wächter rings um den Käfig hatten allesamt die Gesichter dem Platz zugewandt. Acht von ihnen waren es, in gepolsterter Rüstung, die das Zeichen des Hauses Meneides trugen. Sie hatten die Speere vor sich auf den Boden gepflanzt und hielten die Schilde im Arm. Sie durchforschten die Menge und auf den Gesichtern lag ernsthafte Wichtigtuerei. Ein jeder war sich genau der Würde seiner Aufgabe bewusst.

Sie suchten sie; sie wusste es, aber sie konnte nichts dagegen tun: sie musste näher treten.

Tayniz lag zusammengekauert in Peliarchus' Armen; er kniete auf dem Käfigboden und hielt grimmig den Kopf erhoben. Der Boden war übersät mit Müll – dunkle und schleimige Stücke von etwas, das vielleicht Obst gewesen war – und auch ein großer Teil der Zedernstäbe des Käfigs war damit beschmutzt; einige der Städter hatten sich damit amüsiert, ihren Eltern Sachen zuzuwerfen, während sie dort im Käfig saßen. Vielleicht hatten die Wächter dem ein Ende bereitet – es würde nichts einbringen, wenn das grausame Vergnügen der Städter diesen beiden Nahrung verschaffte, die doch verhungern sollten. Beide trugen lediglich zerrissene und schmutzige Nachthemden, unter denen sich deutlich der Schmutz und die Schrammen auf ihrer Haut zeigten.

Die Nachmittagssonne brannte heftig auf die Menschen nieder, am heftigsten jedoch auf Peliarchus; er hatte sich so hingesetzt, dass er seiner Frau das an Schatten spenden konnte, was ihm möglich war; Schweißperlen glitzerten auf seiner Kopfhaut.

Und dort war noch etwas, dort auf dem Boden des Käfigs, etwas Graues, Haariges und Regloses, kein Körper, dafür war es zu flach: ein Pelz.

Ein Pelz. Das Fell eines Wolfs.

Barras Mund verzerrte sich, ihr verschwamm alles vor den Augen, und ein Zittern ergriff sie, und sie zitterte und zitterte so stark, dass sie sich nicht zu rühren vermochte, nur ihre Augen, sie blickte auf, Peliarchus ins Gesicht, in die Augen ihres Vaters, sie begegnete seinem Blick, er sah sie, er erkannte sie, er schob seine Frau beiseite, er stand auf, er zeigte auf sie und rief:

»Dort ist sie!«

Sein Nachthemd rutschte ihm von der Schulter, und sie sah das gerötete Zeichen an seinem Hals, die geschwollene Tätowierung, und von irgendwoher jenseits der Welt entriss sich ihr ein Geheul aus der Kehle, dass sie sich nicht mehr von der Stelle rühren konnte. Sie kreischte, heulte, jammerte gedankenlos ihren unerträglichen Schmerz hinaus. Sie sah den Wächter auf sich zukommen, spürte, wie er sie am Arm packte, aber sie konnte sich nicht losreißen, konnte sich nicht rühren, konnte keinen klaren Gedanken fassen, bis sie von hinten Kheperus Gebrüll vernahm: »Barra! *Fang auf!*«

Dieser einfache Befehl löste ihre Erstarrung und sie wandte sich um… die kleine Bronzeaxt flog in einem sanften Bogen auf sie zu… Der Wächter hielt sie am rechten Arm fest, sie konnte sich nicht losreißen, aber Barra war einer der seltenen Soldaten, die mit beiden

Händen geschickt waren, und sie schnappte die Axt mit der linken Hand aus der Luft und begrub sie zwischen den überraschten Augen des jungen Mannes, der sie festhielt... die Axt blieb im Knochen stecken, als er zuckend zu Boden stürzte, und Barra ließ sie los, während sie hinter sich nach den eigenen Äxten aus ehrlichem Stein griff. Ihr fiel jetzt wieder ein, dass sie diese noch immer verdeckt unter dem Umhang trug, sodass sie nicht zu sehen waren, und das Wut- und Schmerzgekreisch wurde zu einem Kriegsschrei, als sie sich auf die anderen Wächter stürzte.

Arme packten sie von hinten, unwiderstehlich starke Arme. Sie hoben sie hoch, drückten ihr die Äxte fest gegen die Beine, und sie strengte sich an und kämpfte, kreischte und trat um sich, aber die Arme trugen sie davon, stürmten mit ihr durch die Menge wie ein wahnsinnig gewordener Bulle, und sie kreischte *»Ich bring dich um! Ich bring dich um! Ich bring dich um!«* in ihrer Muttersprache Piktisch; von allen Menschen hier konnte nur Peliarchus sie verstehen, und er war nicht imstande, auf ihre Worte zu achten.

Seite an Seite schritten sie langsam durch eine namenlose Gasse, während sich die Nacht über den Himmel legte. Kheperu trug jetzt den größten Teil von Barras Umhang, um seine Livree zu verbergen; Barra hatte nur die abgetrennte Kapuze behalten und unter dem Kinn zusammengebunden, damit das verräterische Rot ihres Haars nicht zu sehen war. Leucas ging jetzt wieder gerade aufgerichtet – ihm schmerzte der Rücken, weil er ihn den ganzen Tag über krumm gehalten hatte. Seit der wahnwitzigen, stürmischen Flucht vor den Wachen auf den Platz hatte keiner von ihnen ein Wort gesprochen.

Sie erreichten einen kleinen Abfallhof mit einem Misthaufen, nicht viel kleiner als derjenige, worin sie

Mykos gefunden hatten. Als sie daran vorübergingen, öffnete sich knarrend eine kleine Tür in einem der Gebäude ringsum; eine alte Frau schob sie mit der Hüfte auf und trat heraus, um einige Nachttöpfe auf dem Haufen zu entleeren. Summend erhoben sich die Fliegen, eine irisierende Wolke, und an den Rändern des Haufens glitzerten Skarabäuskäfer. Die alte Frau erblickte die Gefährten, schob sich mit dem Handrücken eine graue Haarsträhne aus dem Gesicht und öffnete die leere Mundhöhle zu einem Grinsen. »Nicht viel zu essen hier, Jungs – und Mädchen«, meinte sie, »aber was ihr auch findet, es gehört euch. Ihr könnt später zahlen.« Kichernd schlüpfte sie durch die Tür zurück, und Barra hörte, wie donnernd ein schwerer Riegel vorgelegt wurde.

»Hm«, überlegte Kheperu und beäugte den Misthaufen nachdenklich. »Wie kommt es eigentlich, dass uns stets unser Mittagessen durch die Lappen geht?«

Leucas zuckte die Achseln. »Vielleicht wird dein Prinz dir was zu essen geben«, brummte er mit einem bitteren Unterton.

Barra entfernte sich von ihnen und schlüpfte schweigend in den Abfallhof; in dem schwindenden Licht hatte sie hinter dem Haufen einen Flecken Grün erspäht. Sie umging den Haufen, und auf der anderen Seite stand ein junger Baum, der seinen verdrehten, verkrüppelten Stamm durch die Pflastersteine schob. Er konnte nicht mehr als wenige Monate alt sein – er reichte ihr kaum bis zur Brust – und seine Blätter waren bleich und krank, aber jemand in einem dieser Gebäude musste ihn pflegen, sonst wäre er schon längst ausgerissen worden. Die Pflastersteine um den Baum herum waren saubergekratzt, nun ja, nicht völlig sauber, aber doch sauberer als der Rest des Abfallhofs. Barra hockte sich vor den Baum und ließ die Finger über die rau werdende, reifende Borke gleiten. Wie lange war es her, seit sie einen lebendigen, wachsenden Baum berührt hatte? Sie vermochte es nicht einmal zu schätzen, nicht jetzt, nicht hier. Sie berührte sanft die Blätter, bleich und fast durchscheinend waren sie, von dieser unheimlichen Mischform, halb eine menschliche Hand, halb die Pfote eines Wolfs.

Ein Wind heulte in ihren Gedanken auf, toste wie eine tobende See; ein Wind aus längst vergangener Zeit und von jenseits des Rands der Welt.

Sie blickte auf; Leucas und Kheperu erhoben sich über ihr. »Seht ihr das hier? Ihr wisst, was das ist?« Ihre Stimme klang rau und belegt; es waren die ersten Worten seit dem Gekreisch auf dem Platz.

Leucas runzelte verwirrt die Stirn. »Es ist eine Eiche«, sagte er langsam. »Nicht wahr?«

Kheperu schnaubte: »O wirklich, Barra, bitte…«

»Es ist ein Omen«, meinte sie unerschütterlich. »Diskutiere nicht mit mir! Woher hat sie gewusst, dass ich kein Knabe bin?«

»Ich, nun ja, die Form deines Gesichts…«

»Halt's Maul! Sie hat gesagt, gleich, was ich finde, es gehört mir.« Sie ballte die Fäuste, bis die Knöchel knackten. Sie richtete sich auf und der Ausdruck grimmiger Entschlossenheit reichte ihr nur bis unter die Augen – die Augen selbst brannten wie ein Opferfeuer an den Gott des Kriegs. »Das sage ich euch: ich laufe nicht weg, jetzt nicht mehr. Ich gehe nicht zu Ramses, um ihn wie ein jammerndes Kind zu verpetzen. Ich werde ihn schlagen.«

»Barra, also wirklich. Ich glaube, du bist ein wenig…«

»Halt's Maul!« Sie fasste die Spitze der kleinen Eiche mit der rechten Hand und nahm ihre Axt in die linke, und ihre Stimme tönte wie eine eiserne Glocke. »Ich schwöre beim Leben der Mutter, das durch diese heilige Eiche strömt, und bei der Macht ihres angetrauten Grauen Herrn, der diese Waffe antreibt, dass ich Meremptah-Sifti aus dieser Stadt vertreiben werde, und zwar auf allen vieren kriechend. Er ist ein Hund und wie einem Hund werde ich ihm die Peitsche geben!«

Kheperu und Leucas sahen erst sie an, dann einander, dann den Misthaufen und die kleine Eiche. Schließlich holte Kheperu tief Luft und brach das Schweigen.

»Man sollte vorsichtig mit Eiden sein, ich meine, wirklich...«

»Und du«, sagte sie mit gleichmütiger und ruhiger Stimme, wobei sie mit der Axt direkt auf Kheperus lange Nase zeigte. »Kheperu, du wirst mir entweder dabei helfen oder ich werde dich auf der Stelle töten. Ich werde dich dort, wo du stehst, niederschlagen. Wirst du helfen?«

Der Ägypter wirkte beleidigt. »Wie, im Namen eines jeden lebendigen Gottes, willst du das denn fertig bringen?«

»Das ist nicht dein Problem. Bist du mit mir oder bist du tot?«

»Barra, ich habe meine Position überdacht«, begann er voller Unbehagen.

»Ja?«

»Nun, siehst du, so sehr es mich schmerzt, es solchermaßen zugeben zu müssen, ich... hmm. Nun ja. Mir ist diese Stadt schnurzpiepegal. Mir sind fast alle Leute darin schnurzpiepegal, wirklich. Von mir aus kann Meremptah-Sifti mit ihnen anstellen, was er will. Es geht mir darum, was er *dir* angetan hat, Barra. Dieser Käfig auf dem Markt – und den armen Graeg zu töten...« Einen Augenblick lang fehlten ihm die Worte; er konnte lediglich den Kopf schütteln. »Ich bin dabei.«

»Leucas?«

»Wie kannst du fragen?«, polterte der Athener. »Du weißt, dass ich stets an deiner Seite bin. Gleich, worum es geht.«

»Also gut.« Barra steckte die Axt wieder in den Gürtel. »Dann gehen wir.«

»Aber…«, fragte Kheperu, »was werden wir tun?«

Barra lächelte. Die Wolken, die ihre Gedanken den ganzen Tag über beschattet hatten, waren allmählich aufgebrochen, als sie ihr Versprechen den Göttern gegenüber geleistet hatte. In ihrem Kopf begannen Ideen zu summen und aufzuflackern. »Ich habe gesagt, dass es ein Heer benötigen würde. Ich habe eine Idee, wo wir vielleicht ein Heer finden.« Ihr Lächeln wurde breiter, aber es war kein glückliches Lächeln; im schwindenden Tageslicht schimmerten ihre Zähne und ihre Augen glitzerten wie die eines wilden Tiers. Sie umklammerte die Schultern ihrer beiden Gefährten. »Dieser Käfig da auf dem Markt, Peliarchus und Tayniz, diese Tätowierung und… und Graeg – das war Meremptah-Siftis bester Schlag. Härter kann er mich jetzt nicht mehr treffen. Er hat mich mit allem geschlagen, was ihm zur Verfügung stand, und ich erhebe mich wieder. Ich bin aufgewacht und steigere mich in Hochstimmung hinein!«

Sie ließ ihre Freunde los und ballte die Hände fest zu Fäusten. »Wir werden sehen, wer am Ende die Oberhand behält!«

18. KAPITEL Barras Heer

Unten im Innenhof setzte Leucas sein Krummschwert einem Bullen an die Kehle. Das riesige Tier, mit Honigwein betäubt, brüllte zufrieden. Ringsumher schlugen die Flammen von Opferfeuern in die Höhe und malten seine weißen Flanken golden, und die beiden Männer, die ihn an den Hörnern festhielten, tätschelten ihn und gaben beruhigende Laute von sich. Dann schlitzte ihm Leucas unter einer feierlichen Anrufung Athenes die Kehle auf.

Das herausströmende Blut wurde in einer goldenen Schüssel aufgefangen, und der Bulle ging langsam in die Knie, zunächst vorn, dann knickten seine Hinterläufe ein, die Vorderläufe glitten beiseite, das Kinn berührte die Pflastersteine und am Ende kippte er schwerfällig nach rechts.

Oben auf dem Dach, inmitten eines grünen, wild wuchernden Gartens, kniete Barra. Vor ihr lag ein kleines hölzernes Schneidebrett, darauf lagen Brocken getrockneten Tons. Sie spie darauf, immer wieder, und schob die Brocken zusammen, mischte ihre Körperflüssigkeiten in das Fleisch der Mutter, bis sie weich wurden und sich zu einer Paste vermengten. Sie hielt die scharfe Schneide ihrer Wurfaxt an den Handballen und neun Tropfen Blut fielen in den Ton.

Sie sammelte eine Hand voll davon auf und hob sie dem schimmernden, grinsenden Mond entgegen.

»Mutter, mein Blut, dein Fleisch. Wir sind eins. Ich

bin dein Berg, es ist meine Kraft; ich bin deine Erde und ich halte durch.«

Während sie sprach, wurde es zur Wahrheit; dies ist die Vereinigung mit der Erde, das erste Kettenglied des Rituals, mit dem eine Piktin sich auf den Krieg vorbereitete.

Nach Barras Eid waren die Gefährten in der tiefer werdenden Dämmerung der Gasse schnurstracks zum Haus des Peliarchus gegangen. Als sie in Sichtweite kamen, bemerkte Kheperu sogleich: »Das sieht wie eine Falle aus.«

Barra und Leucas stimmten zu; das Haus stand dunkel und unbewacht da, ohne jegliches Anzeichen irgendeiner Aktivität und ganz gewiss ohne Hinweis auf Beobachter. Barra erwiderte lediglich: »Was soll's? Folgt mir!«

Sie führte sie um die Ecke des Hauses in die schmale Durchfahrt daneben, fand das von ihr gesuchte Fenster und klopfte an die geschlossene Lade.

Kheperu war entsetzt. »Was *tust* du da?«, flüsterte er drängend.

»Beruhig dich.«

»Aber du weißt nicht, wer da drin ist!«

»Das ist mein Zimmer. Es ist das Zimmer, wo Demetor sich aufhält.«

»Was, wenn sie bei ihm sind?«

Barra schnaubte. »Wenn du die Wahl hättest, wie lange würdest du in einem Zimmer mit Demetor ausharren?«

Die Läden schwangen nach außen und ein Mann beugte sich heraus – aufgrund des überraschten, entsetzten Ausdrucks auf seinem Gesicht beim Anblick der Gefährten erkannte ihn Barra wieder: es war der Kypriote, den sie in der Nacht der Vergiftung auf dem Innenhof angeraunzt hatte. Er wurde sogleich rot und legte die Hand vor den Mund. »Pscht! O großer Ba'al! *Pscht!*«

Barra fragte flüsternd: »Wie geht's König Demetor? Hat er sich völlig erholt?«

»Ja, sehr gut, ja, ihm geht's gut, aber der Innenhof ist voller Männer – *sie erwarten dich!* Sie haben Peliarchus und Tayniz mitgenommen… dein Wolf…«

Barra brachte ihn mit einer harschen Geste zum Schweigen; sie hätte es nicht ertragen, gerade jetzt davon zu hören. »Lass mich mit ihm sprechen!«

Der Kypriote trat vom Fenster weg und im Zimmer folgte weiteres Geflüster, und plötzlich ertönte ein vertrautes, wimmerndes Jaulen, das Barra Tränen in die Augen trieb – verständnislos erkannte sie, dass sie es sich nicht eingebildet hatte.

Sie erfuhr nie, wie sie in das Zimmer gelangt war; ihre nächste klare Erinnerung bestand darin, dass sie auf einem Haufen Lumpen neben Graegduz lag und er sie glücklich unter dem Kinn liebkoste. Die Decken, das ganze Zimmer, alles roch nach ihm – wenn ihr Geruchssinn nicht beschädigt gewesen wäre, hätte sie ihn augenblicklich gerochen. Die Verbände auf seiner Schulter und am Bein waren sauber und ganz deutlich frisch. Jetzt strömten ihr die Tränen aus den Augen, während sie ihn an die Brust drückte; und er war warm, atmete und stank, benötigte schrecklich dringend ein Bad und sie erzählte ihm das in ihrer piktischen Kleinkindsprache.

Sie hob das tränenverschmierte Gesicht und zeigte ein Lächeln, das von Leucas und Kheperu, die zum Fenster hereinspähten, von dem Kyprioten und von König Demetor erwidert wurde, der über sie gebeugt stand und in seinen schneeweißen Bart hineingrinste.

Demetor sagte: »Als dein Vater gegangen war, wollten diese Männer, nun, sie wollten den Wolf töten. Ich habe ihnen gesagt, dass du ihn in meine Obhut gegeben hast, und ich habe mir ein Schwert gesucht und meinen Männern befohlen, ihr Leben im Kampf zu seinem Schutz einzusetzen. Da sind sie zu dem Entschluss gekommen, dass es auch ohne ihn ginge. Ich habe ihnen erklärt, dass dieser Wolf verwundet wurde, als er mir das Leben rettete, und so lange ich lebte, würden sie ihm kein Haar krümmen.«

Dieser Pelz – sie mussten ihn einfach in irgendeinem Geschäft auf dem Markt gekauft oder gestohlen haben. Nur ein Schlag, eine schallende Ohrfeige für sie – vielleicht hatten sie nicht einmal gewusst, wie tief die Wunde wäre, die sie ihr damit geschlagen hätten.

Barra erhob sich und verschränkte die Unterarme mit Demetor, und als sie sich wieder auf ihre Stimme verlassen konnte, sagte sie: »Möge die Mutter von allem ihren Segen auf dich herabrieseln lassen wie Regen im Frühling.«

»Es war bloß meine Pflicht«, murmelte der alte König ein wenig beschämt, jedoch offensichtlich gut gelaunt. »Ich wünschte lediglich, ich hätte dasselbe für deine Eltern tun können, und ich hätte es getan, weißt du, ich hätte es wirklich und wahrhaftig getan, nur dass Peliarchus persönlich gesagt hat, es sei alles in Ordnung und ich solle mir keine Sorgen machen, dass man ihnen etwas antäte oder dass es ihnen schlecht erginge…«

Da hatte die Magie der Tätowierung gesprochen, wie Barra wusste; aber sie hatten nicht genug Zeit und es bestand auch kein Grund dafür, König Demetor und seinen Mannen das zu erklären. »Wisst ihr, was das hier ist?«, fragte sie ihre Freunde draußen mit strahlendem Blick.

»Lass mich raten«, murmelte Kheperu. »Ein weiteres Omen?«

»Das kannst du wohl laut sagen«, erwiderte Barra. »Ich habe ihn für tot gehalten, auf immer verloren, und hier ist er, und er lebt und wird bald gesund sein. Gerettet von Schwertklingen und Kühnheit. Es ist ein Omen des Sieges.«

»Sieg?«, fragte Demetor, offenkundig verwirrt. »Über was? Über wen? Entschuldigt, ich bin nicht ganz auf dem Laufenden, wisst ihr, die Erholung und alles – das habe ich euch zu verdanken, wisst ihr, und ich kann euch gar nicht sagen, wie tief meine Dankbarkeit ist – aber so habe ich von den laufenden Ereignissen nichts mitbekommen. Übrigens, wie war das Fest des Gouverneurs? Schade, dass ich es versäumt habe, mir ging's immer noch nicht gut. Und, weißt du, du siehst aus, als ob dir jemand eine Tracht Prügel versetzt hätte…«

»O Herr.« Barra verfluchte im Stillen zum wiederholten Male seinen Redeschwall. »Ich muss dich um einen Gefallen bitten. Du hast mir einen so großen Dienst durch die Rettung meines Freundes erwiesen, dass ich dies nicht als Recht einfordern will, weil ich Gastfreundin war und so, sondern dich stattdessen bloß darum bitte.«

»Alles, Barra«, entgegnete er fest. »Alles. Ich schulde dir mein Königreich und mein Leben.«

»Ich hätte gern«, meinte sie langsam, »eine Privataudienz bei deinem Vetter Agapenthes.«

Er zog die Brauen zusammen. »Agapenthes? Nun, gewiss, ich bin ihm während meines Aufenthalts hier in Tyros etwas aus dem Weg gegangen – nur unter uns gesagt, ich glaube, er mag mich nicht besonders –, aber ich glaube, er würde mich willkommen heißen, wenn ich an seinem Tor anklopfte.«

»Schön«, meinte Barra nickend. »Prächtig. Nur… nur eines, ehe wir gehen…«

»Jetzt? Du möchtest *jetzt* gehen?«

»O ja, wir müssen. Morgen könnte es zu spät sein.« Sie holte tief Luft, rieb sich die Hände und lächelte Kheperu ermutigend zu.

Kheperu hustete und griff in den kleinen Beutel, der an seinem Gürtel hing. »Ja, gut. Oben in den Dienerquartieren auf der zweiten Etage steht eine große Truhe. Dieser Schlüssel wird sie öffnen. Es sind nur wenige Dinge darin, die ihr mir bitte holen wollt – vorsichtig, behutsam. Ihr solltet sie nicht zu heftig schütteln oder diese Männer darauf aufmerksam machen, die dort draußen warten…«

Unten im Innenhof weidete Leucas geschäftig den Bullen aus, während die beiden Helfer die Haut abzogen. Sie begannen am Kopf und an den Vorderpfoten. Dabei ertönten nicht wie sonst Gelächter und Wortegeplänkel, die sonst eine solche Tätigkeit begleiteten; ein Opfer wie dieses war eine feierliche Angelegenheit.

Oben auf dem Dach schüttete sich Barra ein Pulver auf die Handfläche, ein Pulver, das entstand, indem man zerdrückte Blätter eines kleinen Strauchs kochte, der auf der Insel der Mächtigen wuchs. Ihren Beutel mit diesem Pulver hatte sie seit Jahren bei sich getragen, seit ihrem letzten Besuch daheim; das Blau des Pulvers zeigte sich klar und lebendig, sogar im bleichen Mondlicht. Als sie schätzte, dass sie genau die richtige Menge hatte, schüttete sie es behutsam über den feuchten Ton und knetete es hinein, bis der Ton die Farbe eines bedrohlichen Himmels angenommen hatte. Langsam – und ein wenig ungeschickt – löste sie ihr langes, glänzendes rotes Haar, das im Mondschein silberschwarz wirkte. Es fiel ihr frei über die Schultern und sie arbeitete eine Hand voll Ton nach der anderen in langen, rituellen Gesten hinein. Sie formte es mittels des Tons über ihrem Kopf zu einem Fächer, sodass es in geraden Stacheln abstand wie Regen, der vom Wind zerstreut wird. Ein paar Tupfer mit ihren vom Ton feuchten Fingern ergaben Spiralen rund um ihre Augen und Schlitze unter den Wangenknochen.

»Auf meiner Stirn, du Donner, das ist meine Stimme. In meinen Augen, du Blitz, das ist meine Faust.«

Während sie sprach, wurde es zur Wahrheit; dies war die Vereinigung mit dem Himmel, das zweite Kettenglied des Rituals, mit dem eine Piktin sich auf den Krieg vorbereitete.

König Demetor hatte seine Männer leicht dazu überreden können, den Gefährten ihre Kleidung auszuleihen, und nachdem der alte König sicher aus dem Fenster geschoben worden war, was einer kleinen Schmierenkomödie gleichgekommen war, schlichen sich die vier davon. Sie sahen ganz und gar so aus wie vier Kyprioten, die betrunken zum nächsten Bordell krochen. Unterwegs traf Kheperu seine Vorbereitungen; als die vier am Tor zum Sitz der Penthedes anklopften, entwich dem verschlossenen Räucherfässchen in seiner linken Hand eine winzige Menge eines süßlich riechenden Rauchs. In der rechten Hand hielt er ein zusammengefaltetes Papierpäckchen verborgen, das irgendein bräunlich graues Pulver enthielt.

Demetor fühlte sich prächtig dabei, den Betrunkenen zu spielen (»In meiner Jugend habe ich gelegentlich die Lobeshymne zum Besten gegeben, ziemlich gut, darf ich hinzufügen…«) und sich lautstark an den Wächtern der Penthedes vorbeizumogeln. Jedes Mal, wenn er zurückgewiesen wurde, entweder von einem Wächter, einem Diener oder gar dem Hausverwalter persönlich, erhob er einfach die Stimme und verlangte immer lauter, seinen Vetter Agapenthes zu sehen, bis die vier schließlich hereinkommen durften, einfach, um ihm den Mund zu stopfen. Barras Gesicht war in Verbände gewickelt, und Demetor gab fröhlich vor, sie sei einer seiner Männer, der bei einer Schlägerei mit irgendeinem imaginären Raufbold der Penthedes den Kürzeren gezogen habe und jetzt zu seinem Vetter wolle, um Schadensersatz zu fordern.

Schließlich begrüßte Agapenthes sie in einem inneren, weitläufigen Zimmer mit niedriger Decke und reichen Wandbehängen. Auf dem Fußboden lag prahlerisch ein Teppich über dem anderen, und weitere Teppiche aus Dilmun und Punt hingen an den Wänden. Agapenthes wirkte beträchtlich weniger königlich als auf dem Fest; das Silberhaar war hastig zu einem Pferdeschwanz zurückgebunden, als ob man ihn gerade geweckt hätte, obgleich der starke Geruch nach Wein, den sogar Barra mit ihrer lädierten Nase roch, andeutete, dass er, sollte er geschlafen haben, das nicht sehr lange getan haben konnte.

Er begrüßte seinen Vetter aus Kypros warm, wenn auch etwas erschöpft, während Kheperu langsam im Zimmer umherging und den Rauch aus seinem Fässchen beobachtete, um die Luftzirkulation einzuschätzen. Ein Lächeln glitt ihm übers Gesicht, als er sah, dass er, wenn er genau *hier* stand, den Deckel des Fässchens aufdrehen konnte und sowohl Agapenthes als auch Demetor den Rauch abbekämen. Barra und Leucas beugten sich in ihren Sesseln zur Seite, nicht so weit, dass es Demetor oder Agapenthes aufgefallen wäre, nur gerade genügend, dass sie nicht den Rauch einatmen würden: der Rauch war von der gleichen Zusammensetzung wie jener, den Kheperu benutzt hatte, um die Myrmidonier beim Würfelspiel zu schlagen.

»Was ist das?«, wollte Agapenthes wissen, und als Demetor mit seiner Geschichte von Barras vorgeblicher Schlägerei anfing, schüttelte Agapenthes den Kopf. »Nein, ich meine das da, den duftenden Rauch. Du – was tust du da?«

»Ich säubere das Zimmer, Herr, von Geistern und widrigen Einflüssen«, erwiderte Kheperu glatt. »Es gibt so viele Gerüchte von Magie und Zauberei, da hielt ich es für das Beste, unsere kleine Versammlung zu schützen.«

»Ich *bin* bereits geschützt«, fuhr ihn Agapenthes an. »Der Adjutant des Prinzen hat mir das Mal des Schutzes mit eigener Hand auf die Schulter gezeichnet.«

Kheperu warf Barra einen Blick zu; sie lächelte ihn schmallippig an und nickte kaum merklich.

»Und hier, sieh mal, Demetor«, fuhr Agapenthes fort, »dieser Mann ist Ägypter – er kommt überhaupt nicht von Kypros. Seit wann hast du Ägypter in deinem Gefolge?«

Demetor ließ sich nicht das Geringste anmerken. »Seit, nun ja, äh…«

Barra schloss die Augen und schickte rasch ein Gebet an die Grauen Lande.

»Nun, siehst du, seit ich von all dem gehört habe, von all dieser Magie und so, da habe ich… diesen Mann angeheuert, der auf mich Acht geben soll, weißt du… mich vor diesem Magier beschützen soll, der in aller Munde ist… und, nun, das ist's, siehst du.«

Agapenthes nickte und die Wolke des Argwohns hob sich von seiner Stirn. Barra dankte ihren Göttern, dass er betrunken und bereits ein wenig benommen von Kheperus Rauch war. Er sagte: »Nun ja, vielleicht können wir eine Erfrischung zu uns nehmen und du kannst mir von den Problemen mit meinem Mann berichten.«

Kheperu beobachtete die beiden Vettern, während Diener hereinströmten, die Wein, Brot und frischen Ziegenkäse brachten. Nachdem die Diener wieder gegangen waren, war Kheperu zufrieden; er nickte Barra zu, und sie vollführte eine winzige Geste, die besagen sollte: *Mach weiter damit!*

Als Demetor erneut seine erfundene Geschichte auftischen wollte, unterbrach Kheperu: »Dafür bist du vielleicht zu müde, Demetor. Du bist sehr müde. Agapenthes – er sieht müde aus, nicht wahr?«

Demetor gähnte. Agapenthes beugte sich zu ihm und Besorgnis stand ihm deutlich ins Gesicht geschrieben. »Nun, du wirkst völlig erschöpft, Vetter.«

Kheperu sagte: »Am besten bietest du ihm ein Bett für die Nacht an.«

»Demetor, wir können uns am Morgen mit diesem Problem beschäftigen. Willst du nicht mein Gast sein und heute Nacht hier schlafen?«

»Nun… nun, Agapenthes, schrecklich nett…« Er reckte sich und gähnte erneut.

»Eigentlich«, meinte Kheperu, »schläfst du gleich ein, Demetor. Du *bist* eingeschlafen.« Demetor fiel das Kinn auf die Brust, er schloss die Augen und gab behagliche, blubbernde Laute von sich. Kheperu grinste Barra an. »Hab dir gesagt, ich krieg's hin.«

»Dann hör auf, hier rumzumachen«, knurrte Barra.

Agapenthes sah die beiden betrunken an. »Was hinkriegen? Was hast du hingekriegt?«

»Nichts«, erwiderte Kheperu fest und fragte: »Agapenthes, erkennst du mich wieder?«

»Hm, nun ja…«

»Ich bin Meremptah-Sifti.«

Das Oberhaupt des Hauses Penthedes kniff stirnrunzelnd die Augen zusammen. »Allerhöchster? Du wirkst so anders.«

»Ich bin verkleidet«, sagte Kheperu gereizt. »Agapenthes, steh auf!«

Er stand auf.

»Wirbele herum!«

Langsam und mit einer gewissen anmutigen Würde drehte sich das Oberhaupt des Hauses Penthedes im Kreis herum. Erneut grinste Kheperu Barra an, und diesmal sprach er Griechisch, um Leucas in das Gespräch mit einzubeziehen. »Wollt ihr ihn wie ein Hühnchen tanzen sehen?«

»Nein!«, fauchte Barra. »Das ist gar nicht komisch.«

Leucas beugte sich vor und stützte die Ellbogen auf die Knie. »Macht es dir nichts aus«, fragte er leise, »dieselben Methoden anzuwenden wie Meremptah-Sifti?«

»Wo ich herkomme«, meinte Barra gleichmütig zu ihm, »nennt man so was ›einen Mann mit seinen eigenen Waffen schlagen‹ – und das gilt als ziemliches Bravourstück.« Wenig überzeugt zuckte Leucas die Achseln. Sie richtete ihre Aufmerksamkeit wieder auf Kheperu. »Was ist mit seiner Tätowierung? Wird das ein Problem werden? Wenn wir, hm, sagen wir… jemandem Speziellen über den Weg laufen, dessen Namen ich nicht erwähnen möchte?«

»Vielleicht, vielleicht auch nicht. Wenn ich ihn gut im Griff habe, kann ich ihm den Tag zur Nacht machen, und er wird sehen, was ich ihn zu sehen heiße. Andererseits lässt dieser Zauber mit der Zeit nach…« Er öffnete das Päckchen, das er in der rechten Hand gehalten hatte, und verrührte dessen Inhalt in einen halb gefüllten Weinkelch. Diesen gab er Agapenthes zum Trinken, und der alte Mann tat es, wobei er einen geradezu Mitleid erregenden Eifer entwickelte, zu gefallen. »Dieser Trank ist eine konzentriertere Form – seine Wirkung sollte bestimmt bis Sonnenaufgang anhalten; vielleicht bis in den Vormittag.«

»Diese Tätowierung bereitet mir noch immer Sorgen. Kannst du nicht irgendwie das Zeichen selbst neutralisieren?«

»Ich weiß es nicht. Ohne ausgedehnte Experimente kann ich mir unmöglich gewiss sein. Die sicherste Möglichkeit ist vielleicht die, Simi-Ascalon zu töten; Magie stirbt oftmals mit ihrem Schöpfer.«

»Schön«, meinte Barra. »Das habe ich sowieso vor. Was ist in der Zwischenzeit?«

Leucas, stets der Praktiker, fragte: »Was ist, wenn wir sie ihm einfach aus dem Fleisch schneiden?«

Kheperu nickte zweifelnd. »Das würde möglicherweise hinhauen – vielleicht aber auch nicht; ich bin mir nicht sicher, welcher Mechanismus tatsächlich hinter dieser Magie steckt. Wenn wir es täten, würde das jedoch bestimmt *meinen* Bann brechen. Jeder plötzliche körperliche Schmerz wird ihn auf der Stelle wecken und dann werden wir alle ein wenig in der Tinte sitzen.«

Barra nickte. Sie winkte mit einer Hand zu Agapenthes, der sich wiederum langsam im Kreis drehte. »Frag ihn, wie viele Männer er unter Waffen stehen hat.«

»Agapenthes, du kannst jetzt aufhören.«

»Vielen Dank, Allerhöchster«, keuchte er. »Ich gestehe, mir ist ein bisschen benommen zumute.«

Kheperu grinste höhnisch. »Ja, nun, was soll's! Du wirst alle Fragen beantworten und allen Befehlen folgen, die von dieser Person kommen, als ob sie von mir kämen«, sagte Kheperu und deutete dabei auf Barra. Er wandte sich wieder ihr zu. »Frag ihn selbst!«

Barra wechselte die Sprache, gebrauchte wieder Phönizisch. »Wie viele Männer kannst du innerhalb einer Stunde zusammentrommeln, die zum Kampf bereit sind? Ich rede nicht von den Hausdienern hier; ich meine Veteranen, Vollblutveteranen mit eigener Rüstung und eigenen Waffen.«

»Jetzt? Mitten in der Nacht?« Stirnrunzelnd rechnete er nach. »Vielleicht dreihundert. Oder ein wenig mehr.«

Barras Puls dröhnte. Das war *dreimal mehr*, als sie erwartet hatte! *Das könnte hinhauen*, sagte sie sich. »Wie viele Streitwagen?«

»Nur vierzig – die Garnison hält den Rest für Notfälle unter Verschluss.«

»Vierzig ist viel. Also gut. Schick deine Botschafter los! Alle dreihundert Männer mit den vierzig Streitwagen sollen sich innerhalb einer Stunde in diesem großen Innenhof dort draußen versammeln, in voller Ausrüstung, mit Waffen und Pferden. Oh, warte«, sagte sie, als er sich umdrehte, ihren Befehlen Folge zu leisten. »Gibt es hier irgendwo einen Garten? Irgendeinen Ort mit ein paar Pflanzen und vielleicht einem Baum oder zweien?«

»Auf meinem Dach«, erwiderte er. »Es ist die beste Aussicht in Tyros. Ich sitze gern bei Sonnenuntergang mit einem Becher Wein oder zweien dort oben…«

»Das reicht.«

»Und ein Bulle«, sagte Leucas.

»Was?«

»Ich möchte einen Bullen. Seinen besten Bullen.«

»Leucas, im Namen der verdammten liebenden Mutter…«

Er schob starrsinnig des Kinn vor. »Erinnerst du dich an diese Stichwunden, die ich mir in Lidios' Haus zuzog? Ich schulde Athene noch immer einen Bullen dafür, dass sie mich beschützt hat, und ich wäre ein Narr, ginge ich in den Kampf, ohne meine Schuld beglichen zu haben.«

Barra seufzte und sagte auf Phönizisch zu Agapenthes: »Und deinen besten Bullen. Er soll ebenfalls in den Innenhof gebracht werden.«

»Natürlich. Darf ich jetzt gehen?«

Agapenthes' Eifer, ihr zu gefallen, bereitete ihr ein schleimiges, leicht Übelkeit erregendes Gefühl in der Magengrube, aber sie sagte sich, dass jetzt nicht der Augenblick war, zimperlich zu sein. Nach der Schlacht, wenn sie die Toten begruben und verbrannten, würde noch genug Zeit dafür sein.

Als die Gefährten Agapenthes hinauseilen sahen, nickte Leucas in Richtung Demetor, der jetzt leise schnarchte. »Was ist mit ihm?«

»Lass ihn schlafen!«, meinte Barra. »Wenn er morgen aufwacht, wird alles vorüber sein.«

Im Innenhof unten steckte Leucas die Innereien des Bullen zusammen mit dem Fett von Schenkeln und Bauch in seine Haut; das Bündel warf er in das Feuer aus süß duftendem Zedernholz, das in der Mitte des Hofs loderte. Das Opferbündel knisterte in den Flammen und sprang auf, und der dunkle, reiche Duft nach geröstetem Fleisch stieg sanft zum Himmel auf und trieb auf einer Brise westwärts hinaus zum Meer, gefolgt von Leucas' Gesang. Seine mächtige Bassstimme war überraschend rein und süß, als er eine Hymne an Athene sang.

Oben auf dem Dach streifte Barra ihr kypriotisches Gewand und die Hose ab und legte beides beiseite. Ihre Brustwarzen wurden in der kühlen Nachtluft augenblicklich hart. Gekleidet lediglich in ihren Lendenschurz, ihre Sandalen und ihren Waffengurt, bemalte sie sich mit dem farbigen Ton. Spiralen gingen von ihren Brustwarzen aus, Wellen verliefen über ihren Bauch und lange, gekrümmte Streifen zogen sich von ihren bandagierten Fußknöcheln bis zur Rundung ihrer Hüfte hinauf.

»Meine Brust ist dein Wasser, geschlagen, jedoch nie verwundet; meine Beine sind dein Wind, schnell und nicht einzuholen.«

Dies war die Vereinigung mit dem Meer, das dritte und letzte Kettenglied in dem Ritual, mit dem sich eine Piktin auf den Krieg vorbereitete.

»Die Erde ermüdet nicht, der Himmel klart nicht auf, das Meer ruht nicht, bis der Krieg vorüber ist.«

Barra stand da und nahm den Griff ihrer Breitaxt

zwischen die Zähne; sie musste nackt eine Waffe tragen, durfte sie niemals ablegen oder wegstecken, bis die Schlacht vorüber war. Sie trug das blau verschmierte Brett, worauf noch immer eine Hand voll des blaugrauen Tons lag, zu den größten der Töpfe hinüber, die die grünen Pflanzen ringsum bargen. Mit den Händen schaufelte sie die feuchte Erde beiseite, legte das Brett hinein und bedeckte es wieder voller Verehrung.

»Das ist vielleicht ein Spruch«, meinte Kheperu hinter ihr.

Sie hatte nicht gemerkt, dass er dort war; sie wusste nicht, wie lange er zugeschaut hatte, aber sie fuhr auch nicht überrascht herum. Sie nahm ihre Axt in die rechte Hand und drehte sich zu ihm um.

Alle verbleibenden Zweifel, die sie vielleicht noch an Kheperus Loyalität oder Entschlossenheit gehegt haben mochte, die Sache hier durchzustehen, wurden augenblicklich davongewischt; sie befand sich im Griff des *Sceon Tiof,* und sie erkannte, dass seine Zusage, sobald gegeben, unwiderruflich war. Sie blickte über die Schulter zu den Männern hinunter, die im Hof versammelt waren, zu Leucas, der seine Rüstung anlegte, und sie sah einem jeden ins Herz. Die Furcht und der Schrecken, stete Begleiter des *Sceon Tiof,* waren jedoch fern; Barra fühlte sich ruhig und sicher – und wenn irgendeiner dieser Männer fiele, so würde sie ihn betrauern, als ob es ihr Blutsverwandter wäre.

Sie nahm es hin; es war der unausweichliche Preis dafür, ihren Kampf zu kämpfen.

Und das *Sceon Tiof* verging nicht; es war kein kurzzeitiges Aufflackern, sondern es ruhte in ihrem Geist und blickte durch ihre Augen.

Kheperu trug wieder seine alten Gewänder, verblasst, beschmutzt, geflickt und mit vielen, vielen Taschen, darunter seine vertraute Rüstung aus gekochtem Leder. Diese unzähligen Taschen beulten sich nach außen und enthielten jedes bisschen an Magie, das er für nützlich erachtete – er ging vorsichtig, als er auf sie zukam.

»Weißt du, ich würde mich besser fühlen – beruhigter –, wenn du eine Rüstung anlegen würdest«, meinte er.

»Rüstung?«, fragte Barra. Im klaren Bewusstsein der Liebe der Mutter verzog sie die Lippen zu einem Lächeln. »Ich werde nicht einmal mein Hemd anlegen.«

Kheperu hatte sich eine phantastische Geschichte von einem Betrüger ausgedacht, der mit Idonosteus' und Simi-Ascalons Unterstützung Meremptah-Siftis Namen und Ländereien an sich gerissen hatte und jetzt Tal Akhu-shabb, den Gouverneur, als Geisel hielt; der Betrüger musste zur Strecke gebracht, die Meneides bestraft und der Gouverneur gerettet werden, und gleich, wie lächerlich sich diese Geschichte anhörte, Kheperu konnte sie Agapenthes ohne jegliche Schwierigkeit verkaufen, so gründlich war dieser in Bann geschlagen worden.

Ein wenig mehr Probleme bereiteten ihm die Frauen des Agapenthes. Alle drei waren kreischend hinter ihrem Gatten hergerannt, hatten geflucht und über den Lärm und das Durcheinander gejammert und gefragt, was der alte betrunkene Narr denn jetzt schon wieder im Sinn hatte, bis sich Kheperu schließlich des stammelnden alten Mannes erbarmt und den Frauen Pokale mit Wein angeboten hatte, der die doppelte Dosis eines seiner Schlafpulver enthielt; er stieß einen heftigen Seufzer der Erleichterung aus, als sie einnickten.

Agapenthes hatte gleichfalls einige Probleme dabei, seine Männer zu überzeugen. Er stand auf einem Streitwagen und ermahnte sie mit einer durchdringenden – wenn auch etwas die Silben verschleifenden – Kommandostimme. Kheperu stand einen Schritt hinter ihm und flüsterte ihm gelegentlich etwas ins Ohr. Mehr als dreihundert Männer waren dem Ruf gefolgt; sie standen in undisziplinierten Grüppchen im Innenhof und trugen Rüstung und Waffen, zeigten jedoch anscheinend mehr Interesse daran, am warmen Feuer zu bleiben, als umherzujagen und eine Schlacht im Dunkeln zu fechten, insbesondere, wo überall diese Ägypter herumhingen – niemand wollte auf die falsche Seite einer ägyptischen Axtkompanie geraten. Jeder von ihnen wusste genau, was während der vergangenen Tage in Tyros geschehen war, aber sie waren ganz einfach nicht der Ansicht, dass sie diejenigen sein sollten, die bei dem Versuch, die Sache wieder zu richten, ihr Leben aufs Spiel setzen sollten. Das Auftauchen Barras am Rand des Dachs, die wie ein wandelnder Geist aus einer Kindergeschichte aussah, half da nicht im Geringsten weiter. Barra, die von oben zuschaute, während Kheperu Agapenthes soufflierte, schüttelte den Kopf. Sie hätte die ganzen dreihundert Männer, zusammen mit Streitwagen und allem anderen, liebend gern gegen fünfundzwanzig Myrmidonier eingetauscht, die verstanden, wann sie den Mund zu halten und Befehlen zu folgen hatten.

Schließlich fand Kheperu den magischen Satz, der die Meinung in die richtige Richtung umschlagen ließ. »Gleiche Anteile.«

Gleiche Anteile. Der Satz lief flüsternd durch die unordentlichen Reihen; es war, als ob sie soeben erfahren hätten, dass irgendein Gott jedem einzelnen Mann zur Seite stünde, und ein beinahe abergläubisches, ehrfürchtiges Erbeben ging durch die Reihen. Würde Agapenthes wirklich jedem Kämpfer einen gleichen Anteil an der Beute zugestehen? Davon hatte man noch nie etwas gehört!

Kheperu zuckte die Achseln und ließ Agapenthes das Versprechen durch einen Schwur mit Ba'al-Berith als Zeugen besiegeln.

Der Ruf, der vom Innenhof aufstieg, wärmte Barra das Herz.

Sie kehrte ins Innere zurück und stieg die Treppe hinab dorthin, wo Leucas sich die Rüstung anlegte. Er betrachtete sie lange, lange Zeit, runzelte die Stirn, kniff die Augen zusammen und nickte schließlich. Sein einziger Kommentar war: »Sei vorsichtig! Gleich, was das für eine Magie ist, sie wird nicht so gut funktionieren wie eine Bronzeplatte.« Er zuckte die Achseln. »Andererseits wird sie nicht jucken und dich zum Schwitzen bringen.«

Er hatte bereits die Beinschienen sowie die durchschossenen Bronzeplatten des Brustharnischs angelegt. Er schnallte sich den Gurt zum Schutz der Geschlechtsteile um und türmte dann das lange Haar auf dem Kopf auf, sodass es als zusätzliches Polster unter dem Helm diente. Er hob den prächtigen Helm auf und betrachtete ihn feierlich, wobei er über den Anblick des zerfressenen Buschs aus Pferdehaar den Kopf schüttelte. »Ich glaube, seit Troja bin ich nicht mehr in voller Rüstung marschiert«, überlegte er. »Sollte besser darauf Acht geben.« Er stülpte sich den Helm auf den Kopf, seufzte und tippte auf den Nasenschutz, die lange Schiene, die sich vom unteren Rand des Helms bis zu seiner Nasenspitze erstreckte. »Schiele deswegen. Das verdammte Ding bereitet mir stets Kopfschmerzen.« Er zog das Schwert aus der Scheide und schlang es sich auf den Rücken, schob das eiserne Krummschwert durch den Gürtel und griff sich dann den massiven Schild, bestehend aus fünf Lagen, abwechselnd Ochsenhaut und Bronze. Er hob den mannslangen Speer aus schwerer Esche auf und meinte: »Wie sehe ich aus?«

Das *Sceon Tiof* glühte hinter ihren Augen und deswegen sah sie in jeder seiner Gesten die Freude erstrahlen. Leucas war schon ohne Rüstung ein riesiger Mann; der Helm, dessen Spitze zu seiner Größe hinzukam, sowie der Brustharnisch, der seinen Brustkasten breiter machte, sorgten dafür, dass er geradezu übermenschlich wirkte. »Glücklich«, meinte sie. »Du könntest der Sohn des Menschentöters Ares persönlich sein.«

Auf seinem zerstörten Gesicht erschien eines seiner seltenen Lächeln. »Ich gebe zu, dass ich mich auf die Sache freue.«

Barra nickte. »Dann wollen wir mal los.«

Die Brände begannen um Mitternacht.

In ganz Tyros gingen Gebäude in Flammen auf und erhellten die Wolken mit einem orangefarbenen Schein. Fünfzig Männer, zehn Mannschaften von je fünfen, jagten durch die Stadt, zündeten Häute mit Lampenöl an und warfen diese auf Dächer oder durch Fenster.

Dächer von Lagerhäusern der Meneides. Fenster von Gasthöfen der Meneides.

In einigen davon schliefen Soldaten, Wächter oder Gäste ihre schweren Mahlzeiten oder zu viel Wein aus. Die Mannschaften wussten, was sie zu sagen hatten; bei jedem Gasthaus ertönte der Ruf: *»Barra Coll Eigg Rhum führt Krieg! Hüte dich, Ägypten! Tod dem Meremptah-Sifti!«*

Etwa zur gleichen Zeit wurde der ägpytische Befehlshaber von Alarmtrompeten und den Rufen, dass die Stadt von der See aus angegriffen würde, aus einem gesunden Schlaf aufgeschreckt. In den Lagern nördlich der Stadt berichteten atemlose Reiter, dass Piraten südlich der Stadt gelandet seien; in den südlichen Lagern hieß es, dass Joshua ben Nun und seine Habiru-Horden vom Libanon aus angriffen, im Nordosten, und dass eine Vorhut sich bereits in der Stadt aufhielte.

In allen Lagern der Provinz Kanaan brach jäh die wilde Hektik eines Ameisenhaufens aus, der soeben umgetreten worden war.

Das alles beobachtete Barra vom Dachgarten aus, Leucas, Kheperu und Agapenthes hinter sich. Im Innenhof unten formierten sich die verbliebenen zweihundertundnochwas Männer in Reih und Glied um die vierzig Streitwagen herum.

Barra sagte so leise, dass nur Leucas sie verstand: »Weißt du, als ich das erste Mal in den Krieg zog, war ich erst acht Jahre alt. Mein Bruder – das ist Llem, der Hochkönig – sagte, dass ich nicht mit den Knaben auf die Jagd gehen könne, dass ich dafür nicht alt genug sei. Mein Vater war zu Besuch von Irland hergekommen, und ich erzählte ihm davon und fragte ihn, was er tun würde. Er meinte: ›Scheiß drauf. Zieh in den Krieg!‹ Also habe ich genau das getan. Habe mich angemalt und bin in die Halle meines Bruders marschiert, wo er ein großes Begrüßungsfest mit einer Bande Häuptlinge aus dem Norden abhielt, und habe ihn stolz darüber informiert, dass ich mit ihm im Krieg läge.« Sie seufzte und zuckte unter dem warmen Blick aus Leucas' grauen Augen die Achseln. »Ist nicht viel Krieg gewesen. Hat eigentlich nur genau zwei Opfer gegeben und ich sitze noch immer auf beiden.«

»Das hier ist ein wenig anders«, murmelte Leucas.

»Was du nicht sagst.«

Einen Augenblick lang standen sie da und beobachteten schweigend die Flammen, die wie Pilze aus dem Boden in die Nacht hinaufschossen. »Wenn Zeus keinen Regen sendet«, meinte Leucas, »werden wir am Ende noch die ganze Stadt in Schutt und Asche legen.«

Barra schüttelte den Kopf. »Nein. Werden wir nicht. Tyros wird nicht brennen.«

»Woher weißt du das?«

Sie blickte ihm ruhig und tief in die Augen. »Ich weiß es.«

Vielleicht sah er etwas von der Gewissheit des *Sceon Tiof* in ihrem Blick, vielleicht wollte er ihr auch nur glauben; wie dem auch sei, er nickte. »Ich verstehe die Brände«, meinte er. »Wir müssen die Ägypter aufrütteln und eine Menge Leute auf die Straßen bringen, sodass wir uns ungestört umherbewegen können. Aber warum die Ankündigung? Warum eine Warnung aussprechen?«

Barra lehnte sich auf die Brüstung und blickte über die Stadt hinaus. »Weil wir nicht ganz sicher wissen, wo Meremptah-Sifti sich aufhält. Er könnte draußen auf seinem Landsitz sein oder hier in der Stadt bei den Meneides oder er könnte sich bei der Garnison aufhalten oder praktisch überall sein. Die Ägypter werden nicht mehr als einige Stunden benötigen, alles wieder unter Kontrolle zu bekommen; wir haben nicht die Zeit, einen Ort aufs Korn zu nehmen und dann daneben gezielt zu haben.«

»Ich versteh's noch immer nicht.«

»Weil du Idonosteus nicht kennst.« Der Durchblick, den sie dank des *Sceon Tiof* vom Oberhaupt des Hauses Meneides erhalten hatte, hatte ihr diese Taktik eingegeben, und in ihr regte sich keinerlei Zweifel daran, dass es funktionieren würde. »Er gerät in Panik. Er ist schlau, aber er ist schwach; er wird die Nerven verlieren. Ich hieß zehn Reiter, seinen Besitz zu umzingeln und ihn von allen Seiten zu beobachten. Ich warte nur darauf, dass er Nachricht von den Bränden erhält. Dass er Nachricht erhält, dass ich die Urheberin des Ganzen bin. Weil er als Erstes seinem Herrn und Meister eine Nachricht zukommen lassen und um Schutz bitten wird. Dann werden wir wissen, wo sich Meremptah-Sifti aufhält.«

»Aber sie werden gewarnt sein.«

Barra bleckte die Zähne. »Ja, und?«

Hufgeklapper unterbrach sie. Eine starke Stimme rief heiser von der Straße unten: »Agapenthes, Herr! Zwölf Reiter und eine leichte Kutsche haben das Haus Meneides verlassen und galoppieren aus der Stadt. In Richtung auf Karbas' Haus.«

»Südöstlich«, schloss Barra grimmig. »Der Landsitz ist sein Ziel.«

»Dann keine Botschafter«, meinte Leucas. »Er geht persönlich hin.«

»Er glaubt wohl, dort draußen sicherer zu sein. Ich habe dir gesagt, er ist schwach.«

»Obwohl, zwölf Reiter.« In seinen Worten schwang überdeutlich eine grimmige Bedeutung mit. »Zwölf.«

Barra wusste, was das zu sagen hatte: Ihre schlimmste Befürchtung war eingetroffen. »Die Myrmidonier sind bei ihm«, meinte sie ausdruckslos. »Kamades ist bei ihm. Sie haben mir das Leben gerettet.«

Mehr als das: Sie dachte an die reine Freude, die sie bei Kamades' Anblick in diesem Keller verspürt hatte, und an die erstaunliche Effizienz, mit der die Myrmidonier ihre Wächter weggeputzt hatten. Sie dachte an den reinen Mut, mit dem er sich einem wütenden Leucas entgegengestellt hatte. Ihr selbst hatte sich dabei die Kehle zugeschnürt. Durchaus möglich, dass er bei dem fallen würde, was sie angezettelt hatte; möglich, dass sie sich ihm stellen müsste, um ihn zu töten oder selbst getötet zu werden.

Leucas, der niemals verschwenderisch mit Worten umging, legte ihr einen Arm um die Schulter und drückte sie sanft und ernst an sich. Bei der Berührung der glatten Bronze seines Harnischs auf ihrer bloßen Haut überrieselte sie ein Schauer.

Nach einem Augenblick schüttelte sie ihn ab. »Kheperu – schaffe Agapenthes in einen Streitwagen und bring sie raus! Packen wir's an!«

19. KAPITEL

Spaß

Neugierig lauschte Meremptah-Sifti Idonosteus' atemlosen Bericht, nickte dazu und ermutigte ihn mit nachdenklichen Fragen weiterzusprechen. Er hatte es sich auf einem Sofa mit hoher Lehne gemütlich gemacht, sein Haar war offen, sein Mund noch immer angeschwollen und hässlich dank des purpurrot-gelblich verfärbten Flecks, den Barras Fäuste hinterlassen hatten. Bei jedem Schluck Wein zuckte er ein ganz klein wenig zusammen; der Wein war so stark geharzt, dass er ihm in die Lippen stach.

Als Idonosteus seine Geschichte beendet hatte, hüpfte er vor Panik auf und nieder. »Nun? Also nun? Was wirst du unternehmen?«

Meremptah-Sifti zuckte träge die Schultern. »Was sollte ich denn deiner Ansicht nach unternehmen?«

»Nun, du nimmst besser, äh, wir…«, stotterte er. Schließlich gelang es ihm wieder, sich zu beherrschen. »Mein Prinz, meiner Ansicht nach solltest du sogleich Reiter zum Heer entsenden und ihnen Mitteilung machen, dass wir angegriffen werden.«

Meremptah-Sifti schüttelte abtuend den Kopf. »Unsinn. Wir haben die Leibgarde des Gouverneurs hier, ebenso meine persönlichen Gefolgsleute; über einhundert Mann.«

»Aber… aber sie hat *mehr!* Ba'al allein weiß, wie viele! Sie brennen Tyros nieder, noch während wir hier reden! Woher sind sie bloß gekommen? Sie könnte *Tausende* haben!«

»Spielt keine Rolle.«

»Was meinst du damit? Wie kannst du das sagen?«

Meremptah-Sifti verzog seinen lädierten Mund zu einem wissenden Lächeln. »Darauf habe ich gehofft.« Er richtete sich auf und schwang die Beine vom Sofa. »Sim hat seine Operationen nach unten verlegt, weil seine Werkstatt in den Höhlen entdeckt wurde. Auf dieses Ereignis bin ich gut vorbereitet.«

»Aber dennoch, Prinz, sollten wir nicht das Heer...?«

»Nein.«

»A-aber...«

Plötzlich ragte Meremptah-Sifti drohend über Idonosteus auf; Idonosteus krümmte sich zusammen wie ein gepeitschter Sklave. Meremptah-Sifti entschied lächelnd, ihn nicht zu schlagen.

»Nein, wenn das Heer hier wäre, würde es sie vielleicht abschrecken«, murmelte er zutiefst erheitert. »Dann müsste ich sie möglicherweise in Tyros jagen. Hier wird es viel praktischer sein.« Er berührte nachdenklich seinen Mund, ließ die Fingerspitzen über die angeschwollene Unterlippe fahren.

»Hier wird es viel mehr Spaß machen.«

20. KAPITEL Barras Krieg

Die Wolken hatten sich noch nicht nach Osten zum Gebirge vorgeschoben und der aufgehende Mond stellte noch immer Licht für den Marsch zur Verfügung und erhellte den welligen Grund genügend, dass die Pferde selbstbewusst ihre Hufe setzen konnten. Der orangefarbene Schein brennender Gebäude in Tyros verblasste hinter ihnen.

Barra stand neben Leucas im Streitwagen. Sie trug lediglich ihr Lendentuch, ihre Äxte und ein langes, aufgerolltes Seil quer über dem Oberkörper. Der gewaltige Athener hatte mächtig Spaß, weil er zum ersten Mal seit mehr als fünf Jahren wieder einen Wagen lenkte. Er hantierte mit den Zügeln wie ein Könner und lachte vergnügt, wenn die Pferde eifrig und gewandt seinen Anweisungen folgten. »Feine Tiere«, polterte er. »Griechisch dressiert; sie kennen alle richtigen Zeichen.« Barra dachte bei sich, dass der griechische Stil eher vom phönizischen abgeleitet war, hütete sich jedoch, zu dem Thema etwas verlauten zu lassen – Leucas war der Experte, nicht sie.

Neben ihnen hielt sich Agapenthes, der seine Männer anführte; Kheperu stand ihm zur Seite. Er hielt sich mit beiden Händen an der Umrandung des Wagens fest.

Beim Verlassen von Tyros hatte es viel Gelächter und freches Geplauder unter den Männern gegeben; jetzt war beides erwartungsvollem Schweigen und rauem Atmen gewichen. Barra ließ es so rasch angehen, wie sie sich getraute. »Vergiss nicht«, hatte Leucas gesagt, »das sind Städter, wirklich – sie sind lediglich dank irgendeines Zufalls Soldaten. Du kannst von ihnen nicht erwarten, dass sie eine Stunde in voller Rüstung laufen und am Ende auch noch bereit zur Schlacht sind.« Barras Lösung bestand darin, einen leichten Trab beizubehalten. Darüber hinaus sollten sich die Männer auf den Streitwagen abwechseln – diese vermochten im äußersten Fall vier Männer zu tragen. Also konnten dank der reduzierten Streitkraft, die sich auf gut zweihundertzwanzig Mann belief – die Brand- und Unruhestifter abgerechnet –, gut über die Hälfte auf einmal fahren. Das von ihr ausgewählte Schlachtfeld war klein; besser, die Pferde wären ermüdet und die Männer in Form.

Die Feuer und die Ablenkungsmanöver hatten den gewünschten Effekt. Auf dem Marsch zum Landsitz gab es nur einmal eine kritische Situation. Ein großer Reitertrupp war von Süden her auf sie zugaloppiert – eine bewaffnete ägyptische Patrouille, die Gerüchten einer Habiru-Invasion nachging –, und Barra hatte sich tief hinter die Schanze des Streitwagens geduckt, während Kheperu dem kommandierenden Offizier erklärt hatte, dass dieser bunt zusammengewürfelte Haufen eine irreguläre Truppe der Penthedes sei und die Schutztruppen des Prinzen auf dessen Landsitz verstärken sollte. Kheperus Erwiderung hatte perfekt die nasale Arroganz der ägyptischen Aristokraten getroffen; der Offizier winkte sie weiter und die Patrouille galoppierte davon.

Barras Heer marschierte also weiter. Schritte und Hufschläge klangen durch das Gras gedämpft. Gespräche verliefen unterdrückt, wenn überhaupt welche stattfanden; Barras Ohren erreichte lediglich das Flüstern des Westwinds und das Quietschen der Streitwagen, das gelegentliche Schnauben eines Pferds und das Knallen von Zügeln.

Wenn auf der Insel der Mächtigen die Männer – und manchmal die Frauen – in den Krieg zogen, so war das eine prächtige und festliche Angelegenheit mit Tanz und Gesang, viel Saufen und noch mehr Bumsen, eine Feier des zerbrechlichen Lebens für die vielen Krieger, die nicht heimkehren würden. Hier in Phönizien war es eine ruhige, würdevolle Angelegenheit, und die Männer hatten keine Lieder, um die Furcht aus ihren Herzen fern zu halten.

Barra gefiel das nicht; für sie roch das nach einer Katastrophe.

Sie sah mit zusammengekniffenen Augen zum Herrschaftshaus hinüber, das da drüben auf dem Hügelkamm hockte. Aus dieser Entfernung war wenig davon zu erkennen, abgesehen von den winzigen, nadelspitzengroßen Lichtpünktchen der Fenster. Im Licht des Mondes, der noch immer ziemlich tief über dem Gebirge stand, erkannte sie deutlich das Gelände und die wartenden Männer. »Er will uns haben«, sagte sie Kheperu leise ins Ohr. »Er hat nicht einmal die Läden geschlossen – er versucht, uns anzulocken, indem er so tut, als ob wir ihn überraschen könnten.«

Kheperu lächelte sie matt an. »Es wird auch funktionieren, fürchte ich.«

»Stimmt genau.«

Sie blickte Leucas an. Er nickte und streckte die beiden zu Fäusten geballten Hände vor sich aus, dann ließ er seinen Schild in die Kerbe an der linken Seite des Streitwagens gleiten und griff nach hinten, um zu prüfen, ob der Speer fest in seiner Halterung saß. Er war bereit.

Sie sah die Männer ringsumher an. Ihr Scharren und Schniefen war einem erwartungsvollen Schweigen gewichen, und sie bemühten sich nach dem einstündigen Marsch, wieder zu Atem zu kommen.

»Wie ich euch gesagt habe«, meinte sie leise, sodass nur Kheperu und Leucas sie hören konnten, obgleich sie Griechisch sprach, »ist das Haus dort oben wie eine Festung gebaut. Ich weiß nicht, wie viele Männer er hat – es gibt wenigstens eine Baracke, die, sagen wir, fünfzig oder sogar noch mehr beherbergen kann. Denkt daran, dass wir sie nicht besiegen müssen. Wir müssen bloß hineinkommen und unsere Hand auf Meremptah-Sifti legen. Und, um der Liebe der verdammten Mutter willen, *tötet ihn nicht!* Ich habe nicht die Absicht, Tyros zu retten, nur damit es von Ägypten vernichtet wird. Simi-Ascalon, Idonosteus – die sind Freiwild. Je eher sie tot sind, desto glücklicher werde ich sein.«

Sie holte tief Luft und zeigte zum Haupthaus hinüber. »Seine beste Verteidigung besteht vermutlich darin, seine Männer im Haus zu halten, mit Pfeilen aus dem zweiten und dritten Stockwerk zu schießen und vielleicht ein- oder zweimal einen Ausfall zu unternehmen, um uns von den Mauern fern zu halten. Unsererseits müssen wir so nah wie möglich herankommen. Wir müssen geradewegs gegen die Mauern anstürmen, was für genügend Verwirrung sorgen sollte, dass wir hineingelangen können. Ich denke an das Dach – seht ihr diese Säulenreihe da?« Sie zeigte auf die Säulenreihe, die sich geisterhaft im Mondlicht erhob. »Wenn wir dort hinaufkommen, Leucas, kannst du mich auf das Dach schleudern, wie du es bei Xuros' Gasthof getan hast. Ich lasse dieses Seil herab…«, sie tätschelte die Schlinge um ihre Schulter, »…und wir alle drei sind oben. Von dort aus sollten wir eindringen können – damit werden sie gewiss nicht rechnen.«

»Weswegen das Dach?«, fragte Leucas stirnrunzelnd. »Das Haus mag zwar wie eine Festung gebaut sein, aber es ist keine Festung. Wenn wir an die Mauern kommen, können wir diese Türen da einschlagen oder die Läden vor den Fenstern. Warum die Mühe auf sich nehmen, aufs Dach zu gelangen?«

»Weil«, erwiderte Barra knapp, »er dort sein wird. Wenn wir von unten kommen, werden wir uns hinaufkämpfen müssen. Er ist vielleicht im dritten Geschoss, wahrscheinlich jedoch auf dem Dach.«

»Woher weißt du das?«

Sie zuckte die Achseln. »Ich werde dort sein.«

Mit einem gewissen Unterton gab Kheperu Agapenthes seine letzten Instruktionen, wobei er sich mit beiden Händen auf der Rüstung des alten Mannes abstützte. »Du musst deine Männer nahe heranführen, und weiche nicht zurück! Halte sie bei dir, beschäme sie, wenn es sein muss, aber bring sie zum Haus und umzingele es, brich Türen und Fenster ein und nimm das Haus ein! Die im Innern werden keinen Widerstand leisten, nimm Gefangene! Besetze nur das Erdgeschoss, geh nicht nach oben, auch nicht hinab in den Keller!« Barra hatte entschieden, dass dies das Sicherste sei; sie wollte Meremptah-Sifti nicht von irgendeinem wütenden Wächter der Penthedes töten lassen. Das würde die Männer der Penthedes nicht davon abhalten, die Treppe hinauf- und hinabzurennen und Sachen zum Stehlen und Menschen zum Töten zu suchen – kein Anführer hatte dermaßen viel Kontrolle über seine Leute, außer vielleicht der verstorbene Achilleus –, aber es geschähe nicht ganz so bald.

Kheperu beendete seine Anweisungen mit den Worten: »Und sobald der Angriff beginnt, befolge niemandes Befehle, weder von mir noch von sonst jemandem, bis die Schlacht vorüber ist.« Dieser riskante Befehl erfolgte in der Hoffnung, dass er Agapenthes daran hinderte, sich von einem Ruf des echten Meremptah-Sifti auf die andere Seite ziehen zu lassen; Kheperu wusste nicht genau, ob er funktionieren würde, aber es schien ihm die weiseste Vorsichtsmaßnahme.

»Oh, und…«, Kheperu zuckte zusammen und vollführte eine beschützende Geste gegen Unheil, »…wenn die Pfeile kommen, halte deinen Schild hoch!«

Die Befehle waren erteilt worden. Keine Trompete erschallte, kein Ruf, auch stiegen keine Lieder zum Himmel. Die Streitwagen wurden auf die Flügel aufgeteilt, links und rechts des Trupps aus Fußsoldaten, wo sie auf jeden Ausfall rasch reagieren konnten, ausgenommen der Wagen des Agapenthes und seines Lenkers sowie des Wagens, den Leucas fuhr und der Barra und Kheperu trug: sie befanden sich im Zentrum.

Das Heer näherte sich im Schritt den Hügel hinauf dem Haus.

Das Blut donnerte in Barras Ohren und sie packte die niedrige Umrandung des Streitwagens mit der freien Hand, mehr, damit sie ruhig blieb, als um das Gleichgewicht zu wahren. Immer wieder redete sie sich ein, dass Meremptah-Sifti nicht mehr als fünfzig oder sechzig Männer hier haben konnte, und wenn er auf der Suche nach Verstärkung Reiter zu den Ägyptern schickte, so würde es ihnen sehr schwer fallen, die nötigen Offiziere zu finden, die über ganz Tyros verstreut waren und sich um Plünderungen kümmerten oder Brände in der Stadt bekämpften, und selbst wenn sie die Offiziere fänden, so wären sie außerstande, rechtzeitig irgendeine beträchtliche Streitmacht heranzuschaffen, um am Ergebnis etwas zu ändern. Außerdem hatte Meremptah-Sifti einige äußerst rasch aussehende Pferde im Stall, und falls alles sehr schlecht liefe, so könnte sie eines davon stehlen und damit vielleicht die ägyptischen Streitwagen überholen.

Sie wandte sich gegen den Wind; jetzt waren sie den Hügel weit genug hinan, dass sie die fernen Feuer erkannte, und sie durchsuchte die wellige Ebene nach irgendeinem Anzeichen heranmarschierender Truppen – sie gab sich keinen Illusionen darüber hin, wie es ihrem kleinen Heer gegen ägyptische Soldaten erginge. Die orangefarben erleuchteten Wolken erreichten jetzt das Festland, der Mond hob sich ihnen entgegen, und etwas anderes bereitete ihr Sorgen: Wenn der Mond hinter den Wolken hinge, so stünde ihnen an Beleuchtung lediglich das zur Verfügung, was Kheperu in aller Eile hervorzubringen vermochte, was wiederum den Bogenschützen im Haus einen überwältigenden Vorteil verschaffte.

Und immer wieder blickte sie auf die ornamentartigen Olivenhaine und Feigenbäume, an denen sie vorüberkamen, diese Baumgruppen, die künstlich über den Grund verstreut waren. Die Schwärze darin war undurchdringlich, und in jedem einzelnen davon konnten wartende Feinde auf der Lauer liegen.

Sie sah sich um und erkannte deutlich die Anspannung, die Übelkeit erregende Furcht auf den Gesichtern der Männer, die neben dem Streitwagen dahinmarschierten. Wer von ihnen würde überleben und diese Geschichte erzählen können? Wer würde einen Pfeil durch die Lunge erhalten? Wer würde mit einem brandigen Stumpf zu seiner Frau heimkehren, wo einstmals ein Arm gewesen war? Wer würde nach seiner Mutter schreien, wenn er auf dem Boden lag und versuchte, sich die Eingeweide zurück in den aufgeschlitzten Bauch zu stopfen? Das *Sceon Tiof* konnte ihr das nicht zeigen; es zeigte den Entschluss tief in jedem einzelnen Mann, dass er, sollte er verwundet werden, seine Verletzungen tapfer ertragen wollte, schweigend, dass er, falls nötig, ohne einen Laut sterben wollte, sodass man sich seines als eines Kriegers erinnern konnte. Es zeigte, dass nicht Mut, sondern Scham diese Männer wahrhaft kämpfen lassen würde.

Leucas, der einen Blick zurückgeworfen hatte, sah ihr Gesicht. »So einen Ausdruck habe ich schon mal gesehen«, meinte er.

»Was für einen Ausdruck?« Barra schüttelte sich von dem Blick los, der sie im Griff gehalten hatte, und fasste die Axt anders.

»Dein Gesicht gerade eben hätte das Gesicht des Agamemnon gewesen sein können, in Aulis. Dort habe ich ihn gesehen, als er seine Tochter für einen günstigen Wind nach Troja dem Messer ausgeliefert hat«, knurrte er nachdenklich. »Ich habe den Blick des Diomedes auf seine jungen Gefährten gesehen, vor den siebentorigen Mauern Thebens, und auch er hatte jenen Ausdruck, den du jetzt trägst.«

Sie schüttelte den Kopf. »Ich habe noch nie zuvor Männer in die Schlacht geführt.«

»Nun, eigentlich«, meinte Kheperu, »führst *nicht* du sie, weißt du, wenn überhaupt jemand, dann…«

»Spielt keine Rolle«, unterbrach ihn Barra mit einer schneidenden Geste der Hand. »Das ist mein Kampf, aber ihr Blut wird es sein, das dafür bezahlt.«

»Ist schwer, dein erstes Mal«, sagte Leucas. »Sagen zumindest die Dichter. Vielleicht wird es eines Tages ein Lied über uns geben.«

»Hierüber?«, fragte Barra skeptisch. »Diesen schmutzigen kleinen Kampf? Ich glaube kaum.«

»Man weiß nie«, sagte Leucas zu ihr und fuhr dann fort: »Sieh mal, da oben! Sie kommen raus.«

Über ihnen, auf der Kuppe des Hügels, erloschen die Lichter in den Fenstern eines nach dem anderen, wie Glühwürmchen, die in der Kälte starben. Aus dem Hauptportal strömte eine lange Reihe Männer. Aus der Entfernung und im Mondlicht fiel es schwer, zu sagen, ob sie bewaffnet waren oder nicht. Sie traten auf den Rasen vor dem Haus, formierten sich zu einer unregelmäßigen Reihe und standen abwartend da.

»Was tut er da?«, murmelte Barra. Das Heer rückte weiter vor, während sie den Gegner schweigend zählte. Fünfundzwanzig Männer, vielleicht dreißig, mehr nicht. Was mochte Meremptah-Sifti im Sinn haben, dass er dreißig Männer außerhalb der sicheren Mauern zweihundert heranrückenden Männern entgegenstellte? Noch immer kamen einige aus der Tür, und keiner von ihnen war anscheinend groß in Eile, seine Stellung zu beziehen. Einen Augenblick lang nährte sie eine wilde Hoffnung in der Brust, dass Meremptah-Sifti, arrogant, wie er war, vielleicht tatsächlich herauskäme und verhandeln wollte, herausfinden wollte, weshalb einer seiner tätowierten Sklaven sich gegen ihn wandte.

Dann, nur einen Augenblick lang, wechselte die Windrichtung. Er wehte flüsternd aus Osten, und ein Frösteln überlief Barra, weil sie verstand. Faule Eier und verrottendes Fleisch… »Riechst du das?«, fragte sie. »Das sind – wie hast du sie genannt? – Leichen-Krieger.«

»Chryseiden«, murmelte Kheperu und unvermittelt schärfte sich sein Blick. »Du kannst sie *riechen?*«

»Ich werd's ein andermal erklären.« Sie schloss die Augen und suchte kurz nach einem bisschen von der Gelassenheit, die das Ritual der Kriegsvorbereitung ihr geschenkt hatte, fand sie jedoch nirgendwo in sich. *Nun,* dachte sie, *besser hier draußen, wo es gegen das Heer geht, als gegen mich im Innern…*

Sie öffnete die Augen. »Den Angriffsschrei«, sagte sie leise. »Kheperu, sag Agapenthes, er solle den Angriffsschrei ausstoßen!«

Leucas gab ihr mit einem Gelächter Antwort, das sich anhörte, als stammte es von einem glücklichen Zeus. »Wir benötigen keine Worte, diesen Schrei auszustoßen!« Er peitschte das Hinterteil des Pferds mit den Zügeln. »*Hüaaah!*«

Die Pferde stürmten voran, ließen die Männer hinter

sich, und als sie das sahen, brüllten die Soldaten wie mit einer Stimme auf und rannten los.

Müde, wie die Pferde waren, wurde der Streitwagen von den Fußsoldaten überholt, und erneut brandete das Heer wie eine einzige Masse den Hügel hinauf. Agapenthes rief wild irgendetwas davon, dass die Betrüger Diener und Sklaven gegen sie ausschickten, weil die Chryseiden keine Rüstungen trugen, nur Speere und Messer, und dann ging die Schlacht los.

Während des ersten Anrennens und Zusammenpralls bestand Barras größte Sorge darin, einen Halt in dem wild springenden Streitwagen zu finden. Kheperu hatte sich hinter die Umrandung des Wagens geduckt und bereitete einen Zauber vor, und Leucas stand da wie ein Schiffskapitän, der die Ruderpinne in einem Sturm festhält. Hände umklammerten den Rand des Wagens und Barra hackte danach. Erneut war es wie ein Aufprall auf Leder, und ihrer Axt gelang es nicht, Haut zu durchschneiden.

Das Kriegsgeschrei des Heers verwandelte sich in Rufe der Warnung und des Ekels, als die Männer herausfanden, dass ihre Waffen oftmals nicht in die Haut ihrer Gegner einzudringen vermochten. Die Chryseiden kämpften lautlos, schlugen mit entsetzlicher Kraft zu, trieben Speerspitzen direkt durch die Bronze der Brustplatten, durchstachen die Leber und durchschnitten Sehnen am Knie eines manchen Mannes. Gegen Feinde von derartiger Stärke war die Rüstung der Fußsoldaten von wenig Nutzen, denn sie stellte nur einen geringen Schutz dar und machte sie langsamer, sodass sie zur leichten Beute wurden.

Der Streitwagen geriet ins Schwanken und warf Barra gegen Leucas' Beine, als ein heranspringender Chryseide die Klinge seines Speers dem linken Pferd durch den Hals trieb. Es bäumte sich auf, kreischte entsetzlich, und das herumspritzende Blut besudelte Leucas und verschmierte die Tonfarbe auf Barras Haut. Leucas nahm die Zügel in eine Hand, fluchte und zog daraufhin in einer einzigen glatten Bewegung das Bronzeschwert vom Rücken und durchtrennte mit einem raschen Streich die Leinen, die dieses Pferd am Wagen festhielten. »Hab diesen Trick von Nestor persönlich gelernt!«, brüllte er laut lachend und dabei wirkte sein Mund in dem blutbesudelten Gesicht wie eine klaffende Wunde.

Penggg!, knallte etwas gegen Leucas' Rüstung und fiel ins Innere des Streitwagens: ein armlanger Schaft mit einer Bronzespitze und Möwenfedern. *»Pfeile!«*, schrie Barra und bald ertönte der Ruf über das ganze Schlachtfeld. Männer kreischten vor Schmerz, als eine weitere Salve Pfeile auf sie niederging. Sie blickte sich um und suchte die Bogenschützen – dieser Pfeil hatte Leucas in den *Rücken* getroffen. Dort! Blassgrau im Mondlicht erblickte sie eine weitere Salve gefiederter Pfeile, die von einem der Zierhaine auf sie zuflogen; und eine weitere Welle stieg aus einem anderen Hain auf. Sie biss die Zähne zusammen. Meremptah-Sifti wollte sie vor seinem Haus zermalmen und niemanden entkommen lassen.

Ringsumher überschütteten Pfeile sie wie dichter Regen. Den Bogenschützen war es gleichgültig, wen sie trafen. Wurde ein Chryseide getroffen, so würden die meisten Pfeile von der ledrigen Haut abprallen; drang einer durch, würde er herausgerissen oder der Schaft würde abgebrochen und schon wäre er vergessen. Nur wenige Schritte von Barra entfernt warf ein Krieger der Penthedes die Arme hoch und sein Speer flog davon. Vergebens umklammerte er die Pfeilspitze, die ihm im Auge steckte; er sackte in die Knie und fiel langsam vornüber aufs Gesicht.

Dann fluchte Leucas, und ehe Barra erkannte, weswegen er fluchte, stürzte sie hilflos nach vorn, über das Vorderteil des Streitwagens hinweg zu Boden. Dort vermochte sie sich nur mühsam vor dem schreienden, um sich schlagenden Pferd in Sicherheit zu bringen. Das Pferd schlug heftig aus, ein Huf streifte Barra an der Hüfte, sodass sie erneut wirbelnd zu Boden ging. Sie erhaschte einen Blick auf sein aufgeschlitztes Vorderbein, und dann stand Leucas auf und trieb seinen Speer durch die Eingeweide des Chryseiden, der das Pferd verwundet hatte. Der Chryseide zappelte wie ein Fisch auf dem Speer; brüllend hob ihn Leucas in die Luft. Wortlos heulend klammerte sich der Chryseide an den Schaft, dann schleuderte ihn Leucas hoch hinaus – er landete inmitten eines Handgemenges, erhob sich sogleich und griff den Mann gleich neben sich an. Leucas blickte Barra an.

»Bist du in Ordnung?«, brüllte er. »Wo ist Kheperu?«

»Ich werde ihn suchen«, rief Barra gellend und kam wieder auf die Beine. »Lass das Pferd nicht leiden!«

Leucas steckte den Speer mit der Spitze in den Boden und zog das eiserne Krummschwert; Barra wandte sich ab. Sie fand Kheperu fast augenblicklich; er hatte in dem Streitwagen gehockt, als das Pferd gefallen war, und war mit dem Kopf gegen die Umrandung geschlagen. »Mir geht's gut«, beharrte er benommen. Ein wenig stolpernd kam er hoch, und er musste sich auf Barra abstützen, damit er stehen konnte. »Mir geht's gut«, wiederholte er und seine Stimme wurde kräftiger. »Wir machen uns am besten zum Haus hinüber auf und erledigen die Sache!«

Sie pflückte einen Pfeil aus den Falten seines Gewands; seiner Wucht beraubt, hatte er die Rüstung nicht durchdringen können, die Kheperu darunter trug. Sie schwang ihn vor seinem Gesicht. »Halte dich eng an Leucas! Versuche, dich hinter seinem Schild zu verbergen!«

Leucas hatte dem verwundeten Pferd mit einem Hieb den Kopf abgeschlagen. Jetzt steckte er das Krummschwert in seinen Gurt zurück, holte seinen Speer und zeigte mit dem Finger an Barra vorbei. »Wir laufen wohl besser!«

Mit den Augen folgte sie der Richtung, die sein Finger wies. Um eine Ecke des Herrenhauses kamen Männer in der gefütterten Rüstung des ägyptischen Heers und den Farben der Leibgarde des Gouverneurs. Barra stöhnte; kein Wunder, dass die Pfeile so dicht herabgeregnet waren! Die verdammte Mutter allein wusste, wie viele Männer sich noch im Haus aufhielten. Chryseiden, die Männer des Prinzen, jetzt die Elite der kanaanäischen Division...

Sie fuhr wieder zu ihren Partnern herum, die sie zum Sterben hergeführt hatte.

»Schätze, wir gehen am besten da lang!«, schrie sie, wobei sie auf die entgegengesetzte Ecke des Hauses wies. Sie nahm die Seilschlinge in die eine Hand und die Axt in die andere und rannte hastig auf den Säulengang zu.

Leucas' donnernde Schritte tönten hinter ihr. Mit seinen viel längeren Beinen konnte er fast mit ihr Schritt halten und sogar dabei noch Kheperu tragen. »Halt das hier!«, hatte er zu Kheperu gesagt und dem Ägypter seinen Speer und Schild gereicht. Kheperu, zu überrascht, um sich zu weigern, hatte beides an sich genommen und Leucas hatte ihn in einer bärenartigen Umarmung hochgenommen und trug ihn jetzt hinter Barra her.

Sie ging um die Ecke des Hauses und hielt sich dicht an der Mauer in der Hoffnung, dass keiner sie von drinnen sehen konnte. Offenbar war niemand auf dem Dach des Säulengangs, und als Leucas und Kheperu zu ihr stießen, vermochte der Athener sie hoch genug zu heben, dass sie den Rand des Dachs packen und hinaufklettern konnte. Bislang war ihnen das Glück hold; niemand im Haus bemerkte anscheinend ihre Anwesenheit.

Die Schlacht tobte um sie herum, als sie Kheperu zu sich herauf aufs Dach half, und dann hielten beide das Seil dem gepanzerten Leucas hin. Nachdem Leucas sicher oben angekommen war, hielt sie einen Augenblick lang inne, um Atem zu schöpfen, und blickte dann über das unbeschreibliche Gemetzel unten auf der Erde. Über die Pflastersteine strömte schwarz das Blut, das Gras war damit gefärbt, und Leichen lagen hier und da wie Puppen verstreut, die ein achtloses Kind hatte fallen lassen. Es schien ihr unvorstellbar, dass sie nur wenige Tage zuvor auf dem Willkommensfest des Gouverneurs hier gewesen war, hier auf eben diesem Grund und Boden. Agapenthes und seine Männer kämpften dicht an der Mauer gegen die Chryseiden und die Ägypter – und noch während sie hinschaute, traf ein Pfeil Agapenthes unterhalb seines Gürtels in die Hüfte. Blut strömte aus der Wunde und der alte Mann schüttelte sich, als ob er aus einem Traum erwachte.

Jeder plötzliche körperliche Schmerz, hatte Kheperu gesagt, *wird ihn auf der Stelle wecken und dann werden wir alle ein wenig in der Tinte sitzen.*

Wenn Kheperu sich je dazu entschloss, dem Handwerk des Söldners Lebewohl zu sagen, entschied Barra, dann könnte er sich gut als Prophet durchschlagen.

Düster wies sie ihn und Leucas darauf hin. Kheperu wirkte schwer getroffen; soeben rief Agapenthes seinen Männern zu, sie sollten zurückweichen oder sich ergeben. Leucas zuckte lediglich die Achseln und meinte: »Schätze, das bedeutet, wir müssen uns halt beeilen.«

Barra legte ihm die Hand auf den Arm und drückte ihm dankbar den eisenharten Bizeps. »Schon gut.«

Sie schüttelte die Seilschlinge aus. »Ich halte es in der Mitte«, sagte sie. »Ihr haltet beide Enden hier unten, damit ich, sobald ich oben bin, keine Zeit damit verschwenden muss, es loszubinden. Oben verläuft eine niedrige Mauer rund ums Dach, und dort ragen Fackelständer hervor – ich werfe die Schlinge einfach über einen davon.«

»Hm, warte«, sagte Kheperu und grub in seinem Gewand.

»Du hast was zu sagen oder musst du dich bloß kratzen?«

»Hier!« Er holte zwei kleine Beutel hervor und öffnete sie; in jedem befand sich ein Glastöpfchen von der Größe ihrer Faust, in Leinen gewickelt, das Kheperu behutsam zurückschlug. »Dieses hier, wenn zerbrochen, erzeugt Licht – eigentlich einen ziemlich blendenden Blitz –, und dieses hier dichten Rauch. Nur, falls du Recht hast und er sich auf dem Dach aufhält.«

Sie schnappte ihm beides aus den Händen. »Prächtig, das ist prächtig…« Er zuckte vor ihr zurück.

»Sei vorsichtig! Sie sind zerbrechlich! Du musst sie mit dem Körper schützen – halte das Seil zwischen den Zähnen, wenn Leucas dich wirft!«

»Was, bist du verrückt? Ich werde diese Dinger nicht dort mit hinaufnehmen!«

»Barra…«

Sie blickte zum Dach hoch und pfiff durchdringend durch die Zähne. »He!«, kreischte sie auf Ägyptisch, um die Aufmerksamkeit der Leute dort oben zu erregen. »Meremptah-Sifti soll sich das in den Arsch stecken!« Diesen Worten folgten die beiden Glasgefäße, das zweite nur eine Sekunde nach dem ersten. Beide zersplitterten und ein Zischen wie aus einem Kobranest folgte. Das Blitzlicht flammte über den Himmel und Stimmen riefen von oben etwas herab. »Sie sind da«, meinte sie. »Dann mal los!«

Sie trat in Leucas' verschränkte Hände, packte das Seil und nickte. Er erwiderte ihr Nicken und beugte die Knie. Ebenso wie sie.

Mit einem gewaltigen Schwung warf er sie in die Luft; zugleich mit dem Wurf vollführte sie einen Satz und schoss über die Mauerkante. Taumelnd landete sie auf dem Dach, inmitten einer stechenden Rauchwolke, die dicht darüber lag; sie sprang auf und schlang sogleich das Seil um einen der Fackelständer, ehe sie auch nur einen Blick darauf verschwendete, wer ihre Feinde waren. *»Kommt schon, kommt schon!«*, schrie sie und Leucas sprang zur Mauer und kletterte das doppelt gelegte Seil hinauf, Kheperu unmittelbar hinter sich.

Der in der Brise treibende Rauch lichtete sich bereits, das Blitzglas brannte allerdings noch immer hell, erleuchtete den Rauch von innen, und sie vernahm Meremptah-Siftis Stimme, dieses Schauer erregende, breite Ägyptisch. Er befahl jemandem, ›diese Hure festzunehmen‹. Also wusste er es; er wusste, dass sie auf dem Dach war. Sie nahm die Axt in beide Hände und grinste in den Rauch hinein. Ihre Nase war hier nutzlos, aber sie konnte dem Klang seiner Stimme folgen. Es war keine bewusste Entscheidung, die sie um den Rand des Dachs springen ließ; sie *entschied* nicht, dass sie nicht auf Leucas und Kheperu warten konnte, sie vernahm diese Stimme und ging auf ihn mit der instinktiven Blutlust los, die ein Wolfsrudel auf einen Hirsch losgehen lässt. Sie hielt sich eng an die dem Wind abgekehrte Mauer, sodass sie sehen konnte, wohin sie den Fuß setzte, und war überrascht, von unten Stimmen rufen zu hören: *»Die wilde Frau! Es ist die wilde Frau auf dem Dach!«*

Die Männer der Penthedes. Sie waren gerade dabei, sich zu ergeben, hatten die Waffen gestreckt und starrten unsicher zu ihr hinauf. Ihr wurde klar, dass sie dort unten wegen des Blitzes und des Rauchs geglaubt haben mussten, sie habe sich durch Hexerei hier heraufversetzt. Als Silhouette vor dem weiß erleuchteten Rauch schüttelte sie ihnen die Axt entgegen und heulte: »Kämpft! Kämpft, ihr Söhne von Scheiße fressenden Hunden! *Kämpft! Oder ihr seid als Nächste an der Reihe!*«

Sie hoben ihre Waffen und warfen sich auf die Leibgarde des Gouverneurs unten, und Barra wandte sich wieder um und wollte Meremptah-Sifti folgen. Der Rauch hatte sich jetzt verzogen, sodass sie die Schemen darin erkannte, die unsicher dem Klang ihrer Stimme folgten.

Dann wurde der Wind böig und peitschte die letzten Reste des Rauchs beiseite, und die Männer, die auf sie zukrochen, waren Myrmidonier.

Weit hinter ihnen erblickte Barra Meremptah-Sifti und neben ihm die rundliche Gestalt des Idonosteus. Erneut heulte sie auf; rascher als ein Gedanke zog sie eine Wurfaxt aus ihrem Gürtel und schleuderte sie in Richtung auf Idonosteus' Kopf. Und sie kreischte: »*Nein!*«, als sich der Myrmidonier neben ihm in die Flugbahn der Axt warf.

Es war der junge Myrmidonier, der so aufgeregt über die Aussicht auf Aktion gewesen war, eben jener, den Leucas, vor all diesen Tagen, angeraunzt hatte, er solle Kamades holen. Er deckte Idonosteus, und die Axt traf ihn voll in die Brust und blieb in seiner Rüstung stecken; stolpernd wich er zurück und Blut quoll um den gnadenlosen Feuerstein hervor.

Meremptah-Sifti sagte: »Ich möchte sie lebend. Macht mit ihnen, was ihr wollt, solange sie noch immer atmen.«

Kamades, das Gesicht völlig ausdruckslos, nickte. »Ergreift zuerst den Achaier, dann den Ägypter. Lalcamas: du und ich, wir nehmen das Mädchen.«

Sie umzingelten Leucas. Er hatte seinen Speer zurückgelassen, da er damit nicht klettern konnte, und er hatte sein kurzes Bronzeschwert irgendwo da draußen im Kampfgetümmel verloren. Schon wirbelte er das Krummschwert ziemlich bedrohlich um den Kopf, aber sein Gesicht zeigte Unschlüssigkeit – das waren Gastfreunde, und wenn er sie verwundete, würde das die Rache des Zeus nach sich ziehen. Mehr als diese kurze Unschlüssigkeit benötigten die Myrmidonier nicht; sechs von ihnen sprangen ihn zugleich an. Er brüllte und hieb nach einem Schlüsselbein, und das scharfe Eisen schnitt durch Bronze, aber die anderen fünf rangen ihn nieder. Kheperu trat hinter sie; er tötete den verwundeten Myrmidonier mit einem Hieb seines Stabs auf die Schädelbasis unterhalb des Helms, dann hatte er selbst drei Myrmidonier gegen sich. Sie zwangen ihn zurückzuweichen, und er wich zurück, wobei er verzweifelt mit seinem Stab ihre zustechenden Speere abblockte.

Kamades und Lalcamas, der Mann, der ihr bei der Flucht von hier die Stalltür offen gehalten hatte, kamen auf sie zu, Schilde in Augenhöhe; Lalcamas hielt einen Speer in Höhe des Oberschenkels; Kamades ein Schwert.

»Kamades«, meinte Barra, »ruf deine Männer zurück! Erinnerst du dich daran, was du gesagt hast? Du würdest dem Befehl, die Gastfreundschaft zu verletzen, nicht Folge leisten, weil ein solcher Befehl nur von einem Wahnsinnigen käme! Erinnerst du dich?«

Kamades' Gesichtsausdruck veränderte sich nicht im Geringsten, und das *Sceon Tiof*, das jetzt in ihren Augen lebendig war, blickte ihn an und sah überhaupt nichts. Keinen Willen, keine Wahlfreiheit, nichts von dem, was einen Mann ausmachte.

Von der anderen Seite des Dachs her, im schwindenden Licht von Kheperus Flammentopf noch immer deutlich zu erkennen, grinste Idonosteus sie höhnisch an. »Wir haben entschieden, dass er... einen Orden erhalten sollte. Wie es jetzt scheint, war das eine weise Idee.«

Aus dem kämpfenden Haufen von Männern stieg Leucas hervor, an jedem Arm einen Myrmidonier hängend. Der riesige Athener wirbelte brüllend herum und warf einen dieser beiden Männer über den Rand des Dachs; der Myrmidonier fiel kreischend hinab und prallte mit einem donnergleichen Schlag, der ihm die Stimme abschnürte, unten aufs Pflaster.

Bei dem gellenden Schrei wandte Kamades nur für einen Augenblick den Kopf und schon rannte Barra, die Breitaxt hoch erhoben, an ihm vorüber zu Idonosteus. Ein wildes Geheul entriss sich ihrer Kehle. Sie war rasch, kein Mann konnte sie beim Laufen einholen, aber sie mussten sie auch nicht einholen. Noch während Leucas einen Speerschaft an die Kinnlade erhielt, der ihn zu Boden streckte, noch während Kheperu unter den Hieben seines Gegners niedersank, warf Lalcamas seinen Speer und traf sie tief am Oberschenkel. Der Speer trat wieder aus und so verhedderte sie sich mit den Beinen darin und stürzte taumelnd aufs Dach nieder. In einem Augenblick war er bei ihr, aber das war zu langsam – wie ein Bullentänzer kippte sie wieder auf die Füße, täuschte einen Schlag auf seinen bloßen Oberschenkel vor, sodass er den Schild senkte, und schwang die Axt mit aller Kraft in Richtung seines Kopfes.

Sie war keine Achaierin und von daher nicht durch die Götter an den Eid der Gastfreundschaft gebunden; und Eisen ist nicht das Einzige, was Bronze durchschneidet. Ihre Breitaxt durchschnitt den Helm, den er trug, und legte Lalcamas' Gehirn unter dem nächtlichen Himmel bloß.

Sie hielt nicht inne, um ihn zitternd niederstürzen

zu sehen, sondern wandte sich erneut um und wollte auf Idonosteus losgehen, da traf sie etwas mit voller Wucht auf die Schulter; ihr rechter Arm wurde taub und erschlaffte und ihre Breitaxt fiel klappernd aufs Dach.

Sie wirbelte herum, schlug die linke Hand über die Schulter und heulte auf, als sie die Ränder einer klaffenden Wunde und die zerfetzten Knochen darin spürte. Kamades stand da, Blut auf seinem Schwert und das Gesicht völlig ausdruckslos. Sie zog ihre verbliebene Wurfaxt mit der linken Hand – und ihr fiel ein, wie ihr der Atem bei seinem Mut gestockt hatte, als er Leucas und Lysandros in der Wohnung entgegengetreten war, und sie dachte an seine barsche Zusage, ihr das Leben zu retten, gleich, was es ihn selbst kosten möge – und in diesem Augenblick des Zögerns schlug Kamades ihr mit der flachen Seite seines Schwerts die Axt aus der Hand und schmetterte sie mit seinem Schild zu Boden.

Ihr blieb nichts mehr übrig, als benommen dazuliegen. Er setzte ihr einen Fuß auf die Kehle und hielt ihr die Schwertspitze ans Auge.

Von unten ertönten noch immer einige wenige Rufe und Schreie, nicht allzu viele; auf dem Dach war alles ruhig.

Meremptah-Sifti schlenderte beiläufig zu Kamades und blickte spöttisch besorgt auf sie hinab. »Dein kleiner Krieg ist vorüber, Barra Coll Eigg Rhum.«

Ein wunderbares Lächeln breitete sich über seinem Gesicht aus, wie ein Sonnenaufgang.

»Ich gewinne«, sagte er herzlich. »Du verlierst.«

21. KAPITEL Das Ende des Kriegs

Kamades' Fuß hielt sie auf dem Dach fest. Sie wehrte sich nicht. Meremptah-Sifti sagte: »Darf ich dir erneut die Gastfreundschaft meines Hauses anbieten? Du wirst sie mir diesmal nicht ausschlagen, oder?« An Kamades gewandt, sagte er: »Bring sie in die Werkstatt hinunter! Sag Sim, er soll erst anfangen, wenn ich hiermit fertig bin.« Seine Geste umfasste die kämpfenden Männer unten. »Fesselt sie lediglich, bis ich komme; ich möchte zuschauen.«

Idonosteus schlenderte zu ihm, wobei er sich die Lippen leckte. »*Ich* könnte mitkommen...«

»Bleib hier. Es gibt nichts zu sehen, ehe ich dort bin.«

Drei Myrmidonier waren nötig, den bewusstlosen Leucas in seiner Rüstung zu transportieren. Einer hielt ihn an den Beinen, während zwei weitere je einen Arm nahmen; weitere zwei knebelten Kheperu und fesselten ihm die Hände, und dann schoben sie ihn mit Fußtritten vor sich her. Kamades nahm den Fuß von Barras Brust und kniete neben ihr nieder. »Tut mir Leid, dass ich dir wehgetan habe, Barra. Das habe ich nicht gewollt, aber du hättest Lalcamas nicht umbringen sollen.«

Barras Kehle war wund vom Kreischen und daher konnte sie nur noch krächzen. »Ist schon gut, Kamades, ich weiß, dass du nichts dagegen tun konntest.«

Die Enden ihres gebrochenen Schlüsselbeins kratzten aneinander, als er sie aufnahm, aber die Wunde war noch immer taub – so war sie lediglich benommen und verlor nicht vor Qual das Bewusstsein. Er trug sie sanft, wie ein Vater ein verletztes Kind trägt. »Wie man mir gesagt hat, ist dieser Simi-Ascalon ein feiner Wundarzt«, murmelte er, während er sie durch das offene Treppenhaus hinabtrug. »Ich bin mir sicher, dass wir deinen Arm retten können.«

Ihr letzter Blick in den freien Himmel umfasste gleichfalls Meremptah-Siftis Silhouette, der breitbeinig dastand, die Hände auf dem Rücken verschränkt hielt und stolz sein Werk überblickte, sowie Idonosteus, der ebenso dastand und seinen Herrn und Meister nachahmte, wie er zuvor Männlichkeit nachgeahmt hatte.

Barra blickte auf in Kamades' Gesicht und suchte dort nach einem Verständnis dessen, was wirklich geschah. Sie fragte sich müßig, auf welcher Schulter die Tätowierung saß. »Er wird mich nicht heilen, Kamades; er wird mich töten. Simi-Ascalon wird mich zu Tode foltern.«

»Aber Barra, das stimmt einfach nicht«, erwiderte er und hörte sich so sehr wie Leucas an, dass es ihr in der Brust schmerzte.

Die letzten beiden Myrmidonier gingen dicht hinter ihm. Barras Gedanken rasten, rasten durch Fluchtphantasien – aber Leucas zeigte keinerlei Anzeichen, dass er erwachte, vielleicht war er ja auch tot. Kheperu konnte nichts tun, geknebelt und gefesselt, wie er war, und sie verlor rasend schnell ihre Kräfte. Der Blutverlust machte sie benommen, ebenso die Niederlage. Kamades trug sie durch das dritte Stockwerk, und die Bogenschützen wandten sich neugierig von den Fenstern ab und beobachteten die Prozession, und es ging weitere Treppen hinab, tief hinunter in das Herrenhaus.

»Dein Haar sieht komisch aus, Barra«, meinte er. »Was hast du damit gemacht? Die andere Farbe hat mir beträchtlich besser gefallen. Und es hat so weich ausgesehen.«

»Kamades, ich weiß, du kannst nicht anders«, flüsterte sie, »aber du erinnerst dich hoffentlich. Eines Tages, wenn diese Macht schwindet, erinnere dich daran, dass ich dich hierfür nicht verantwortlich halte.«

»Wofür?«, fragte er stirnrunzelnd. »Niemand wird dir wehtun, Barra.«

Jetzt verstand sie, was in ihm vorging; er spann Phantasien, um das Befolgen dieser Befehle zu rechtfertigen. Er überzeugte sich selbst davon, dass es – da er schließlich so handelte – nicht falsch sein durfte. Die einzige Möglichkeit zu rechtfertigen, weshalb er ihr wehgetan hatte, bestand darin, dass er sie jetzt zu jemandem trug, der ihr helfen würde. Unter der Macht der Tätowierung war er gezwungen, Dinge zu tun, die allem, woran er glaubte, hohnsprachen, und sein Bewusstsein suchte nach Möglichkeiten, sich davon zu überzeugen, dass diese Dinge rechtens waren.

Er würde sich auch weiterhin davon überzeugen, wenn er zusah, wie Simi-Ascalon sie aufschlitzte und in Stücke schnitt und sie somit blutig zu Tode folterte.

Sie blickte die anderen an, diejenigen, die Leucas trugen, die beiden, die Kheperu vor sich hertrieben. Sie hatten eben jene gleichgültige Gewissheit an sich, die jeglichen Gedanken aus Kamades' Gesicht weggewischt hatte. Und erneut verstand sie: Kamades dazu zu bringen, die Tätowierung anzunehmen, wäre einfach gewesen. Idonosteus hätte ihm lediglich den Befehl erteilen müssen. Daraufhin würde er den Befehl an seine Männer weitergeben; sie würden ihm gehorchen, ohne nachzudenken.

Ironie, dass die Magie lediglich ein Verhalten bestärkte, das sie bereits gewohnt waren.

Barra wandte den Kopf unter Schmerzen den beiden zu, die die Nachhut bildeten. »Ihr wisst, was los ist, nicht wahr?«, krächzte sie. »Ihr wisst, welche Ehrlosigkeit ihr über euch bringt.«

Einer von ihnen, der junge Mann, der Idonosteus gerettet hatte, indem er vor ihre Axt gesprungen war – er hatte sich einen Fetzen in die klaffende Rüstung gestopft, um die Blutung zu stillen –, meinte zögernd: »Die einzige Ehrlosigkeit, die ich fürchte, ist Ungehorsam.«

»Was seid ihr, *Hunde?*«, fauchte sie in jähem Ärger, und sie hätte noch weiter gesprochen, hätte Kamades ihren Kopf nicht an seinen Brustharnisch gezogen und ihr eine warme, trockene Hand über den Mund gehalten.

»Beleidige meine Männer nicht, Barra«, sagte Kamades wehmütig. »Wenn du nicht versprichst, sie in Ruhe zu lassen, werde ich dir überhaupt nicht mehr gestatten zu reden.«

Sie durchquerten mehrere Zimmer auf der ersten Etage; in einem davon erhaschte Barra, indem sie die Augen verdrehte, einen Blick auf den Gouverneur, der mürrisch auf dem Fußboden allein in einer Ecke saß. In nahezu allen anderen Räumen befanden sich eine Anzahl Soldaten und Diener Meremptah-Siftis; natürlich hatte er die Leibgarde des Gouverneurs in den Kampf geschickt und seine eigenen Männer zurückbehalten.

Schließlich blickte Kamades auf sie herab und fragte: »Versprichst du, nichts gegen meine Männer zu sagen?« Als sie zustimmend die Augen senkte, nahm er die Hand von ihrem Mund.

»Du sollst mir lediglich«, keuchte sie und biss die Zähne zusammen, als sie das Knirschen der gebrochenen Knochen in ihrem Kopf vernahm, »du sollst mir lediglich einen Gefallen erweisen, Kamades. Wir sind Gastfreunde und ich werde sterben…«

»Du wirst nicht sterben«, beharrte er, aber als sie in den Keller hinabstiegen, wo er sein Leben und das Leben seiner Männer für ihre Rettung riskiert hatte, hörte er sich etwas weniger selbstsicher an, und ein leicht verwirrtes Stirnrunzeln erschien auf seinem Gesicht. Die anderen beiden, die die Nachhut gebildet hatten, trugen jetzt Lampen, die sie an den Lampen in einem oberen Stockwerk entzündet hatten. Sie sahen einander gleichfalls stirnrunzelnd an.

»Hör zu, Kamades, gleich, was geschieht, du und ich, wir beide wissen, dass ich meine Heimat nie mehr wieder sehe. Aber im Haus des Peliarchus, meines Ziehvaters, liegt ein Bündel, ein... ein Paket. Ich möchte, dass du dorthin gehst, es holst und sicherstellst, dass es auf einem Schiff nach Albion verschickt wird. Bitte.«

»Nun ja... ich weiß nicht...«

»Bitte, Kamades!« Sie umklammerte seine Rüstung mit ihrer umhersuchenden Hand und Tränen stiegen ihr in die Augen. »Ich bitte dich! Ich habe zwei Söhne, einen eigenen und einen kleinen achaiischen Knaben, den ich adoptiert habe – und in diesem Paket sind meine Brief an sie, und wenn ich ihnen nur etwas schreiben und sie wissen lassen könnte, wie ich gestorben bin...«

Sie vernahm das Geräusch, wie Steine verschoben wurden, ein schweres Kratzen mit hohlen, hallenden Untertönen; eine Art unterirdischer Tür wurde hier im Keller geöffnet, und ein Schwall Luft, eine Brise, warm wie menschlicher Atem, verbreitete einen Gestank, den sie sogleich wiedererkannte – dieses Gemisch aus schwarzem Verfall und Chemikaliengestank konnte nur aus der Werkstatt des Dämonenbeschwörers stammen. Darüber lag ein Geruch nach brennendem Zedernholz, der das Schlimmste überdeckte; grimmig biss sie die Zähne zusammen, um das unten zu halten, was aus ihrem rebellierenden Magen hochsteigen wollte, und hielt den Blick auf Kamades' Gesicht gerichtet. Allmählich drang sie zu ihm durch, vielleicht nicht viel, aber sie glaubte zu erkennen, dass ihm ebenfalls Tränen in die Augen stiegen.

»Bitte«, flüsterte sie, »ich möchte nicht allein und unbekannt in einem fremden Land sterben! Lass nicht zu, dass sich meine Söhne auf immer fragen müssen, was mir zugestoßen ist, dass sie im Mittsommer nach mir Ausschau halten, und wenn ich nicht komme, glauben, ich habe sie vergessen. Sie werden glauben, ich käme nicht, weil ich sie nicht liebte…«

»Ich… Barra«, seine Stimme war heiser vor Gefühlen. »Barra, ich schwöre, ich würde dich nicht hierher bringen, wenn ich glaubte, dir würde irgendetwas geschehen. Bitte…«

Jetzt stiegen sie Stufen hinab, die in den Fels geschnitten waren, und der Stein, der diese Stufen zu beiden Seiten miteinander verband, zeigte unter den Schichten von Lampenruß schwach eingeschnittene Reliefs. Barra umklammerte ihn erneut. »Versprich es! Versprich es mir!«

Eine einzelne Träne rollte Kamades die Wange hinab, ein Juwel, für Barra kostbarer als jeder Edelstein, und befeuchtete die Narbe hinab zu seinem Bart. Irgendwo tief in ihm erreichte sie ihn, irgendein Verständnis drang an die Oberfläche. Feierlich sagte er: »Du hast mein Wort.«

Die Hand- und Fußschellen waren aus Bronze und fest verschraubt an dem rohen, unpolierten Holz des Tischs. Ihre Kanten waren scharf und schnitten ihr in die Fußknöchel und kratzten sie an den Handgelenken entlang der Verbände, die noch immer die Hyänenbisse bedeckten. Im Rücken spürte sie in den Tisch geschnitzte Rinnen, Kanäle, die zu drei verschiedenen, in die Tischplatte gebohrten Abflüssen führten. Sie hatte sich nicht gewehrt, als man sie an diesen Tisch gefesselt hatte, selbst nachdem sie die dunkelbraunen Flecke und die schwärzlichen Überreste verfaulten Fleischs erkannt hatte, die ihn bedeckten; mit einem gebrochenen Schlüsselbein und einem Schnitt im Oberschenkel, der sie lahm legte, konnte sie kaum darauf hoffen, auch nur jemanden zu verwunden, ehe sie überwältigt wurde, ganz zu schweigen davon, entkommen zu können. Flach und still auf diesem Tisch zu liegen war die einzige Möglichkeit, wie sie den zunehmenden Schmerz erträglich halten konnte, obgleich sie der Anblick des Bluts, das von ihrem Oberschenkel und ihrer Schulter in die Rinnen des Tischs sickerte, ganz kribbelig machte, als ob ihr ein Heer von Ameisen den Rücken hinunterkrabbeln würde.

Simi-Ascalons Werkstatt war eine natürliche Höhle, wie die Begräbnishöhlen, die geschickt vergrößert worden war. Kleine, dreifüßige Brenner aus Kupfer standen darin. Sie enthielten brennendes Zedernholz, das sowohl dazu diente, den Raum zu erhellen, als auch den entsetzlichen Gestank zu bekämpfen. Schatten huschten über die rohen Steinvorsprünge in den Wänden. Dieser Ort war größer und besser ausgestattet als derjenige in den Begräbnishöhlen, und er hatte auch nichts Hastiges, Behelfsmäßiges an sich. Simi-Ascalons Werkbank hier war bei weitem größer, ein langer, schön geschnitzter Tisch, der in der Mitte gebogen war und einer natürlichen Krümmung der Felsen folgte. Darüber erhoben sich Regale so hoch, dass sich das oberste Brett sogar außer Reichweite eines sehr großen Mannes befand; darauf standen eine Fülle von Schachteln, Pergamentrollen, Flaschen und Dingen jeglicher Art. Eine Leiter lehnte am Ende eines der Regale.

Vier Arbeitstische standen in der Mitte des Raums; einer davon war leer. Gleich neben Barra wurde Leucas mit dem Gesicht nach unten auf seinem Tisch gefesselt; Kheperu auf seiner anderen Seite hatte Barra einen Blick zugeworfen, in dem irgendeine unbestimmte Bedeutung pulsierte, als sie ihn gleichfalls mit dem Gesicht nach unten fesselten. Sie hatten sich nicht die Mühe gegeben, Kheperu die Gewänder auszuziehen – keiner der Myrmidonier hatte sie berühren wollen, und Simi-Ascalon versicherte ihnen, dass er die Kleidung persönlich herunterschneiden würde. Die Myrmidonier hatten Leucas die Rüstung abgezogen, und Barra sah jetzt, wie sich sein nackter, zernarbter Rücken neben ihr langsam hob und senkte.

Dann lebte er also. Eine weitere Träne stahl sich ihr aus dem Augenwinkel. *Dank sei dir, Zeus, Athene, gleich, wer über ihn wacht! Wenn wir jedoch nicht entkommen können, so bitte ich euch, ihn nicht erwachen zu lassen.*

Leucas stöhnte, rührte sich ein wenig und seine Lider flatterten; daraufhin entspannte er sich jedoch und wurde wieder bewusstlos.

Auf der anderen Seite der Höhle, wo Barra nicht hinzuschauen versuchte, lagen Körper – Kadaver, Leichen. Sie waren zu unordentlichen Haufen gestapelt, wie Bretter eines Schiffsbaumeisters, zum Teil grob in Pyramidenform, zum Teil fünf, sieben Leichname tief an den Wänden entlang aufgereiht; Männer, Frauen, sogar Knaben und Mädchen. Hunderte und aber hunderte steckten in einer Spalte der Höhle, die in der Dunkelheit verschwand: die Toten von Tyros, zweifelsohne auf Wagen hergekarrt. Jetzt, da keinerlei Notwendigkeit mehr zur Geheimhaltung bestand, war die weniger komfortable Werkstatt in den Höhlen möglicherweise aufgegeben worden. Barra versuchte, das Gesicht nicht in diese Richtung zu wenden, weil Simi-Ascalon dort an der Arbeit war, aber die aufsaugende Leere seines Geistes zog sie über ihr *Sceon Tiof* zu sich heran; jedes Mal, wenn sie ihm einen Blick zuwarf, schwoll diese Schwärze in ihrem Kopf erneut an, saugte sie hinab wie ein Schiff, das in der Charybdis gefangen war.

Er arbeitete an einer der Leichen an der Wand, schnitt mit einer Art Meißel Zeichen in die ledrige Haut. Sie sah ihm zu; dagegen konnte sie nichts tun.

Seine Hand zuckte und er fluchte in fließendem, akzentfreiem Phönizisch. Er stand auf und warf angewidert den Meißel davon. »Mehr Krieger, sagt er. Immerzu mehr Krieger. Wie soll ich unter diesen Bedingungen arbeiten? Hält er das etwa für *einfach?* Du dort – Kamades, ist das dein Name? – lege sie zu den anderen, auf den Haufen da, dort drüben!«

Kamades stand auf; anders als die übrigen Myrmidonier, die dicht zusammengedrängt und nervös in der Nähe der Treppe standen, hatte er neben Barras Tisch gekauert. Schweigend gehorchte er, und während sie ihm zusah, fing Barras Blick etwas auf, das ihr zuvor entgangen war: Gegen die Wand gelehnt, halb verborgen von dem Haufen, zu dem Kamades den starren Leichnam trug, stand eine Leiche ohne Arme, deren zersplitterter Kopf fest mit Leinen zusammengebunden war. Langsam schloss sie die Augen und schickte ein stummes Gebet zur Mutter, dass Meremptah-Sifti sein Versprechen vergessen hatte, sie Chrysios zu übergeben.

Simi-Ascalon sagte: »Und du! Du hörst damit auf... hör damit auf, mich *anzusehen!* Das gefällt mir nicht!«

Barra öffnete die Augen und warf ihm einen Blick zu. »Du meinst, so?« Dunkelheit saugte an ihr, aber sie biss die Zähne zusammen und zog mit dem rechten Arm an der Handschelle. Der grässliche Schmerz, als die zersplitterten Enden des Schlüsselbeins aneinander rieben, war ihr Anker gegen den Zug seiner Leere, und sie hielt den Blick weiter auf ihn gerichtet und er trat mit verzerrtem Gesicht zu ihr hin.

»Hör auf damit!« Seine Stimme nahm einen quengelnden, weinerlichen Tonfall an; als er dicht herantrat, erkannte Barra die dicke Schminke auf seinem Gesicht, die Farbe, die er benutzte, um den Verfall seines Fleischs zu verbergen, und er roch... Selbst durch den Gestank in diesem Raum, der jetzt allmählich

nachließ, weil sie sich daran gewöhnte, roch sie den ätzenden Schweiß dieses Mannes, den tierischen Moschusduft: Angst.

Da musste sie lächeln.

»Ich bin es müde«, sagte er. »Es gefällt mir nicht. Ich habe Remmie zuvor schon gesagt, er soll dich töten. Es fühlt sich an wie… ich weiß nicht, wie. Wie etwas, das unter meiner Haut *krabbelt*. Als ob du mir etwas *antust*.«

Blitzschnell krachte seine Faust auf ihren Wangenknochen hinab, und sie schmeckte Blut – und Kamades fiel ihn von hinten an. »Das *reicht!*«, rief er.

Überrascht fuhr Simi-Ascalon herum und Kamades packte ihn an den Schultern und schüttelte ihn wie einen Teppich. »Du sollst ihr *helfen!* Du sollst sie heilen!« Er hob den Dämonenbeschwörer hoch; Kamades' Gesicht war rot wie eine offene Wunde und die Augen traten ihm vor Wut aus den Höhlen. »Schlägst du sie noch einmal, werde ich dich töten!«

»Nein, das wirst du nicht tun«, sagte Simi-Ascalon hastig. »Setz mich nieder und rühre mich nicht noch einmal an! Ihr anderen…«, fauchte er die übrigen Myrmidonier an, die auf ihren Anführer zugekommen waren, »…rührt euch nicht! Keiner von euch rührt sich!«

Kamades' Gesicht wurde leer; er ließ Simi-Ascalon los und der Dämonenbeschwörer staubte sich ab und erlangte seine Fassung wieder. Die anderen Myrmidonier standen wie Statuen da.

»Jetzt bleibt ihr dort, wo ihr seid, ihr alle!«, befahl Simi-Ascalon und seine Unterlippe stand hervor wie bei einem streitlustigen kleinen Knaben. »Rührt euch nicht, bis ich es euch sage. Redet nicht. Du und ich, Kamades, wir werden später noch ein bisschen Spaß miteinander haben. Ich werde dich dafür bezahlen lassen, dass du Hand an mich gelegt hast. Ich werde dir die Haut abziehen und sie als mein neues Gewand tragen. Oder etwas dergleichen.«

Kamades hielt in der Bewegung inne; er stand wie eine Statue neben Barras Tisch, aber sie sah die Adern unter der geröteten Haut an seinem Hals pochen – und sie sah den tintenschwarzen Rand der Tätowierung, die ihn im Bann hielt, so gerade eben aus seiner Rüstung hervorlugen.

»Und jetzt zu dir, du *Hure!*«, spie Simi-Ascalon. »Du willst sehen, was mit dir geschieht? Darauf freust du dich also?« Unten, tief unten in seiner wirbelnden Schwärze erkannte Barra einen kleinen Jungen, gesichtslos, namenlos, der allein spielt, stets allein spielt, der Dingen wehtut, Fröschen die Beine ausreißt, einer Katze glühende Kohlen in den After schiebt, der sich selbst wehtut, der sich die Hände zerschneidet, sich das Gesicht mit Glasscherben zerkratzt. Es war nicht seine Vergangenheit, die sie erblickte – es war seine Natur. Er spürte es, er spürte es erneut, während sie ihn beobachtete; ein Knurren verzerrte sein Gesicht und er wand sich wie ein Mann, der von Flohbissen bedeckt war und sich nicht kratzen konnte. »Hör auf damit! Es hat mir auf dem Markt nicht gefallen und *ich halte es jetzt auch nicht aus!*«

Er sprang zur Werkbank hinüber und machte sich daran, Dinge von den Regalen herabzuwerfen, er grub nach etwas und kam schließlich mit einer achteckigen Bronzestange hervor, die so dick war wie sein Handgelenk und ebenso lang wie sein Arm. Sie war bedeckt mit Stückchen und Teilchen aus Metall, darauf festgeschweißte, hingeworfene Hieroglyphen. Er winkte ihr damit zu, und in seinen Augen leuchtete Vorfreude und aus seinem Mund tropfte schleimiger Speichel.

»Zuerst *ficke* ich dich hiermit, siehst du? Du verstehst, was es dir *antun* wird? Dann, wenn du fertig und innerlich völlig zerrissen bist, lasse ich es darin, siehst du, und ich heize dieses Ende mit einem Brenner auf, bis das ganze Ding glühend rot wird. Siehst du? Deswegen liegen deine Freunde mit dem Gesicht *nach unten* da, siehst du? Du kriegst es in deine Fotze, sie kriegen es in den Arsch! Und das ist erst der Anfang! Du möchtest alles sehen? Schau her!«

Ein Laut entriss sich Kamades' Kehle, ein entsetzliches, knurrendes Stöhnen, und Tränen strömten ihm über das Gesicht, aber er vermochte nicht, sich zu regen, nicht einmal zu blinzeln. Barra verdrehte wieder und wieder ihre Schulter, sodass die Knochen sich aneinander rieben, sie klammerte sich an den Schmerz, sie funkelte Simi-Ascalon an, begegnete seinem Blick über die Leere hinweg. Er knurrte: »Oder ich hole dir vielleicht zunächst die Augen heraus!«

»Es spielt keine Rolle«, flüsterte sie. »Es spielt überhaupt keine Rolle. Ich habe dich durchschaut, Simi-Ascalon. Ich weiß, was du bist. Du hast mich beim Fest gespürt; ich spüre dich jetzt, ob ich dich ansehe oder nicht. Du kannst mir die Augen nehmen, aber du wirst mich töten müssen, um mir die Einsichten zu nehmen, die ich bereits habe.«

»Ich… ich würd's tun, ich würd's tun, aber Remmie möchte, dass ich warte…«

»Du bist ein so ängstlicher kleiner Mann.« Barra brachte ein gezwungenes höhnisches Grinsen zustande, ein verächtliches Grinsen, trotz ihres Schmerzes.

»Was?« Er hob den Phallus wie ein Keule, als ob er sie damit schlagen wollte; die Augen traten ihm aus den Höhlen und das Blut schoss ihm ins Gesicht.

»Du hättest dir doch beinahe ins Gewand gemacht, als Kamades dich gepackt hat«, sagte sie. »Ich wette, du hättest nicht geglaubt, dass er dazu imstande gewesen wäre, unter deiner Tätowierung. Du findest gerade heraus, dass deine Macht nicht das Geringste taugt, und das macht dir eine ganz gewaltige Scheißangst. Du hast

Schiss vor Meremptah-Sifti, du hast Schiss vor Kamades – Scheiße, du hast sogar Schiss vor *mir.* So viel Macht hast du und du kannst nicht mal einem traurigen, verwundeten piktischen Mädchen das Maul stopfen.«

»Ich kann – ich kann diese Augen schließen. Daran brauchst du nicht zu zweifeln.«

»Ja? Was wird Kamades denn tun, wenn du's versuchst?«

»Nichts! Meine Macht…«

»Ist Scheißdreck! Du kannst ihn wirklich nicht *alles* tun lassen. Er tut das, was du ihm sagst, nur deswegen, weil er gewohnt ist, Befehlen zu folgen.«

Simi-Ascalon traten die Augen aus den Höhlen, als ob sie ihm aus dem Kopf springen wollten. Die Haut darum wurde dunkelrot vor Wut, wie bei einem Schlaganfall. »Also gut«, meinte er, nicht mehr an sie gewandt. »Ich tu's. Ich kann mich später bei Remmie entschuldigen. Die Dinge sind mir ein wenig aus der Hand geglitten, das ist alles. Er vergibt mir stets. Also…« Er kicherte unterdrückt und entspannte sich, wobei seine Gesichtshaut erschlaffte. »Kamades, du magst sie so sehr, also wirst du sie töten.«

Das bebende Stöhnen in Kamades' Kehle wurde lauter, aber er rührte sich noch immer nicht.

»Du kannst dich rühren«, meinte Simi-Ascalon gereizt. »Oh, tu ihr zunächst ein bisschen weh – steck ihr die Hand in diese Wunde da und dergleichen.«

Fast so wie bei seinem Herrn traten Kamades die Augen aus den Höhlen, aber er konnte sich nicht daran hindern: seine schmutzige Hand, von salzigem Schweiß bedeckt, fand den Schwerthieb und den zerfetzten Knochen darin. Die Qual ließ weiße Feuer in Barras Gehirn explodieren, aber sie schrie nicht vor Schmerz auf, nicht ganz – darauf hatte sie gewartet. Sie kreischte: »Kamades, ich liebe dich! Küss mich!«

Simi-Ascalon fuhr dazwischen: »Was?«

Kamades blickte auf sie hinab und jäh stand ihm Verwirrung ins Gesicht geschrieben.

Barra flehte mit den Augen. »Küss mich einmal, ehe ich sterbe!«

Er beugte sich herab, sie zu küssen, wobei ihm Tränen über das Gesicht strömten. Simi-Ascalon rief: *»Nein!«*, und Barra fuhr krampfartig hoch, wobei sie nicht auf die entsetzliche Pein achtete, die ihr wie Feuer durch die Schulter schoss, und schlug Kamades die Zähne ins Schultergelenk.

Direkt in die Tätowierung.

Kamades heulte bei dem jähen Schmerz auf, und Blut spritzte Barra in den Mund, salzig und metallisch schmeckend, aber sie klammerte sich an ihn, hielt die Zähne zusammen, schüttelte den Kopf hin und her wie Graegduz, wenn er ein Stück Fleisch von einem Hirsch herunterriss.

Simi-Ascalon sprang zum Tisch, schlug mit dem riesigen, gezackten Bronzephallus auf Kamades ein und kreischte: »Nein! Weg von ihr! Weg!«, und Kamades zog sich mit einem mächtigen Stoß vom Tisch zurück – aber er ließ ein Stück Haut in Barras Mund zurück. Er stolperte, drückte die Hand auf die Schulter, um die Blutung zu stillen, und dann klärte sich sein Gesicht.

Er duckte sich wie ein Ringkämpfer, die Adern auf der Stirn und um die Augen herum traten hervor und er bewegte sich mit der langsamen, tödlichen Anmut einer Raubkatze auf Simi-Ascalon zu.

Er sagte: »Jetzt, Simi-Ascalon, erteile mir noch einen Befehl!«

Der Dämonenbeschwörer sah von ihm zu Barra und das Entsetzen stand ihm überdeutlich ins Gesicht geschrieben. Sie spie den blutigen Hautfetzen auf den Fußboden und grinste böse durch den Schleim auf ihren Lippen. »Weiter, weiter!«, forderte sie ihn auf. »Sieh mal, was du davon hast!«

Kamades sprang ihn an, aber Simi-Ascalon duckte sich beiseite und schoss um Kheperus Tisch herum, wobei er den Phallus noch immer wie eine Waffe in Händen hielt. Kamades zog sein Schwert. »Du wirst diesen Raum nicht lebend verlassen«, sagte er.

»*Myrmidonier!*«, kreischte Simi-Ascalon schrill. »Ihr könnt euch rühren! *Tötet Kamades!*«

Langsam erwachten sie aus ihrer statuengleichen Erstarrung. Hände griffen blindlings nach dem Schwertknauf, zögernd hoben sie die Kurzspeere und ließen die Schilde an ihren Platz gleiten, und eine Anzahl von Dingen geschah fast völlig gleichzeitig:

Kamades, der noch nicht davon überzeugt war, dass Simi-Ascalons Macht den Sieg über die Ehre der Myrmidonier davontragen würde, zeigte mit dem Schwert auf den Dämonenbeschwörer. »Packt ihn!« Aber noch während er sprach, fauchte Simi-Ascalon: »Achtet einzig und allein auf meine Befehle und *tötet ihn auf der Stelle!*« Die Myrmidonier rückten gegen Kamades vor, gierig wurden die Waffen gezogen; die Männer fächerten sich zu einem leichten Bogen auf, noch immer ganz die vollkommenen Berufssoldaten. Simi-Ascalon zog den Atem ein, um ihnen erneut Befehle zu erteilen, schrie jedoch stattdessen überrascht auf, als ein blendend weißes Feuer zischend von der Handschelle aufstieg, die Kheperus linkes Handgelenk am Tisch festhielt. Den Mund vor Staunen und Unverständnis geöffnet, blickte Simi-Ascalon über den Tisch hinweg, und während sein Blick dort festgehalten wurde, flog von der anderen Seite des Tischs ein kleiner runder Ball aus schwarzem Pech von Kheperus rechter Hand davon, prallte, unbemerkt von allen außer Barra, zu Boden und blieb zwischen Simi-Ascalons Füßen liegen.

Das ächzende, splitternde Geräusch von Holz, das auseinandergerissen wurde, zog Barras Blick von dem rauchenden Pechball weg und sie schrie jäh vor

Freude auf: Die Narben auf Leucas' bloßem Rücken waren purpurrot geworden und jeder einzelne Muskel stand messerscharf hervor. Der Tisch unter ihm quietschte, zitterte und ächzte protestierend, und eine der Schellen um seine Fußknöchel riss sich knirschend und kreischend vom Holz los. Barra rief: *»Jetzt, du Hurensohn! Jetzt sitzt du tief in der Scheiße!«* und ihr Schrei wurde beinahe begraben unter dem rollenden Donner von Leucas' tiefem Gelächter.

Im nächsten Augenblick:

Kamades glitt unter einem zustechenden Speer hinweg und trat dem Mann hart in die Eingeweide, sodass er taumelnd rückwärts stolperte; er duckte sich hinter Barras Tisch, wo sich nur zwei seiner Männer auf ihn stürzen konnten, einer von jeder Seite. Noch während er das tat, blickte Simi-Ascalon zu Boden, und das Entsetzen stieg ihm ins Gesicht, als ihm aufging, was dort zwischen seinen Füßen rauchte. Er sagte: »Ah-ahh…«, und seine übrigen Worte wurden von Leucas' berserkerhaftem Schrei der Kampfeslust ausgelöscht, als er einen weiteren Fußknöchel aus der Schelle losriss; mit einem gewaltigen Krachen zersplitterte der Tisch, brach unter ihm zusammen und Leucas erhob sich aus den Trümmern. An den Fesseln um seine Handgelenke hingen noch immer kopfgroße Holzteile.

Der Anblick des nackten, aufrecht stehenden, wütenden Leucas ließ die Myrmidonier innehalten. Er wirkte eher wie ein Gott denn wie ein Mann, und niemand war begierig darauf, sich mit ihm anzulegen. Leucas wartete nicht auf sie; er brüllte: »Dann kommt schon! Feiglinge!«, und watete, mit den riesigen Holzteilen an seinen Handgelenken nach links und rechts Schläge verteilend, mitten in sie hinein. Die Myrmidonier stoben auseinander; ihnen war nicht befohlen worden, gegen Leucas zu kämpfen, und sie konnten nicht an ihm vorbei zu Kamades gelangen. Simi-Ascalon hätte leicht entsprechende Befehle erteilen können, wenn er nicht gerade selbst Probleme gehabt hätte.

Der Pechball ihm zu Füßen rauchte und zischte; blitzartig war ihm aufgegangen, um was es sich dabei handelte, und er versuchte jetzt, mit einem Sprung der bevorstehenden Explosion zu entkommen, aber die eine Sekunde der Erstarrung, während er den Ball wiedererkannt hatte, war eine Sekunde zu viel gewesen: Mit einem atemberaubenden *Wusch!* explodierte der Ball zu einer riesigen Kugel blendend weißen Feuers. Seine Gewänder gingen in Flammen auf; stolpernd wich er zurück, schlug nach den Flammen, die an seiner Kleidung emporleckten, und der gezackte Bronzephallus entglitt seinen Händen und fiel klirrend auf den Stein.

Kamades, ganz der perfekte Soldat, hatte sein wirkliches Ziel, den Schlüssel zum Sieg, nie aus den Augen verloren; durch Leucas von der Notwendigkeit befreit, sich verteidigen zu müssen, sprang er wie ein Löwe über die Tische, warf sich mit der ganzen Kraft seines Körpers auf Simi-Ascalon und stieß den Dämonenbeschwörer zu Boden, wo er benommen und blutend liegen blieb.

Die Myrmidonier, mit Leucas beschäftigt, fanden ihr Ziel nicht mehr, und es gelang ihnen auch nicht, sich zu sammeln, um dem umherwirbelnden, brüllenden, zuschlagenden Faustkämpfer irgendwie standzuhalten. Einige von ihnen erblickten jetzt jedoch Kamades, der sich mühte, Simi-Ascalon am Boden festzuhalten, und wandten sich von Leucas ab und wollten ihn von hinten anfallen. Voller Qual richtete sich Barra auf ihrem Tisch auf und rief: *»Kamades! Töte ihn, wenn er sie nicht zurückruft!«*

Kamades' Faust knallte auf Simi-Ascalons Gesicht hinab, einmal und noch einmal, und der Dämonenbeschwörer wehrte sich nicht länger; Kamades kniete auf

Simi-Ascalons Brust und hielt ihm das Schwert an die Kehle. »Ruf sie zurück oder du stirbst auf der Stelle!«

Verzweifelt rief Simi-Ascalon: »*Aufhören!* Nicht bewegen!«

Barra rief: »Leucas! Einhalten!«

Der Athener hielt inne und blickte sich um; in einer Hand hielt er noch immer einen halb bewusstlosen, sich schwach wehrenden Myrmidonier mitten in der Luft fest, während er die andere Hand zum Zuschlagen erhoben hatte. Als er sah, dass die besten der Myrmidonier sich nicht mehr rührten, ließ er den Mann los. Der Myrmidonier brach schlaff auf dem Boden zusammen. Leucas meinte: »Oh, tut mir Leid.«

Einen langen Augenblick sahen sie alle einander an.

In das jähe Schweigen hinein sagte Kheperu: »Könnte sich bitte jemand um diese verdammte Handschelle kümmern? Ich kann sie nicht erreichen und ich habe mir anscheinend verteufelt die Flossen verbrannt.«

Und es war vorüber.

Bald war Simi-Ascalon gefesselt und geknebelt, Kheperu war frei, und Leucas war dabei, Barra zu befreien. Die Myrmidonier standen noch immer dort, wo sie im Augenblick gestanden hatten, da Simi-Ascalon ihnen den letzten Befehl erteilt hatte.

»Wie lange bist du wach gewesen?«, fragte Barra, als Leucas die Bolzen aus den Schellen zog.

Er zuckte die Schultern. »Eine Weile. Bevor du und er mit eurem Gespräch angefangen habt.« Ein weiteres seiner sehr raren Lächeln erhellte seine freudlosen Augen, obgleich es diesmal ein wenig blass war. »Ich habe auf einen günstigen Augenblick gewartet.«

»Nun, den hast du erwischt. Nur ein wenig früher, und die Myrmidonier hätten dich getötet; ein wenig später hätten sie Kamades getötet.«

Er zuckte erneut die Schultern. »Glück.«

»Und du«, meinte Barra und blickte zu Kheperu hinüber, der jetzt auf seinem Tisch saß und sich nachdenklich Salbe auf die verbrannte Hand rieb. »Wann hast du den Feuerball hervorgezaubert? Und du hast die Fessel mit demselben klebrigen Zeugs geschafft, mit dem du die Chryseiden verbrannt hast, stimmt's?«

Kheperu nickte. »Ich habe beides oben auf dem Dach hervorgeholt, während ich so getan habe, als ob ich bewusstlos wäre. Ich muss jedoch sagen, du hast selbst erstklassige Arbeit geleistet. Ich habe wirklich nicht erwartet, eine Chance zu bekommen, die Dinger so perfekt einzusetzen.«

Leucas zog den letzten Bolzen heraus und Barra setzte sich auf. Sie zuckte zusammen und hielt den Arm sehr still. »Nichts Besonderes«, meinte Barra. »Ich gebe einfach bloß nie auf, das ist alles. Du auch nicht, keiner von euch beiden.«

»Muss ich dich daran erinnern?«, fragte Kheperu. »Wir sind schrecklich weit weg von einem sicheren Zuhause.«

Kamades stand noch immer über Simi-Ascalon gebeugt. Obgleich der Dämonenbeschwörer jetzt gefesselt und geknebelt war, hielt Kamades dem Mann das Schwert dicht an die Kehle. Kamades' Rüstung war mit dem Blut beschmiert, das noch immer aus der Bisswunde an seinem Hals leckte.

Er fragte: »Was sollen wir mit diesem Müll hier anfangen? Wird er eine Geisel?«

»Wir unternehmen nichts mit ihm, bis wir deinen Hals verbunden haben«, erwiderte Barra.

Kamades warf ihr ein rasches Lächeln zu. »Du könntest selbst einige Verbände brauchen, Barra.«

Leucas schleuderte Sachen aus den Regalen über Simi-Ascalons Werkbank, bis er saubere Tücher fand. Kheperu verband Kamades, während Leucas Barras Schulter mit einem zusammengefalteten Leinentuch bedeckte und ihr den Arm fest an die Brust band, wobei er die ganze Zeit über den Kopf schüttelte. »Was habe ich dir von Magie erzählt?«, murmelte er. »Deine piktische Kriegsmagie ist ja ganz schön und gut, aber du hättest eine Rüstung tragen sollen.«

Barra zuckte unter dem Druck auf ihren Arm zusammen und dachte bei sich, dass ihre Kriegsmagie ihr verdammt gute Dienste geleistet hatte, vielen Dank! »Das nächste Mal«, meinte sie heiser. »Das nächste Mal werde ich's vielleicht tun.«

»Wo wir gerade von Magie sprechen«, sagte Kheperu, der dicht dabei stand und so tat, als ob er äußerst konzentriert dabei sei, sich die verbrannte Hand mit einem langen Tuchstreifen zu verbinden, »was hast du mit Simi-Ascalon angestellt, dass er so durcheinander war?«

»Ihn angesehen«, erwiderte Barra unschuldig. Wahrheitsgemäß. »Das ist alles. Wer weiß, weswegen ihn das so bestürzt hat…« Sie warf einen Blick auf Simi-Ascalon hinab; er wand sich in seinen Fesseln und stöhnte in seinen Knebel, und sie musste sich schwer auf Leucas' Schulter stützten, um das Gleichgewicht nicht zu verlieren. »Er ist vielleicht einfach bloß wahnsinnig.«

»Mm-hmm.« Kheperu nickte; an seinem Gesichtsausdruck war deutlich zu erkennen, dass er ihr kein einziges Wort glaubte. »Zuerst kannst du die Chryseiden von weit, weit entfernt riechen. Jetzt kannst du Männer mit einem Blick in den Wahnsinn treiben.«

»Wie ich dir zuvor schon gesagt habe«, meinte sie, rutschte vom Tisch und wandte sich hierhin und dorthin, um zu überprüfen, wie weit sie sich bewegen konnte, ohne dass der Schmerz in ihrer Schulter sie laut aufschreien ließ. »Ich stecke einfach voller Überraschungen. Jetzt töten wir dieses Stück Scheiße und setzen uns in Bewegung. Auf dem Dach haben wir noch einige unerledigte Geschäfte.«

Kheperu starrte sie mit offenem Mund an. »Bist du verrückt? Dort oben läuft noch immer eine *Schlacht!* Oder, noch schlimmer, sie ist möglicherweise vorüber und die Soldaten kehren ins Haus zurück. Du kannst kaum gehen, geschweige denn kämpfen. Wir sind unbewaffnet.«

Barra erwiderte: »Aber wir haben die Myrmidonier. Sie haben Waffen und wir können uns selbst welche besorgen.«

»Wir haben eine Geisel«, konterte Kheperu und er winkte hinüber zu dem dunklen Spalt in der Wand. »Und ich wette, wir haben auch einen Weg nach draußen.«

»Wir werden ihn nicht als Geisel benutzen. Wir werden ihn töten.«

»Barra…«

Vor Ärger jäh entflammt, stieß sie mit der gesunden Hand gegen Kheperus Brustharnisch, obgleich ihr die Schulter dadurch so heftig schmerzte, dass sie Sterne vor den Augen sah. »Wenn ich der Ansicht wäre, du würdest ihn nach dem, was er dir antun wollte, am Leben lassen, würde ich dich *eigenhändig* töten!«

Leucas polterte: »Mir gefällt die Idee nicht sonderlich, einen hilflosen Gefangenen umzubringen.«

Barra wandte sich ihm zu. »Wenn du dort rübergehst und dir dieses… dieses *Ding* ansiehst, das er dir in den Arsch rammen wollte, änderst du vielleicht deine Meinung. Kamades?«

Das Gesicht des myrmidonischen Anführers war so grimmig wie seine Stimme. »Damit habe ich keinerlei Probleme.«

»Dann tu's!«

»In Ordnung.«

Simi-Ascalon kreischte, aber das Kreischen blieb ihm im Hals stecken; er kämpfte, aber seine Gliedmaßen waren mit Gurten gefesselt; und er bettelte mit den Augen, fand jedoch keine Gnade, auf keinem der Gesichter ringsum.

Kamades, auf seine sehr nüchterne und geschäftsmäßige Art, steckte Simi-Ascalon das Kurzschwert in den Bauch und schlitzte ihn mit einer sägenden Bewegung auf, als ob er ein Stück Fleisch aufschneiden würde, bis die Klinge das Herz des Dämonenbeschwörers fand und es in eine wild sprudelnde, purpurrote Fontäne verwandelte.

Barra sah zu, wie die abgrundtiefe Dunkelheit seines Geistes schwand, sich zurückzog, schließlich ins Nichts verblasste und allein den stämmigen Leichnam eines phönizisch aussehenden Mannes hinterließ, der in ein ägyptisches Seshperankh gekleidet war. Sie nickte in sich hinein; sie hatte das starke Gefühl, dass dieser einfache Schwertstreich die Welt zu einem besseren Ort gemacht hatte. »Schlag ihm den Kopf ab!«, wies sie Kamades kurz an.

Es benötigte zwei Streiche mit dem Schwert. Simi-Ascalons Kopf, der Mund noch immer geknebelt, prallte wie der Lumpenball eines Kindes zu Boden.

Die Myrmidonier hatten wie reglose lebende Statuen dagestanden und dem Ganzen ohne Willensäußerung zugeschaut. Jetzt stolperten sie unvermittelt, keuchten und wirkten ebenso erschüttert und benommen wie ein Schlafwandler, der in der Mittagssonne einer unbekannten Stadt erwachte. Selbst derjenige, den Leucas zu Boden hatte fallen lassen, kam unsicher wieder auf die Beine. Allesamt waren sie mehr als niedergeschlagen, als ihnen aufging, was sie unter dem Bannspruch des Dämonenbeschwörers fast getan hätten.

Mehrere von ihnen streckten ihrem Anführer die Hand entgegen; einer warf sich sogar nieder, umklammerte Kamades' Knie und bat um Vergebung. Er schüttelte den Mann ab, brachte sie barsch wieder in Reih und Glied und dann setzte das Gekreisch ein.

Wildes, heulendes, schauerliches Gekreisch hallte in der Kammer ringsumher wider, ein Gekreisch, das von tiefem Gebrüll bis hin zu schrillem, durchdringendem Falsett und wieder zurück reichte. Sie alle krümmten sich zusammen und legten die Hände auf die Ohren – in dem kleinen, steinernen Raum war der Lärm ohrenbetäubend. Nach dem ersten Augenblick des Schocks entdeckte Barra die Quelle des Gekreischs.

Es war Chrysios.

Das armlose Ding, das Chrysios gewesen war, wand sich auf dem kalten Steinboden der Höhle, kreischte, bis ihm der Atem ausging, hielt inne, schluchzte und kreischte erneut in unerträglicher Pein. Und jetzt regten sich einige der angehäuften Kadaver gleichfalls, warfen die steifen Leichname in nächster Nähe wie Zweige in einem Wind von sich, stolperten, stürzten, erhoben sich wieder, rissen mit den Fingernägeln am eigenen Fleisch, rissen große Fetzen davon bis auf die Knochen herab, legten den Kopf in den Nacken und kreischten, kreischten, kreischten.

Barra zählte sie unablässig – sie und ihre Verbündeten befanden sich in einem Zustand, da konnte einer oder zwei schon zu viel sein. Sie schrie aus vollem Hals über den ohrenbetäubenden Lärm hinweg: *»Raus hier, alle!«*

Darüber gab es unter ihren Gefährten keine Debatte; alle stolperten auf die Treppe zu. Sie hob den Kopf des Dämonenbeschwörers an seinem langen, geflochtenen Bart hoch und rannte mit den Übrigen los. Ihr verwundetes Bein ließ sie im Stich, als sie versuchte, nach oben zu laufen. Es gab jäh unter ihr nach, aber starke Hände waren da, die sie hinauftrugen: auf einer Seite Leucas und auf der anderen Kamades.

Sie stürmten aus dem Treppenhaus in den pechschwarzen Keller, der jetzt lediglich vom schwachen, rötlichen Glanz der Brenner in der Höhle darunter erhellt wurde. Die Myrmidonier schoben den schweren

Steinblock vor den Eingang, das Gekreisch hörte wie abgeschnitten auf. Allerdings gab es auch überhaupt kein Licht mehr. Barra fragte: »Oh, hat jemand eine Laterne?«

Keiner hatte eine, und gewiss war niemand daran interessiert, in die Werkstatt zurückzukehren und von dort eine zu holen. Kheperu meinte: »Einen Augenblick – das ist in der Dunkelheit verdammt schwierig!«

Einige wenige dunkle Atemzüge später durchdrang der vertraute Gestank den Keller, und Kheperus *tekatneha* glühte auf und stellte genügend Licht für alle zur Verfügung, dass sie den Weg hinauf ins Haus fanden und sich Laternen suchen und entzünden konnten.

Sie gingen in geschlossener Formation, die Myrmidonier umringten sie mit gezogenen Waffen, als ob Barra, Leucas und Kheperu Gefangene seien; aber die Vorsicht erwies sich als unnötig: niemand schenkte ihnen die geringste Beachtung. Ein Chor kreischender Chryseiden umringte das Haupthaus und hämmerte blindlings mit den Fäusten gegen die Mauern. Weiteres Gejammer und Gekreisch ertönte ringsumher auf dem Gelände und innerhalb des Hauses herrschte völlige Verwirrung. Panikerfüllte Soldaten und Diener eilten von Tür zu Tür und von Fenster zu Fenster und versuchten zu verstehen, was eigentlich los war, oder sie versuchten, ein Versteck zu finden. In einigen Zimmern kämpften die Soldaten mit Simi-Ascalons Hyänen, den albtraumhaften Hunde-Wesen, und stachen immer und immer wieder in ihr lebloses Fleisch. An diesen Zimmern eilten die Gefährten hastig vorüber.

Kheperu nickte fast die ganze Zeit über in sich hinein. »Seine Magie stirbt mit ihm«, murmelte er zerstreut, als ob er spräche, während er sich Notizen machte, »aber das Leben in seinen Chryseiden kommt von den Göttern oder von Dämonen – seine *Kontrolle* über sie ist gestorben.«

Sie erreichten den Eingang, an den Barra sich erinnerte, und statt daran vorüber zu den Treppen zu laufen, sagte sie: »Wartet eine Minute hier.« Sie hielt Kamades Simi-Ascalons Kopf hin. »Halt das!«

Er nahm ihn entgegen und sie schlüpfte in das Zimmer. Dort, zusammengebrochen in einer Ecke, den Kopf auf die Arme gelegt und schluchzend wie ein Knabe, dem das Herz gebrochen war, lag Tal Akhushabb. Er blickte nicht auf, als Barra näher kam; sogar als sie sich neben ihn hockte, wimmerte er nur immer und immer wieder: »Was habe ich getan? Wie konnte ich so schwach sein?«

Sie berührte ihn am Arm. »Gouverneur...«

Er hob den Kopf, fuhr keuchend bei ihrem Anblick zurück und drückte sich eng an die Wand. »Was bist du?«

»Ich bin Barra, Gouverneur, äh, Briseis – das Mädchen vom Fest. Erinnerst du dich?«

Er sah sie mit zusammengekniffenen Augen an und versuchte, unter dem stacheligen, tonbeschmierten Haar, dem bemalten Gesicht, das jetzt von Schweiß und Blut gestreift war, Blut, das ihr an Mund und Kinn klebte, das schöne junge Mädchen zu erkennen. »Da war dieses Mädchen«, meinte er unsicher. »Sie hat versucht, mich zu warnen... aber es ist zu spät gewesen...«

»Ich weiß, was er dir angetan hat, Gouverneur. Es ist nicht deine Schuld gewesen. Du hast nichts dagegen tun können.«

Frische Tränen strömten ihm aus den Augen. »Ich, ich habe Dinge getan... Ich habe Dinge zugelassen, ja, sogar befohlen...«

Das *Sceon Tiof* war noch immer in ihr und es verlieh ihren Worten eine unerschütterliche Überzeugungskraft. Sie sah in ihn hinein und wusste, dass alles, was sie sagte, die Wahrheit war. »Deine einzige Schuld besteht darin, dass du einem Mann vertraut hast, der deiner nicht würdig ist. Verstehst du? Du bist *verzau-*

bert worden; du hättest nichts anderes tun können als das, was dir geheißen wurde. Du bist ein guter Mann, der betrogen worden ist.«

Hoffnung erblühte in den verwundeten Augen; er wagte fast, ihr zu glauben. »Wer… wer bist du in Wirklichkeit?«

»Ich bin das Mädchen…«, setzte sie an und bleckte dann die Zähne. »Ich bin das Mädchen, das Meremptah-Scheißkerl-Sifti eine verflucht gute Tracht Prügel verpassen wird. Wenn du willst, kannst du mitkommen und zuschauen.«

Der Ausblick vom Dach war wie der fiebrige Albtraum eines Gemetzels. Überall auf dem Gelände lagen Leichen, und Chryseiden stolperten wie betrunken umher, rissen Leichnamen die Gliedmaßen ab, bissen in Bäuche, griffen einander an oder wanden sich einfach nur auf dem Boden und kreischten den Mond an. Die Überlebenden des Penthedes-Heers waren davongelaufen, als die Leichen-Krieger wahnsinnig geworden waren, ebenso wie der größte Teil der kanaanäischen Division; die Chryseiden machten inzwischen keinen Unterschied mehr zwischen Freund und Feind. Einige der Hyänen waren aus dem Haus entkommen und streiften über das Schlachtfeld, rissen wahllos an den Lebenden wie an den lebenden Toten. Hier und da stimmte ein Schrei aus menschlicher Kehle in den Chor ein, wenn der Körper sich am Ende als nicht ganz so tot erwies.

Die Gefährten hatten Meremptah-Sifti vom Stockwerk darunter fluchen hören können. Kamades und Tal Akhu-shabb eilten die Stufen voran.

Der Prinz aus Ägypten stand an der Stützmauer und rief: »Nein! Aufhören, hört ihr mich! *Ich befehle euch aufzuhören!*«

Idonosteus stand neben ihm. Er hielt die Hand ausgestreckt, wie um dem Prinzen Zuversicht zu verleihen, und er sah sie die Treppe hinaufkommen. »Allerhöchster …«

»Etwas läuft schief«, sagte Meremptah-Sifti. »Das ist *falsch*, das *geschieht nicht!*«

»Allerhöchster …«, sagte Idonosteus eindringlicher und zupfte den Prinzen jetzt am Ellbogen.

»Ich habe dir gesagt, du sollst mich niemals berühren«, fauchte er. »Was ist los?«

Idonosteus zeigte mit einem fetten Finger hin.

Meremptah-Sifti wandte sich um und schnaubte, da er zunächst nur die Myrmidonier und den Gouverneur sah. Er wirkte verärgert. »Tal, ich habe dir befohlen, unten zu bleiben. Geh zurück und warte, bis ich nach dir schicke! Kamades – da du schon mal hier bist, geh und sage Simi-Ascalon, dass etwas mit den Kriegern schief läuft …« Seine Stimme erstarb, als ihm aufging, dass der Gouverneur sich noch nicht gerührt hatte, seinen Befehl zu befolgen.

»Hast du mich nicht gehört? Ich habe dir befohlen, nach unten zurückzukehren!«

Tal Akhu-shabb schüttelte langsam den alten, ergrauten Kopf. »Nein, Remmie. Ich bin zum Zuschauen hier heraufgekommen und ich bleibe.«

Meremptah-Sifti war wie vom Donner gerührt. »Willst du dich mir widersetzen? Was *stimmt* hier nicht? Ist die ganze Welt verrückt geworden? Kamades, nimm ihn mit, wenn du gehst. Wenn er sich widersetzt, töte ihn!«

Kamades holte tief Luft und stieß sie mit einem Seufzer aus. »So viel bist du letztlich gar nicht. Allmählich macht mir die Sache Spaß.«

»Was?«

Kamades brüllte: »Tretet beiseite!« und die Myrmidonier gingen auseinander.

Da stand Barra, Kheperu hinter der einen Schulter und Leucas hinter der anderen.

Meremptah-Sifti wankte, als ob seine Knie jäh ihre Kraft verloren hätten. »*Was tust du hier?*«

Barra zeigte ihm die blutigen Zähne. »Ich bin gekommen, meine Axt zu holen.«

Sie lag noch immer dort auf dem Dach, nicht weit entfernt. Sie bückte sich, hob sie mit der gesunden linken Hand auf, ließ sie in der Luft herumschnellen und fing sie wieder auf. Sie hielt sie auf Armeslänge vor sich und zielte darüber hinweg auf Idonosteus' Gesicht. Das Oberhaupt des Hauses Meneides stieß ein leises Wimmern aus.

Meremptah-Sifti glaubte noch immer, in einem Traum gefangen zu sein. »Das ist *unmöglich!* Sim hat das hunderte von Malen getan! Er würde nicht *wagen,* einen Fehlschlag zu begehen! Du kannst nicht hier sein! Du kannst das nicht tun!«

Barra sagte: »Kheperu!«

Kheperu stieß den Kopf des Dämonenbeschwörers so sanft an, dass er über das Dach rollte und vor Meremptah-Siftis Füßen liegen blieb. Der Prinz blickte hinab; seine Hände krallten zuckend in die Luft und er keuchte *öh – öh,* als ob er vergessen hätte, wie es war zu atmen. Er fiel auf die Knie und wiegte Simi-Ascalons Kopf in den Armen, drückte ihn an die Brust wie einen Säugling und kreischte: »*Neeeiiinn!* Oh, ihr Götter, nein!«

Barra blickte ihn mit dem *Sceon Tiof* an, während ihm Tränen aus den Augen strömten und er das schluchzende Gesicht zum Himmel richtete. Zwischen ihnen hatte irgendeine tiefe Verbundenheit bestanden, die weit über das Verhältnis zwischen Herr und Diener hinausgegangen war; sie vermochte nicht zu erkennen, worin sie bestanden hatte, aber der Anblick des toten Simi-Ascalon, dessen sterbliche Überreste er in den Armen hielt, verwundete Meremptah-Sifti auf gewisse Weise so tief greifend, dass es in Barras Mund einen faden Geschmack hinterließ. Sie wandte sich von ihm ab und richtete den Blick auf Idonosteus.

Er wich vor ihr zurück. »Du wagst es nicht, uns etwas anzutun«, sagte er hastig. »Verschütte einen Tropfen vom Blut des Prinzen und die ganze Macht Ägyptens wird auf diese Stadt niederstürzen wie eine Lawine.«

Barra schritt auf ihn zu. »Das schützt *ihn;* was bringt dir das ein?«

»Kamades!«, sagte er verzweifelt. »Halt sie auf! Ich befehle dir, sie aufzuhalten!«

Kamades zuckte die Schultern. »Ich quittiere den Dienst.«

»Das kannst du nicht.«

»Ich habe es bereits getan. Wir suchen uns anderswo einen würdigeren Herrn, dem wir dienen.«

»Aber sie wird mich umbringen!«

»Das ist schon in Ordnung.«

Idonosteus wandte das schweißglänzende Gesicht wieder Barra zu und leckte sich die Lippen, während er weiter vor ihr zurückwich. »Ich bezahle dich. Einen Berg aus Silber, Gold, alles! Ich gebe dir alles!«

»Schön«, meinte Barra. »Ich nehme dein Leben.«

Er fiel auf die Knie, schlug die Hände vors Gesicht und drückte sich fette Tränen aus den Augen. »Bitte! Ich flehe dich an! Bitte, bitte, töte mich nicht!«

Barra stand über ihm. Wut erfüllte sie, aber die kalte Entschlossenheit, die damit kämpfte, fand ihren Weg in ihre Stimme. »Du bist schlimmer als Meremptah-Sifti! Du bist eine ekelhafte kleine Kröte – was eine Beleidigung aller Kröten ist. Selbst eine Kröte erhebt sich und verteidigt kämpfend ihr Nest. Du hast dich selbst verraten und verkauft, Idonosteus. Du hast uns alle verraten und verkauft und du hast meine Eltern auf dem Markt in einen Käfig gesteckt und jetzt wirst du sterben.«

»Aber, aber sie sind nicht *verletzt!* Ihnen geht es gut, es ist nicht so, als ob ich sie *getötet* hätte…«

»Sieh dich um!«, befahl Barra. »Sieh dort hinaus! Einhundert Männer sind heute Nacht gestorben, und mehr. Wie viele weitere sind auf ihren Schiffen verbrannt oder wurden beim Versuch erschlagen, aus der Stadt zu fliehen? Jedes einzelne Leben ist eine Schuld, die du bezahlen musst, und anders als so kannst du sie nicht bezahlen. Und weißt du was? Am Ende ist es nicht einmal so sehr für das alles. Es ist gar nicht so sehr für das, was du getan hast, sondern für das, was du *bist.* So etwas Ähnliches wie Simi-Ascalon da drüben. Die Welt wird ohne dich ein besserer Ort sein.«

Sie holte mit der Axt aus.

Er kreischte: *»Biiiiitttteeee ...«*

Sie begrub die Axt in seinem Schädel und zog sie wieder heraus, wobei das Geräusch splitternder Knochen ertönte. Heftig keuchend und schwitzend stand sie über seinem Leichnam und verspürte einen entsetzlichen Schmerz.

Schließlich erholte sich Meremptah-Sifti wieder. Noch immer kniete er dort auf dem Dach, den Kopf des Simi-Ascalon auf dem Schoß. Kamades und die Myrmidonier hatten den Gouverneur hinabbegleitet und wollten versuchen, die überlebenden Soldaten und Diener zu organisieren. Leucas und Kheperu blieben mit Barra und dem Leichnam des Idonosteus auf dem Dach.

Barra lehnte sich an die Mauer, fast an derselben Stelle, wo Meremptah-Sifti gestanden und die Schlacht beobachtet hatte. Er sagte hinter ihr: »Was geschieht jetzt mit mir? Was soll ich tun?«

Barra wandte sich ihm zu. »Was ich entscheide. Verstehst du? Du tust genau das, was ich dir sage.«

Er kniete noch immer auf dem Dach, den Kopf in den Händen, aber sein Gesicht zeigte jetzt wieder die maskenhaften, aristokratischen Züge. »Und falls nicht?«

Barra schwang ihm die Axt entgegen; sie hatte sie

nicht gesäubert und Splitter von Idonosteus' Schädel und blutige Teilchen seines Gehirns spritzten dem Prinzen ins Gesicht. Er zuckte hilflos zusammen und senkte beschämt den Kopf.

»Wenn du mir nicht gehorchst, werde ich dich vielleicht auch töten und das Risiko mit Ramses in Kauf nehmen.«

Mit noch immer gesenktem Gesicht sagte er: »Weißt du, letztlich unterscheiden wir beide uns gar nicht so sehr voneinander, du und ich.«

Bei diesen Worten schnaubte Kheperu und übersetzte für Leucas, der den Kopf schüttelte.

Barra jedoch nickte nachdenklich und meinte: »Du kennst den Unterschied zwischen uns beiden? Warum du verloren hast? Er besteht darin: Du hast lediglich Sklaven besessen.« Sie blickte Kheperu und Leucas direkt ins Gesicht. »Ich andererseits, ich habe *Freunde.*«

Kheperu schenkte ihr ein kleines, dünnes Lächeln, und in seinen Augen zeigte sich ein schwacher Glanz, der vielleicht ein Anzeichen von Tränen war; daraufhin wandte er sich ab und übersetzte die Worte wiederum für Leucas.

»Also hast du mich geschlagen«, meinte Meremptah-Sifti. »Am Ende hast du gewonnen. Wie fühlt sich das an?«

Barra blickte über das blutige Schlachtfeld hinaus und horchte auf das Kreischen der Chryseiden.

»Das ist kein Gewinn«, erwiderte sie leise, schmerzlich. »Ich habe dich geschlagen, aber ich habe nicht gewonnen.«

Dann erhellte sich ihr Gesicht, sie sah nochmals zu ihm hin und sagte mit kräftigerer Stimme, in der ein leises Grinsen verborgen lag: »Obwohl du, verdammt noch mal, ganz bestimmt *verloren* hast, oder etwa nicht?«

22. KAPITEL Barras Frieden

Später, während der Wochen ihrer Genesung, erwachte Barra oftmals schreiend aus Albträumen, worin sie erneut in der stinkenden Höhle unterhalb des Herrenhauses gefesselt war. Dann war ihr Mund fest verschlossen, oder sie hatte keine Zähne oder Kamades war nicht dort: sie hatte also keine Fluchtmöglichkeit, wenn Simi-Ascalon mit dem Bronzephallus näher kam. Aufrecht saß sie in ihrem Zimmer im Haus ihrer Zieheltern, umklammerte keuchend die warmen Daunen ihres Federbetts und wischte sich den kalten Schweiß von der Stirn. Zusammengesunken wartete sie auf Kheperu, der ihr einen Becher mit frischem, kaltem Weidenborkentee bringen würde, der das Fieber senkte.

Manchmal, an kühlen Abenden, wenn ihr Fieber wich, kratzte sie einen neuen Eintrag auf den geistigen Stein ihres Selbstmord-Kalenders: *Einen Auftrag in deiner Heimatstadt annehmen.* Einen weiteren Auftrag, so vermutete sie, würde sie nicht überleben.

Manchmal, wenn die Infektion an ihrer Schulter schlimmer wurde und das Fieber anstieg, träumte sie, tot zu sein, und ihr Blut wäre durch ein milchiges Öl ersetzt und sie müsste erneut neben dem zerschmetterten, armlosen Leichnam des Chrysios einherschreiten.

Als das Fieber endlich vorüber war und ihr Schlüsselbein allmählich zusammenwuchs, erhörte die Mutter auch ihre Gebete und sandte ihr stattdessen Träume von den Bränden.

Graue Morgendämmerung lag über dem Schlachtfeld.

Die Krähen flatterten unter den Toten umher und Geier kreisten im Wind hoch droben. Ein schiefergraues Dach aus Wolken lag über der Welt.

Barra saß auf dem Boden und sah zu, wie die Leichen verbrannten.

Agapenthes war gefunden worden, verwundet, jedoch am Leben. Er hatte nach den Priestern des Ba'al-Berith aus Tyros geschickt, die das Begräbnisritual für seine gefallenen Männer abhalten sollten. Zunächst waren die eintreffenden Priester entsetzt von der Vorstellung gewesen, die Leichen auf Scheiterhaufen zu legen und zu verbrennen – so etwas war Brauch bei den Barbaren im Westen. Die Geschichten der Überlebenden hatten sie rasch zu einer Sinnesänderung veranlasst; Barra vermutete, dass das Verbrennen in den kommenden Jahren in Tyros sehr in Mode käme. Die zahllosen Leichen unten aus der Werkstatt hatte man auf Wagen getürmt und wieder zu den Begräbnishöhlen zurückgebracht; das wurde allgemein bekanntgegeben, sodass jeder Leichnam, der von Freunden oder Verwandten beansprucht wurde, in seine Krypta zurückkehren konnte.

Die übrigen Leichen wurden verbrannt, ebenso die gefallenen Soldaten, ob es nun Soldaten der Penthedes waren oder ägyptische Soldaten.

Die Priester widersetzten sich noch immer, bis Agapenthes sein Angebot von einem Schekel pro Mann unterbreitete. Da scharten sie sich zusammen und berieten sich, und bald kehrte eine Delegation zurück, um den erschöpften alten Mann davon in Kenntnis zu setzen, dass man solche Riten entwickeln könne – für drei Schekel pro Leiche. Schließlich einigte man sich auf einen Preis von zwei Schekeln, und die Priester machten sich zügig mit ihren improvisierten Riten ans Werk, wobei sie das Silber im Kopf zusammenzählten; immerhin befand man sich hier in Tyros.

Jeder Mann bekam seinen eigenen kleinen Scheiterhaufen; Meremptah-Siftis Olivenhaine waren dafür abgeholzt worden, und verteilt über die Landschaft, wie die Kochfeuer eines mächtigen Heers, verbrannten sie rasch. Das an Öl und Harz reiche Holz knisterte und krachte und sandte dichten, schwarzen Rauch zum Himmel. Manchmal peitschte der Wind dichte, tränenreizende Rauchwolken Barra in die Augen.

Sie saß auf dem Boden und atmete ihn ohne zu blinzeln ein, während ihr die Tränen über das Gesicht liefen.

Das große Feuer vor ihr, auf das sie am häufigsten blickte, war jetzt fast heruntergebrannt. Irgendwann waren die Flammen hoch hinauf geschlagen, hatten knisternd am nächtlichen, sternenübersäten Himmel geleckt. Jetzt schwelte es nur noch hier und da und überall zeigten sich geschwärzte Knochen in der Asche und Schädel erwiderten ihren starren Blick mit einem lippenlosen Grinsen.

Genau hier hatte Barra gesessen, Kheperu auf dem Boden neben ihr und Leucas mit verschränkten Armen hinter ihr stehend, als sie zugesehen hatte, wie die Chryseiden, angeführt von Chrysios persönlich, sich zu einem jammernden Zug formiert hatten und auf das riesige Feuer zumarschiert waren. Einer nach dem anderen hatte sich kreischend hineingeworfen und sich daraufhin immer noch kreischend in den Flammen gewunden, während die Glut ihr Fleisch verzehrt hatte.

Chrysios hatte sie gefunden, nachdem er durch die unterirdische Spalte aus der Höhle gestolpert war. Barra war noch auf dem Dach oben gewesen und Chrysios war unten auf den Pflastersteinen in die Knie gesunken. Sein Gesicht war oberflächlich wieder instand gesetzt worden – er hatte kaum zu sprechen vermocht, und schließlich hatte er auch nur unter vielem

Sabbern und nach wiederholten Anläufen Worte gefunden, die sein zerschmetterter Mund formen konnte – und er erklärte, dass Simi-Ascalon keine Zeit gehabt hatte, bessere Arbeit zu liefern; Meremptah-Sifti hatte gnadenlos die Peitsche geschwungen, frische Leichen-Krieger zu schaffen. Während ihm milchige Tränen die geschundenen Wangen hinabliefen, hatte er bei seinem siegreichen Feind um Gnade gebettelt.

»Du mussst unsss sssersssstören«, bettelte er mühevoll. *»Du weissst nichtsss von der Qual…«*

»Ist ein hartes Leben«, hatte Barra erwidert, wobei ihre Mundwinkel vor Ekel gezuckt hatten.

»Bitte!«, sagte er. *»Ich habe mir dasss nicht ausssgesssucht… dasss issst mir gegen meinen Willen angetan worden… Esss ssschmerssst, ssschmerssst, bisss du nicht mehr glau… glau… du kannssst nicht verssstehen, wie sssehr esss ssschmerssst, ich ssspüre jede Wunde…«*

Er wand sich vor ihr auf der Erde, wobei sich die Stoffstreifen, die seinen Kopf zusammenhielten, allmählich lösten.

Barra fragte: »Du spürst jede Wunde? Das willst du mir sagen? Jede einzelne?«

»Wasss du mir abgessschnitten hassst, ssszwissschen den Beinen – ich ssspüre esss noch immer… esss tut weh. Tut weh. Andere… ssspüren wie ihnen Organe ausss dem Körper gerisssen werden, ssspüren äh dasss Ssstroh in ihren Eingeweiden…«

»Die anderen spüren das Stroh, womit sie ausgestopft worden sind? Innendrin? Und sie spüren noch immer ihre… und alles Übrige?« Barra blickte beiseite und stellte sich gegen ihren Willen vor, wie es sich anfühlen mochte, in einer solchen Qual einherzugehen und zu wissen, dass man unsterblich war und dass der Schmerz nur schlimmer werden würde.

»Bitte… Feuer… brauchen. Verbrennen… bitte verbrennen…«

Barra vermochte lediglich zu nicken.

Chrysios war mühsam auf die Knie gekommen, und sein zusammengeflickter Mund arbeitete voller Qual, um einen letzten verständlichen Satz hervorzubringen: *»Verbrenne mich und ich vergebe dir, vergebe dir, vvverrrgebe dirrr, dasss du mich getötet hassst…«*

Barra blickte ihm in die brennenden Augen und dachte daran, dass sie ihn einstmals gut aussehend gefunden hatte. Ihr hob sich der Magen, und sie eilte vom Rand des Dachs weg, damit er sie nicht kotzen sähe.

Und also hatte er sein Feuer bekommen, er und jene wie er. In den folgenden Tagen waren Gerüchte in Umlauf, dass nicht alle Chryseiden sich selbst verbrannt hatten, dass einige noch immer des Nachts auf den Straßen von Tyros umherirrten, wenn man ihnen nicht ansehen konnte, was sie waren, in der Nähe der Häuser standen, wo sie einstmals gewohnt hatten, und mit leiser, verzweifelter Stimme nach ihren Lieben riefen. Aber das waren bloß Gerüchte.

Viele der untoten Hyänen waren in die Nacht entkommen; sie wurden in den folgenden Wochen von Scharen nervöser Männer gejagt.

Barra hatte das Verbrennen der Toten beobachtet und fühlte sich im Geist gereinigt.

Alle Toten wurden verbrannt, sogar Simi-Ascalon und Idonosteus; bösartig waren sie ja gewesen, aber sie hatten reinigende Scheiterhaufen bekommen, die ihren Geist mit einiger Ehre in das Land schickten, das sie jetzt betraten.

Nur über die Taten der Lebenden fällen die Götter ein Urteil und die Toten zu entehren bleibt niemals ungestraft.

Nachdem er sich mit Barra und dem Gouverneur besprochen hatte, entschloss sich Agapenthes (als eine

Art unfreiwilliger General der Gewinnerseite), zum Wohl der Bürger von Tyros eine Wiedergutmachung seitens Meremptah-Siftis anzunehmen. Das sollte einige Tage später stattfinden, nachdem Barra wieder aufstehen und umhergehen konnte. Ihr war nicht gut; eine Krankheit hatte ihre Lungen befallen, sie hustete viel und ermüdete rasch. Aber ihr Fieber war zurückgegangen und sie bestand nichtsdestoweniger auf ihrer Anwesenheit. Aufgrund ihrer langjährigen Erfahrung im Verfassen von Verträgen und der dadurch erworbenen detaillierten Kenntnis, wie ein offizielles ägyptisches Schreiben auszusehen hatte, diktierte Barra persönlich den Brief, den Meremptah-Sifti an seinen Großvater schrieb.

In diesem Brief erläuterte der Prinz, wie er von seinem Adjutanten Simi-Ascalon betrogen und verzaubert worden war, der Tyros gewiss geplündert hätte und durch sein Heer aus belebten Leichnamen eine Macht geworden wäre, die vielleicht sogar Ägypten zu fürchten gehabt hätte. Dieser Brief beschrieb, dass Simi-Ascalon Tyros eingenommen hätte und dass nur die Heldentaten von Leucas Deodakaides aus Athen, Kheperu von Theben und Barra Coll Eigg Rhum von Groß Langdale zwischen Tyros und dem völligen Ruin gestanden hatten.

Aus »Dankbarkeit für seine rechtzeitige Errettung« schrieb er, dass er seine gesamten Besitztümer in Tyros den Einwohnern der Stadt zum Geschenk machen würde. Sie sollten von Agapenthes aus dem Haus Penthedes verwaltet werden. Das Schreiben bat gleichfalls um eine sofortige Anleihe von einhunderttausend Silberdeben – jeder Deben war das Äquivalent von etwa drei attischen Talenten in Silber –, um ›den guten Bürgern von Tyros für das entsetzliche Leid, das ihnen mein verräterischer Adjutant zugefügt hat, Wiedergutmachung zu leisten‹. Die Summe würde er aus seinen persönlichen Besitztümern zurückerstatten, sobald er nach Ägypten zurückkehren und sie verkaufen könnte.

»Einhunderttausend!«, rief Meremptah-Sifti aus. Er ballte die Hand zur Faust, sodass der Schreibstift aus Schilfrohr zerbrach. »Das macht mich *arm!*«

Barra zuckte die Schultern und sah über ihn hinweg zum Gouverneur, der hinter ihm stand und den Brief über seine Schulter mitlas. Sie sagte: »Ich denke, der Prinz hier hätte in der Schlacht gegen seinen verräterischen Adjutanten verwundet werden können, vielleicht sogar *schlimm* verwundet werden können.«

Der Gouverneur runzelte spöttisch die Stirn und berührte mit einem Finger die geschürzten Lippen. »Du meinst den unseligen Zwischenfall, der ihn, hm, sehen wir mal, vielleicht die linke Hand gekostet hat? Ramses wird darüber sehr bestürzt sein – aber natürlich noch immer dankbar, dass das Leben seines Enkels gerettet worden ist. Meinst du nicht?«

Meremptah-Sifti sah von einem zum anderen und kam zu dem Entschluss, dass es beide trotz ihres neckischen Tonfalls tödlich ernst meinten. Er zog einen weiteren Schreibstift aus dem Behälter, tunkte ihn ein und fuhr fort zu schreiben.

»Das ist zwischen uns noch nicht ausgestanden«, brummte er. »Es wird nie vorüber sein, nicht, so lange du lebst.«

Barra legte ihm den linken Arm um die Schultern – obgleich die Infektion in ihrer Schulter allmählich heilte, war ihr der rechte Arm noch immer unbeweglich vor die Brust gebunden –, und beugte sich herab, sodass sie ihm direkt in das liebliche Gesicht sprechen konnte. »Das hast du falsch herum verstanden, Remmie. Es wird nicht vorüber sein, so lange *du* lebst. Und der einzige Ort auf der Welt, wo du in Sicherheit bist, ist hier in Tyros. Natürlich halten dich alle hier in

Tyros entweder für eine Marionette, an der dein Adjutant die Fäden gezogen hat, oder für ein verfluchtes Schwein, dem drei dahergelaufene Söldner den Arsch versohlt haben. Du bist eine Witzfigur. Ich kann mir nicht vorstellen, dass du hier bleibst.«

Er schüttelte ihren Arm ab, als ob allein ihre Berührung Ekel erregend sei. »Glaube nicht, dass ich Angst vor dir habe. Glaube nicht, dass ich dich nicht finden könnte!«

»Du sollst keine Angst vor mir haben, Remmie«, meinte Barra. Sie sammelte all ihre Energie, damit ihre Stimme fest und überzeugend klang. »Du sollst mich besser vollkommen vergessen. Auf diese Weise werde ich, sollte ich dich eines Tages außerhalb dieser Stadt erwischen – vielleicht irgendwo in Ägypten –, eine nette Überraschung für dich sein. Wenn du mich finden kannst, so kann ich dich auch finden. Und ich werde dich finden. Meine Götter haben ein Gesetz, was Mörder angeht.«

Der Prinz blickte ihr von unten in die Augen; die Schwellung, die ihre Fäuste auf seinem Kinn hinterlassen hatten, war verschwunden und die Schramme nahezu verblasst; er war erneut herzzerreißend schön. »Als ich das erste Mal von dir gehört habe – als ich die Geschichte gehört habe, wie du Idonosteus' Bären gefangen hast –, da habe ich gewusst, dass sich unsere Wege kreuzen würden. Ich habe dich für ein Geschenk des Schicksals gehalten. Ich habe gedacht, du würdest mir gehören.«

»Nicht sonderlich wahrscheinlich«, erwiderte sie müde.

»Wenn wir uns begegnet wären …«

»Versuch's nicht mal«, wies sie ihn zurecht. Sie schüttelte den Kopf. »Wenn ich für irgendwen ein Geschenk bin, dann vielleicht für eines dieser armen Schweine in Tyros, meinst du nicht?«

Nach einem Augenblick senkte Meremptah-Sifti erneut den Blick auf den Papyrus, um auf ihre Anweisung hin zu schreiben.

Der Gouverneur runzelte die Stirn und strich sich über den schneeweißen geflochtenen Bart. »Ich wünschte, es gäbe etwas anderes, etwas mehr, das wir dir antun könnten, Remmie. Vermutlich besteht aber keine Möglichkeit, dich so zu bestrafen, wie du es verdient hättest, aber ich wünschte mir…« Seine Stimme erstarb wehmütig.

Barra zuckte die Schultern und zog ihre Breitaxt. Obgleich diese an ihrem geschwächten Arm schwer wie ein Anker zog, wirbelte sie sie in die Luft herum und fing sie wieder auf. »Möchtest du ihn wie ein Hühnchen tanzen sehen?«

Der Gouverneur sah sie stirnrunzelnd an und setzte zu einem Kopfschütteln an, aber als er es sich im Geiste vorstellte, bekam er leuchtende Augen.

Lysandros – Murso oder wie immer er nun heißen mochte – musste sich in der Nacht der Schlacht davongestohlen haben. Er, meinte Barra, war ebenso schuldig wie Idonosteus; sie fügte seinen Namen ihrer geistigen Liste bei, gleich hinter Meremptah-Sifti. *Eines Tages,* versprach sie ihm im Herzen. *Eines Tages, du mörderischer Schweinehund!*

Zur Feier des Sieges, der Tyros befreit hatte, gab Agapenthes ein großes Fest und setzte Spiele zu Ehren der gefallenen Männer an. Er konnte sich das sehr wohl leisten; über die gesamten Besitztümer des Meremptah-Sifti hinaus hatte Agapenthes jetzt das Haus Meneides und dessen gesamten Besitz mit dem Haus Penthedes verschmolzen. Idonosteus' sexuelle Vorlieben hatten ihn, wenig überraschend, ohne Erben gelassen. Schon zuvor war Agapenthes der wohlhabendste

Mann in Phönizien gewesen; jetzt konnte sich sein Wohlstand mit den großen Reichtümern von Babylon und Knossos ohne weiteres messen.

Zusammen mit Peliarchus und Tayniz, Kheperu und Leucas, Demetor und den Kyprioten wohnte Barra dem Fest auf einem Ehrenplatz bei. Es währte den ganzen Tag und fand auf dem Besitz der Penthedes statt. Zwischendrin ergoss es sich immer wieder mit trunkenem Tanz, Gesang und dem Ausstreuen von Geschenken über die Straßen. Den gelegentlichen Schlägereien ließ man ihren Lauf, ohne dazwischenzugehen. Der Gouverneur hatte in weiser Voraussicht die gesamte kanaanäische Division aus Tyros abgezogen und dem Garnisonskommandanten befohlen, seine Truppen in den Kasernen zu halten; die Uniform des ägyptischen Heeres stünde in Zukunft hier in Tyros nicht sehr hoch im Kurs. Die Soldaten des Meremptah-Sifti schienen spurlos verschwunden. Hier und da entdeckte man angekohlte Teile blutroter und purpurfarbener Livreen, aber kein Mensch gäbe jemals zu, sie getragen zu haben.

Die Tage von Meremptah-Siftis Herrschaft verblassten zur Vergangenheit, zu einem halb erinnerten Albtraum für die meisten; für nicht wenige – etliche misshandelte Kinder, einige Witwen, Krüppel – würde der Albtraum langsamer verblassen, wenn überhaupt.

Agapenthes und Demetor wurden beide beim Fest sturzbetrunken, lagen am Ende einander in den Armen und schworen sich ewige Freundschaft über die Blutsbande hinaus, die sie vereinten. Kheperu verschwand regelmäßig für eine oder zwei Stunden und kehrte mit einem sanften Lächeln auf den Lippen und oftmals dem Arm eines prominenten Tyrers um die Schultern zurück. Leucas nahm an den Spielen teil, gewann sowohl den Faustkampf wie auch das Gewichte-Werfen, wurde Zweiter im Ringkampf und Dritter im

Speerwerfen. Barra sah den Spielen neidisch zu; insbesondere den Läufern; sie war sich gewiss, dass sie, wenn sie nicht verwundet wäre – und sogar jetzt noch versuchte, sich die Lungen auszuhusten –, einen der ersten Plätze errungen hätte, sogar gegen die Männer; vielleicht hätte sie sogar alle geschlagen. Insgeheim hegte sie den Traum, an den Spielen während der Frühjahrsmesse in Knossos teilzunehmen und gegen die schnellsten Männer der Welt anzutreten. Sie legte Stücke von Fleisch und Käse beiseite, um sie für Graeg heimzunehmen, dessen Bein gut abheilte.

Sie suchte auf dem Fest nach Kamades und den Myrmidoniern, die jedoch nicht anwesend waren. Kamades hatte sie einige Male während ihres Fiebers besucht, aber ihm war anscheinend dabei nicht wohl in seiner Haut gewesen: er war sehr wortkarg gewesen und auch nicht lange geblieben.

Peliarchus und Tayniz saßen schweigend beim Fest und aßen wenig. Eine Wolke schien über ihnen zu hängen, die ihre Gesichter verdunkelte, und sobald Barra es bemerkte, bedrängte sie die beiden, bis Peliarchus ihr sagte, was ihn so aus der Fassung gebracht hatte.

»Ich komme anscheinend nicht darüber hinweg«, meinte er zu ihr und ließ den Finger über die jetzt machtlose Tätowierung unter seinem Hemd laufen. »Dort in diesem Käfig zu sitzen und auf dein Erscheinen zu warten. Sie *sollten* dich fangen, Barra; ich kann's kaum glauben – es ist mir gleichgültig, welche Magie es gewesen sein mochte, ich kann's kaum glauben, dass sie mich so weit gebracht haben, dir etwas antun zu wollen. Großer verdammter Verschlinger! Wenn du Agapenthes dort drüben zuhörst, so hat er den Bann durch eine heroische Willensanstrengung überwunden und seine Männer zu einem ruhmreichen Sieg geführt.«

»Mm, na ja«, sagte Barra, »nicht, dass ich Agapenthes beschuldigen will, nicht die ganze Wahrheit zu sagen, aber … er ist ein verdammter Lügner. Er ist dem Bann zur selben Zeit entronnen wie du, zur selben Zeit wie alle anderen auch – als Kamades Simi-Ascalon getötet hat. Und sobald er den Bann nicht mehr gespürt hat, hat er sich unter einem Haufen toter Männer eingebuddelt und dort versteckt.«

Peliarchus murrte nur.

»Und der Anblick auf dem Fest, als sie dich festgehalten und jedem gezeigt haben«, meinte Tayniz. »Dein armes Gesicht – so viel Angst habe ich noch nie im Leben gehabt. Ich habe deswegen jetzt noch Albträume.«

Barra wandte den Kopf und sah zu Kheperu hinüber, der gerade einen errötenden Mundschenk der Penthedes zu beschwatzen versuchte. »Hier und da habe ich selbst Albträume. Das wird mit der Zeit schon nachlassen.«

»Und das tust du also die ganze Zeit über?«, fragte Tayniz. »Wie hältst du das bloß aus?«

»Gewöhnlich ist es nicht so schlimm«, erwiderte Barra. »Manchmal macht es sogar Spaß.«

»Ich erinnere mich noch an unsere erste Begegnung«, meinte Peliarchus. »Ich glaube, du warst acht oder neun Jahre alt und am ganzen Körper mit Sommersprossen bedeckt, weil du nicht alt genug warst für Sommerkleider, und den ganzen Monat meines Aufenthalts in Langdale bist du mir auf Schritt und Tritt gefolgt und hast mich bedrängt, dir Phönizisch beizubringen. Jetzt, in der Rückschau, muss ich wohl sagen, es ist gut, dass ich einen so weichen Zug an mir habe.«

Barra benötigte nicht das *Sceon Tiof*, das ihr einflüsterte, was ihre Zieh-Eltern hören mussten. Sie nahm von jedem eine Hand in die ihre. »Ich liebe euch wirklich, wisst ihr. Ihr seid die Eltern, die ich mir immer gewünscht habe, als ich klein war. Ich habe davon geträumt, eine Mutter zu haben, die sich um mich sorgt, und einen Vater, der nicht jenseits der Irischen See lebt, und ich…« Sie blinzelte die plötzlich aufsteigenden Tränen davon. »Ich bin einfach wirklich glücklich, das ist alles.«

»Wir sind die Glücklichen, Barra«, sagte Peliarchus. »Und jeder in Tyros würde mir da heute beipflichten.«

Tayniz schniefte, wischte sich die Augen und sagte: »Und was ist mit Kamades? Er hat dich dreimal besucht. Ist er verheiratet?«

Tage vergingen, und Barras Lungen erholten sich nach und nach und ihre Kraft kehrte zurück.

Dank des Hinterhof-Klatschs im Hause Penthedes war durchgesickert, dass Agapenthes den Wohnblock, wo die Myrmidonier ihren Haushalt gehabt hatten, an die Jephunahi verkauft hatte, die alle Überreste hinauswerfen und den Block in ein befestigtes Lager für Kräuter, Öle und Weine umbauen wollten. Als Barra dieses Gerücht zu Ohren kam, seufzte sie: »Ich rede besser mit Kamades.« Leucas und Kheperu bestanden darauf, sie zu begleiten; Kheperu drückte es so aus: »Niemandem, der so gut Befehle entgegennimmt, kann man über den Weg trauen.«

Auf dem Weg zur Wohnung setzte Kheperu ihr so lange zu, bis sie widerstrebend von Kamades zu erzählen begann. »Es ist nicht so, dass ich ihn zum Liebhaber will«, sagte sie. »Nein, wirklich nicht. Ich meine, er ist sehr attraktiv, in einer gewissen, wettergegerbten Weise, aber…«

»Kamades, ich liebe dich! Küss mich!«, kicherte Kheperu.

Ihre unter den Verbänden heftig juckende Schulter erinnerte sie daran, dass es, wenn sie ihm einen Schlag versetzte, ihr mehr weh täte als ihm. »Das war *Taktik*«, sagte sie scharf. »Lach nicht – dieser Kuss hat auch dir das Leben gerettet!«

Kheperu gab dies mit einer ergebenen Verneigung zu.

»Er ist nur so ernst«, fuhr Barra fort. »Wenn ich heiraten wollte, würde ich ihn ernsthaft in Betracht ziehen. Aber ich glaube, in Gesellschaft ist er nicht gerade ein Spaßvogel.«

»Warum also«, polterte Leucas, »gehen wir ihn dann besuchen?«

Barra verzog das Gesicht. »Ich habe ihm gegenüber ein schlechtes Gewissen. Ich fühle mich verantwortlich, weißt du? Ich wette, Idonosteus hat ihn tätowieren lassen, weil er mich auf dem Fest gerettet hat – tätowieren lassen, weil er zu nützlich ist, um ihn zu töten. Auf diesem Fest hat er herausgefunden, dass man Kamades nicht trauen konnte.« Sie schüttelte den Kopf. »Er hat herausgefunden, dass man Kamades nicht trauen konnte, wenn es darum ging, etwas Schweinisches und Unehrenhaftes zu tun, nur weil man es ihm gesagt hat.«

»Und du hast einen seiner Männer getötet…«

»Das hat nichts damit zu tun!«, fauchte Barra. »Dieser Schweinehund war gerade dabei, mir die Eingeweide herauszuholen.«

Leucas zuckte bloß die Schultern. Der Myrmidonier, den er vom Dach geworfen hatte, hatte sich ein Bein gebrochen; unten in der Werkstatt hatte er einigen weiteren den Schädel eingeschlagen. Der andere Myrmidonier, der, den Leucas selbst getötet hatte, hatte Glandys geheißen; und Leucas verzog jedes Mal schmerzvoll das Gesicht, wenn er daran dachte.

Über dieses Thema wurde kein weiteres Wort mehr verloren. Barra hieß Leucas und Kheperu draußen auf der Straße warten, während sie allein hinaufging.

Die Myrmidonier besaßen wenig mehr als ihre

Schlafsäcke, Rüstungen und Waffen; alles war gut verstaut, als Barra in die Wohnung gebeten wurde. Kamades kontrollierte schweigend die Zimmer, um sicherzustellen, dass seine Männer keine Spur ihres Aufenthalts hier hinterlassen hatten. Er nahm ihr Hereinkommen voller Unbehagen zur Kenntnis und setzte seine Inspektion fort.

»Kamades«, sagte Barra und trat nahe an ihn heran, aber seine kühle Reserviertheit hielt sie davon ab, ihn in die Arme zu nehmen. Geschlagen ließ sie die Hand fallen. »Wohin willst du jetzt gehen? Zurück nach Phthien?«

Er warf ihr einen Blick zu, untersuchte den Staub unten an einer Wand und schüttelte dann den Kopf. »Wir können niemals heimkehren. Wir werden einen neuen Herrn zum Dienen suchen, vielleicht einen, der selbst etwas Ehre im Leib hat.«

»Weißt du«, meinte Barra langsam, »du hast mir nie erzählt, weswegen du ursprünglich Phthien verlassen hast.«

Jetzt betrachtete er sie mit grimmig zusammengepresstem Mund. Er sprach so leise, dass ihn seine Männer nicht hören konnten. »Vermutlich spielt es keine Rolle. Du hast gesehen, wie ich ungehorsam war und meinen Herrn in Gefahr im Stich ließ, sogar seinen Tod zuließ – keine weitere Unehre könnte deiner Meinung über mich Abbruch tun.«

»Abbruch tun? Kamades…«

»Neoptolemos, der Sohn des Achilleus – nach dem Trojanischen Krieg sind wir nach Phthien zurückgekehrt zu unserem Dienst und er hat geherrscht. Aber…«, er verzog das Gesicht, »…aber er wollte, dass wir auf die Höfe zurückkehrten, auf denen unsere Väter gearbeitet hatten, wir, deren Geschäft der Krieg war, wir, die wir zehn Jahre lang kein anderes Leben gekannt hatten, nur den Krieg. Wir haben uns getroffen und einen Mann gewählt, der zu Neoptolemus, unserem Herrn, gehen und ihn bitten sollte, ob wir nicht vielleicht eine andere Beschäftigung ausüben dürften. Neoptolemus, er ist recht hitzig veranlagt, und als… dieser Mann… unser Anliegen vorbrachte, wurde er wütend. Er schrie, dass wir untreu seien, weil wir seine Befehle infrage stellten, und dass wir verschwinden sollten, wenn wir keine Bauern sein wollten. Deswegen können wir nicht nach Phthien zurückkehren.«

»In meinen Ohren hört er sich wie ein ziemliches Arschloch an«, meinte Barra.

Kamades runzelte ernst die Stirn. »Er war mein Herr. Ich hätte ihn niemals befragen sollen.«

»Du bist's gewesen?«, fragte Barra. »Du bist derjenige gewesen, der zu ihm gegangen ist?«

Kamades blickte beiseite. »Das war der Samen der Fäulnis; dort habe ich den Pfad der Ehrlosigkeit betreten.«

»Verdammte liebende Mutter!«, rief Barra aus. »Kamades, du brauchst dringender was zu trinken als jeder andere Mann, dem ich je über den Weg gelaufen bin! Ich kenne da einen Ort…«

»Barra«, setzte er an und das Elend zeigte sich offen in seinem Gesicht. »Ich muss mich bei dir entschuldigen. Ich glaube, ich habe dich verführt.«

»Hä?«

»Ich weiß, dass ich mich dir genähert habe… äh, wie ein Mann sich einer Frau nähert, und ich finde dich begehrenswert, wirklich, aber…«

»Aber…?«, half Barra in der Hoffnung nach, dass sich die Röte der Erleichterung nicht auf ihrem Gesicht zeigte.

»Aber, Lalcamas – ich weiß, du konntest nicht anders, es war ein Kampf; aber jedes Mal, wenn ich dich ansehe, sehe ich sein armes, totes Gesicht, und… nun, er und ich, wir waren Freunde, wir waren schon als Knaben zusammen. Für meine Männer bin ich verantwortlich und ich habe Glandys ebenfalls verloren; es ist meine Schuld, dass sie tot sind, meine Schuld, dass wir einen Dienst bei einem unwürdigen Herrn angenommen haben…«

»Denk nicht darüber nach!«, meinte Barra. »Du willst also sagen, dass du dich nicht weiter auf mich einlassen willst, stimmt das?«

»Barra, tut mir Leid…«

»Nein, nein«, unterbrach sie und tat so, als ob sie tapfer tun würde, obgleich sie insgeheim so erleichtert war, dass ihr die Knie weich geworden waren. »Könnten wir nicht Freunde sein, was meinst du?«

Kamades blickte zweifelnd drein.

Barra sagte: »Da ist dieser Gastwirt, der mir das Leben schuldet, siehst du? Sein Name ist Lidios, und er hat mir neulich gesagt, dass ich auf Lebzeit die Gastfreundschaft seines Hauses besitze. Was bedeutet, ich kann dich und alle deine Männer dorthin einladen und euch so betrunken machen, dass ihr nicht mehr aus den Augen schauen könnt, und es wird mich keinen Kupferschekel kosten.«

»Das würdest du tun? Obgleich… du und ich nicht…«

»Unter einer Bedingung«, sagte Barra. Sie kratzte nachdenklich an ihren Verbänden. »Du musst versprechen, dass wir kein Wort über Tyros verlieren. Ich möchte die ganze Nacht über nur von Achilleus und Patroklos, Diomedes und Odysseus, Agamemnon und Menelaos hören – nur vom Trojanischen Krieg.«

Kamades dachte darüber nach, seufzte langsam und gestattete sich dann ein leises Lächeln. »In Ordnung.«

Als sie ihn beim Arm fasste und ihn hinausführte, murmelte sie: »Und wie ich gehört habe, sind die Silberminen bei Laurium, gerade unterhalb der Küste

Athens, während der letzten beiden Jahre oder so ganz schön geplündert worden. Die Doppelkönige suchen möglicherweise ein paar Männer, die dort für Ordnung sorgen…«

»Oh, wirklich?«

Während ihre Schulter heilte und ihr Husten zurückging, machte es Barra sich zur Gewohnheit, lange Spaziergänge auf den Hügeln rings um Tyros zu unternehmen; da jetzt der Winter gekommen war, waren die Tage kürzer und kühler, und wenn es einem nichts ausmachte, im gelegentlichen Gewitter nass zu werden, waren die Spaziergänge stets angenehm. Graegduz begleitete sie auf diesen Spaziergängen. Zunächst humpelte er noch, dann aber jagte er mit seiner alten Schnelligkeit hinter Hasen und Schnepfen her. Sie war stets auf der Hut – so dumm war sie nicht zu glauben, dass Tyros um einen Deut sicherer war denn je.

Manchmal dauerten die Spaziergänge Stunden; manchmal suchte sie sich einfach eine gemütliche Ecke an einem Hügel, setzte sich und warf Steine, oder sie kräftigte ihren Arm etwas halbherzig mit Axtübungen. Aber immer, immer blickte sie über das dunkle, ums Überleben kämpfende grüne Buschwerk hinweg, das sich in seiner gefährdeten Existenz zwischen Sand und Fels anklammerte, blickte stets hinaus in die Wüste und träumte von daheim, von den üppigen, grasbedeckten Hügeln und den dichten, undurchdringlichen Wäldern auf der Insel der Mächtigen.

Leucas und Kheperu fanden sie, wie sie auf einem Felsen saß und Steine den Hügel hinabwarf. Graegduz durchstöberte den trockenen Wasserlauf unter ihr und schnüffelte zwischen den Steinen nach Igeln.

Leucas hockte sich neben sie; auf der anderen Seite plumpste Kheperu zu Boden und ließ die Beine den

Fels hinabbaumeln, wobei er wie ein Kind mit den Fersen dagegentrat.

Kheperu meinte: »Er macht sich gut«, wobei er auf Graegduz deutete, der anscheinend etwas in einer geschützten Spalte entdeckt hatte; glücklich wich er ein Stück zurück und jagte wieder darauf zu. »Das freut mich. Und ich bin neugierig, was deine Schulter macht.«

Barra zuckte die Achseln. Sechs Wochen waren seit der Schlacht verstrichen; das Jahr näherte sich bereits der Wintersonnwende. Die Wunde war noch immer mit den Überresten von Schorf bedeckt, die Barra abpflückte, wenn niemand hinsah, und die Schulter schmerzte auch noch immer. Außerdem war sie geschwächt, aber sie hätte sich bald völlig erholt.

»Wir haben daran gedacht«, meinte Leucas, »weiterzuziehen. Tyros ist teuer.«

Sie nickte, wobei sie noch immer keinen der beiden direkt ansah. Sie hatten sich entschlossen, nicht auf die Karawane aus Ägypten zu warten, die gerade jetzt mit den hunderttausend Silberdeben unterwegs sein musste; nach Absprache mit Agapenthes hatten sie sich ihren Anteil aus den Haushaltsgütern des Meremptah-Sifti genommen. Über etwas feine Kleidung, Haushaltsgegenstände aus Silber und Gold hinaus hatten die Gefährten fünf von Meremptah-Siftis wunderschönen Stuten, drei Wallache und einen strahlend weißen Hengst erhalten. Barra hatte den größten Teil ihres Anteils dafür ausgegeben, ihren Freunden die überflüssigen Tiere abzukaufen; sie würden ein königliches Geschenk für Idomeneus, den König von Kreta, abgeben, wenn Barra im Frühjahr zur Handelsmesse dorthin führe. Ein Geschenk wie dieses sollte sie von den Kaufmannsquartieren im Palast von Knossos in die königlichen Gemächer befördern – dann konnte sie einige *wirkliche* Geschäfte erledigen. Kheperu und Leucas andererseits hatten es sich, da sie sich reich an Barem sahen, den ganzen letzten Monat Thirisin sehr gut gehen lassen: sie hatten Feste gegeben, teure Geschenke für ihre teuren Huren gekauft und fast endlos gespielt. Barra hatte seit Tagen gewusst, dass die beiden bald soweit wären; ihnen ging das Geld aus.

Leucas sagte: »Wir wollten wissen, ob du mit uns kommst.«

Barra blickte auf ihre Fingernägel hinab. Unter der durch ihre Wunde erzwungenen Tatenlosigkeit waren sie ausgewachsen, und Tayniz hatte sie gepflegt und ihre Narben verblassten allmählich. Ihre Hände sahen langsam fast wie die Hände einer Dame aus. Sie sagte: »Ich habe dich angelogen, Kheperu.«

»Wirklich?« Der Ägypter wirkte eher neugierig als überrascht. »Wann?«

»Neulich nachts. In Simi-Ascalons Werkstatt, als ich gesagt habe, ich wüsste nicht, was ihn so in den Wahnsinn getrieben hat.«

»Oh?«, ermunterte er sie.

Sie seufzte. »Ich habe eine Kraft, vermute ich. Sie hat sich erst vor kurzem entwickelt. Es ist eine piktische Sache, sie wird *Sceon Tiof* genannt. Sie kommt und geht; ich weiß nie genau, ob sie funktioniert oder nicht. Aber wenn sie funktioniert, nun, dann sehe ich jemanden an und kenne ihn, als ob ich ihn mein ganzes Leben lang gekannt hätte.«

»Hm«, murmelte Kheperu. »Du hast so viele kleine Geheimnisse, Barra.«

Sie konnte das Stirnrunzeln aus Leucas' Stimme heraushören. »Du meinst, du kennst ihre Vergangenheit, wie ein Wahrsager? Oder ihre Gedanken, wie ein Gott?«

Sie schüttelte den Kopf. »Weder noch. Es ist so, dass ich nichts über sie weiß, außer, was für eine Person sie sind. Es ist so, als ob du einen Bruder ansiehst, oder einen Freund, den du seit zwanzig Jahren kennst. Du denkst nicht daran, was ihm zugestoßen ist, sondern du hast ein Gespür dafür, was ihn zu dem macht, was er ist, was ihn einzigartig macht. Vermute ich. Du *kennst* ihn. Ich habe das niemals können wollen. Eigentlich hat mich das sogar krank vor Sorge gemacht.«

»Eine interessante Fähigkeit«, meinte Kheperu und sah ihr genau ins Gesicht. »Warum fürchtest du sie?«

Barra schnitt ein Gesicht. »Stell dir doch vor – stell dir vor, dass du jedes Mal, wenn du in die Schlacht ziehst, gegen deinen besten Freund kämpfst. Jedes Mal, wenn ich mit dieser Fähigkeit einen Mann ansehe, sehe ich ihn wie, wie eine wunderschöne Skulptur – ich sehe, dass niemand sonst auf der Welt so ist wie er, und wenn ich ihn töte, nehme ich der Welt etwas weg, das nie ersetzt werden kann. Ich habe nicht einmal Worte dafür, wirklich. Ich habe, sogar jetzt noch, ein schlechtes Gewissen wegen Idonosteus.«

»Damals hat dir das offenbar nichts ausgemacht.«

Sie wandte sich um und blickte ihm in die Augen. »Ich habe daran gedacht, mich zur Ruhe zu setzen. Vielleicht hätte ich das zuvor schon getan, aber dann hätte der verfluchte Meremptah-Sifti…« Ihre Stimme erstarb.

»Sehen wir doch, ob ich diese Sache richtig verstanden habe«, meinte Leucas. »Du willst dich zur Ruhe setzen, weil es dir gewissermaßen *wehtut,* wenn du kämpfst. Aber du hast es nicht früher getan, weil… es dich mehr geschmerzt hätte zuzusehen, was mit Tyros, deinen Eltern und allen anderen geschieht. Habe ich das richtig verstanden?«

Barra nickte. »Aber jetzt ist's vorüber.«

Kheperu lächelte wissend. »Es ist nie vorüber, Barra. Nun, gerade im Augenblick sind zwei Könige aus Kena'ani in Tyros und heuern Söldner zur Verteidigung von Jebusi an. Anscheinend sammeln die Habiru ihre Stämme für eine weitere Schlachtenrunde zusammen, und du weißt, wie sie sind. Du hast zweifellos gehört, was sie mit Jericho angestellt haben?«

»Ja«, erwiderte Barra langsam. Das Massaker an jedem lebendigen Wesen in der Festungsstadt Jericho war während der letzten zehn Jahre der Gesprächsstoff an den Lagerfeuern gewesen. »Ja, das habe ich.«

»Wie mir scheint«, meinte Leucas, »musst du den Dienst nicht quittieren. Vielleicht musst du einfach nur besser darauf achten, für wen du arbeitest. So, wie ich es sehe, hat sich als Einziges geändert, dass du herausgefunden hast, dass dir einige Dinge wichtiger sind als Geld.«

»Hüte deine Zunge!«, fauchte Kheperu.

»Sagen wir, *ebenso* wichtig«, meinte Barra. Sie stand auf und pfiff Graegduz herbei. »Ich habe gesagt, dass ich darüber nachgedacht habe, mich zur Ruhe zu setzen. Ich habe nicht gesagt, dass ich's auch täte. Jebusi ist ein gutes Ziel – über Land, sodass wir uns keine Sorgen um Stürme auf See machen müssen, und es bringt uns zum Rand des ägyptischen Herrschaftsbereichs.«

»Und du würdest Menschen bei der Verteidigung ihrer Heimat helfen«, sagte Leucas mit einem wissenden Lächeln. »Vielleicht bist du weniger ein Söldner, als du stets gedacht hast, und mehr ein Held.«

»Ich glaube kaum«, erwiderte Barra. »Du gehst am besten davon aus, dass ich diese Arbeit nicht für umsonst täte.«

»Also warte mal«, sagte Kheperu und stand auf. »Wenn es keine Ausrede dafür ist aufzugeben, weshalb erzählst du uns eigentlich von dieser Sache mit dem Durchschauen?«

Barra lächelte. »Wir sind Freunde, nicht wahr? Vielleicht werde ich es müde, so viele verdammte Geheimnisse zu wahren.« Sie schlug Leucas auf die Schulter und hätte bei Kheperu fast das Gleiche getan – gerade noch rechtzeitig hielt sie sich zurück, weil ihr einfiel, dass es hier draußen kein Wasser zum Händewaschen gab. »Abgesehen davon kann ich jetzt nicht aufgeben. Ich habe gerade genügend Geld für eine Anzahlung auf ein weiteres Schiff beisammen.«

Leucas fragte: »*Ein weiteres* Schiff?«

»Du hast ein *Schiff?*«, kreischte Kheperu.

Barra blickte auf Graeg hinab, der über die felsigen Ufer des Wasserlaufs auf sie zu kletterte, und biss sich auf die Unterlippe. »Nun, eines«, log sie. »Ich bin Mitbesitzer. Nur ein kleines Schiff für kurze Küstenfahrten…«

Das Ufer in Tyros war nicht mehr voll gepackt mit Schiffen, aber eine beträchtliche Anzahl lief ein und legte ab. Sie hielten sich auf ihren Routen eng an die Küste und gingen um des größeren Gewinns beim Winterhandel willen das Risiko von Winterstürmen ein. Die Geschichtenerzählerin am Strand hatte sich an eine sonnenerwärmte Schiffshülle gelehnt, den Mantel eng um sich geschlungen und die Kapuze über den Kopf gezogen, damit die alten Knochen nicht frieren würden, vielleicht, oder um ein blasses Gesicht vor der Sonne zu schützen.

Dies war der vierte Tag hintereinander, da die Geschichtenerzählerin hier am Strand gesessen und wieder und wieder die Geschichte von der *Rettung von Tyros* erzählt hatte. Kinder und Müßiggänger kannten die Geschichte inzwischen, einige fast in- und auswendig; die Kinder ahmten die Geschichtenerzählerin oftmals nach, sie hockten sich im Schneidersitz in den Sand und intonierten zusammen mit ihr die Zeilen der Geschichte. Seeleute von Schiffen, die angelegt hatten, scharten sich oftmals um sie und lauschten eindringlich; sie hatten verwirrende Gerüchte von den Geschehnissen in dieser Stadt vernommen, aber diese Geschichtenerzählerin wusste anscheinend die ganze Wahrheit und war in der Lage, sie in einer erstaunlichen Vielzahl von Sprachen zu erzählen.

»...Und unter einem mächtigen Donnerschlag erschien Barra auf dem Dach, denn die Götter der Barbaren, die sie liebten, setzten sie dort ab, damit sie den Krieg gewinnen würde. Sie schlug sich rasch und behände durch die Leibgarde des Prinzen, und ihre Axt wirbelte, als ob sie ein eigenes Leben hätte und aus Kampfeslust tanzte. Und dann warf Kheperu, der Gewitzte, einen mächtigen Bannspruch, der den Spruch des verräterischen Adjutanten brach.« Das war die Stelle, welche die Geschichtenerzählerin an diesem besonderen Tag erreicht hatte, als Leucas und Kheperu am Strand auftauchten und sich nachdenklich in den Rücken der Menge stellten, die der Geschichte so eindringlich lauschte.

Die Geschichtenerzählerin blickte hoch, fing Leucas' Blick auf und fuhr mit einem Augenzwinkern fort: »Und dann schlug Leucas, ein Mann wie die von Gott gezeugten Helden der Alten – seinesgleichen war nicht gesehen worden, seitdem Herakles, der Mächtige, auf den Olymp versetzt worden war –, die großen Steine der Mauer mit einem Hieb seiner Faust in Trümmer...«

Leucas wandte sich Kheperu zu und murmelte mit gesenkter Stimme, sodass ihn niemand ringsum verstehen konnte: »Jedes Mal, wenn sie die Geschichte erzählt, wird sie größer und größer.«

Kheperu zuckte lachend die Schultern. »Dennoch hat sie Recht; wenn wir Spitzenpreise erzielen wollen, wird es helfen, dass die Leute von uns gehört haben.«

»Ich wünschte nur, sie würde nicht so maßlos übertreiben. Das ist mir so peinlich.«

Umgeben von ihrer hingerissenen Zuhörerschaft fuhr

Barra am Strand fort: »…als der kriegerische Odysseus und der berühmte Speerwerfer Diomedes in pechschwarzer Nacht die von den Göttern errichteten Mauern Trojas erklommen, um das Palladion aus dem Tempel der Athene persönlich zu stehlen, war das lediglich eine armselige Vorwegnahme der Tapferkeit und des Geschicks der drei Helden von Tyros…«

Das nenne ich Erfolg, dachte sie und lächelte in sich hinein, während sie das Garn ihrer Geschichte weiterspann. *Das nenne ich glücklich sein.*

Epilog

Lieber Antiphos, lieber Chryl,

ich weiß kaum, wo ich anfangen soll. Es waren gewisslich einige ereignisreiche Wochen. Bei meinem letzten Auftrag hat es einige kleinere Schwierigkeiten gegeben, hier in Tyros, aber am Ende ist alles gut ausgegangen. Meine Schulter heilt ab. Hier folgt ein guter Ratschlag für euch: Kehrt niemals einem Mann mit einem Schwert den Rücken zu, selbst wenn ihr euch ziemlich gewiss seid, dass er euch nichts antun wird. Wenn ihr euch irrt, gibt's eine böse Überraschung.

Dieser Söldneranführer, von dem ich euch erzählt habe – mein Bewunderer –, ist mit seinen Männern nach Laurium gezogen. Ich gehe nicht mit ihm. Sein Name ist, ich wiederhole es, Kamades. Wenn ihr beiden Jungs einmal hierher kommt, wenn ihr jemals Hilfe in der Umgebung Athens benötigt, so geht zu Kamades. Er ist einer der feinsten Männer, die ich je gekannt habe, und ihr könnt ihm euer Leben anvertrauen.

Ich wünschte, ich könnte euch für Tyros einen ähnlichen Rat geben, aber wenn ich an eurer Stelle wäre, würde ich hier niemandem außer eurem Onkel Peliarchus trauen. Ich habe eigentlich die Nase voll von dieser Stadt und bin froh zu gehen.

König Demetor – das ist der aus Kypros, ihr solltet euch vom letzten Packen Briefe her an ihn erinnern – hat Tyros einen Besuch abgestattet; er hatte erneut kleinere Probleme und wir haben ihn wieder einmal gerettet. Eigentlich ist er ein netter, guter, alter Mann. Er ist ein weiterer Mann, zu dem ihr stets gehen könnt, wenn er dann noch lebt. Wenn ihr ihm sagt, dass ihr meine Söhne seid, so wird er euch den Palast mit allem, was darin ist, zur Verfügung stellen. Wie es aussieht, werde ich in der nächsten Zeit mit Kheperu und Leucas zusammen reisen. Wir hatten hier eine Zeit, wo sich jeder bewährte, und ich habe erfahren, dass diese beiden äußerst tapfer und vertrauenswürdig – und ebenso geschickt – sind. Leucas hat sich als bei weitem klüger erwiesen, als ich ursprünglich dachte, und Kheperu ist bei weitem ehrbarer – jedenfalls tief im Innern. Eines Tages werde ich sie sogar mit nach Groß Langdale mitbringen, sodass ihr sie kennen lernen könnt.

Vermutlich liegt mir das Folgende jedoch am meisten am Herzen: Wohin ihr auch geht, sucht die besten Männer und Frauen, die es dort gibt, und gebt euer Bestes, sie euch zu Freunden zu machen. Ihr könnt niemals genügend Geld und auch nicht genügend Freunde haben, das sage ich euch. Es kann euch das Leben retten.

Ich kann keinen allzu langen Brief schreiben; ich muss eine Karawane einholen. Versichert alle meiner Liebe, gehorcht Coll und lernt eure Lektionen. Ich denke noch immer, dass ich zum Mittsommer daheim sein kann. Sagt Llem, dass ich in einer erstklassigen Position sein werde, wenn ich im Frühjahr um neue Zinnlieferungen auf Knossos verhandele; ich habe ein Bestechungsgeschenk gefunden, das König Idomeneus ganz gewiss gefallen wird. Wenn euer Opa Quendail zu Besuch kommen sollte, sagt ihm, ich habe einen Burschen mit dem ›Heumacher‹ niedergeschlagen, den er mich vor ungefähr zwanzig Jahren lehrte, und dafür ist mir das Gesicht in die Binsen gegangen. Und Coll. Sagt Coll, dass sie und ich viel zu besprechen haben, wenn ich nach Hause komme. Sehr viel.

Ich habe euch beide sehr lieb!

Passt auf euch auf!
Mutter

PS: Tut mir Leid, dass mit diesem Brief keine Geschenke kommen; ich bin gerade im Augenblick ein wenig knapp bei Kasse. Ich habe demnächst jedoch einen Auftrag: da gibt es diese Leute, Habiru genannt, die sammeln sich und wollen eine große Stadt namens Jebusi angreifen, und zwar unter ihrem alten General Joshua ben Nun. Es ist ein recht merkwürdiges Volk, was ich so gehört habe. Es heißt, dass sie ihren Gott in einer Truhe mit sich herumtragen, könnt ihr euch das vorstellen? Ich weiß nicht, ob das stimmt, aber ich weiß, dass sie zu dem Entschluss gekommen sind, ihr Gott habe ihnen Jebusi als ihre eigene Stadt geschenkt. Adonizedek, der jebusitische König, heuert viele, viele Söldner an, also werde ich ihm bei der Verteidigung seiner Stadt helfen. Diese verdammten Habiru kennen nicht einmal den richtigen Namen des Orts; sie nennen ihn Jerusalem.

Klingt nach leicht verdientem Geld.

HEYNE BÜCHER

Robert N. Charrette

Hochkarätige Abenteuer-Fantasy vom Spitzenautor der SHADOWRUN-Romane

Die Schattenkrieg-Trilogie

1. Prinz des Dunkels
06/9090

2. König des Unheils
06/9091

3. Ritter des Zwielichts
06/9092

Die Chronik von Aelwyn

1. Der Turm der Zeit
06/9113

2. Das Schlangenauge
06/9114

3. Der magische Pakt
06/9115

06/9090

HEYNE-TASCHENBÜCHER